HEYNE <

NORA
ROBERTS

Rückkehr nach River's End

Roman

Aus dem Amerikanischen
von Angela Nescerry

WILHELM HEYNE VERLAG
MÜNCHEN

Die Originalausgabe RIVER'S END
erschien bei G. P. Putnam's Sons/
Penguin Putnam Inc., New York

FSC
www.fsc.org
MIX
Papier aus verantwortungsvollen Quellen
FSC® C014496

Verlagsgruppe Random House FSC® N001967

3. Auflage
Vollständige Taschenbuchausgabe 03/2020

Printed in Germany
Satz: Leingärtner, Nabburg
Druck und Bindung: GGP Media GmbH, Pößneck
ISBN: 978-3-453-42366-4

www.heyne.de

Für Mom und Pop,
danke, dass ihr meine Eltern seid.

Wie großartig und wunderbar ist dieser Wald
So unergründlich tief, dunkel und kalt.
Doch meine Versprechen bleiben besteh'n
Und bis ich schlafen kann,
muss ich noch weit, weit geh'n.

– ROBERT FROST

Prolog

Das Monster war zurückgekehrt. Der Geruch von Blut klebte an ihm. Seine Schritte lösten Panik in ihr aus.

Sie musste rennen, doch dieses Mal lief sie ihm entgegen.

Der dichte, dunkle Wald, der ihr früher als Zufluchtsort gedient hatte, der ihr immer ein Gefühl der Geborgenheit vermittelt hatte, umgab sie wie in einem Alptraum. Die hohen, majestätischen Bäume erschienen ihr plötzlich nicht mehr wie ein Beweis für die Allmacht der Natur, sie wurden zu einem lebendigen Käfig, der für sie zur Falle werden konnte und dem Monster als Versteck diente. Der leuchtend grüne Moosteppich saugte sich als brodelnder Morast an ihren Stiefeln fest. Sie hastete durch Farnkraut, zerriss die grünen Fächer zu glitschigen Fetzen, glitt auf einem verrotteten Baumstamm aus, zerstörte die unzähligen Mikrokosmen, die er beherbergte.

Vor ihr, neben ihr, hinter ihr tauchten grüne Schatten auf, schienen ihren Namen zu flüstern.

Livvy, mein Liebling. Ich will dir eine Geschichte erzählen.

Ihr Atem ging stoßweise, sie spürte Trauer, Furcht und Verlust in sich aufkeimen. Das Blut an ihren Fingerspitzen war inzwischen eiskalt.

Der Regen trommelte unablässig auf die windgepeitschten Baumkronen und lief in Rinnsalen über die flechtenbedeckte Baumrinde bis auf den Boden, der ihn durstig aufsaugte. Die ganze Welt schien feucht und unersättlich.

Sie wusste nicht mehr, ob sie Jägerin oder Gejagte war, aber ein tiefer, ursprünglicher Instinkt sagte ihr, dass sie in Bewegung bleiben musste, wenn sie überleben wollte.

Sie würde ihn finden, oder er würde sie finden. Und dann wäre es vorbei. Sie wollte nicht als Feigling sterben.

Und wenn es auf dieser Welt einen Schimmer von Hoffnung gab, würde sie den Mann finden, den sie liebte. Lebendig.

Sie spürte sein Blut auf ihrer Handfläche, strich zuversichtlich darüber.

Nebel wehte um ihre Stiefel, brach sich an ihren langen, entschlossenen Schritten. Ihr Herz pochte in einem wilden, pulsierenden Rhythmus gegen ihre Rippen, ihre Schläfen, ihre Fingerspitzen.

Über sich hörte sie ein Donnern, ein gewaltiges Krachen, und sprang gerade noch rechtzeitig zur Seite, ehe ein morscher alter Ast auf dem Waldboden zerbarst.

Ein kleiner Tod, der neues Leben brachte.

Sie schloss ihre Hand fester um ihre einzige Waffe und wusste, dass sie töten würde, um zu überleben.

Und in dem dunkelgrünen Licht, hinter tiefen Schatten versteckt, sah sie das Monster, das sie aus ihren Alpträumen kannte.

Blutbeschmiert stand es da und starrte sie an.

Olivia

Er lernte zu atmen gerad' eben,
der Säugling in einfachen Kissen
und spürt in allen Gliedern Leben,
Wie soll er vom Tode wissen?

– WILLIAM WORDSWORTH

Erstes Kapitel

Beverly Hills, 1979

Olivia war vier, als das Monster kam. Es brach in Träume ein, die keine Träume waren, und es griff mit seinen blutigen Händen nach jener Unschuld, die Monster am allermeisten begehren.

In einer Hochsommernacht, als der Mond hell und voll am Himmel stand und der Duft von Rosen und Jasmin in der Luft lag, schlich es sich ins Haus, um zu jagen und zu töten. Zurück blieben nur die unbeteiligte Dunkelheit und der Geruch von Blut.

Nichts war mehr wie früher, seit das Monster da gewesen war. Das elegante Haus mit den vielen großen Räumen und den glänzenden Fußböden war für alle Zeiten von seinen Spuren gezeichnet, und das Echo von Olivias verlorener Unschuld klang lange nach.

Ihre Mutter hatte ihr erklärt, dass es keine Monster gab. Es gab sie nur im Spiel, und ihre bösen Träume waren keine Wirklichkeit. Aber in der Nacht, als sie das Monster sah, als sie es hörte und roch, konnte ihre Mutter nicht mehr behaupten, dass alles nur ein Spiel war.

Danach gab es niemanden mehr, der an ihrem Bett saß, über ihr Haar strich und ihr schöne Geschichten erzählte, bis sie wieder einschlief.

Ihr Vater kannte die besten Geschichten, herrlich alberne, die von rosa Giraffen und Kühen mit zwei Köpfen handelten. Aber dann wurde er krank, und die Krankheit ließ ihn böse Dinge tun, er sagte böse Worte mit einer lauten, hastigen Stimme, die gar nicht zu ihrem Daddy gehörte. Er musste fortgehen. Ihre Mutter hatte ihr gesagt, dass er fortgehen musste, bis er wieder gesund war. Deshalb konnte er sie nur hin und wieder besuchen, und Mama, Tante Jamie oder Onkel David mussten die ganze Zeit im Zimmer bleiben.

Einmal erlaubte Mama ihr, Daddy in seinem neuen Haus am Strand zu besuchen. Tante Jamie und Onkel David brachten sie hin, und durch das große Fenster beobachteten sie fasziniert, wie sich die Wellen hoben und senkten, wie sich das Meer weiter und weiter erstreckte, bis es schließlich mit dem Himmel zusammenstieß.

Dann wollte Daddy mit ihr am Strand spielen, Sandburgen bauen, sie beide ganz allein. Aber ihre Tante sagte Nein. Das war nicht erlaubt. Sie stritten sich, erst in den tiefen, zischenden Tönen, von denen Erwachsene offenbar annehmen, dass Kinder sie nicht hören können. Aber Olivia hatte sie gehört, und sie hatte dabei vor dem großen Fenster gehockt und beharrlich auf das Wasser gestarrt. Als dann die Stimmen lauter wurden, hatte sie sich gezwungen, *nicht* zuzuhören, weil sich ihr Magen verkrampfte und ihre Kehle brannte.

So hörte sie nicht, wie Daddy Tante Jamie gemeine Dinge an den Kopf warf, wie Onkel David mit rauer Stimme sagte: »Nimm dich in Acht, Sam. Nimm dich nur in Acht. Damit tust du dir keinen Gefallen.«

Schließlich entschied Tante Jamie, dass es Zeit sei, nach Hause zu fahren, und trug sie zum Auto. Über die Schulter ihrer Tante winkte sie ihrem Vater zu, aber Daddy reagierte nicht. Er starrte nur vor sich hin und hielt die Hände zu Fäusten geballt.

Danach erlaubte Mama ihr nicht mehr, zum Strandhaus zu fahren und den Wellen zuzusehen.

Aber es hatte schon früher angefangen. Wochen vor dem Strandhaus, viele Wochen, bevor das Monster kam.

Es fing in der Nacht an, als Daddy ihr Zimmer betrat und sie aufweckte. Er lief auf und ab und murmelte vor sich hin. Seine Stimme hatte einen harten Unterton, aber als sie in ihrem großen Bett mit dem weißen Spitzenhimmel aufwachte, fürchtete sie sich nicht. Schließlich war er ihr Daddy. Auch wenn sein Gesicht im Mondlicht böse wirkte und seine Augen bedrohlich funkelten, war er immer noch ihr Daddy.

Ihr Herz hüpfte vor Liebe und Freude.

Er ging zu ihrer Kommode und zog die Spieluhr mit der Blauen Fee aus *Pinocchio* auf.

Sie setzte sich auf und lächelte verschlafen. »Hallo, Daddy. Erzähl mir eine Geschichte.«

»Ich erzähle dir eine Geschichte.« Langsam wandte er den Kopf und starrte seine Tochter an, den verwuschelten blonden Haarschopf und die großen Augen. Aber er sah nur seine eigene Wut. »Ich erzähle dir eine verdammte Geschichte, Livvy, mein Liebling. Über eine schöne Nutte, die lernt, wie man lügt und betrügt.«

»Wo lebte diese Stute?«

»Welche Stute?«

»Die schöne Stute.«

Da drehte er sich um, und durch seine Lippen entwich ein Knurren. »Du hörst mir nicht zu! Du hörst mir genauso wenig zu wie sie. Ich habe Nutte gesagt, verdammt noch mal!«

Olivias Magen verkrampfte sich, als er sie so anschrie, und in ihrem Mund spürte sie zum ersten Mal in ihrem Leben den seltsam metallischen Geschmack von Angst. »Was ist eine Nutte?«

»Deine Mutter. Deine verdammte Mutter ist eine Nutte.« Er fuhr mit dem Arm über die Kommode, und die Spieluhr und ein Dutzend andere kleine Schätze fielen krachend zu Boden.

Olivia rollte sich im Bett zusammen und weinte.

Er schrie sie an, sagte ihr, dass es ihm leidtäte. *»Hör sofort auf zu weinen!«* Er würde ihr eine neue Spieluhr kaufen. Er trat zu ihr, um sie auf den Arm zu nehmen, doch er roch eigenartig, wie das Wohnzimmer nach einer Erwachsenenparty, bevor Rosa saubermachte.

Dann stürzte Mama herein. Ihr Haar war offen, ihr Nachthemd leuchtete weiß im Mondlicht.

»Sam, in Gottes Namen, was machst du hier? Ruhig, Livvy, hör auf zu weinen. Es tut Daddy leid.«

Ihr heftiger Ausbruch hatte ihn fast wieder zur Besinnung gebracht. Er sah, wie sich die beiden blonden Köpfe aneinanderschmiegten. Die schockierende Erkenntnis, dass er seine Fäuste geballt hatte, und dass diese Fäuste es gar nicht erwarten konnten, endlich zuzuschlagen, ließ ihn aus seiner Trance erwachen. »Ich habe mich schon entschuldigt.«

Als er sich auf sie zu bewegte, blickte seine Frau auf. In der Dunkelheit glänzten ihre Augen mit einer Schärfe, die an Hass grenzte. »Komm ihr bloß nicht zu nahe.« Der ernste, bedrohliche Unterton in der Stimme ihrer Mutter ließ Olivia aufschluchzen.

»Sag mir nicht, dass ich mich von meiner eigenen Tochter fernhalten soll. Ich bin deine Befehle leid, Julie, verdammt leid.«

»Du bist wieder high. Ich lasse dich nicht in ihre Nähe, wenn du Drogen genommen hast.«

Danach hörte Olivia einen schrecklichen Streit, erneutes Krachen, den schmerzerfüllten Aufschrei ihrer Mutter. Sie sprang aus dem Bett und versteckte sich in ihrem Wandschrank unter einem Berg von Stofftieren.

Später fand sie heraus, dass es ihrer Mutter gelungen war, ihn aus dem Zimmer zu drängen und von Livvys Micky-Maus-Telefon aus die Polizei anzurufen. Aber in jener Nacht wusste sie nur, dass ihre Mutter zu ihr in den Wandschrank gekrochen war, sie an sich gedrückt und ihr versprochen hatte, dass alles wieder gut würde.

Danach war Daddy fortgegangen.

Erinnerungen an jene Nacht schlichen sich manchmal in ihre Träume ein. Wenn das passierte und sie aufwachte, kletterte Olivia aus ihrem Bett und schlich in das Schlafzimmer ihrer Mutter am anderen Ende des Korridors. Nur um ganz sicher zu sein, dass sie auch da war. Und um nachzuschauen, ob Daddy nicht vielleicht nach Hause gekommen war, weil es ihm wieder besserging.

Manchmal schliefen sie in einem Hotel oder in einem anderen Haus. Die Arbeit ihrer Mutter brachte es mit sich, dass sie viel reisen musste. Nachdem ihr Vater krank geworden war, begleitete Olivia sie auf jeder Reise. Die Leute sagten, dass ihre Mutter ein Stern am Filmhimmel sei. Sie wusste, dass Sterne kleine Lichter am Firmament waren, und ihre Mutter war einer von ihnen.

Ihre Mutter war Schauspielerin, und viele, viele Leute wollten sehen, wie sie so tat, als sei sie jemand anderes. Daddy war auch Filmschauspieler, und sie kannte die Geschichte, wie ihre Eltern sich kennengelernt hatten, während sie so taten, als ob sie andere Leute wären. Sie hatten sich in einander verliebt, geheiratet und ein kleines Mädchen bekommen.

Wenn Olivia ihren Vater vermisste, sah sie sich das große Lederalbum mit den Hochzeitsfotos an, auf denen ihre Mutter eine Prinzessin in einem langen, glitzernden weißen Kleid war, und ihr Vater in seinem schwarzen Anzug der Prinz.

Außerdem gab es eine große Torte, ganz in silber und weiß, und Tante Jamie trug ein blaues Kleid, in dem sie fast so hübsch aussah wie Mama. Olivia stellte sich vor, dass sie selbst auch auf diesen Bildern wäre. Sie hätte ein rosa Kleid an und Blumen im Haar, würde ihre Eltern an den Händen halten und lächeln. Auf diesen Bildern lächelten alle und waren fröhlich.

In jenem Frühling und Sommer sah Olivia sich oft das große Album an.

In der Nacht, als das Monster kam, hörte Olivia die Schreie im Schlaf. Sie wimmerte und wand sich hin und her. Tu ihr nicht weh, dachte sie. Tu meiner Mama nicht weh. Bitte, bitte, bitte, Daddy.

Sie erwachte von einem Schrei, dessen Echo noch in der Luft lag. Und sie sehnte sich nach ihrer Mutter.

Sie kletterte aus dem Bett, ihre Schritte wurden vom Teppich gedämpft. Olivia rieb sich die Augen und ging den Korridor entlang, der sanft erleuchtet war.

Aber der Raum mit dem großen blauen Bett und den hübschen weißen Blumen war leer. Wenigstens lag der tröstliche Geruch des Parfums ihrer Mutter in der Luft. Die vielen Fläschchen und Tiegel standen auf dem Frisiertisch. Olivia spielte eine Zeit lang mit ihnen und tat so, als ob sie die

Farben und Düfte auflegte, wie sie es bei ihrer Mutter gesehen hatte.

Eines Tages würde sie auch so hübsch sein wie ihre Mutter. Das sagte man ihr immer wieder. Sie summte vor sich hin, während sie vor dem großen Spiegel hin und her stolzierte und bei der Vorstellung kicherte, sie trüge ein langes weißes Kleid wie eine echte Prinzessin.

Dann wurde ihr das Spiel langweilig, und sie fühlte sich schläfrig, also tapste sie los, um ihre Mutter zu suchen. Als sie sich der Treppe näherte, sah sie, dass unten noch Licht brannte. Die Haustür stand offen, und die Spätsommerbrise wehte um ihr Nachthemd.

Sie fragte sich, ob vielleicht Besuch gekommen war, womöglich gab es noch Kuchen. Leise wie ein Mäuschen schlich sie die Treppe hinunter und presste ihre Hand an die Lippen, um ein Kichern zu unterdrücken.

Und dann hörte sie *Dornröschen*, die Lieblingsmusik ihrer Mutter.

Hinter der Eingangshalle lag das Wohnzimmer mit den hohen, gewölbten Decken. Eine Seite des Zimmers bestand nur aus Fenstern, sie gaben den Blick auf den Garten frei, den ihre Mutter so liebte. Von der Tür aus sah sie den riesigen, dunkelblauen Kamin und die Fußböden aus reinem, weißem Marmor. Die großen Kristallvasen vermochten die vielen Blumen kaum zu fassen, und die Schirme auf den silbernen Leuchten und Lampen schimmerten wie kostbare Juwelen.

Aber an jenem Abend waren die Vasen zerbrochen, die Scherben auf den Fliesen verstreut, und die eleganten, exotischen Blumen lagen zertrampelt auf dem Boden. Die glänzenden, elfenbeinfarbenen Wände waren mit roter Farbe bespritzt, und die Tische, die das fröhliche Hausmädchen Rosa stets voller Eifer auf Hochglanz polierte, waren umgestürzt.

Ein unangenehmer Geruch stieg Livvy in die Nase, ließ etwas Widerwärtiges in ihrer Kehle aufsteigen, so dass sich ihr Magen zusammenzog.

Die Musik erreichte ihr Crescendo, und die schluchzenden Saiten verklangen.

Auf dem Boden blitzten Glasscherben wie verstreute Diamanten, überall sah sie rote Flecken. Weinend rief Olivia nach ihrer Mutter und betrat den Raum. Und dann sah sie es.

Hinter einer Ecke des großen Sofas lag ihre Mutter auf der Seite, eine Hand ausgestreckt, die Finger gespreizt. Ihr blondes Haar war voller Blut. So viel Blut! Ihr weißer Hausmantel war blutbefleckt und zerrissen.

Olivia wollte schreien, aber aus ihrer Kehle drang kein Laut. Ihre Augen weiteten sich, ihr Herz pochte schmerzhaft gegen ihre Rippen, ein warmes Rinnsal lief ihre Beine hinunter. Aber sie konnte nicht schreien.

Und dann blickte das Monster, das sich über ihre Mutter gebeugt hatte, auf. Seine Hände waren bis zum Handgelenk mit Blut beschmiert, in seinem Gesicht und auf seiner Kleidung glänzten feuchte, rote Spuren. Seine Augen funkelten wie das Glas auf dem Boden.

»Livvy«, sagte ihr Vater. »Mein Gott, Livvy.«

Als er sich erhob, entdeckte sie die silberne, blutverschmierte Schere in seiner Hand.

Sie gab keinen Laut von sich, aber sie rannte los. Das Monster war wirklich gekommen, das Monster verfolgte sie, und sie musste sich verstecken. Sie hörte einen gedehnten, klagenden Laut, wie das Heulen eines sterbenden Waldtiers.

Sie lief zum Wandschrank und versteckte sich unter ihren Kuscheltieren. Dort versteckte sie auch ihre Seele. Wie blind starrte sie auf den Boden, lutschte still an ihrem Daumen und nahm kaum wahr, dass das Monster heulte, nach ihr rief und sie suchte.

Türen knallten wie Gewehrschüsse. Das Monster schluchzte und schrie, polterte durch das Haus und brüllte ihren Namen. Ein wilder Stier mit blutigen Hörnern.

Olivia rollte sich reglos zwischen ihren Puppen zusammen und wartete darauf, dass ihre Mutter sie aus diesem Alptraum wecken würde.

Dort fand Frank Brady sie. Fast hätte er sie unter den vielen Teddybären, Stoffhunden und Puppen übersehen. Sie bewegte sich nicht, lag ganz still. Ihr Haar war von einem blassen, zarten Blond und schimmerte wie Regen auf ihren Schultern. Aus dem bleichen Oval ihres Gesichts starrten ihn riesige, bernsteinfarbene Augen an.

Die Augen ihrer Mutter, dachte er mitleidig. Augen, in die er so oft auf der Leinwand geblickt hatte. Augen, die er noch vor weniger als einer Stunde gesehen hatte, verschleiert und leblos.

Die Augen des Kindes blickten ihn an, sahen durch ihn hindurch. Er erkannte, dass die Kleine unter Schock stand, ging in die Hocke und legte seine Hände auf seine Knie, anstatt sie nach ihr auszustrecken.

»Ich bin Frank.« Er sprach ruhig und schaute ihr dabei in die Augen. »Ich tue dir nichts.« Am liebsten hätte er seinen Partner gerufen oder jemanden von der Spurensicherung, aber das hätte sie nur unnötig erschreckt. »Ich bin Polizist.« Langsam hob er seine Hand und berührte die Polizeimarke an seiner Brusttasche. »Du weißt doch, was ein Polizist tut, nicht wahr, Kleines?«

Sie starrte ihn weiterhin an, aber er glaubte, in ihrem Blick ein Flackern zu entdecken. Sie versteht mich, sagte er sich. Sie kann mich hören. »Wir helfen den Menschen. Ich bin hergekommen, damit ich mich um dich kümmern kann. Sind das deine Puppen?« Er lächelte sie an und griff nach Kermit, dem Frosch. »Den kenne ich. Der ist aus der Sesamstraße. Siehst du dir die im Fernsehen an? Mein Chef ist genauso missmutig wie Oscar. Aber das muss unter uns bleiben.«

Als sie nicht reagierte, zog er nacheinander sämtliche Tiere aus der Sesamstraße hervor und gab seinen Kommentar dazu ab. Kermit ließ er auf sein Knie hüpfen. Die Art, wie sie ihn mit großen, erschreckend ausdruckslosen Augen ansah, ging ihm ans Herz.

»Möchtest du jetzt herauskommen? Zusammen mit Kermit?« Er streckte eine Hand aus und wartete.

Sie hob ihren Arm wie eine Marionette. Als ihre Hände sich schließlich berührten, fiel sie ihm in die Arme und verbarg ihr Gesicht zitternd an seiner Schulter.

Seit zehn Jahren war er nun Polizist, und immer noch gingen ihm solche Situationen zu Herzen.

»So, Kleines, jetzt ist es vorbei. Alles wird gut.« Er streichelte ihr Haar und wiegte sie hin und her.

»Das Monster ist hier«, flüsterte sie.

Frank wurde sich seiner Bewegungen bewusst, hielt sie nach wie vor fest und stand auf. »Es ist fort.«

»Hast du es verjagt?«

»Es ist fort.« Er sah sich im Zimmer um, fand eine Decke und wickelte sie darin ein.

»Ich musste mich verstecken. Er hat mich gesucht. Er hatte Mamas Schere. Ich will zu meiner Mama.«

Gott. Großer Gott, dachte er immer wieder.

Als sie im Korridor Schritte hörte, stieß Olivia einen klagenden Laut aus und klammerte sich fester an Frank. Er murmelte beruhigend auf sie ein und klopfte ihr sanft auf den Rücken, während er sich auf die Tür zu bewegte.

»Frank, da ist noch – oh, du hast sie schon gefunden.« Detective Tracy Harmon betrachtete das kleine Mädchen, das sich an seinen Partner drückte, und fuhr sich durchs Haar.

»Die Nachbarin sagt, es gibt eine Schwester. Jamie Melbourne. Ihr Mann heißt David Melbourne, er ist Musikagent. Sie wohnen nur ungefähr eine Meile entfernt.«

»Wir müssen es ihnen mitteilen. Möchtest du zu deiner Tante Jamie, Schatz?«

»Ist meine Mama bei ihr?«

»Nein, aber ich glaube, sie möchte, dass du zu Tante Jamie gehst.«

»Ich bin müde.«

»Dann schlaf ein Weilchen. Mach einfach deine Augen zu.«

»Hat sie etwas gesehen?«, murmelte Tracy.

»Ja.« Frank streichelte Olivias Haar. Ihre Augenlider wurden schwer. »Ja, ich fürchte, sie hat viel zu viel gesehen. Wir können Gott danken, dass das Schwein zu high war, um sie zu finden. Ruf die Schwester an. Wir sollten das Kind zu ihr bringen, bevor die Presse auftaucht.«

Es kam wieder. Das Monster kam zurück. Sie sah, wie es mit dem Gesicht ihres Vaters und der Schere ihrer Mutter durch das Haus schlich. Blut tropfte in dünnen, glänzenden Schlieren von den Klingen. Mit der Stimme ihres Vaters flüsterte es immer wieder ihren Namen.

Livvy, Livvy, mein Liebling. Komm aus deinem Versteck, dann erzähle ich dir eine Geschichte.

Und die langen scharfen Klingen in seiner Hand schnappten auf und zu, als er sich auf den Wandschrank zu bewegte.

»Nein, Daddy! Nein, nein, nein!«

»Livvy. O Schatz, es ist alles in Ordnung. Ich bin ja hier. Tante Jamie ist bei dir.«

»Lass ihn nicht wiederkommen. Er soll mich nicht finden.« Schluchzend drängte sich Livvy in Jamies Arme.

»Das wird er nicht. Er findet dich nicht, ich verspreche es dir.« Entsetzt presste Jamie ihr Gesicht in den Nacken ihrer Nichte. Im schwachen Licht der Nachttischlampe wiegte sie sich hin und her, bis Olivias Schluchzen endlich nachließ. »Ich passe auf dich auf.«

Sie lehnte ihre Wange an Olivias Stirn und ließ ihren Tränen freien Lauf. Sie unterdrückte das heiße, bittere Schluchzen, das in ihr aufstieg und gegen ihre Kehle presste. Lautlose Tränen rannen über ihre Wangen und tropften auf das Haar des Kindes.

Julie. O Gott, o Gott, Julie.

Sie wollte den Namen ihrer Schwester laut rufen. Ihn hinausbrüllen. Aber sie musste an das Kind denken, das sich in ihren Armen langsam entspannte.

Julie hätte gewollt, dass sie sich um Livvy kümmerte. Gott wusste, dass Julie versucht hatte, das kleine Mädchen zu schützen.

Und jetzt war Julie tot.

Während Olivia in ihren Armen schlief, wiegte Jamie sich weiter, um sich selbst zu beruhigen. Diese wunderschöne, intelligente Frau mit dem kehligen Lachen, dem großen Herzen und dem unglaublichen Talent – ermordet im Alter von nur zweiunddreißig Jahren. Getötet, so hatten die beiden Detectives ihr ernst erklärt, von dem Mann, der behauptet hatte, Jamie bis in den Wahnsinn zu lieben.

Sam Tanner war wahnsinnig, soviel stand fest, dachte Jamie, während sie ihre Hände zu Fäusten ballte. Wahnsinnig vor Eifersucht, vor Drogen und vor Verzweiflung. Nun hatte er das Objekt seiner Besessenheit zerstört.

Aber das Kind würde er nicht anrühren.

Vorsichtig legte Jamie Olivia wieder ins Bett, glättete ihre Decke und berührte das blonde Haar einen Augenblick lang mit ihren Fingerspitzen. Sie dachte an die Nacht, als Olivia geboren wurde, daran, wie Julie zwischen den Wehen gelacht hatte.

Nur Julie MacBride konnte sich über Geburtswehen lustig machen. Sam hatte unglaublich attraktiv und nervös ausgesehen, seine blauen Augen leuchtend vor Aufregung und Besorgnis, sein schwarzes Haar so zerzaust, dass Julie es glattgestrichen hatte, um ihn zu beruhigen.

Dann hatte er das wunderschöne kleine Mädchen zur Trennscheibe gebracht, und in seinen feuchten Augen spiegelten sich Liebe und Erstaunen.

Daran erinnerte sie sich, und sie wusste noch, dass sie ihm durch die Scheibe zugelächelt und gedacht hatte, dass sie einfach perfekt zueinander passten. Alle drei.

So hatte es damals gewirkt.

Sie ging zum Fenster und starrte ins Leere. Julie hatte sich damals gerade auf dem Weg zur Spitze befunden, und Sam war bereits ganz oben angekommen. Sie hatten sich bei Dreharbeiten kennengelernt, sich Hals über Kopf ineinander verliebt, und vier Monate später waren sie verheiratet, begleitet von den schwärmerischen Kommentaren der Presse.

Jamie gab zu, dass sie sich Gedanken gemacht hatte. Alles

war so schnell gegangen, so typisch für Hollywood. Aber Julie hatte schon immer genau gewusst, was sie wollte, und sie wollte Sam Tanner. Eine Zeit lang hatte es so ausgesehen, als ob sie bis in alle Ewigkeit glücklich zusammenleben würden, genau wie die Leute in den Gute-Nacht-Geschichten, die Julie ihrer Tochter erzählte.

Aber das Märchen ist zum Alptraum geworden – nur wenige Straßen von meinem Haus entfernt, während ich geschlafen habe, dachte Jamie und presste ihre Augen zusammen, als in ihrer Kehle ein Schluchzen aufstieg.

Das plötzliche Aufblitzen der Scheinwerfer ließ sie zurückschrecken, ihr Herz klopfte schneller. Dann wurde ihr bewusst, dass es David sein musste und eilte ihm entgegen. Als sie die Treppe herunterkam, öffnete er gerade die Tür.

Der hochgewachsene Mann mit den breiten Schultern blieb für einen langen Augenblick stehen, sein dunkelbraunes Haar war ungekämmt, seine blaugrünen Augen blickten müde und erschrocken. Sie hatte sich immer auf seine Stärke verlassen, auf seine Stärke und Stabilität. Jetzt sah er mitgenommen und völlig erschüttert aus, sein normalerweise dunkler Teint wirkte fahl, ein Muskel zuckte in seinem festen, breiten Unterkiefer.

»O Jamie. O Gott.« Seine Stimme versagte, und irgendwie machte das alles noch schlimmer. »Ich brauche einen Drink.« Er drehte sich um und ging unsicher in den vorderen Salon.

Sie musste sich am Geländer festhalten, bevor sie ihren Beinen befehlen konnte, sich in Bewegung zu setzen und ihm zu folgen. »David?«

»Ich brauche einen Moment.« Seine Hände zitterten, während er eine Karaffe nahm und sich daraus Whisky einschenkte. Er stützte eine Hand auf das Sideboard, hob das Glas mit der anderen und kippte den Inhalt wie Medizin hinunter. »Gott, was hat er ihr angetan!«

»O David.« Ihre Stimme brach. Seit die Polizei an ihre Tür geklopft hatte, hatte sie sich zur Beherrschung gezwungen, jetzt sank sie weinend auf den Boden.

»Es tut mir leid, es tut mir leid.« Er lief zu ihr und nahm sie in die Arme. »O Jamie, es tut mir so leid.«

Sie saßen auf dem Fußboden. Langsam brach der Tag an. Jamie schluchzte in harten, gequälten Schüben.

Die Schübe wurden zu Seufzern, sie seufzte den Namen ihrer Schwester, dann verstummten auch die Seufzer.

»Ich bringe dich nach oben, du solltest dich ausruhen.«

»Nein, nein, nein.« Die Tränen hatten ihr geholfen, zumindest redete Jamie sich das ein, obwohl sie sich leer und ausgebrannt fühlte. »Livvy könnte aufwachen. Sie braucht mich. Es geht mir gut, es *muss* mir gutgehen.«

Sie lehnte sich zurück und rieb ihr Gesicht, um die Tränen fortzuwischen. Ihr Kopf pochte wie eine Wunde, ihr Magen hatte sich zusammengekrampft. Aber sie stand auf. »Du musst es mir erzählen. Du musst mir alles erzählen.« Als er den Kopf schüttelte, reckte sie ihr Kinn. »Ich muss es wissen, David.«

Er zögerte. Sie sah so erschöpft aus, so blass und zerbrechlich. Während Julie groß und gertenschlank gewesen war, war Jamie klein und zierlich. Beide wirkten zerbrechlich, aber er wusste, dass dieser Eindruck täuschte. Er hatte oft Witze darüber gemacht, dass die MacBride-Schwestern hart im Nehmen wären, dazu geboren, Berge zu erklimmen und Wälder zu durchqueren.

»Lass uns Kaffee kochen. Dann erzähle ich dir, was ich weiß.«

Wie ihre Schwester bestand Jamie darauf, dass das Personal nicht im Haus wohnte. Es war schließlich ihr Heim, und sie war nicht bereit, ihre Privatsphäre zu opfern. Das Hausmädchen kam erst in zwei Stunden, also kochte sie den Kaffee selbst, während David an der Frühstücksbar saß und aus dem Fenster starrte.

Sie sprachen nicht. Im Kopf bedachte sie hastig die Aufgaben, die sie im Laufe des Tages erledigen musste. Zunächst der Anruf bei ihren Eltern. Dann mussten die Beerdigungsformalitäten erledigt werden – und zwar vorsichtig, um so viel Würde und Privatsphäre wie möglich zu wahren. Die Presse würde geifern. Sie musste dafür sorgen, dass der Fernseher ausgeschaltet blieb, solange Olivia im Haus war.

Jamie stellte die zwei Kaffeetassen auf die Bar und setzte sich. »Fang an.«

»Ich weiß auch nicht viel mehr als das, was uns Detective Brady schon gesagt hat«, setzte David an. »Die Tür wurde nicht aufgebrochen. Sie ließ ihn herein. Sie hatte sich, äh, schon zum Schlafen umgezogen, war aber noch nicht im Bett gewesen. Anscheinend war sie im Wohnzimmer mit ihren Zeitungsausschnitten beschäftigt. Du weißt, dass sie euren Eltern immer Ausschnitte schickte.«

Er rieb sich das Gesicht und hob seine Tasse. »Sie müssen sich gestritten haben. Es gibt Anzeichen für einen Kampf. Er hat die Schere gegen sie gerichtet.« Entsetzen spiegelte sich in seinen Augen. »Jamie, er muss den Verstand verloren haben.«

David sah sie an und hielt ihren Blick fest. Als er die Hand ausstreckte, griff sie nach seinen Fingern. »Hat er – war es schnell vorbei?«

»Ich weiß nicht – ich habe noch nie – er ist einfach durchgedreht.« Einen Moment lang senkte er die Lider. Sie würde es doch erfahren. Es würde durchsickern, die Medien würden alle möglichen Lügen und Wahrheiten verbreiten. »Jamie war … er hat immer wieder auf sie eingestochen und ihr die Kehle aufgeschlitzt.«

Die Farbe wich aus ihrem Gesicht, aber ihre Hand blieb fest in seiner. »Sie hat sich gewehrt. Sie muss sich gewehrt haben. Sie muss ihn verletzt haben!«

»Ich weiß es nicht. Es wurde eine Autopsie angeordnet. Danach wissen wir mehr. Sie gehen davon aus, dass Olivia zugesehen, etwas mitbekommen und sich dann versteckt hat.« Er nahm einen Schluck Kaffee in der schwachen Hoffnung, dass er seinen nervösen Magen damit beruhigen würde. »Sie wollen mit ihr sprechen.«

»Das können sie ihr nicht antun.« Diesmal zuckte sie zurück, ließ seine Hand los. »Sie ist noch so klein, David. Ich lasse nicht zu, dass sie das durchmachen muss. Sie wissen, wie er es getan hat«, sagte sie zornig. »Ich erlaube nicht, dass die Tochter meiner Schwester von der Polizei verhört wird.«

David stieß einen langen Atemzug aus. »Er behauptet, dass er Julie so gefunden hat. Dass sie schon tot war, als er sie fand.«

»Er lügt.« Ihre Augen loderten, und ihr hartes, leidenschaftliches Gesicht bekam wieder Farbe. »Das Schwein! Er soll sterben. Ich würde ihn am liebsten selbst töten! Im letzten Jahr hat er ihr Leben zerstört, und jetzt hat er sie ermordet. In der Hölle zu schmoren ist noch zu gut für ihn.«

Sie wirbelte herum, wollte auf etwas einschlagen, etwas in Fetzen reißen. Doch sie hielt abrupt inne, als sie Olivia mit großen Augen in der Tür stehen sah.

»Livvy!«

»Wo ist meine Mama?« Ihre Unterlippe zitterte. »Ich will zu meiner Mama.«

»Livvy ...« Während sich ihre Wut zunächst in Schmerz und dann in Hilflosigkeit verwandelte, beugte Jamie sich hinunter und nahm das Mädchen auf den Arm.

»Das Monster ist gekommen und hat Mama wehgetan. Geht es ihr jetzt besser?«

Über Olivias Kopf sah Jamie verzweifelt zu ihrem Mann. Er streckte eine Hand aus, sie trat zu ihm, und alle drei hielten einander umschlungen.

»Deine Mutter musste fortgehen, Livvy.« Jamie schloss die Augen und drückte einen Kuss auf Olivias Kopf. »Sie wollte es nicht, aber sie musste.«

»Kommt sie bald zurück?«

Jamies Brust hob sich wie eine Welle, die gegen einen Felsen bricht. »Nein, Liebling. Sie kommt nicht zurück.«

»Sie kommt doch immer zurück!«

»Diesmal kann sie nicht zurückkommen. Sie musste in den Himmel fliegen und ist jetzt ein Engel.«

Olivia kniff die Augen zusammen. »Wie im Film?«

Als ihre Beine zu zittern begannen, setzte Jamie sich und zog ihre Nichte an sich. »Nein, Liebling, diesmal ist es nicht wie im Film.«

»Das Monster hat ihr wehgetan, da bin ich weggelaufen. Deshalb kommt sie nicht zurück. Sie ist böse auf mich.«

»Nein, Livvy, das ist sie nicht.« Sie betete um eine Eingebung, lehnte sich zurück und nahm Olivias Gesicht in beide Hände. »Sie wollte, dass du fortläufst. Sie wollte, dass du ein kluges Mädchen bist und wegläufst und dich versteckst. Damit du in Sicherheit bist. Das wollte sie mehr als alles andere. Wenn du das nicht getan hättest, wäre sie jetzt sehr traurig.«

»Dann kommt sie morgen zurück.« Morgen war für Olivia ein Begriff, unter dem sie später, ein andermal, bald verstand.

»Livvy.« David nickte seiner Frau zu und nahm das kleine Mädchen auf den Schoß. Erleichtert bemerkte er, dass es seinen Kopf an seine Schulter legte und seufzte. »Sie kann nicht zurückkommen, aber sie beobachtet dich vom Himmel aus.«

»Ich will nicht, dass sie im Himmel ist!« Jetzt schluchzte Livvy sanft. »Ich will nach Hause zu meiner Mama.«

Als Jamie den Arm nach ihr ausstreckte, schüttelte David den Kopf. »Sie soll sich ruhig ausweinen«, murmelte er.

Jamie presste die Lippen zusammen und nickte. Dann stand sie auf, ging ins Schlafzimmer und rief ihre Eltern an.

Zweites Kapitel

Die Presse lauerte wie ein Rudel Wölfe, das Blut witterte. Zumindest empfand Jamie es so, während sie sich mit ihrer Familie hinter geschlossenen Türen verbarrikadierte. Gerechterweise musste sie allerdings zugeben, dass sich zahlreiche Reporter schockiert und erschüttert zeigten und über die Angelegenheit mit so viel Takt berichteten, wie die Umstände es erlaubten.

Julie MacBride war beliebt gewesen – begehrt, bewundert und beneidet, aber in erster Linie beliebt.

Doch Jamie stand der Sinn im Augenblick nicht nach Gerechtigkeit. Nicht, wenn sie daran dachte, dass Olivia wie eine Puppe im Gästezimmer saß oder so zart und blass wie ein Geist die Treppe herunterkam. Reichte es denn nicht, dass dieses Mädchen seine Mutter auf so grausame Weise verloren hatte? War es denn nicht genug, dass Jamie selbst plötzlich ohne ihre Schwester, ihren Zwilling, ihre engste Vertraute zurechtkommen musste?

Doch inzwischen lebte sie seit acht Jahren in der Glitzerwelt von Hollywood mit ihren verführerischen Schatten. Und so wusste sie, dass es nie genug war.

Julie MacBride hatte im Mittelpunkt des öffentlichen Interesses gestanden, als Symbol für Schönheit, Talent, Sex, ein Mädchen vom Lande, das sich zu einer glamourösen Filmprinzessin gemausert, den amtierenden Prinzen geheiratet und mit ihm in ihrem Hochglanzschloss in Beverly Hills gelebt hatte.

Die Menschen, die ihr Eintrittsgeld an der Kinokasse bezahlt, die Artikel in *People* oder die Tratschereien der Regenbogenpresse verschlungen hatten, betrachteten sie als ihr Eigentum. Julie MacBride mit dem stets auf Abruf bereiten, strahlenden Lächeln und der kehligen Stimme.

Aber sie hatten sie nicht gekannt. Vielleicht hatten sie *geglaubt*, sie aus den Interviews, Reportagen und Porträts zu kennen. Sicherlich hatte Julie die meisten Fragen offen und ehrlich beantwortet. Das war ihre Art, und sie hatte ihren Erfolg nie als selbstverständlich hingenommen. Sie hatte ihn genossen und sich immer wieder aufs Neue darüber gefreut. Doch gleichgültig, wie viel Druckerschwärze, Tonband und Zelluloid der Schauspielerin gewidmet wurde, die Frau in ihr hatten sie nie wirklich verstanden: ihren Sinn für Humor und Verrücktheiten, ihre Liebe zum Wald und zu den Bergen, in denen sie aufgewachsen war, ihre absolute Loyalität ihrer Familie und ihre unerschütterliche Liebe und Hingabe ihrer Tochter gegenüber. Und ihre tragische und unsterbliche Liebe zu dem Mann, der sie schließlich getötet hatte.

Das war es, was Jamie am wenigsten begreifen konnte. Sie hat ihn ins Haus gelassen, dachte sie immer wieder. Ganz zuletzt hatte sie auf ihr Herz gehört und dem Mann, den sie liebte, die Tür geöffnet, obwohl sie wusste, dass es diesen Mann im Grunde nicht mehr gab.

Hätte sie selbst wohl auch so gehandelt? Sie hatten viel geteilt, mehr als die meisten Schwestern, mehr als viele Freundinnen. Zum Teil hatte es sicherlich daran gelegen, dass sie Zwillinge waren, und außerdem war da noch ihre wunderbare Kindheit in den tiefen Wäldern von Washington State. Die Stunden, die Tage, die Abende, die sie gemeinsam auf Entdeckungsausflügen verbracht hatten. Sie hatten dabei viel gelernt und die Gerüche, Geräusche und Geheimnisse des Waldes in sich aufgesogen. Hatten Fährten verfolgt und unter den Sternen geschlafen, ihre Träume so selbstverständlich miteinander geteilt wie sie sich einst den Leib ihrer Mutter geteilt hatten.

Nun war es so, als ob auch ein Teil von Jamie gestorben wäre. Der beste Teil, dachte sie bei sich. Der empfindsamste und verletzlichste Teil. Sie fragte sich, ob diese Wunde je wieder verheilen würde, und ihr war schmerzlich bewusst, dass sie selbst nie wieder wie früher sein konnte.

Natürlich wollte sie stark sein, musste sogar stark sein. Olivia hatte nur noch sie, und David würde sie ebenfalls brauchen. Sie wusste, dass auch er Julie geliebt hatte, dass sie für ihn wie eine Schwester gewesen war. Und ihre Eltern wie seine eigenen.

Sie blieb stehen und blickte zum Himmel. Sie waren jetzt hier, oben bei Olivia in ihrem Zimmer. Ihre Eltern brauchten sie auch. So unerschütterlich sie wirkten, sie brauchten ihre einzige Tochter, damit sie ihnen über die nächsten Wochen hinweghalf.

Als es an der Haustür klingelte, zuckte sie zusammen, dann schloss sie die Augen. Früher hatte sie sich für furchtlos gehalten, nun erschrak sie vor jedem Schatten und jedem Flüstern. Sie holte tief Luft und atmete langsam wieder aus.

David hatte Wachen engagiert, und den Journalisten war es nicht gestattet, das Grundstück zu betreten. Aber im Laufe des langen, furchtbaren Tages war es dem einen oder anderen doch gelungen, zum Haus vorzudringen. Sie wollte die Klingel ignorieren, sie immer weiterläuten lassen. Aber das würde Olivia nur verwirren und ihre Eltern aus der Fassung bringen. Also ging sie zur Tür, wild entschlossen, dem Journalisten bei lebendigem Leib die Haut über die Ohren zu ziehen. Doch dann erkannte sie durch die geschliffene Scheibe den Detective, der noch vor Anbruch des Morgengrauens gekommen war, um ihr mitzuteilen, dass Julie nicht mehr lebte.

»Mrs. Melbourne, bitte entschuldigen Sie die Störung.«

Jamie konzentrierte ihre Aufmerksamkeit auf ihn. »Detective Brady, nicht wahr?«

»Dürfen wir eintreten?«

»Natürlich.« Sie trat zurück. Frank bemerkte, dass sie genügend Selbstbeherrschung aufbrachte, um sich hinter der Tür zu halten, außerhalb des Blickwinkels der neugierigen Kameras. Diese Beherrschung hatte er schon in der Nacht an ihr bemerkt und bewundert.

Während sie die Detectives in den Salon führte, sah er sie aufmerksam an.

Inzwischen wusste er, dass sie und Julie MacBride Zwillinge gewesen waren, dass Jamie sieben Minuten älter als ihre Schwester war. Dennoch hatten die beiden Frauen wenig Ähnlichkeit miteinander. Julie MacBride war eine strahlende Schönheit gewesen – trotz ihrer zarten Gesichtszüge und des goldenen Teints hatte diese Schönheit wie eine Flamme gelodert und den Betrachter beinahe verbrannt.

Ihre Schwester wirkte sanfter, sie trug ihr braunes Haar in kinnlangen, glänzenden Wellen, ihre Augen waren eher schokoladenfarben als golden und hatten nicht Julies schwere, sinnliche Lider.

Er fragte sich, ob sie ihre Schwester um ihr perfektes Aussehen und ihren großen Erfolg beneidet hatte.

»Darf ich Ihnen etwas anbieten? Kaffee?«

Franks Partner Tracy antwortete, er hatte das Gefühl, etwas Alltägliches tun zu müssen, bevor sie zum unangenehmen Teil übergingen. »Ein Kaffee täte mir jetzt gut, Mrs. Melbourne, wenn es Ihnen nicht zu viele Umstände macht.«

»Nein … wir halten jetzt Tag und Nacht Kaffee bereit. Ich kümmere mich darum. Bitte nehmen Sie Platz.«

»Sie hält sich tapfer«, bemerkte Tracy, als Jamie den Raum verlassen hatte.

»Das Schlimmste hat sie noch vor sich.« Frank zog die Gardinen zur Seite und betrachtete die Horde von Journalisten am Rande des Grundstücks. »Das Ganze artet zu einem makaberen Zirkus aus, und das wird noch eine Weile so bleiben. Schließlich wird in Amerika nicht alle Tage eine Prinzessin in ihrem eigenen Schloss in Stücke zerschnitten.«

»Und obendrein von ihrem Prinzen«, ergänzte Tracy. Er griff an die Tasche mit seinen Zigaretten – dann überlegte er es sich anders. »Wir haben vielleicht noch eine Chance, bevor er sich zusammenreißt und seinen Anwalt verlangt.«

»Dann sollten wir sichergehen, dass der Schuss diesmal sicher ins Schwarze trifft.« Frank ließ die Gardine zurückfallen und drehte sich um. Jamie betrat den Raum mit einem Tablett.

Er ließ sich nieder, als sie sich gesetzt hatte. Er lächelte nicht. Sein Gefühl verriet ihm, dass sie keine Höflichkeiten und Beschönigungen erwartete. »Wir sind Ihnen sehr dankbar, Mrs. Melbourne. Wir wissen, dass Sie eine schlimme Zeit durchmachen.«

»Im Augenblick kann ich mir nicht vorstellen, dass es je wieder anders wird.« Sie wartete, bis Tracy zwei gehäufte Löffel Zucker in seinen Becher geschaufelt hatte. »Sie möchten sicher mit mir über Julie sprechen.«

»Ja, Ma'am. Wussten Sie, dass Ihre Schwester vor drei Monaten wegen einer häuslichen Auseinandersetzung die Polizei angerufen hat?«

»Ja.« Ihre Hände blieben ruhig, als sie den Becher hob. »Sam war ausfallend geworden, als er nach Hause kam. Dieses Mal wurde er handgreiflich.«

»Dieses Mal?«

»Bei früheren Gelegenheiten war er nur verbal ausfallend geworden und hatte sie gedemütigt.« Jamies Stimme klang gefasst und klar. Sie unterdrückte ein Zittern. »Seit etwa anderthalb Jahren, soweit ich weiß.«

»Glauben Sie, dass Mr. Tanner ein Drogenproblem hat?«

»Sie wissen sehr gut, dass Sam abhängig ist.« Ihre Augen fixierten Frank. »Wenn Sie das noch nicht herausgefunden haben, haben Sie Ihren Beruf verfehlt.«

»Tut mir leid, Mrs. Melbourne. Wir müssen davon ausgehen, dass Sie den Mann Ihrer Schwester und seine Angewohnheiten kennen. Vielleicht hat sie mit Ihnen über ihre familiären Probleme gesprochen.«

»Natürlich hat sie das. Julie und ich standen uns sehr nahe. Wir konnten miteinander über alles reden.« Einen Augenblick lang sah Jamie zur Seite, rang mit Händen, Augen und ihrer Stimme um Fassung. »Ich glaube, es begann vor ein paar Jahren. Gelegentlich etwas Kokain in geselliger Runde.«

Ihr Lächeln wirkte schmal und hart. »Julie hasste das. Sie haben immer wieder darüber gestritten. Damals begannen sie, sich über viele Dinge zu streiten. Seine letzten beiden Filme kamen nicht so gut an wie erwartet, weder bei den Kritikern noch beim Publikum. Schauspieler sind eine überaus empfindliche Spezies. Julie machte sich Sorgen, weil Sam nervös und reizbar wurde. Aber sosehr sie auch versuchte, die Wogen zu glätten – ihre eigene Karriere entwickelte sich glänzend. Damit kam Sam nicht zurecht, und er begann, sie abzulehnen.«

»Er war eifersüchtig«, regte Frank an.

»Ja, dabei hätte er stolz auf sie sein sollen. Sie gingen häufiger aus, auf Partys, in Clubs. Sam glaubte, Präsenz zeigen zu müssen. Julie unterstützte ihn darin, obwohl sie im Grunde ein häuslicher Typ war. Ich weiß, ihr Image, die Schönheit, der Glamour lassen sich nur schwerlich mit einer Frau vereinbaren, die sich zu Hause am wohlsten fühlte, in ihrem Garten, bei ihrer Tochter, aber so war Julie.«

Ihre Stimme versagte. Sie räusperte sich, trank einen Schluck Kaffee und fuhr fort: »Sie arbeitete gerade an ›Rauch und Schatten‹ mit Lucas Manning. Es war eine anspruchsvolle, schwierige Rolle, körperlich sehr anstrengend. Julie konnte es sich nicht erlauben, zwölf bis vierzehn Stunden zu arbeiten, nach Hause zu kommen und dann die Nacht durchzumachen. Sie wollte sich entspannen, Zeit mit ihrer Tochter verbringen. Also begann Sam, allein auszugehen.«

»Es gab Gerüchte über Ihre Schwester und Manning.«

Jamie richtete ihre Augen auf Tracy und nickte. »Wie meistens, wenn zwei attraktive Schauspieler die Leinwand knistern lassen. Die Leute erfinden romantische Geschichten, und sie genießen den Tratsch. Sam machte ihr die Hölle heiß wegen angeblicher anderer Männer, besonders wegen Lucas. Die Gerüchte waren völlig aus der Luft gegriffen. Julie betrachtete Lucas als Freund und erstklassigen Hauptdarsteller.«

»Wie kam Sam damit zurecht?« fragte Frank.

Jetzt seufzte sie, setzte ihren Becher ab und versuchte, den stechenden Schmerz hinter ihren Augen zu ignorieren. »Vor drei oder vier Jahren hätte er darüber gelacht, sie damit aufgezogen. Stattdessen ließ er ihr keine Ruhe, machte ihr ständig Vorwürfe. Er beschuldigte sie, ihm Vorschriften zu machen, warf ihr vor, andere Männer zu ermutigen, sich mit ihnen zu treffen. Auf Lucas war er am meisten eifersüchtig. Das hat Julie sehr wehgetan.«

»Manche Frauen wenden sich unter einer solchen Belastung tatsächlich einem Freund, einem anderen Mann zu.« Frank beobachtete, wie Jamies Augen flackerten und sie die Lippen zusammenpresste.

»Julie nahm ihre Ehe sehr ernst. Sie liebte ihren Mann. Stark genug, wie sich herausstellte, um ihm treu zu bleiben, bis er sie schließlich umbrachte. Wenn Sie das verdrehen und sie als sprunghaft und ordinär hinstellen wollen …«

»Mrs. Melbourne.« Frank hob eine Hand. »Wenn wir diesen Fall abschließen und ihrer Schwester Gerechtigkeit widerfahren lassen wollen, müssen wir diese Fragen stellen.«

Jamie befahl sich, tief durchzuatmen, langsam ein, langsam wieder aus, und schenkte sich Kaffee nach, den sie gar nicht trinken wollte. »Die Sache ist ganz einfach. *Ihre* Karriere ging steil bergauf, *seine* Zukunft war unsicher. Je unsicherer sie wurde, desto mehr Drogen nahm er und desto mehr Vorwürfe machte er ihr. In jener Nacht im Frühling rief sie die Polizei, weil er sie im Zimmer ihrer Tochter angegriffen hatte und sie Angst um Livvy hatte. Julie hatte Angst um sie alle.«

»Sie reichte die Scheidung ein.«

»Der Entschluss ist ihr nicht leichtgefallen. Sie wollte, dass Sam Hilfe suchte, eine Therapie machte, und sie benutzte die Trennung als Druckmittel. In erster Linie wollte sie jedoch ihre Tochter schützen. Sam war zu einer Gefahr geworden. Sie wollte ihr Kind schützen.«

»Dennoch scheint sie ihn ins Haus gelassen zu haben.«

»Ja.« Jetzt zitterte Jamies Hand. Kurz. Sie setzte die Tasse ab und faltete beide Hände im Schoß. »Sie liebte ihn. Trotz allem liebte sie ihn und glaubte, dass sie wieder zusammenkommen könnten, wenn er nur die Drogen aufgeben würde. Sie wünschte sich noch mehr Kinder. Sie wollte ihren Mann zurückhaben. Sie bemühte sich, die Trennung vor den Medien geheim zu halten, außer der Familie wussten nur ihre Anwälte davon. Sie hoffte, dass es so lange wie möglich dabei bleiben würde.«

»Hätte sie ihm geöffnet, wenn er unter Drogeneinfluss gestanden hätte?«

»So ist es doch gewesen, nicht wahr?«

»Ich versuche nur, mir ein Bild zu machen«, erklärte ihr Frank.

»Es muss so gewesen sein. Sie wollte ihm helfen, und sie war davon überzeugt, dass sie mit ihm umgehen konnte. Wenn Livvy nicht gewesen wäre, hätte sie die Scheidung wahrscheinlich nie eingereicht.«

Aber in jener Nacht war ihre Tochter im Haus, dachte Frank. Im Haus, und damit in Gefahr. »Sie kennen die beiden sehr gut.«

»Ja.«

»Ist Sam Tanner Ihrer Meinung nach dazu in der Lage gewesen, Ihre Schwester zu töten?«

»Der Sam Tanner, den Julie geheiratet hat, hätte sich vor einen Zug geworfen, um sie zu schützen.« Jamie griff wieder nach ihrem Kaffee, aber der bittere Geschmack in ihrer Kehle blieb. »Der Mann, den Sie verhaftet haben, ist zu allem fähig. Er hat meine Schwester umgebracht. Er hat sie verstümmelt, sie zerrissen wie ein wildes Tier. Ich will, dass er dafür stirbt.«

Ihre Stimme war kalt, aber ihre Augen glühten vor Hass. Frank erwiderte den harten Blick und nickte. »Ich verstehe Ihre Gefühle, Mrs. Melbourne.«

»Nein, Detective. Das können Sie nicht.«

Frank blieb stumm, während Tracy unbehaglich in seinem Sessel hin und her rutschte. »Mrs. Melbourne«, begann Frank erneut. »Es würde uns sehr helfen, wenn wir mit Olivia sprechen könnten.«

»Sie ist erst vier.«

»Das wissen wir. Aber sie ist eine Zeugin. Wir müssen herausfinden, was sie gehört und gesehen hat.« Als er Ablehnung und Zögern auf ihrem Gesicht las, bedrängte er sie weiter. »Mrs. Melbourne, ich will Ihnen oder Ihrer Familie nicht noch mehr Leid zufügen, und ich will dem Kind auf keinen Fall schaden. Aber es ist ein Teil des Ganzen. Ein wichtiger Teil.«

»Wie können Sie mich darum bitten, ihr das zuzumuten? Sie zu zwingen, darüber zu sprechen?«

»Was sie erlebt hat, ist in ihrem Kopf gespeichert. Wir müssen sie fragen, was geschehen ist. Sie kennt mich bereits. Sie vertraut mir. Ich werde sehr vorsichtig sein.«

»Gott.« Jamie hob die Hände, presste die Finger an ihre Augenlider und versuchte, einen klaren Gedanken zu fassen. »Ich will dabei sein. Ich muss bei ihr bleiben, und Sie hören auf, wenn es ihr zu viel wird.«

»Das geht in Ordnung. Sie wird sich wohler fühlen, wenn Sie bei ihr sind. Ich gebe Ihnen mein Wort, dass ich es ihr so leicht wie möglich machen werde. Ich habe selbst einen Sohn.«

»Ich kann mir nicht vorstellen, dass er schon mal einen Mord gesehen hat.«

»Nein, Ma'am, aber sein Vater ist Polizist.« Frank seufzte leise, als er sich erhob. »Kinder verstehen mehr, als man ihnen zutraut.«

»Mag sein.« Das werde ich nie genau wissen, dachte sie, während sie die beiden Männer die Treppe hinaufführte. David wollte keine Kinder, und weil sie sich selbst nicht sicher gewesen war, hatte sie sich damit begnügt, der Tochter ihrer Schwester eine liebevolle Tante zu sein.

Jetzt würde sie dazulernen müssen. Sie alle mussten eine Menge lernen.

Vor dem Schlafzimmer hielt sie die beiden Detectives zurück. Sie öffnete die Tür einen Spalt, sah, dass ihre Eltern mit Olivia auf dem Boden saßen und ein Puzzle zusammensetzten.

»Mutter, könntest du bitte für einen Augenblick herkommen?«

Aus dem Zimmer trat eine Frau mit Jamies zartem Körperbau, die jedoch härter und sportlicher wirkte. Ihre gebräunte Haut und die ausgeblichenen Spitzen ihrer brauen Haare verrieten Frank, dass sie sich gern im Freien aufhielt. Er schätzte sie auf Anfang fünfzig. Ihre sanften blauen Augen, unter denen nun dunkle, verletzliche Schatten lagen, musterten zunächst Franks Gesicht, dann das seines Partners.

»Meine Mutter, Valerie MacBride. Mom, das sind die Detectives, die … Sie sind für den Fall zuständig«, schloss Jamie. »Sie müssen mit Livvy sprechen.«

»Nein.« Vals Körper verkrampfte sich, während sie die Tür hinter sich schloss. »Das ist unmöglich. Sie ist noch zu klein. Ich erlaube es nicht. Sie soll nicht daran erinnert werden, was passiert ist.«

»Mrs. MacBride …« Noch während Frank sprach, fuhr sie ihn an:

»Warum haben Sie sie nicht geschützt? Warum haben Sie den Mörder nicht von ihr ferngehalten? Mein Kind ist tot.« Sie bedeckte das Gesicht mit beiden Händen und weinte leise.

»Bitte warten Sie hier«, murmelte Jamie und legte die Arme um ihre Mutter. »Leg dich einen Augenblick hin, Mom. Komm schon.«

Als Jamie zurückkam, war ihr Gesicht blass und zeigte Tränenspuren. Aber jetzt waren ihre Augen trocken. »Bringen wir es hinter uns.« Sie straffte ihre Schultern und öffnete die Tür.

Ihr Vater hockte im Schneidersitz auf dem Boden, wie ein Indianer. Sein mit Gold und Silber durchsetztes Haar umrahmte ein schmales, attraktives, sonnengebräuntes Gesicht. Er blickte auf. Seine Augen waren von jener Bernsteinfarbe, die er seiner jüngeren Tochter und seiner Enkelin vererbt hatte, von Fältchen umrandet und unter den dunklen Brauen weit auseinanderstehend.

In einer instinktiven Schutzgeste legte er eine Hand auf Olivias Schulter, während er die Männer hinter Jamie eingehend betrachtete.

»Dad.« Jamie zwang sich zu einem Lächeln. »Das sind Detective Brady und Detective Harmon. Mein Vater, Rob MacBride.«

Rob stand auf, und obwohl er den Detectives nacheinander die Hand reichte, stellte er sich zwischen sie und seine Enkelin. »Worum geht es, Jamie?«

»Sie müssen mit Livvy sprechen.« Sie senkte die Stimme und griff nach seiner Hand, bevor er protestieren konnte. »Sie *müssen*«, wiederholte sie eindringlich. »Bitte, Dad, Mom ist deswegen ziemlich aufgeregt. Sie hat sich in eurem Zimmer hingelegt. Ich bleibe hier. Ich bleibe die ganze Zeit bei Livvy. Sprich du bitte mit Mom. Bitte …« Weil ihre Stimme zu versagen drohte, schwieg sie für einen Augenblick. »Bitte, wir müssen das durchstehen. Julie zuliebe.«

Er beugte sich zu ihr hinunter, legte seine Stirn an ihre. So blieben sie einen Augenblick lang stehen, sein Körper gebeugt, seine Hand in ihrer. »Ich muss mit deiner Mutter sprechen.«

»Wohin gehst du? Wir haben das Puzzle noch nicht beendet.«

Rob sah auf Olivia hinunter und kämpfte mit den Tränen,

die in seinen Augen aufstiegen. »Ich komme zurück, Livvy. Werd nicht erwachsen, während ich weg bin.«

Darüber musste sie kichern, aber ihr Daumen war in ihren Mund gerutscht, als sie Frank erblickte.

Sie wusste, wer er war – der Polizist mit den langen Armen und den grünen Augen. Sein Gesicht wirkte müde und traurig. Aber sie erinnerte sich an seine nette Stimme und sanften Hände.

»Hi, Livvy.« Frank ging in die Hocke. »Erinnerst du dich noch an mich?«

Sie nickte und behielt beim Sprechen den Daumen im Mund. »Du bist Frank, der Polizist. Du hast das Monster verjagt. Kommt es wieder?«

»Nein.«

»Hast du meine Mama gefunden? Sie musste in den Himmel und hat sich verirrt. Kannst du sie für mich suchen?«

»Ich wünschte, ich könnte es.« Frank setzte sich auf dem Boden und schlug die Beine übereinander, wie ihr Großvater es getan hatte.

Tränen stiegen ihr in die Augen, tropften von ihren Wimpern und bohrten sich wie winzige Messer in Franks Herz. »Ist es, weil sie ein Stern ist? Sterne gehören in den Himmel.«

Er hörte Jamies leisen, verzweifelten Aufschrei hinter sich, aber sie gewann ihre Fassung schnell zurück und trat nach vorn. Jetzt brauchte er das Vertrauen des Kindes, also legte er eine Hand an Livvys Wange und verließ sich auf seinen Instinkt. »Manchmal, wenn wir ganz großes Glück haben, dürfen ganz besondere Sterne eine Weile bei uns bleiben. Wenn sie wieder in den Himmel zurückkehren müssen, macht uns das sehr traurig. Es ist aber nicht schlimm, dass wir traurig sind. Wusstest du, dass die Sterne auch tagsüber da sind?«

»Man kann sie nicht sehen.«

»Nein, aber sie sind da, und sie können uns sehen. Deine Mutter wird immer da sein und auf dich aufpassen.«

»Ich will, dass sie nach Hause kommt. Wir wollten im Garten eine Party für meine Puppen feiern.«

»Mögen deine Puppen Partys?«

»Jeder mag Partys.« Sie hob Kermit auf, den sie von zu Hause mitgebracht hatte. »Er frisst Käfer.«

»Typisch Frosch. Mag er sie lieber mit oder ohne Schokosirup?«

Ihre Augen leuchteten auf. »Ich mag alles mit Schokoüberzug. Hast du auch eine kleine Tochter?«

»Nein, ich habe einen kleinen Jungen, und er hat früher auch Käfer gegessen.«

Jetzt lachte sie und nahm den Daumen aus dem Mund. »Hat er nicht.«

»O doch. Ich hatte schon Angst, er würde grün anlaufen und weghüpfen.« Beiläufig nahm Frank ein Teil des Puzzles und legte es an die richtige Stelle. »Ich mag Puzzles. Deshalb bin ich Polizist geworden. Wir setzen ständig Puzzles zusammen.«

»Das hier ist Cinderella beim Ball. Sie hat ein wunderschönes Kleid und einen Kürbis.«

»Manchmal setze ich ein Puzzle in meinem Kopf zusammen, aber ich brauche Hilfe bei den Einzelteilen, die zusammen das Bild ergeben. Meinst du, du kannst mir dabei helfen, Livvy, indem du mir alles über die letzte Nacht erzählst? Als wir uns kennengelernt haben?«

»Du bist zum Wandschrank gekommen. Ich dachte, du wärst das Monster, aber das warst du nicht.«

»Stimmt. Kannst du mir erzählen, was passiert ist, bevor ich kam und dich gefunden habe?«

»Ich habe mich lange, lange im Schrank versteckt, und er wusste nicht, wo ich war.«

»Das ist ein gutes Versteck. Hast du an dem Tag mit Kermit gespielt, oder mit deinem Puzzle?«

»Ich spiele mit vielen Dingen. Mama brauchte nicht zu arbeiten, und wir sind im Pool geschwommen. Ich kann die Luft unter Wasser ganz lange anhalten, weil ich ein Fisch bin.«

Er zog an ihrem Haar, pikste sie am Hals. »Stimmt, da sind die Kiemen.«

Ihre Augen weiteten sich. »Mama sagt auch, sie kann sie sehen. Aber ich sehe sie nicht.«

»Schwimmst du gern?«

»Sehr gern. Ich muss immer am flachen Ende bleiben, und ich darf nur ins Wasser, wenn Mama oder Rosa oder ein anderer Erwachsener dabei ist. Aber eines Tages darf ich auch allein.«

»Sind deine Freunde gestern zum Spielen gekommen?«

»Gestern nicht. Manchmal kommen sie aber.« Olivia spitzte die Lippen und fügte konzentriert ein weiteres Stück des Puzzles ein. »Manchmal kommen Billy oder Cherry oder Tiffy zu Besuch, aber gestern haben Mama und ich allein gespielt, danach haben wir geschlafen, und dann haben wir die Plätzchen gegessen, die Rosa für uns gebacken hatte. Mama hat ihr Drehbuch gelesen und gelacht, und dann hat sie telefoniert. ›Lou, es gefällt mir!‹« Livvy wiederholte den Satz so kühl und erwachsen, dass Frank blinzeln musste. »›Ich *bin* Carly. Es ist höchste Zeit, dass ich eine romantische Komödie mit Witz spiele. Schließ den Deal ab.‹«

»Ehm …« Frank schwankte zwischen Überraschung und Bewunderung, während Livvy versuchte, ein weiteres Stück des Puzzles einzuordnen. »Das ist wirklich gut. Du hast ein gutes Gedächtnis.«

»Daddy sagt, wenn ich Flügel hätte, wäre ich ein Papagei. Ich kann mich an viele Dinge erinnern.«

»Das glaube ich dir. Weißt du noch, wann du ins Bett gegangen bist?«

»Ich soll immer um acht Uhr ins Bett gehen. Um acht lassen sich die Hennen zum Brüten nieder. Mama erzählte mir eine Geschichte über eine Dame mit langem, langem Haar, die in einem Turm lebte.«

»Später bist du aufgewacht. Warst du durstig?«

»Nein.« Sie steckte den Daumen wieder in den Mund. »Ich hatte einen bösen Traum.«

»Mein Noah hat auch manchmal böse Träume. Wenn er mir davon erzählt, fühlt er sich gleich besser.«

»Ist Noah dein kleiner Junge? Wie alt ist er?«

»Er ist jetzt zehn. Möchtest du ein Foto von ihm sehen?«

»Hmm.« Als Frank seine Brieftasche herausholte und nach dem Bild suchte, schob sie sich näher an ihn heran. Sie legte den Kopf auf die Seite und betrachtete den Jungen mit dem unordentlichen braunen Haar und dem breiten Grinsen. »Er ist nett. Vielleicht kann er mich mal besuchen und mit mir spielen.«

»Vielleicht. Manchmal hat er schlimme Träume von Außerirdischen.«

Vergib mir, Noah, dachte Frank, während er seine Brieftasche wieder einsteckte, dass ich dein dunkelstes Geheimnis verraten habe. »Wenn er mir davon erzählt, geht es ihm wieder besser. Willst du mir vielleicht auch von deinem bösen Traum erzählen?«

»Erwachsene schreien. Ich mag es nicht, wenn Mama und Daddy sich streiten. Daddy ist krank und muss wieder gesund werden, und wir wünschen uns ganz, ganz doll, dass es ihm bald wieder besser geht und er wieder zu uns nach Hause kommen darf.«

»In deinem Traum hast du deine Mutter und deinen Vater schreien gehört?«

»Erwachsene schreien, aber ich kann sie nicht verstehen. Ich will sie nicht verstehen. Ich will, dass sie aufhören. Ich will, dass meine Mama kommt. Jemand schreit, wie in den Filmen, die Rosa sich immer ansieht. Sie schreien und schreien, und ich wache auf. Ich höre nichts, weil alles nur ein Traum war. Ich will zu Mama.«

»Hast du sie gesucht?«

»Sie war nicht in ihrem Bett. Ich wollte zu ihr ins Bett klettern. Sie hat sonst auch nichts dagegen. Dann habe ich …«

Sie brach ab und konzentrierte sich auf ihr Puzzle.

»Ist schon in Ordnung, Livvy. Du kannst mir erzählen, was dann passiert ist.«

»Ich soll die Zauberfläschchen nicht anfassen. Ich habe sie aber nicht zerbrochen.«

»Wo sind die Zauberfläschchen?«

»Auf Mamas kleinem Tisch mit dem Spiegel. Ich bekomme eigene, wenn ich größer bin, das ist Spielzeug für große Mädchen. Ich habe nur eine Minute lang damit gespielt.«

Sie blickte Frank so ernst an, dass er lächeln musste. »Dann ist ja alles in Ordnung. Und was hast du dann gemacht?«

»Ich bin nach unten gegangen. Die Lichter waren an, und die Tür stand offen. Draußen war es warm. Vielleicht haben wir Besuch, vielleicht gibt es Kuchen.«

Tränen liefen jetzt ihre Wangen hinunter. »Ich will nicht weitererzählen.«

»Es ist in Ordnung, Livvy, du kannst es mir ruhig sagen. Mir kannst du alles erzählen.«

Und das konnte sie wirklich. Sie blickte in seine grünen Augen und sprach weiter.

»Es riecht schlecht, und alles ist zerbrochen und rot und nass und ekelig. Die Blumen liegen auf dem Boden, überall ist Glas. Wenn man keine Schuhe anhat, muss man sich vor Scherben in Acht nehmen, weil sie wehtun. Ich will nicht hineintreten. Ich sehe Mama, sie liegt auf dem Fußboden, und auf ihr sind rote, feuchte Flecken. Das Monster ist bei ihr. Es hat eine Schere in der Hand.«

Sie hielt ihre eigene Hand hoch, die Finger fest geschlossen, ihre Augen glasig.

»›Livvy. Gott, Livvy‹«, sagte sie in einer erschütternden Imitation der Stimme ihres Vaters. »Ich bin weggelaufen, und er hat mich gerufen. Er hat Dinge zerbrochen und mich gesucht und geweint. Ich habe mich im Wandschrank versteckt.« Ein Schauer schüttelte sie. »Ich habe in die Hose gemacht.«

»Das macht nichts, Schatz. Das macht überhaupt nichts.«

»Große Mädchen machen nicht in die Hose.«

»Du bist ein sehr großes Mädchen. Und sehr mutig und schlau.« Während sie ihn mit einem unsicheren Lächeln bedachte, betete er, dass er sie nie wieder an diese Nacht würde erinnern müssen.

Er lenkte ihre Aufmerksamkeit erneut auf das Puzzle und

machte eine Bemerkung über sprechende Kürbisse, die sie zum Kichern brachte. Er wollte nicht, dass sie ihn in ihrer Erinnerung mit Furcht, Blut und Wahnsinn in Verbindung brachte.

Doch als er sich an der Tür noch einmal zu ihr umdrehte, starrte Olivia ihn still und flehentlich mit einem erschreckend erwachsenen Gesichtsausdruck an.

Auf dem Weg nach unten stellte er fest, dass er in Gedanken Jamie Melbourne Recht gab. Auch er wollte Sam Tanners Blut.

»Sie waren sehr einfühlsam.« Jamie war kurz davor, die Beherrschung zu verlieren. Sie wollte sich zusammenrollen und weinen, wie ihre Mutter. Oder wenigstens sich hinter Pflichten und Aufgaben verschanzen, wie ihr Mann es tat.

»Sie ist ein erstaunliches Mädchen.«

»Darin ähnelt sie ihrer Mutter.«

Er blieb stehen und sah Jamie fest an. »Ich würde sagen, dass sie auch viel von ihrer Tante hat.«

In Jamies Gesicht flackerte Überraschung auf, dann seufzte sie. »Letzte Nacht hatte sie Alpträume, und immer wieder ertappte ich sie dabei, wie sie mit diesem – diesem leeren Ausdruck in die Luft starrt und am Daumen lutscht. Dabei hatte sie mit dem Daumenlutschen schon vor ihrem ersten Geburtstag aufgehört.«

»Wenn es ihr Trost gibt … Mrs. Melbourne, Sie haben jetzt viele Sorgen, und Sie müssen sich um viele Dinge kümmern. Sie sollten eine Therapie erwägen, nicht nur für Olivia, sondern für sie alle.«

»Ja, ich werde darüber nachdenken, aber jetzt kann ich nur an den Augenblick denken. Ich will Sam sehen.«

»Das halte ich für keine gute Idee.«

»Ich will den Mann sehen, der meine Schwester ermordet hat. Ich will ihm in die Augen sehen. *Das* ist meine Therapie, Detective Brady.«

»Ich werde sehen, was ich für Sie tun kann. Wir danken Ihnen für Ihre Zeit und Ihre Geduld. Noch einmal unser herzliches Beileid.«

»Sehen Sie zu, dass er dafür bezahlt.« Sie öffnete die Tür, machte sich auf die Rufe der Journalisten gefasst, auf die neugierige Menge vor dem Haus.

»Wir melden uns bei Ihnen«, war alles, was Frank sagte.

Jamie schloss die Tür und lehnte sich schwer dagegen. Sie wusste nicht, wie lange sie dort so gestanden hatte, mit geschlossenen Augen und gesenktem Kopf, aber sie richtete sich abrupt auf, als sie eine Hand auf ihrer Schulter spürte.

»Jamie, du musst dich ausruhen.« David nahm sie in seine Arme. »Ich möchte, dass du eine Tablette nimmst und dich hinlegst.«

»Keine Pillen. Ich muss einen klaren Kopf bewahren.« Aber sie legte die Stirn an seine Schulter, und etwas von dem Druck wich aus ihrer Brust.

»Die beiden Detectives waren gerade hier.«

»Du hättest mich rufen sollen.«

»Sie wollten mit mir sprechen, und mit Livvy.«

»Mit Livvy?« Er schob sie von sich und sah sie an. »Um Gottes willen, Jamie, du hast sie doch nicht etwa das Kind verhören lassen?«

»Es war nicht so schlimm, David.« Sie spürte Ablehnung in sich aufkeimen, fühlte sich aber zu erschöpft dafür. »Detective Brady war sehr sanft zu ihr, und ich war die ganze Zeit dabei. Sie mussten wissen, was sie gesehen hat. Sie ist die einzige Zeugin.«

»Zum Teufel damit! Sie haben ihn erwischt. Er war im Haus, er hatte die Waffe in der Hand. Er war mit Drogen vollgepumpt, wie meistens im vergangenen Jahr.«

Als er Jamies warnenden Blick in Richtung Treppe bemerkte, holte er tief Luft und atmete langsam wieder aus. Ruhig, ermahnte er sich. Sie mussten alle Ruhe bewahren, wenn sie das durchstehen wollten. »Sie haben genügend Beweise, um ihn für den Rest seines erbärmlichen Lebens hinter Gitter zu bringen«, schloss er.

»Jetzt gibt es noch Livvys Aussage, dass sie ihn gesehen und gehört hat.« Sie hob die Hand zum Gesicht. »Ich weiß nicht, wie so etwas abläuft, ich weiß nicht, was als Nächstes passiert. Ich kann nicht darüber nachdenken.«

»Es tut mir so leid.« Er zog sie wieder an sich. »Ich will nur nicht, dass du oder Livvy oder irgendjemand sonst aus der Familie mehr leidet als unbedingt notwendig. Ich glaube, wir sollten einen Kinderpsychologen konsultieren, um ganz sicher zu sein, dass ihr diese Fragerei nicht schadet.«

»Vielleicht hast du Recht. Aber sie mag Detective Brady. Man spürt, dass sie sich bei ihm geborgen fühlt.« Einen Moment lang lehnte sie ihr Gesicht an Davids Hals. »Ich will jetzt mit Mutter sprechen.«

»In Ordnung, Jamie.« Seine Hände strichen ihre Arme entlang und hielten dann die ihren fest. »Übermorgen wird Julies Leiche freigegeben. Am Tag darauf können wir den Gedenkgottesdienst abhalten, wenn du möchtest. Ich habe schon alles arrangiert.«

»Oh, David.« Unendlich dankbar bemühte sie sich, ihre Tränen zurückzuhalten. »Das war doch nicht notwendig. Ich wollte mich später darum kümmern.«

»Ich weiß, was du dir für sie wünschst. Ich möchte das gern erledigen, Jamie, für uns alle. Ich habe sie auch geliebt.« David nahm ihre Hand an seine Lippen, drückte einen Kuss auf ihre Fingerspitzen.

»Ich weiß.«

»Ich muss etwas tun. Ich – hm – habe eine Pressemitteilung vorbereitet. Wir kommen nicht darum herum.« Seine Hände strichen in einer tröstenden Geste ihre Arme auf und ab. »Das ist zwar eher dein Gebiet, aber ich fand, dass wir den Text möglichst einfach halten sollten. Ich zeige ihn dir, bevor ich ihn rausgebe. Aber was den Rest angeht … lass mich nur machen.«

»Ich weiß nicht, was ich ohne dich tun würde, David.«

»Das ist doch selbstverständlich.« Er küsste sie sanft. »Geh jetzt zu deiner Mutter und versprich mir, dass du dich ausruhst.«

»Versprochen.«

Er wartete, bis sie nach oben gegangen war, dann trat er an die Tür und starrte durch die Scheiben auf die Gestalten, die draußen in der Sommerhitze schwitzten.

Sie erinnerten ihn an Geier über einer frischen Beute.

Drittes Kapitel

Sie hatte keine Lust, einen Mittagsschlaf zu machen. Sie war überhaupt nicht müde. Olivia lag in einem fremden Bett und bemühte sich trotzdem, einzuschlafen, weil Tante Jamie sie darum gebeten hatte.

An den Wänden des hübschen Zimmers rankten sich kleine blaue Veilchen hoch, vor den Fenstern hingen weiße Gardinen mit winzig kleinen weißen Pünktchen, die alles, was man durch sie betrachtete, weich und verschwommen aussehen ließen. In diesem Raum hatte sie immer geschlafen, wenn sie zu Besuch gekommen war.

Aber es war nicht ihr Zuhause.

Sie hatte Großmama erklärt, dass sie nach Hause wollte, und dass sie gern mitkommen könne. Dann konnten sie zusammen im Garten eine Teeparty veranstalten, bis Mama wieder da war.

Aber Großmamas Augen waren groß und feucht geworden, und sie hatte Olivia so eng an sich gedrückt, dass es beinahe wehgetan hatte.

Danach hatte Livvy ihr Heimweh nicht mehr erwähnt.

Als sie nun die gedämpften Stimmen hinter der Tür zum Zimmer ihrer Großeltern hörte, kletterte sie aus ihrem Bett und schlich aus dem Raum. Tante Jamie hatte zwar gesagt, dass Großmama und Großpapa auch schliefen, aber wenn sie schon aufgewacht waren, konnten sie vielleicht draußen zusammen spielen. Großmama und Großpapa hielten sich gern im Freien auf. Großpapa sollte mit ihr auf einen Baum klettern.

Er hatte ihr erzählt, dass in Washington manche Bäume so hoch wuchsen, dass sie den Himmel berührten. Olivia hatte sie als kleines Baby dort besucht, und dann noch einmal, als sie zwei war, deshalb konnte sie sich nicht daran erinnern. Sie fragte sich, ob Großpapa ihr vielleicht einen dieser Bäume, die bis an den Himmel reichten, suchen würde, damit sie bis ganz oben hinaufklettern und ihre Mutter rufen konnte. Sicher würde Mama sie hören, wenn es ihr nur gelänge, nahe genug an den Himmel heranzukommen.

Als sie die Tür öffnete, erkannte sie, dass ihre Großmutter weinte. Ihre Tante saß neben ihr und hielt ihre Hände. Es tat weh, die Großmutter so zu sehen, aber Olivia fürchtete sich geradezu, als sie in Großvaters Gesicht blickte. Es wirkte verkrampft, seine Augen waren dunkel und zornig. Als er sprach, klang seine Stimme ganz hart, so als ob er versuche, die Worte hinauszustoßen, anstatt sie auszusprechen. Olivia wich zurück und machte sich ganz klein.

»Es ist mir egal, warum er es getan hat. Er ist wahnsinnig, wahnsinnig vor Eifersucht und Drogen. Er hat sie umgebracht, er hat sie uns weggenommen, das ist das Einzige, was zählt. Dafür muss er büßen, jeden Tag seines jämmerlichen Lebens muss er dafür bezahlen!«

»Wir hätten sie nach Hause holen sollen.« Noch immer liefen die Tränen über Großmutters Wangen. »Als sie uns sagte, dass sie und Sam Probleme hätten, hätten wir sie dazu überreden sollen, mit Livvy eine Zeit lang zu uns zu ziehen, um sich über die Situation klarzuwerden.«

»Wir wussten schließlich nicht, dass er gewalttätig geworden war, wussten nicht, dass er ihr wehgetan, dass er sie geschlagen hatte.« Großpapa ballte seine Hände zu Fäusten. »Wenn ich das erfahren hätte, wäre ich sofort hergekommen und hätte mich selbst um den Hurensohn gekümmert.«

»Wir können die Uhr nicht zurückdrehen, Dad.« Jamies Stimme klang matt, denn sie fühlte sich mitschuldig. Sie hatte es gewusst und ihnen nicht gesagt. Julie hatte sie gebeten, es den Eltern zu verschweigen. »Wenn es möglich wäre, würde ich hundert Dinge tun, um es im Nachhinein zu verhindern. Aber das kann ich nicht, und jetzt müssen wir damit leben. Die Presse …«

»Scheiß auf die Presse!«

Olivias Augen wurden immer größer. Großpapa hatte doch noch nie das schlimme Wort in den Mund genommen. Sie konnte nur staunen, während ihre Tante gefasst den Kopf schüttelte.

»Nun, Dad, es wird nicht mehr allzu lange dauern, dann scheißen sie auf uns. So läuft das nun mal. Sie werden Julie heiligsprechen oder sie zur Hure erklären. Oder beides. Um Livvys willen müssen wir die Sache so weit wie irgend möglich unter Kontrolle behalten. Es wird ohnehin schon genügend Spekulationen über ihre Ehe und ihre Beziehung zu Sam geben – und über andere Männer, insbesondere Lucas Manning.«

»Julie war keine Ehebrecherin«, schnappte Großmama.

»Das weiß ich doch, Mom. Aber so läuft das nun mal.«

»Sie ist tot«, erklärte Großpapa stumpf. »Julie ist tot. Wie viel schlimmer kann es noch kommen?«

Wie in Zeitlupe wich Olivia von der Tür zurück. Sie wusste, was das bedeutete. Blumen waren tot, wenn sie braun und steif wurden, und dann warf man sie weg. Als Tiffys alter Hund Casey gestorben war, hatten sie im Garten ein Loch gegraben und ihn mit Erde und Gras zugeschaufelt.

Tot bedeutete, dass man nie mehr zurückkommen konnte.

Sie bewegte sich von der Tür fort, während ihr Atem in ihrer Brust heiß und zäh wurde, während Bilder von Blut und zerbrochenem Glas, von Monstern und Scheren durch ihren Kopf jagten.

Dann brach dieser heiße Atem aus ihr heraus, verbrannte ihr Herz. Sie stürzte davon. Und sie begann zu schreien.

»Mama ist nicht tot! Mama ist nicht tot und in einem Loch im Garten! Sie kommt zurück! Sie kommt schon bald zurück!«

Sie rannte weiter, obwohl sie ihren Namen riefen, die Stufen hinunter, durch den Flur. An der Haustür kämpfte sie mit der Klinke, Tränen rollten über ihre Wangen. Sie musste nach draußen. Sie musste einen Baum finden, einen Baum, der bis in den Himmel wuchs, damit sie hinaufklettern und ihre Mutter zurückrufen konnte.

Endlich gab die Tür nach, und Olivia lief hinaus. Überall standen Menschen. Sie wusste nicht, in welche Richtung sie sich wenden sollte. Plötzlich schrien alle durcheinander, eine riesige Welle von Geräuschen brach sich über ihrem Kopf, schmerzte in ihren Ohren. Sie presste ihre Hände dagegen, rief weinend nach ihrer Mutter.

Ein Dutzend Kameras fingen das Bild begierig ein, weideten sich an dem Augenblick, an ihrer Trauer und ihrer Furcht.

Jemand schrie, dass man sie in Ruhe lassen solle, schließlich sei sie noch ein Kind. Aber die Journalisten stürmten wie rasend auf sie zu. Die Sonne brach sich an ihren Linsen und blendete sie. Olivia sah Schatten und Umrisse, nahm verschwommen unbekannte Gesichter wahr. Fremde Stimmen riefen Fragen und Befehle.

Hierher sehen, Olivia! Hier drüben.

Hat dein Vater versucht, dir wehzutun?

Hast du sie streiten gehört?

Sieh mich an, Olivia. Sieh in die Kamera.

Sie erstarrte wie ein Kitz am Waldrand, mit benommenen, wilden Augen. Dann wurde sie von hinten hochgehoben, sie spürte den Duft und die Arme ihrer Tante.

»Ich will zu Mama, ich will zu Mama.« Sie konnte es nur flüstern. Tante Jamie hielt sie fest.

»Sie ist noch ein Kind!« Jamie konnte sich nicht beherrschen, sie schrie laut los. »Verflucht, seht ihr denn nicht, dass sie ein Kind ist?«

Sie steuerte auf das Haus zu und schüttelte entschlossen den Kopf, bevor ihr Mann und ihre Eltern heraustreten konnten. »Nein, bleibt drinnen. Gebt ihnen nicht noch mehr Munition. Von nun an sagen wir ihnen überhaupt nichts mehr.«

»Ich bringe sie nach oben.« Großmamas Augen waren jetzt trocken. Trocken, kühl und ruhig. »Du hast Recht, Jamie. Wir kümmern uns nur noch um das Jetzt.« Sie presste die Lippen gegen Olivias Haar und begann, die Treppe hinaufzusteigen. Für sie war Olivia das Hier und Jetzt.

Diesmal schlief Olivia vor Angst und Verwirrung erschöpft ein, während ihre Großmutter auf sie aufpasste. Das, so beschloss Val, würde von nun an ihre Aufgabe sein.

In einer weniger beruhigenden Umgebung dachte auch Frank Brady an das Kind, mit dem er am Vormittag gesprochen hatte. In Gedanken sah er wieder ihre großen braunen Augen, die vertrauensvoll in die seinen aufgeblickt hatten, während er nur seinen Job erledigte.

Für Frank war Sam Tanner das Hier und Jetzt.

Trotz der Stunden im Gefängnis und der Tatsache, dass er sich offenbar verzweifelt nach einer Prise Koks sehnte, hatte Sams Attraktivität kaum gelitten. Es schien, als ob er sich auf die Rolle des gepeinigten Liebhabers vorbereitet hätte, geschockt, unschuldig und leidend, aber immer noch attraktiv genug, um beim weiblichen Anteil des Publikums den Beschützerinstinkt zu wecken.

Sein Haar war dunkel, dicht und zerzaust. Unter seinen blauen Augen lagen Schatten. Seit er ständig zum Kokain griff, hatte er ein paar Kilo eingebüßt, was seinem Gesicht einen romantisch-ausgezehrten Touch verlieh.

Seine Lippen bebten, seine Hände waren ständig in Bewegung.

Sie hatten ihm seine verdammten Klamotten weggenommen und ihm ein verwaschenes graues Hemd und viel zu weite Hosen ausgehändigt. Seinen Gürtel und seine Schnürsenkel hatten sie einkassiert. Er war als selbstmordgefährdet eingestuft worden und wurde dementsprechend ständig überwacht. Doch die gesamte Tragweite seiner Situation lag zurzeit immer noch unter einem dichten Nebel aus Schock und Verlangen nach seiner Lieblingsdroge begraben.

Das Verhörzimmer hatte beigefarbene Wände und einen breiten, von einer Seite durchsichtigen Spiegel. Außerdem gab es einen Tisch und drei Stühle. Sobald er versuchte, sich zurückzulehnen, wurde ihm schwindlig. In der Ecke stand ein Wasserspender mit lauwarmem Wasser und konischen Bechern. Die Luft roch abgestanden.

Frank saß ihm gegenüber und schwieg. Tracy lehnte an der Wand und unterzog seine Fingernägel einer eingehenden Betrachtung. Die Stille und der überhitzte Raum trieben Sam Schweißperlen auf den Rücken.

»Ich weiß nicht mehr, als ich Ihnen bereits gesagt habe.« Sam konnte die Stille nicht mehr ertragen und stieß die Worte hervor. Nach dem ersten Verhör war er sich sicher gewesen, dass sie ihn nach Hause schicken würden, damit er endlich in Erfahrung bringen konnte, was aus Julie und Olivia geworden war.

O Gott, Julie. Sobald er an sie dachte, sah er Blut, ein Meer von Blut.

Frank nickte nur, sein Blick geduldig. »Warum erzählen Sie uns nicht noch einmal, was Sie schon ausgesagt haben? Von Anfang an.«

»Genau das tue ich doch. Ich kam nach Hause ...«

»Aber Sie wohnten doch gar nicht mehr dort, nicht wahr, Mr. Tanner?« Tracys Stimme klang eine Spur aggressiver.

»Es ist immer noch mein Zuhause. Die Trennung war nur vorübergehend, bis wir unsere Probleme in den Griff bekommen hatten.«

»Ich verstehe.« Tracy inspizierte weiterhin seine Nägel. »Deshalb hatte Ihre Frau wohl auch die Scheidung eingereicht und das alleinige Sorgerecht für das Kind zugesprochen bekommen. Deshalb hatten Sie ein eingeschränktes Besuchsrecht, und deshalb haben Sie sich den Palast am Strand gekauft.«

»Das waren doch nur Formalitäten.« Sams Gesicht wurde abwechselnd blass und dann wieder rot. Er sehnte sich so sehr nach etwas Koks, nur ein bisschen Schnee, um einen klaren Kopf zu bekommen, ruhig nachdenken zu können! Warum verstanden diese Leute nicht, dass es so verdammt schwierig war, einen klaren Gedanken zu fassen? »Das Haus in Malibu habe ich als Investition erworben.«

Als Tracy schnaufte, hob Frank eine Hand. Seit sechs Jahren waren sie Partner, ihr Rhythmus war so eingespielt wie der eines Liebespaars. »Gib dem Mann die Chance, uns alles in Ruhe zu erzählen, Tracy. Ständig unterbrichst du ihn, du bringst ihn doch ganz aus dem Konzept. Wir versuchen nur, uns über die Einzelheiten Klarheit zu verschaffen, Mr. Tanner.«

»Okay, okay. Ich ging also nach Hause.« Er rieb die Hände an seinen Schenkeln, ekelte sich jedoch vor dem rauhen Stoff der weiten Hose. Er war an gutes Gewebe und maßgeschneiderte Anzüge gewöhnt. Gott weiß, dachte er, während er weiter an seinem Hosenbein zupfte, dass ich das Beste verdiene.

»Warum gingen Sie nach Hause?«

»Was?« Er blinzelte, schüttelte den Kopf. »Warum? Ich wollte mit Julie sprechen. Ich musste sie sehen. Wir mussten über unsere Probleme reden.«

»Hatten Sie Drogen genommen, Mr. Tanner?« fragte Frank sanft, beinahe wie von Freund zu Freund. »Es ist besser, wenn Sie aufrichtig sind. Hin und wieder etwas Kokain …« Er hob die Schultern und ließ sie wieder fallen. »Deshalb bekommen Sie mit uns keine Probleme, aber wir müssen uns über Ihren Zustand im Klaren sein.«

Bisher hatte er es abgestritten, hatte es von Anfang an abgestritten. So eine Geschichte konnte einen Schauspieler in den Augen des Publikums erledigen. Die Leute, die selbst im Business waren, nun, sie verstanden, wie das lief. Doch an der Kinokasse hatten sich Drogen noch nie gut verkauft.

Aber ein bisschen Stoff unter Freunden? Das war doch nun wirklich keine große Sache. Das hatte er Julie immer wieder versichert, wenn sie an ihm herumnörgelte. Wenn sie nur …

Julie, dachte er wieder und presste die Finger gegen seine Augenlider. War sie wirklich tot?

»Mr. Tanner?«

»Was?« Jene Augen, die Frauen auf der ganzen Welt aufseufzen ließen, zuckten. Sie waren jetzt blutunterlaufen, von Schatten umrandet und matt.

»Hatten Sie Drogen genommen, als Sie Ihre Frau besuchten?« Ehe er seine Standardantwort wiederholen konnte, lehnte Frank sich vor. »Bevor Sie diese Frage beantworten, verrate ich Ihnen lieber gleich, dass wir Ihr Auto durchsucht und Ihr Versteck gefunden haben. Aber wegen der Drogen machen wir Ihnen bestimmt keine Schwierigkeiten, solange Sie uns die Wahrheit sagen.«

»Ich habe keine Ahnung, wovon Sie reden.« Er wischte sich mit dem Handrücken über den Mund. »Da hätte doch jeder was verstecken können. Soweit ich weiß, hätten Sie selbst dort was verstecken können.«

»Wollen Sie damit sagen, dass wir Beweise fälschen?« Tracy bewegte sich blitzartig. Er packte Sam am Kragen und zerrte ihn vom Stuhl hoch. »Wollen Sie das behaupten?«

»Immer mit der Ruhe. Es reicht.« Frank hob beide Hände. »Mr. Tanner ist nur durcheinander, er ist verwirrt. Sie wollten doch sicher nicht andeuten, dass wir Drogen in Ihrem Wagen versteckt haben, oder?«

»Nein, ich …«

»Das ist nämlich eine schwere Anschuldigung, Mr. Tanner. Eine sehr schwere Anschuldigung. So etwas macht sich gar nicht gut für Sie, ganz besonders, wenn wir ein paar Leute haben, die nur zu gern bezeugen würden, dass Sie hin und wieder etwas Puderzucker geschnupft haben. Nur so aus Geselligkeit.« Frank sprach ganz ruhig, während Tracy empört schnaufte und sich wieder an die Wand lehnte. »Wir müssen ja keine Staatsaffäre daraus machen. Es sei denn, Sie bestehen darauf. Es sei denn, Sie behaupten, dass wir Ihnen das Koks untergeschoben haben, wo wir doch genau wissen, dass es Ihnen gehört. Außerdem sehe ich Ihnen doch an, dass Sie sich im Augenblick nichts sehnlicher wünschen als eine Prise weißes Pulver für Ihre Nerven.«

Ernst beugte Frank sich nach vorn. »Sie stecken in ziemlich großen Schwierigkeiten, Sam. In verdammt großen Schwierigkeiten. Ich bewundere Ihre Arbeit, ich bin ein großer Fan von Ihnen. Ich würde Ihnen gern helfen, aber Sie tun sich selbst keinen Gefallen, wenn Sie wegen der Drogen lügen. Das macht alles nur noch schlimmer.«

Sam spielte mit seinem Ehering, drehte ihn auf dem Finger hin und her. »Okay, vielleicht habe ich es ein paarmal ausprobiert, aber ich hatte alles im Griff. Ich habe es unter Kontrolle.« Verzweifelt wünschte er sich, selbst daran glauben zu können. »Ich bin nicht davon abhängig. Ich hatte nur ein paar Nasen geschnupft, um einen klaren Kopf zu behalten, bevor ich nach Hause fuhr.«

»Um mit Ihrer Frau zu sprechen«, führte Frank den Gedanken zu Ende. »Um alles wieder in Ordnung zu bringen.«

»Ganz genau, so war es. Ich musste ihr verständlich machen, dass wir wieder würden zusammenleben können, die Anwälte zum Teufel schicken und alles regeln. Ich vermisste sie, und natürlich Livvy. Ich wollte wieder wie früher leben, verdammt noch mal!«

»Das kann ich Ihnen nicht verdenken. Eine wunderschöne Frau und eine süße Tochter – ein Mann müsste verrückt sein, so etwas einfach aufzugeben. Sie wollten also Ihre Probleme aus der Welt schaffen, deshalb fuhren Sie zu ihr und unterhielten sich.«

»Stimmt, ich – nein, ich fuhr zu ihr und *fand* sie. Ich fand sie. Gütiger Jesus.« Er schloss die Augen, versteckte sein Gesicht. »O Gott, Julie. Überall war Blut, Blut und zerbrochenes Glas. Die Lampe, die ich ihr zum Geburtstag geschenkt hatte – sie lag zwischen all dem Blut und Glas. Ich versuchte, sie aufzurichten. Die Schere steckte in ihrem Rücken. Ich zog sie heraus.«

Hatte er das wirklich getan? Er glaubte zwar, dass er sie herausgezogen hatte, konnte sich aber nicht mehr genau erinnern. Auf jeden Fall hatte er die heiße, blutverschmierte Schere in der Hand gehalten.

»Ich sah Livvy an der Tür stehen. Sie lief fort.«

»Sie sind ihr gefolgt«, sagte Frank leise.

»Ja – das muss ich wohl. Ich glaube, ich habe die Nerven verloren. Habe versucht, sie zu finden, wollte erfahren, wer Julie das angetan hatte. Ich erinnere mich nicht genau. Dann rief ich die Polizei.«

Er blickte Frank an. »Sobald ich dazu in der Lage war, rief ich die Polizei an.«

»Wie lange?« Tracy löste sich von der Wand, drückte sein Gesicht gegen Sams. »Wie lange sind Sie durch das Haus gelaufen und haben nach dem kleinen Mädchen gesucht, mit der Schere in der Hand, bevor Sie zusammenbrachen und die Cops riefen?«

»Ich weiß es nicht. Ich bin mir nicht sicher. Vielleicht ein paar Minuten. Zehn, fünfzehn Minuten.«

»Verlogenes Schwein!«

»Tracy …«

»Er ist ein verfluchtes, verlogenes Schwein, Frank. Hätte er das Mädchen gefunden, läge es jetzt in der Leichenhalle neben seiner Mutter.«

»Nein. Nein!« Entsetzen klang aus Sams Stimme. »Ich hätte Livvy nie etwas angetan.«

»Da war Ihre Frau aber anderer Ansicht, nicht wahr, Tanner?« Tracy bohrte einen Finger in Sams Brust. »Sie hat zu Protokoll gegeben, dass sie Angst hatte, Sie mit dem Kind allein zu lassen. Sie sind eine Koksnase, ein ganz jämmerlicher Hundesohn, und ich werde Ihnen jetzt sagen, wie es abgelaufen ist. Sie haben an Ihre Frau in dem großen Haus gedacht, daran gedacht, dass sie Sie aussperrte, Sie von sich selbst und Ihrem Kind fernhielt, weil sie Ihren Anblick nicht mehr ertragen konnte. Vielleicht fragten Sie sich, ob sie die Beine für einen anderen Mann breit machte. Eine Frau, die so gut aussieht – bestimmt sind da andere Männer im Spiel. Also koksten Sie sich den Kopf zu und fuhren zu ihr, um ihr zu zeigen, wer der Herr im Haus ist.«

»Nein, ich wollte nur mit ihr reden.«

»Aber sie wollte nicht, stimmt's, Tanner? Sie wollte Sie gleich wieder rauswerfen, nicht wahr? Sagte Ihnen, Sie sollen sich zur Hölle scheren. Vielleicht haben Sie sie daraufhin erst ein bisschen herumgeschubst, genau wie damals.«

»Das war ein Unfall. Ich wollte ihr nichts tun. Wir haben uns gestritten.«

»Dann griffen Sie zur Schere.«

»Nein!« Er versuchte, sich zurückzulehnen, sich auf die verschwommenen Bilder in seinem Kopf zu konzentrieren. »Wir waren in Livvys Zimmer. Julie duldete keine Scheren in Livvys Zimmer.«

»Sie waren im Erdgeschoss und sahen sie auf dem Tisch liegen, glänzend und scharf. Sie griffen danach und schnitten Ihre Frau in Stücke, weil sie nichts mehr von Ihnen wissen wollte. Wenn *Sie* sie nicht haben konnten, sollte sie auch kein anderer haben. Das war es doch, was Sie dachten, nicht wahr, Tanner? Die Schlampe hatte den Tod verdient.«

»Nein, nein, nein! Dazu wäre ich niemals in der Lage. So etwas könnte ich nie tun.« Aber er erinnerte sich an das Gefühl der Schere in seiner Hand, wie seine Finger sie fest umklammert hielten, wie das Blut von der Klinge hinuntergetropft war. »Ich liebte sie. Ich liebte sie …«

»Sie wollten es nicht tun, Sam. War es so?« Frank nahm den Faden auf und glitt wieder auf seinen Stuhl. Seine Stimme war sanft, seine Augen ruhig. »Ich weiß, wie das ist. Manchmal liebt man eine Frau so sehr, dass es einen in den Wahnsinn treibt. Wenn sie nicht zuhört, nicht hören will, was man ihr sagt, nicht versteht, was man braucht, muss man einen Weg finden, um es ihr verständlich zu machen. Das war alles, nicht wahr? Sie wollten einen Weg finden, um sie zum Zuhören zu zwingen, und sie weigerte sich. Sie verloren die Nerven. Außerdem waren Drogen im Spiel. Sie hatten sich einfach nicht unter Kontrolle. Sie bekamen Streit, und die Schere lag auf dem Tisch. Vielleicht ging sie auf Sie los. Dann ist es einfach passiert, bevor Sie sich dagegen wehren konnten. Wie damals, als Sie ihr auch nicht wehtun wollten. Es war eine Art Unfall.«

»Ich weiß nicht.« Tränen schwammen in seinen Augen. »Ich

hatte die Schere in der Hand, aber das war hinterher. Es muss hinterher gewesen sein. Ich habe sie herausgezogen.«

»Livvy hat Sie gesehen.«

Sams Gesicht wurde ausdruckslos. Er starrte Frank an. »Was?«

»Sie hat Sie gesehen. Und sie hat Sie gehört, Sam. Deshalb kam sie nach unten. Ihre vierjährige Tochter ist eine Tatzeugin. Auf der Mordwaffe sind Ihre Fingerabdrücke. Wir haben Ihre blutigen Fußspuren im ganzen Haus gefunden. Im Wohnzimmer, im Flur, auf der Treppe. Auf dem Türrahmen zum Zimmer Ihrer Tochter sind blutige Fingerabdrücke, *Ihre* Abdrücke. Sonst war niemand im Haus, Sam, kein Einbrecher, wie Sie uns bisher weismachen wollten. Kein Eindringling. Es gibt keine Anzeichen für einen Einbruch, nichts wurde gestohlen, Ihre Frau wurde nicht vergewaltigt. Es waren nur drei Menschen im Haus. Julie, Livvy und Sie.«

»Es muss noch jemand da gewesen sein.«

»Nein, Sam, niemand.«

»Mein Gott, mein Gott, mein Gott …« Er legte zitternd den Kopf auf den Tisch, weinte wie ein Kind.

Und als er sich wieder beruhigt hatte, legte er ein Geständnis ab.

Frank las das unterschriebene Geständnis nun schon zum dritten Mal, stand auf, marschierte durch die winzige Kaffeeküche und gab sich mit dem bitteren Bodensatz zufrieden. Mit der Tasse in der Hand setzte er sich an den Tisch und las das Geständnis noch einmal.

Als sein Partner hereinkam, sagte Frank, ohne aufzublicken: »In seiner Geschichte sind Lücken. So große Lücken, dass du mit deinem geliebten alten Caddy hindurchfahren könntest, ohne den Lack auch nur anzukratzen.«

»Ich weiß.« Tracy setzte frischen Kaffee auf und ging dann zu dem verbeulten Kühlschrank und nahm sich eine Birne heraus. Er biss einmal ab, grunzte zufrieden und ließ sich nieder. »Aber der Typ ist durchgeknallt, Frank. Auf Entzug, mit den

Nerven am Ende. Und in der Nacht war er völlig high. Er wird sich nie mehr in Einzelheiten an alles erinnern.«

Tracy wischte sich den Birnensaft vom Kinn. »Wir wissen, dass er es war. Wir haben Beweise, ein Motiv, und er hatte ausreichend Gelegenheit, die Tat zu begehen. Wir haben ihn am Tatort verhaftet. Zur Hölle, wir haben sogar eine Zeugin! Und jetzt auch noch sein Geständnis. Unsere Arbeit ist getan, Frank.«

»Stimmt, aber irgendwie habe ich kein gutes Gefühl dabei. Zum Beispiel hier – er behauptet, Livvys Spieluhr auf den Boden geworfen zu haben. Da war gar keine Spieluhr. Er bringt die beiden Abende durcheinander, in seinem Kopf sind sie zu einem verschmolzen.«

»Er ist ein verdammter Kokser«, wiederholte Tracy ungeduldig. »Seine Behauptung, dass er erst nach dem Einbruch ankam, stimmt hinten und vorn nicht. Sie hat ihm die Tür geöffnet – ihre Schwester hat bestätigt, dass das zu ihr passt. Dieser Typ ist nicht Richard Kimble, Kumpel. Er ist kein Einarmiger, und das Ganze ist keine Fernsehserie. Er hat die Schere genommen und sie ihr in den Rücken gebohrt. Sie geht zu Boden – keine Kampfspuren –, dann sticht er immer wieder auf sie ein, während sie versucht, wegzukriechen. Denk an die Blutspuren, den Bericht des Gerichtsmediziners. Wir wissen, was passiert ist. Die Sache macht mich krank.«

Tracy warf das Kerngehäuse in den Mülleimer und schob den Stuhl zurück, um sich frischen Kaffee einzuschenken.

»Seit sieben Jahren bin ich nun bei der Mordkommission«, murmelte Frank. »Aber das hier ist einer der schlimmsten Fälle, die ich je gesehen habe. Wenn ein Mann einer Frau so etwas antut, hegt er starke Gefühle für sie.« Er seufzte und rieb sich die müden Augen. »Ich wünschte mir einfach ein saubereres Geständnis, das ist alles. Irgendein teurer Anwalt tänzelt, ehe wir uns versehen, elegant durch diese Löcher hindurch.«

Mit einem Kopfschütteln erhob er sich. »Ich gehe nach Hause. Mal sehen, ob ich meine Familie noch erkenne.«

»Anwalt oder nicht«, sagte Tracy, während Frank zur Tür ging. »Dafür kommt Sam Tanner hinter Gitter, und er wird den Rest seines wertlosen Lebens in einem Käfig verbringen.«

»Ja, das wird er wohl. Und das kleine Mädchen muss damit leben. Das ist es, was mich so krank macht, Tracy. Es nagt an meinen Eingeweiden.«

Auf dem Heimweg dachte er weiter über den Fall MacBride nach.

Olivias Gesicht hatte sich in seine Erinnerung eingebrannt, die runden, kindlichen Wangen, die verletzlichen, viel zu erwachsen dreinblickenden Augen unter ihren dunklen Brauen. Und die ersten Worte, die sie ihm zugeflüstert hatte:

Das Monster ist hier.

Doch dann bog er in die Auffahrt zu seinem kleinen, mit Stuck verzierten Haus ein, und auf einmal war alles so himmlisch normal. Noah hatte sein Fahrrad im Hof achtlos hingeworfen, die Fleißigen Lieschen seiner Frau welkten vor sich hin, weil sie wieder einmal vergessen hatte, ihnen Wasser zu geben. Gott allein wusste, warum sie sich überhaupt die Mühe machte, die Dinger einzupflanzen! Ihr vorsintflutlicher VW Käfer, verziert mit diversen Stickern, die auf ihre vielfältigen Anliegen hinwiesen, stand schon in der Einfahrt. Celia Brady sammelte Anliegen wie andere Frauen Rezepte.

Er bemerkte, dass der VW wieder einmal Öl verlor, fluchte halblaut und stieg aus seinem Wagen.

Die Haustür öffnete sich und knallte sogleich wie ein Gewehrschuss wieder zu. Sein Sohn kam herausgestürmt, ein kompakter Kerl mit zotteligem braunen Haar, blauen Flecken auf den Knien und zerlöcherten Sportschuhen.

»Hey, Dad! Wir sind gerade von einer Demo gegen das Walschlachten zurück. Mama hat Platten mit Walgesängen gekauft. Die klingen wie Außerirdische.«

Frank jaulte auf bei der Vorstellung, dass er wohl in den nächsten Tagen Walgesänge über sich ergehen lassen musste. »Vermutlich gibt es nichts zu essen?«

»Wir haben unterwegs Brathähnchen gekauft. Ich habe sie dazu überredet. Mann, dieser ganze Gesundheitsfraß in letzter Zeit, da kann ein Mann glatt verhungern.«

Frank hielt inne, legte eine Hand auf die Schulter seines Sohnes. »Du willst mir erzählen, dass wir Brathähnchen im Haus haben? Mach dich nicht über mich lustig, Junge.«

Noah lachte. »Einen ganzen Eimer voll. Minus das Stück, das ich unterwegs verputzt habe. Mom hat gesagt, wir machen eine Ausnahme, weil du Nervennahrung brauchst.«

»Stimmt.« Es tat gut, eine Frau zu haben, die ihn so sehr liebte, dass sie diese Dinge ahnte. Frank setzte sich mit seinem Sohn auf die Stufe, lockerte seine Krawatte und legte einen Arm um Noahs Schulter. »Da hat sie nicht ganz Unrecht.«

»Im Fernsehen laufen ständig Berichte über diese Schauspielerin, Julie MacBride. Wir haben gesehen, wie du und Tracy in das große Haus gegangen seid, und sie haben auch Bilder von dem anderen Haus gebracht, dem noch größeren, in dem sie getötet wurde. Und gerade eben, bevor du heimkamst, zeigten sie das kleine Mädchen, die Tochter. Sie kam aus dem Haus gerannt und sah total verschreckt aus.«

Noah hatte den Blick nicht von dem Bild abwenden können, selbst als die riesigen, verzweifelten Augen direkt in seine starrten und ihn um Hilfe anzuflehen schienen.

»Gott, Dad, sie haben die Kamera direkt auf ihr Gesicht gehalten! Und sie weinte und schrie und hielt sich die Ohren zu, bis jemand kam und sie wieder ins Haus brachte.«

»Jesus.« Frank stützte die Ellenbogen auf die Knie und legte sein Gesicht in die Hände. »Arme Kleine.«

»Was werden sie mit ihr machen, wo ihre Mutter doch jetzt tot ist und ihr Vater ins Gefängnis kommt?«

Frank atmete schwer aus. Noah wollte immer alles ganz genau wissen. Und sie sagten ihm stets die Wahrheit – Celia bestand darauf, und Frank war zu dem Schluss gekommen, dass sie Recht hatte. Ihr Sohn war aufgeweckt, neugierig und kannte den Unterschied zwischen Gut und Böse. Er ist der Sohn eines Polizisten, dachte Frank, und er muss lernen, dass es böse Menschen gibt, die nicht immer zur Verantwortung gezogen werden.

»Ich bin mir nicht sicher. Sie hat eine Familie, die sie sehr liebt. Sie werden sich um sie kümmern, so gut sie können.«

»Im Fernsehen haben sie gesagt, dass sie im Haus war, als es passierte. Stimmt das?«

»Ja.«

»Wow.« Noah kratzte an einer Schramme auf seinem Knie und runzelte die Stirn. »Sie wirkte echt verängstigt«, murmelte er. Er konnte sich nicht vorstellen, wie es wäre, sich vor seinem eigenen Vater fürchten zu müssen.

»Es wird ihr sicherlich gutgehen.«

»Warum hat er es getan, Dad?« Noah blickte seinem Vater ins Gesicht. Dort fand er fast immer eine Antwort.

»Das erfahren wir vielleicht nie genau. Manche werden sagen, dass er seine Frau zu sehr liebte, andere werden sagen, dass er verrückt war. Dass es an den Drogen lag, an Eifersucht oder Wut. Der Einzige, der es je wirklich wissen wird, ist Sam Tanner. Dabei bin ich mir noch nicht einmal sicher, ob er es selbst versteht.«

Frank drückte Noah die Schulter. »Lass uns den Walen zuhören und Hähnchen essen.«

»Und Kartoffelbrei.«

»Sohn, du treibst einem erwachsenen Mann die Tränen in die Augen.«

Noah lachte wieder und folgte seinem Vater ins Haus. Aber auch er liebte genug, um zu verstehen. Und er war sich jetzt schon sicher, dass er in der Nacht hören würde, wie sein Vater auf und ab ging, so wie er es immer tat, wenn er sich über seine Arbeit Gedanken machte.

Viertes Kapitel

Ein Geständnis mochte gut für die Seele sein, aber in Sam Tanners Fall diente es in erster Linie dazu, die Realität wieder in den Griff zu bekommen. Weniger als eine Stunde, nachdem er tränenreich den brutalen, drogenumnebelten Mord an seiner Frau gestanden hatte, kamen ihm seine Bürgerrechte in den Sinn.

Er rief den Rechtsanwalt an, von dem er immer wieder behauptet hatte, dass er seine Eheprobleme nur noch komplizierter mache, und verlangte von ihm, seine Verteidigung zu übernehmen. Er war in Panik, fühlte sich krank und hatte zu diesem Zeitpunkt bereits die Hälfte seines Geständnisses wieder vergessen.

So war es ein auf Familienrecht spezialisierter Anwalt, der als Erster behauptete, dass Sam Tanners Geständnis unter Zwang abgelegt worden sei, seinen Klienten anwies, von seinem Schweigerecht Gebrauch zu machen und Unterstützung anforderte.

Charles Brighton Smith wurde als Sams Verteidiger verdingt. Er war ein einundsechzigjähriger Fuchs mit einer auffälligen Silbermähne, schlauen blauen Augen und einem laserscharfen Verstand. Mit heller Begeisterung pflegte er sich auf medienwirksame Fälle zu stürzen und genoss nichts mehr als einen heftigen Kampf vor Gericht unter den neugierigen Augen der Medien.

Noch bevor er nach Los Angeles flog, hatte er bereits damit begonnen, sein Team von Assistenten, Sekretärinnen, Prozessanwälten, Sachverständigen, Psychologen und Experten für die Geschworenenauswahl zusammenzustellen. Er hatte seine Flugnummer und Ankunftszeit durchsickern lassen und war auf den Ansturm der Journalisten bestens vorbereitet – und obendrein elegant gestylt.

Seine Stimme klang voll und sonor und kam direkt aus dem Zwerchfell, wie bei einem Opernsänger. Während er sein Eröffnungsstatement abgab, spiegelte sein ernstes Gesicht Besorgnis, Weisheit und Mitgefühl wider.

»Sam Tanner ist unschuldig, ein tragisches Opfer. Er hat die Frau, die er liebte, auf unvorstellbar brutale Weise verloren, und nun ist sein Elend dank der Polizei und ihrer unangemessenen Eile, diesen Fall möglichst schnell abzuschließen, noch verschlimmert worden. Wir hoffen, diese Ungerechtigkeit so schnell wie möglich zu revidieren, damit Sam sich seiner Trauer widmen und nach Hause zu seiner Tochter zurückkehren kann.«

Smith beantwortete keine Fragen, verweigerte jeden weiteren Kommentar. Seine Leibwächter bahnten ihm einen Weg durch die Menge und führten ihn zu der wartenden Limousine. Während er einstieg, stellte er sich vor, wie begeistert die Medien seine kurze Ansprache kolportieren würden.

Und er hatte Recht.

Nachdem sie die letzte Nachrichtenmeldung über Smiths Ankunft in Los Angeles verfolgt hatte, schaltete Val MacBride den Fernseher abrupt aus. Für diese Leute ist alles nur ein Spiel, dachte sie. Für die Presse, die Anwälte, die Polizei, die Öffentlichkeit. Nur eine beliebige Show, um die Quoten nach oben zu treiben, Zeitungen und Magazine zu verkaufen, ihr Gesicht auf Zeitschriften oder in den Nachrichten wiederzufinden.

Sie missbrauchten ihre Tochter, ihre arme, ermordete Tochter.

Und doch konnte sie nichts tun, um sie aufzuhalten. Julie hatte sich dafür entschieden, ihr Leben unter den Augen der Öffentlichkeit zu führen, und so war sie auch gestorben.

Diesen Umstand würden sich die Anwälte zunutze machen, die öffentliche Meinung verdrehen und ausbeuten, um den Mann, der sie getötet hatte, als Opfer hinzustellen. Er würde zum Märtyrer stilisiert werden, und Olivia war für sie nur ein Mittel zum Zweck.

Aber das, sagte sich Val, zumindest *das* konnte sie verhindern.

Leise verließ sie das Zimmer und sah unterwegs kurz nach Olivia. Sie stellte fest, dass Rob bäuchlings auf dem Boden lag, Kopf an Kopf mit seiner Enkelin. Die beiden beschäftigten sich mit einem Malbuch.

Sie wollte lächeln und weinen zugleich. Ihr Mann war so zuverlässig wie ein Fels in der Brandung. Wie heftig man sich auch an ihn lehnte, er geriet nie ins Wanken.

Val ließ die beiden allein und suchte Jamie.

Das Haus war in einer geraden T-Form gebaut. Im linken Flügel hatte Jamie ihr Büro. Vor acht Jahren war sie als persönliche Assistentin ihrer Schwester nach Los Angeles gekommen und hatte damals im Gästezimmer von Julies Puppenhaus in den Hügeln gelebt und gearbeitet.

Val hatte sich anfangs Sorgen gemacht, aber die Anrufe und Briefe der beiden hatten so begeistert geklungen, dass sie diese Stimmung nicht durch Nörgeleien und Warnungen hatte trüben wollen. In jenem Haus hatten die beiden Mädchen zusammen gewohnt, bis Julie zwei Jahre später Sam kennengelernt und geheiratet hatte. Und weniger als sechs Monate später war Jamie mit David verlobt gewesen. Ausgerechnet mit einem Mann, der als Manager von Rock'n'Roll-Bands arbeitet, hatte Val zunächst gedacht. Dabei hatte sich David schließlich als ebenso zuverlässig erwiesen wie ihr eigener Mann.

Sie hatte geglaubt, dass ihre Mädchen in Sicherheit lebten, sicher, glücklich und mit guten Männern verheiratet. Wie hatte sie sich nur dermaßen täuschen können?

Sie schob den Gedanken beiseite, klopfte leise an Jamies Bürotür und trat ein.

Der Raum spiegelte Jamies Stil und Organisationstalent wider. Normalerweise waren die Jalousien mit den schmalen vertikalen Lamellen geöffnet, um das Sonnenlicht hereinzulassen und den Blick auf Pool und Garten freizugeben. Seitdem jedoch die Papparazzi das Haus mit ihren Teleskoplinsen belagerten, waren die Jalousien fest geschlossen, und die Lampen blieben auch am hellen Nachmittag eingeschaltet.

Wir leben wie Geiseln, dachte Val, als ihre Tochter ihr ein gequältes Lächeln schenkte und weiter in den Hörer sprach.

Val setzte sich auf einen einfachen, gepolsterten Stuhl vor dem Schreibtisch und wartete geduldig.

Jamie wirkte erschöpft, stellte sie fest und hätte fast geseufzt, als ihr bewusst wurde, wie wenig sie sich in den letzten Tagen um ihre Tochter gekümmert hatte.

Val schloss die Augen und atmete ein paarmal ruhig durch. Sie musste sich auf das Wesentliche konzentrieren und durfte sich nicht in ihrem Kummer vergraben.

»Tut mir leid, Mom.« Jamie legte auf und fuhr sich mit beiden Händen durchs Haar. »Es gibt so viel zu erledigen.«

»Ich war dir keine große Hilfe.«

»Doch, das warst du. Ich weiß nicht, wie wir ohne dich und Dad zurechtgekommen wären. Livvy – ich kann mich nicht um alles kümmern und ihr trotzdem die Aufmerksamkeit schenken, die sie jetzt so dringend braucht.«

Sie stand auf und nahm eine Flasche Wasser aus dem kleinen Kühlschrank. Ihr Körper hatte begonnen, gegen die unzähligen Liter Kaffee, die sie in letzter Zeit in sich hineingeschüttet hatte, zu rebellieren. Hinter ihrer Stirn spürte sie einen dumpfen, bohrenden Kopfschmerz, den keine Tablette zu erreichen schien.

»David ist auch eine große Hilfe, aber er darf seine eigene Arbeit nicht vernachlässigen«, fuhr sie fort, während sie Wasser in zwei Gläser füllte. »Freunde haben angeboten, mir die Anrufe, Telegramme und Briefe abzunehmen, aber ...«

»Das ist eine Familienangelegenheit«, schloss Val.

»Ja.« Jamie gab ihrer Mutter ein Glas und lehnte sich mit der Hüfte gegen den Schreibtisch. »Viele Menschen haben am Tor zu Julies Haus Blumen niedergelegt. Ich muss dafür sorgen, dass sie abgeholt und an die Krankenhäuser verteilt werden. Lucas Manning, der Gute, hilft mir dabei. Inzwischen kommen die ersten Briefe an, und obwohl Julies Agent Lou die Beantwortung übernehmen will, glaube ich doch, dass wir in ein oder zwei Wochen darin ersticken werden.«

»Jamie ...«

»Wir haben bereits einen Berg von Beileidsbekundungen von Leuten aus der Branche erhalten. Leute, die sie kannte oder mit denen sie gearbeitet hatte. Und die Anrufe …«

»Jamie«, wiederholte Val mit Nachdruck. »Wir müssen uns darüber unterhalten, was als Nächstes passiert.«

»Was mich betrifft, passiert all *das* als Nächstes.«

»Setz dich.« Als das Telefon klingelte, schüttelte Val den Kopf. »Lass gut sein, Jamie, und setz dich hin.«

»In Ordnung.« Jamie gab nach, nahm Platz und legte den Kopf zurück.

»Es wird eine Verhandlung geben«, begann Val. Jamie richtete sich wieder auf.

»Es hat keinen Sinn, jetzt schon darüber nachzudenken.«

»Wir *müssen* darüber nachdenken. Sams neuer Anwalt hat sich im Fernsehen bereits wirkungsvoll in Szene gesetzt. Manche Leute sind ganz wild darauf, zu behaupten, dass Sam es nicht gewesen sein kann. Er ist ein Held, ein Opfer, eine tragische Figur. Diese Stimmen werden zunehmen, bevor alles vorbei ist.«

»Du solltest nicht darauf hören.«

»Nein, und das werde ich jetzt auch nie mehr tun.« Vals Stimme wurde scharf. »Und ich habe auch nicht vor, das Risiko einzugehen, dass Livvy etwas davon mitbekommt oder dass sie benutzt wird, so wie neulich, als sie aus dem Haus lief. Ich will sie mit nach Hause nehmen, Jamie. Ich will so schnell wie möglich mit ihr nach Washington.«

»Nach Hause?« Einen Augenblick lang setzte Jamies Verstand aus. »Aber das hier ist ihr Zuhause.«

»Ich weiß, dass du sie liebst.« Val setzte ihr Glas ab, um die Hand ihrer Tochter zu ergreifen. »Hör mir zu, Jamie. Die Kleine kann auf gar keinen Fall hierbleiben, eingesperrt in diesem Haus wie eine Gefangene. Hier kann sie nicht einmal zum Spielen vor die Tür gehen. Wir dürfen sie noch nicht einmal ans Fenster lassen, aus Angst, dass ein Fotograf sie entdecken könnte. Das ist kein Leben für sie.«

»Das geht vorbei.«

»Aber wann? Vielleicht lässt es irgendwann ein wenig nach, aber bald kommt der Prozess. Sie wird im Herbst nicht in die Vorschule gehen können oder ohne Leibwächter mit ihren Freunden spielen. Ständig werden irgendwelche Leute sie anstarren, auf sie zeigen, tuscheln. Und manche werden sich nicht einmal die Mühe machen zu flüstern. Dem will ich sie nicht aussetzten. Und ich glaube nicht, dass du das willst.«

»O Gott, Mom.« Hin- und hergerissen stand Jamie auf. »Ich möchte sie großziehen. David und ich haben bereits darüber gesprochen.«

»Wie kannst du das, Liebling? Mit den vielen Erinnerungen, dem Rummel, den Risiken? Sie muss davor geschützt werden, und zwar ohne dabei eingesperrt zu werden, so schön dein Haus auch sein mag. Seid ihr beiden, David und du, dazu bereit, euer Heim aufzugeben, eure Arbeit, euer Leben, um sie fortbringen und euch um sie kümmern zu können? Dein Vater und ich können ihr ein sicheres Zuhause bieten, wir können sie vor den Medienleuten verstecken.« Val atmete durch. »Und ich habe vor, umgehend einen Anwalt zu konsultieren und ein Sorgerechtsverfahren einzuleiten. Ich werde nicht dulden, dass dieser Mann jemals wieder in ihre Nähe kommt. So ist es am besten für sie, Jamie. Julie hätte es so gewollt.«

Und was ist mit mir?, wollte Jamie schreien. Was ist mit meinen Bedürfnissen, meinen Wünschen? »Hast du mit Dad darüber gesprochen?« Ihre Stimme klang matt, und sie hatte ihr Gesicht abgewendet.

»Wir haben heute Morgen darüber gesprochen. Er ist meiner Meinung. Jamie, so ist es am besten. Du und David könnt uns besuchen und so viel Zeit mit ihr verbringen, wie ihr wollt. Sie wird auch zu euch gehören, aber nicht hier an diesem Ort, Jamie. Nicht hier.«

Frank stand überrascht von seinem Schreibtisch auf, als er Jamie Melbourne erblickte. Während sie das Büro durchquerte, setzte sie ihre dunkle Brille ab und schob sie dann ruhelos von einer Hand in die andere.

»Detective Brady, wenn Sie einen Augenblick Zeit für mich haben, würde ich gern mit Ihnen sprechen.«

»Natürlich, lassen Sie uns in die Kaffeeküche gehen.« Er versuchte ein Lächeln. »Den Kaffee kann ich allerdings nicht empfehlen.«

»Das trifft sich gut, denn im Augenblick meide ich Koffein.«

»Möchten Sie auch mit Detective Harmon sprechen?«

»Es ist nicht nötig, Sie beide von Ihrer Arbeit abzuhalten.« Jamie betrat den kleinen, beengten Raum. »Ich bin ganz spontan gekommen. Es war nicht einfach«, fügte sie hinzu und trat an das winzige Fenster. Immerhin ein Fenster, dachte sie, wenigstens kann ich nach draußen sehen. »Vor unserem Haus lauern immer noch Reporter. Es sind zwar nicht mehr ganz so viele, aber einige haben sogar ihr Lager vor unserer Tür aufgeschlagen. Ich glaube, diesen dreisten Typen von Kanal Vier habe ich überfahren.«

»Den konnte ich noch nie leiden.«

Jamie legte ihre Hände auf den Fenstersims und lachte. Konnte nicht mehr aufhören. Der Klang ihres Lachens nagte an ihrer Beherrschung. Dann erzitterten ihre Schultern und aus dem Gelächter wurden Tränen. Sie klammerte sich an die Fensterbank und wiegte sich vor und wieder zurück, bis Frank sie sanft zu einem Stuhl führte, ihr eine Schachtel Papiertaschentücher anbot und ihre Hand nahm.

Er sagte kein Wort, wartete, bis sie sich ausgeweint hatte.

»Es tut mir leid.« Verzweifelt zog sie ein Taschentuch nach dem anderen aus der Packung. »Das war nicht der Grund für mein Kommen.«

»Hoffentlich nehmen Sie es mir nicht übel, Mrs. Melbourne, wenn ich Ihnen sage, dass es höchste Zeit war, dass Sie Ihren Gefühlen freien Lauf lassen. Je länger Sie sie zurückhalten, desto übermächtiger werden sie.«

»Julie war die Gefühlsbetonte von uns beiden. Sie empfand alle Ereignisse in großen, mächtigen Wellen.« Jamie putzte sich die Nase. »Und sie gehörte zu den wenigen Frauen, die wunderschön aussehen, wenn sie weinen.« Sie tupfte an ihren roten, geschwollenen Augen herum. »Dafür hätte ich sie hassen können.«

Jamie stieß einen langen Seufzer aus. »Meine Eltern möchten Olivia mit nach Washington nehmen. Sie haben vor, das Sorgerecht zu beantragen.« Sie zog ein weiteres Taschentuch heraus und faltete es sorgsam in ordentliche Quadrate. »Warum erzähle ich Ihnen das eigentlich? Ich hatte vor, mit David darüber zu sprechen, an seiner Schulter zu weinen, stattdessen ertappte ich mich dabei, wie ich zur Garage ging und ins Auto stieg. Wahrscheinlich musste ich es jemandem erzählen, der genügend Abstand hat und doch kein Außenstehender ist. Das Los fiel auf Sie.«

»Mrs. Melbourne …«

»Warum nennen Sie mich nicht Jamie, da ich mich nun schon bei Ihnen ausgeweint habe? Ich für meinen Teil würde mich jedenfalls wohler fühlen, wenn ich Frank zu Ihnen sagen dürfte.«

»Okay, Jamie. Sie machen gerade das Schlimmste durch, was einem Menschen passieren kann. Von allen Seiten stürzen die Ereignisse auf Sie ein. Da ist es nicht einfach, einen klaren Kopf zu bewahren.«

»Sie glauben, dass meine Mutter Recht hat wegen Livvy?«

»Ich kann nicht für Ihre Familie sprechen.« Er stand auf und schenkte ihr Wasser in einen Pappbecher. Dann fuhr er fort: »Als Vater würde ich mir wünschen, dass mein Kind so weit wie möglich von diesem Zirkus fortgebracht wird, zumindest für eine Weile.«

»Mein Verstand weiß das.« Aber ihr Herz, ihr Herz wusste nicht mehr, wie viel es noch ertragen konnte. »Gestern Morgen, vor der Trauerfeier, ging ich mit Livvy in den Hof. Er ist durch Bäume geschützt und schien mir sicher. Ich wollte mit ihr sprechen, ihr dabei helfen, das alles zu begreifen. Heute Morgen entdeckte ich in der Zeitung ein Bild von uns beiden in ebendiesem Hof. Den Fotografen hatte ich noch nicht einmal bemerkt. Das will ich ihr nicht länger zumuten.«

Sie atmete tief ein. »Ich möchte zu Sam.«

Frank setzte sich. »Tun Sie sich das nicht an.«

»Vor Gericht sehe ich ihn sowieso. Während der Verhandlung muss ich ihm Tag für Tag ins Gesicht sehen. Ich will zu ihm, bevor der Prozess beginnt. Das muss ich tun, bevor ich Livvy gehen lasse.«

»Ich weiß nicht, ob er sich damit einverstanden erklärt. Seine Anwälte halten ihn an der kurzen Leine.«

»Mich wird er sehen wollen.« Sie stand auf. »Er wird es sich nicht verkneifen können, das würde sein Ego gar nicht zulassen.«

Frank brachte sie zu ihm, weil ihm bewusst geworden war, dass sie einen Weg finden würde, um genau das zu tun, was sie ihrem Gefühl nach tun musste – mit oder ohne seine Unterstützung.

Sie sprach kein Wort, während sie die Sicherheitskontrollen und Formalitäten durchliefen, und schwieg immer noch, als sie den Besucherraum mit den langen Tischen und gläsernen Trennwänden betraten. Frank zeigte auf einen Hocker. »Ich muss mich von ihm fernhalten, ohne Anwesenheit seines Anwalts darf ich keinerlei Kontakt zu ihm haben. Ich warte vor der Tür.«

»Machen Sie sich um mich keine Sorgen. Vielen Dank.«

Jamie blieb gefasst und zuckte auch bei dem harschen Klang des Summers nicht zusammen. Eine Tür öffnete sich, Sam wurde hereingeführt.

Sie hatte sich gewünscht, dass er blass, krank, grau und mitgenommen aussehen würde. Wie kann er nur, dachte sie, während sie die Hände im Schoß zu Fäusten ballte, wie kann er nur so gut aussehen, so unverschämt attraktiv? Weder die kalte Beleuchtung noch die verwaschene, schlecht sitzende Gefängniskleidung vermochten von dieser Tatsache abzulenken. Als er sich setzte und Jamie schmerzerfüllt aus seinen tiefblauen Augen ansah, erwartete sie fast den Ruf des Regisseurs: *Schnitt!*

Ihr Blick blieb fest, als sie zum Hörer griff. Er bewegte sich auf der anderen Seite der Scheibe fast synchron. Sie hörte, wie er sich räusperte.

»Jamie, ich bin so froh, dass du gekommen bist. In den letzten Tagen bin ich fast durchgedreht. Julie!« Er schloss die Augen. »O Gott, Julie.«

»Du hast sie umgebracht.«

Er riss die Augen auf. In seinem Blick las sie Entsetzen und Schmerz. O ja, dachte sie bei sich, er ist gut.

»Das kannst du doch nicht wirklich von mir glauben. Jesus, Jamie, von allen Menschen weißt du am besten, wie sehr wir uns geliebt haben! Ich hätte ihr nie etwas tun können. Niemals.«

»Seit über einem Jahr hast du ihr ständig wehgetan, mit deiner Eifersucht, deinen Vorwürfen, deinen Drogen.«

»Ich mache eine Therapie. Ich weiß, dass ich ein Problem habe. Hätte ich nur auf sie gehört, dann hätte ich mich schon längst zu diesem Schritt entschlossen, und sie wäre noch am Leben.«

»Du warst in jener Nacht dort, und deshalb ist sie heute tot.«

»Nein. Nein!« Er presste eine Hand gegen das Glas, als ob er so besser zu ihr durchdringen könne. »Ich habe sie gefunden. Du musst mir zuhören, Jamie ...«

»Das muss ich nicht.« Sie spürte, wie sie plötzlich ganz ruhig wurde. »Nein, Sam, das muss ich ganz und gar nicht. Aber du musst *mir* zuhören. Ich bete jeden Tag, jede Stunde, jede Minute eines jeden Tages, dass du leiden musst, dass du für deine Tat büßen musst. Es wird nie genug sein, aber ich werde davon träumen, Sam, wie du den Rest deines Lebens hinter Gittern verbringst. Das wird mir dabei helfen, dies alles durchzustehen.«

»Sie werden mich freilassen.« Panik und Übelkeit stiegen in ihm auf und brannten in seiner Kehle. »Die Cops haben nichts gegen mich in der Hand, sie sind nur auf die Schlagzeilen scharf. Und wenn ich hier rauskomme, hole ich Livvy zu mir und fange von vorn an.«

»Für dich ist Livvy genauso tot wie Julie. Du wirst sie nie mehr wiedersehen.«

»Du kannst mich nicht von meiner eigenen Tochter fernhalten.« Wut verdunkelte seinen Blick, und in seinen Augenwinkeln funkelte Hass. »Ich komme hier raus, und ich nehme mir, was mir zusteht. Du warst immer eifersüchtig auf Julie. Du hast schon immer gewusst, dass du nur zweite Wahl bist. Du wolltest alles haben, was sie hatte, aber du bekommst es nicht!«

Jamie sagte kein Wort, ließ ihn toben. Seine Stimme war nur ein hässliches Dröhnen in ihren Ohren. Sie beobachtete sein Gesicht, schreckte nicht vor der Brutalität zurück, die sie dort sah, oder vor den abscheulichen Bezeichnungen, die er ihr an den Kopf warf.

Und als er erschöpft war, als sein Atem schwer ging, und er nur noch die Fäuste ballen konnte, sprach sie ruhig weiter. »*Das hier* ist jetzt dein Leben, Sam. Sieh dich um. Wände und Gitter. Wenn sie dich rauslassen – falls sie deinen Käfig jemals wieder aufsperren –, bist du ein alter Mann. Alt, zerstört und am Ende. Nur ein winziges Flackern in einem Filmclip spät nachts im Fernsehen. Niemand wird sich an deinen Namen erinnern. Sie werden nicht mehr wissen, wer du bist.«

Zum ersten Mal breitete sich ein grimmiges Lächeln auf ihrem Gesicht aus. »Auch Olivia wird es nicht mehr wissen.«

Sie hängte den Hörer ein und reagierte nicht, als er gegen die Scheibe hämmerte, beobachtete unbeteiligt, wie die Wache kam, um ihn festzuhalten. Er schrie, sie verfolgte die Bewegungen seiner Lippen, sah zu, wie sein Gesicht sich vor Wut verfärbte, während der Wachmann ihn zur Tür zerrte.

Als sich die Tür hinter ihm geschlossen hatte, als sie wusste, dass das Schloss zugeschnappt war, atmete sie langsam aus. Und spürte, wie ein Gefühl der Ruhe sie überkam.

Sobald sie wieder zu Hause war, stürzte David in die Eingangshalle. Er legte die Arme um sie, zog sie fest an sich. »Mein Gott, Jamie, wo warst du? Ich war außer mir vor Sorge.«

»Tut mir leid. Ich musste etwas erledigen.« Sie berührte seine Wange. »Es geht mir gut.«

Er studierte ihr Gesicht, dann hellten sich seine Augen auf. »Ja, das sehe ich. Was ist passiert?«

»Ich musste mir etwas von der Seele schaffen.« Sie küsste ihn und schob ihn langsam von sich fort. Eines Tages würde sie ihm erzählen, was sie getan hatte, aber nicht jetzt. »Ich muss mit Livvy sprechen.«

»Sie ist oben. Jamie, dein Vater und ich haben uns unterhalten. Ich weiß, dass sie Livvy mitnehmen wollen, weg von hier.«

Sie presste die Lippen aufeinander. »Du gibst ihnen Recht.«

»Es tut mir leid, Liebling, aber so ist es. Hier wird es noch Gott weiß wie lange sehr hässlich zugehen. Ich finde, du solltest mitfahren …«

»Du weißt, dass das nicht geht. Ich werde für die Verhandlung gebraucht, und selbst wenn sie mich nicht brauchen«, fuhr sie fort, bevor er weitersprechen konnte, »muss ich es durchstehen. Für mich selbst – und für Julie.« Gedankenverloren drückte sie seinen Arm.

»Lass mich mit Livvy sprechen.«

Langsam stieg sie die Stufen hinauf. Es tat so weh. Jeder Schritt schmerzte. Sie öffnete die Tür zu dem Zimmer, das sie für die Besuche ihrer Nichte liebevoll eingerichtet hatte.

Ihre Mutter hockte neben Livvy auf dem Fußboden. Die beiden spielten mit einem luxuriösen Plastikschloss und Dutzenden kleiner Figuren. Val sah auf, blickte Jamie in die Augen und legte unwillkürlich eine Hand auf Livvys Schulter.

Diese Geste verriet Jamie, dass ihre Mutter ebenfalls unsicher war, also rang sie sich ein Lächeln ab und trat ins Zimmer.

»Was habt ihr denn da?«

»Onkel David hat mir ein Schloss geschenkt.« Begeisterung schwang in Olivias Stimme mit. »Und außerdem einen König und eine Königin, eine Prinzessin, einen Drachen und überhaupt alles.«

»Es ist wunderschön.« Gott segne dich, David, dachte Jamie und machte es sich auf dem Boden bequem. »Ist das die Königin?«

»Hmm, sie heißt Wunderbar. Stimmt's, Großmama?«

»Stimmt, Schätzchen. Und hier sind König Weise und Prinzessin Tausendschön.«

Während Olivia weiterspielte, legte Jamie ihre Hand auf die ihrer Mutter. »Könntest du mal nach unten gehen und nachsehen, ob es frischen Kaffee gibt?«

»Natürlich.« Verständnisvoll drückte Val Jamies Hand.

Als sie allein waren, beobachtete Jamie ihre Nichte schweigend.

»Livvy, erinnerst du dich an den Wald? An Großmamas Haus in den Bergen, die vielen großen Bäume, die Bäche und die Blumen?«

»Ich habe sie besucht, als ich ein kleines Baby war, deshalb kann ich mich nicht mehr daran erinnern. Mama hat gesagt, dass wir eines Tages dort hinfahren und dass sie mir zeigt, wo es besonders schön ist.«

»Würdest du gern dort sein, in Großmamas Haus?«

»Auf Besuch?«

»Nein, für immer. Ich könnte mir vorstellen, dass du dasselbe Zimmer haben darfst wie deine Mutter, als sie ein kleines Mädchen war. Es ist ein großes, altes Haus, mitten im Wald. Überall, wo man hinsieht, sind Bäume, und wenn der Wind weht, seufzen und zittern sie.«

»Ist das Zauberei?«

»Ja, eine Art von Zauberei. Der Himmel ist ganz blau, und im Wald ist das Licht grün und der Boden weich.«

»Kommt Mama mit?«

Es ist wirklich erstaunlich, dachte Jamie, wie viel Schmerz ein Herz ertragen kann, und trotzdem schlägt es immer weiter. »Ein Teil von ihr wird immer dort sein. Du wirst die Plätze kennenlernen, an denen wir als kleine Mädchen gespielt haben. Großmama und Großpapa werden gut auf dich aufpassen.«

»Ist es sehr, sehr weit weg?«

»Nicht sehr weit. Ich komme dich besuchen.« Sie zog Olivia auf ihren Schoß. »Sooft ich kann. Dann gehen wir in den Wäldern spazieren und waten in den Bächen, bis Großmama uns nach Hause ruft und uns Plätzchen und heiße Schokolade gibt.«

Olivia verbarg ihr Gesicht an Jamies Schulter. »Kann mich das Monster dort finden?«

»Nein.« Jamies Arme verkrampften sich. »Dort wirst du immer sicher sein. Das verspreche ich dir.«

Fünftes Kapitel

Olympic Rain Forest, 1987

Im Frühling vor ihrem zwölften Geburtstag war Olivia zu einem hoch aufgeschossenen, schlaksigen Mädchen mit einer wilden, honigfarbenen Haarmähne herangewachsen. Ihre Augen leuchteten unter den dunklen, scharf gezeichneten Brauen in beinahe derselben Farbe. Ihren großen Traum, als Prinzessin in einem Schloss zu leben, hatte sie in letzter Zeit zugunsten anderer Ambitionen aufgegeben, die von Forscherin über Tierärztin bis hin zu Försterin, ihrem derzeitigen Berufswunsch, reichten.

Der Wald mit seinen grünen Schatten und den feucht duftenden Aromen war ihre Welt, die sie selten verließ. Meistens war sie allein im Wald unterwegs, aber sie fühlte sich dort nie einsam. Ihr Großvater hatte ihr beigebracht, Spuren zu lesen und sich mit einer Kamera an ein Reh oder einen Elch heranzupirschen. Still sitzen zu bleiben, wenn die Minuten zu Stunden wurden, während man die majestätische Wanderung eines Hirsches beobachtete oder eine anmutige Ricke mit ihrem Kitz.

Sie hatte gelernt, Bäume, Blumen, Moos und Pilze zu bestimmen, obwohl sie sich beim Zeichnen dieser Motive nicht so geschickt anstellte, wie ihre Großmutter es sich gewünscht hätte.

Mit ihr verbrachte Olivia stille Tage beim Angeln, und so hatte sie gelernt, was es heißt, sich in Geduld zu üben. Nach und nach hatte sie Pflichten übernommen, im Gästehaus und auf dem Campingplatz, den die MacBrides bereits seit zwei Generationen in Olympic betrieben. So hatte sie gelernt, Verantwortung zu tragen.

Ihre Großeltern erlaubten ihr, durch die Wälder zu streifen, durch Bäche zu waten, auf die Hügel zu klettern. Aber niemals und unter gar keinen Umständen durfte sie den Wald allein verlassen.

Und so hatte sie gelernt, dass auch die Freiheit Grenzen kennt.

Los Angeles hatte sie vor acht Jahren hinter sich gelassen und war nie mehr zurückgekehrt. Ihre Erinnerungen an das Haus in Beverly Hills bestanden nur noch aus vagen, gelegentlich aufflackernden Bildern – hohe Räume und poliertes Holz, hübsche Farben und ein von Blumen umsäumter Pool mit klarem, blauem Wasser.

Während ihrer ersten Monate in dem großen Haus im Wald hatte sie oft gefragt, wann sie wieder nach Hause zurückkehren würden, ob ihre Mutter sie abholen käme, wo ihr Vater sei. Doch sobald sie diese Fragen stellte, presste ihre Großmutter die Lippen zusammen, und ihre Augen wurden glänzend und dunkel.

So hatte Olivia gelernt zu warten.

Und dann hatte sie gelernt zu vergessen.

Sie schoss in die Höhe, und sie wurde zäh. Das zerbrechliche kleine Mädchen, das sich in Schränken versteckt hatte, gehörte der Vergangenheit an, verflüchtigte sich schließlich in ihre Träume.

Nachdem sie ihre täglichen Pflichten auf dem Campingplatz erledigt hatte, schlenderte Olivia den Pfad in Richtung Haus entlang. Der Rest des Nachmittags gehörte ihr, war für sie genauso eine Belohnung wie das Gehalt, das ihre Großmutter zweimal im Monat auf ihr Sparkonto einzahlte. Sie konnte angeln gehen oder zur Hochebene wandern, um dort am See zu träumen, aber sie fühlte sich zu rastlos für derart bedächtige Aktivitäten. Zwar wäre sie auch gern schwimmen gegangen, obwohl es früh in der Saison war, aber zu den unumstößlichen Regeln ihrer Großmutter gehörte es, dass sie niemals allein schwimmen durfte.

Allerdings verstieß Olivia hin und wieder gegen diese Vorschrift und achtete dann peinlich genau darauf, dass ihr Haar wieder völlig trocken war, bevor sie nach Hause kam.

Großmama macht sich Sorgen, dachte sie nun. Zu viel, zu oft und über fast alles. Sobald Olivia auch nur nieste, rannte sie, wenn Großpapa sie nicht rechtzeitig davon abhalten konnte, gleich zum Telefon, um den Arzt anzurufen. Wenn Olivia sich auch nur zehn Minuten verspätete, stand ihre Großmutter schon auf der Veranda und rief ihren Namen.

Einmal hätte sie fast den Rettungsdienst eingeschaltet, als Olivia auf dem Campingplatz mit anderen Kindern gespielt und vergessen hatte, vor Einbruch der Dunkelheit nach Hause zu kommen.

Olivia verdrehte die Augen, wenn sie daran dachte. Sie würde sich niemals im Wald verirren. Er war ihr Zuhause, und sie kannte jeden Winkel und jeden Pfad so genau wie die Zimmer im Haus. Sie wusste, dass Großpapa der gleichen Meinung war, denn sie hatte die beiden mehr als einmal über diesen Punkt streiten hören. Danach nahm sich Großmama ein paar Tage lang zusammen, aber dann ging alles wieder von vorn los.

Olivia bewegte sich durch das weiche grüne Licht und die sanften Schatten des Waldes und trat auf die Lichtung, auf der das Haus der MacBrides stand.

Der Muskovit in den alten Steinen glitzerte im warmen Sonnenlicht. Wenn es regnete, zeigten sich die versteckten Farben des Steins in Braun-, Rot- und Grüntönen. Die Fenster glänzten, stets bereit, das Sonnenlicht oder die beruhigende Dämmerung hereinzulassen. Das Haus erstreckte sich über drei Ebenen, die in unterschiedlichen Winkeln aufeinandergesetzt und durch Veranden miteinander verbunden waren. Blumen,

Farne und wilder Rhododendron wuchsen an den Grundmauern hoch und in den Beeten des kunterbunten Gartens, den ihr Großvater pflegte und hätschelte wie ein geliebtes Kind.

Riesige Stiefmütterchen mit purpurnen und weißen Gesichtern ergossen sich aus Tongefäßen, und ein Beet mit vorwitzigen, rosafarbenen Fleißigen Lieschen wagte sich bis an die untere Veranda heran.

Olivia hatte viele glückliche Stunden mit ihrem Großvater und seinen Blumen verbracht, beide Hände in der Erde und den Kopf in den Wolken.

Sie hüpfte den gepflasterten Weg hinunter, mal mit großen, mal mit winzigen Sprüngen, um nur nicht auf die Zwischenräume zwischen den Steinen zu treten. Sobald sie das Haus betrat, wusste sie, dass niemand da war. Aus alter Gewohnheit rief sie trotzdem, während sie durch das Wohnzimmer mit den großen, abgewetzten Sofas und den gelben Wänden spazierte.

Sie schnupperte und konstatierte erfreut den Duft frischer Plätzchen. Doch als sie in der Küche feststellen musste, dass es sich um Haferkekse handelte, schnaubte sie leise.

»Warum können es keine Schokoplätzchen sein?«, murmelte sie und griff bereits nach dem großen Glas. »Ich könnte jetzt eine Million Schokoplätzchen vertilgen.«

Schließlich fand sie sich mit den Haferkeksen ab und, während sie den Zettel auf dem Kühlschrank überflog, schob sie sich gierig einen nach dem anderen in den Mund.

Livvy, ich bin in der Stadt auf dem Markt. Tante Jamie und Onkel David kommen zu Besuch, sie treffen heute Abend ein.

»Super!« Olivia stieß einen Begeisterungsschrei aus und versprühte dabei Krümel. »Geschenke!«

Zur Feier des Tages grapschte sie nach einem weiteren Keks und flüsterte leise »Mist!«, als sie den Rest der Nachricht studiert hatte.

Bleib bitte im Haus, damit du mir mit dem Essen helfen kannst, wenn ich zurückkomme. Du kannst dein Zimmer aufräumen – falls du es noch findest. Und hör auf, sämtliche Plätzchen zu verputzen. Alles Liebe, Großmama.

Mit großem Bedauern schraubte Olivia den Deckel zu.

Nun musste sie daheim bleiben. Es konnte noch Stunden dauern, bis Großmama endlich zurückkam. Was sollte sie die ganze Zeit über mit sich anfangen? Sie fühlte sich ausgenutzt und stapfte die Treppe hinauf. Ihr Zimmer machte doch gar keinen üblen Eindruck! Warum war es so wichtig, dass sie alles sorgfältig einräumte, wenn sie es doch später sowieso wieder heraussuchen musste?

Alles, was zu ihren diversen Interessen und Hobbys gehörte, hatte sie über den ganzen Raum verteilt. Ihre Steinsammlung, ihre Zeichnungen von Wildtieren und Pflanzen, unter denen sie sorgfältig die wissenschaftlichen Namen notiert hatte. Der Chemiekasten, den sie sich letztes Jahr so sehnsüchtig zu Weihnachten gewünscht hatte, stand nun vergessen auf einem Regal. Nur das Mikroskop thronte mitten auf ihrem Schreibtisch.

Dann war da noch der Schuhkarton mit dem, was sie als ihre ›Proben‹ bezeichnete – Zweige, tote Käfer, Farnschnipsel, Haare, Tabakkrümel und Rindenstückchen.

Die Kleidungstücke vom Tag zuvor lagen noch immer an der Stelle auf dem Boden, wo sie sie achtlos ausgezogen hatte. Auf ihrem Bett türmte sich ein Berg von Decken und Laken – genau so, wie sie ihn zurückgelassen hatte, als sie in der Morgendämmerung aufgestanden war.

Für Olivia sah alles völlig richtig aus. Dennoch marschierte sie vorsichtshalber zum Bett, zog die Laken glatt und schüttelte die Kissen auf. Ein Paar Schuhe beförderte sie mit einem gezielten Tritt unter das Bett und schleuderte ihre Klamotten in die ungefähre Richtung des Wäschekorbs, beziehungsweise ihres Schranks. Sie blies Staub und Radiergummikrümel von der Schreibtischplatte, sortierte Bleistiftstummel in einen Glaskrug, schob Papierblätter in eine Schublade und fand, dass sie ihre Aufgabe mit Bravour gemeistert hatte.

Dann erwog sie kurz, sich auf dem Fenstersitz zusammenzurollen und eine Weile vor sich hin zu schmollen. Die Bäume bewegten sich, die Spitzen der riesigen Douglas- und Hemlocktannen ächzten und schwankten in der Brise. Im Westen entdeckte sie am Himmel erste Anzeichen eines aufkommenden Sturms. Sie konnte sitzen bleiben und zusehen, wie er heranrollte, abwarten, ob sie die Regengrenze entdeckte, bevor die ersten Tropfen fielen.

Besser, viel besser wäre es natürlich, nach draußen zu gehen, die Luft zu schnuppern, das Gesicht dem Himmel zuzuwenden und den Duft von Regen und Pinien einzuatmen. Ein einsamer Geruch, dachte sie oft, den man am besten allein genoss.

Beinahe hätte sie genau das getan und steuerte bereits auf die großen Glastüren zu, durch die man auf die Veranda vor ihrem Zimmer kam. Aber die vielen Schachteln, Spiele und Puzzles, die sie achtlos in ihre Regale geschoben hatte, nagten doch an ihrem Gewissen. Ihre Großmutter bat sie seit Wochen, das Chaos zu durchforsten und auszusortieren. Nun kam Tante Jamie, und bestimmt brachte sie Geschenke mit – da ließ sich eine Gardinenpredigt über die Würdigung von Eigentum vermutlich nicht vermeiden.

Olivia stieß einen gequälten Seufzer aus, griff nach den alten Brettspielen und Kinderpuzzles und schichtete sie zu einem schwankenden Stapel auf. Sie würde sie auf den Dachboden schleppen, beschloss sie, damit wäre ihr Zimmer praktisch ordentlich.

Vorsichtig stieg sie die Treppe hinauf und öffnete die Tür. Sie knipste das Licht an, sah sich um und suchte in dem riesigen, nach Zedern duftenden Raum nach einem geeigneten Platz für ihre Spielsachen. Lampen standen ohne Birnen und Schirme in einer Ecke. Ein Kinderschaukelstuhl und Babymöbel, die Olivia beinahe antik vorkamen, waren sorgfältig an einer Wand gestapelt, zusammen mit Umzugskartons und diversen Kisten. Bilder, die einst die Wände des Hauses oder des Gästehauses geziert hatten, waren in Staubhüllen verpackt. Ein quietschendes Holzregal, das ihr Großvater in seiner Tischlerei gebastelt hatte, beherbergte eine Familie von Puppen und Stofftieren.

Val MacBride, das wusste Olivia genau, trennte sich genauso ungern von ihren Schätzen wie sie selbst. Ihre Besitztümer landeten meistens auf dem Speicher, im Gästehaus oder wurden im Haus einer neuen Verwendung zugeführt.

Olivia schleppte ihre Kartons zum Spielzeugregal und schichtete sie auf dem Boden daneben übereinander. Mehr aus Langeweile denn aus Neugier zog sie ein paar Schubladen auf, betrachtete Babysachen, die sorgfältig in Seidenpapier gewickelt und mit Zedernspänen bestreut waren. In einer Schublade fand sie eine rosa-weiße Decke mit weißer Satineinfassung. Sie spielte daran herum und spürte undeutliche Erinnerungen in sich aufkeimen, aber ihr Magen hatte sich heiß zusammengekrampft, deshalb schob sie die Lade wieder zu.

Eigentlich durfte sie sich ohne ausdrückliche Erlaubnis gar nicht hier oben aufhalten, und in den Kisten und Kartons zu stöbern war erst recht verboten. Ihre Großmutter hatte ihr erklärt, dass Erinnerungen kostbar seien. Sobald sie älter wurde, dürfe sie darin herumkramen. Immer heißt es, wenn ich älter bin, dachte Olivia. Niemals hieß es jetzt.

Sie sah nicht ein, was daran so schlimm war. Schließlich handelte es sich doch nur um einen Haufen alter Sachen. Und es war ja nicht so, als ob sie etwas zerbrechen oder verlegen würde.

Der Regen prasselte jetzt auf das Dach, wie Finger, die auf einen Tisch trommeln. Olivia sah aus dem kleinen Fenster auf die Lichtung. Und dann fiel ihr Blick auf die Truhe.

Es war eine Kirschholztruhe mit gewölbtem Deckel und glänzenden Messingbeschlägen. Sie wurde immer ganz weit hinten unter dem Dach aufbewahrt und blieb stets sorgfältig verschlossen. Solche Dinge fielen ihr auf. Ihr Großvater sagte immer, dass sie Augen wie eine Katze hätte. Als sie jünger war, hatte sie darüber gekichert; inzwischen war sie stolz darauf.

Heute hatte jemand die Truhe ein Stück hervorgezogen, und sie war auch nicht abgesperrt. Großmama muss etwas darin verstaut haben, dachte Olivia und schlenderte hinüber, als ob sie nicht sonderlich interessiert wäre.

Sie kannte die Geschichte von der Büchse der Pandora, die eine neugierige Frau geöffnet und damit Übel und Krankheit über die Welt gebracht hatte. Aber das hier ist etwas ganz anderes, sagte sie sich, als sie sich vor die Truhe kniete. Außerdem war sie nicht abgeschlossen, was konnte also schon dabei sein, sie zu öffnen und einen Blick hineinzuwerfen?

Wahrscheinlich war sie vollgestopft mit sentimentalem Gerümpel, miefigen alten Kleidungsstücken oder vergilbten Bildern.

Aber als sie den schweren Deckel anhob, prickelten ihre Finger – vor Spannung oder um sie zu warnen.

Als Allererstes nahm sie einen Duft wahr, der ihren Atem schneller gehen ließ.

Zedern, aus dem Futterstoff. Lavendel. Seitlich vom Haus hatte ihr Großvater Lavendelbüsche angepflanzt. Aber unter diesen Gerüchen verbarg sich ein dritter, der ihr fremd und vertraut zugleich vorkam. Obwohl sie ihn nicht einzuordnen vermochte, hatte ein Hauch von diesem Duft genügt, um ihr Herz höher schlagen zu lassen.

Das Prickeln in ihren Fingern wurde intensiver und ließ sie erzittern. Sie griff in die Kiste hinein, fand Videos in schlichten, schwarzen Plastikhüllen, auf denen nur ein Datum verzeichnet war. Drei dicke Fotoalben, unterschiedlich große Schachteln. Sie öffnete eine, die sie an den Karton erinnerte, in dem ihre Großeltern ihren altmodischen Weihnachtsschmuck aufbewahrten.

Dort, auf schützendes Schaumgummi gebettet, lagen ein halbes Dutzend Kristallflakons.

»Die Zauberfläschchen«, flüsterte Olivia. Plötzlich schien der Speicher von einem kehligen, wunderschönen Lachen, von flackernden Bildern, von exotischen Düften erfüllt zu sein.

An deinem sechzehnten Geburtstag darfst du dir eins aussuchen. Eins, das dir am meisten gefällt. Aber du darfst nicht damit spielen, Livvy. Sie könnten zerbrechen. Du könntest dich schneiden oder in die Scherben treten.

Mama beugte sich vor, ihr weiches Haar fiel seitlich über ihr

Gesicht. Lachend, mit strahlenden Augen, sprühte sie einen Hauch Parfum an Olivias Kehle.

Der Duft. Mamas Parfum. Olivia kam wieder auf die Knie, lehnte sich gegen die Truhe, machte tiefe, lange Atemzüge, konnte plötzlich ihre Mutter riechen.

Sie stellte die Schachtel zur Seite und griff nach dem ersten Fotoalbum. Es war schwer und unhandlich, also zog sie es auf den Schoß. Im ganzen Haus gab es kein einziges Foto von ihrer Mutter. Olivia erinnerte sich daran, dass es früher Aufnahmen gegeben hatte, die jedoch vor langer Zeit verschwunden waren. Das Album hingegen war voll davon, Bilder von ihrer Mutter als junges Mädchen, von ihr und Jamie, sie zusammen mit ihren Eltern. Mama war fröhlich, lachte und zog vor der Kamera Grimassen.

Bilder, aufgenommen vor dem Haus und im Haus, auf dem Campingplatz und am See. Bilder mit Großpapa, als sein Haar noch mehr golden als silbern war, und mit Großmama in einem eleganten Kleid.

Sie entdeckte ein Bild, auf dem ihre Mutter ein Baby hielt. »Das bin ich«, flüsterte Olivia. »Mama und ich.« Sie schlug die nächste Seite auf, verschlang die Bilder beinahe, bis sie plötzlich ein abruptes Ende nahmen. An den Klebstoffspuren konnte sie erkennen, dass weitere Fotos entfernt worden waren.

Ungeduldig griff sie nach dem nächsten Album.

Diesmal waren es keine Familienbilder, sondern Zeitungsausschnitte, Artikel aus Magazinen. Ihre Mutter auf der Titelseite von *People*, *Newsweek* und *Glamour*. Olivia betrachtete sie sehr genau, prägte sich jeden Gesichtszug ein. Sie hatte die Augen ihrer Mutter geerbt. Das hatte sie schon immer gewusst, daran konnte sie sich erinnern, aber sie so deutlich vor sich zu sehen, mit ihren eigenen Augen in die Augen ihrer Mutter zu blicken, die Farbe, die Form, die dunklen Augenbrauen …

Als sie weiterblätterte und eine Serie von Aufnahmen ihrer Mutter zusammen mit einem dunkelhaarigen Mann entdeckte, machte ihr Herz einen Sprung. Er sieht gut aus, wie ein Dichter. Es gab Bilder von den beiden in einem Garten, und in einem großen Raum mit Dutzenden von strahlenden Lichtern. Auf einem Sofa hatte sich ihre Mutter auf seinen Schoß gesetzt, sie hatten ihre Gesichter eng aneinandergeschmiegt und lächelten sich an.

Sam Tanner. Dort stand, dass sein Name Sam Tanner lautete. Während sie weiterlas, begann sie zu zittern. Ihr Magen krampfte sich wie eine geballte Faust zusammen.

Daddy. Das war Daddy. Wie hatte sie ihn vergessen können? Daddy, der mit Mama Händchen hielt oder den Arm um ihre Schulter gelegt hatte.

Eine blutbefleckte Schere.

Nein, nein, das war nicht möglich. Es war ein Traum, ein Alptraum. Einbildung, weiter nichts.

Sie wiegte sich hin und her, presste die Hände vor den Mund. Die Bilder stürzten auf sie ein.

Zerbrochenes Glas glitzerte auf dem Fußboden im Licht. Sterbende Blumen, der warme Nachtwind wehte durch die offene Tür.

Es war keine Wirklichkeit. Sie wollte nicht zulassen, dass es Wirklichkeit war.

Olivia schob das Album zur Seite und zog das letzte mit zitternden Fingern heraus. Sicherlich noch mehr Bilder von ihren Eltern, wie sie lachten, glücklich waren und einander festhielten.

Aber es waren weitere Zeitungsausschnitte, diesmal mit großen Schlagzeilen, die sie buchstäblich anschrien.

JULIE MACBRIDE ERMORDET
SAM TANNER VERHAFTET
MÄRCHEN WIRD ZUR TRAGÖDIE

Es gab Bilder von ihrem Vater, auf denen er verstört und ungepflegt dreinschaute. Schnappschüsse von ihrer Tante, ihren Großeltern, ihrem Onkel. Und von ihr selbst, stellte sie überrascht fest, aufgenommen vor vielen Jahren, mit traurigen, flehenden Augen und an die Ohren gepressten Händen.

Olivia schüttelte verzweifelt den Kopf und blätterte das Album schnell durch. Sie stieß auf ein weiteres Gesicht, das Erinnerungen weckte. Sein Name ist Frank, dachte sie. Er hatte das Monster vertrieben. Er hatte einen kleinen Jungen, und er mochte Puzzles.

Ein Polizist. Leise, gehetzte Laute drangen aus ihrer Kehle. Er hatte sie aus dem Haus getragen, dem Haus, in dem das Monster gewütet hatte. Aus dem Haus mit den vielen Blutflecken.

Weil ihre Mutter tot war. Ihre Mutter war tot. Das wusste sie, natürlich wusste sie das. Aber wir sprechen nicht darüber, wir sprechen nicht darüber, weil Großmama dann weinen muss.

Sie befahl sich, das Buch wieder zu schließen, es wieder in die Truhe zu legen, in die Dunkelheit. Doch stattdessen blätterte sie mechanisch weiter, auf der Suche nach Worten und Bildern.

Drogen. Eifersucht. Besessenheit.
Tanner gesteht!
Tanner zieht Geständnis zurück. Beteuert seine Unschuld.
Vierjährige Tochter wichtigste Zeugin.

Der Tanner-Prozess nahm heute eine dramatische Wende, als die Videoaussage von Tanners Tochter, der vierjährigen Olivia, vorgeführt wurde. Das Kind wurde im Haus von Jamie Melbourne, ihrer Tante mütterlicherseits, mit Erlaubnis ihrer Großeltern, die als ihr Vormund benannt wurden, befragt. Richter Sato hatte zuvor entschieden, dass die Videokassette als Beweismittel zugelassen wird, um dem Kind das Trauma einer Befragung vor Gericht zu ersparen.

Sie erinnerte sich. Plötzlich fiel ihr alles wieder ein. Sie hatten in Tante Jamies Wohnzimmer gesessen, ihre Großeltern waren auch dort gewesen. Eine Frau mit rotem Haar und einer sanften Stimme hatte ihr Fragen gestellt über die Nacht, in der das Monster kam. Großmama hatte versprochen, dass sie zum allerletzten Mal darüber würde sprechen müssen.

Und so war es tatsächlich gewesen.

Die Frau hatte zugehört und noch mehr Fragen gestellt. Dann hatte ein Mann mit ihr gesprochen, ein Mann mit einem vorsichtigen Lächeln und vorsichtigem Blick. Sie hatte gedacht, weil dies das letzte Mal war, dürfe sie danach wieder nach Hause. Hatte gedacht, dass alles wieder wie früher würde.

Stattdessen hatten ihre Großeltern sie mit nach Washington genommen, in das große Haus im Wald.

Jetzt verstand sie, warum.

Olivia blätterte weiter, blinzelte gegen Tränen an, bis ihre Augen wieder ganz trocken waren. Entschlossen und mit klarem Blick überflog sie die nächsten Schlagzeilen.

SAM TANNER SCHULDIG GESPROCHEN
SCHULDIG! GESCHWORENE VERURTEILEN TANNER
TANNER LEBENSLÄNGLICH IN HAFT

»Du Schwein hast meine Mutter getötet.« Sie stieß die Worte mit all dem Hass aus, zu dem ein junges Mädchen fähig ist. »Ich hoffe, dass du auch tot bist. Ich hoffe, du bist laut schreiend gestorben.«

Mit sicherer Hand klappte sie das Album zu und legte es vorsichtig in die Truhe zurück. Sie schloss den Deckel, stand auf und löschte das Licht. Sie ging die Treppe hinunter und durch das leere Haus auf die hintere Veranda.

Dort hockte sie sich hin und starrte in den Regen.

Sie verstand nicht, wie sie alles, was geschehen war, hatte vergessen können, wie sie es in sich hatte verschließen können, so wie Großmama die Kisten und Bücher in der Truhe weggeschlossen hatte.

Aber sie wusste, dass die Zeit des Vergessens jetzt vorbei war. Sie würde sich fortan immer daran erinnern, und sie würde mehr in Erfahrung bringen. Sie wollte alles über jene Nacht wissen, in der ihre Mutter gestorben war, über den Prozess, über ihren Vater.

Sie wusste, dass sie niemanden aus der Familie darüber befragen konnte. Alle hielten sie für ein Kind, das beschützt werden musste, aber da täuschten sie sich gewaltig. Sie war kein Kind mehr.

Olivia hörte den Jeep auf dem Feldweg. Sie schloss die Augen und konzentrierte sich. Ein Teil von ihr verhärtete sich, und sie redete sich ein, dass sie das schauspielerische Talent ihrer Eltern geerbt hatte. Also vergrub sie den Hass, die Trauer und die Wut in einem Winkel ihres Herzens.

Als ihre Großmutter am Ende der Auffahrt bremste, stand sie auf und lächelte ihrer Großmutter entgegen.

»Gut, dass du da bist.« Val zog ihre Kapuze über den Kopf, während sie aus dem Jeep kletterte. »Der Wagen ist bis oben hin bepackt, Livvy. Hol dir eine Jacke und hilf mir tragen.«

»Ich brauche keine Jacke, ich bin doch nicht aus Zucker.« Sie trat in den Regen. Sein regelmäßiges Trommeln wirkte beruhigend. »Essen wir heute Abend Spaghetti mit Fleischklößchen?«

»Als Jamies Begrüßungsmahl?« Val lachte und reichte Olivia eine Einkaufstüte. »Was wohl sonst?«

»Ich möchte kochen.« Olivia nahm die Tüte in die andere Hand und ergriff eine zweite.

»Du – tatsächlich?«

Olivia zuckte mit den Schultern und marschierte ins Haus. Val kam mit weiteren Tüten hinter ihr her. »Was ist passiert? Du sagst doch immer, dass Kochen langweilig ist.«

Da war ich noch ein Kind, dachte Olivia, jetzt ist alles anders.

»Irgendwann muss ich es ja lernen. Ich hole den Rest, Großmama.« Sie ging zur Tür. Wut stieg in ihr auf, wollte sich nicht länger unterdrücken lassen. Aber das war falsch. Betont langsam kam sie deshalb zurück und umarmte Val. »Ich möchte lernen, so zu kochen wie du.«

Während Val erfreut blinzelte, eilte Olivia nach draußen, um den Rest der Tüten zu holen. Was ist nur in das Mädchen gefahren?, fragte sich Val, während sie frische Tomaten, Salat und Paprika auspackte. Am Vormittag hatte Livvy noch gejammert, weil sie ein paar Scheiben Toast zubereiten sollte, hatte es gar nicht abwarten können, endlich an die frische Luft zu kommen. Und auf einmal wollte sie ihren freien Nachmittag in der Küche verbringen!

Als Olivia zurückkam, zog Val die Augenbrauen hoch. »Livvy, hattest du Ärger auf dem Campingplatz?«

»Nö.«

»Führst du irgendetwas im Schilde? Geht es um den neuen Rucksack, auf den du ein Auge geworfen hast?«

Olivia stöhnte und schob sich eine feuchte Haarsträhne aus dem Gesicht. »Oma, ich will lernen, wie man Spaghetti kocht. Das ist doch keine große Sache.«

»Nun ja.« Val nickte erfreut. »Mein Mädchen wird erwachsen.« Sie streckte den Arm aus und streifte Olivias Wange mit den Fingerspitzen. »Meine hübsche kleine Livvy.«

»Ich will nicht hübsch sein.« Etwas von dem Feuer ihrer Wut loderte in ihren Augen. »Ich will klug sein.«

»Man kann auch beides.«

»Ich möchte mich lieber auf klug konzentrieren.«

Veränderungen, dachte Val. Man kann sie nicht aufhalten, kann den Augenblick nicht festhalten. »In Ordnung. Lass uns alles wegräumen, damit wir anfangen können.«

Geduldig erklärte Val, welche Zutaten sie benutzt und warum, welche der Kräuter aus dem Küchengarten sie brauchten und wie ihr Geschmack sich verbinden würde. Über Olivias konzentriertes Zuhören war sie eher amüsiert als besorgt.

Dabei hätten ihr die Gedanken, die ihrer Enkelin gerade durch den Kopf gingen, die Tränen in die Augen getrieben.

Hast du meiner Mutter auch beigebracht, wie man diese Sauce zubereitet?, fragte sich Olivia. Hat sie auch hier mit dir an diesem Herd gestanden, als sie so alt war wie ich, hat sie damals gelernt, wie man Knoblauch in Olivenöl bräunt? Hat sie die gleichen Düfte gerochen, hat sie gehört, wie der Regen auf das Dach trommelt?

Warum erzählst du mir nicht von ihr? Wie kann ich wissen, wer sie war, wenn du mir nichts über sie erzählst? Wie kann ich wissen, wer ich selbst bin?

Dann legte Val ihr eine Hand auf die Schulter. »Das ist wirklich gut, Liebling, richtig toll. Du bist sehr geschickt.«

Olivia rührte die Kräuter in die sanft köchelnde Sauce ein und schob alles andere für den Augenblick beiseite.

Sechstes Kapitel

Weil der erste Abend von Jamies und Davids Besuchen stets als ganz besonderer Anlass gefeiert wurde, versammelte sich die Familie im Speisezimmer an dem langen Eichentisch, der zur Feier des Tages mit weißen Kerzen in silbernen Leuchtern, frischen Blumen in Kristallvasen und Uroma Capellis gutem Porzellan gedeckt war.

Essen und Gesprächsstoff gab es reichlich. Wie immer zog sich das Festmahl über zwei Stunden hin, während die Kerzen herunterbrannten und die Sonne, die anfangs noch durch die Wolken gelugt hatte, langsam hinter den Bergen verschwand.

»Livvy, das war unglaublich.« Jamie grunzte zufrieden und lehnte sich zurück, um ihren Bauch zu tätscheln. »So unglaublich, dass ich keinen Platz mehr für das Tiramisu habe.«

»Ich schon.« Rob zwinkerte verschmitzt und zog Olivia am Haar. »Ich schütte die Spaghetti einfach in mein hohles Bein. Sie hat dein Händchen für Saucen geerbt, Val.«

»Wohl eher das meiner Mutter. Ich schwöre dir, ihre Sauce ist viel besser als meine. Dabei hatte ich mich schon gefragt, ob unser Mädchen jemals etwas anderes zubereiten würde als Forellen über einem Lagerfeuer.«

»Das Kochen liegt ihr im Blut«, bemerkte Rob und blinzelte seiner Enkelin zu. »Ihre italienischen Erbanlagen mussten sich ja früher oder später bemerkbar machen. Wir MacBrides waren dagegen noch nie für unsere Kochkünste bekannt.«

»Wofür denn, Dad?«

Er lachte und ließ seine Augenbrauen auf und ab tanzen. »Wir sind wunderbare Liebhaber, mein Schatz.«

Val schnaubte, schlug nach seinem Arm und erhob sich. »Ich räume ab«, verkündete Jamie und folgte ihr.

»Nein.« Val richtete drohend einen Finger auf ihre Tochter. »An deinem ersten Abend bleibst du vom Küchendienst verschont. Livvy ist ebenfalls befreit. Rob und ich werden abräumen, vielleicht haben wir danach wieder Platz für Kaffee und Dessert.«

»Hast du das gehört, Livvy?« David beugte sich nach vorn, um ihr ins Ohr flüstern zu können. »Wer kocht, braucht keine Töpfe zu scheuern. Das ist ein guter Handel.«

»Von nun an werde ich regelmäßig kochen.« Sie grinste ihn an. »Das macht viel mehr Spaß als das blöde Spülen. Hast du morgen Lust auf eine Wanderung, Onkel David? Wir könnten meinen neuen Rucksack ausprobieren.«

Olivia warf ihrer Großmutter einen Blick zu und versuchte, sich ein Grinsen zu verkneifen.

»Du verwöhnst sie, David«, jammerte Val auf dem Weg in die Küche. »Sie sollte den Rucksack erst zu ihrem Geburtstag im Herbst bekommen.«

»Ich verwöhne sie?« Mit ausdrucksloser Miene bohrte David einen Finger in Olivias Rippen. »Nein, das geht doch gar nicht. Macht es euch übrigens etwas aus, wenn ich den Fernseher einschalte? Auf Kabel wird ein Konzert eines meiner Klienten ausgestrahlt. Ich habe versprochen, es mir anzusehen.«

»Tu dir keinen Zwang an«, ermunterte ihn Val. »Leg die Füße hoch und mach es dir bequem. Deinen Kaffee bringe ich dir später.«

»Ich geh nach oben, auspacken, kommst du mit, Livvy?« fragte Jamie ihre Nichte.

»Können wir nicht lieber spazieren gehen?« Olivia hatte nur auf den richtigen Augenblick gewartet. »Bevor es dunkel wird?«

»Gern.« Jamie stand auf und reckte sich. »Ich hole mir nur eine Jacke. Es wird mir guttun, die Spaghetti abzuarbeiten. Dann fühle ich mich nicht so schuldig, wenn ich mich morgen nicht im Fitnessstudio des Gästehauses abstrampele.«

»Ich sage Großmama Bescheid, wir treffen uns dann hinten.«

Selbst im Sommer waren die Abende kühl. Die Luft duftete nach Regen und feuchten Rosen. Die Julitage blieben lange hell, auch wenn sich im Osten schon ein blasser Mond abzeichnete. Dennoch tastete Olivia in ihrer Tasche nach der Lampe. Im Wald war es garantiert schon dunkel, und sie sehnte sich nach dem Wald. Dort würde sie sich sicher fühlen, sicher genug, um das zu sagen, was gesagt werden musste, und um die Fragen zu stellen, auf die sie so dringend eine Antwort suchte.

»Es ist immer wieder schön, nach Hause zu kommen.« Jamie atmete tief durch und betrachtete lächelnd den Garten ihres Vaters.

»Warum zieht ihr nicht zu uns?«

»Meine Arbeit ist in L. A., genau wie Davids. Aber wir freuen uns beide immer darauf, hierherzukommen. Als ich in deinem Alter war, hielt ich das hier für die ganze Welt.«

»Aber so ist es nicht.«

»Nein.« Jamie neigte den Kopf, als sie zu Olivia hinübersah. »Aber es ist einer der schönsten Plätze der Welt. Ich habe gehört, dass du auf dem Campingplatz und im Gästehaus eine große Hilfe bist. Großpapa sagt, dass er ohne dich nicht mehr zurechtkäme.«

»Ich arbeite gern hier. Für mich ist das eigentlich gar keine richtige Arbeit.« Olivia stapfte durch eine Schlammpfütze. »Viele Menschen kommen hierher zu Besuch. Manche wissen überhaupt nichts von der Natur. Sie kennen noch nicht einmal den Unterschied zwischen einer Douglas- und einer Hemlocktanne, oder sie holen sich Blasen in ihren teuren Designerstiefeln. Sie glauben, je mehr man für etwas bezahlt, desto besser ist es. Das ist ganz einfach blöde.« Sie warf Jamie einen schrägen Blick zu. »Viele von ihnen kommen aus Los Angeles.«

»Autsch.« Amüsiert massierte Jamie ihr Herz. »Das hat gesessen.«

»Dort gibt es zu viele Menschen, Autos und Smog.«

»Da hast du wohl Recht.« Das alles war so weit entfernt, fand Jamie, sobald sie sich in den tiefen Wäldern aufhielt, die Kiefern roch, den sanften Moderduft, den Teppich aus Zapfen und Nadeln unter ihren Füßen spürte. »Aber es kann auch spannend sein, zum Beispiel gibt es wunderschöne Häuser, Palmen, Geschäfte, Restaurants und Galerien.«

»Ist meine Mutter deshalb nach Los Angeles gegangen? Damit sie einkaufen, in Restaurants essen und in einem schönen Haus leben konnte?«

Jamie erschrak. Die Frage hatte sie eiskalt erwischt, wie ein unerwarteter Schlag in den Nacken, von dem sie sich ganz benommen fühlte. »Ich – sie … Julie wollte Schauspielerin werden. Deshalb war es ganz natürlich, dass sie dorthin zog.«

»Wenn sie zu Hause geblieben wäre, würde sie heute noch leben.«

»Oh, Livvy.« Jamie streckte eine Hand nach ihr aus, doch Olivia wich einen Schritt zurück.

»Du musst mir versprechen, dass du niemandem etwas verrätst. Weder Großmama noch Großpapa oder Onkel David. Niemandem.«

»Aber, Livvy …«

»Du musst es versprechen.« Panik hatte sich in ihre Stimme geschlichen, und in ihren Augen glänzten Tränen. »Wenn du mir versprichst, dass du nichts sagst, dann tust du es auch nicht.«

»In Ordnung, Liebling.«

»Ich bin kein Baby mehr.« Trotzdem ließ sich Olivia in den Arm nehmen. »Niemand spricht über sie, alle Bilder von ihr sind aus dem Haus verschwunden. Wenn ich mich nicht ganz fest darauf konzentriere, kann ich mich kaum an etwas erinnern. Und dann gerät alles durcheinander.«

»Wir wollten nicht, dass du leidest. Als sie starb, warst du doch noch so klein.«

»Als er sie getötet hat.« Olivia zog sich zurück. Ihre Augen waren jetzt trocken und funkelten im trüben Abendlicht. »Als mein Vater sie ermordet hat. Du musst es laut aussprechen.«

»Als Sam Tanner sie umgebracht hat.«

Der Schmerz keimte erschreckend frisch in ihr auf. Jamie gab ihren Gefühlen nach, setzte sich neben einen morschen Baumstamm und atmete langsam aus. Es kümmerte sie nicht, dass der Boden feucht war.

»Nur weil wir nicht darüber sprechen, heißt das noch lange nicht, dass wir sie nicht mehr lieben, Livvy. Vielleicht bedeutet es sogar, dass wir sie zu sehr lieben. Ich weiß es nicht.«

»Denkst du viel an sie?«

»Ja.« Jamie griff nach Olivias Hand und hielt sie fest umklammert. »Ja, das tue ich. Wir standen uns sehr nahe. Ich vermisse sie jeden Tag.«

Mit einem Nicken setzte sich Olivia zu ihr und spielte an ihrer Taschenlampe herum. »Denkst du auch manchmal an ihn?«

Jamie schloss die Augen. O Gott, was sollte sie tun, wie sollte sie sich in dieser Situation verhalten? »Ich versuche, es zu vermeiden.«

»Aber du denkst an ihn?«

»Ja.«

»Ist er auch tot?«

»Nein.« Nervös rieb sich Jamie mit einer Hand über den Mund. »Er ist im Gefängnis.«

»Warum hat er sie getötet?«

»Ich weiß es nicht. Ich weiß es einfach nicht. Es hilft uns nicht weiter, darüber nachzugrübeln, Livvy, weil wir es niemals werden verstehen können. Es gibt keine Erklärung.«

»Früher hat er mir Geschichten erzählt, hat mich Huckepack getragen. Daran erinnere ich mich. Ich hatte es vergessen, aber jetzt ist es mir wieder eingefallen.«

Sie spielte weiter mit der Lampe, ließ das Licht über den verrotteten Stamm tanzen, auf dem Sprösslinge wuchsen, die sie als Hemlock und Fichte identifizierte. Rosetten aus Baummoos wucherten darüber und vermischten sich mit dichten

Flechtenbüscheln. Es beruhigte sie, etwas zu betrachten, das ihr vertraut war, dessen Namen sie kannte.

»Dann wurde er krank und ging fort. Das hat Mama mir damals erzählt, aber es war nicht die Wahrheit. Es ging um Drogen.«

»Wo hast du diese Dinge gehört?«

»Ist es wahr?« Sie blickte von dem Stamm und dem aufkeimenden Leben auf. »Tante Jamie, ich muss wissen, ob es stimmt.«

»Ja, es stimmt. Es tut mir leid, dass dir diese Dinge passiert sind, dass sie Julie passiert sind, und mir, uns allen. Wir können es aber nicht ändern, Livvy. Wir müssen so gut wie möglich weiterleben.«

»Ist das der Grund, warum ich euch nie besuchen darf? Warum Großmama mich unterrichtet, und ich nicht mit anderen Kindern in die Schule gehe? Warum mein Name heute MacBride anstatt Tanner lautet?«

Jamie seufzte. Sie hörte den Schrei einer Eule und ein Rascheln im Unterholz. Jäger und Gejagte, dachte sie. Sie alle haben nur das Ziel, die Nacht zu überleben. »Wir beschlossen damals, dass es am besten wäre, dich nicht den Medien, dem Tratsch und den Spekulationen auszusetzen. Deine Mutter war eine berühmte Frau. Die Menschen interessierten sich für ihr Leben, dafür, was mit ihr passierte. Sie interessierten sich für dich. Dem wollten wir dich nicht preisgeben. Du solltest eine Chance haben. Julie hätte sich für dich eine sichere, glückliche Kindheit gewünscht.«

»Großmama hat alles weggesperrt.«

»Mom – Großmama ... Für sie war es besonders hart, Livvy. Sie hat ihre Tochter verloren.« Die Tochter, die ihr am meisten bedeutete. »Du hast ihr geholfen, damit zu leben. Kannst du das verstehen?« Sie nahm wieder Olivias Hand. »Sie brauchte dich so sehr, wie du sie brauchtest. In den letzten Jahren warst du der Mittelpunkt ihres Lebens. Dich zu beschützen war ihr sehr wichtig – und vielleicht hat sie sich dadurch selbst beschützt. Daraus kannst du ihr keinen Vorwurf machen.«

»Das tue ich doch gar nicht. Aber es ist nicht fair, von mir zu erwarten, dass ich alles vergesse. Mit ihr oder Großpapa kann ich nicht darüber reden.« Wieder quollen Tränen hoch. Bei dem Versuch, sie zurückzuhalten, brannten Olivias Augen fürchterlich. »Ich *muss* mich an meine Mutter erinnern.«

»Du hast Recht. Du hast ganz Recht.« Jamie legte einen Arm um Olivias Schultern und drückte sie. »Mit mir kannst du darüber sprechen. Ich werde niemandem davon erzählen. Wir werden uns gemeinsam erinnern.«

Zufrieden legte Olivia den Kopf an Jamies Schulter. »Tante Jamie, hast du Videos von den Filmen, in denen meine Mutter mitgespielt hat?«

»Ja.«

»Eines Tages möchte ich sie mir ansehen. Aber jetzt kehren wir besser wieder um.« Sie stand auf und sah Jamie ernst in die Augen. »Danke, dass du mir die Wahrheit gesagt hast.«

Was für ein Schock es doch ist, dachte Jamie, plötzlich vor einer jungen Frau zu stehen, wenn man ein Kind erwartet.

»Ich verspreche dir noch etwas, Livvy. Das hier ist ein ganz besonderer Ort für mich. Wenn man an diesem Ort ein Versprechen gibt, muss man es halten. Ich verspreche dir, immer die Wahrheit zu sagen, egal, was passiert.«

»Das verspreche ich dir auch.« Olivia reichte ihr die Hand. »Egal, was passiert.«

Hand in Hand schlenderten sie zurück. Am Rande der Lichtung schaute Olivia nach oben. Der Himmel hatte sich zu einem dunklen, sanften Blau verfärbt. Der Mond wirkte nicht mehr gespenstisch, sondern stand hell und klar am Nachthimmel. »Die ersten Sterne. Sie sind immer da, sogar tagsüber, auch wenn man sie nicht sehen kann. Aber ich betrachte sie gern. Das dort oben ist Mamas Stern.« Sie deutete auf ein winziges Licht am unteren Ende der Mondsichel. »Er zeigt sich immer als Erster.«

Jamies Kehle zog sich zusammen. »Das würde Julie gefallen. Sie würde sich darüber freuen, dass du an sie denkst und nicht traurig bist.«

»Der Kaffee ist fertig!«, rief Val durch die geöffnete Tür. »Für dich gibt es Caffè Latte, Livvy, mit extra viel Schaum.«

»Wir sind schon unterwegs! Sie ist glücklich, dass du hier bist, deshalb bekomme ich Milchkaffee«, sagte Olivia zu Jamie, und ihr Lächeln strahlte so unerwartet auf und wirkte so jung, dass es Jamie fast das Herz zerriss. »Wollen wir uns unseren Anteil am Tiramisu sichern, bevor Großpapa sich alles unter den Nagel reißt?«

Es war dieses Bild – das lange, fliegende Haar, als Olivia schnell durch die Dunkelheit rannte –, das Jamie den ganzen Abend lang vor Augen behielt.

Sie beobachtete, wie Olivia eifrig den Nachtisch löffelte, ihren Großvater scherzhaft als schlechten Kellner tadelte und David über Einzelheiten bezüglich seines Treffens mit Madonna auf einer Party ausquetschte. Und sie fragte sich, ob Olivia reif und beherrscht genug war, um ihre Gedanken und Gefühle unter Verschluss zu halten, oder ob sie ganz einfach noch jung genug war, um sie angesichts von Süßigkeiten und interessanten Themen vorübergehend zur Seite zu schieben.

Doch sosehr sie die letztere Möglichkeit bevorzugt hätte, drängte sich ihr doch die Vermutung auf, dass Olivia wahrscheinlich Julies schauspielerische Begabung geerbt hatte.

Auf Jamies Herzen lastete ein schweres Gewicht, als sie sich in dem Zimmer, in dem sie als junges Mädchen geschlafen hatte, auskleidete. Die Tochter ihrer Schwester verließ sich auf sie, genau wie sie es während jener schrecklichen Tage vor acht Jahren getan hatte. Nur war sie diesmal kein kleines Mädchen mehr und würde sich nicht mit Umarmungen und Geschichten zufriedengeben.

Sie wollte die Wahrheit erfahren, und das bedeutete, dass Jamie sich mit Teilen der Wahrheit auseinandersetzen musste, die sie bisher zu verdrängen versucht hatte.

Die unautorisierten Biografien, die Dokumentationen, den Fernsehfilm, den Wahnsinn, den die Sensationspresse verbreitet hatte, und die Gerüchte über das Leben ihrer Schwester und ihren Tod hatte sie verkraftet. Von Zeit zu Zeit wurde die

Geschichte wieder aufgewärmt. Die junge, wunderschöne Schauspielerin, ermordet in der Blüte ihres Lebens, von dem Mann, den sie liebte. In einer Stadt, die sich von Fantasie und Klatsch ernährte, nahmen grausame Märchen häufig den Glanz von Legenden an.

Sie hatte ihr Bestes getan, um diese Geschichten zu verhindern. Sie gab keine Interviews, schloss keine Verträge ab, genehmigte keinerlei Projekte. So hatte sie ihre Eltern und das Kind schützen können. Und sich selbst.

Und dennoch kursierten Jahr für Jahr neue Geschichten über Julie MacBride. Alle Jahre wieder zum Jahrestag ihres Todes, dachte Jamie, als sie sich an das Waschbecken lehnte und in ihr eigenes Gesicht im Spiegel starrte.

Deshalb floh sie jeden Sommer aus L. A., lief für ein paar Tage davon, versteckte sich, so wie sie Olivia versteckt hatte.

Hatte sie denn kein Recht auf Privatsphäre? Sie seufzte und rieb ihre Augen. Genau wie Olivia ein Recht darauf hatte, über ihre verstorbene Mutter zu sprechen. Irgendwie musste sie dafür sorgen, dass beides ermöglicht wurde.

Sie richtete sich auf und strich ihr Haar zurück. Von ihrem Friseur hatte sie sich zu einer Dauerwelle und Strähnchen überreden lassen, die ihr Gesicht sanft umrahmten. Inzwischen musste sie zugeben, dass er Recht gehabt hatte. Sie wirkte sanfter, jünger. Jugend war für sie nicht nur eine Sache der Eitelkeit, sie gehörte auch zum Geschäft.

Langsam zeichneten sich die ersten Fältchen um ihre Augen ab, diese unbarmherzigen kleinen Hinweise auf Alter und Verfall. Früher oder später würde sie über ein Lifting nachdenken müssen. David hatte bei dieser Überlegung laut gelacht.

»Fältchen? Was für Fältchen? Ich sehe keine Fältchen.«

Männer, dachte sie nun, aber sie erinnerte sich daran, wie sehr sie sich über seine Reaktion gefreut hatte.

Was auf gar keinen Fall bedeutete, dass sie es sich leisten konnte, ihre Haut zu vernachlässigen. Sie ließ sich Zeit, um die Nachtcreme sorgfältig einzumassieren, mit festen Strichen von unten nach oben, dann verteilte sie die Augencreme mit den kleinen Fingern. Zuletzt sprühte sie einen Hauch von Parfum zwischen ihre Brüste, falls ihr Mann romantische Anwandlungen verspüren sollte.

Was er eigentlich häufig tat.

Sie lächelte in sich hinein und ging ins Schlafzimmer zurück, wo sie das Licht für David angelassen hatte. Er war noch nicht nach oben gekommen, also schloss sie leise die Tür und trat vor den großen Kippspiegel. Dann streifte sie ihr Negligé ab und unterzog ihren Körper einer kritischen Bestandsaufnahme.

An drei Tagen pro Woche trainierte sie wie besessen mit einer Privattrainerin, die sie heimlich die Marquessa de Sade nannte. Aber es machte sich bezahlt. Vielleicht konnte man ihre Brüste nicht mehr als vorwitzig bezeichnen, dafür war ihr übriger Körper straff und fest. Solange sie schwitzen und Gewichte stemmen konnte, bestand keinerlei Notwendigkeit für straffende Abnäher, höchstens um die Augenpartie.

Sie wusste, wie wichtig es für sie war, attraktiv zu bleiben – sowohl für ihre PR-Arbeit als auch für ihre Ehe. Die Schauspieler und Entertainer, mit denen David und sie arbeiteten, schienen von Tag zu Tag jünger zu werden. Einige seiner Klienten waren schöne, begehrenswerte und sehr junge Frauen. Der Versuchung nachzugeben, das wusste Jamie, war bei anderen, die so lebten wie David und sie, eher die Regel als die Ausnahme.

Und sie war sich durchaus bewusst, welches Glück sie hatte. Fast vierzehn Jahre, überlegte sie. Die Dauer ihrer Ehe war für Hollywood ein mittelgroßes Wunder. Sie hatten ihre Höhen und Tiefen erlebt, aber sie hatten sie gemeinsam gemeistert.

Jamie hatte sich immer auf ihren Ehemann verlassen können, und er sich auf sie. Ein weiteres, mehr als mittelgroßes Wunder war die Tatsache, dass sie einander immer noch liebten.

Sie schlüpfte wieder in ihr Negligé, band den Gürtel zu und öffnete die Verandatüren. Dann trat sie ins Freie, hörte dem Wind in den Bäumen zu und suchte nach Julies Stern.

»Wie oft haben wir in Nächten wie dieser draußen gesessen

und geträumt? Wir haben zusammen geflüstert, obwohl wir schon längst hätten schlafen sollen, und Pläne geschmiedet. Großartige, leuchtende Pläne. Ich habe so viel von dem, was ich mir erträumt hatte, erreicht, so vieles, das ich nie erreicht hätte, wenn du diese großen Träume nicht zuerst geträumt hättest. Ohne dich hätte ich David vielleicht nie kennengelernt. Hätte nie den Mut besessen, meine eigene Firma zu gründen. So viele Dinge hätte ich nicht getan oder erlebt, wenn ich dir nicht gefolgt wäre.«

Sie lehnte sich gegen das Geländer, schloss die Augen, spürte, wie der Wind mit ihrem Haar, dem Saum des Negligés spielte und ihre nackte Haut prickeln ließ. »Ich werde dafür sorgen, dass Livvy auch große Träume träumt. Dass sie sich durch nichts davon abhalten lässt, nach dem zu greifen, was sie am meisten braucht. Und es tut mir leid, Julie. Es tut mir leid, dass ich an dem Komplott beteiligt war, sie dich vergessen zu lassen.«

Als sie anfing zu frösteln, trat Jamie zurück und rieb ihre Arme. Sie blieb auf der Veranda und beobachtete die Sterne, bis David sie dort fand.

»Jamie?« Sie drehte sich um, und seine Augen wurden warm. »Du bist wunderschön. Ich hatte schon befürchtet, du wärst längst eingeschlafen, während ich unten Zigarren rauche und mit deinem Vater Lügengeschichten austausche.«

»Nein, ich wollte auf dich warten.« Sie schmiegte sich in seine Arme, legte ihren Kopf an seine Schulter. »Darauf habe ich gewartet.«

»Das ist gut. Du warst sehr still heute Abend. Ist alles in Ordnung?«

»Hmm. Ich habe nur nachgedacht.« Zu viele Gedanken, die sie nicht mit ihm teilen konnte. Ein Versprechen, das sie gegeben hatte. »Morgen ist es acht Jahre her. Manchmal kommt es mir wie ein Menschenleben vor, und manchmal erst wie gestern. Es bedeutet mir so viel, David, dass du mich jedes Jahr begleitest. Dass du verstehst, warum ich hierherkommen muss. Ich weiß, wie schwierig es für dich ist, deinen Terminkalender so zu organisieren, dass du dir diese paar Tage freinehmen kannst.«

»Jamie, sie hat uns allen viel bedeutet. Und du…« David zog sie wieder an sich, um sie zu küssen. »Du bedeutest mir am meisten.«

Lächelnd legte sie ihre Hand an seine Wange. »Das muss wohl so sein. Ich weiß doch genau, wie ungern du durch Wälder marschierst und deine Nachmittage beim Angeln verbringst.«

Er zog eine Grimasse. »Deine Mutter nimmt mich morgen mit zum Fluss.«

»Mein Held.«

»Ich glaube, sie weiß, wie sehr ich das Angeln hasse, trotzdem zwingt sie mich jeden Sommer dazu – aus Rache dafür, dass ich ihre Tochter entführt habe.«

»Das Mindeste, was ihre Tochter tun kann, ist, dich ausreichend zu entschädigen.«

»O ja?« Seine Hände glitten bereits ihren Rücken hinunter und umfingen unter dem dünnen Stoff ihren Po. »Wie das?«

»Komm mit, ich zeige es dir.«

Olivia träumte von ihrer Mutter und wimmerte leise im Schlaf. In einem Wandschrank voller Tiere, die sie mit gläsernen Augen anstarrten, schmiegten sie sich eng aneinander. Sie schauderte in der Dunkelheit und klammerte sich ganz, ganz fest an Mama, weil das Monster vor der Tür wütete. Es brüllte ihren Namen, rief nach ihr, stampfte auf den Boden.

Sie vergrub ihr Gesicht an der Brust ihrer Mutter, presste die Hände auf ihre Ohren. Dann fiel in der Nähe etwas zu Boden, ganz nahe an ihrem Versteck.

Und die Tür wurde aufgerissen, Licht drang in den Schrank. Im Lichtkegel entdeckte sie Blut, an ihren Händen, auf dem Haar ihrer Mutter, und Mutters Augen sahen aus wie die Augen der Tiere. Glasig starrten sie ins Leere.

»Ich habe dich gesucht«, sagte Daddy und ließ die blutig glänzende Schere auf- und zuschnappen.

Auch andere träumten von Julie.

Von einem wunderschönen Mädchen, das in der Küche lachend lernte, die Sauce nach dem Rezept seiner Großmutter zuzubereiten.

Von einer engen Vertrauten, die mit hellem, leuchtendem Haar durch den Wald lief.

Von einer Geliebten, die im Schlaf seufzte. Einer Frau von beinahe unwirklicher Schönheit, die an ihrem Hochzeitstag in einem weißen Kleid tanzte.

Sie träumten von ihrem Tod, so schrecklich und krass, dass sie die Erinnerung bei Tageslicht nicht ertragen konnten.

Und die, die von ihr träumten, weinten.

Sogar ihr Mörder.

Es war noch dunkel, als Val munter an die Schlafzimmertür klopfte. »Aufstehen, David. Der Kaffee ist fertig, und die Fische beißen an.«

Mit einem lauten Stöhnen drehte David sich um und vergrub den Kopf unter seinem Kissen. »O mein Gott.«

»In zehn Minuten. Ich packe dir dein Frühstück ein.«

»Diese Frau ist unmenschlich. Das halte ich nicht aus.«

Mit einem verschlafenen Lachen drängte Jamie ihn in Richtung Bettkante. »Aufgestanden und an die Arbeit, Fischerjunge.«

»Sag ihr, dass ich im Schlaf gestorben bin. Ich flehe dich an.« Er schob das Kissen vom Kopf und schaffte es endlich, die Silhouette seiner Frau klar zu erkennen. Als sich seine Hände warm auf ihre Brüste legten, grinste sie. »Geh Fische fangen, und wenn du fleißig bist, bekommst du heute Abend eine Belohnung von mir.«

»Mit Sex kann man nicht alles kaufen«, verkündete er würdevoll. Dann kroch er aus dem Bett. »Mich allerdings schon.« In der Dunkelheit stolperte er, fluchte leise und humpelte schließlich, begleitet vom Kichern seiner Frau, ins Badezimmer.

Als er zurückkam, ihr geistesabwesend einen Kuss aufdrückte und hinaustaumelte, war sie bereits wieder fest eingeschlafen.

Sanftes Licht schien durch die Fenster, als Jamie durch Schütteln und Flüstern geweckt wurde. »Hm? Was?«

»Tante Jamie? Bist du wach?«

»Nicht, bevor ich einen Kaffee getrunken habe.«

»Ich habe dir welchen mitgebracht.«

Jamie öffnete vorsichtig ein Auge und warf einen verschlafenen Blick auf ihre Nichte. Sie schnupperte, sog das Aroma ein und seufzte. »Du bist ein Engel.«

Kichernd ließ Olivia sich auf der Bettkante nieder. Jamie rappelte sich hoch. »Ich habe ihn frisch zubereitet. Großmama und Onkel David sind längst fort, und Großpapa ist im Gästehaus. Er behauptet, sich um den Papierkram kümmern zu müssen, in Wirklichkeit unterhält er sich aber für sein Leben gern mit den Leuten dort.«

»Du hast ihn durchschaut.« Mit geschlossenen Augen nahm Jamie den ersten Schluck. »Und was hast du vor?«

»Nun ... Großpapa hat mir den Tag freigegeben, für den Fall, dass du eine Wanderung machen möchtest. Ich könnte dich auf einem der einfacheren Pfade führen. Für mich wäre das eine gute Übung. Allerdings kann ich keine richtige Führerin werden, bevor ich sechzehn bin, obwohl ich die Wanderwege hier besser kenne als irgendjemand sonst.«

Jamie öffnete ein Auge. Olivia schenkte ihr ein strahlendes Lächeln und sah sie gleichzeitig flehentlich an.

»Ich könnte meinen neuen Rucksack ausprobieren. Ich mache uns Sandwiches und so, während du dich anziehst.«

»Was für Sandwiches?«

»Gekochter Schinken und Schweizer Käse.«

»Angenommen. Gib mir zwanzig Minuten.«

»In Ordnung!« Olivia schoss aus dem Zimmer, und Jamie nutzte die ersten beiden der ihr zugestandenen zwanzig Minuten dazu, sich zurückzulehnen und ihren Kaffee zu genießen.

Die Luft war warm und klar und der Himmel so blau wie im Hochsommer. Ein perfekter Tag, beschloss Jamie, um die Vergangenheit zugunsten der Gegenwart beiseitezuschieben.

Sie bewegte die Füße in ihren alten Stiefeln und musterte ihre Nichte. Olivia hatte sich das Haar unter einer Baseballmütze mit dem aufgedruckten *River's End Gästehaus und Camping*-Logo hochgesteckt. Ihr T-Shirt war ausgeblichen. Darüber trug sie ein offenes, an den Manschetten ausgefranstes Baumwollhemd. Ihre Stiefel wirkten getragen und bequem, und der neue Rucksack strahlte in einem kräftigen Blau.

An ihrem Gürtel hatte sie einen Kompass und ein Messer befestigt.

Sie machte, stellte Jamie beeindruckt fest, einen ausgesprochen kompetenten Eindruck.

»Okay, fang an mit deiner Litanei.«

»Meiner Litanei?«

»Immerhin habe ich dich als Führerin engagiert, damit du mir zeigst, wo es hier langgeht! Damit diese Wanderung für mich zu einer unvergesslichen Erfahrung wird.«

»Na gut.« Olivia straffte die Schultern, räusperte sich. »Hier betreten wir den John-MacBride-Pfad. Dieser relativ einfache Weg führt 2,3 Meilen lang durch den Olympic Rain Forest und steigt dann etwa eine halbe Meile an zu einer Seenplatte, die dem Wanderer einen beeindruckenden Ausblick bietet. Hm … Erfahrenere Besucher entschließen sich häufig dazu, die Wanderung von diesem Punkt aus auf einer der anspruchsvolleren Strecken fortzusetzen, aber dieses erste Stück gibt ihnen … äh, die Möglichkeit, den Wald sowie die Aussicht vom Plateau zu genießen. Wie war das?«

»Gar nicht übel.«

Den Text hatte sie fast Wort für Wort aus einer der Broschüren, die es im Andenkenladen des Gästehauses zu kaufen gab. Sie hatte sich die Seite einfach vorgestellt und die Sätze förmlich abgelesen.

Aber das würde sie ändern. Sie würde ihre Führungen persönlicher gestalten, sie würde die allerbeste Führerin werden.

»Okay. Als Ihre Führerin und Vertreterin des Gästehauses und Campingplatzes von River's End biete ich Ihnen heute Mittag ein Picknick an und erläutere unterwegs die Flora und Fauna. Für weitere Fragen stehe ich Ihnen gern zur Verfügung.«

»Du bist ein Naturtalent. Wenn du so weit bist, können wir loslegen.«

»Cool. Der Pfad beginnt hier, auf dem Grundstück der ersten MacBride-Heimstätte. John und Nancy MacBride zogen im Jahr 1853 von Kansas aus gen Westen und ließen sich am Rande des Quinault-Regenwalds nieder.«

»Ich dachte, Regenwälder gibt es nur in den Tropen«, warf Jamie ein und klapperte naiv mit den Augenlidern, während sie auf die Bäume zuging.

»Im Quinault-Tal wächst einer der wenigen Regenwälder der Welt in einer gemäßigten Klimazone. Dieses Gebiet zeichnet sich durch milde Temperaturen und starke Niederschläge aus.«

»Die Bäume sind so hoch! Was sind das für Bäume?«

»Diese Baumschicht besteht aus Sitkafichten, man erkennt sie an ihrer schuppigen Rinde. Und außerdem aus Douglastannen. Sie wachsen sehr hoch und gerade. Wenn sie alt werden, verfärbt sich die Rinde dunkelbraun und weist diese tiefen Risse auf. Dann haben wir da noch Hemlocktannen, die normalerweise nicht zum Kronenschluss gehören und Dunkelkeimer sind, folglich sind sie der Strauchschicht zuzuordnen. Sie wachsen weniger schnell als die Douglastanne. Sehen Sie die Zapfen auf dem Waldboden?« Olivia hob einen auf. »Das hier ist ein Doug-Zapfen, man erkennt ihn an den drei Ecken. Tiefer im Wald werden wir noch viel mehr davon finden, aber man sieht keine jungen Bäume, weil sie zu den Lichtkeimern gehören. Die Tiere mögen sie, und Bären essen ihre Rinde.«

»Bären! *Huch!*«

»Also wirklich, Tante Jamie.«

»Hey, vergiss nicht, ich bin nur eine dumme Großstädterin, okay?«

»Okay. Vor den Bären brauchen Sie sich nicht zu fürchten, solange Sie ein paar einfache Sicherheitsregeln beachten«, plauderte Olivia weiter. »In diesem Gebiet gibt es Schwarzbären. Das größte Problem liegt darin, das diese Spezies Lebensmittel stiehlt, sämtliche Essensreste müssen also sorgfältig verstaut werden. Unter gar keinen Umständen dürfen Sie Lebensmittel oder ungespültes Geschirr unbeaufsichtigt an Ihrem Lagerplatz zurücklassen.«

»Aber Sie haben Lebensmittel in Ihrem Rucksack. Was passiert, wenn die Bären Witterung aufnehmen und uns verfolgen?«

»Ich habe sie doppelt in Plastik eingewickelt, deshalb werden sie keine Witterung aufnehmen. Sollte sich trotzdem ein Bär nähern, schlagen Sie am besten möglichst viel Krach. Bewahren Sie ansonsten die Ruhe und lassen Sie dem Bären genügend Freiraum zum Rückzug.«

Sie traten aus der Lichtung in den Wald. Sofort schimmerte das Licht weich und grün, nur vereinzelt fielen ein paar helle Strahlen durch das Blätterdach. Der Waldboden war mit Zapfen, dichtem Moos und Farnkraut übersät.

Obwohl eine Drossel zwitschernd vorbeiflatterte, bewegte sich kein Lüftchen.

»Es sieht geradezu prähistorisch aus.«

»Das ist es vermutlich auch. Für mich ist es der allerschönste Ort auf der Welt.«

Jamie legte eine Hand auf Olivias Schulter. »Ich weiß.« Und ein sicherer Ort, dachte Jamie. »Erzähl mir, was ich im Vorübergehen sehe, Livvy, lass es für mich lebendig werden.«

Sie marschierten mit leichten Schritten, wobei Olivia sich bemühte, den Rhythmus und Tonfall der Wanderführer zu imitieren.

Das Licht war so sanft, dass sie es fast auf ihrer Haut spüren konnte, und von den vielen Düften, die in der Luft schwebten, wurde ihr fast schwindlig. Pinien, Feuchtigkeit und sterbende Baumstämme, die neuen Bäumen als Lebensquell dienten. Der trügerisch zarte Anblick des Mooses, das sich überall ausbreitete und an den Bäumen hochkletterte. Die Geräusche – das Knirschen ihrer Stiefel auf Nadeln und Zapfen, die Bewegungen der kleineren Waldtiere, die auf ihrer Suche nach Nahrung hierhin und dorthin huschten, der Ruf der Vögel, das plötzliche, überraschende Gurgeln des Wassers in einem kleinen Bach. All das zusammen vermischte sich für sie zu einer eigenen, ganz besonderen Art der Stille.

Dieser Wald war ihre Kathedrale, wunderbarer und heiliger als alle Bilder, die sie von den Prunkbauten in Rom oder Paris gesehen hatte. Dieser Boden lebte und starb jeden Tag aufs Neue.

Olivia deutete auf eine Gruppe Pilze, die wie gelbe und weiße Farbtupfer am Wegesrand wirkten, auf die Flechten an den großen Baumstämmen, die hauchfeinen Samen, die von den großen Sitka-Fichten herunterfielen, auf das komplizierte Gewirr von Weinefeu, das direkt neben dem Pfad wucherte.

Sie gingen an modrigen, mit Moos und Trieben bewachsenen Stämmen vorbei, streiften federige Farne und entdeckten dank Olivias scharfem Auge einen Adler, der es sich hoch über ihren Köpfen auf einem Ast bequem gemacht hatte.

»Kaum jemand benutzt diesen Pfad«, bemerkte Olivia, »weil der erste Teil auf Privatbesitz liegt. Aber der öffentliche Weg beginnt dort hinten, und dann werden wir auf andere Menschen treffen.«

»Triffst du nicht gern andere Menschen, Livvy?«

»Nicht unbedingt im Wald.« Sie lächelte verlegen. »Ich bilde mir gern ein, dass er mir gehört und dass niemand daran etwas ändern kann. Hör mal.« Sie hob eine Hand und schloss die Augen.

Neugierig tat Jamie es ihr nach. Sie vernahm ein schwaches, melodiöses Klimpern, konnte in der Entfernung vage den Sound von Country & Western-Klängen ausmachen.

»Die Menschen nehmen die Magie weg«, erklärte Olivia ernst und begann dann, den Pfad nach oben zu erklimmen.

Unterwegs hörte Jamie weitere Geräusche. Eine Stimme, Kinderlachen. Als die Bäume spärlicher wurden, drang mehr Sonnenlicht ein und verdrängte die sanfte, grüne Dämmerung.

Die Seen erstreckten sich in der Ferne, glitzerten in der Sonne, Boote schipperten darauf. Und die großen Berge reckten sich in den Himmel.

Inzwischen war ihr warm geworden. Jamie setzte sich hin, zog ihr weites Hemd aus und ließ die Sonne auf ihre Arme scheinen. »Es gibt verschiedene Arten von Magie.« Sie lächelte, während Olivia sich von ihrem Rucksack befreite. »Man muss nicht unbedingt allein sein, um sie zu genießen.«

»Vermutlich nicht.« Vorsichtig packte Olivia Sandwiches und Thermosflasche aus, ließ sich im Schneidersitz nieder und bot Jamie ihr Fernglas an. »Vielleicht kannst du Onkel David und Großmama entdecken.«

»Vermutlich ist Onkel David längst über Bord gesprungen und nach Hause geschwommen.« Lachend hob sie das Fernglas. »Oh, dort drüben sehe ich Schwäne. Es ist wunderschön, wie sie über das Wasser gleiten. Ich wünschte, ich hätte meine Kamera dabei. Wie konnte ich sie nur vergessen!«

Jamie ließ das Glas sinken und nahm sich eins der Sandwiches, die Olivia sorgfältig in gleichmäßige Hälften geschnitten hatte. »Hier oben ist es immer wieder herrlich. Gleichgültig, zu welcher Jahres- oder Tageszeit man herkommt.«

Sie senkte den Blick und stellte fest, dass Olivia sie ruhig beobachtete. Ein Schauer lief ihr über den Rücken, als sie den abschätzenden Blick des Mädchens bemerkte. »Was ist los?«

»Ich muss dich um einen Gefallen bitten. Du wirst ihn mir nur ungern tun, aber ich habe lange darüber nachgedacht, und es ist mir sehr wichtig. Du musst mir eine Adresse besorgen.« Olivia presste die Lippen zusammen, dann stieß sie den Atem aus. »Die Adresse des Polizisten, der mich in jener Nacht zu eurem Haus gebracht hat. Sein Name ist Frank. Ich erinnere mich an ihn, wenn auch nicht sehr deutlich. Ich möchte ihm schreiben.«

»Livvy, warum willst du das tun? Er kann dir nichts sagen, was ich dir nicht auch sagen könnte. Es ist nicht gut für dich, dass du dir darüber so viele Gedanken machst.«

»Es muss doch besser sein, die Wahrheit zu kennen, als sich

immer wieder dieselben Fragen zu stellen! Er war damals sehr nett zu mir. Selbst wenn ich ihm nur schreibe, dass ich mich daran erinnere, wie freundlich er zu mir war, würde ich mich schon besser fühlen. Und … er war in jener Nacht dort, Tante Jamie. Du warst bei dir zu Hause. Bis er kam und mich fand, war ich ganz allein. Ich möchte mit ihm sprechen.«

Olivia wandte ihren Kopf und starrte zur Seenplatte hinüber. »Ich werde ihm sagen, dass meine Großeltern nichts von dem Brief wissen. Ich werde ihn nicht anlügen. Aber ich muss es versuchen. Ich kann mich nur noch daran erinnern, dass sein Name Frank war.«

Jamie schloss die Augen, spürte, wie ihr Herz schwer wurde. »Brady. Sein Name ist Frank Brady.«

Siebtes Kapitel

Frank Brady wendete den blassblauen Umschlag in seiner Hand. Sein Name und die Adresse seines Reviers standen dort, genau wie der Absender oben links in der Ecke, in einer sauberen, präzisen, unverkennbar kindlichen Handschrift.

Olivia MacBride.

Die kleine Livvy Tanner, dachte er, ein Geist aus seiner Vergangenheit.

Acht Jahre war es nun her. Und doch hatte er nie völlig abgeschlossen mit jener Nacht, den betroffenen Menschen, dem ganzen Fall. Dabei hatte er es versucht. Immerhin hatte er seinen Job erledigt, der Gerechtigkeit war weitgehend Genüge getan worden, und das kleine Mädchen war von seiner Familie, die es von Herzen liebte, fortgebracht worden.

Abgeschlossen, zu Ende, vorbei. Trotz der Geschichten über Julie MacBride, trotz des Klatsches, der Filme, die spät nachts im Fernsehen gesendet wurden, war der Fall erledigt. Julie

MacBride würde für immer zweiunddreißig Jahre alt und wunderschön bleiben, und der Mann, der sie getötet hatte, würde mindestens noch ein weiteres Jahrzehnt hinter Gittern verbringen.

Warum zur Hölle schrieb ihm das Mädchen also nach all den Jahren? Und warum las er nicht ganz einfach den Brief und fand den Grund heraus?

Er zögerte, betrachtete den Umschlag stirnrunzelnd. Schließlich riss er ihn mit einem leisen Fluch auf, faltete das einzelne Blatt des farblich abgestimmten Briefpapiers auseinander und las:

Sehr geehrter Detective Brady,
ich hoffe, Sie erinnern sich noch an mich. Meine Mutter war Julie MacBride, und als sie ermordet wurde, brachten Sie mich zum Haus meiner Tante. Dort haben Sie mich auch besucht. Damals habe ich noch nicht verstanden, dass ein Mord passiert war und Sie den Fall untersuchten. Bei Ihnen fühlte ich mich sicher, und Sie haben mir erzählt, dass die Sterne auch tagsüber am Himmel stehen. Sie haben mir sehr geholfen. Hoffentlich können Sie mir jetzt noch einmal helfen.

Seit acht Jahren lebe ich bei meinen Großeltern in Washington State. Hier ist es wunderschön, und ich liebe die beiden sehr. Tante Jamie hat uns letzte Woche besucht, und ich bat sie um Ihre Adresse, damit ich Ihnen schreiben kann. Meinen Großeltern habe ich nichts davon erzählt, weil es sie sehr traurig machen würde. Wir sprechen nie über meine Mutter oder darüber, was mein Vater getan hat.

Ich habe aber ein paar Fragen, die mir wahrscheinlich niemand außer Ihnen beantworten kann. Es ist sehr wichtig für mich, die Wahrheit zu erfahren, aber ich möchte meine Großmutter nicht verletzen. Ich bin inzwischen zwölf Jahre alt, aber sie weiß nicht, dass alles in meinem Kopf drunter und drüber geht, sobald ich an jene Nacht denke und mich daran zu erinnern versuche, und das macht es nur noch schlimmer. Wären Sie dazu bereit, sich mit mir darüber zu unterhalten?

Ich hatte mir gedacht, dass Sie vielleicht Urlaub machen und hierherkommen könnten. Ich weiß noch, dass Sie einen Sohn haben. Sie haben mir erzählt, dass er früher Käfer aß und manchmal Alpträume von Außerirdischen hatte, aber inzwischen ist er wohl älter und leidet vermutlich nicht mehr darunter.

Jesus, dachte Frank und lachte erstaunt auf. Das Mädel hat ein Gedächtnis wie ein Elefant.

Hier bei uns kann man viel unternehmen. Unser Gästehaus und der Campingplatz sind sehr schön, ich könnte Ihnen ein paar Prospekte zuschicken. Sie können angeln, wandern oder Boot fahren. Das Gästehaus hat einen Swimmingpool, und am Abend wird ein Unterhaltungsprogramm angeboten. Außerdem ist es überhaupt nicht weit zu den schönsten Stränden des ganzen Nordwestens.

Frank spürte, wie seine Lippen angesichts Olivias Verkaufsstrategie zuckten. Er überflog den Rest.

Bitte kommen Sie. Ich habe sonst niemanden, mit dem ich reden kann.

Viele Grüße,
Olivia

»Du lieber Himmel.« Er faltete den Brief zusammen, steckte ihn wieder in den Umschlag und verstaute ihn in seiner Jackentasche.

Olivia aus seinem Gedächtnis zu verbannen, sollte sich allerdings als weniger einfach erweisen.

Den ganzen Tag lang schleppte er den Brief und seine Erinnerungen an das Mädchen mit sich herum. Er beschloss, dass er ihr freundlich antworten würde – verständnisvoll, aber unverbindlich. Er konnte ihr in lockerem Plauderton erzählen, dass Noah im Herbst aufs College wollte und in einem Basketballturnier zum ›Besten Spieler‹ gewählt worden war. Er würde seine Arbeit und seine Familie als Ausrede dafür vorschieben, dass er sie nicht besuchen konnte.

Er glaubte nicht, ihr helfen zu können, indem er nach Washington fuhr und mit ihr redete. Sämtliche Beteiligten würden sich nur unnötig aufregen. Eine derartige Verantwortung konnte er unmöglich übernehmen, denn schließlich waren ihre Großeltern Menschen, die respektvolle Zurückhaltung verdienten.

Er hatte sie überprüfen lassen, als sie seinerzeit das Sorgerecht für Livvy beantragt hatten. Nur um ganz sicherzugehen, hatte er sich damals eingeredet.

Schließlich bin ich ein Cop, redete er sich ein, als er in die Straße zu seinem Haus einbog, und kein Psychologe, kein Sozialarbeiter. Seine einzige Verbindung zu Olivia bestand in einem Mordfall.

Er steuerte in die Einfahrt und parkte hinter dem hellblauen Honda Civic, der vor gut vier Jahren den alten Käfer seiner Frau ersetzt hatte. Beide Stoßstangen waren mit Stickern verziert. Seine Frau mochte zwar ihren geliebten Käfer aufgegeben haben, ihr soziales Engagement jedoch noch lange nicht.

Noah hatte inzwischen vom Fahrrad zu einem gebrauchten Buick gewechselt. In ein paar Wochen würde er ihn mit seinen Besitztümern beladen und zum College aufbrechen. Der Gedanke traf Frank – wie üblich – wie ein Pfeil ins Herz.

Die Blumen, die vor der Tür wuchsen, gediehen dank Noahs Pflege prächtig. Gott allein weiß, von wem er sein Händchen für Pflanzen geerbt hatte, dachte Frank, als er aus dem Wagen stieg. Wenn der Junge fort war, würden die Blüten dank Celias und seiner gemeinschaftlichen Pflege vermutlich elendig verdursten.

Er betrat das Haus und hörte Fleetwood Mac. Sein Herz rutschte ein Stück tiefer. Celia kochte mit Vorliebe zu den Klängen von Fleetwood Mac, und falls sie es sich in den Kopf gesetzt haben sollte, heute zu kochen, konnte dieser Umstand nur bedeuten, dass Frank mitten in der Nacht in die Küche schleichen musste, um seine sorgfältig versteckten Junk-food-Vorräte zu plündern.

Das Wohnzimmer war aufgeräumt – ebenfalls ein bedenkliches Zeichen. Die Tatsache, dass keine Zeitungen oder Schuhe herumlagen, ließ darauf schließen, dass Celia heute im Frauenhaus früher Feierabend gemacht hatte.

Meistens mussten er und Noah Celias hausfrauliche Ambitionen ausbaden.

Dabei funktionierte der Bradysche Haushalt nun einmal viel besser, wenn Celia die Hausarbeit ihren Männern überließ.

Als Frank in die Küche kam, fand er seine schlimmsten Befürchtungen bestätigt. Celia stand am Herd und ließ selig den Kochlöffel kreisen. Auf der Arbeitsplatte, direkt neben einem riesigen gelben Kürbis, entdeckte er eine Art Baumrindenbrot.

Dabei sieht sie so verdammt hübsch aus, dachte er, mit ihrem hellen, zu einem Pferdeschwanz zusammengebundenem Haar, ihren schmalen Hüften, die sich im Takt zur Musik wiegten, und den schlanken, nackten Füßen.

Doch unter ihrem kompetent-unschuldigen Gesichtsausdruck verbarg sich, wie er nur allzu gut wusste, eiserne Entschlossenheit. Wenn Celia Brady sich einmal etwas in den Kopf gesetzt hatte, dann bekam sie es auch.

Genau wie sie ihn bekommen hatte, als sie eine einundzwanzigjährige Studentin und er ein zwei Jahre älterer Polizeineuling gewesen war, der sie bei einer Anti-Tierversuchs-Demo verhaftet hatte.

Während der ersten beiden Wochen ihrer Bekanntschaft hatten sie sich permanent gestritten. Die nächsten zwei Wochen verbrachten sie im Bett. Sie hatte sich geweigert, ihn zu heiraten, also waren sie über diesen Punkt aneinandergeraten. Allerdings war er selbst nicht weniger eigensinnig gewesen. Während des Jahres, in dem sie zusammengelebt hatten, war es ihm langsam, aber sicher gelungen, ihren Widerstand zu brechen.

Leise pirschte er sich von hinten an sie heran und zog sie an sich. »Ich liebe dich, Celia.«

Sie drehte sich in seinen Armen um und drückte ihm einen flüchtigen Kuss auf die Wange. »Trotzdem gibt es schwarze Bohnen mit Kürbis. Das ist sehr gesund.«

Er nahm an, dass er die Mahlzeit vermutlich überleben würde – und erinnerte sich daran, dass er in den Tiefen der Kühltruhe Minipizzas versteckt hatte. »Ich werde es essen, und ich werde dich weiterhin lieben. Schließlich bin ich hart im Nehmen. Wo ist Noah?«

»Draußen, er spielt mit Mike Basketball. Später ist er mit Sarah verabredet.«

»Schon wieder?«

Celia konnte sich ein Grinsen nicht verkneifen. »Sie ist ein sehr nettes Mädchen, Frank. In Anbetracht der Tatsache, dass er in ein paar Wochen aufs College geht, möchten die beiden so viel Zeit wie möglich miteinander verbringen.«

»Ich wünschte nur, dass er sich nicht so an dieses Mädchen hängen würde. Schließlich ist er erst achtzehn.«

»Frank, wenn er erst mal eine Weile fort ist, wird Sarah zu einer vagen Erinnerung verblassen. Was ist in Wahrheit mit dir los?«

Er machte sich gar nicht erst die Mühe zu seufzen, sondern nahm das Bier, das sie ihm anbot. »Erinnerst du dich noch an den Fall MacBride?«

»Julie MacBride?« Celia zog die Augenbrauen hoch. »Selbstverständlich. Das war der größte und medienträchtigste Fall deiner Karriere, und du wirst immer noch traurig, wenn du dir einen ihrer Filme im Fernsehen ansiehst. Was ist mit dem Fall? Den hast du doch schon vor Jahren abgeschlossen. Sam Tanner sitzt hinter Gittern.«

»Das kleine Mädchen …«

»Ich erinnere mich. Du hast dir die Geschichte damals sehr zu Herzen genommen.« Celia streichelte seinen Arm. »Du Softie.«

»Ihre Großeltern bekamen das Sorgerecht zugesprochen und nahmen sie mit nach Washington State. Sie besitzen dort oben Land, ein Gästehaus und einen Campingplatz auf der Olympic-Halbinsel. Direkt am Nationalpark.«

»Dem Olympic-Nationalpark?« Celias Augen leuchteten auf. »Die Gegend ist unglaublich schön, ich bin dort in dem Sommer nach meinem Highschool-Abschluss gewandert. Da oben ist es ausnahmsweise gelungen, die geldgierigen Blutsauger fernzuhalten.«

Für Celia fiel jeder in die Kategorie ›geldgieriger Blutsauger‹, der sich mit dem Gedanken trug, einen Baum zu fällen, ein altes Gebäude abzureißen, Hasen zu jagen oder Weideland mit einer Asphaltdecke zu überziehen.

»Umweltapostel.«

»Ha, ha! Wenn du eine Vorstellung davon hättest, wie viel Schaden Holzfäller anrichten, die ohne Weitblick handeln …«

»Halt die Luft an, Celia, dann esse ich auch brav meinen Kürbis mit schwarzen Bohnen.«

Sie schmollte für einen Augenblick, zuckte dann die Schultern und erhob sich. Da er keine Lust hatte, einen Streit vom Zaun zu brechen, kramte er in seiner Tasche nach dem Brief. »Lies dir den bitte mal durch und sag mir, was du davon hältst.«

»Auf einmal interessierst du dich für meine Meinung?« Nachdem Celia allerdings die ersten paar Zeilen gelesen hatte, verwandelte sich der kämpferische Ausdruck in ihren Augen in Mitgefühl. »Die arme Kleine«, murmelte sie. »Sie klingt so traurig. Und sehr tapfer.«

Mit den Fingern strich sie den Brief glatt, gab ihn dann Frank zurück und rührte weiter in ihrem Topf. »Weißt du, Frank, ein Familienurlaub würde uns guttun, bevor Noah zum College aufbricht. Und wir haben nicht mehr gezeltet, seitdem er drei Jahre alt war und du dir geschworen hast, nie wieder eine Nacht auf dem Boden zu schlafen.«

Die Hälfte des Gewichts, das seit Eintreffen des Briefes auf seinen Schultern gelastet hatte, fiel von ihm ab. »Ich liebe dich wirklich, Celia.«

Olivia bemühte sich nach Kräften, sich so normal wie möglich zu verhalten, und alle Anzeichen von Aufregung und Spannung vor ihren Großeltern zu verbergen. Tief in ihrem Innern war sie allerdings nervös und spürte leichte Kopfschmerzen. Doch sie erledigte ihre morgendlichen Pflichten, und es gelang ihr sogar, ein paar Bissen vom Mittagessen herunterzubringen.

Bald würden die Bradys eintreffen.

Sie war erleichtert, als ihr Großvater direkt nach dem Essen zum Zeltplatz gerufen wurde, wo er sich um ein kleineres Problem zu kümmern hatte. Es war einfach, eine Ausrede zu finden, damit sie beim Haus bleiben konnte, anstatt ihn zu begleiten, obwohl sie wegen ihrer Unaufrichtigkeit ein schlechtes Gewissen hatte.

Deshalb arbeitete sie doppelt eifrig, fegte die Terrasse vor dem Speisesaal des Gästehauses und zupfte in den angrenzenden Gärten Unkraut.

Dies war der perfekte Beobachtungsposten, von dem aus sie ein Auge auf alle ankommenden und abreisenden Gäste hatte.

Ihre Hände schwitzten in den Gartenhandschuhen, die sie nur deshalb übergestreift hatte, um den Bradys wie eine Erwachsene ohne schmutzverkrustete Finger und Nägel die Hand geben zu können. Sie wollte Frank beweisen, dass sie erwachsen genug war, um die Sache mit ihrer Mutter und ihrem Vater zu begreifen.

Auf gar keinen Fall sollte er in ihr ein verängstigtes kleines Mädchen sehen, das vor Monstern beschützt werden wollte.

Ich werde lernen, die Monster von nun an ganz allein zu vertreiben, dachte Olivia.

Dann rieb sie trotz ihrer guten Vorsätze mit einer Hand über die Wange und beschmierte sie mit Erde.

Sie hatte ihr Haar gebürstet und zu einem ordentlichen Pferdeschwanz hochgebunden, den sie hinten durch die Öffnung in ihrer roten Kappe gezogen hatte. Sie trug Jeans und ein River's End-T-Shirt. Morgens war beides noch sauber gewesen, doch inzwischen war die Hose an den Knien voller Flecken.

Was im Grunde nur beweist, dass ich gearbeitet habe, sagte sie sich. Dass ich Verantwortung übernehmen kann.

Hoffentlich kamen sie bald, am besten bevor Großpapa zurück war. Er könnte Frank Brady erkennen. Es war sogar sehr wahrscheinlich, dass er ihn erkennen würde, denn Großpapa erinnerte sich an alles und jeden. Und er würde sicherlich versuchen, sie von Frank fernzuhalten, damit sie ihm keine Fragen stellen konnte. Ihre ganze Planung, ihre Vorsicht, ihre Hoffnungen – alles wäre umsonst gewesen, wenn sie nicht bald eintrafen.

Ein Paar kam auf die Terrasse geschlendert und ließ sich an einem der kleinen Eisentische nieder. Olivia wusste, dass einer der Angestellten herauskommen und ihnen etwas zu essen oder trinken servieren würde. Dann war es mit ihrer Einsamkeit vorbei.

Olivia arbeitete sich die Hecke entlang und hörte mit halbem Ohr zu, was die Frau aus dem Wanderführer vorlas. Die beiden planten ihren morgigen Ausflug, diskutierten, ob sie eine der längeren Strecken wählen und ein Lunchpaket bestellen sollten.

Unter normalen Umständen hätte sich Olivia vermutlich eine kurze Pause gegönnt, ihnen zugeraten und eine Beschreibung des Pfades geliefert, den die Frau zu bevorzugen schien. Aber heute ging ihr zu viel durch den Kopf, um höfliche Konversation zu betreiben, und so arbeitete sie stetig weiter, bis sie fast außer Sichtweite war.

Plötzlich erspähte sie einen riesigen alten Wagen in der Einfahrt, bemerkte aber sofort, dass der Fahrer zu groß war, um Frank Brady zu sein. Er hatte ein hübsches Gesicht – zumindest, soweit sie es erkennen konnte, denn er hatte es weitgehend unter einer Kappe und hinter einer Sonnenbrille versteckt. Sein sonnengebleichtes hellbraunes Haar quoll in Wellen unter seiner Kopfbedeckung hervor. Die Dame auf dem Beifahrersitz war ebenfalls hübsch. Seine Mutter, vermutete Olivia, obwohl sie dafür eigentlich nicht alt genug schien. Vielleicht war sie seine Tante, oder seine große Schwester.

Im Geiste ging sie die Reservierungen durch, versuchte sich zu erinnern, ob für den Tag ein Paar angemeldet war, doch dann erspähte sie eine weitere Person, die sich auf dem Rücksitz räkelte.

Das Herz pochte in ihrer Brust, ein Echo des dumpfen Hämmerns reichte bis in den Kopf. Langsam stand sie auf, während das Auto zum Stehen kam.

Sie erkannte ihn sofort. Ihre verschwommenen Erinnerungen wurden in dem Augenblick, als Frank aus dem Auto stieg, glasklar. Jetzt erinnerte sie sich wieder ganz genau an die Farbe seiner Augen, den Klang seiner Stimme, seine große, sanfte Hand auf ihrer Wange.

Sie spürte, wie ihre Knie weich wurden, zog jedoch die Handschuhe aus und steckte sie in ihre Hosentasche. Ihr Mund war trocken, aber sie rang sich ein höfliches Lächeln ab und ging auf ihn zu.

»Ich bin Olivia«, sagte sie mit einer Stimme, die in ihren eigenen Ohren weit entfernt klang. »Danke, dass Sie gekommen sind, Detective Brady.« Sie streckte die Hand aus.

Wie oft, fragte sich Frank, würde dieses Mädchen ihm noch das Herz brechen? Sie wirkte so gefasst, ihre Augen so ernst, ihr Lächeln so höflich. Und ihre Stimme zitterte.

»Es ist schön, dich wiederzusehen, Olivia.« Er nahm ihre Hand und hielt sie fest. »Livvy. Wirst du immer noch Livvy genannt?«

»Ja.« Ihr Lächeln erwärmte sich. »Hatten Sie eine gute Reise?«

»Allerdings. Wir haben beschlossen, mit dem Auto zu kommen, mit dem Wagen meines Sohnes. Er ist das einzige Vehikel, das für eine so lange Reise bequem genug ist. Celia?«

Er legte den Arm um die Schultern seiner Frau. Es war eine nette Geste, stellte Olivia fest. Sie beobachtete gern, wie Menschen sich zueinander verhielten. Die Frau passte zu ihm, ihr Lächeln war freundlich, ihre Augen sympathisch.

»Das ist Celia, meine Frau.«

»Hallo, Livvy. Was für eine schöne Gegend! Weißt du, ich habe schon mal auf eurem Campingplatz gezeltet, als ich so alt war wie Noah. Ich habe mich immer daran erinnert. Noah, das ist Livvy MacBride, ihrer Familie gehört das Gästehaus.«

Der junge Mann blickte herüber, nickte – höflich, aber zurückhaltend. »Hey« war alles, was er sagte, während er die Hände in den Taschen vergrub. Doch hinter seiner dunklen Brille studierte er interessiert jeden ihrer Gesichtszüge.

Sie war größer, als er erwartet hatte. Schlaksig. Er hatte sie sofort erkannt, erinnerte sich an das Bild von ihr – als kleines Mädchen mit den an die Ohren gepressten Händen und dem traurigen Gesicht.

»Noah ist in letzter Zeit ziemlich wortkarg«, erklärte Celia nüchtern, aber ihre strahlenden Augen brachten Olivia wieder zum Lächeln.

»Sie können Ihren Wagen hier stehen lassen, während Sie sich anmelden. Die Zimmer mit Seeblick waren schon ausgebucht, aber dafür haben Sie eine wunderbare Aussicht auf den Wald. Sie bekommen eine Ferienwohnung im Erdgeschoss mit einer eigenen Terrasse.«

»Das klingt wundervoll. Ich weiß noch, dass ich damals Fotos vom Gästehaus gemacht habe.« Um Olivia ihre Befangenheit zu nehmen, legte Celia eine Hand auf ihre Schulter und betrachtete das Gebäude. »Es wirkt wie aus dem Boden gewachsen, wie die Bäume.«

Der Holzbau, alt und würdevoll, war drei Stockwerke hoch, und sein Haupttrakt lag unter einem steil abfallenden Dach. Die großen Fenster boten den Gästen ein atemberaubendes Panorama. Das Holz war zu einem sanften Braun verwittert und schien vor dem tiefgrünen Hintergrund genauso Teil des Waldes zu sein wie die riesigen Bäume, die hinter ihm emporragten.

Die Natursteinwege waren mit kleinen immergrünen Pflanzen, Büscheln von Farn und Wildblumen durchsetzt.

»Es wirkt überhaupt nicht störend. Wer auch immer es gebaut hat, wusste wie wichtig es ist, *mit* der Natur zu arbeiten, anstatt sie zu verdrängen.«

»Mein Urgroßvater. Er hat das ursprüngliche Gebäude errichtet, später bauten er, sein Bruder und mein Großvater dann an. Er hat dem Gebäude auch seinen Namen gegeben.« Olivia widerstand dem Drang, ihre feuchten Handflächen an den Jeans abzuwischen. »Dabei endet hier gar kein Fluss. Der Name ist ein Bild.«

»Dafür, dass man am Ende einer Reise Zuflucht findet«, schlug Celia vor und zauberte so ein Lächeln auf Olivias Lippen.

»Ja, ganz genau. Das war es, was ihm vorschwebte. Zunächst gab es hier nur ein Gasthaus, heute ist es ein Urlaubsgebiet. Aber wir wollen die ruhige Atmosphäre bewahren und bemühen uns, die Landschaft so weit wie irgend möglich in ihrem ursprünglichen Zustand zu belassen und dafür zu sorgen, dass das Gästehaus die Schönheit des Waldes und der Seen unterstreicht, statt von ihr abzulenken.«

»Ihr beiden sprecht dieselbe Sprache.« Frank zwinkerte. »Celia ist eine leidenschaftliche Umweltschützerin.«

»Wie jeder, der einen Funken Verstand hat«, erwiderte Olivia automatisch und erntete ein zustimmendes Nicken von Celia.

»Wir werden uns bestens verstehen. Magst du mich durch das Haus führen, während sich die großen, starken Männer um unser Gepäck kümmern?«

Olivia sah Frank an, während Celia sie schon fortzog. Die Ungeduld in ihr schien fast zu brodeln, aber sie gab nach und öffnete eine Hälfte der großen Doppeltür.

»Bei meinem ersten Besuch bin ich nie bis ins Haus vorgedrungen«, plauderte Celia munter weiter. »Damals hatte ich ein knapp bemessenes Budget und rümpfte die Nase über jeglichen Komfort. Ich war eine der ersten Hippies.«

Olivia blieb stehen, blinzelte. »Tatsächlich? Sie sehen gar nicht aus wie ein Hippie.«

»Inzwischen hole ich meine Tonperlenketten nur noch zu besonderen Anlässen heraus – zum Beispiel am Jahrestag von Woodstock.«

»War Frank auch ein Hippie?«

»Frank?« Celia warf den Kopf zurück und lachte amüsiert auf. »Doch nicht Mister Konservativ. Der Mann wurde zum

Cop geboren – und zum Republikaner obendrein. Na ja«, sagte sie seufzend, »was will man machen? Oh, das ist aber hübsch.«

Sie drehte sich in der großen Empfangshalle im Halbkreis, bewunderte die Böden und Wände aus Kiefern- und Fichtenholz, den großen, gemauerten Kamin, in dem im warmen August Blumen anstelle von Flammen leuchteten. Stühle und Sofas in sanften Erdtönen waren zu gemütlichen Sitzgruppen arrangiert.

Mehrere Gäste tranken dort Kaffee oder Wein, während sie den Ausblick genossen oder ihre Wanderführer studierten.

Es gab indianische Gemälde, Wandteppiche und Läufer, außerdem Kupferkrüge mit bunten Blumenarrangements oder Grünpflanzen.

Das Ganze erinnerte eher an einen riesigen Wohnraum als an eine Hotelhalle.

Die Rezeptionstheke bestand aus poliertem Holz und war mit zwei Angestellten in gestärkten weißen Hemden und grünen Westen besetzt. Die Aktivitäten des Tages waren handschriftlich auf einer alten Schiefertafel aufgeführt, und auf der Theke stand eine Steingutschüssel mit pastellfarbenen Pfefferminzbonbons.

»Willkommen in River's End.« Die weibliche Angestellte grinste Olivia kurz an, bevor sie Celia mit einem Willkommenslächeln bedachte. »Werden Sie bei uns wohnen?«

»Ja, Celia Brady und Familie. Mein Mann und mein Sohn holen gerade unser Gepäck.«

»Schön, Mrs. Brady, wir freuen uns, Sie begrüßen zu dürfen.« Während sie sprach, bediente sie die Tastatur unter der Theke. »Ich hoffe, Sie hatten eine angenehme Reise.«

»Sehr angenehm.« Celia bemerkte das Namensschild auf der Weste. »Danke, Sharon.«

»Sie haben für fünf Nächte gebucht, also unser Familienpaket inklusive Frühstück für drei, und eine unserer Führungen …«

Olivia ließ Sharons Begrüßungsansprache und Erklärungen

an sich vorbeiplätschern und starrte zur Tür. Als Frank mit Noah im Schlepptau hereinkam, begann das Flattern in ihrem Magen von Neuem. Beide waren mit Taschen und Rucksäcken beladen.

»Ich helfe Ihnen. Sharon, ich führe die Bradys zu ihren Zimmern und zeige ihnen, wo alles ist.«

»Danke, Livvy. Ihnen kann gar nichts Besseres passieren als eine MacBride zur Führerin zu haben, Mrs. Brady. Genießen Sie Ihren Aufenthalt.«

»Hier entlang.« Olivia führte die Bradys den Korridor neben der Lobby entlang und bog dann rechts ab. »Das Fitnessstudio liegt links und steht den Gästen kostenlos zur Verfügung. Zum Pool gelangen Sie hier drüben, oder durch den Südeingang.«

Sie rasselte Informationen über Mahlzeiten, Roomservice, Öffnungszeiten der Bar, Kanu-, Angel- und Fahrradverleih herunter.

An der Tür zur Ferienwohnung blieb sie stehen, und trotz ihrer Nervosität war sie erfreut, als Celia einen Begeisterungsschrei ausstieß.

»Es ist wunderschön! Einfach unglaublich! O Frank, sieh dir den Ausblick an! Mitten im Wald.« Sie ging direkt zur Verandatür und öffnete sie. »Warum leben wir in der Stadt?«

»Das hat wohl etwas damit zu tun, dass wir uns unseren Lebensunterhalt verdienen müssen«, bemerkte Frank trocken.

»Das große Schlafzimmer ist hier drüben, das zweite dort.«

»Ich werde mal meine Sachen verstauen.« Noah marschierte zum anderen Ende des Wohnzimmers.

»Sie möchten jetzt sicher in Ruhe auspacken und sich einleben.« Olivia faltete die Hände, zog sie wieder auseinander. »Wenn ich Ihnen etwas bringen kann, oder Sie Fragen haben … ich – es gibt ein paar einfache, kurze Wanderwege, falls Sie sich heute Nachmittag schon ein wenig umsehen wollen.«

»Frank, warum spielst du nicht ein bisschen Pfadfinder?«, lächelte Celia. Sie konnte dem flehentlichen Ausdruck in Livvys Augen nicht widerstehen. »Noah und ich ruhen uns inzwischen am Pool aus.«

»Gute Idee. Macht es dir etwas aus, Livvy?«

»Nein. Nein, es macht mir gar nichts aus. Wir können direkt hier hinausgehen.« Sie gestikulierte in Richtung Terrassentür. »In diese Richtung gibt es einen Rundweg von einer halben Meile, man benötigt keine besondere Ausrüstung.«

»Klingt gut.« Frank küsste Celia, streichelte ihren Arm. »Bis später.«

»Lasst euch Zeit.« Sie folgte ihnen zur Tür und sah zu, wie das Mädchen ihren Mann auf die Bäume zuführte.

»Mom?«

Celia drehte sich nicht um. »Hmm?«

»Warum habt ihr mir nichts gesagt?«

»Was gesagt, Noah?«

»Das ist doch Julie MacBrides Tochter, nicht wahr?«

Celia drehte sich zu Noah um, der in der Tür zu seinem Zimmer stand, die Schultern nachlässig gegen den Rahmen gelehnt, die Augen wachsam und ein wenig verärgert.

»Ja. Warum?«

»Wir sind gar nicht hergekommen, um durch die Wälder zu wandern und zu angeln. Dad hasst Angeln, und seine Vorstellung von Urlaub beschränkt sich auf eine Hängematte im Garten.«

Celia hätte fast losgeprustet, denn seine Beschreibung traf genau ins Schwarze. »Worauf willst du hinaus?«

»Er ist hergekommen, um das Mädchen zu besuchen. Bedeutet das, es gibt neue Entwicklungen im Fall Julie MacBride?«

»Nein, damit hat es nichts zu tun. Ich wusste gar nicht, dass du dich dafür interessierst, Noah.«

»Warum sollte ich nicht?« Er trat aus der Tür und nahm einen der leuchtend roten Äpfel aus der blauen Schale auf dem Tisch. »Es war Dads Fall, und ein großer dazu. Es wird immer noch darüber geredet, und er denkt heute noch daran.« Noah machte eine Kopfbewegung in die Richtung, in der sein

Vater verschwunden war. »Selbst wenn er nicht darüber spricht. Worum geht es hier, Mom?«

Celia hob die Schultern. »Das Mädchen – Olivia – hat ihm geschrieben. Sie möchte ihm ein paar Fragen stellen. Ich glaube nicht, dass ihre Großeltern ihr viel erzählt haben, und soweit mir bekannt ist, wissen sie auch nicht, dass sie deinem Vater geschrieben hat. Also sollten wir den beiden einfach ein wenig Freiraum zugestehen.«

»Klar.« Noah biss in den Apfel, und durch das Fenster fiel sein Blick auf das hochgewachsene Mädchen, das gerade mit seinem Vater zwischen den Bäumen verschwand. »Ich habe mich nur gewundert.«

Achtes Kapitel

Die Bäume umzingelten sie wie die riesigen Gitterstäbe eines uralten Gefängnisses. Frank hatte Weite und Lieblichkeit erwartet, stattdessen marschierte er unbehaglich durch eine fremde Welt, in der das Licht geheimnisvoll grün leuchtete und die Natur sich in unheimlichen, primitiven Formen offenbarte.

Selbst die Geräusche und Gerüche erschienen ihm fremd und überwältigend, und in der Luft lag Feuchtigkeit. Wahrscheinlich hätte er sich sogar in einer finsteren Gasse in East L. A. wohler gefühlt.

Er ertappte sich dabei, dass er immer wieder über die Schulter zurückblickte und sich nach dem beruhigenden Gewicht seiner Waffe sehnte.

»Hast du dich hier schon einmal verlaufen?«, fragte er Olivia.

»Nein, aber es gibt natürlich Leute, denen das passiert. Als Anfänger sollte man immer einen Kompass dabeihaben und die markierten Wege nie verlassen.« Sie hob ihr Gesicht und musterte ihn. »Vermutlich sind Sie ein Asphaltschleicher.«

Der Ausdruck ließ ihn grinsen. »Da hast du wahrscheinlich Recht.«

Olivia lächelte, und ihre Augen leuchteten. »Tante Jamie sagt, dass sie sich zu einem Asphaltschleicher entwickelt hat. Aber in der Stadt kann man sich doch auch verlaufen, oder nicht?«

»Ja. Selbstverständlich.«

Sie sah fort und verlangsamte ihren Schritt. »Es ist nett von Ihnen, dass Sie hergekommen sind. Ich hatte nicht damit gerechnet. Ich war mir noch nicht einmal sicher, ob Sie sich überhaupt an mich erinnern würden.«

»Ich erinnere mich an dich, Livvy.« Leicht berührte er ihren Arm, spürte Härte und Beherrschung, die nicht zu einer Zwölfjährigen passten. »Ich habe sogar oft an dich gedacht und mich gefragt, wie es dir geht.«

»Meine Großeltern sind toll. Ich bin gern hier. Ich kann mir nicht vorstellen, irgendwo anders zu leben. Viele Menschen kommen zu uns, um hier Urlaub zu machen, aber ich darf ständig hier sein.« Sie stieß die Worte sehr schnell aus, als ob sie alle Pluspunkte auflisten wollte, bevor sie das Thema wechselte.

»Sie haben eine nette Familie«, begann sie.

»Danke. Ich nehme an, ich werde sie behalten.«

Ihr Lächeln strahlte kurz auf und verschwand genauso plötzlich wieder. »Ich habe auch eine nette Familie. Aber ich … dort liegt ein Stück Totholz«, lenkte sie hastig ab, weil sich Nervosität in ihre Stimme geschlichen hatte. »Wenn ein Baum oder ein Ast auf den Boden stürzt, nutzt der Wald das Holz. Hier wird nichts verschwendet. Das ist eine Douglastanne, und auf ihr wachsen die Sprösslinge einer Hemlocktanne, außerdem Moos, Farne und Pilze. Wenn hier etwas stirbt, gibt es anderen Dingen die Chance zum Leben.«

Sie blickte wieder zu Frank auf, und ihre Augen schimmerten hinter einem Tränenschleier bernsteinfarben. »Warum musste meine Mutter sterben?«

»Das kann ich dir nicht beantworten, Livvy. Das Warum vermag ich nie wirklich zu beantworten, und das ist für mich der schwierigste Teil meiner Arbeit.«

»Sie war doch gut und schön, nicht wahr?«

»Ja, das war sie.«

Mit einem Nicken ging Olivia weiter und sprach erst wieder, als sie sich sicher war, ihre Tränen unter Kontrolle zu haben. »Aber mein Vater war anders. Er kann nicht gut und schön gewesen sein, nicht wirklich. Trotzdem hat sie sich in ihn verliebt und ihn geheiratet.«

»Dein Vater hatte Probleme.«

»Drogen«, bemerkte sie knapp. »Das habe ich in den Zeitungen gelesen, die meine Großmutter auf dem Dachboden verstaut hat. Er hat Drogen genommen und sie getötet. Er kann sie nicht geliebt haben, er hat keine von uns beiden geliebt.«

»Livvy, das Leben ist nicht immer so einfach, man kann die Dinge nicht nur schwarz und weiß sehen.«

»Wenn man jemanden liebt, sorgt man für ihn. Man beschützt ihn. Wenn man ihn genug liebt, beschützt man ihn mit seinem Leben.« Ihre Stimme klang hart. »Er behauptet, dass er es nicht getan hat. Aber er war es. Ich habe ihn gesehen. Sobald ich es zulasse, kann ich ihn immer noch sehen.« Sie presste die Lippen aufeinander. »Mich hätte er auch getötet, wenn ich ihm nicht entwischt wäre.«

»Ich weiß nicht. Es ist möglich.«

»Sie haben mit ihm gesprochen, nachdem es vorbei war?«

»Ja. Das gehört zu meinem Job.«

»Ist er verrückt?«

Frank öffnete den Mund, klappte ihn wieder zu. Für diesen Fall hatte er keine Patentantwort parat. »Das Gericht glaubte es nicht.«

»Und Sie?«

Frank stöhnte. Inzwischen konnte er erkennen, dass sie im Kreis gegangen waren, entdeckte den Dachfirst, die glänzenden Fenster des Gästehauses. »Livvy, ich glaube, dass er schwach war, und die Drogen spielten in diese Schwäche hinein. Sie ließen ihn Dinge glauben, die einfach nicht stimmten, und Dinge tun, die falsch waren. Deine Mutter hielt ihn von dir fern, wahrscheinlich mehr um dich als um sich selbst zu schützen. Und, wie ich vermute, um ihn dazu zu zwingen, sich helfen zu lassen.«

Aber das hat er nicht getan, dachte Olivia. Er hatte sich nicht helfen lassen, und sie hat sich nicht schützen können.

»Wenn er dort nicht mehr wohnte, warum war er in jener Nacht im Haus?«

»Alle Indizien sprechen dafür, dass sie ihn hereinließ.«

»Weil sie ihn immer noch liebte.« Sie schüttelte den Kopf, bevor Frank antworten konnte. »Es ist schon in Ordnung. Ich verstehe. Bleibt er für immer eingesperrt?«

Es gibt kein ›Für immer‹, dachte Frank. »Er wurde zu zwanzig Jahren bis lebenslänglich verurteilt, die ersten fünfzehn Jahre ohne Recht auf Bewährung.«

Olivias Augen verengten sich zu einem konzentrierten Stirnrunzeln. Fünfzehn Jahre war zwar länger als ihr gesamtes bisheriges Leben, aber es war längst nicht ausreichend. »Bedeutet das, dass er in knapp sieben Jahren entlassen werden kann? Einfach so, nach allem, was er getan hat?«

»Nein, nicht unbedingt. Das System …« Wie konnte er die Umwege und Windungen eines Rechtssystems einem Kind begreiflich machen? »Er kommt vor einen Ausschuss, so wie alle anderen auch.«

»Aber die Leute in diesem Ausschuss wissen gar nichts. Sie waren nicht dabei. Es wird ihnen egal sein.«

»Es wird ihnen nicht egal sein, und außerdem kann ich an der Sitzung des Ausschusses teilnehmen.« Und das werde ich auch, beschloss Frank spontan, um für das Mädchen zu sprechen. »Ich darf vor dem Ausschuss sprechen, weil ich damals im Haus war.«

»Danke.« Die Tränen wollten wieder aufsteigen, deshalb streckte Olivia schnell die Hand aus, um die seine zu schütteln. »Danke, dass Sie mit mir geredet haben.«

»Livvy.« Er hielt ihre Hand, berührte ihre Wange mit der anderen. »Du kannst mir jederzeit schreiben oder mich anrufen.«

»Wirklich?«

»Ich würde mich sehr darüber freuen.«

Die Tränen brannten nicht mehr, ihre Nerven hatten sich beruhigt. »Dann werde ich genau das tun. Ich bin wirklich froh, dass Sie gekommen sind. Ich hoffe, dass Sie und Ihre Familie hier eine schöne Zeit verleben. Wenn Sie wollen, kann ich Sie für eine der Führungen eintragen, oder ich kann Ihnen zeigen, auf welchen Pfaden Sie allein wandern können.«

Frank verließ sich auf seinen Instinkt und erklärte: »Das würden wir sehr gern, aber nur, wenn wir dich als Führerin engagieren können. Wir wollen nur das Beste.«

Sie betrachtete ihn mit ruhigen, nüchternen Augen. »Der Skyline-Pfad ist nur einunddreißig Meilen lang.« Als seine Kinnlade herunterklappte, lächelte sie. »Nur ein Scherz. Ich kenne einen schönen Tagesmarsch. Und Sie können unterwegs fotografieren.«

»Und wie lautet deine Definition von einem schönen Tagesmarsch?«

Ihr Grinsen blitzte kurz und überraschend auf. »Nur ein paar Meilen. Dort gibt es Biber und Fischadler. Im Gästehaus können Sie ein Lunchpaket bestellen, wenn Sie unterwegs picknicken möchten.«

»Abgemacht. Wie wäre es mit morgen?«

»Ich werde meinen Großvater fragen, aber es müsste eigentlich klappen. Ich hole Sie gegen halb zwölf ab.« Sie inspizierte seine abgewetzten, knöchelhohen Turnschuhe. »Mit Stiefeln wären sie zwar besser bedient, aber die sind auch in Ordnung, wenn Sie nichts anderes dabeihaben. Wir sehen uns morgen.«

»Livvy?« rief er ihr nach. »Soll ich mir einen Kompass kaufen?«

Sie warf ihm über die Schulter ein Lächeln zu. »Ich passe schon auf, dass Sie sich nicht verirren.«

Olivia verschwand zwischen den Bäumen und rannte weiter, bis sie sich ganz sicher war, dass niemand sie sehen konnte. Dann blieb sie stehen, legte die Arme um ihren Körper, wiegte sich und ließ ihren Tränen freien Lauf.

Sie brannten heiß, und ihre Brust hob und senkte sich schmerzhaft. Doch nachdem sie sich ausgeweint hatte, wieder frei atmen konnte und ihr Gesicht mit den Händen abgewischt hatte, fühlte sie sich besser.

Und in diesem Moment, an diesem Ort beschloss Olivia, was sie mit ihrem weiteren Leben anfangen wollte, wie sie es leben würde. Sie wollte so viel wie möglich über den Wald lernen, über die Seen und Berge, die ihre Heimat waren. Sie wollte an diesem Ort leben und arbeiten, dem Ort, den sie liebte, und an dem ihre Mutter aufgewachsen war.

Im Laufe der Zeit aber wollte sie mehr über ihre Mutter in Erfahrung bringen. Und über den Mann, der sie getötet hatte. Ihre Mutter würde sie für immer von ganzem Herzen lieben – genau wie sie ihren Vater hassen würde.

Und sie wollte sich niemals so verlieben, wie ihre Mutter es getan hatte.

Sie würde immer eine selbstständige Frau sein, und zwar von diesem Moment an.

Olivia wusch ihr Gesicht in einem Bach und blieb dann still sitzen, bis sie sicher sein konnte, dass sämtliche Spuren von Tränen und ihren heftigen Gefühlen verschwunden waren. Ihre Großeltern mussten beschützt werden – das war ein weiteres Versprechen, das sie sich gab. Sie würde dafür sorgen, dass ihnen kein Leid zugefügt wurde.

Als sie auf die Lichtung trat, entdeckte sie ihren Großvater, der zwischen den Blumen jätete. Sie ging auf ihn zu und kniete sich lächelnd neben ihn. »Genau das habe ich eben am Gästehaus gemacht. Die Gärten dort sehen wirklich toll aus.«

»Du hast meinen grünen Daumen geerbt, Kindchen.« Er zwinkerte ihr zu. »Über die Farbe des Daumens deiner Großmutter wollen wir lieber nicht sprechen.«

»Mit ihren Zimmerpflanzen kommt sie doch ganz gut zurecht! Gerade hat übrigens eine Familie im Gästehaus eingecheckt, ein Ehepaar mit Sohn.« Beiläufig rupfte Olivia einen Stängel Unkraut aus. Sie wollte den Großvater nicht anlügen, also hatte sie beschlossen, am Rande der Wahrheit zu balancieren. »Die Mutter hat erzählt, dass sie hier als Teenager gewandert ist, aber die beiden anderen können meiner Meinung nach keinen Busch von einem Stachelschwein unterscheiden. Jedenfalls würde ich sie gern morgen auf einer kleinen Wanderung begleiten. Wir könnten am Fluss entlang zum Irely-See gehen, damit sie unterwegs Fotos machen können.«

Er hockte sich auf die Fersen, und eine Sorgenfalte zeichnete sich auf seiner Stirn ab. »Ich weiß nicht, Livvy.«

»O bitte! Ich kenne den Weg doch! Ich bin schon auf Führungen mitgegangen, und ich möchte wissen, ob ich es auch kann. Es ist doch nur bis nach Irely. Wenn ich es gut mache, könnte ich lernen, im Sommer auf den anderen Pfaden Führungen zu leiten und vielleicht Vorträge für die Kinder halten. Und wenn ich älter bin, kann ich sogar über Nacht wegbleiben und Naturkundlerin werden, so wie die Leute drüben im Park. Nur, dass ich viel besser wäre, weil ich hier aufgewachsen bin. Weil es meine Heimat ist.«

Er rieb ihr mit den Fingerknöcheln über die Wange. In ihren Augen entdeckte er Julie, Julie als junges Mädchen, das ihm von seinem Traum, eine große Schauspielerin zu werden, erzählte. Julies Traum hatte sie ihm weggenommen, während Olivia ihren Traum in der Nähe verwirklichen wollte.

»Du bist jung genug, um deine Meinung noch ein Dutzend Mal zu ändern.«

»Niemals! Und ich werde nie erfahren, ob ich es überhaupt kann und ob es tatsächlich das ist, was ich mir wünsche, wenn ich es nicht versuche. Morgen will ich es doch nur ein bisschen antesten.«

»Nur bis Irely?«

»Ich habe dem Vater den Rundweg hinter dem Gästehaus gezeigt, bevor ich herkam. Er hatte offenbar Angst, sich zu verlaufen.« Beide kicherten. »Ich glaube, weiter als Irely schafft er es sowieso nicht.«

Sie wusste, dass sie gewonnen hatte, stand auf und klopfte ihre Jeans ab. »Ich sehe nach, ob Großmama Hilfe in der Küche braucht.« Dann beugte sie sich vor und legte die Arme um Robs Nacken. »Ihr sollt stolz auf mich sein.«

»Ich bin stolz auf dich, Baby.«

Sie drückte ihn fester. »Warte ab«, flüsterte sie, dann lief sie ins Haus.

Olivia war auf die Minute pünktlich. Sie hatte beschlossen, dass dies von nun an ebenfalls zu ihrem Leben gehören würde. Sie würde immer pünktlich sein, und sie würde sich immer gut vorbereiten.

Schon vor der vereinbarten Zeit traf sie am Gästehaus ein, um die Lunchpakete für die Wanderung in Empfang zu nehmen. Es gehörte zu ihren Aufgaben, den Proviant zu transportieren.

Sie hob den Rucksack auf die Schulter und stellte die Träger ein.

Sie hatte ihren Kompass dabei, ihr Messer, Wasserflaschen, zusätzliche Plastiktüten, um Müll oder Essensreste zu verpacken, ihre Kamera, einen Notizblock, Bleistifte und eine Erste-Hilfe-Ausrüstung.

Am Vorabend hatte sie sich noch einmal ausführlich mit der Gegend und ihrer Geschichte beschäftigt. Sie wollte sichergehen, dass die Bradys einen unterhaltsamen und lehrreichen Nachmittag verbrachten.

Als sie an die Terrassentür der Wohnung trat, entdeckte sie auf einem der Holzstühle Noah. Auf seinen Ohren saßen Kopfhörer, und er trommelte mit den Fingern ruhelos auf die Armlehne. Seine langen Beine steckten in zerrissenen Jeans, die Füße in den hohen Nikes hatte er an den Knöcheln gekreuzt.

Er trug eine Sonnenbrille mit sehr dunklen Gläsern, und ihr wurde bewusst, dass sie seine Augen noch gar nicht gesehen hatte. Sein Haar war feucht, offenbar war er gerade erst aus der Dusche oder vom Pool gekommen. Er hatte es locker zurückgekämmt und ließ es in der Sonne trocknen.

Ihr ging durch den Kopf, dass er wie ein Rockstar aussah.

Schüchternheit überkam sie, aber sie straffte die Schultern. Wenn sie Führerin werden wollte, musste sie ihre Zurückhaltung gegenüber Jungen und überhaupt allen Menschen gegenüber überwinden. »Hi.«

Er bewegte den Kopf, und seine Finger hörten auf zu trommeln. Ihr wurde bewusst, dass er die Augen hinter den dunklen Gläsern wahrscheinlich geschlossen gehabt und sie nicht bemerkt hatte.

»Ach, hi.« Noah bückte sich und schaltete die Musik aus, die in seinen Ohren gedröhnt hatte. »Ich hole die anderen.«

Als er sich erhob, musste sie den Kopf nach hinten legen, um ihm ins Gesicht sehen zu können. »Warst du am Pool?«

»Ja.« Er grinste ihr zu. Olivia war angenehm überrascht. »Das Wasser ist ganz schön kalt.« Er öffnete die Terrassentür. »Hey, Leute, unsere Fährtenleserin ist eingetroffen.« Hinter der Schlafzimmertür war eine gedämpfte Reaktion zu vernehmen. Er wandte sich wieder Olivia zu. »Setz dich ruhig noch hin. Mom ist nie pünktlich.«

»Wir haben es nicht eilig.«

»Das ist gut.«

Da er sie dazu aufgefordert hatte, beschloss sie, dass es nur höflich war, sich auf die Steinterrasse zu setzen. Olivia verfiel in ein Schweigen, das zum Teil auf Schüchternheit und zum Teil auch auf ihre Unerfahrenheit zurückzuführen war.

Noah studierte ihr Profil. Sie interessierte ihn wegen ihrer Verbindung zu seinem Vater, zu Julie MacBride, und, so gestand er sich ein, wegen ihrer Verbindung zu einem Mord. Mordfälle faszinierten ihn einfach.

Er hätte sie nur zu gern mit Fragen gelöchert, wenn er sich nicht sicher gewesen wäre, dass seine Eltern ihm dafür das Fell über die Ohren gezogen hätten. Das hätte er zwar notfalls noch in Kauf genommen, aber zugleich erinnerte er sich an die grausamen Bilder von dem kleinen Kind.

»Was … machst du hier so den ganzen Tag lang?«

Ihr Blick tanzte in seine Richtung und bewegte sich schnell

wieder weg. »Alles Mögliche.« Sie fühlte, wie ihr wegen ihrer blöden Antwort die Glut in die Wangen stieg.

»Aha, alles Mögliche. Das machen wir in Kalifornien nie.«

»Na ja, ich erledige meine Pflichten, helfe auf dem Campingplatz und hier im Gästehaus. Ich gehe wandern und angeln. Und dann lerne ich noch alles über die Geschichte dieser Gegend, über die Flora und Fauna, solche Sachen eben.«

»Wo gehst du zur Schule?«

»Meine Großmutter unterrichtet mich zu Hause.«

»Zu Hause?« Noah zog die Sonnenbrille herunter, so dass sie einen Blick auf seine dunkelgrünen Augen erhaschen konnte. »Das ist ja ein Ding!«

»Sie ist ziemlich streng«, murmelte Olivia und sprang erleichtert auf die Füße, weil Frank aus dem Zimmer trat.

»Celia kommt sofort. Ich wollte schon mal unsere Lunchpakete abholen.«

»Hab ich schon erledigt.« Olivia verlagerte ihren Rucksack. »Kaltes Hühnchen, Kartoffelsalat, Obst und Früchtekuchen. Sal – das ist unser Koch – macht den besten.«

»Das ist doch viel zu schwer für dich«, behauptete Frank, aber sie trat einen Schritt zurück.

»Das gehört zu meinem Job.« Dann entdeckte sie Celia hinter ihm und fühlte sich gleich wieder eingeschüchtert. »Guten Morgen, Mrs. Brady.«

»Guten Morgen. Ich habe heute früh vor dem Fenster ein Reh gesehen. Es kam aus dem Nebel, wie im Märchen. Ehe ich richtig wach war und meine Kamera gefunden hatte, war es schon wieder verschwunden.«

»Sie werden sicher noch mehr zu sehen bekommen. Der Schwarzschwanz kommt in diesem Wald am häufigsten vor. Vielleicht treffen wir sogar auf einen Roosevelt-Elch.« Celia tippte auf die Kamera, die an einem Riemen um ihren Hals baumelte. »Diesmal bin ich vorbereitet.«

»Wenn Sie so weit sind, können wir losgehen.« Olivia hatte bereits unauffällig ihre Schuhe, Kleidung und die übrige Ausstattung gemustert. Für die kurze Strecke waren sie vermutlich ausreichend gerüstet. »Wir können jederzeit stehen bleiben, wenn Sie Bilder machen, sich ausruhen oder Fragen stellen möchten. Ich weiß nicht, wie viel Sie über die Olympic Mountains oder den Regenwald wissen«, begann sie, als sie sich aufmachten.

Sie hatte ihren Vortrag am Vormittag beim Ankleiden geübt und begann so ähnlich wie damals, als ihre Tante für sie die Touristin gespielt hatte.

Als sie die Bären erwähnte, quietschte Celia allerdings nicht wie seinerzeit Jamie, sondern seufzte. »Oh, ich würde für mein Leben gern einen Bären sehen!«

»Klar, typisch Mom.«

Celia lachte und legte einen Arm um Noahs Nacken. »Hoffnungslose Großstadtjungs, Livvy. Mit diesen beiden wirst du es nicht leicht haben.«

»Das ist schon in Ordnung, für mich ist es eine gute Übung.«

Sie nannte die Namen der Bäume, wurde jedoch das Gefühl nicht los, dass hauptsächlich Celia sich dafür interessierte. Allerdings schien Noah etwas munterer zu werden, als sie ihm einen Adler zeigte. Nachdem sie jedoch den Fluss überquert hatten, und der Wald sich ein wenig lichtete, schienen alle drei auf einmal begeistert.

»Das ist der Quinault«, informierte Olivia sie. »Er fließt zur Küste. Die Olympic Mountains umgeben das Innere der Halbinsel.«

»Gott, das ist wunderschön. Es verschlägt mir den Atem.« Celia hielt die Kamera ans Auge, suchte eifrig nach geeigneten Motiven und fotografierte. »Sieh nur, wie die Berge in den Himmel ragen, Frank. Weiß und grün und grau vor dem blauen Hintergrund, es ist fast so, als ob man ein Foto von einem Gemälde macht.«

Olivia durchforstete ihr Gedächtnis nach Informationen über die Berge. »Also, der Mount Olympus ist nicht einmal zweitausendfünfhundert Meter hoch, aber er beginnt im Regenwald fast auf Höhe des Meeresspiegels, deshalb wirkt er höher. Ich glaube, oben befinden sich insgesamt sechs Gletscher. Wir stehen hier auf den westlichen Hängen der Bergkette.«

Sie führte die Bradys am Fluss entlang, zeigte ihnen die geschickt konstruierten Dämme der Biber, die schnurförmigen Blätter des wilden Goldfadens, das sanfte Gelb der Sumpfdotterblume. Sie begegneten anderen Wanderern, einzeln und in Gruppen.

Celia hielt häufig inne, um Bilder zu machen, und ihre Männer posierten geduldig, wenn auch nicht gerade mit Begeisterung. Als es Olivia gelang, einen Frosch mit roten Beinen zu fangen, machte Celia auch von ihm ein Foto und lachte begeistert, als er ein langgezogenes, schwaches Quaken ausstieß.

Dann überraschte sie Olivia, indem sie dem Frosch mit einem Finger über den Rücken strich. Olivia kannte nur wenige Frauen, die Frösche streicheln wollten. Als sie ihn wieder freiließ, lächelten sie und Celia sich verständnisvoll an.

»Deine Mutter hat eine Seelenverwandte gefunden«, murmelte Frank Noah zu.

Olivia wollte gerade auf einen Fischadler hinweisen, als ein kleiner Junge den Pfad heruntergerannt kam, auf der Flucht vor seinen Eltern, die nach ihm riefen und hinter ihm her eilten.

Er stolperte, landete auf Knien und Ellenbogen direkt vor Olivias Füßen und kreischte los wie tausend Dudelsäcke.

Sie wollte sich zu ihm hinunterbücken, aber Noah war schneller, nahm den Jungen auf den Arm und schaukelte ihn vergnügt. »Ohoh! Ausgebüchst!«

»Scotty! Oh, Liebling, ich habe dir doch verboten, so schnell zu laufen!« Hektisch nahm die Mutter Noah den Jungen ab und sah sich dann hilfesuchend nach ihrem abgehetzten Ehemann um. »Er blutet! Er hat sich die Knie aufgeschlagen!«

»Verdammt. Ist es schlimm? Lass mich mal sehen, Kumpel.«

Während der Junge noch lauter heulte, nahm Olivia ihren Rucksack ab. »Sie müssen seine Verletzungen auswaschen. Ich habe Wasser und eine Erste-Hilfe-Ausrüstung dabei.«

Sie machte sich so zügig ans Werk, dass Frank Celia zurückhielt.

»Sie müssen ihn festhalten«, sagte Olivia. »Ich kann das Knie nicht säubern, wenn er um sich tritt.«

»Ich weiß, dass es wehtut, Schatz, aber gleich ist alles wieder gut.« Die Mutter küsste Scotty auf beide Wangen. »Lass mich die Wunde säubern. Vielen Dank.« Sie nahm das Tuch, das Olivia bereits angefeuchtet hatte, und bemühte sich gemeinsam mit ihrem Mann, den Jungen ruhig zu halten, damit sie den Schaden begutachten konnten.

»Nur Abschürfungen. Du hast dir sozusagen die Rinde angekratzt!«

Olivia reichte der Frau ein Antiseptikum, und ein Blick auf die Flasche genügte, um Scotty erneut ohrenbetäubend losschreien zu lassen.

»Hey, ich weiß genau, was du jetzt brauchst.« Noah zog einen Schokoriegel aus seiner Tasche und wedelte damit vor Scottys Gesicht herum. »Du musst dir jetzt dringend den Appetit verderben.«

Scotty betrachtete den Riegel mit tränenverschmierten Augen. Sein Mund zitterte, aber prompt kam nur noch ein jämmerliches Wimmern über seine Lippen. »Schokoriegel.«

»Genau. Magst du Schokoriegel? Das hier ist ein ganz besonderer. Er ist nur für tapfere Jungs. Ich wette, du bist tapfer.«

Scotty schniefte, streckte die Hand aus und konzentrierte sich so auf den Riegel, dass er gar nicht mehr bemerkte, wie seine Mutter eilig sein Knie verband. »Okay.«

»Bitte, er gehört dir.« Noah hielt die Belohnung hoch, und ein zaghaftes Lächeln erschien auf seinem Gesicht.

»Danke. Vielen Dank.« Die Mutter wirkte sehr erleichtert.

Olivia verstaute die Erste-Hilfe-Ausrüstung bereits wieder in ihren Rucksack. »Sie sollten sich auch so einen Kasten besorgen, wenn Sie viel wandern. Im Andenkenladen in River's End bekommen Sie ihn, oder Sie können einen in der Stadt kaufen.«

»Steht ganz oben auf meiner Liste. Und Notfallschokolade. Noch einmal vielen Dank.« Die Frau warf Frank und Celia einen Blick zu. »Sie haben zwei tolle Kinder.«

Olivia wollte etwas sagen, zog aber nur den Kopf ein und blieb stumm. Allerdings nicht schnell genug, um ihren unglücklichen Gesichtsausdruck vor Celia verbergen zu können.

»Ihr beide seid ein gutes Team«, bemerkte sie vergnügt. »Das kleine Abenteuer hat mich hungrig gemacht. Wann gibt es etwas zu essen, Liv?«

Olivia horchte auf. Liv, dachte sie. Das klang stark, zuverlässig und klug. »Ein Stück weiter unten kommen wir zu einem schönen Fleckchen. Wenn wir Glück haben, sehen wir dort auch ein paar leibhaftige Biber und nicht nur ihre Dämme.«

Sie fanden die Stelle schnell.

Olivia nagte an ihrem Hühnchen und hielt sich zunächst zurück. Wenn sie die Bradys beobachtete, empfand sie ein sehnsüchtiges Ziehen, einen dumpfen, neidischen Schmerz. Sie schämte sich für ihre Eifersucht auf diese harmonische kleine Familie. »Ich gehe noch ein Stückchen weiter.« Sie zwang sich dazu, langsam aufzustehen. »Vielleicht entdecke ich ein paar Biber. Wenn ich welche finde, komme ich Sie holen.«

»Arme Kleine«, murmelte Celia, während Olivia den Pfand entlangging. »Sie ist einsam. Ich glaube, ihr ist gar nicht bewusst, wie einsam sie ist.«

»Ihre Großeltern sind gute Menschen, Celia.«

»Sicher sind sie das. Aber sie hat keine Kinder um sich herum! Kinder ihres Alters, mit denen sie an einem wunderschönen Tag wie heute spielen könnte.«

»Sie geht noch nicht einmal in die Schule«, schaltete Noah sich ein. »Sie hat mir erzählt, dass ihre Großmutter sie zu Hause unterrichtet.«

»Sie haben sie unter eine gläserne Glocke gesteckt. Eine wunderschöne Glocke«, fügte Celia hinzu, während sie sich umsah, »aber trotzdem bleibt es eine Glocke.«

»Sie haben Angst, und dazu haben sie allen Grund.«

»Ich weiß, aber was werden sie tun, wenn Olivia mit den Flügeln gegen die Glocke zu schlagen beginnt? Und was wird aus ihr, wenn sie das nicht tut?«

Noah stand auf. »Ich denke, ich gehe auch noch ein Stück weiter. Schließlich habe ich noch nie einen Biber gesehen.«

»Er hat ein gutes Herz«, bemerkte Celia und lächelte ihm nach.

»Ja, und außerdem ist er sehr neugierig. Ich hoffe, er quetscht sie nicht aus.«

»Hab Vertrauen, Frank.«

»Wenn ich das nicht hätte, würde ich mir auch die Biber ansehen, anstatt hier gemütlich ein Nickerchen zu machen.«

Mit diesen Worten streckte er sich aus und legte den Kopf in den Schoß seiner Frau.

Noah fand Olivia am Flussufer, wo sie einsam und ruhig hockte. Der Anblick prägte sich ihm ein – ähnlich und doch ganz anders als das Bild von dem kleinen Mädchen auf der Flucht vor seinem Kummer.

Sie starrte auf das Wasser, das schnell, hell und klar vorbeiplätscherte.

Diesmal läuft sie nicht vor ihrem Kummer davon, dachte er. Sie lernt gerade, damit zu leben.

Sie drehte den Kopf, als sie ihn kommen hörte, und blickte ihm mit großen, ernsten Augen ins Gesicht. Er ließ sich neben ihr nieder.

»Hierher kommen sie zum Spielen«, erklärte sie ihm mit leiser Stimme. »Um die Menschen kümmern sie sich kaum, sie sind daran gewöhnt. Aber man hat mehr Glück, wenn man nicht allzu viel Lärm macht und sich nicht bewegt.«

»Ich nehme an, du verbringst viel Zeit damit, einfach in der Gegend herumzusitzen.«

»Hier gibt es immer etwas zu sehen oder zu tun.« Sie starrte nach wie vor auf den Fluss. In Noahs Gegenwart verspürte sie ein komisches Gefühl, von dem sie nicht sagen konnte, ob es gut oder schlecht war. Sie wusste nur, dass es anders war als alles, was sie bisher empfunden hatte – wie eine Art Trommeln direkt unter ihrem Herzen. »Ich nehme an, das Leben hier hat sehr wenig mit Los Angeles gemeinsam.«

»Überhaupt nichts. Aber es ist nicht übel. Mom steht auf Natur und so. Du weißt schon, rettet die Wale, rettet die Fleckeneule, rettet was auch immer. Sie kann sich richtig hineinsteigern.«

»Wenn mehr Menschen so denken würden, gäbe es nichts zu retten.«

Sie sprach so hitzig, dass er lächeln musste. »Genau das sagt sie auch immer. Soll mir recht sein. Ich bevorzuge die Natur im Stadtpark, dazu einen Basketballkorb.«

»Ich wette, du warst noch nie angeln.«

»Warum auch?« Er grinste sie kurz an, was das Trommeln in ihrer Brust noch verstärkte. »Schließlich kann ich doch zu McDonald's gehen und mir einen Fishmac bestellen.«

»Igitt.«

»Hey, was heißt hier igitt? Du würdest natürlich lieber einen armen Wurm auf einen Haken piksen und ihn ersäufen, damit du einen zappelnden, schleimigen Fisch aus dem Wasser ziehen kannst!« Er freute sich über ihr vorsichtiges Lächeln und den erwachsenen Humor in ihren Augen. »Das ist doch widerlich.«

»Das ist geschickt«, berichtigte sie ihn beinahe altjüngferlich, hielt aber inzwischen ihren Blick auf ihn und nicht mehr auf den Fluss gerichtet. »Ist es in der Stadt nicht furchtbar trübselig und voller Krach, Verkehr und Smog und so weiter?«

»Klar.« Er lehnte sich bequem zurück. »Deshalb gefällt es mir dort auch so gut. Es ist immer etwas los.«

»Hier ist auch was los. Schau.« Sie vergaß ihre Schüchternheit und legte spontan eine Hand auf sein Bein.

Ein paar Biber schwammen munter den Fluss hinauf. Ihre glänzenden Köpfe glitten an der Oberfläche entlang, und das Wasser kräuselte sich in immer größer werdenden Ringen um sie. Dann erhob sich am anderen Ufer ein Reiher und schwebte mit majestätisch schlagenden Flügeln über das Wasser, so nah, dass sein Schatten sie streifte.

»Ich wette, so etwas hast du in der Stadt noch nie gesehen.«

»Vermutlich nicht.«

Noah amüsierte sich über die Biber. Sie waren tatsächlich ziemlich putzig, stellte er fest, wie sie einander umkreisten, planschten und herumwirbelten, um auf dem Rücken zu schwimmen.

»Du weißt über meine Mutter Bescheid.«

Noah sah Olivia scharf an. Sie starrte wieder auf das Wasser, ihre Miene gefasst, das Kinn fest. Er hatte ihr Dutzende von Fragen stellen wollen, falls sich eine günstige Gelegenheit dazu ergab, aber nun, da die Tür geöffnet war, stellte er fest, dass er es nicht über sich brachte.

Schließlich war sie noch ein Kind.

»Ja. Es ist furchtbar.«

»Hast du schon einmal einen ihrer Filme gesehen?«

»Klar, jede Menge.«

Olivia presste die Lippen zusammen. Sie musste es wissen, irgendjemand *musste* es ihr sagen.

»War sie gut?«

»Hast du denn noch keinen gesehen?« Als sie den Kopf schüttelte, verlagerte Noah sein Gewicht. Er wusste nicht, was er ihr antworten sollte. Die beste Antwort, sagte seine Mutter immer, ist die schlichte Wahrheit. »Sie war wirklich gut. Ich stehe normalerweise auf Actionfilme, weißt du, aber ich habe ihre Filme im Fernsehen gesehen. Mann, sie war unglaublich schön.«

»Ich wollte nicht wissen, wie sie aussah«, schnappte Olivia, so dass er sie überrascht anstarrte. »Das weiß ich selbst. War sie eine gute Schauspielerin?«

»Klar. Wirklich gut. Man hat ihr die Rollen geglaubt. Ich nehme an, darum geht es bei Schauspielern.«

Olivias Schultern entspannten sich. »Ja.« Sie nickte. »Sie ging von hier fort, weil sie Schauspielerin werden wollte. Man hat ihr die Rollen geglaubt«, flüsterte sie, und dann verschloss sie diesen einfachen Satz in ihrem Herzen. »Dein Vater ... Er ist hergekommen, weil ich ihn darum gebeten habe. Er ist ein guter Mensch. Du hast Eltern, die sich um viele Dinge Gedanken machen, und auch um Menschen. Das ist etwas Besonderes.«

Sie stand auf. »Ich gehe sie holen, damit sie auch die Biber sehen können.«

Noah blieb, wo er war. Er hatte ihr zwar nicht die Fragen gestellt, die ihm durch den Kopf gingen, dafür aber hatte sie ihm eine andere beantwortet. Wie man sich fühlte als Tochter von jemandem, der brutal ermordet worden war.

Man fühlte sich beschissen. Ganz beschissen.

Noah

Für die Wahrheit braucht es zwei –
Einer spricht und einer hört.

– HENRY DAVID THOREAU

Neuntes Kapitel

Washington State University, 1993

Es besteht keinerlei Anlass zur Nervosität, redete Noah sich ein, während er die Adresse des schmucken, zweigeschossigen Hauses noch einmal überprüfte. Immerhin hatte er diese Reise und die Kontaktaufnahme bereits seit langer Zeit geplant. Aber genau das war vermutlich der Grund für sein Herzklopfen. Er parkte seinen Mietwagen am Bordstein der ruhigen, von Bäumen gesäumten Straße.

Schnell fuhr Noah sich zweimal mit den Fingern durchs Haar. Er hatte in Erwägung gezogen, zum Friseur zu gehen, bevor er sie besuchte, aber verdammt, immerhin hatte er Urlaub.

Mehr oder weniger.

Zwei Wochen lang weg von der Zeitung, wo sich seine Bemühungen um den großen Durchbruch als Kriminalreporter als keineswegs so leicht erwiesen hatten wie erwartet, und den Tatsachen wie Firmenpolitik, gekürzte Artikel, Herausgeber und Werbekunden den Geschichten, die er erzählen wollte, im Weg standen.

Diese Geschichte hier wollte er jedoch auf seine Art erzählen.

Deshalb war er hergekommen. Um die Story zu schreiben, die ihm nie mehr aus dem Kopf gegangen war.

Der Mord an Julie MacBride.

Eine der Schlüsselfiguren zu dieser Story lebte im ersten Stock dieses hübschen Hauses, das in vier Apartments aufgeteilt worden war. Wie andere ringsum auch war es umgebaut worden, um die Studenten aufzunehmen, die der Campus des Colleges nicht zu beherbergen vermochte. Oder die sich eigene Wohnungen leisten konnten, dachte er. Die dazu in der Lage waren, den Preis für ihre Privatsphäre zu bezahlen. Und denen der Sinn nach ebendieser Privatsphäre stand und nicht nach der Geselligkeit und den Ablenkungen des Collegelebens.

Er hatte seine Zeit auf dem Campus der University of California genossen. Das erste Semester war zu einer vagen Erinnerung an Partys, Mädchen und weinselige philosophische Diskussionen verschwommen, aber danach hatte er sich zusammengerissen.

Er hatte sich für einen Abschluss in Journalismus entschieden, und seine Eltern wären tief enttäuscht gewesen, wenn er versagt hätte.

Diese beiden Faktoren hatten seinen Ehrgeiz gleichermaßen angespornt.

Und was, so fragte er sich nun, spornt Olivia an?

Wenn er auch nach fast drei Jahren in seinem Job hatte einsehen müssen, dass er im tiefsten Herzen kein Journalist war, so leistete er trotzdem gute Arbeit und betrieb seine Recherchen sorgfältig. Deshalb wusste er, dass Olivia MacBride als Hauptfach Ökologie studierte, dass ihr Durchschnitt bei einer glatten Eins Komma Null lag. Er hatte herausgefunden, dass sie in ihrem ersten Jahr an der Uni in einem Wohnheim auf dem Campus gelebt hatte und im darauffolgenden Herbst in ihr eigenes Apartment gezogen war.

Sie gehörte keinerlei Clubs oder Vereinigungen an, hatte zwei zusätzliche Kurse belegt und im Frühjahrssemester achtzehn Prüfungen mit Auszeichnung abgeschlossen.

Das alles verriet Noah, dass sie konzentriert arbeitete und allem Anschein nach mehr als nur ein wenig besessen war von ihrem Studium.

Aber es gab Dinge, die er in den Computern und Kopien ihrer Studienunterlagen nicht nachlesen konnte, zum Beispiel ihre Wünsche und Hoffnungen.

Und ihre Gefühle ihren Eltern gegenüber.

Um dies zu erfahren, musste er sie näher kennenlernen. Um

das Buch zu schreiben, das in seinem Herzen und in seinem Kopf reifte, musste er sich in ihre Gedanken hineinversetzen.

Die beiden Bilder, die er in seiner Erinnerung am deutlichsten vor sich sah, waren das verweinte Gesicht des Kindes und die ernsten Augen des jungen Mädchens.

Er stieg die Treppe hinauf, entdeckte das kleine Schild, das Apartment 2B kennzeichnete. Kein Name, dachte er, nur eine Nummer. Die MacBrides schützten ihre Privatsphäre wie das letzte Goldstück in einem leeren Tresor.

»Auf in den Kampf«, murmelte er, während er auf die Klingel drückte.

Er hatte sich ein paar Strategien zurechtgelegt, hielt es jedoch für angeraten, flexibel zu bleiben, bis er das Terrain ausreichend erkundet hatte.

Dann öffnete Olivia die Tür, und plötzlich war jeder Plan, jede praktische Erwägung aus Noahs Gedächtnis verschwunden wie Wasser, das langsam und unaufhaltsam aus einer Schale floss.

Sie war nicht schön, zumindest nicht verglichen mit den atemberaubenden Bildern von ihrer Mutter, aber es war fast unmöglich, auf etwas anderes zu achten, wenn man in ihre Augen sah, die ihn sanft und goldbraun anblickten.

Sie war groß und schlank, und ihre Figur war ausgesprochen durchtrainiert, was überraschenderweise sexy auf ihn wirkte. Ihr Haar war seit ihrem letzten Treffen nachgedunkelt, jedoch immer noch um einige Schattierungen heller als ihre Augen. Sie trug es zu einem Pferdeschwanz zurückgebunden, der ihr Gesicht frei ließ.

Die Konturen ihres Gesichts hatten sich verfeinert, verschärft und frauliche Züge angenommen.

Sie trug Jeans, ein Sweatshirt der Washington State University, keine Schuhe und einen leicht verärgerten Gesichtsausdruck.

Und Noah stand einfach nur da, starrte sie dümmlich an, war unfähig, etwas anderes zu tun, als zu grinsen.

Sie zog eine ihrer unglaublichen Augenbrauen hoch, und unvermittelt mischte sich ein Gefühl der Begierde in seine

Wiedersehensfreude. »Falls du Linda suchst, die wohnt gegenüber. 2B.«

Das sagte sie so, als ob sie es schon häufig wiederholt hätte, mit einer Stimme, die kehliger klang als er in Erinnerung hatte.

»Ich suche nicht Linda, sondern dich.« Plötzlich drängte sich ihm der Gedanke auf, dass er das wahrscheinlich schon immer getan hatte, er schob ihn jedoch sofort als völlig absurd beiseite. »Und du hast mein Selbstbewusstsein gerade gewaltig angekratzt, weil du dich nicht an mich erinnerst.«

»Warum sollte ich …?« Olivia verstummte und betrachtete ihn genauer. »Du bist Noah! Noah Brady. Franks Sohn.« Ihr Blick bewegte sich von ihm weg, sie sah über seine Schulter. »Ist er …«

»Nein, ich bin allein gekommen. Hast du einen Augenblick Zeit?«

»Ja. Ja, natürlich. Komm herein.« Verwirrt trat Olivia zurück. Sie war gerade mit einem Referat über die Wurzelsymbiose von Pilzen beschäftigt. Sofort vergaß sie jedoch die Wissenschaft und ließ ihre Erinnerungen zu der kleinen Schwärmerei, die sie damals mit zwölf für ihn empfunden hatte, zurückschweifen.

»Ich kann uns Kaffee machen, aber vermutlich habe ich auch etwas Kaltes im Haus.«

»Ist mir beides recht.« Er ließ einen ersten Blick über den ordentlichen Raum, den aufgeräumten Schreibtisch mit dem summenden Computer, die sanft beigefarbenen Wände, das dunkelblaue Sofa streifen. Der Raum war kreativ eingerichtet, dabei schlicht und gemütlich. »Nette Wohnung.«

»Ja, mir gefällt's auch.« Ihre Worte klangen glücklich, als sei sie froh darüber, dass sie zum ersten Mal in ihrem Leben allein wohnte.

Sie veranstaltete kein Getue, redete nicht herum, wie gewisse Frauen, die sich für ein nicht vorhandenes Chaos entschuldigten. Sie stand ganz einfach dort und sah ihn an, so als ob sie nicht so recht wüsste, wo sie anfangen sollte.

Noah wand sich und stellte sich dieselbe Frage.

»Ah … einen Augenblick.«

»Lass dir Zeit.«

Er folgte ihr in die Küche, was sie wiederum nervös machte. Der Raum war kaum größer als ein Korridor und beherbergte auf einer Seite Herd, Kühlschrank und Spülbecken sowie eine winzige Arbeitsfläche dazwischen.

Als Noah am Fenster angekommen war, standen sie so eng beieinander, dass sich ihre Schultern berührten. Selten hatte Olivia einen Mann so nah an sich herankommen lassen. »Cola oder Kaffee?«, fragte sie nach einem schnellen Blick in den Kühlschrank.

»Cola wäre prima, danke.«

Er hätte aus der Dose getrunken, aber sie reichte ihm bereits ein Glas.

In Gottes Namen, ermahnte Olivia sich, bring endlich die Zähne auseinander und rede. »Was machst du in Washington?«

»Ich habe Urlaub.« Er lächelte sie an, und das Trommeln unter ihrem Herzen, das sie vor sieben Jahren schon einmal gespürt hatte, setzte prompt wieder ein, als ob es nie aufgehört hätte. »Ich arbeite für die *L. A. Times*.« Sie duftete nach Seife und Shampoo, und nach etwas anderem, mildem. Vanille, fiel ihm ein, wie die Kerzen, die seine Mutter so gern mochte.

»Du bist Journalist?«

»Ich wollte schon immer schreiben.« Er nahm ihr das Glas aus der Hand. Und weil er spürte, dass sich ihr Misstrauen wie ein Rauchschleier zwischen sie drängte, lächelte er noch einmal und sagte sich, dass er sich Zeit lassen konnte, bevor er ihr den Grund für seinen Besuch verriet. »Mir standen noch ein paar Wochen Urlaub zu, und der Freund, mit dem ich ein paar Tage lang am Strand verbringen wollte, ist kurzfristig abgesprungen. Also beschloss ich, Richtung Norden zu fahren.«

»Dann bist du nicht beruflich hier.«

»Nein.« Das ist die Wahrheit, die absolute Wahrheit, redete er sich ein. »Ich bin allein unterwegs. Da kam ich auf die Idee, dich zu besuchen, immerhin bist du der einzige Mensch, den ich im ganzen Staat Washington kenne. Gefällt es dir auf dem College?«

»Oh, sehr.« Sie unternahm einen bewussten Versuch, sich zu entspannen, und führte ihn ins Wohnzimmer zurück. »Hin und wieder sehne ich mich nach zu Hause, aber das Studium lenkt mich ab.«

Sie setzte sich auf die Couch und nahm an, dass er sich auf dem Sessel niederlassen würde. Stattdessen machte er es sich neben ihr bequem und streckte gemütlich die Beine aus. »Woran arbeitest du gerade?« Er nickte zum Computer hinüber.

»Pilze.« Sie lachte und nippte nervös an ihrem Getränk. Er sah wirklich gut aus – das zerzauste, sonnengebleichte braune Haar, die dunkelgrünen Augen, die sie an zu Hause erinnerten, sein sanftes, sinnliches Lächeln.

»Mein Hauptfach ist Ökologie.«

Gerade wollte er bemerken, dass er das bereits wusste, doch dann hielt er sich zurück. Zu viele Erklärungen, dachte er und ignorierte das schuldbewusste Flüstern in seinem Ohr. »Das passt.«

»Wie ein Handschuh«, stimmte sie zu. »Wie geht es deinen Eltern?«

»Bestens. Wir verstehen uns immer noch prima.« Er bewegte sich, sein Blick begegnete ihrem, hielt ihn fest, bis ihr Blut, das sonst in Gegenwart von Männern stets kühl und ruhig blieb, sich erhitzte. »Umso mehr, vermute ich, seitdem ich ausgezogen bin und eine eigene Wohnung habe. Die Distanz des erwachsenen Kindes, weißt du.«

»Ja, das verstehe ich.«

»Arbeitest du immer noch im Gästehaus?«

»Im Sommer, während der Ferien.« Sehen mich andere Männer eigentlich genauso an?, fragte sie sich. Wäre es mir nicht aufgefallen, wenn mich jemand so angestarrt hätte, als ob einzig und allein mein Gesicht zählte? »Ich – hast du je angeln gelernt?«

»Nein.« Er grinste wieder, und seine Finger strichen leicht über ihren Handrücken.

»Also immer noch Fishmacs bei McDonald's?«

»Damit kann man nichts verkehrt machen. Aber gelegentlich zeige ich auch mehr Klasse. Wie wäre es jetzt mit Essen?«

»Essen?«

»Ich spreche von Nahrung, Abendbrot. Selbst eine Ökologiestudentin muss schon einmal vom Ritual der Abendmahlzeit gehört haben. Magst du heute Abend mit mir essen gehen?«

Ihre Abendmahlzeit bestand normalerweise aus dem, was sie schnell in ihrer Miniküche zusammenbrutzeln oder unterwegs auf dem Heimweg fertig kaufen konnte.

Außerdem musste sie ihr Referat zu Ende schreiben, für eine Prüfung lernen, sich auf ein Laborprojekt vorbereiten. Und er hatte wirklich umwerfend grüne Augen. »Das wäre schön.«

»Gut. Dann hole ich dich um sieben ab. Hast du ein Lieblingsrestaurant?«

»Restaurant? Oh, nein. Nein, eigentlich nicht.«

»Dann lass dich überraschen.« Noah stand auf, drückte beiläufig ihre Hand. »Stopf dir vorher nicht den Bauch mit Pilzen voll«, warnte er sie und grinste noch einmal, bevor er verschwand.

Olivia schloss leise die Tür hinter ihm und lehnte sich dagegen. Dann stieß sie einen langen Atemzug aus, sagte sich, dass sie sich kindisch verhielt, dass sie zu alt war, um sich mit albernen Schwärmereien abzugeben. Dennoch kam ihr ein absolut unvertrauter Gedanke:

Was um Himmels willen soll ich nur anziehen?

Beim Essen wollte er das Thema unauffällig auf ihren Vater lenken, dann auf sein Buch. Ganz vorsichtig. Er wollte ihr Zeit geben, darüber nachzudenken, zu verstehen, was er vorhatte, was für eine wichtige Rolle sie dabei spielen würde.

Ohne ihre Hilfe, ohne die ihrer gesamte Familie war sein Projekt zum Scheitern verurteilt. Ohne Sam Tanner auch, dachte er, während er seine Hände in die Taschen steckte und abermals die Stufen zu ihrem Apartment hinaufstieg.

Sie war kein Kind mehr. Sie würde vernünftig reagieren. Und wenn sie erst einmal seine Motive verstanden hatte, die Ergebnisse, die er erzielen wollte, wie konnte sie ihn dann noch zurückweisen? Das Buch, das ihm vorschwebte, würde nicht nur von Mord handeln, von Blut und Tod, sondern von Menschen. Dem menschlichen Faktor. Den Motiven, den Fehlern, der Vorgeschichte. Dem Herzen, dachte er.

Diese Art Geschichten begannen und endeten mit dem Herzen. Das war es, was er ihr verständlich machen musste.

Und er würde ihr gegenüber aufrichtig sein.

Bevor er die Klingel zu 2B drücken könnte, öffnete sich die Tür gegenüber.

»Oh, hallo.«

Das, dachte er, ist vermutlich Linda. Sein Lächeln war eine mechanische Reaktion auf die verführerische Brünette mit den strahlend blauen Augen. Sein Blut pulsierte ein paar Takte schneller, was wohl auch der Sinn und Zweck des kurzen roten Kleides war, das sich wie aufgemalt an ihre weiblichen Kurven schmiegte.

Er kannte ihren Typ und wusste ihn zu schätzen. Genau wie er ihre Art sich zu bewegen schätzte und den gleichmäßigen Schwung ihrer Hüften.

»Kannst du mir gerade mal behilflich sein? Ich bin heute Abend … so ungeschickt.«

Sie ließ ein dünnes goldenes Armband von ihren Fingerspitzen pendeln und atmete langsam und tief ein und aus, nur für den Fall, dass er die ausnehmend schönen Brüste, die sich gegen das auffällige Rot abzeichneten, noch nicht bemerkt hatte.

»Klar.« Dem männlichen Ego schmeichelte bekanntlich nichts mehr als eine unbeholfene Frau. Er nahm das Armband, legte es um ihr Handgelenk und genoss es, wie sie ihren Körper verlagerte und ihr Gesicht neigte, um in seines zu blicken.

»Wenn Liv dich versteckt hält, ist es wohl kein Wunder, dass sie nie ausgeht.«

Er schloss das Armband und atmete den verführerischen

Duft ein, den Lindas Haut verströmte. »Geht sie tatsächlich nie aus?«

»Nichts als Arbeit und noch mal Arbeit, das ist unsere Liv.« Linda lachte und schüttelte effektvoll ihre dunklen Locken. »Ich persönlich nehme es da nicht so genau.«

»Das glaube ich dir aufs Wort.« Als sich die Tür hinter ihm öffnete, hielt er immer noch Lindas Handgelenk fest und trug ein freundliches Grinsen zur Schau.

Doch Sekunden später vergaß er, dass Linda überhaupt existierte. Er vergaß das Buch. Fast hätte er seinen eigenen Namen vergessen.

Olivia trug ein Kleid in einem gedeckten Blau, das wesentlich mehr verbarg als Lindas rotes Modell. Und unwillkürlich fragte er sich, was sich wohl unter dem weichen Material versteckte. Ihr offenes Haar fiel glatt über ihre Schultern und gab den Blick auf das funkelnde Gold an ihren Ohren frei.

Ihm war bereits klar, dass er nah, sehr nahe an sie herankommen musste, um ihr Parfum wahrzunehmen. Ihre Lippen waren ungeschminkt, ihre Augen blickten kühl.

Nein, sie war eindeutig kein Kind mehr, stellte er fest.

»Du siehst toll aus.«

Sie zog lediglich die Augenbrauen hoch und musterte Linda. »Ich hole nur noch meine Jacke.«

Olivia drehte sich um und ging zurück ins Apartment.

Es besteht keinerlei Grund, verärgert zu sein, sagte sie sich, als sie nach Tasche und Jacke griff. Kein Grund für dieses nagende Gefühl der Enttäuschung. Sie hätte gar nicht bemerkt, dass er mit Linda flirtete, wenn sie nicht wie ein verknallter Teenager aus dem Fenster nach seinem Wagen Ausschau gehalten hätte. Wenn sie nicht zur Tür geeilt wäre, um ihn durch den Spion zur Tür kommen zu sehen.

Es gab keinen Grund dafür, enttäuscht zu sein, nur weil sie seit zwei Stunden über das richtige Kleid und die richtige Frisur nachgegrübelt hatte. Das war *ihr* Problem.

Sie trat wieder an die Tür – und stieß mit Noah zusammen.

»Tut mir leid. Warte, ich helfe dir.« Jetzt stand er ganz nah vor ihr und sog ihren Duft ein. Das Parfum passte perfekt zu ihr, absolut perfekt.

»Ich wollte dich nicht unterbrechen.«

»Wobei unterbrechen?« Er half ihr in die Jacke und schnupperte unauffällig an ihrem Haar.

»Dich und Linda.«

»Wer? Oh.« Er lachte, nahm Olivias Hand und führte sie zur Tür. »Sie ist nicht gerade schüchtern.«

»Nein.«

»Hast du dein Referat fertig?«

»Ja, gerade geschafft.«

»Gut, dann kannst du mir ja alles über Pilze erzählen.«

Das brachte sie zum Lachen. Auf dem Weg zum Auto hielt er ihre Hand, dann streifte er ihr Haar mit den Fingern, und als sie einstieg, strich er es zurück.

Ihr Herz machte Luftsprünge und landete direkt vor seinen Füßen.

Er hatte ein italienisches Restaurant entdeckt, ungezwungen, nicht zu intim. Winzige weiße Kerzen flackerten auf weichen, lachsfarbenen Tischtüchern. Die Unterhaltung war gedämpft und wurde gelegentlich von Gelächter durchbrochen. Köstliche, verführerische Düfte lagen in der Luft.

Es machte Spaß, sich mit ihm zu unterhalten. Er war der erste Mann außerhalb ihrer Familie, mit dem sie zum Essen ausging und der sich tatsächlich für ihr Studium und ihre Zukunftspläne zu interessieren schien. Dann erinnerte sie sich an seine Mutter.

»Ist deine Mutter immer noch so engagiert?«

»Sie und ihr Kongressabgeordneter sind auf Du und Du. Sie gibt nie auf. Ich glaube, ihr derzeitiges Anliegen ist die Rettung der Mustangs. Lässt du mich das mal probieren?«

»Was?« Gerade wollte sie sich eine Gabel von ihrem Pilzgericht einverleiben. »Oh, sicher.«

Als sie Anstalten machte, den Bissen auf seinen Teller zu manövrieren, nahm er ihr Handgelenk und dirigierte die Gabel direkt in seinen Mund. Hitze durchflutete ihren Magen. Ihre Blickte kreuzten sich.

»Das schmeckt toll.«

»Eh, im Regenwald gibt es eine Vielzahl essbarer Pilze.«

»Nun, vielleicht komme ich ja irgendwann noch einmal dorthin, dann kannst du sie mir zeigen.«

»Ich – wir haben vor, ein Naturkundezentrum ans Gästehaus anzuschließen. Dort können wir dann Seminare abhalten und Vorträge darüber, wie man die essbaren Sorten erkennt.«

»Essbare Pilze – das klingt nie so appetitlich, wie es tatsächlich ist.«

»Im Grunde ist der Pilz nicht der eigentliche Fungus, sondern die Frucht eines ganzen Organismus', wie der Apfel am Baum.«

»Tatsächlich?«

»Wenn du einen Hexenring siehst, sind das die Früchte eines Organismus', der in der Erde wächst und sich Jahr für Jahr weiter ausbreitet und …« Sie hielt inne. »Das kann dich doch gar nicht wirklich interessieren.«

»Hey, ich weiß gern, was ich esse. Warum bezeichnet man sie als Hexenringe?«

Sie zwinkerte. »Ich nehme an, weil sie so aussehen.«

»Gibt es in eurem Wald Hexen, Liv?«

»Früher habe ich das geglaubt. Als ich klein war, hockte ich oft im grünen Licht und glaubte, wenn ich mich sehr still verhielte, würde ich sehen, wie sie zum Tanzen herauskommen.«

»Und hast du sie gesehen?«

»Nein.« Sie glaubte inzwischen nicht mehr an Märchen, die Wissenschaft war wesentlich zuverlässiger. »Dafür habe ich Rehe, Elche, Marder und Bären gesehen. Das war märchenhaft genug.«

»Und Biber.«

Sie lächelte und entspannte sich, während der Kellner abräumte und ihnen den Hauptgang servierte. »Richtig. An der Stelle, zu der ich euch damals geführt habe, steht immer noch ein Damm.«

Sie kostete ihre mit einer großzügigen Portion Tomatensauce und Krabben garnierten Spaghettini. »Sie tischen einem immer mehr auf, als man essen kann.«

»Wer sagt das?« Noah schaufelte sich die mit Käse und Kräutern überbackenen Maccaroni in den Mund.

Olivia staunte, dass es ihm gelang, nicht nur seinen eigenen Teller zu leeren, sondern auch noch eine große Portion von ihrem zu vertilgen. Und obendrein hatte er noch Platz für Dessert und Cappuccino.

»Wie kannst du so viel futtern und dabei keine dreihundert Pfund wiegen?«, wollte sie wissen.

»Solider Stoffwechsel.« Er grinste und hielt einen Löffel von seiner Dessertkreation aus Sahne und Schokolade in ihre Richtung. »Genau wie mein Vater. Er treibt meine Mutter zum Wahnsinn. Hier, probier das mal, es ist unglaublich.«

»Nein, ich kann nicht mehr.« Aber er hielt den Löffel bereits an ihre Lippen, und sie öffnete den Mund automatisch. Die cremige Köstlichkeit zerschmolz auf ihrer Zunge. »Hmm, gut. Ja.«

Noah musste sich zurückhalten. Ihre Reaktion, die halb geschlossenen Augen, die nur wenig geöffneten Lippen ließen ihn unweigerlich an Sex denken. Ließen ihn erkennen, dass er seinen Mund auf ihren pressen wollte, bis sich die unterschiedlichen Aromen verbanden.

»Lass uns spazieren gehen.« Er kritzelte ein Trinkgeld und seinen Namen auf die Quittung und steckte seine Kreditkarte ein. Luft, sagte er sich. Er brauchte frische Luft, um sich Olivia und seine Fantasien aus dem Kopf pusten zu lassen.

Doch sie waren immer noch da, als er sie nach Hause fuhr, zur Tür begleitete und Olivia sich umdrehte, um ihn anzulächeln.

Und da erkannte auch sie es klar und deutlich in seinen dunklen Augen: die Sehnsucht nach ihr, die Sehnsucht nach dem ersten Kuss. Ein Zittern wand sich ihre Wirbelsäule hinauf.

»Das war ein schöner Abend.« Etwas Dümmeres kann dir wohl nicht einfallen, Liv?, fragte sie sich. »Danke.«

»Hast du morgen schon etwas vor?«

»Morgen?« Ihr Gehirn setzte aus. »Ich habe Unterricht.«

»Nein, morgen Abend.«

»Da muss ich …« Lernen, noch ein Referat, zusätzliche Arbeit im Labor. »Nein, nichts.«

»Gut. Dann also um sieben.«

Jetzt, dachte sie, jetzt würde er sie küssen. Und dann würde sie vermutlich implodieren. »In Ordnung.«

»Nacht, Liv.« Doch er strich nur mit seiner Hand über ihren Arm, über ihren Handrücken, und wandte sich zum Gehen.

Zehntes Kapitel

Er führte sie zu McDonald's, und sie lachte darüber, bis ihre Seiten schmerzten.

Über Fishmac und Pommes frites, unter grellem Neonlicht und bei lautem Kindergeplapper verliebte sie sich in ihn.

Sie vergaß ihren Vorsatz aus Kindertagen, sich niemals so sehr in jemanden zu verlieben, dass er sie verletzen könnte. Niemals ihr Herz an einen Mann zu hängen und ihm dadurch die Macht zu geben, es – und damit sie – zu zerbrechen.

Sie ließ sich einfach auf das wundervolle, wilde und stürmische Abenteuer der ersten Liebe ein.

Sie erzählte ihm von ihren Plänen, beschrieb das Naturkundezentrum, das sie in ihrem Kopf bereits entworfen und über das sie bisher mit niemandem außerhalb ihrer Familie gesprochen hatte.

Er hörte zu und beobachtete dabei ihr Gesicht. Ihre Träume schienen ihn zu interessieren.

Er vergaß die Arbeit, die er im Laufe des Tages getan hatte – den ersten Rohentwurf seines Buches, Notizen, detaillierte Entwürfe für Interviews – und genoss den Augenblick mit ihr.

Immerhin lag der größte Teil seines zweiwöchigen Urlaubs

noch vor ihnen. Was konnte falsch daran sein, die ersten Tage mit ihr zu genießen?

Noah fragte sich, ob das Zentrum, über das sie so leidenschaftlich sprach, ihr helfen würde, sich aus jener Glasglocke zu befreien, von der seine Mutter gesprochen hatte. Oder wäre es nur eine neue Möglichkeit, die Grenzen auszudehnen und weiterhin unter der Glocke zu leben?

»Das bedeutet eine Menge Arbeit.«

»Wenn man sich für eine Idee einsetzt, kommt es einem nicht wie Arbeit vor.«

Das konnte er nachvollziehen. Seine Aufträge bei der Zeitung waren Routine, aber jedes Mal, wenn er über das Buch nachdachte, sich in seine Recherchen vertiefte, über den Notizen und Filmen brütete, spürte er seine Begeisterung.

»Dann darfst du dich durch nichts davon abhalten lassen.«

»Nein.« Ihre Augen sprühten vor Energie. »Nur noch ein paar Jahre, dann werde ich es in die Tat umsetzen.«

»Und ich komme, um es mir anzusehen.« Auf dem weißen Plastiktisch legte er seine Hand über ihre. Und dich, fügte er im Stillen hinzu.

»Das hoffe ich.« Unwillkürlich drehte sie ihre Handfläche nach oben und schob ihre Finger zwischen seine.

Sie redeten über Musik, über Bücher, über all die Dinge, über die Paare sprechen, wenn sie versuchen, gemeinsame Interessen zu erkunden.

Als er erfuhr, dass sie noch nie bei einem Basketballspiel gewesen war und auch noch keines im Fernsehen gesehen hatte, war er entsetzt.

»Das ist eine fundamentale Bildungslücke, Liv!« Auf dem Weg zum Wagen nahm er wieder ihre Hand. »Ich schicke dir Kopien von meinen Lakers-Videobändern.«

»Das ist vermutlich ein Basketballteam?«

»Das, Olivia, sind Götter.« Er ließ sich hinter dem Steuer nieder. »Okay. Nun haben wir es geschafft, dir die kulturellen Freuden des Fastfood zu vermitteln, und als Nächstes bringe ich dir den einzig wahren Sport nahe. Was kommt dann?«

»Ich weiß überhaupt nicht, wie ich dir für deine Hilfe danken kann.«

»Das ist doch selbstverständlich.«

Er wusste bereits, was als Nächstes kommen würde, weil er einen Teil des Tages damit verbracht hatte, die Gegend um das College herum zu erkunden. Inzwischen ahnte er, dass Olivia in ihrem bisherigen Leben nicht nur Fishmacs und Sport entgangen waren.

Er führte sie in eine Diskothek.

Der Club war laut und überfüllt. Außerdem war es gut, wenn sie unter Leute gingen, denn ihm war bewusst, dass er sich nicht würde beherrschen können, wenn er mit Olivia allein wäre.

Noah war ein Beobachter, konnte Menschen gut einschätzen. Diese beiden Abende hatten genügt, um ihn erkennen zu lassen, dass sie im Grunde noch genauso einsam war wie damals als junges Mädchen am Flussufer. Und sie war unberührt.

Es gab Regeln. Noah glaubte fest an Regeln, an richtig und falsch, und an Konsequenzen. Olivia war noch nicht bereit für die Bedürfnisse, die sie in ihm auslöste.

Als sie sich ihren Weg durch die Menge bahnten, bemerkte er ihren verstörten und besorgten Blick. Amüsiert über ihre Reaktion beugte er sich an ihr Ohr.

»Menschenmassen beim Ritual. Du könntest einen Aufsatz darüber schreiben.«

»Ich bin Naturkundlerin.«

»Baby, das *ist* die Natur.« Er entdeckte einen kleinen freien Tisch und beugte sich abermals nach vorn, um sich über die laute Musik hinweg verständlich zu machen. »Männer, Frauen, wichtige Paarungsrituale.«

Olivia betrachtete die winzige Tanzfläche, auf der sich Dutzende von Paaren aneinanderdrängten. »Ich glaube nicht, dass man das hier als Paarungsritual bezeichnen kann.«

Dennoch war es interessant zu beobachten. Bisher hatte sie Orte wie diesen gemieden – zu viele Menschen auf zu engem Raum verursachten ein beklemmendes Gefühl in ihrer Brust.

Allerdings fühlte sie sich heute Abend nicht unwohl dabei und lehnte sich an Noah, dessen Hand leicht auf ihrer lag.

Er bestellte ein Bier, sie entschied sich für Mineralwasser. Als es der Kellnerin endlich gelungen war, sich mit den Getränken einen Weg zu ihnen zu bahnen, hatte sie sich entspannt.

Die Musik war laut und nicht sonderlich gut, aber sie passte zu dem Pochen unter ihrem Herzen. Eine Art primitives Echo ihrer eigenen Sehnsüchte.

Da sie sich nicht auf ihre Gedanken konzentrieren konnte, vergaß sie sie und sah sich einfach um.

Paarung. Balzen. Vermutlich hatte Noah Recht. Anstelle der Federn waren in diesem Fall Leder und Jeans, bunte Farben oder schlichtes Schwarz getreten. Die sich wiederholenden Bewegungen signalisierten das Bedürfnis, beim anderen Geschlecht Aufmerksamkeit zu erregen, eine Aufforderung zur Paarung, die Bereitschaft zur Vereinigung. Augenkontakt, flirtende Blicke zum Objekt der Begierde.

Olivia bemerkte, dass sie lächelte. Hatte sie dieses Ritual nicht schon in verschiedenen Variationen bei den unterschiedlichen Spezies beobachtet?

Das erklärte sie Noah, sprach direkt in sein Ohr, damit er sie verstehen konnte, und fühlte sein glucksendes Lachen aufkeimen, bevor er ihr sein Gesicht zuwandte und sie anlächelte.

Als ihr gerade bewusst wurde, wie lächerlich ihre Worte klangen, zog er sie auf die Füße.

»Gehen wir?«

»Nein, wir machen mit.«

Jetzt keimte blanke Angst in ihr auf, breitete sich schnell und hart in ihrer Brust aus. »Nein, ich kann nicht.« Sie versuchte, ihre Hand zu befreien, doch er zog sie zur Tanzfläche. »Ich kann nicht tanzen.«

»Jeder kann das.«

»Nein, wirklich nicht.« Ihre Haut wurde heiß, schien von innen nach außen zu brennen. »Ich weiß nicht, wie man das macht.«

Sie befanden sich am Rande der Tanzfläche, waren umzingelt, eingeschlossen, seine Hände lagen auf ihren Hüften, sein Gesicht befand sich dicht vor ihrem. »Beweg dich einfach.« Sein Körper drängte sich gegen sie und verwandelte die Panik in eine andere, tiefere, viel intimere Furcht. »Egal, wie.«

Die Musik war schnell, getrieben vom wilden Riff einer elektrischen Gitarre und der röhrenden Stimme des Sängers. Neben ihnen erklang ein lautes Lachen. Jemand stieß von hinten gegen Olivia und drückte sie gegen Noah, Rundungen gegen harte Konturen, ihr heißer Körper direkt an seinem.

Nun griffen ihre Hände nach seinen Schultern. Ihr Gesicht war gerötet, ihre Augen blickten dunkel und groß zu ihm auf, ihre Lippen waren leicht geöffnet.

Trotz der vielen unterschiedlichen Gerüche – miteinander kollidierende Parfums, Schweiß, vergossenes Bier – roch Noah nur sie. Frisch und natürlich, wie eine Waldwiese. »Olivia.« Sie konnte seine Stimme nicht hören, erkannte jedoch mit benommenem Staunen, dass seine Lippen ihren Namen formten. Das Einzige, was sie spürte, war warmes, süßes Verlangen.

»Zum Teufel ...« Er musste sie haben, zumindest einen kleinen Vorgeschmack. Seine Arme legten sich fest um ihre Taille und zogen sie auf die Zehenspitzen. Er registrierte, dass sie schnell einatmete und dann erbebte. Und zögerte, den Moment hinauszögerte, die Gegenwart, den Schmerz und die Vorfreude, bis beiden der Kopf schwirrte.

Dann streifte er mit den Lippen vorsichtig und weich ihren Mund. Drängte sich schließlich sanft an sie, als ob er schon immer dorthin gehört hätte.

Durch das Rauschen seines eigenen Blutes hörte er ihr gedehntes, tiefes Stöhnen. Langsam, nur ja langsam, ermahnte er sich. Großer Gott. Sobald er ihren überraschend scharfen, verführerischen Geschmack kostete, wollte er eintauchen, sie verschlingen, mehr verlangen und immer mehr.

Ihr schlanker, starker Körper presste sich gegen ihn. Sie hatte ihre Arme um seinen Nacken gelegt und hielt sich fest. Hielt ihn. Ihr Mund war voll, verriet jedoch ihre Unerfahrenheit.

Um sie herum dröhnte die Musik, baute sich zu einem Gitarrenwirbel, einem ungezähmten Trommeldonner und einem kreischenden Strom von Stimmen auf.

Und Olivia schwebte, ließ sich treiben, wurde getragen. Sie fühlte sich wie eine einzelne weiße Feder, die sich im sanften grünen Licht des Waldes langsam und leicht um die eigene Achse drehte. Ihr Herz schwoll an. Als sie mit ihren Fingern durch sein Haar fuhr und ihren Kopf ergeben zurücklehnte, hätte ihr die Erkenntnis beinahe Tränen in die Augen getrieben.

Das, ging ihr durch den Kopf, das ist das Leben. Die Anfänge. Alles.

»Olivia.« Noah wiederholte ihren Namen, beendete den Kuss, solange er noch dazu fähig war, legte ihren Kopf an seine Schulter.

Die Band spielte nun ein neues Stück und trieb die Menge auf einen fiebrigen Höhepunkt zu.

Während sie sich zusammen in dem Gedränge wiegten, fragte sich Noah, was er jetzt verdammt noch einmal tun sollte.

Später, vor ihrer Tür küsste er sie noch einmal, und diesmal spürte sie, wie kleine, heiße Flammen von ihm auszugehen schienen, kurze Wellen der Frustration, die sie seltsam erregend empfand. Dann schloss er hastig die Tür zwischen ihnen, und Olivia blieb zurück und starrte verdutzt auf das Holz.

Sie presste eine Hand auf ihre Brust. Das Herz schlug schnell, und es fühlte sich wundervoll an. So war einem also zumute, wenn man geliebt und begehrt wurde. Sie schloss die Augen, um das Gefühl zu genießen. Doch dann öffneten sich ihre Lider abrupt.

Sie hätte ihn hereinbitten sollen. Was war nur in sie gefahren? Warum benahm sie sich derart idiotisch? Er wollte sie, da war sie sich sicher, und sie wollte ihn. Endlich hatte jemand ihre Gefühle geweckt.

Sie öffnete die Tür, rannte die Treppe hinunter und stürzte nach draußen. Hilflos musste sie jedoch zusehen, wie die roten

Rücklichter in der Ferne verschwanden, und sie fragte sich, warum es ihr nie gelingen wollte, ihr Timing mit dem anderer Menschen in Einklang zu bringen.

Noah arbeitete den ganzen Vormittag. Und dachte ein Dutzend Mal daran, sie anzurufen. Dann klappte er seinen Laptop zusammen und zog seine Shorts an. Das Boxtraining, das er sich im Fitnessraum des Hotels auferlegte, half ihm dabei, sich von einigen seiner Schuldgefühle und Frustrationen zu befreien.

Ich muss eine andere Richtung einschlagen, dachte er, während er die dritte Runde von Curls mit freien Gewichten anging. Niemals hätte er mit Olivia so weit gehen dürfen.

Er stieß kurze Atemzüge aus und wiederholte die Übungen, während der Schweiß in befriedigenden Strömen seinen Rücken hinunterrann.

Er hätte sein Jahresgehalt darauf gewettet, dass sie noch Jungfrau war. Er hatte kein Recht, sie zu berühren. Trotz ihrer schrecklichen Kindheitserlebnisse hatte sie die ersten neunzehn Jahre ihres Lebens sehr behütet gelebt, wie die Prinzessin im Zauberwald aus dem Märchen. Er war nicht nur tatsächlich sechs Jahre älter, sondern aufgrund seiner Erfahrung auch sehr viel reifer, und er hatte kein Recht, diese Überlegenheit auszunutzen.

Als er auf Flys umstieg, erinnerte ihn jedoch die Stimme in seinem Kopf daran, dass sie klug war, stark und kompetent. Sie war ehrgeizig, und ihre Augen so weise wie die einer Göttin. Diese Charakterzüge sprachen ihn genauso an wie die Schüchternheit, die sie zu verbergen suchte.

Außerdem hatte er sie nicht ausgenutzt. Sie hatte reagiert, sie war verdammt noch mal beinahe dahingeschmolzen! Sie musste seine Gefühle gespürt haben. Diese Vertrautheit, die Verbindung zwischen ihnen, die Aufrichtigkeit …

Doch dann drehten sich seine Gedanken wieder im Kreis, und er machte sich Vorwürfe, weil er seinen Hormonen erlaubt hatte, die Oberhand zu gewinnen.

Das musste dringend aufhören. Er würde sie anrufen und fragen, ob sie sich später zu einer Tasse Kaffee verabreden konnten. Nichts Besonderes. Dann würde er ihr die Sache mit dem Buch beichten. Er würde ihr alles vorsichtig erklären und ihr erzählen, dass er mit allen Menschen, die mit dem Fall zu tun hatten, Kontakt aufnehmen wollte. Dass er bei ihr angefangen hatte, weil sie diesen Plan in seinem Kopf ausgelöst hatte.

Noah legte die Gewichte zur Seite und trocknete sich mit einem Handtuch das Gesicht ab. Er würde sie von seinem Zimmer aus anrufen, sobald er geduscht und sich umgezogen hatte.

Er fühlte sich besser, entspannter, und ging am Lift vorbei, um die Treppe in den neunten Stock zu erklimmen.

Überrascht blieb er stehen, als er sie vor seiner Tür dabei entdeckte, wie sie in einer übergroßen Tasche wühlte.

»Liv?«

»Gott!« Sie taumelte zurück und starrte ihn an. »Du hast mich erschreckt!« Ihre Hände blieben in der Tasche vergraben, bis sie sich sicher war, dass sie nicht mehr zitterten. »Ich wollte dir gerade eine Nachricht schreiben und unter deiner Tür durchschieben.«

Sie lächelte ihn an. Als er nicht reagierte, trat sie unsicher von einem Fuß auf den anderen. »Ich hoffe, es ist dir recht, dass ich hergekommen bin.«

»Aber sicher, tut mir leid.« Er konnte nicht zulassen, dass sie ihn wieder durcheinanderbrachte. »Ich hatte dich nur nicht erwartet. Ich war im Fitnessraum.«

»Tatsächlich? Das hätte ich nie erraten.«

Sein schnelles Grinsen vertrieb die schlimmste Anspannung aus ihrem Magen. Er zog seine Keycard aus der Tasche und öffnete die Tür. »Komm rein, dann kannst du mir sagen, was du aufschreiben wolltest.«

»Ich hatte zwischen meinen Vorlesungen einen Augenblick Zeit.« Das war eine glatte Lüge. Zum ersten Mal während ihrer gesamten Collegezeit schwänzte sie. Aber wie sollte sie sich auch auf Naturschutz konzentrieren, wenn sie andauernd darüber nachdachte, wie sie ihn darum bitten konnte, mit ihr ins Bett zu gehen?

O Gott, wie konnte sie ihm nur sagen, warum sie hergekommen war? Wo sollte sie anfangen?

»Hast du Zeit für eine Tasse Kaffee?«

»Ich … ja. Ich wollte dich sogar zum Essen einladen – zu mir nach Hause.«

»Tatsächlich? Das hört sich gut an.« Noah dachte krampfhaft nach. In ihrer Wohnung konnte er vertrauter mit ihr sprechen, dort würde sie sich entspannter fühlen. Im Augenblick war sie ganz offensichtlich nervös, stand mit verschränkten Händen in seinem engen Hotelzimmer und warf verlegene Blicke auf sein Bett.

Sie würden dieses Zimmer verlassen. Bis dahin brauchte er nur noch seine Hände bei sich zu behalten.

»Ich muss nur kurz duschen«, informierte er sie.

»Eh …« Er sah wunderbar aus, nassgeschwitzt vom Training, die Muskeln seiner Arme ausgeprägt und hart. Sie erinnerte sich daran, wie stark sie sich angefühlt hatten, als er sie umarmt hatte. »Ich muss noch ein paar Sachen einkaufen.«

»Ich mache dir einen Vorschlag: Lass mich schnell duschen, danach gehen wir zusammen einkaufen, und dann sehe ich dir beim Kochen zu.«

»In Ordnung.«

Er nahm seine Jeans von einem Stuhl, suchte ein Hemd. »Unter dem Fernseher findest du eine notdürftige Minibar. Bedien dich. Außerdem haben sie hier Kabel«, fügte er hinzu, während er eine Schublade nach Socken und Unterwäsche durchforstete. »Mach es dir bequem, in zehn Minuten bin ich fertig.«

»Lass dir Zeit.« Sobald er die Badezimmertür hinter sich zugezogen hatte, ließ sie sich auf der Bettkante nieder. Ihre Knie zitterten.

Guter Gott, wie sollte sie das überstehen, ohne sich völlig zum Narren zu machen? Einkaufen, sie gingen zusammen einkaufen! Am liebsten hätte sie hemmungslos gekichert. Sie kam direkt aus dem Drugstore, wo sie ihren ganzen Mut zusammengenommen hatte, um Kondome zu kaufen.

Die nun bleischwer in ihrer Tasche lagen. Nicht wegen der Gewichtigkeit der Entscheidung, die sie getroffen hatte, sondern weil sie fürchtete, am Vorabend den Ausdruck in seinen Augen, den Geschmack seines Kusses falsch interpretiert zu haben.

Dabei hatte sie sich alles so passend vorgestellt. Doch als sie dann geklopft und er nicht geantwortet hatte, war sie völlig verblüfft gewesen, und nun lief gar nichts mehr nach dem Plan, den sie sich so sorgfältig in ihrem Kopf zurechtgelegt hatte.

Sie war gekommen, um sich ihm hinzugeben, ihm zu sagen, dass sie wollte, dass er der Erste war. Sie hatte sich vorgestellt, wie er ihr Gesicht mustern würde, forschend, intensiv, bis alles um sie herum verschwamm, und sein Mund sich auf ihren legte.

Wie er sie hochheben und zum Bett tragen würde.

Sie stieß den Atem aus und stand auf, lief unruhig hin und her. Natürlich hatte sie sich den Raum anders ausgemalt, größer, in schöneren Farben, eine weiche Tagesdecke auf dem Bett, einem Berg von Kissen.

Sie hatte von Kerzenlicht geträumt.

Der Raum war jedoch klein und in Grau und verblichenem Rosa dekoriert. Aber das machte ihr nichts aus. Sie schloss die Augen und hörte dem Plätschern des Wassers im Badezimmer zu.

Was würde er tun, wenn sie sich leise auszog und zu ihm unter das dampfend heiße Wasser trat? Würden ihre Körper dann zusammenfinden, nass, heiß und füreinander bereit?

Sie brachte den Mut dazu nicht auf. Seufzend ging sie zur Minibar, inspizierte das Angebot ohne großes Interesse, wanderte zu dem Schreibtisch, wo sein Computer stand, neben diversen Stapeln von Notizen.

Sie würde warten, bis er aus dem Bad kam. Schließlich konnte sie mit allen Angelegenheiten, egal, ob klein oder lebenswichtig, am besten von Angesicht zu Angesicht umgehen. Sie war keine verführerische Sirene und würde auch nie eine werden.

Ob ihn das enttäuschte?

Ärgerlich schüttelte sie den Kopf. Wenn er wieder erschien, würde sie ihn ganz einfach wissen lassen, dass sie ihn wollte und abwarten, was als Nächstes passierte.

Ganz in Gedanken ordnete sie seine Notizen, legte sie sorgfältig aufeinander. Die Tatsache, dass er sich Arbeit mitgebracht hatte, gefiel ihr. Sie respektierte Ehrgeiz, Engagement und Energie, und es schien ihr wichtig, den Menschen, den sie liebte, zu respektieren.

Über seine Arbeit hatten sie bisher nicht viel gesprochen, weil sie viel zu sehr damit beschäftigt gewesen war, ihm von sich zu erzählen. Olivia beschloss, ihn zu fragen, was ihm an seiner Arbeit am meisten gefiel, wie es war, die eigenen Worte gedruckt zu sehen und zu wissen, dass andere Menschen sie lasen.

Da fiel ihr der Name MacBride ins Auge, mit schwarzer Tinte auf einen gelben Block gekritzelt. Sie runzelte die Stirn, hob das Blatt hoch.

Innerhalb von Sekunden war ihr Blut zu Eis gefroren, und sie durchstöberte hektisch seine Unterlagen, ohne auch nur einen Gedanken an seine Privatsphäre zu verschwenden.

Noah rubbelte sein Haar trocken und überlegte, was er zu Olivia sagen würde. Wenn sie erst einmal zu einer Vereinbarung auf geschäftlicher Basis gelangt waren, konnten sie auch eine persönliche Beziehung aufbauen. Er würde im Sommer nach River's End fahren, natürlich in erster Linie, um die Interviews zu führen. Und um mit ihr zusammen zu sein. Vor allem deswegen.

Er würde bei der Zeitung um mehr Urlaub bitten müssen. Oder verdammt noch mal kündigen, dachte er und starrte in dem beschlagenen Spiegel in sein Gesicht. Natürlich müsste er sich Gedanken darüber machen, wovon er leben wollte, bis das Buch geschrieben und verkauft war. Aber das würde er schon irgendwie regeln.

Und dass es sich verkaufen würde, daran bestand für ihn gar kein Zweifel. Er war dazu bestimmt, Bücher zu schreiben, und er war sich verdammt sicher, dass er ganz besonders dazu bestimmt war, *dieses* Buch zu schreiben.

In jüngster Zeit war ihm zudem der etwas unbehagliche Gedanke gekommen, dass er dazu bestimmt war, bei Olivia zu sein …

Doch als er das Schlafzimmer betrat, kam es ihm so vor, als bräche die Welt zusammen. Mit seinen Notizen in der Hand stand Olivia am Schreibtisch und hatte einen Ausdruck eiskalter Wut in den Augen.

»Du Arschloch.« Sie sprach leise, aber die Worte durchdrangen die Luft wie ein Schrei. »Du hinterhältiges, berechnendes Arschloch.«

»Augenblick mal.« Mit einer beruhigenden Geste machte er einen Schritt auf sie zu.

»Fass mich nicht an!« Sie schleuderte ihm die Worte ins Gesicht. »Du bist hier im Urlaub, nicht als Journalist, ha! Verdammter Lügner, dabei geht es dir um eine Story!«

»Nein.« Er trat einen Schritt seitwärts, um sie aufzuhalten, bevor sie aus der Tür stürmen konnte. »Warte! Ich bin nicht im Auftrag der Zeitung hier.«

Sie sah ihm direkt in die Augen, knüllte seine Notizen zusammen und warf sie ihm ins Gesicht.

»Für wie dämlich hältst du mich eigentlich?«

»Das tue ich doch gar nicht.« Er griff nach ihren Armen. Er hatte Widerstand erwartet, hatte befürchtet, dass sie kratzen, spucken und beißen würde. Stattdessen wurde sie stocksteif. Schaltete ab. Er konnte an ihren Augen sehen, dass sie sich einfach abkapselte. In seiner Verzweiflung schüttelte er sie vorsichtig.

»Verdammt noch mal, hör mir zu! Es geht hier nicht um die Zeitung. Ich will ein Buch schreiben. Das hätte ich dir von Anfang an sagen sollen, und ich wollte es auch. Doch dann … Jesus, Liv, du weißt, was passiert ist. Seit der Minute, als ich dich wiedersah, ging alles drunter und drüber. Ich wollte –

einfach nur mit dir zusammen sein. So etwas ist mir noch nie passiert. Jedes Mal, wenn ich dich ansah … war ich einfach verloren.«

»Du hast mich benutzt.« Sie sprach mit kühler Stimme. Nichts, was er tat oder sagte, würde diese eisige Wand durchbrechen, die sie umgab. Sie würde es nicht zulassen. Sie würde nicht noch einmal in dieselbe Falle tappen.

»Wenn du so empfindest, tut es mir leid. Ich habe das, was ich für dich empfinde, zwischen mich und meine Arbeit treten lassen. Gestern Abend von dir wegzugehen war das Schwierigste, was ich je getan habe!«

»Du hättest mit mir geschlafen, um dir Informationen für dein Buch zu erschleichen.« Bleib cool, befahl sie sich. Schmerz kann Eis nicht durchdringen.

»Nein.« Er hielt es kaum aus, dass sie das von ihm glauben konnte. »Das solltest du besser wissen. Was zwischen uns passiert ist, hatte mit dem Buch nichts zu tun. Dabei ging es nur um dich und mich. Ich wollte dich, Liv, von der ersten Minute an, als du die Tür geöffnet hast, aber ich durfte dir nicht zu nahekommen, bis ich dir alles erklärt hatte. Heute Abend wollte ich mit dir darüber sprechen.«

»So, wolltest du das?« Aus ihrer Stimme klang Belustigung – eiskalte Belustigung. »Das ist ja sehr praktisch, Noah. Nimm die Finger von mir.«

»Du musst mir zuhören.«

»Gar nichts muss ich. Ich brauche dir nicht zuzuhören, ich brauche dich nicht anzusehen, und ich brauche auch nie wieder einen Gedanken an dich zu verschwenden, sobald ich dieses Zimmer verlassen habe. Ich werde die Sache beenden, hier und jetzt. Pass auf.«

Sie schob seine Hände zur Seite und sah ihn ruhig an. »Das hier ist mein Leben, nicht deines. Meine Angelegenheit, die niemanden etwas angeht. Ich werde nicht mit dir für dein verfluchtes Buch zusammenarbeiten, genauso wenig wie sonst jemand aus meiner Familie. Dafür werde ich sorgen. Und wenn ich herausfinde, dass du mit jemandem, der mir etwas bedeutet, Kontakt aufgenommen hast, werde ich alles in meiner Macht Stehende tun, um dich leiden zu sehen.«

Sie schob ihn zur Seite. »Halte dich von mir und meiner Familie fern, Brady. Wenn du mich noch einmal anrufst, wenn du noch einmal Kontakt mit mir aufnimmst, werde ich dafür sorgen, dass meine Tante ihren Einfluss geltend macht, damit du bei der *Times* gefeuert wirst. Und wenn du gut recherchiert hast, dürfte dir bekannt sein, dass sie eine Menge Einfluss hat.«

Mit dieser Drohung forderte sie seinen Trotz heraus, aber er hielt sich zurück. »Ich habe dich verletzt. Das tut mir leid. Ich konnte doch vorher nicht ahnen, was ich für dich empfinden würde, wie stark dieses Gefühl sein würde! Mit dem, was hier zwischen uns passiert ist, hatte ich nicht gerechnet.«

»Was mich angeht, so ist zwischen uns überhaupt nichts passiert. Ich verabscheue Menschen wie dich. Bleib mir vom Leib.« Olivia nahm ihre Tasche und drängte sich an ihm vorbei zur Tür. »Ich habe dir schon einmal gesagt, dass dein Vater ein wunderbarer Mensch ist. Das stimmt. Neben ihm, Noah, wirkst du lächerlich klein.«

Sie machte sich noch nicht einmal die Mühe, die Tür hinter sich zuzuschlagen. Noah beobachtete, wie sie mit einem leisen Klicken ins Schloss fiel. Sie rannte nicht einfach los, obwohl ihr danach war. In ihrer Brust spürte sie ein schweres, beklemmendes Gefühl, in ihren Augen brannten Tränen, die sie jedoch verzweifelt zurückhielt. Er hatte sie benutzt, sie verraten. Sie hatte zugelassen, dass sie sich in ihn verliebte, ihm vertraut hatte, und er hatte es ihr mit Lügen gedankt.

Er hatte nie wirklich sie gewollt, ihm war es nur um ihre Mutter und um ihren Vater gegangen. Nur Blut und Kummer hatten ihn in Wahrheit interessiert, und beides würde er niemals von ihr bekommen.

Nie wieder würde sie jemandem ihr Vertrauen schenken.

Sie fragte sich, ob ihre Mutter genauso empfunden hatte, nachdem der Mann, den sie geliebt hatte, sich als Lügner entpuppt hatte. Ob sie auch diese Leere, diese schreckliche

Trauer, dieses brennende Gefühl des Verratenseins empfunden hatte.

Olivia begrub ihre Traurigkeit unter ihrer Wut und schwor sich, dass sie nie wieder einen Gedanken an Noah Brady verschwenden würde.

Elftes Kapitel

Venice, Kalifornien, 1999

Noah Brady empfand sein Leben als mehr oder weniger perfekt. Dank des Erfolgs seines ersten Buches bei Kritikern und Publikum konnte er sich einen netten kleinen Bungalow am Strand leisten und verfügte über die finanzielle Freiheit, so zu leben, wie er es sich wünschte.

Er liebte seine Arbeit – die Intensität und die Spannung, über wahre Verbrechen zu schreiben, und dabei in die Köpfe und Herzen der Menschen zu blicken, die Mord als Lösung eines Problems betrachteten, oder gar als Freizeitvergnügen. Auf jeden Fall war sie wesentlich befriedigender als sein vier Jahre währender Job als Journalist, der ihn dazu gezwungen hatte, Aufträge kritiklos anzunehmen und seinen Stil dem der Zeitung anzupassen.

Und immerhin wird das Bücherschreiben allemal besser bezahlt, dachte er, als er die letzte seiner täglichen drei Meilen am Strand entlangjoggte.

Nicht, dass es ihm nur ums Geld ging, aber das Honorar war eine angenehme Begleiterscheinung.

Seit kurzem stand sein zweites Buch in den Regalen, Kritiken und Verkäufe waren beachtlich, und Noah kam zu dem Schluss, dass es kaum besser werden konnte.

Er war jung, gesund, erfolgreich und erfreulicherweise ungebunden – seitdem er sich aus einer Beziehung gelöst hatte, die mit Spannung, Sex und Heiterkeit begonnen hatte und zu gelinder Langeweile mutiert war.

Wer hätte auch vermuten können, dass Caryn, laut eigener Aussage Partygirl und Möchtegernschauspielerin, sich in ein klammerndes, erdrückendes Weibchen verwandeln würde, das schon jammerte und schmollte, sobald er nur mal einen Abend allein verbringen wollte?

Er hatte erkannt, dass die Lage ernst wurde, als mehr und mehr ihrer Sachen in seinen Schränken und Schubladen zu finden waren und sie ihr Make-up auf der Badezimmerablage auszubreiten begann. Um Haaresbreite wäre sie aus purer Nachlässigkeit seinerseits bei ihm eingezogen. Oder weniger aus Nachlässigkeit, sondern durch seinen eigenen Fehler, korrigierte Noah sich in Gedanken. Er war so eifrig mit den Recherchen für sein nächstes Buch beschäftigt gewesen, dass er sie beinahe nicht bemerkt hätte.

Ihr wiederum war das dermaßen auf die Nerven gegangen, dass sie sich in wütende Tränen hineingesteigert hatte, ihm Selbstsucht und Vernachlässigung vorwarf und schließlich ihre Sachen in einer Tasche in der Größe von Kansas verstaute. Sie hatte zwei Lampen zertrümmert – eine wäre fast auf seinem Kopf gelandet, aber er war schneller gewesen –, hatte seine geliebten Gloxinien in eine Masse aus Erde, zertretenen Blättern und Tonscherben verwandelt und war dann hinausgestürmt, wobei sie ihr langes, blondes Haar zurückwarf.

Noah stellte fest, dass er erleichtert war, als die Tür hinter ihr ins Schloss fiel.

Was sie nicht davon abgehalten hatte, auf seinem Anrufbeantworter Nachrichten zu hinterlassen, arrogant, weinerlich oder fuchsteufelswild. Er hatte nicht die blasseste Ahnung, wo ihr Problem lag. Sie war eine umwerfend attraktive Frau in einer Stadt, die umwerfend attraktive Frauen verehrte. Sie würde kaum Trübsal blasen müssen.

Es kam ihm gar nicht in den Sinn, dass sie in ihn verliebt sein könnte – oder es sich doch zumindest einbildete.

Seine Mutter hätte ihm sicher erklärt, dass das typisch für ihn war. Er konnte Fremden mit geradezu unheimlichem Einfühlungsvermögen und Interesse ins Herz blicken, Opfern, Zeugen, den Schuldigen und den Unschuldigen. Aber sobald es um persönliche Beziehungen ging, kratzte er bestenfalls an der Oberfläche.

Nur einmal war er zu einer Beziehung bereit gewesen, mit katastrophalem Ergebnis, für Olivia genau wie für ihn.

Er hatte Monate gebraucht, um die drei Tage, die er mit ihr verbracht hatte, zu überwinden. Um Olivia zu überwinden. Mit der Zeit war es ihm gelungen, sich einzureden, dass es ihm tatsächlich nur um das Buch gegangen war, dass seine Versessenheit darauf, es zu schreiben, seine Gefühle für sie in etwas verwandelt hatte, das er beinahe für Liebe gehalten hätte.

Sie hatte ihn einfach interessiert und ihn angezogen, und deshalb – und aufgrund seiner Unerfahrenheit – war er äußerst ungeschickt mit der ganzen Situation umgegangen. Er hatte festgestellt, dass es Wege gab, um die Gedanken an sie beiseitezuschieben, genau wie er den Gedanken an jenes Buch beiseitegeschoben hatte. Und so hatte er sich auf andere Frauen und andere Morde konzentriert.

Wenn er heute an Olivia dachte, geschah dies stets mit Bedauern, mit Schuldgefühlen und der Frage, was hätte sein können. Folglich versuchte er, nicht mehr an sie zu denken.

Er joggte auf den schmucken, zweigeschossigen buttermilchfarbenen Bungalow zu. Die Sonne schien auf das rot gedeckte Dach und spiegelte sich in den Fenstern. Es war zwar erst Ende März, aber Kalifornien erlebte gerade eine Hitzewelle, was ihm nur recht sein konnte.

Aus alter Gewohnheit lief er vorn ums Haus herum, um seine Post aus dem Briefkasten zu holen. Seine farbenprächtigen Blumenbeete waren der Neid der gesamten Nachbarschaft.

Er ging hinein, durchquerte das spärlich möblierte Wohnzimmer und warf die Post auf den Frühstückstresen. Dann holte er eine große Flasche stilles Wasser aus dem Kühlschrank.

Er warf einen Blick auf den Anrufbeantworter und stellte

fest, dass er vier Nachrichten erhalten hatte, seit er zu seinem Dauerlauf aufgebrochen war. Da er davon ausging, dass mindestens eine von der inzwischen gefürchteten Caryn stammen könnte, beschloss er, zunächst einmal Kaffee aufzusetzen und sich ein paar Bagels aufzubacken, bevor er das Band zurückspulte.

Während der Kaffee durchlief, schaltete er den kleinen Fernseher an und zappte sich durch die morgendlichen Talkshows, um zu sehen, ob ihn eins der Themen interessierte.

Der Videorecorder im Schlafzimmer hatte während seiner Abwesenheit *Today* aufgenommen. Er würde es sich später ansehen, um zu erfahren, was in der Welt passiert war. Vor seinem Lauf hatte er die Morgenzeitungen gekauft und wollte sie nun mindestens eine, wenn nicht gar zwei Stunden lang studieren, um sich mit den aktuellen Top-Stories, den Polizeiberichten und Verbrechen vertraut zu machen.

Schließlich konnte man nie wissen, hinter welchem Thema das nächste Buch wartete.

Noah sah erneut auf das blinkende Licht seines Anrufbeantworters, beschloss jedoch, dass seine Dienstpost Vorrang hätte.

Er strich sein Haar zurück, erwog beiläufig die Notwendigkeit eines Friseurbesuchs und arbeitete sich durch die übliche Ansammlung von Rechnungen und Werbung. Außerdem gab es ein nettes kleines Bündel von Leserbriefen, die ihm sein Herausgeber geschickt hatte und die er später lesen und genießen würde, seine monatliche Ausgabe der Zeitschrift *Prison Life* und eine Postkarte von einem Freund, der in Maui Urlaub machte.

Zuletzt betrachtete er einen schlichten weißen Briefumschlag, auf dem sein Name und seine Adresse in ordentlicher Handschrift zu lesen waren. Der Poststempel stammte aus San Quentin.

Er erhielt häufig Fanpost aus Gefängnissen, aber nie zu sich nach Hause. Hin und wieder beschimpften ihn die Absender, aber die meisten waren davon überzeugt, dass er ihre Geschichte unbedingt veröffentlichen müsse.

Noah zögerte und war sich nicht sicher, ob es ihn ärgern oder besorgt stimmen sollte, dass es jemandem im Knast gelungen war, seine Privatadresse herauszufinden. Doch als er den Brief öffnete und die ersten Zeilen las, machte sein Herz einen erschrockenen und zugleich überraschten Sprung.

Lieber Noah Brady,
mein Name ist Sam Tanner. Ich gehe davon aus, dass Sie wissen, wer ich bin. In gewisser Weise sind wir miteinander verbunden. Ihr Vater hat seinerzeit im Mordfall meiner Frau ermittelt und war der Beamte, der mich damals verhaftete.

Vielleicht ist Ihnen bekannt, dass er seit Beginn meiner Haftstrafe bei all meinen Bewährungsanhörungen anwesend war. Man könnte also sagen, Frank und ich sind in Kontakt geblieben.

Ihr Buch Jäger der Nacht *habe ich mit Interesse gelesen. Ihre scharfsichtige und zugleich leidenschaftslose Studie der Psyche und Methoden des James Trolly lässt seine systematische Auswahl und Verstümmelung männlicher Prostituierter in West Hollywood wesentlich unheimlicher und realistischer erscheinen, als alles, was vor fünf Jahren in den Medien erschien, zusammen.*

Es ist ein paar Jahre her, seit ich mir zum letzten Mal die Mühe gemacht habe, mit Reportern, freien Journalisten oder Schriftstellern zu sprechen, die ursprünglich so versessen auf meine Geschichte waren. Ich habe Fehler bei der Auswahl der Menschen gemacht, denen ich vertraute, und wurde dafür bestraft, indem sie mir das Wort im Munde umdrehten, um die Gier der Öffentlichkeit nach Klatsch und Skandalen zu befriedigen.

Nachdem ich Ihr Buch gelesen hatte, gelangte ich jedoch zu der Überzeugung, dass Sie tatsächlich an der Wahrheit interessiert sind, an den Menschen und den Ereignissen, die damals stattgefunden haben. Das finde ich bemerkenswert, insbesondere in Anbetracht meiner Verbindung zu ihrem Vater. Beinahe wie ein Wink des Schicksals. In den letzten Jahren habe ich gelernt, an das Schicksal zu glauben.

Ich würde Ihnen gern meine Geschichte erzählen und möchte, dass Sie sie aufschreiben. Wenn Sie interessiert sind, wissen Sie, wo Sie mich finden können.

Ich werde wohl noch ein paar Monate hierbleiben.

Mit freundlichen Grüßen

Sam Tanner

»Sieh mal einer an.« Noah kratzte sich am Kinn und las die wichtigsten Punkte des Briefes noch einmal durch. Als das Telefon klingelte, ignorierte er es und nahm Caryns wütende Stimme, die ihn als gefühlloses Schwein beschimpfte, ihn verfluchte und Rache schwor, kaum zur Kenntnis.

»Oh, ich bin interessiert, Sam. Seit zwanzig Jahren interessiere ich mich für dich.«

Er hatte Akten über Sam Tanner, Julie MacBride und den Beverly Hills-Mord angelegt. Selbst nach seinem schmerzlichen Besuch bei Olivia hatte er sie aufgehoben und weitere Informationen gesammelt.

Zwar hatte er die Pläne für das Projekt auf Eis gelegt, keinesfalls jedoch sein Interesse an dem Fall. Und auf gar keinen Fall seinen Entschluss, eines Tages ein Buch zu schreiben, das sämtliche Aspekte der Geschichte von allen Blickwinkeln aus beleuchten würde.

Seit sechs Jahren hatte er sich nicht mehr mit dem Thema beschäftigt, weil er jedes Mal, wenn er an die Arbeit gehen wollte, Olivia vor Augen hatte – wie sie damals vor seinem Schreibtisch in dem kleinen Hotelzimmer gestanden und seine Unterlagen zerknüllt hatte.

Als das Bild auch diesmal wieder aufsteigen wollte, blendete er es aus. Er konnte und wollte seine Arbeit nicht länger von einer gescheiterten Liebesbeziehung beeinflussen lassen.

Eine exklusive Serie von Interviews mit Sam Tanner. Exklusiv mussten sie schon sein, beschloss Noah. Er lief mittlerweile unruhig auf und ab. Das musste er von Anfang an zur Bedingung machen.

Er brauchte eine Liste aller beteiligten Personen, egal, wie unbedeutend ihre Rolle war. Familie, Freunde, Angestellte, Geschäftspartner. Erregung beschleunigte seinen Puls, und er begann, seine Strategie zu planen. Gerichtsprotokolle. Vielleicht konnte er ein paar Mitglieder der Jury auftreiben. Polizeiberichte.

Der Gedanke ließ ihn innehalten. Sein Vater. Er war sich ganz und gar nicht sicher, ob sein Vater von der Idee begeistert sein würde.

Er musste duschen und sich umziehen. Und nachdenken.

Das Haus der Bradys hatte sich im Laufe der Jahre kaum verändert. Es war immer noch mit blassrosa Stuck verziert, der Rasen ordentlich gemäht, und die Blumen standen kurz vor dem Vertrocknen. Seit Noahs Vater im vergangenen Jahr in Pension gegangen war, hatte er sich für eine Vielzahl von Hobbys, darunter Golf, Fotografie, Tischlerei und Kochen begeistert. Nach den ersten neun Löchern war ihm jedoch klargeworden, dass er Golf hasste, der Blick für ein gutes Foto ging ihm völlig ab, und weder im Umgang mit Holz noch in der Küche zeigte er die geringste Geschicklichkeit.

Sechs Monate nach seinem letzten Arbeitstag hatte Celia ihn ins Gebet genommen und ihm erklärt, dass sie ihn noch mehr liebte als am Tag ihrer Hochzeit. Aber wenn er nicht bald eine Beschäftigung fände, würde sie ihn im Schlaf ermorden.

Das örtliche Jugendzentrum hatte Franks Leben und seine Ehe gerettet. Meistens konnte man ihn nachmittags dort antreffen, er trainierte die Kids auf dem Basketballfeld, wie er früher seinen Sohn trainiert hatte, hörte sich ihre Probleme an und entschärfte die unvermeidlichen Schlägereien und Konflikte.

Morgens, nachdem Celia zur Arbeit gegangen war, lungerte er herum, löste Kreuzworträtsel oder saß im Garten hinter dem Haus und las einen der Taschenbuchkrimis, nach denen er süchtig geworden war, seit Mord nicht mehr zu seiner alltäglichen Routine gehörte.

Dort fand Noah ihn, mit lang ausgestreckten Beinen auf einem Liegestuhl.

Er trug Jeans, uralte Turnschuhe und ein zerknittertes Baumwollhemd. Sein Haar glänzte inzwischen zinnfarben, wuchs jedoch weiterhin voll und dicht.

»Weißt du, wie schwierig es ist, Geranien zu töten?« Noah betrachtete die vertrockneten rosa Blüten, die auf der Terrasse ums nackte Überleben kämpften. »Dahinter steckt Vorsatz.«

»Mich wirst du nie überführen.« Hocherfreut, seinen Sohn zu sehen, legte Frank den neuesten John-Sandford-Krimi beiseite.

Noah schüttelte nur den Kopf, rollte den Schlauch ab, drehte das Wasser auf und gab den verzweifelten Blumen eine weitere Gnadenfrist.

»Ich hatte erst Sonntag mit dir gerechnet.«

»Sonntag?«

»Der Geburtstag deiner Mutter.« Frank zog die Augen zusammen. »Daran hast du wohl nicht gedacht?«

»Doch. Ich habe auch schon ein Geschenk für sie. Einen Wolf.« Noah wendete den Kopf und grinste. »Keine Angst, sie braucht ihn nicht hier zu halten. Ich habe einen für sie adoptiert, der in der Wildnis lebt. Eine Stiftung passt für sie auf ihn auf. Ich dachte mir, das würde ihr gefallen – und die Ohrringe, die ich ihr ausgesucht habe.«

»Angeber«, grummelte Frank und legte die Füße übereinander. »Gehen wir Sonntag essen?«

»Um nichts in der Welt würde ich das versäumen.«

»Wenn du willst, kannst du das Mädchen mitbringen, mit dem du dich in letzter Zeit getroffen hast.«

»Du meinst Caryn, die mir gerade eine Nachricht auf dem Anrufbeantworter hinterlassen hat und mich ein Schwein nennt? Von der halte ich mich lieber fern.«

»Gut. Deine Mutter mochte sie sowieso nicht.«

»Sie hat sie doch nur einmal gesehen.«

»Sie mochte sie eben nicht. ›Hohl‹, ›arrogant‹, ›blöd‹ waren die drei Vokabeln, die sie verwendete.«

»Es nervt mich, dass sie immer Recht hat.« Nachdem Noah sich davon überzeugt hatte, dass die Geranien noch einen weiteren Tag überleben würden, drehte er das Wasser ab und wickelte den Schlauch wieder auf.

Frank sagte einen Augenblick lang nichts und beobachtete seinen Sohn. »Weißt du, ich war ein ziemlich guter Detective. Ich glaube nicht, dass du hergekommen bist, um meine Blumen zu gießen.«

Ertappt schob Noah seine Hände in die Taschen seiner Jeans. »Heute Morgen habe ich einen Brief bekommen. Ein Typ aus San Quentin will mir seine Geschichte erzählen.«

»Und?« Frank zog die Augenbrauen hoch. »Im Moment bekommst du meines Wissens doch ziemlich regelmäßig Post aus dem Knast.«

»Ja, aber das meiste ist unbrauchbar. Doch dieser Fall interessiert mich. Er interessiert mich schon seit geraumer Zeit.« Er nahm seine Sonnenbrille ab und sah seinem Vater ruhig in die Augen. »Seit etwa zwanzig Jahren. Es geht um Sam Tanner, Dad.«

Franks Herzschlag geriet vorübergehend durcheinander. Er erschrak jedoch nicht. Er hatte zu lange als Cop gearbeitet, um vor Schatten und Geistern zu erschrecken, aber er reagierte sofort. »Ich verstehe. Nein, ich verstehe nicht«, sagte er und erhob sich aus seinem Stuhl. »Ich sperre das Schwein ein, und jetzt schreibt er dir? Er will mit dem Sohn des Mannes sprechen, der dazu beigetragen hat, dass er eingebuchtet wurde, der sein Bestes getan hat, damit er über zwanzig Jahre hinter Gittern blieb? Das ist Bullshit, Noah. Verdammt gefährlicher Bullshit.«

»Er hat die Verbindung erwähnt.« Noah blieb ruhig. Er wollte keinen Streit, hasste den Gedanken, seinem Vater wehtun zu müssen, aber er hatte seine Entscheidung bereits getroffen. »Warum bist du zu den Bewährungsanhörungen gegangen?«

»Manche Dinge vergisst man nicht. Und weil man das nicht kann, will man sicher sein, dass die Arbeit nicht umsonst war.« Außerdem hatte er im tiefen Schatten des Waldes einem jungen Mädchen mit verängstigten Augen ein Versprechen gegeben. »*Er* hat es auch nicht vergessen. Wie könnte er es mir besser heimzahlen, als dich zu benutzen?«

»Er kann mir nichts tun, Dad.«

»Vermutlich hat Julie MacBride dasselbe gedacht, in der Nacht, als sie ihm die Tür öffnete. Halte dich von ihm fern, Noah. Lass diesen Fall ruhen.«

»Das ist dir doch auch nie gelungen.« Er hob eine Hand, bevor Frank sprechen konnte. »Hör mir nur einen Augenblick lang zu. Du hast deine Arbeit gemacht. Das ist dir sehr schwergefallen. Ich weiß noch, wie das damals war. Du bist nachts auf und ab getigert oder hast dich in der Dunkelheit hier rausgesetzt. Ich weiß, dass es andere Fälle gab, die dich bis nach Hause verfolgt haben, aber nicht so wie dieser. Deshalb habe ich ihn nie vergessen. Man kann wohl sagen, dass er mich auch verfolgt hat. Dieser Fall ist ein Teil von uns. Ich wollte dieses Buch seit Jahren schreiben. Und ich muss mit Sam Tanner sprechen.«

»Wenn du das machst, Noah, und wenn du dann dieses Buch schreibst, die ganze Abscheulichkeit wieder ans Tageslicht zerrst, ist dir dann klar, was du damit Tanners anderen Opfern antust? Den Eltern, der Schwester? Seiner Tochter?«

Olivia. Nein, sagte Noah sich, er würde sich in dieser Sache nicht durch Olivia beeinflussen lassen. Jetzt nicht mehr. »Ich habe darüber nachgedacht, was ich *dir* damit antun würde. Deshalb bin ich hier. Du sollst wissen, was ich vorhabe.«

»Es ist ein Fehler.«

»Vielleicht, aber es geht um *mein* Leben, *meine* Arbeit.«

»Glaubst du, dass er dir geschrieben hätte, wenn du nicht mein Sohn wärst?« Furcht und Wut schwangen in den Worten mit, ließen Franks Augen hart werden. »Der Idiot weigert sich jahrelang, mit jemandem zu sprechen – und *wie* sie sich bemüht haben, an ihn heranzukommen! Brokaw, Walters, Oprah. Kein Kommentar, keine Interviews, gar nichts. Und jetzt, nur ein paar Monate vor seiner voraussichtlichen Entlassung, nimmt er Kontakt zu dir auf, bietet dir die Geschichte auf einem Silbertablett an. Verdammt noch mal, Noah, das hat nichts mit deiner Arbeit zu tun. Das hat mit mir zu tun.«

»Vielleicht.« Noahs Stimme klang kühl. Er setzte seine Sonnenbrille wieder auf. »Und vielleicht hat es auch mit beidem zu tun. Ob du meine Arbeit respektierst oder nicht, es ist nun einmal mein Job. Und ich werde ihn auch weiterhin tun.«

»Ich habe nie behauptet, dass ich deine Arbeit nicht respektiere.«

»Nein, aber du hast auch nie das Gegenteil gesagt.« Das war ein wunder Punkt, wie Noah gerade erst feststellte. »Ich nutze meine Chancen, wo ich sie finde und lasse sie für mich arbeiten. Das habe ich von dir gelernt. Wir sehen uns Sonntag.«

Frank trat einen Schritt vor und wollte noch etwas sagen, aber Noah ging bereits weg. Also setzte er sich wieder und starrte wütend auf seine Hände.

Noah brachte seine schlechte Laune, wie eine eigenständige Energie, mit nach Hause, einen nervigen Beifahrer in dem steingrauen BMW. Er hatte das Schiebedach geöffnet, das Radio aufgedreht und versucht, seine Gedanken übertönen zu lassen.

Er war zornig über die plötzliche Erkenntnis, dass er sich verletzt fühlte, weil sein Vater nie in Begeisterungsschreie über den Erfolg seiner Bücher ausgebrochen war.

Das ist dumm, sagte er sich. Er war alt genug, um nicht mehr auf die Anerkennung und das Schulterklopfen seiner Eltern angewiesen zu sein. Er war ein erwachsener, in seinem Beruf erfolgreicher und glücklicher Mann. Er wurde gut bezahlt, und sein Ego bezog die Bestätigung, die es benötigte, aus den Kritiken und Tantiemenschecks, besten Dank.

Aber er wusste schon seit einiger Zeit, dass sein Vater den Weg, den er mit seiner Schreiberei eingeschlagen hatte, nicht billigte. Weil jedoch keiner den anderen zur Rede stellen wollte, hatten sie nur wenig darüber gesprochen.

Bis heute, dachte Noah.

Sam Tanner hatte mehr getan als ihm eine Geschichte angeboten. Er hatte den ersten sichtbaren Riss in eine Beziehung getrieben, auf die sich Noah sein Leben lang verlassen hatte.

Dieser Riss war versteckt bereits vorhanden gewesen, von dem Augenblick an, als er beschlossen hatte, über spektakuläre Mordfälle zu schreiben.

Romane wären in Ordnung gewesen, das wusste Noah. Unterhaltungsliteratur. Aber die Realität auszugraben und ans Tageslicht zu zerren, Killer, Opfer, Überlebende der öffentlichen Betrachtung preiszugeben, das war es, was seinem Vater nicht behagte – und was er nicht verstehen konnte.

Und gerade, weil er nicht wusste, wie er es erklären sollte, wurde Noahs Laune noch schlechter.

Als er dann auch noch Caryns Auto vor seinem Haus entdeckte, war der Tag für ihn endgültig gelaufen.

Er fand sie auf der hinteren Veranda, ihre lange, glatten Beine ragten aus winzigen rosafarbenen Shorts, und auf dem Kopf trug sie einen breiten Strohhut, der ihr Gesicht vor der Sonne schützte. Als er die Glastür öffnete, blickte sie auf, ihre Augen tränenfeucht hinter den braunen Gläsern ihrer Designersonnenbrille. Ihre Lippen zitterten.

»O Noah, es tut mir so leid! Ich weiß nicht, was über mich gekommen ist.«

Er neigte gelangweilt den Kopf.

»In den letzten Tagen habe ich mich ohne dich so unglücklich gefühlt.« Sie ging auf ihn zu, hob ihm ihren Mund entgegen. »Lass uns hineingehen, damit ich dir zeigen kann, wie sehr ich dich vermisst habe.«

Es machte ihm regelrecht Sorgen, dass er nicht in Versuchung geriet, noch nicht einmal ein wenig.

»Caryn, es funktioniert nicht. Warum sagen wir nicht einfach, dass es schön war, solange es dauerte?«

»Das ist doch nicht dein Ernst?«

»Doch.« Er musste sie von sich fortschieben, damit sie aufhörte, sich an ihm zu reiben. »Mein voller Ernst.«

»Es gibt eine andere, nicht wahr? Während der ganzen Zeit, als wir zusammengelebt haben, hast du mich betrogen.«

»Nein, es gibt keine andere. Und wir haben nicht zusammengelebt. Du bist einfach hiergeblieben.«

»Du Schwein! Du hast eine andere Frau in unserem Bett gehabt.« Sie stürzte an ihm vorbei ins Haus.

»Das ist nicht *unser* Bett, sondern *mein* Bett. Verflucht.« Noah folgte ihr ins Schlafzimmer und musste feststellen, dass sie bereits an den Laken zerrte. »Hey! Hör sofort damit auf!«

Er wollte sie festhalten, aber sie rollte über das Bett und sprang auf der anderen Seite wieder hinunter. Ehe er nach ihr greifen konnte, hatte sie bereits die Nachttischlampe in der Hand und erhob sie gegen ihn. Er konnte gerade noch abblocken, bevor die Lampe ihn zwischen die Augen traf.

Das Geräusch des zu Boden krachenden Glases gab seiner ohnehin schon angeschlagenen Geduld den Rest.

»Okay, es reicht. Verschwinde! Verschwinde verflucht noch mal aus meinem Haus und bleib mir vom Leib!«

»Du hast mich nie geliebt! Meine Gefühle waren dir schon immer egal!«

»Du hast den Nagel auf den Kopf getroffen.« Als sie auf seine geliebte Basketballtrophäe zusteuerte, stürzte er hinter ihr her. »Du bist mir scheißegal.« Er atmete schwer, versuchte, sie zu erreichen, ohne seine Haut ihren langen Nägeln preiszugeben. »Und ich bin ein Schwein, ein Widerling, ein Arschloch.«

»Ich hasse dich!« Sie kreischte los, schlug und trat nach ihm, während er sie zur Haustür zerrte. »Ich wünschte, du wärst tot.«

»Stell dir einfach vor, ich wäre es. Und ich stelle mir dasselbe von dir vor.« Noah setzte Caryn vor die Tür, ließ sie hinter ihr ins Schloss fallen und lehnte sich dagegen.

Dann atmete er langsam aus und ließ seine Schultern kreisen. Ihm fiel auf, dass der Motor ihres Wagens noch nicht angesprungen war, und er blickte aus dem Fenster – gerade noch rechtzeitig, um dabei zuzusehen, wie sie mit ihren Wagenschlüsseln über den Lack seines BMWs kratzte.

Er heulte auf wie ein verwunderter Löwe. Bis er die Tür geöffnet hatte und draußen war, war sie schon in ihren eigenen Wagen gesprungen und sauste mit quietschenden Reifen davon.

Mit geballten Fäusten betrachtete er den Schaden. Tiefe Kratzer formten Buchstaben auf der Kühlerhaube. SCHW. Zumindest hatte er ihr nicht die Genugtuung gegönnt, ihren Plan zu Ende auszuführen.

Okay, gut. Er konnte den Wagen reparieren lassen, während er unterwegs war. Der Zeitpunkt war gekommen, um nach San Quentin zu fahren.

Zwölftes Kapitel

Noahs erster Eindruck von San Quentin aus der Ferne ließ ihn an eine alte Festung denken, die nun als thematisch gestalteter Urlaubskomplex genutzt wurde. Disneyland für Straftäter.

Das sandfarbene Gebäude mit den verschiedenen Ebenen, Türmen und Erkern und dem leicht exotischen Flair erstreckte sich in die Bucht von San Francisco hinein.

Es erinnerte nicht an ein Gefängnis, wenn man von den bewaffneten Wachen in den Türmen und der Sicherheitsbeleuchtung absah, die die Gegend um die Anlage herum nachts in ein unheimliches Orange tauchte. Und von den Stahlkäfigen in seinem Innern.

Noah hatte sich dafür entschieden, die Fähre von San Francisco nach Marin County zu nehmen, und stand nun an der Reling, während das Boot über das windgepeitschte Wasser glitt. Er empfand die Architektur des Gefängnisses als eigenwillig und irgendwie typisch kalifornisch, bezweifelte jedoch, dass die Insassen die Ästhetik des Gebäudes zu schätzen wussten.

Es hatte ihn nur ein paar Stunden gekostet, um über die erforderlichen Kanäle die Besuchserlaubnis zu beantragen.

Er hatte den Tag genutzt, um seine Akten über den Mac-

Bride-Mord zu studieren, seinem Gedächtnis auf die Sprünge zu helfen, abzuwägen. Er war zu dem Schluss gekommen, dass er den Mann, mit dem er sich treffen wollte, so gut kannte, wie es von draußen möglich war.

Oder zumindest den Mann, der Tanner einmal gewesen war.

Ein fleißiger, begabter Schauspieler, der zu dem Zeitpunkt, als er Julie MacBride, seine Partnerin in *Summer Thunder*, kennenlernte, bereits auf eine beeindruckende Reihe von erfolgreichen Filmen verweisen konnte. Den Berichten zufolge war sein Name außerdem vor seiner Heirat mit einer nicht minder beeindruckenden Reihe von Damen in Verbindung gebracht worden. Für beide war es die erste Ehe gewesen, obwohl Tanner eine ernsthafte Beziehung mit der in den siebziger Jahren erfolgreichen Schauspielerin Lydia Loring gehabt hatte. Die Klatschkolumnen hatten sich damals an ihrer stürmischen und weitgehend in der Öffentlichkeit ausgetragenen Trennung geweidet.

Tanner hatte Ruhm, Geld und Frauen in vollen Zügen genossen. Die beiden ersteren hatte er nach seiner Eheschließung weiterhin erhalten, aber seit Julie hatte es für ihn keine anderen Frauen gegeben. Oder, so sagte sich Noah, er hatte sich sehr, sehr diskret verhalten.

Insider beschrieben ihn als schwierig und launisch, und später, als sich die nächsten zwei Filme nach *Summer Thunder* an der Kinokasse als Flops erwiesen, tauchten Begriffe wie ›explosives Temperament‹ und ›unangemessene Forderungen‹ auf.

Er erschien stets verspätet am Drehort und war auf seine Szenen nicht vorbereitet, feuerte zunächst seinen persönlichen Assistenten und kurz darauf seinen Agenten.

Es gehörte zu Hollywoods bestverbreiteten Geheimnissen, dass er Drogen nahm, und das nicht zu knapp.

Außerdem legte er bezüglich seiner Frau ein äußerst besitzergreifendes Verhalten an den Tag, neigte zu Wahnvorstellung den Menschen in seiner Umgebung gegenüber, hatte Lucas Manning zu seinem Feindbild erklärt und wurde schließlich gewalttätig.

1975 galt er noch als größter Kassenmagnet in den amerikanischen Kinos. 1980 saß er bereits in San Quentin ein – ein sehr tiefer Absturz innerhalb einer relativ kurzen Zeitspanne.

Der sorglose Umgang mit atemberaubendem Reichtum und Ruhm, die Bekanntschaft mit den schönsten Frauen der Welt, sich förmlich überschlagende Oberkellner, die ihm die besten Tische anboten, sein Name auf der A-Liste bevorzugter Partygäste, die Begeisterungsschreie seiner Fans – wie musste sich ein Mann fühlen, dem all das durch die Finger geschlüpft war?, fragte sich Noah. Arroganz, Egoismus, gemischt mit Kokain, Eifersucht auf aufstrebende Konkurrenten im Business und eine zerstörte Ehe, und schon war die Katastrophe vorprogrammiert.

Es würde interessant sein zu sehen, was die letzten Jahre Sam Tanner gebracht oder ihm genommen hatten.

Als die Fähre anlegte, saß Noah bereits wieder in seinem Wagen und konnte es kaum erwarten, endlich mit der Arbeit zu beginnen. Obwohl er hoffte, mit dem ersten Interview früh genug fertig zu werden, um rechtzeitig am Flughafen zu sein und den Abendflug nach Hause zu erwischen, für den Fall, dass er es sich anders überlegte, hatte er ein paar Sachen in eine Tasche geworfen.

Von seiner Reise hatte er niemandem erzählt.

Während er in der Schlange wartete, trommelte er im Rhythmus eines Spice Girls-Songs mit dem Finger auf das Lenkrad und dachte plötzlich an Olivia MacBride.

Seltsamerweise kam ihm das Bild eines hochgewachsenen, schlaksigen Mädchens mit hellem Haar und gebräunten Armen in den Sinn. Wie sie mit traurigen Augen am Flussufer gesessen und den Bibern zugesehen hatte. Er hatte Recherchen angestellt, aber seit ihrer Kindheit keine öffentlich zugänglichen Informationen über sie entdecken können. Ein paar Spekulationen hin und wieder in der Presse, eine Rückschau, gelegentlich jenes traurige Foto, aufgenommen, als sie vier war – das war alles, was die Massenmedien hatten auftreiben können.

Ihre Familie hatte einen Schutzwall errichtet, hinter dem sie sich versteckt hielt. Das war ein Aspekt, den Noah zu erkunden gedachte.

Wenn die Zeit gekommen war, würde er tun, was immer nötig war, um Olivia dazu zu bringen, wieder mit ihm zu sprechen, mit ihm zusammenzuarbeiten. Er konnte nur hoffen, dass ihre Bitterkeit nach sechs Jahren verflogen war. Dass sie doch noch den Sinn und den Zweck seines Vorhabens erkennen würde.

Darüber hinaus konnte er sich allerdings nicht vorstellen, wie es sein würde, sie wiederzusehen. Also schob er den Gedanken daran beiseite und konzentrierte sich auf die Gegenwart.

Noah steuerte seinen Mietwagen durch die Straßen in Richtung Gefängnis, kam an einem alten Pier und einem Pumpwerk vorbei. Er entdeckte einen gepflasterten Pfad, der offenbar zum Wasser hinunterführte, und er fragte sich, ob sich tatsächlich jemand freiwillig im Schatten dieser furchterregenden Mauern aufhalten, geschweige denn ein Picknick veranstalten wollte.

Der Besucherparkplatz grenzte an einen hübschen kleinen Strand, dahinter erstreckte sich stahlgraues Wasser. Er hatte überlegt, ein Aufnahmegerät oder wenigstens einen Notizblock mitzubringen, sich dann jedoch dafür entschieden, Tanner mit leeren Händen aufzusuchen. Diesmal zählten nur Eindrücke. Es sollte im Übrigen nicht so aussehen, als ob Noah bereits auf Tanners Vorschlag eingegangen war.

Der Besuchereingang befand sich an einem langen Korridor mit einer Seitentür auf halber Höhe. Das einzige Fenster war mit Bekanntmachungen beklebt, die den Blick von beiden Seiten versperrten. An der Tür hing ein Schild, das ihm einen kalten Schauer den Rücken hinunterlaufen ließ, obwohl seine Lippen amüsiert zuckten:

BITTE NICHT KLOPFEN. WIR WISSEN,
DASS SIE HIER SIND. WIR KÜMMERN UNS
SO BALD WIE MÖGLICH UM SIE.

Als ein Wärter kam, erklärte Noah sein Anliegen, zeigte seinen Ausweis und füllte die erforderlichen Formulare aus. Es gab weder Smalltalk noch ein höfliches Lächeln.

Das hatte er schon öfter erlebt, in New York, in Florida. Er hatte zum Tode Verurteilte besucht, er hatte mit Lebenslänglichen gesprochen, mit Verurteilten und Verdammten.

Er hatte den Geruch von Hass, Furcht und Berechnung wahrgenommen, der genauso in der Luft lag wie der Gestank von Schweiß, Urin und selbst gedrehten Zigaretten.

Schließlich wurde er durch einen Gang neben dem Hauptbesuchertrakt in einen kleinen, freudlosen Raum mit einem Tisch und zwei Stühlen gebracht. In die dicke Tür war ein einzelnes Panzerglasfenster eingelassen.

Und dort machte Noah sich ein erstes Bild von dem, was aus Sam Tanner geworden war.

Das verwöhnte Leinwandidol mit dem Millionen-Dollar-Lächeln existierte nicht mehr. Vor ihm saß ein Mann, dessen Gesicht und Körper Härte verrieten. Noah fragte sich, inwieweit sich sein Geist ebenfalls verhärtet hatte. Eine Hand war angekettet, sein orangefarben leuchtender Gefängnisoverall war zu groß. Sein Haar war sehr kurz geschoren und fast einheitlich ergraut.

Die tiefen Falten in seinem Gesicht ließen ihn wesentlich älter als achtundfünfzig wirken. Noah erinnerte sich daran, dass ein anderer Häftling ihm einmal gesagt hatte, dass Gefängnisjahre lange Jahre wären. Ein Jahr hinter Gittern entsprach sieben in Freiheit.

Tanners Augen waren scharf und von kaltem Blau. Er ließ sich Zeit, Noah zu mustern, nahm den Wärter kaum zur Kenntnis, der ihnen mitteilte, dass sie dreißig Minuten zur Verfügung hatten.

»Schön, dass Sie herkommen konnten, Mr. Brady.«

Etwas hat sich doch nicht verändert, dachte Noah. Sam Tanners Stimme klang so sanft, voll und kräftig wie in seinem letzten Film. Als die Tür zufiel und das Schloss hinter seinem Rücken einrastete, setzte Noah sich.

»Wie haben Sie meine Privatadresse herausgefunden, Mr. Tanner?«

Der Schatten eines Lächelns umspielte Sams Lippen. »Ich habe immer noch Beziehungen. Wie geht es Ihrem Vater?«

Noah sah ihm gerade in die Augen und ignorierte den Schock, der durch seine Eingeweide fuhr. »Ich kann nicht behaupten, dass er Sie grüßen lässt.«

Sam entblößte seine Zähne zu einem flüchtigen Lächeln. »Ein aufrechter Cop, unser Frank Brady. Ich sehe ihn und Jamie … gelegentlich. Meine ehemalige Schwägerin ist immer noch eine ansehnliche Frau. Ich frage mich, wie nahe sie Ihrem Vater steht.«

»Haben Sie mich herbestellt, um mir mit Spekulationen über das Privatleben meines Vaters auf die Nerven zu gehen, Tanner?«

Das Lächeln blitzte kurz wieder auf, schmal und listig. »In letzter Zeit gab es wenig Gelegenheit zu gepflegter Konversation. Haben Sie Kippen dabei?«

Noah zog eine Augenbraue hoch. »Tut mir leid. Ich rauche nicht.«

»Verdammtes Kalifornien.« Mit seiner freien Hand griff Sam in seinen Overall und entfernte sorgfältig den Klebestreifen, mit dem er eine einzelne selbst gedrehte Zigarette und ein hölzernes Streichholz an seiner Brust befestigt hatte. »Gefängnisse zu raucherfreien Zonen zu erklären! Wie sind sie nur auf diesen Mist verfallen?«

Er entzündete das Streichholz mit seinem Daumennagel und sog an der Zigarette. »Früher hatte ich die Mittel für eine Stange pro Tag. Ein paar Schachteln Zigaretten sind eine sichere Währung im Knast. Jetzt bin ich froh, wenn ich eine Schachtel pro Monat bekomme.«

»Ist schon hart, wie man heutzutage mit Mördern umspringt.«

Die harten blauen Augen glitzerten nur – Noah war sich nicht sicher, ob amüsiert oder verächtlich. »Geht es Ihnen um Schuld und Sühne, Brady, oder um die wahre Geschichte?«

»Eins gehört zum anderen.«

»Tatsächlich?« Sam stieß eine Wolke übelriechenden Qualms aus. »Ich hatte lange Zeit, um darüber nachzudenken. Wissen Sie, ich kann mich nicht mehr an den Geschmack eines guten Scotch oder den Duft einer schönen Frau erinnern. Was Sex angeht, da kann man sich arrangieren. Es gibt hier viele, die sich bücken, falls einem der Sinn danach steht. Außerdem hat man immer noch seine zwei Hände. Aber manchmal werde ich mitten in der Nacht wach und sehne mich nach dem Duft einer Frau.«

Er zuckte mit einer Schulter. »Dafür gibt es keinen Ersatz. Ich lese viel, um die Zeit totzuschlagen. Früher habe ich mich an Romane gehalten, mir eine Rolle ausgesucht und mir vorgestellt, sie zu spielen, wenn ich wieder frei bin. Ich war für mein Leben gern Schauspieler. Es hat lange gedauert, bis ich akzeptieren konnte, dass dieser Teil meines Lebens ebenfalls vorbei ist.«

Noah neigte den Kopf. »Tatsächlich? Und was für eine Rolle spielen Sie jetzt, Mr. Tanner?«

Abrupt beugte Sam sich nach vorn, und zum ersten Mal zeigte sich in seinen Augen heißes, echtes Leben. »Das hier ist alles, was ich habe. Sie glauben, weil Sie hier hereinkommen und mit einem Häftling sprechen, verstehen Sie, wie das ist? Sie können jederzeit aufstehen und gehen. Deshalb verstehen Sie gar nichts.«

»Nichts hält mich davon ab, noch in dieser Minute aufzustehen und zu gehen«, erklärte Noah ruhig. »Was wollen Sie?«

»Ich will, dass Sie meine Geschichte erzählen, sie aufschreiben. Beschreiben, was damals passiert ist, was heute ist. Warum zwei Menschen, die alles besaßen, alles verlieren mussten.«

»Und diese Geschichte werden Sie mir erzählen?«

»Ja. Ich werde Ihnen alles erzählen, was ich weiß.« Sam lehnte sich zurück und nahm einen letzten Zug von seiner Zigarette. »Den Rest müssen Sie herausfinden.«

»Warum? Warum ich und warum jetzt?«

»Warum Sie?« Sam ließ den glimmenden Stummel auf den Boden fallen und trat ihn gedankenverloren aus. »Ihr Buch hat mir gefallen«, sagte er einfach. »Außerdem konnte ich der Ironie unserer Verbindung nicht widerstehen. Sie erschien mir fast wie ein Zeichen. Ich gehöre nicht zu den armen Seelen, die hier drinnen zu Gott gefunden haben. Gott hat mit Orten wie diesem nichts im Sinn. Er kommt nicht hierher. Aber es gibt das Schicksal, und es gibt ein Timing.«

»Wenn Sie mich als Ihr Schicksal betrachten wollen, okay. Aber was meinen Sie mit Timing?«

»Ich sterbe.«

Noah ließ den Blick kühl über Sams Gesicht schweifen. »Auf mich wirken Sie ziemlich gesund.«

»Gehirntumor.« Sam tippte sich mit einem Finger an den Kopf. »Inoperabel. Mit etwas Glück geben mir die Ärzte ungefähr noch ein Jahr – wenn also alles gutgeht, sterbe ich in Freiheit und nicht hier drinnen. Daran arbeiten wir gerade. Sieht ganz so aus, als ob das System zu dem Schluss gekommen ist, dass ich nach zwanzig Jahren sowieso tot bin.«

Der Gedanke schien ihn zu amüsieren, und er lachte in sich hinein. Der Klang ermutigte Noah nicht dazu, einzustimmen. »Man könnte sagen, dass ich eine neue Strafe absitzen muss, diesmal kurz und ohne Aussicht auf Bewährung. Wenn Sie also interessiert sind, müssen Sie schnell arbeiten.«

»Haben Sie denn dem, was im Laufe der letzten Jahre gesagt, gedruckt und ausgestrahlt worden ist, etwas Neues hinzuzufügen?«

»Möchten Sie das nicht selbst herausfinden?«

Noah klopfte mit einem Finger auf den Tisch. »Ich werde es mir durch den Kopf gehen lassen.« Er stand auf. »Ich lasse von mir hören.«

»Brady«, sagte Sam, als Noah bereits zur Tür ging. »Sie haben mich nicht gefragt, ob ich meine Frau getötet habe.«

Noah drehte sich um, sah ihm direkt in die Augen. »Warum sollte ich?«, fragte er und gab dem Wärter ein Zeichen.

Sam lächelte leicht. Er fand, dass das erste Zusammentreffen gut gelaufen war. Für ihn bestand kein Zweifel daran, dass er Frank Bradys Sohn wiedersehen würde.

Noah saß in Direktor Ditermans Büro, überrascht und ein wenig geschmeichelt, dass dieser seiner Bitte um ein Treffen so unbürokratisch nachgekommen war. Hollywood hätte die Rolle des Leiters eines der berüchtigsten Gefängnisse des Landes kaum mit George Diterman besetzt. Mit seinem sich lichtenden Haarschopf, der kleinen Statur und den runden Brillengläsern in einem schwarzen Gestell wirkte er wie ein Angestellter aus einem mittelgroßen Steuerbüro.

Er begrüßte Noah mit festem Händedruck und einem überraschend charmanten Lächeln. »Ihr erstes Buch hat mir sehr gefallen«, setzte er an, während er sich wieder hinter seinem Schreibtisch niederließ. »Und derzeit verschlinge ich gerade das zweite.«

»Danke.«

»Darf ich annehmen, dass Sie Informationen für Ihr drittes Werk sammeln?«

»Ich habe gerade mit Sam Tanner gesprochen.«

»Ja, das ist mir bekannt.« Diterman faltete seine kleinen, gepflegten Hände auf der Schreibtischkante. »Ich habe Ihr Gesuch gebilligt.«

»Weil Sie meine Arbeit bewundern, oder wegen Tanner?«

»Sowohl als auch. Seit fünf Jahren bekleide ich hier diese Position. Während dieser Zeit hat sich Tanner wie ein vorbildlicher Häftling verhalten. Er geht Ärger aus dem Weg, und mit seiner Arbeit in der Gefängnisbibliothek sind wir zufrieden. Er befolgt stets die Regeln.«

»Rehabilitiert?« Noah legte gerade genug Zynismus in seine Stimme, um Diterman erneut lächeln zu lassen.

»Das kommt auf die Definition an, die Sie bevorzugen – die der Gesellschaft, des Gesetzes oder dieser Einrichtung. Jedenfalls kann ich Ihnen sagen, dass er irgendwann beschlossen hat, seine Zeit sauber abzusitzen.«

Diterman nahm die Hände auseinander, drückte die Finger gegeneinander und faltete sie dann wieder. »Tanner hat mich dazu ermächtigt, Ihnen Einblick in seine Unterlagen zu gewähren und offen mit Ihnen zu sprechen.«

Das geht ja schnell, dachte Noah. Nun gut. Schließlich hatte er lange genug darauf gewartet, mit der Arbeit an seinem Buch beginnen zu können, und er hatte ebenfalls vor, umgehend zur Sache zu kommen. »Warum, Direktor, sprechen wir dann nicht offen über den Häftling Tanner?«

»Aus den Unterlagen geht hervor, dass er Anpassungsschwierigkeiten hatte, als er hierherkam. Es gab eine Reihe von Zwischenfällen – Auseinandersetzungen zwischen ihm und den Wärtern, zwischen ihm und anderen Insassen. Häftling Tanner verbrachte einen großen Teil des Jahres 1980 auf der Krankenstation, wo er wegen einer Reihe von Verletzungen behandelt wurde.«

»Er war in Schlägereien verwickelt?«

»Ständig. Er war gewalttätig und provozierte Gewalt. Während der ersten fünf Jahre kam er mehrmals in Einzelhaft. Außerdem war er kokainabhängig und fand innerhalb des Gefängnisses Mittel und Wege, um diese Abhängigkeit zu befriedigen. Im Herbst 1982 musste er wegen einer Überdosis behandelt werden.«

»Absicht oder Unfall?«

»Das ist bis heute ungeklärt, obwohl der Therapeut zu Unfall tendierte. Tanner ist Schauspieler, und zwar ein guter.« Ditermans Augen blieben ausdruckslos, aber Noah ahnte, dass er einen scharfen Verstand besaß. »Mein Vorgänger vermerkte mehrmals, dass Tanner schwer zu durchschauen wäre. Er spielte immer die Rolle, die seinen Zielen gerade am dienlichsten war.«

»Vergangenheitsform?«

»Ich kann Ihnen nur sagen, dass er sich in den letzten paar Jahren angepasst hat. Seine Arbeit in der Gefängnisbibliothek scheint ihn auszufüllen. Er bleibt für sich, soweit das möglich ist. Er meidet Konfrontationen.«

»Er hat mir gesagt, dass er an einem inoperablen Gehirntumor leidet. Tödlich.«

»Anfang des Jahres klagte er über starke, wiederkehrende Kopfschmerzen, er sah doppelt. Der Tumor wurde entdeckt,

Untersuchungen durchgeführt, und die Ärzte sind allgemein der Ansicht, dass ihm ungefähr noch ein Jahr bleibt. Wahrscheinlich eher weniger.«

»Wie hat er es aufgenommen?«

»Besser, als ich es an seiner Stelle getan hätte. Es gibt übrigens Einzelheiten in seiner Akte bezüglich seiner Betreuung und Behandlung, die ich Ihnen nicht mitteilen darf, da ich dafür nicht nur seine Genehmigung sondern auch die anderer Stellen benötige.«

»Falls ich mich dazu entscheide, das Thema weiterzuverfolgen, ihn zu interviewen, ihm zuzuhören, bin ich sowohl auf Ihre Zusammenarbeit als auch auf seine angewiesen. Ich muss Namen, Daten, Ereignisse wissen. Sogar Meinungen. Wären Sie dazu bereit, mich zu unterstützen?«

»Ich werde mit Ihnen zusammenarbeiten, soweit es mir möglich ist. Ehrlich gesagt, Mr. Brady, würde ich die ganze Geschichte gern selbst erfahren. Ich war damals schrecklich in Julie MacBride verknallt.«

»Wer war das nicht?«, murmelte Noah.

Er beschloss, in San Francisco zu übernachten, und nachdem er sich in seinem Zimmer mit Blick auf die Bucht eingerichtet hatte, bestellte er sich etwas zu essen und baute seinen Laptop auf. Sobald er sich ins Internet eingeklickt hatte, suchte er nach neuen Informationen über Sam Tanner.

Für einen Mann, der seit zwei Jahrzehnten hinter Gittern hockte, ohne ein einziges Interview zu geben, stieß er auf eine Flut von Material, darunter Hinweise auf verschiedene Bücher über den Fall, auch unautorisierte Biografien sowohl über Sam als auch über Julie. Ein paar davon standen in Noahs Bücherschrank, und er nahm sich vor, sie noch einmal zu lesen.

Er fand nichts, was besonders aktuell gewesen wäre.

Später verzehrte Noah seinen Burger und markierte mit einer Hand Bereiche, mit denen er sich noch in Ruhe beschäftigen wollte.

Die Fotos, die auf dem Bildschirm erschienen, kannte er bereits. Eins war von Sam, unglaublich attraktiv, und der strahlenden Julie. Beide lachten glücklich in die Kamera. Ein weiteres von Sam in Ketten, wie er während der Verhandlung aus dem Gericht geführt wurde, mitgenommen und lethargisch.

Beide Männer, dachte Noah, leben im Körper dieses berechnenden Häftlings mit den kalten Augen. Wie viele andere Seiten würden sich ihm noch offenbaren?

Das war der Punkt, so musste Noah zugeben, der ihn so unwiderstehlich anzog. Wer lebte hinter diesen Augen? Was war es, das von einem Mann Besitz ergriff und ihn dazu brachte, die Frau, die er zu lieben behauptete, die Mutter seines Kindes, abzuschlachten? Das zu zerstören, von dem er geschworen hatte, dass es ihm alles bedeute!

Drogen? Sie waren Noahs Ansicht nach keine ausreichende Erklärung. Und nach Meinung des Gerichts ebenfalls nicht. Zwar hatte sich die Verteidigung während ihres Plädoyers auf Sams Drogenkonsum berufen und versucht, die Strafe aufgrund mildernder Umstände so niedrig wie möglich zu halten, auf das Urteil hatte diese Strategie jedoch keinen Einfluss gehabt.

Die Brutalität des Verbrechens hatte alle anderen Erwägungen in den Schatten gestellt. Und natürlich die mitleiderregende Zeugenaussage der vierjährigen Tochter des Opfers.

Zwanzig Jahre bis lebenslänglich, die ersten fünfzehn ohne Aussicht auf Bewährung.

Noah hatte nicht vor, sich als Richter oder Geschworener aufzuspielen, ihm ging es allein um Fakten.

Doch die Hand, die immer wieder mit der Schere auf Julie MacBride eingestochen hatte, gehörte einem Ungeheuer. Er hatte nicht vor, das zu vergessen.

Er konnte das Verbrechen objektiv recherchieren, er konnte sich von dem Grauen distanzieren. Das war seine Aufgabe. Er konnte sich hinsetzen und Sam Tanner zuhören, mit ihm sprechen, sich mit seinen Gedankengängen vertraut machen und alles zu Papier bringen. Er konnte den Mann analysieren und die Veränderungen festhalten, die während der letzten zwanzig Jahre in ihm stattgefunden oder nicht stattgefunden hatten.

Aber er würde nie vergessen, dass Sam Tanner in jener Sommernacht kein Mensch gewesen war.

Er wollte gerade nach Einträgen über Julie MacBride suchen, als er spontan ›River's End Lodge and Campground‹ eintippte. Als die Homepage auf dem Bildschirm erschien, lehnte er sich zurück und nippte an seinem Kaffee.

Er sah eine geschmackvolle, ansprechende Aufnahme vom Gästehaus, genau, wie er es in Erinnerung hatte. Ein paar Fotos vom Interieur zeigten die Lobby und eine der Gästesuiten. Eine in lockerem Ton gehaltene Beschreibung ging auf die Geschichte des Hauses ein, die Zimmer, die Schönheit des Nationalparks.

Ein weiterer Mausklick führte ihn zum Freizeitangebot – Angeln, Kanufahren, Wandern, ein Naturschutzzentrum …

Er hielt inne und grinste. Sie hatte es also geschafft, ihr Zentrum einzurichten. Gut gemacht, Liv.

Außerdem gab es Führungen, einen beheizten Swimmingpool, ein Fitnesscenter.

Er suchte weiter, stellte fest, dass Wochenend-, Wochen- und Spezialpakete angeboten wurden. Als Besitzer waren Rob und Val MacBride eingetragen.

Olivias Namen konnte er nirgendwo entdecken.

Bist du noch dort, Liv?, fragte er sich. Ja, du bist noch dort, in deinem Wald und bei den Flüssen. Denkst du manchmal an mich?

Ärgerlich, dass ihm diese Frage in den Kopf gekommen war, stand er vom Schreibtisch auf, ging zum Fenster und betrachtete die Stadt, die Lichter und den Verkehr tief unter sich.

Was wohl aus seinem alten Rucksack geworden war? Er drehte sich um, schaltete den Fernseher ein, um eine Geräuschkulisse zu haben. Es gab Zeiten, in denen er nicht nachdenken konnte, wenn es still war.

Dann griff er nach seinem Notizbuch, ließ sich aufs Bett fallen und stellte eine Liste von Namen und Fragen auf.

Jamie Melbourne
David Melbourne
Rob und Val MacBride
Frank Brady
Charles Brighton Smith
Vertreter der Anklage? Wer lebt noch?
Lucas Manning
Lydia Loring
Agenten, Manager, Publizisten?
Rosa Sanchez (Haushälterin)
andere Hausangestellte?

Ganz unten auf der Liste notierte er ›Olivia MacBride‹.

Er wollte mehr von ihr erfahren als nur ihre Erinnerungen an jene schreckliche Nacht. Ihn interessierte, was sie noch aus der Zeit wusste, als ihre Eltern zusammenlebten. Die Atmosphäre im Haus, ihre Eheprobleme.

Immerhin gab es verschiedene Blickwinkel. Hatte Julie eine Affäre mit Lucas Manning gehabt – war die Eifersucht ihres Mannes berechtigt?

Hatte sie ihrer Schwester davon erzählt? Hatte ihre Tochter etwas gespürt? Das Personal?

Und war es nicht interessant, dass Tanner seine Tochter nicht erwähnte, als er aufzählte, was er alles vermisste?

Olivia konnte sogar der Schlüssel zu der Geschichte sein, mutmaßte Noah und malte einen Kreis um ihren Namen. Und diesmal würde er sich nicht durch seine Gefühle, ihre Anziehungskraft oder ihre Freundschaft ablenken lassen.

Inzwischen waren beide älter geworden. Wenn sie sich wiedersahen, würde sich alles in erster Linie um das Buch drehen.

Und doch fragte er sich unwillkürlich, ob sie ihr Haar immer noch zu einem Pferdeschwanz zusammenband, ob sie immer noch kurz zögerte, bevor sie lächelte.

»Jetzt reicht es langsam, Brady«, murmelte er. »Das ist Vergangenheit.«

Er richtete sich auf und durchforstete seinen Aktenkoffer

nach den Nummern, die er noch in L.A. herausgesucht hatte. Regen tropfte gegen die Fenster, als er den Anruf tätigte. Aus seinem ursprünglichen Plan, auszugehen und das Nachtleben von San Francisco zu genießen, würde wohl ein Bier in der Hotelbar werden.

»Constellations, guten Tag.«

»Noah Brady. Ich möchte Jamie Melbourne sprechen.«

»Mrs. Melbourne ist gerade in einer Besprechung mit einem Kunden. Darf ich ihr etwas ausrichten?«

»Sagen Sie ihr, dass ich Frank Bradys Sohn bin und mich mit ihr unterhalten möchte. Im Augenblick bin ich allerdings nicht in der Stadt.« Er sah auf das Telefon. »Ich bin noch eine Stunde lang unter folgender Nummer zu erreichen …«

Es sollte ein Test sein, nur um zu sehen, wie schnell der Name Brady eine Reaktion nach sich zog.

Noah streckte sich auf dem Bett aus und hatte gerade erst zweimal durch sämtliche Programme gezappt, als sein Telefon klingelte. »Brady.«

»Hier spricht Jamie Melbourne.«

»Danke für Ihren Rückruf.« Nach nur sechs Minuten, dachte Noah mit einem Blick auf seine Armbanduhr.

»Geht es um Ihren Vater? Ich hoffe, es geht ihm gut?«

»Er ist wohlauf, danke. Es handelt sich um Sam Tanner.« Er machte eine Pause, wartete, aber Jamie reagierte nicht. »Ich bin in San Francisco. Ich habe vorhin mit ihm gesprochen.«

»Ich verstehe. Ich dachte, er spricht mit niemandem, ganz besonders nicht mit Journalisten oder Schriftstellern? Sie sind Schriftsteller, nicht wahr, Noah?«

Ihm war klar, dass sie ihn mit seinem Vornamen ansprach, um ihn auf seinen Platz zu verweisen. Sie wollte die Situation im Griff behalten. Ein raffinierter Schachzug. »Das ist richtig. Er hat mit mir gesprochen, und ich hoffe, dass Sie das auch tun werden. Ich würde mich gern mit Ihnen treffen. Morgen Abend bin ich vermutlich zurück. Hätten Sie Donnerstag oder Freitag Zeit für mich?«

»Warum?«

»Sam Tanner will seine Geschichte erzählen. Ich werde sie schreiben, Mrs. Melbourne, und ich möchte Ihnen Gelegenheit geben, Ihre Seite zu schildern.«

»Der Mann hat meine Schwester getötet und die Herzen sämtlicher Mitglieder meiner Familie gebrochen. Was wollen Sie sonst noch wissen?«

»Alles, was Sie mir sagen können – es sei denn, Sie möchten, dass ausschließlich er in meinem Buch zu Wort kommt. *Ich* will das nicht.«

»Nein, Sie wollen noch einen Bestseller schreiben, nicht wahr? Und dafür ist es Ihnen egal, wie Sie an Ihr Material kommen.«

»Wenn das so wäre, hätte ich Sie nicht angerufen. Sprechen Sie mit mir, ganz inoffiziell, wenn es Ihnen lieber ist. Danach können Sie sich entscheiden.«

»Haben Sie schon mit anderen Mitgliedern meiner Familie Kontakt aufgenommen?«

»Nein.«

»Dann unterlassen Sie das auch weiterhin. Wir sehen uns am Donnerstag um vier. Bei mir zu Hause. Ich gebe Ihnen eine Stunde, nicht mehr.«

»Das weiß ich zu schätzen. Wie lautet Ihre Adresse?«

»Fragen Sie Ihren Vater.« Sie spie die Worte aus, langsam verlor sie offenbar ihre Fassung. »Er kennt sie.«

Noah zuckte zusammen, als sie die Verbindung unterbrach, obwohl das Klicken leise klang, fast diskret. Wir bewegen uns eindeutig auf dünnem Eis, stellte er fest. Einer Zusammenarbeit stand sie negativ gegenüber, sie würde das, was er erreichen wollte, kaum nüchtern in Erwägung ziehen wollen.

Sam hatte ihm von seiner tödlichen Krankheit nicht im Vertrauen erzählt. Vielleicht sollte er diese Information an Jamie weitergeben, womöglich änderte dieser Umstand die Situation. Und ihren Widerwillen gegen eine Zusammenarbeit konnte er wiederum für seine Strategie Sam gegenüber nutzen.

Einen gegen den anderen auszuspielen konnte dazu führen,

dass er von beiden mehr Informationen erhielt – solange er es geschickt anstellte.

Während der Regen weiter gegen das Fenster prasselte, nickte Noah ein – und träumte von riesigen Bäumen, grünem Licht und einer hochgewachsenen Frau mit goldenen Augen. Er würde sich jedoch später nicht mehr an den Traum erinnern.

Dreizehntes Kapitel

Derselbe Wärter führte Noah in denselben Raum. Diesmal hatte er einen Notizblock und sein Aufnahmegerät dabei. Er baute beides auf dem Tisch auf. Sam warf einen Blick darauf und sagte nichts, doch Noah nahm ein kurzes Glitzern in seinen Augen wahr, das befriedigt wirkte. Oder erleichtert.

Noah setzte sich, schaltete das Gerät ein. »Denken Sie zurück, Sam. Denken Sie an das Jahr 1973.«

»›Fever‹ kam im Mai in die Kinos und war der größte Kassenschlager des Sommers. Ich wurde für einen Oscar nominiert. Jedes Mal, wenn ich das Radio einschaltete, hörte ich ›Desperado‹. Die Sixties waren eindeutig vorbei«, sagte Sam leicht amüsiert, »und die Discomusik hatte ihr hässliches Haupt noch nicht erhoben. Damals lebte ich inoffiziell mit Lydia zusammen. Wir hatten guten Sex und monumentale Auseinandersetzungen. Pot war out, Koks war in. Irgendwo war immer eine Party angesagt. Und dann lernte ich Julie MacBride kennen.«

Er unterbrach sich für einen Moment. »Alles, was ich vor diesem Augenblick erlebt hatte, war plötzlich zweitrangig.«

»Sie haben noch im selben Jahr geheiratet.«

»Keiner von uns beiden war damals besonders besonnen oder geduldig.« Sein Blick schweifte ab, und Noah fragte sich, welche Bilder für ihn vor den hässlichen, nackten Wänden auftauchten. »Wir wussten bald, was wir wollten. Wir wollten einander. Eine Zeit lang war uns das genug.«

»Erzählen Sie mehr davon«, bat Noah und wartete, während Sam seine verbotene Zigarette herauszog und anzündete.

»Sie kam gerade mit ihrer Schwester aus Irland zurück, hatte ein paar Wochen Urlaub zwischen zwei Projekten gehabt. Wir lernten uns im Büro des Regisseurs Hank Midler kennen. Sie kam herein – in Jeans und einem dunkelblauen Pullover. Ihr Haar trug sie zurückgebunden. Sie sah aus wie sechzehn. Julie war die schönste Frau, die ich in meinem ganzen Leben gesehen hatte.«

Sein Blick glitt zurück, richtete sich direkt auf Noahs Augen. »Das ist keine Übertreibung. Es ist die Wahrheit. Ich kannte viele Frauen. Ein Blick auf sie genügte mir jedoch, um zu wissen, dass sie die letzte sein würde. Das können Sie wahrscheinlich nicht verstehen.«

»Doch, das kann ich.« Er hatte diesen Rausch selbst schon erlebt, dieses Einvernehmen, als die Tochter eben dieses Mannes die Tür zu ihrem Apartment geöffnet und ihn mit einem leicht verärgerten Stirnrunzeln empfangen hatte.

»Waren Sie schon einmal verliebt, Brady?«

»Ich glaube schon.«

Sam lachte kurz auf, starrte dann wieder an Noah vorbei, schien zu träumen. »Mein Magen krampfte sich zusammen«, murmelte er.

»Als ich ihre Hand nahm, dachte ich … ja. Du. Endlich. Später erzählte sie mir, dass sie es ganz genauso empfunden hatte, als ob wir uns nur durch unser bisheriges Leben bewegt hätten, um an diesen Augenblick zu gelangen. Wir sprachen über das Drehbuch, taten so, als wäre nichts. Ich lud sie zum Essen ein, und wir verabredeten uns für sieben Uhr. Als ich nach Hause kam, erklärte ich Lydia, dass es aus sei.«

Er machte eine Pause, inhalierte einen tiefen Zug aus seiner Zigarette. »Einfach vorbei. Ich ging nicht behutsam vor, aber ich war auch nicht grausam. Meine Gedanken kreisten einfach nur noch um das Wiedersehen mit Julie um sieben Uhr.«

»Hatte Julie damals eine Beziehung?«

»Sie ging mit Michael Ford aus. Die Presse bauschte die Geschichte auf, aber es war nichts Ernstes. Nach wenigen Wochen zogen wir zusammen. Unauffällig, oder zumindest so unauffällig, wie es uns möglich war.«

»Haben Sie Ihre Familie kennengelernt?«

»Ja, das war ihr sehr wichtig. Ich musste mich sehr anstrengen, damit Jamie mich mochte. Sie wollte Julie schützen. Sie traute mir nicht, glaubte, dass Julie für mich nur irgendeine Affäre war. Daraus kann man ihr wohl keinen Vorwurf machen«, fügte er mit einem Schulterzucken hinzu. »Immerhin hatte ich bereits etliche gehabt.«

»Machte es Ihnen etwas aus, dass auch Julies Name damals mit einer Reihe von Männern in Verbindung gebracht wurde? Ford war schließlich nur einer von vielen.«

»Zu der Zeit habe ich nicht darüber nachgedacht.« Sam zog den Zigarettenstummel aus dem Mund und drückte ihn mit einer unterschwelligen Brutalität aus. »Erst später, als die Sache außer Kontrolle geriet, begann ich, mir darüber Gedanken zu machen. Manchmal konnte ich an nichts anderes mehr denken. An die Männer, die mit ihr im Bett gewesen waren, die *sie* gewollt hatten. Die sie gewollt hatte. Sie entfernte sich von mir, und ich wollte wissen, wer an meine Stelle treten würde. Wem würde sie sich zuwenden, wenn sie sich von mir abwandte? Lucas Manning?«

Selbst nach zwanzig Jahren schien ihm der Name auf der Zunge zu brennen. »Ich wusste, dass zwischen ihnen etwas lief.«

»Sie haben sie getötet, damit sie Sie nicht verließ?«

Die Muskeln in Sams Kiefer zuckten einmal, dann wurden seine Augen ausdruckslos. »Das ist eine Theorie.«

Noah lächelte ihn freundlich an. »Über die anderen Theorien unterhalten wir uns ein anderes Mal. Wie war die Zusammenarbeit mit ihr in dem Film?«

»Mit Julie?« Sam blinzelte, hob eine Hand und rieb sich nachdenklich das Gesicht.

»Ja.« Noah behielt den sanften Tonfall bei. Er hatte Sam aus der Reserve gelockt, genau wie er geplant hatte. Er würde sich nicht mit einstudierten Antworten zufriedengeben. »Während der Dreharbeiten lernten Sie einander auf zwei unterschiedlichen Ebenen kennen. Als Liebhaber und als Schauspieler. Lassen Sie uns darüber sprechen, wie sie als Schauspielerin war.«

»Sie war gut.« Sam ließ die Hände in den Schoß fallen und legte sie dann wieder auf den Tisch, als ob er nicht ganz sicher sei, was er damit anfangen sollte. »Ein Naturtalent. Der Begriff ist abgenutzt, aber auf sie traf er zu. Sie brauchte nicht so hart zu arbeiten wie ich. Sie verließ sich auf ihr Gefühl.«

»Hat Ihnen das etwas ausgemacht? Dass sie besser war als Sie?«

»Ich habe nicht gesagt, dass sie *besser* war.« Seine Hände wurden ruhig, und seine Augen schossen wie zwei heiße Punkte nach oben. »Ihr Hintergrund unterschied sich von meinem, sie arbeitete mit einer anderen Technik. Sie hatte ein phänomenales Gedächtnis, niemals vergaß sie eine einzige verdammte Zeile. Aber sie neigte dazu, sich ihrem Regisseur auszuliefern, fast naiv darauf zu vertrauen, dass er sich um alles kümmern würde. Sie verstand nicht genug von der Technik, um eine eigene Meinung zu Einstellungswinkeln, Beleuchtung und Timing zu haben.«

»Aber *Sie* kannten sich aus«, unterbrach Noah, bevor Sam wieder in Fahrt kommen konnte.

»Ja, das tat ich. Midler und ich gerieten bei dem Film immer wieder aneinander, aber wir respektierten uns. Es tut mir leid, dass er vor ein paar Jahren gestorben ist. Er war ein Genie.«

»Und Julie vertraute ihm.«

»Sie betete ihn praktisch an. Die Gelegenheit, mit ihm zu arbeiten, war der Hauptgrund, warum sie die Rolle angenommen hatte. Und er wusste, wie er sie ins rechte Licht setzen, wie er das Beste aus ihr herausholen konnte. Sie war wie ein Schwamm, der die Gedanken und Gefühle ihres Filmcharakters aufsaugen und sie dann wieder rausfließen lassen konnte.

Ich dagegen baue eine Rolle Schicht um Schicht auf. Wir waren ein gutes Team.«

»Für ihre Darstellung der Sarah in ›Summer Thunder‹ bekam Julie den *New York Film Critics' Award*. Sie waren nominiert, wurden aber nicht ausgezeichnet. Führte das zu Spannungen zwischen Ihnen?«

»Ich freute mich für sie. Sie war untröstlich, dass ich nicht gewonnen hatte. Sie hatte sich meine Auszeichnung mehr gewünscht als ich. Damals waren wir noch kein Jahr verheiratet. Wir waren über beide Ohren verliebt, unendlich glücklich und ließen uns treiben. Damals ließ sie mich an all ihren Gedanken teilhaben, verstand mich, wie mich noch niemals jemand verstanden hatte.«

»Im darauffolgenden Jahr wurde sie für einen Oscar als Beste Schauspielerin in ›Twilight's Edge‹ nominiert, und Ihr Film stieß auf gemischte Kritiken. Wie hat sich das auf Ihre Beziehung ausgewirkt?«

Unter Sams linkem Auge zuckte ein Muskel, aber er blieb weiterhin kühl. »Sie war schwanger. Darauf konzentrierten wir uns. Ein gesundes Baby war ihr wichtiger als eine Statue.«

»Und Sie? Was wollten Sie?«

Sam lächelte dünn. »Ich wollte alles. Und eine Zeit lang bekam ich es auch. Was wollen Sie, Brady?«

»Die wahre Geschichte erfahren. Aus allen Blickwinkeln.« Noah lehnte sich zurück und schaltete das Gerät ab. »Ich fliege nach L. A. zurück«, fuhr er fort, während er seinen Aktenkoffer packte. »Morgen spreche ich mit Jamie Melbourne.«

Er bemerkte, dass Sams Finger sich auf dem Tisch verkrampften. »Möchten Sie, dass ich ihr etwas ausrichte?«

»Sie will von mir nichts wissen, höchstens mein Todesdatum. Und das erfährt sie bald genug. Sie war eifersüchtig auf Julie«, setzte er so hastig hinzu, dass Noah stutzte. »Julie hat das anders gesehen, oder sie wollte es nie zugeben, aber Jamie beneidete Julie um ihre Schönheit, ihren Erfolg, ihren Stil. Sie spielte die ergebene Schwester, aber wenn sich ihr die Chance geboten und sie über genügend Talent verfügt hätte, hätte sie Julie beiseitegeschoben und ihren Platz eingenommen.«

»Ihren Platz bei Ihnen?«

»Sie gab sich mit Melbourne zufrieden, einem Musikagenten ohne eigenes Talent. Sie spielte ihr ganzes Leben lang die zweite Besetzung neben Julie. Erst nachdem Julie tot war, rückte Jamie endlich ins Rampenlicht.«

»Ist das eine andere Theorie?«

»Wenn sie sich nicht an Julie gehängt hätte, würde sie immer noch das Gästehaus oben in Washington leiten. Glauben Sie, Jamie hätte so ein großes Haus, eine Firma, einen dressierten Ehemann, wenn Julie ihr nicht den Weg geebnet hätte?«

Oh, da war eindeutig Ablehnung im Spiel, eine Bitterkeit, die seit mehr als zwei Jahrzehnten gärte. »Warum erregt Sie das so?«

»Sie hat dafür gesorgt, dass in den letzten fünf Jahren keine ernsthafte Aussicht auf Bewährung bestand. Hat es zu ihrer gottverdammten Mission gemacht, mich hier hinter Schloss und Riegel zu wissen. Und während der ganzen Zeit verleibt sie sich weiter ein, was Julie hinterlassen hat. Reden Sie mit ihr, Brady, plaudern Sie nett mit ihr, und fragen Sie sie, ob nicht sie es war, die Julie dazu überredet hat, die Scheidung einzureichen. Ob nicht sie es war, die schließlich den Ausschlag gab. Und ob nicht sie es war, die ihre verdammte erfolgreiche Firma auf dem Tod ihrer Schwester aufgebaut hat.«

In der Minute, als sein Flugzeug abhob, bestellte Noah ein Bier und klappte seinen Laptop auf. Er wollte seine Gedanken und Eindrücke in Worte fassen, solange sie ihm frisch im Gedächtnis waren, und er sehnte sich danach, nach Hause zu kommen, seine Notizen um sich ausbreiten zu können, ein paar Anrufe zu tätigen, Interviews zu vereinbaren.

Der Rausch der Begeisterung, der durch sein Blut raste, war eine vertraute Empfindung und sagte ihm, dass er Feuer gefangen hatte. Nun gab es kein Zurück mehr. Die schier endlose Arbeit aus Recherche, Nachforschungen und Zusammenfügen des Puzzles machte ihm keine Angst, vielmehr beflügelte sie ihn.

Von jetzt an bis zur Beendigung des Buches würde sich sein ganzes Leben um Sam Tanner drehen.

Er will die Spielregeln diktieren, schrieb Noah. *Genau wie ich. Das wird ein interessantes Tauziehen. Er ist schlau. Ich glaube, man hat ihn allgemein unterschätzt, ihn nur als verwöhnten, selbstsüchtigen, launischen, gut aussehenden Jungen betrachtet. Inzwischen hat er sich zwar besser im Griff, aber das Temperament lauert immer noch im Verborgenen. Das konnte man an seiner Reaktion auf Jamie Melbourne sehen.*

Ich frage mich, wie viel von dem, was er mir erzählt, der Wahrheit entspricht. Was er als die Wahrheit ansieht, oder was schlicht gelogen ist.

In einem Punkt bin ich mir ganz sicher: Er will wieder im Rampenlicht stehen. Er will erkannt werden, er will die Aufmerksamkeit, die ihm verweigert wird, seitdem er nach San Quentin kam. Und er will sie zu seinen Bedingungen. Ich glaube nicht, dass er Mitleid sucht. Ich glaube nicht, dass es ihm um Verständnis geht. Aber das hier ist seine Geschichte. Er hat den Zeitpunkt gewählt, an dem er sie erzählen will, und er hat mich als Adressaten ausgesucht.

Das ist eine interessante Wendung – der Sohn des Cops, der ihn verhaftet hat, schreibt sein Buch. Die Presse wird diesen Aspekt ausschlachten, und das ist ihm bewusst.

Sein Kommentar über Jamie Melbourne ist bemerkenswert. Wahrheit, Einbildung oder Lüge? Es dürfte spannend werden, das herauszufinden.

Das Spannendste ist allerdings, dass er bisher nicht nach Olivia gefragt, ihren Namen noch nicht einmal erwähnt hat.

Noah fragte sich, ob Jamie das tun würde.

Noah wusste, dass Jamie Melbournes PR-Firma Constellations zu den renommiertesten der Entertainment-Branche zählte. Sie hatte Büros in Los Angeles und New York eröffnet und vertrat die bekanntesten Namen.

Außerdem wusste er, dass Jamie bis zum Tod ihrer Schwester ausschließlich für Julie gearbeitet hatte, und das hauptsächlich von zu Hause aus.

Es bestand kein Zweifel daran, dass Jamies Stern tatsächlich nach Julies Ermordung aufgegangen war.

Was das bedeutet, würde sich zeigen, dachte Noah, während er durch die Tore des feudalen Anwesens in Holmby Hills fuhr.

Seinen Nachforschungen zufolge hatten die Melbournes das Haus 1986 bezogen. Sie hatten ihr bescheideneres Heim verkauft und waren hierher übergesiedelt. Seidem waren sie für ihre aufsehenerregenden Partys bekannt.

Das Haupthaus bestand aus drei Stockwerken und strahlte so weiß wie eine Hochzeitstorte. Vor dem säulengesäumten Eingang erstreckte sich eine lange Terrasse. Vom Haupthaus aus erstreckten sich rechts und links symmetrisch noch zwei weitere Gebäudeflügel. Glaswände gaben den Blick auf üppig blühende Gärten und kunstvoll geschnittene Zierbäume frei.

Zwei lebhafte Golden Retriever kamen schwanzwedelnd über den Rasen gesprungen, um Noah zu begrüßen.

»Hallo!« Er öffnete die Autotür und verliebte sich sofort in die beiden. Er bückte sich, kraulte ihnen vergnügt die Ohren und murmelte Koseworte. Jamie kam mit einem angenagten Tennisball über den Rasen geschlendert.

»Das sind Goodness und Mercy«, sagte sie, lächelte jedoch nicht, als Noah zu ihr aufsah.

»Wo ist Shirley?«

Jetzt umspielte der Hauch eines Lächelns ihren Mund. »Sie hat ein gutes Zuhause gefunden.« Jamie hielt den Ball hoch. Die Hunde zitterten aufgeregt und starrten mit begierigen Augen zu ihr auf. Endlich warf sie den Ball, und die beiden jagten hinterher.

»Guter Wurf«, murmelte Noah.

»Ich halte mich draußen fit. Auch heute ist es zu schön, um im Haus zu bleiben.« Außerdem hatte sie noch nicht entschieden, ob er ihr in ihrem Haus willkommen war. »Lassen Sie uns ein Stück gehen.«

Noah musste zugeben, dass sie tatsächlich fit aussah. Jamie war zweiundfünfzig Jahre alt und wäre glatt für vierzig durchgegangen. Sie wirkte umso attraktiver, weil sie es nicht darauf anlegte, wie zwanzig auszusehen.

Die wenigen Falten verliehen ihrem Gesicht Charakter, aber es waren ihre Augen, die auffielen. Ihr Blick war dunkel, intelligent und unerschrocken. Ihr Haar war schwarz gefärbt und auf Kinnlänge geschnitten, was die Form ihres Gesichts unterstrich und den Eindruck hinterließ, dass sie eine reife Frau mit Stil und schlichter Eleganz war.

Sie war zierlich gebaut, schlank und trug ihre rostfarbene Hose und das schlichte Hemd selbstbewusst und leger. Sie ging wie eine Frau, die daran gewöhnt ist, auf eigenen Füßen zu stehen und sich durchzusetzen.

»Wie geht es Ihrem Vater?«, fragte sie schließlich.

»Es geht ihm gut, danke. Sie wissen wahrscheinlich, dass er letztes Jahr pensioniert wurde.«

Jetzt lächelte sie flüchtig. »Ja. Fehlt ihm seine Arbeit?«

»Anfangs schon, bis er begann, sich im Jugendzentrum der Nachbarschaft zu engagieren. Er arbeitet gern mit Kindern.«

»Ja, Frank kann gut mit Kindern umgehen. Ich bewundere ihn sehr.« Sie gingen an einem glänzenden Busch vorbei, der betörend nach Jasmin duftete. »Wenn ich das nicht täte, wären Sie jetzt nicht hier.«

»Das weiß ich zu schätzen, und ich danke Ihnen, dass Sie sich die Zeit genommen haben, mit mir zu sprechen, Mrs. Melbourne.«

Ihr Seufzer war lautlos, aber er sah, dass sich ihre Schultern hoben und wieder senkten.

»Jamie. Er hat mir so oft von Ihnen erzählt, dass Sie für mich Noah sind.«

»Hat er das? Mir war nicht bewusst, dass Sie einander so gut kennen.«

»Frank war ein wichtiger Teil in der schwierigsten Phase meines Lebens.«

»Die meisten Menschen neigen dazu, sich von den Menschen, die sie an schwierige Zeiten erinnern, zu distanzieren.«

»Ich nicht«, erwiderte sie knapp und steuerte auf einen riesigen, fächerförmigen, von weißen Steinen und rosafarbenen Blumen umrandeten Swimmingpool zu. »Ihr Vater hat mir über einen unbeschreiblichen Verlust hinweggeholfen und dazu beigetragen, dass meiner Familie Gerechtigkeit widerfuhr. Er ist ein außergewöhnlicher Mensch.«

Dein Vater ist ein großartiger Mensch, hatte Olivia einmal zu ihm gesagt. Und später: *Neben ihm wirkst du erbärmlich klein.*

Noah verdrängte die schmerzhafte Erinnerung und nickte. »Das finde ich auch.«

»Es freut mich, das zu hören.«

Als sie um den Pool herumgegangen waren, entdeckte er in der Ferne tiefgrüne Tennisplätze, und hinter Oleander und Rosen verbarg sich noch eine kleinere Ausgabe des Haupthauses.

»Mit Ihrer Arbeit bin ich nicht einverstanden«, erklärte sie plötzlich.

»In Ordnung.«

Sie blieb stehen, wandte sich ihm zu. »Ich verstehe Sie nicht. Oder den Grund, warum Sie darüber schreiben. Ihr Vater hat sein Leben damit zugebracht, Menschen, die andere getötet haben, hinter Gitter zu bringen. Und Sie bringen Ihres damit zu, die Namen dieser Leute drucken zu lassen und ihre Taten zu verherrlichen.«

»Haben Sie meine Bücher gelesen?«

»Nein.«

»Wenn Sie das getan hätten, wüssten Sie, dass ich weder die Menschen, über die ich schreibe, noch ihre Taten verherrliche.«

»Über sie zu schreiben, ist verherrlichend genug.«

»Darüber zu schreiben, erklärt die Tat«, berichtigte Noah sie. »Die Menschen, ihre Verbrechen, ihre Geschichte, ihre Motive. Die Gründe. Mein Vater interessierte sich ebenfalls für die Gründe. Oft ist das Wie oder das Wann nicht genug. Wollen Sie nicht wissen, warum Ihre Schwester sterben musste, Jamie?«

»Ich weiß, warum sie sterben musste. Sie starb, weil Sam

Tanner sie getötet hat. Weil er eifersüchtig, krank und boshaft genug war, um ihr ein Leben ohne ihn nicht zu gönnen.«

»Aber sie hatten sich einmal geliebt, so sehr, dass sie heirateten und ein Kind in die Welt setzten. So sehr, dass sie ihm die Tür öffnete, obwohl sie angeblich ernsthafte Eheprobleme hatten.«

»Und für diesen letzten Liebesbeweis hat er sie ermordet.« Diesmal klang Jamies Stimme heiß und bitter. »Er hat ihre Gefühle, ihre Loyalität, ihren Wunsch, die Familie zusammenzuhalten, missbraucht.«

»Sie könnten mir besser als jeder andere von ihr erzählen. Von ihren Gedanken, ihren Gefühlen, davon, wie sich ihr Leben in einen Alptraum verwandelte.«

»Was ist mit ihrer Privatsphäre?«

»Die hatte sie doch noch nie.« Noahs Stimme klang sanft. »Ich versichere Ihnen, dass ich die Wahrheit schreiben werde.«

Wieder blickte sie weg und seufzte müde. »Es gibt viele Versionen der Wahrheit.«

»Erzählen Sie mir Ihre.«

»Warum lässt er Sie an sich heran? Warum spricht er mit Ihnen, warum spricht er überhaupt mit jemandem nach all den Jahren?«

»Er wird sterben«, sagte Noah unverblümt und beobachtete ihr Gesicht.

Etwas flackerte auf, glitzerte in ihren Augen und war dann sofort wieder verschwunden. »Gut. Wie viel Zeit bleibt ihm noch?«

Eine harte Frau, dachte Noah, hart und ehrlich. »Er hat einen Gehirntumor. Es wurde im Januar festgestellt, die Ärzte geben Sam nur noch weniger als ein Jahr.«

»Also siegt die Gerechtigkeit am Ende doch. Und nun will er noch einmal für kurze Zeit im Rampenlicht stehen, bevor er zur Hölle fährt.«

»Wie dem auch sei«, erwiderte Noah ruhig, »herauskommen wird dabei ein Buch zu meinen Bedingungen. Nicht zu seinen.«

»Und Sie werden es mit oder ohne meine Unterstützung schreiben.«

»Richtig, aber mit Ihrer Hilfe wird es ein besseres Buch.«

Sie glaubte, dass er es ernst meinte. Er hatte die klaren, ehrlichen Augen seines Vaters. »Ich will Sie nicht dafür hassen«, sagte sie, mehr zu sich selbst. »In all den Jahren habe ich meinen Hass auf einen Mann konzentriert. Und ich will ihn jetzt nicht mildern – *besonders* jetzt nicht, wo seine Zeit fast um ist.«

»Aber Sie haben etwas zu sagen, nicht wahr? Dinge, die noch nicht gesagt wurden.«

»Vielleicht. Ich habe gestern mit meinem Mann gesprochen. Er hat mich überrascht.«

»In welcher Hinsicht?«

»Er findet, wir sollten Ihnen die Interviews gewähren. Als Ausgleich dazu, was Sam Ihnen erzählt. David ist der Meinung, dass die Absonderlichkeiten, die er sich in seinem Kopf zurechtgelegt hat, nicht für sich allein stehen sollten. Wir waren dabei, waren Teil ihres Lebens. Wir wissen, was passiert ist. Also habe ich vielleicht tatsächlich etwas zu sagen.«

Sie rupfte an einem Hibiskusstrauch, riss die zerbrechliche rosafarbene Blüte in Fetzen. »Ich werde mit Ihnen sprechen, Noah, und David ebenfalls. Lassen Sie uns ins Haus gehen, damit ich meinen Terminkalender durchsehen kann.«

»Hätten Sie nicht jetzt noch Zeit?« Er schenkte ihr ein schnelles, charmantes Lächeln. »Sie haben mir eine Stunde zugestanden, und bis jetzt sind höchstens dreißig Minuten vergangen.«

»Das müssen Sie von Ihrer Mutter geerbt haben«, vermutete Jamie. »Der schnelle Angriff. Frank ist da wesentlich einfühlsamer.«

»Hauptsache, es funktioniert.«

»Na gut, kommen Sie mit.«

»Ich brauche ein paar Sachen aus meinem Auto. Eine Aufzeichnung des Interviews schützt uns beide.«

»Klingeln Sie einfach. Rosa wird Sie einlassen.«

»Rosa? Doch nicht etwas Rosa Sanchez?«

»Inzwischen heißt sie Rosa Cruz, aber ja, es ist dieselbe Rosa, die damals für Julie gearbeitet hat. Sie ist jetzt seit zwanzig Jahren bei David und mir. Holen Sie Ihr Aufnahmegerät, Noah, die Uhr tickt.«

Als er nur wenige Minuten später auf die Klingel drückte, fiel ihm auf, dass in die langen Glasscheiben auf beiden Seiten der großen weißen Tür Callas geschliffen waren, und dass aus den Marmorurnen, die sie flankierten, gepflegte Fuchsien in tiefen Rot- und Purpurtönen quollen.

Die Frau, die die Tür öffnete, war sehr klein und korpulent und trug eine sorgfältig gebügelte graue Uniform. Ihr Haar hatte dieselbe Farbe wie der Stoff und war ordentlich zu einem Knoten im Nacken gewunden. Ihr Gesicht war rund und goldbraun, und ihre nussfarbenen Augen funkelten missbilligend.

Alles in allem, fand Noah, gab sie eine bessere Wächterin ab als Goodness und Mercy, die just in diesem Augenblick vergnügt an die Reifen seines Mietwagens pinkelten.

»Mr. Brady.« Ihre mexikanisch gefärbte Stimme klang kalt wie der Februar. »Mrs. Melbourne erwartet Sie im Wintergarten.«

»Danke.« Er betrat eine Eingangshalle von der Größe eines Ballsaals und musste angesichts des funkelnden Kristallkronleuchters und des riesigen weißen Marmorbodens ein Pfeifen unterdrücken.

Rosas Absätze klapperten energisch über den Stein und ließen ihm wenig Zeit, Kunstgegenstände und Einrichtung zu betrachten. Was er sah, ließ allerdings darauf schließen, dass den Hunden in diesem Bereich das Toben untersagt war.

Der Wintergarten hatte eine hohe Glaskuppel, die sich an die Südseite des Hauses schmiegte, und quoll über mit Blumen und Pflanzen und einer exotischen Mischung von Düften. Wasser glitzerte an einer Steinwand hinab und floss in einen kleinen Teich, auf dem Wasserlilien schwammen.

Einzelne Sessel und Bänke waren zu einem hübschen Sitzbereich arrangiert. Jamie wartete bereits, sie saß auf einem Rattanstuhl mit fröhlich grün-weiß gestreiften Polstern.

Auf dem geriffelten Glas eines runden Tischchens standen ein Krug mit bernsteinfarbenem Eistee, zwei Gläser und ein Teller mit Gebäck.

»Danke, Rosa.«

»Um sieben beginnt Ihre Cocktailparty«, erinnerte Rosa sie, wobei ihre Augenbrauen eine gerade Linie formten.

»Ja, ich weiß. Das schaffe ich schon.«

Rosa schnaufte kurz und murmelte etwas auf spanisch, bevor sie die beiden allein ließ.

»Sie mag mich nicht.«

»Rosa ist misstrauisch.« Sobald er sich hinsetzte, beugte Jamie sich nach vorn, um den Tee einzuschenken.

»Ein tolles Haus.« Er sah über ihre Schulter auf die Flut von Blumen auf der anderen Seite der Glasscheibe. »Ihre Dahlien sind sagenhaft, besonders in Kombination mit dem wilden Indigo und der Staubigen Müllerin.«

Jamie zog die Augenbrauen hoch. »Sie überraschen mich, Noah. Der gärtnerische Horizont der meisten jungen Schönlinge beschränkt sich auf Rosen.« Die Grimasse, die er nicht ganz zu verbergen vermochte, brachte sie zum Lachen. Sie entspannte sich sichtlich. »Und Sie werden verlegen. Das erleichtert mich sehr. War es wegen meiner Bemerkung über die Blumen oder den Schönling?«

»Blumen gehören zu meinen Hobbys.«

»Also der Schönling. Nun, Sie sind groß, gut gebaut und haben ein sehr attraktives Gesicht. Also ...« Sie lächelte immer noch und nahm sich einen Keks. »Ihre Eltern hoffen, dass Sie endlich die richtige Frau kennenlernen und sesshaft werden.«

»Was?«

Nun amüsierte sie sich köstlich, hob den Teller und bot ihm Kekse an. »Haben sie Ihnen das noch nie gesagt?«

»Nein. Du lieber Himmel.« Er bediente sich und baute dann kopfschüttelnd seinen Kassettenrekorder auf. »Im Augenblick stehen Frauen ganz unten auf meiner Prioritätenliste. Erst kürzlich bin ich gerade noch mit knapper Not davongekommen.«

»Tatsächlich?« Jamie zog ihre Beine unter sich. »Möchten Sie darüber sprechen?«

Sein Blick traf den ihren. »Nicht, während die Uhr tickt. Erzählen Sie mir, wie es war, mit Julie zusammen aufzuwachsen.«

»Aufzuwachsen?« Er hatte sie aus dem Gleichgewicht gebracht. »Warum? Ich dachte, Sie wollten über das letzte Jahr sprechen.«

»Später.« Die Kekse waren nicht übel, also gönnte er sich noch einen. »Aber zunächst möchte ich wissen, wie es war, ihre Schwester zu sein. Mehr noch, ihre Zwillingsschwester. Erzählen Sie mir von ihrer Kindheit.«

»Es war eine gute Kindheit, für uns beide. Wir standen uns sehr nahe, und wir waren glücklich. Wir hatten sehr viel Freiheit, wie wahrscheinlich die meisten Kinder, die auf dem Land aufwachsen. Meine Eltern gestanden uns in gleichem Maß Verantwortung und Freiheit zu. Das ist eine gute Mischung.«

»Sie wuchsen in einer ziemlich einsamen Gegend auf. Hatten Sie noch andere Freunde?«

»Hmm, ein paar, sicher. Aber wir waren einander immer die besten Freundinnen. Wir waren gern zusammen und mochten meistens dieselben Dinge.«

»Keine Streitereien, keine schwesterlichen Eifersüchteleien?«

»Nichts Ernsthaftes. Natürlich gab es Streitigkeiten – niemand kann sich so gut streiten wie zwei Schwestern oder so gezielt die Schwachpunkte der anderen angreifen. Julie war kein Feigling, sie teilte ebenso gut aus wie sie einsteckte.«

»Musste sie viel einstecken?«

Jamie knabberte an ihrem Keks und lächelte. »Klar. Schließlich war ich auch nicht ohne. Noah, wir waren zwei eigensinnige junge Mädchen, die eng aufeinanderhockten. Wir hatten viel Platz, aber wir waren trotzdem … irgendwie eingeschlossen. Wir forderten einander heraus, wir stritten uns, wir vertrugen uns wieder. Wir gingen einander auf die Nerven, konkurrierten miteinander. Und wir liebten uns. Julie konnte eine Menge einstecken, aber sie war nie nachtragend.«

»Und Sie?«

»O ja.« Wieder das Lächeln, das jetzt ein wenig katzenhaft wirkte. »Das war das Einzige, was ich immer besser konnte als sie. Julie kämpfte eine Runde, teilte Schläge aus, dann dachte sie an etwas anderes. In einem Augenblick war sie wütend, stampfte eingeschnappt davon. Und im nächsten lachte sie schon wieder und rief, ich solle kommen und mir etwas anschauen, oder sie sagte: Komm schon, Jamie, vergiss es und lass uns schwimmen gehen. Und wenn ich nicht schnell genug darüber hinwegkam, pikste sie mich, bis ich es vergessen hatte. Sie war unwiderstehlich.«

»Sie sagten gerade, nachtragend zu sein sei das Einzige gewesen, was Sie besser konnten. *Was* konnte *sie* denn besser?«

»So gut wie alles. Sie war glücklicher, schlauer, schneller, stärker. Und auf jeden Fall kontaktfreudiger und ehrgeiziger.«

»Haben Sie sich darüber geärgert?«

»Vielleicht.« Sie sah ihn ausdruckslos an. »Doch ich habe dieses Stadium überwunden. Julie war dazu geboren, jemand Besonderes zu sein. Ich nicht. Denken Sie, dass ich ihr dafür die Schuld gegeben habe?«

»Haben Sie das?«

»Lassen Sie es mich an einem anderen Beispiel erklären«, fuhr Jamie nach einer Weile fort. »Nehmen wir das Hobby, das wir offenbar gemeinsam hatten. Machen Sie einer Rose einen Vorwurf daraus, dass sie eine prächtigere Farbe, eine größere Blüte hat als die andere? Die eine ist nicht weniger bedeutend als die andere, nur anders. Julie und ich waren sehr verschieden.«

»Andererseits übersehen viele Menschen die kleinere Blüte und wählen die auffälligere.«

»Aber eine Blume, die spät blüht, hat auch ihre Vorteile, nicht wahr? Julie ist nicht mehr bei uns.« Jamie hob ihr Glas und nippte daran, beobachtete Noah über den Rand. »Ich hingegen bin noch da.«

»Und wenn sie weitergelebt hätte? Was wäre dann?«

»Sie ist tot.« Ihr Blick schweifte nun ab und heftete sich an einen Punkt in der Ferne. »Ich werde nie erfahren, wie alles geworden wäre, wenn Sam Tanner nicht in unser Leben getreten wäre.«

Vierzehntes Kapitel

Ich war unsterblich in Sam Tanner verliebt. Und ich habe viele Stunden damit zugebracht, mir genüsslich Methoden auszumalen, wie er auf die schrecklichste und qualvollste Weise elendig krepiert.«

Lydia Loring nippte an dem Mineralwasser mit Limone und kicherte. Ihre hellblauen Augen flirteten routiniert mit Noah und ließen ihn zurückgrinsen.

»Man könnte also sagen, dass Sie nicht als Freunde auseinandergegangen sind.«

»Teufel, bei uns lief gar nichts freundschaftlich ab. Von der ersten Minute an, in der wir einander berührten, waren wir wie Tiere. Ich war verrückt nach ihm«, fügte sie hinzu und strich mit einem Finger über den Rand ihres Glases. »Buchstäblich verrückt. Als sie ihn verurteilten, öffnete ich eine Flasche fünfundsiebziger Dom Perignon und leerte sie bis auf den letzten Tropfen.«

»Das war mehrere Jahre nach Beendigung Ihrer Beziehung.«

»Ja, und mehrere Jahre vor meinem Erholungsurlaub in der Betty-Ford-Klinik. Hin und wieder vermisse ich den Kick von Champagner immer noch.« Sie zog die Schultern hoch. »Ich hatte Probleme, genau wie Sam. Wir tranken viel, feierten viel und arbeiteten viel. Wir hatten unglaublichen Sex und haben uns schrecklich gefetzt. Damals wusste keiner von uns beiden, was es bedeutet, Maß zu halten.«

»Drogen?«

»Ich bin clean«, sagte sie, hob eine Hand und ließ ihr Killerlächeln aufblitzen. »Heute ist mein Körper ein Tempel, und zwar ein verdammt guter.«

»Das steht außer Zweifel«, antwortete Noah, was ihm ein Schnurren einbrachte. »Aber damals waren Drogen im Spiel.«

»Süßer, zu der Zeit wurden sie ausgeteilt wie Bonbons. Koksen war unsere liebste Partybeschäftigung. Es heißt, nachdem Sam sich in Julie verliebte, soll sie dem ein Ende gesetzt haben.

Aber ich feierte immer weiter. Ruinierte meine Gesundheit, beendete meine Karriere, brachte mein Privatleben durcheinander, indem ich zwei geldgierige Arschlöcher heiratete. Zu Beginn der Achtziger war ich krank, pleite und ausgebrannt. Ich machte einen Entzug und kämpfte mich wieder nach oben. Auftritte in Sitcoms, größere Rollen in schlechten Filmen. Ich nahm, was ich kriegen konnte, und ich war dankbar dafür. Vor sechs Jahren wurde mir ›Roxy‹ angeboten.«

»Nicht jeder redet so offen über die Fehler, die er begangen hat. Sie waren immer brutal ehrlich, wenn es um Ihr Leben ging.«

»Das gehört zu meiner persönlichen Philosophie. Ich war schon einmal berühmt, und ich bin nicht sonderlich geschickt damit umgegangen. Jetzt bin ich es wieder, und ich nehme meinen Erfolg nicht als selbstverständlich hin.«

Sie sah sich in der geräumigen Garderobe mit dem gemütlichen Sofa und den frischen Blumen um. »Manche Leute behaupten, ›Roxy‹ hätte mir das Leben gerettet, aber sie irren sich. Ich habe mir selbst das Leben gerettet, und zu diesem Prozess gehörte es, meine Beziehung zu Sam Tanner in die richtige Perspektive zu setzen. Ich liebte ihn. Er liebte Julie. Bedenken Sie, was es ihr gebracht hat.«

Sie nahm eine Weintraube aus einer Schale und steckte sie in den Mund. »Und was mir die Trennung von ihm gebracht hat.«

»Was hielten Sie von ihr?«

»Ich hasste sie.« Ihre Worte klangen vergnügt, ohne einen Hauch von Reue. »Sie hatte nicht nur, was ich wollte, sondern war obendrein auch noch das frische Mädchen von nebenan, während ich als verbrauchte Ex-Geliebte dastand. Ich war entzückt, als ihre Ehe in eine Krise geriet und Sam wieder in Clubs und bei Partys auftauchte. Der alte Sam. Ständig auf der Suche nach Ärger, auf der Suche nach Action.«

»Und das konnte er mit Ihnen bekommen? Die Action? Den Ärger?«

Zum ersten Mal seit Beginn des Interviews zögerte sie. Sie

wollte Zeit gewinnen, stand auf und schenkte sich nach. »Damals war ich anders. Selbstsüchtig, eigensinnig. Destruktiv. Er kam auf eine Party, machte eine Bemerkung darüber, dass Julie zu müde gewesen sei oder keine Zeit hatte. Aber ich kannte ihn, kannte den Glanz in seinen Augen. Er war unglücklich, wütend und rastlos. Ich befand mich gerade zwischen den Ehen mit Arschloch Nummer eins und Arschloch Nummer zwei und war immer noch in Sam verliebt. Heftigst in ihn verliebt.«

Sie drehte sich um, wirkte in dem schicken roten Kostüm, das sie in der nächsten Szene tragen würde, elegant und weltgewandt. »Diese Unterhaltung ist schmerzhaft für mich. Ich hatte nicht damit gerechnet, dass es so wehtun würde. Nun …« Sie hob ihr Glas und knipste ihr typisches, selbstironisches Lächeln an. »So etwas ist gut für den Charakter. Auf einer der Partys, die wir uns damals antaten, teilten Sam und ich uns eine Prise Koks auf die alten Zeiten. Ich verrate nicht, wer der Gastgeber war, das tut nichts zur Sache. Es hätte überall passieren können. Wir befanden uns in einem der Schlafräume, saßen an einem verzierten Glastisch. Der Spiegel, das silberne Messer, die hübschen kleinen Strohhalme. Ich reizte ihn wegen Julie. Ich wusste genau, wie ich ihn zur Weißglut treiben konnte.«

Sie schien nach innen zu blicken, und diesmal glaubte Noah, Bedauern zu erkennen. »Er behauptete zu wissen, dass sie es mit Lucas trieb – Lucas Manning. Er würde dem ein Ende bereiten, sagte er, und sie würde dafür bezahlen, dass sie ihn betrogen hatte. Sie hielt seine Tochter von ihm fern, wiegelte das Kind gegen ihn auf. Eher würde er sie alle in der Hölle schmoren lassen, bevor er sich durch diesen Hurensohn ersetzen ließ. So faselte er vor sich hin, und ich provozierte ihn weiter, sagte genau das, was er hören wollte. Ich konnte nur daran denken, dass er sie verlassen und zu mir zurückkehren würde. Wo er hingehörte. Stattdessen ging er auf mich los, stieß mich aus dem Weg. Es endete damit, dass wir einander anschrien. Bevor er die Tür hinter sich ins Schloss warf, musterte er mich verächtlich. Er warf mir vor, ich hätte keinen Stil, würde nie etwas Besseres als eine zweitklassige Hure sein, die sich als Star ausgibt. Fauchte, dass ich nie wie Julie sein könnte. Zwei Tage später war sie tot. Er hatte es ihr heimgezahlt«, sagte Lydia seufzend. »Wenn sie direkt an dem Abend nach der Party ermordet worden wäre, hätte ich das wohl nicht verkraftet. Aus rein egoistischen Motiven bin ich ihm dankbar, dass er so lange gewartet hat, bis ich sicher sein konnte, dass er mich wieder vergessen hatte. Wissen Sie, es hat Jahre gedauert, bis ich einsehen konnte, was für ein Glück es für mich war, dass er mich nie geliebt hat.«

»Hat er Sie je geschlagen?«

»Klar.« Wieder funkelte Humor in ihren Augen. »Wir haben uns gegenseitig geschlagen. Das gehörte zu unserem Paarungsritual. Wir waren gewalttätige, arrogante Menschen.«

»Dennoch gibt es aus der Zeit vor dem Sommer, in dem Julie starb, keine Berichte über Misshandlungen oder Gewalttätigkeiten in ihrer Ehe. Was halten Sie davon?«

»Ich glaube, dass es ihr gelungen ist, einen anderen Menschen aus ihm zu machen. Für eine Weile. Oder dass es ihm selbst gelungen ist, für eine Weile ein anderer Mensch zu werden. Liebe kann so etwas bewirken, oder ein starkes Bedürfnis. Noah ...« Sie setzte sich wieder hin. »Ich glaube, dass er sich immer sehnsüchtig gewünscht hatte, der Mensch zu sein, der er durch sie wurde. Ich weiß nicht, warum es irgendwann schiefging. Aber er war ein schwacher Mann, der gern stark sein wollte, ein guter Schauspieler, der ein großartiger Schauspieler sein wollte. Vielleicht war er deshalb von Anfang an zum Scheitern verurteilt.«

Ein kurzes Klopfen an der Tür. »Miss Loring? Sie werden auf dem Set erwartet.«

»Zwei Minuten noch, Darling.« Sie stellte ihr Glas hin, grinste Noah an. »Arbeit, nichts als Arbeit.«

»Ich bin Ihnen dankbar, dass Sie mich in Ihren Stundenplan hineinquetschen konnten.«

Als er aufstand, musterte sie ihn anzüglich von oben bis unten. »Ich könnte noch mehr … quetschen, wenn Sie interessiert sind …«

»Mit Sicherheit werde ich Ihnen später noch weitere Fragen stellen müssen.«

Lydia trat näher, tippte mit einem Finger an seine Wange. »Sie sehen so clever aus, Noah. Ich denke, Ihnen ist klar, dass mir intimere Umstände vorschweben.«

»Ja. Aber die Sache ist die, Lydia, Sie machen mir Angst.«

Sie warf den Kopf zurück und lachte erfreut auf. »Oh, was für ein nettes Kompliment. Was ist, wenn ich Ihnen verspreche, ganz sanft zu sein?«

»Ich würde behaupten, dass Sie lügen.« Erleichtert über ihre Reaktion grinste er sie an.

»Na also, ich wusste doch, dass Sie schlau sind. Nun …« Auf dem Weg zur Tür hakte sie sich bei ihm unter. »Sie wissen, wo Sie mich erreichen können, falls Sie Ihre Meinung ändern. Ältere Frauen können sehr einfallsreich sein, Noah.«

Sie zog ihn an sich und biss ihn leicht in die Unterlippe, was sowohl Hitzewallungen als auch Nervosität in ihm auslöste. »Jetzt jagen Sie mir wirklich Angst ein. Noch eine letzte Frage.«

»Mmm.« Sie lehnte sich gegen die Tür. »Ja?«

»Hatte Julie eine Affäre mit Lucas Manning?«

»Sie denken nur an Ihre Arbeit. Das finde ich sehr sexy. Aber da ich im Augenblick keine Zeit habe, um Sie erfolgreich zu verführen, kann ich nur sagen, dass ich die Antwort auf Ihre Frage nicht weiß. Damals war die öffentliche Meinung in zwei Lager gespalten. Die einen waren davon überzeugt, und die anderen hätten es nicht geglaubt, selbst wenn man Julie und Lucas nackt zusammen im Bett im Beverly Hills Hotel erwischt hätte.«

»Zu welchem Lager gehörten Sie?«

»Oh, zum ersten natürlich. Damals habe ich mich über jede Negativmeldung gefreut, die mir über Julie zu Ohren kam. Aber das war damals. Später, Jahre später, als Lucas und ich unsere obligatorische Affäre hatten …« Sie zog die Brauen hoch, weil Noah die Augen zusammenkniff. »Oh, ich verstehe, das wussten Sie noch nicht. Ja, Lucas und ich verbrachten ein paar denkwürdige Monate zusammen. Aber er hat mir nie erzählt, ob er mit ihr im Bett war. Also kann ich dazu nur sagen, dass ich es nicht weiß. Aber Sam hat es geglaubt, also spielt es keine Rolle.«

Es spielt eine Rolle, dachte Noah. Jedes Teil des Puzzles spielte eine Rolle.

Wie jeder anständige Bürger von Los Angeles erledigte Noah einen großen Teil seiner Arbeit auf dem Freeway. Während er sich durch den Verkehr in Richtung Strand schlängelte, versuchte er, mit seinem Handy Charles Brighton Smith anzurufen.

Sam Tanners berühmter Verteidiger war inzwischen achtundsiebzig, praktizierte immer noch, wenn ihm der Sinn danach stand, war zum fünften Mal verheiratet – diesmal mit einer atemberaubend aussehenden, siebenundzwanzigjährigen Rechtsassistentin – und genoss gerade in seiner Inselresidenz auf St. Bart's Sonne und Meer.

Mit viel Geduld gelang es Noah, einen seiner Assistenten zu erreichen, der ihn hochnäsig darüber aufklärte, dass Mr. Smith nicht zu sprechen sei, man jedoch die Nachricht und seine Bitte um ein Interview so bald wie möglich weiterzuleiten gedenke.

Noah interpretierte ›so bald wie möglich‹ als irgendwann zwischen morgen und nie und begann, in die Wege zu leiten, dass er eine Kopie des Gerichtsprotokolls erhielt.

Er spielte mit dem Gedanken, bei seinen Eltern vorbeizuschauen, beschloss dann aber, mit seinem Vater auf professioneller Ebene zu verhandeln, um ihr persönliches Verhältnis von der Arbeit getrennt zu halten. So weit wie möglich.

Außerdem war es an der Zeit, fand er, sich an seinen Computer zu setzen und eine grobe Skizze des Buches zu entwerfen. Die Rohform stand bereits fest. Er würde nicht mit dem Mord beginnen, wie er es ursprünglich vorgehabt hatte, sondern mit dem, was diesem Mord vorausgegangen war.

Ein Kapitel über Sam Tanners Aufstieg in Hollywood, eins über Julie MacBrides Karriere. Das Zusammentreffen, das beider Leben verändern sollte, die kurze Liebesaffäre und schließlich die allen Berichten zufolge zunächst glückliche Ehe, aus der ein innig geliebtes Kind hervorging.

Dann die Auflösung dieser Ehe – Liebe war in Besessenheit umgeschlagen und Besessenheit schließlich in Gewalt.

Und ein Kapitel über das Kind, das die Schrecken dieser Gewalt mit ansehen musste. Ein Kapitel darüber, was aus ihr geworden war, wie sie heute damit lebte.

Mord hörte nicht mit dem Tod auf. Das, so dachte Noah, während er auf sein Haus zusteuerte, war etwas, das er von seinem Vater gelernt hatte. Und was er in seinem Buch in erster Linie darstellen wollte.

Es tat ihm weh, dass der Mann, den er bewunderte und am meisten respektierte, das nicht verstehen konnte.

Er parkte und ging mit den Schlüsseln klimpernd auf das Haus zu. Es ärgerte ihn, dass er das Bedürfnis nach der Anerkennung seines Vaters nicht ablegen konnte. Wenn ich ein Cop wäre, dachte er verbittert, wäre alles in Butter. Dann würden wir bei einem Bier zusammensitzen und uns über meine Arbeit unterhalten, über Schuld und Sühne, und er würde bei seinem wöchentlichen Binokelspiel mit seinem Sohn, dem Detective, angeben. Aber ich schreibe über Mordfälle, anstatt sie aufzuklären, und das ist wohl so etwas wie ein peinliches Geheimnis.

»Komm drüber weg, Brady«, murmelte er und wollte den Schlüssel ins Schloss stecken.

Dies erwies sich jedoch als überflüssig. Man brauchte kein Polizist zu sein, um zu erkennen, dass die Tür geöffnet und nicht wieder ganz zugezogen worden war. Die Muskeln in seinem Magen verkrampften sich, während er vorsichtig die Tür aufschob.

Dann stand er da und betrachtete das Ausmaß der Verwüstung in seinem Haus.

Es sah so aus, als ob eine Bande wild gewordener Dämonen

auf jeder verfügbaren Oberfläche getanzt, jeden Fetzen Stoff zerrissen und jedes Stück Glas zertrümmert hätte.

Laut fluchend trat Noah ein und spürte eine Welle der Erleichterung, als er seine Stereoanlage an ihrem angestammten Platz entdeckte.

Also kein Einbruch, überlegte er und hörte das Blut in seinem Kopf laut summen, während er sich seinen Weg durch das Chaos bahnte. Überall waren Papiere verstreut, Glas- und Keramikscherben knirschten unter seinen Füßen.

Sein Schlafzimmer fand er in einem noch übleren Zustand vor. Die Matratze war zerfetzt, die Füllung ergoss sich auf den Boden wie Eingeweide aus einer Bauchverletzung. Schubladen waren herausgezogen und gegen die Wand geschleudert, das Holz zersplittert. Als er entdeckte, dass seine Lieblingsjeans von der Taille bis zum ausgefransten Saum aufgeschnitten war, brüllte er auf.

»Sie ist durchgeknallt! Sie ist völlig wahnsinnig geworden!«

Doch als er in seinem Arbeitszimmer angekommen war, verwandelte sich die Wut in blanke Panik. »Nein, nein, nein«, flüsterte er leise. »O Gott, o Scheiße.«

Seine Basketballtrophäe prangte mitten im Monitor seines Computers. Die Tastatur war herausgerissen und unter Blumenerde aus dem Topf eines Zitronenbäumchens begraben. Seine Akten waren über den ganzen Fußboden verteilt, zerrissen und verdreckt.

Am Sockel der Trophäe klebte ein Papier mit einer Botschaft:

ICH WERDE NICHT EHER AUFHÖREN ALS DU

Wut rauschte wie eine grimmige, kreischende Flutwelle durch seinen Körper. Bevor er klar denken konnte, suchte er bereits nach seinem Telefon und fluchte laut, als er feststellte, dass der Hörer zertrümmert war.

»Okay, Caryn, wenn du Krieg willst, kannst du ihn haben. Verrückte Zicke!«

Er stürmte zurück ins Wohnzimmer und suchte in seiner Aktentasche nach dem Handy.

Als er bemerkte, wie sehr seine Hände zitterten, ging er nach draußen, atmete tief durch, setzte sich hin und ließ den Kopf in die Hände sinken.

Ihm war speiübel und schwindlig von der heißen Wut, unter der sich die fassungslose Empörung des Opfers verbarg. Als er endlich dazu in der Lage war, zu telefonieren, rief er nicht Caryn, sondern seinen Vater an.

»Dad, ich habe hier ein Problem. Kannst du vorbeikommen?«

Als Frank zwanzig Minuten später vorfuhr, hockte Noah immer noch am selben Fleck. Er hatte nicht die Energie aufbringen können, wieder ins Haus zu gehen, erhob sich nun aber.

»Geht es dir gut?« Frank eilte den Pfad hinauf und nahm seinen Sohn beim Arm.

»Ja, aber ... sieh dich am besten selbst um.« Er zeigte in Richtung Tür, dann riss er sich zusammen und trat ein.

»Gütiger Gott, Noah.« Frank legte eine Hand auf Noahs Schulter und ließ seine Augen durch den Raum wandern, registrierte das Chaos im Detail. »Wann hast du das so vorgefunden?«

»Vor etwa einer halben Stunde. Ich hatte einen Termin in Burbank, wo ich den ganzen Tag lang recherchiert habe, und kam gerade zurück.«

»Hast du die Polizei angerufen?«

»Nein, noch nicht.«

»Das ist der erste Schritt. Lass mich das übernehmen.« Er nahm Noahs Handy und wählte.

»Deine elektronischen Geräte sind noch da«, setzte er an, nachdem er aufgelegt hatte. »Bewahrst du Bargeld im Haus auf?«

»Ja, etwas.« Noah stelzte durch die Trümmer in sein Arbeitszimmer, schob mit dem Fuß Papier aus dem Weg. Seine Schreibtischschublade lokalisierte er in einer Ecke, fünfzig Dollar klebten noch darunter. »Ich hatte ein paar Hundert im Haus«, sagte Noah und hielt den Geldschein hoch. »Der Rest ist vermutlich irgendwo verschüttet. Es fehlt nichts, Dad, das war reine Zerstörungswut.«

»Ja, ich denke, Diebstahl können wir wohl ausschließen.« Frank betrachtete den Monitor und spürte einen Stich, als er daran dachte, wie Noah damals die MVP-Trophäe gewonnen hatte. Wie stolz und begeistert sie gewesen waren! »Hast du Bier im Haus?«

»Heute Morgen war noch welches da.«

»Dann lass uns mal nachsehen. Und danach setzen wir uns hinten auf die Veranda.«

»Es wird Wochen dauern, bis ich die Daten wieder eingegeben habe«, murmelte Noah und stand auf. »Manche sind sogar für immer verloren. Ich kann zwar den Computer ersetzen, aber nicht das, was darin gespeichert war.«

»Ich weiß. Tut mir leid, Noah. Lass uns nach draußen gehen und in Ruhe warten, bis die Uniformierten eintreffen.«

»Klar, was soll's.« Inzwischen verspürte Noah eher Übelkeit als Wut. Er nahm zwei Bierflaschen aus dem Kühlschrank, öffnete sie und setzte sich mit Frank auf die Veranda.

»Hast du eine Ahnung, wer oder warum?«

Noah lachte kurz auf, dann setzte er die Bierflasche an und nahm einen großen Schluck. »Ein heißer Feger aus meinem Bekanntenkreis.«

»Wie bitte?«

»Caryn.« Noah fuhr sich mit der Hand durch das Haar, sprang auf und begann auf und ab zu laufen. »Eine Szene aus ›Fatal Attraction‹. Sie hat es nicht gut aufgenommen, dass ich ihr den Laufpass gegeben habe. Ständig ruft sie mich an, hinterlässt verrückte Nachrichten. Neulich war sie hier, als ich nach Hause kam, mit großen, feuchten Augen und ganz kleinlaut. Als ich nicht anbiss, wurde sie fuchtig. Hat mit ihren Schlüsseln mein Auto zerkratzt.«

»Hast du ihre Nachrichten noch auf Band?«

»Nein. Meine Strategie bestand darin, sie zu ignorieren, in der Hoffnung, dass sie von allein das Weite suchen würde.« Er starrte durch die Verandatür, und ein kämpferisches Glitzern funkelte in seinen Augen. »Hat wohl nicht funktioniert. Dafür wird sie mir bezahlen.«

»Kennst du ihr Auto?«

»Klar.«

»Wir sprechen mit den Nachbarn, fragen herum, ob sie oder ihr Wagen heute in der Gegend gesehen worden ist. Gib den Cops ihre Adresse, damit sie sich mit ihr unterhalten können.«

»So hatte ich mir das nicht vorgestellt.«

»Das Beste, was du tun kannst, ist Distanz zu wahren. Ich weiß, dass du sauer bist, Noah«, fuhr Frank fort, als Noah sich umdrehte. »Und wir können sie für Einbruch, Zerstörung von Eigentum, böswilligen Unfug und andere Vergehen festnageln, wenn wir ihr das hier beweisen können.«

»Beweisen – dass ich nicht lache. Wer sonst käme infrage? Im ersten Moment war mir klar, dass es Caryn war.«

»Etwas wissen und es beweisen sind zwei völlig unterschiedliche Dinge. Vielleicht gesteht sie unter Druck. Aber jetzt lässt du die Cops erst einmal ein Protokoll aufnehmen und ihre Arbeit machen und hältst dich von Caryn fern. Sprich auf keinen Fall mit ihr.« Besorgnis umwölkte Franks Augen, als er den angriffslustigen Gesichtsausdruck seines Sohnes sah. »Hat sie dich je tätlich angegriffen?«

»Jesus, ich bin sechzig Pfund schwerer als sie.« Er setzte sich wieder hin und blickte plötzlich hoch. »Ich habe sie nie hart angefasst. Als sie zuletzt hier war, ging sie auf mich los, und ich setzte sie vor die Tür.«

Frank brachte ein Grinsen zustande. »Du hast wirklich einen guten Geschmack.«

»Im Augenblick versuche ich es mit Enthaltsamkeit.« Noah griff seufzend nach seinem Bier. »Frauen bedeuten zu viel Ärger. Vor ein paar Stunden wollte mich eine Schauspielerin verführen, die alt genug ist, um meine Mutter zu sein, und einen Moment lang erschien mir der Gedanke gar nicht so abwegig.«

»Dein Termin in Burbank.« Frank war froh, Noahs Gedanken eine Zeit lang von seinen Problemen ablenken zu können.

»Ja, Lydia Loring, sie sieht verdammt gut aus.« Er rieb die Bierflasche zwischen den Händen. »Ich spreche mit Leuten, die mit Sam Tanner und Julie MacBride zu tun hatten. Ich war schon zweimal in San Quentin und habe mich mit Tanner unterhalten.«

Frank plusterte die Backen auf. »Was soll ich dazu sagen?«

»Nichts.« Die Enttäuschung lastete wie ein zusätzlicher Stein in seinem Magen. »Aber ich hoffe, dass du mit mir zusammenarbeitest, mit mir über den Fall und deine Ermittlungen sprichst. Ohne deinen Beitrag kann ich der Geschichte nicht gerecht werden. Sam Tanner hat einen Gehirntumor. Ihm bleibt nur noch weniger als ein Jahr zu leben.«

Frank betrachtete seine Flasche. »Manche Dinge drehen sich im Kreis«, murmelte er. »Es mag eine Weile dauern, aber sie kommen immer wieder am Ausgangspunkt an.«

»Willst du gar nicht mehr wissen?« Noah wartete, bis Frank wieder aufblickte. »Du hast diesen Fall nie vergessen können, konntest ihn oder die Menschen, die damit in Verbindung stehen, nie loslassen. Er hat gestanden, sein Geständnis widerrufen und dann zwanzig Jahre lang geschwiegen. Nur drei Menschen wissen, was in jener Nacht geschehen ist, und nur zwei von ihnen leben noch. Einer von den beiden stirbt bald.«

»Und einer war damals vier Jahre alt, Noah. Um Himmels willen!«

»Ja, und aufgrund ihrer Aussage wurde er verurteilt. Tanner will mit mir sprechen. Ich werde auch Olivia MacBride davon überzeugen, mit mir zu reden. Aber du bist das Verbindungsglied. Wirst du mir deine Version schildern?«

»Er will sich noch einmal in seinem Ruhm sonnen. Jetzt, wo es mit ihm zu Ende geht, will er Ruhm, und er wird das, was er dir erzählt, so verdrehen, dass er ihn bekommt. Die MacBrides haben etwas Besseres verdient.«

»Und ich dachte, ich hätte deinen Respekt verdient. Aber vermutlich bekommen wir nicht immer, was wir eigentlich verdienen.« Er stand auf. »Da kommen die Cops.«

»Noah.« Frank stand auf, berührte seinen Sohn am Arm.

»Lass uns weitersprechen, wenn wir diese Angelegenheit geregelt haben. Dann unterhalten wir uns noch einmal.«

»Schön.«

Frank verstärkte seinen Griff und stellte sich dem wütenden Blick seines Sohnes. »Lass uns die Probleme nacheinander angehen.« Er nickte zum Wohnzimmer hinüber. »Zunächst einmal dieses ziemlich große hier.«

»Klar.« Noah widerstand dem Drang, die Hand abzuschütteln. »Alles zu seiner Zeit.«

Eine nervtötende Routine folgte auf die andere. Die Geschichte der Polizei zu erzählen, Fragen zu beantworten, zuzusehen, wie die Beamten die Überreste seiner Einrichtung inspizierten, war nur der Anfang. Noah rief seine Versicherung an, meldete den Schaden, setzte sich mit neugierigen Nachbarn auseinander.

Dann schloss er sich im Haus ein und überlegte, wo er anfangen sollte.

Am sinnvollsten erschien ihm das Schlafzimmer, immerhin konnte er so gleich feststellen, ob er noch über ein paar brauchbare Kleidungsstücke verfügte oder ob er nackt umherlaufen musste, bis er dazu kam, sich neu einzukleiden. Er untersuchte das Durcheinander, fand zum Glück genügend Wäsche und warf alles zusammen in die Waschmaschine.

Er bestellte sich eine Pizza, öffnete noch ein Bier und trank es aus, während er sich das Wohnzimmer ansah und überlegte, ob es nicht am einfachsten wäre, eine Abbruchkolonne zu bestellen, um die traurigen Reste zu beseitigen.

»Fang ganz von vorne an, Brady«, murmelte er. »Es könnte befreiend sein.«

Als es an der Tür klopfte, war er noch keinen Schritt weiter.

»Hey, Noah, rufst du eigentlich nie zurück? Ich war … wow, tolle Party. Warum hast du mich nicht eingeladen?«

Resigniert ließ Noah seinen ältesten Freund herein. Mike Elmo war seit der Grundschule ein fester Bestandteil seines Lebens. »Es war eine Überraschungsparty.«

»Sieht ganz danach aus.« Mike vergrub die Daumen in den Taschen seiner Dockers-Chinos, die er eigens erstanden hatte, weil die Frauen laut Werbung darauf flogen, und zwinkerte mit geröteten Augen, die sich anscheinend nicht an die Kontaktlinsen gewöhnen wollten. »Mann, das ist heftig.«

»Bier gefällig?«

»Auf jeden Fall. Fehlt etwas?«

»Alles nur Scherben.« Noah benutzte den Pfad, den er sich bereits zur Küche gebahnt hatte. »Caryn ist ein wenig verärgert, dass ich mich von ihr getrennt habe.«

»Wow, sie war das? Echt durchgeknallt.« Mike schüttelte den Kopf und sah Noah sanft und traurig an. »Hab ich dir doch gleich gesagt.«

Schnaufend reichte Noah ihm ein Bier. »Du hast mir doch erzählt, sie wäre deine Traumfrau, und wolltest schließlich ganz genau wissen, wie sie im Bett ist.«

»Na und, dann ist meine Traumfrau eben durchgeknallt. Was hast du nun vor?«

»Dieses Bier austrinken, meine Pizza essen und aufräumen.«

»Was für eine Pizza?«

»Peperoni mit Pilzen.«

»Dann kann ich dir helfen.« Mike ließ seinen umfangreichen Allerwertesten auf ein zerrissenes Kissen sinken. »Glaubst du, dass Caryn jetzt mit mir ins Bett gehen würde, wo ihr euch doch getrennt habt?«

»Jesus, Mike.« Zum ersten Mal seit Stunden konnte Noah wieder lachen. »Klar, ich lege ein gutes Wort für dich ein.«

»Cool. Lückenbüßersex kann sehr intensiv sein.« Er streckte seine kurzen Beine aus, legte sie übereinander. »O ja, in Sachen Lückenbüßersex bin ich Experte. Wenn Typen wie du eine Frau ablegen, ist sie reif für mich.«

»Ich weiß dein Mitgefühl und deine Unterstützung in dieser schweren Zeit zu schätzen.«

»Auf mich kannst du dich verlassen.« Treuherzig grinste Mike Noah an. »Hey, das sind nur irgendwelche Gegenstände, und noch nicht einmal besonders wertvolle. Geh zu

Ikea oder Pier 1 und kauf dir neue. Das dauert nur ein paar Stunden.«

Auch wenn er über den größten Teil seines Mobiliars derselben Meinung war, runzelte Noah die Stirn. »Sie hat meine Basketballtrophäe zerstört.«

Mike setzte sich auf, und ein Ausdruck des Entsetzens ließ sein Gesicht erblassen. »Doch nicht die MVP-Trophäe vom Meisterschaftsspiel 1986?«

»Genau die.« Endlich hatte er eine Reaktion erzielt, die seine Seele labte. Noah kniff die Augen zusammen. »Sie hat sie zerstört, indem sie sie in meinen Computermonitor gestopft hat.«

»Diese kranke, hinterhältige Hexe hat deinen Computer ruiniert? Guter Gott.« Jetzt stand Mike auf und tapste durch das Chaos in Noahs Arbeitszimmer.

Computer waren Mikes große Leidenschaft. Frauen kamen und gingen – bei ihm traf zumeist Letzteres zu –, aber eine gute Hauptplatine ließ einen nie im Stich. Während er den Schaden in Augenschein nahm, jaulte er auf.

»Jesus, sie hat ihn ermordet! Verstümmelt! Abgeschlachtet! Nur ein gestörtes Hirn kommt auf solche Ideen.« Er wandte sich Noah mit großen Augen zu. »Man sollte sie jagen wie einen Hund.«

»Ich habe die Polizei angerufen.«

»Was du brauchst, ist ein Rächer wie Dark Man oder einen erbarmungslosen Terminator.«

»Die rufe ich als Nächstes an. Glaubst du, dass du vom Harddrive etwas retten kannst? Sie hat jede einzelne meiner Disketten zerstört.«

»Die Frau ist der leibhaftige Antichrist, Noah.« Traurig schüttelte Mike den Kopf. »Ich werde sehen, was ich tun kann, aber mach dir keine allzu großen Hoffnungen. Da kommt die Pizza«, verkündete er, als es an der Tür klopfte. »Erst muss ich mich stärken, dann will ich tun, was ich kann. Und weißt du was? Jetzt ist mir sogar die Lust auf Lückenbüßersex mit Caryn vergangen.«

Fünfzehntes Kapitel

Noah brauchte eine Woche, bis er sein Haus wieder bewohnbar gemacht hatte. Das Aussortieren, Säubern und Wegwerfen ging ihm zwar auf die Nerven, aber zumindest fühlte er sich bei diesen Tätigkeiten weniger hilflos.

Einen neuen Computer zu kaufen war seine erste Priorität, und da Mike ihm keine Ruhe ließ, erstand er ein System, das seinen Freund in einen Taumel der Begeisterung und des Neides versetzte.

Sein Wohnzimmermobiliar hatte er in einem Geschäft direkt aus dem Katalog bestellt, indem er auf eine Seite gezeigt und dem Verkäufer erklärt hatte: »Das will ich.«

Dieses Verfahren machte den Verkäufer glücklich und ersparte Noah eine Menge Kopfschmerzen.

Nach zwei Wochen konnte er wieder durch sein Haus gehen, ohne ständig in lautes Fluchen auszubrechen, und er verzeichnete bereits erste Fortschritte bei der Neuorganisation seines Arbeitszimmers sowie der Wiederbeschaffung verlorener Daten.

Sein Auto war aus der Werkstatt zurück, außerdem konnte er auf eine neue Matratze verweisen sowie auf ein halbherziges Versprechen seitens des Büros von Smith. Der Anwalt würde ihm, wenn er im nächsten Monat nach Kalifornien zurückkehrte, möglicherweise ein Interview gewähren.

Und es gelang Noah, Lucas Manning zu erreichen.

Manning war zwar weniger entgegenkommend als Lydia Loring, erklärte sich aber dennoch dazu bereit, mit ihm über Julie zu sprechen. Die beiden trafen sich in Mannings Bürosuite in Century City. Es überraschte und desillusionierte Noah immer wieder, dass Schauspieler große, luxuriöse Büros unterhielten.

Genauso gut könnten sie Direktoren sein, dachte er, während er die Sicherheitskontrollen über sich ergehen ließ.

Manning begrüßte Noah mit einem einstudierten Lächeln

und musterte ihn mit lebhaften grauen Augen. Im Laufe der Jahre war sein ehemals goldenes Haar silbern geworden, und sein Gesicht hatte die scharfen Züge und Konturen eines Gelehrten angenommen. Umfragen zufolge galt er beim weiblichen Publikum immer noch als einer der attraktivsten Hauptdarsteller der Filmbranche.

»Danke, dass Sie sich die Zeit genommen haben, mit mir zu sprechen.«

»Normalerweise hätte ich Sie wohl kaum empfangen.« Manning wies auf einen Stuhl. »Aber Lydia hat sich für Sie eingesetzt.«

»Eine tolle Frau.«

»Ja, das ist sie. Genau wie Julie. Mr. Brady, selbst nach all den Jahren ist es für mich nicht leicht, über das zu sprechen, was ihr zugestoßen ist.«

Smalltalk ist hier wohl überflüssig, dachte Noah, und überließ Manning die Führung. Er holte sein Aufnahmegerät und den Notizblock aus der Tasche. »Sie haben zusammen gearbeitet?«

»Eine der schönsten Erfahrungen meines Lebens. Sie war ein brillantes Naturtalent, eine bewundernswerte Frau und eine gute Freundin.«

»Es gab und gibt immer noch Leute, die glauben, dass Sie und Julie MacBride mehr als Freunde waren.«

»Das wäre wohl auch so gekommen.« Manning lehnte sich zurück und legte seine Hände auf die aufwändig geschnitzten Armlehnen seines Sessels. »Wenn sie ihren Mann nicht geliebt hätte. Wir fühlten uns zueinander hingezogen. Zum Teil aufgrund der Rollen, die wir spielten, zum Teil durch eine Art innere Verbindung.«

»Sam Tanner glaubte, dass Sie diese Verbindung ausnutzten.«

»Sam Tanner wusste nicht zu schätzen, was er an ihr hatte.« Mannings geschulte Stimme klang hart, und Noah fragte sich, ob echte Gefühle dahintersteckten oder einfach Kälte. »Er hat sie unglücklich gemacht. Er war eifersüchtig, besitzergreifend, hat sie misshandelt. Meiner Meinung nach war seine Drogen-

und Alkoholsucht nicht der Grund für diese Misshandlungen, sie brachte sie nur an den Tag.«

Beim Thema Tanner verspürt er immer noch Bitterkeit, dachte Noah, genau wie Tanner ihm gegenüber. »Hat Julie sich Ihnen anvertraut?«

»In gewissem Maße.« Er hob die Finger einer Hand von der Lehne und ließ sie wieder fallen, wie ein Pianist, der in die Tasten greift. »Sie hat nicht gejammert. Ich gebe zu, dass ich sie dazu überredet habe, sich bei mir auszusprechen, denn wir waren uns während der Dreharbeiten nahegekommen, blieben auch später Freunde. Ich wusste, dass sie Sorgen hatte. Zunächst erfand sie Entschuldigungen für sein Verhalten, später nicht mehr. Schließlich erzählte sie mir im Vertrauen, dass sie die Scheidung eingereicht hätte, um ihn dazu zu bringen, dass er sich helfen ließ.«

»Haben Tanner und Sie je darüber gesprochen?«

Mannings Lippen deuteten ein ironisches Lächeln an. »Er genoss den Ruf, sehr launisch zu sein, Szenen zu machen. Ich stand gerade erst am Anfang meiner Karriere, und ich hatte vor, noch höher zu klettern, also ging ich ihm aus dem Weg. Ich halte nichts von der These, dass jede Presse gute Presse ist, und ich wollte nicht in den Schlagzeilen lesen, dass Tanner und Manning sich um Julie MacBride geprügelt haben.«

»Stattdessen kursierten Spekulationen über die Beziehung zwischen Manning und MacBride.«

»Dagegen konnte ich nichts unternehmen. Einer der Gründe, warum ich mich auf dieses Interview eingelassen habe, ist der, dass ich für klare Verhältnisse hinsichtlich meiner Beziehung zu Julie sorgen möchte.«

»Dann muss ich Sie aber fragen, warum Sie bisher keine klaren Verhältnisse geschaffen haben. Seit ihrem Tod haben Sie sich in Interviews geweigert, über sie zu sprechen.«

»Ich habe klare Verhältnisse geschaffen.« Manning legte den Kopf auf die Seite, senkte sein Kinn. Angesichts der zusammengekniffenen grauen Augen wirkte die Haltung aggressiv. »Vor Gericht«, fuhr er fort, »unter Eid. Aber die Öffentlichkeit gab sich damit nie zufrieden. Für manche ist der Gedanke an Skandale und verbotenen Sex mindestens so faszinierend wie der an Mord. Ich weigerte mich, das zu unterstützen und Julie auf diese Art zu entwürdigen.«

Mag sein, dachte Noah. Vielleicht verdankst du diesem Geheimnis aber auch einen kräftigen Karriereschub. »Und jetzt?«

»Jetzt schreiben Sie das Buch. In der Stadt gehen Gerüchte um, die besagen, dass es das endgültig alles enthüllende Werk über den Mord an Julie MacBride wird.« Er lächelte dünn. »Ich bin mir sicher, dass Ihnen das bekannt ist.«

»In dieser Stadt machen ständig irgendwelche Gerüchte die Runde«, erwiderte Noah gelassen. »Darum kümmert sich mein Agent. Ich konzentriere mich auf meine Arbeit.«

»Lydia hat gesagt, dass Sie clever sind. Sie schreiben also dieses Buch«, wiederholte er. »Und ich bin Teil der Geschichte. Deshalb beantworte ich Ihnen Fragen, die ich in den letzten zwanzig Jahren nicht beantwortet habe. Julie und ich hatten keine Affäre. Tanner und ich haben uns nie wegen ihr geprügelt. Tatsache ist, dass ich nichts dagegen hätte, wenn beide dieser irrtümlichen Annahmen zutreffen würden. Der Morgen, an dem ich hörte, was passiert war, ist bis heute der schlimmste Tag meines Lebens.«

»Wie haben Sie es erfahren?«

»David Melbourne rief mich an. Julies Familie wollte die Medien so lange wie möglich aus der Sache heraushalten, und er wusste, dass die Journalisten mich um Kommentare, Interviews und Statements bitten würden, sobald sie davon Wind bekamen. Natürlich hatte er Recht«, murmelte Manning. »Es war früh, der Anruf weckte mich.«

Er schloss die Augen, Schmerz flackerte über sein Gesicht. »Er sagte: ›Lucas, ich habe eine schlimme, schlimme Nachricht.‹ Ich weiß noch, wie seine Stimme brach, seine Trauer durchklang. ›Julie ist tot. O Gott, Gott, Julie ist tot. Sam hat sie umgebracht.‹«

Lucas öffnete die Augen wieder, und seine Gefühle spiegelten sich darin wider. »Ich konnte es nicht glauben. *Wollte* es nicht glauben. Es war wie ein schlimmer Traum. Ich hatte sie am Vortag noch gesehen. Sie war wunderschön und lebendig gewesen, sprach begeistert von einem Script, das sie gerade gelesen hatte. Und plötzlich erzählt David mir, dass sie tot ist.«

»Waren Sie in sie verliebt, Mr. Manning?«

»Total.«

Manning erzählte zwei volle Stunden lang. Noah war davon überzeugt, dass bei einem Teil von Mannings Ergüssen Timing, Phrasierung, Pausen und Wirkung kalkuliert, ja einstudiert waren. Aber darunter lag die Wahrheit verborgen.

Und von dieser Wahrheit hing das Gelingen seiner Arbeit ab.

Er beschloss, zusammen mit Mike und ein paar Drinks in einer Bar namens Rumours zu feiern.

»Sie macht mir schöne Augen«, murmelte Mike in sein Pils und ließ seinen tränenden Silberblick nach links schweifen.

»Wer?«

»Die Blonde in dem kurzen Rock.«

Noah musterte seine Nachos. Er versuchte gerade erfolgreich, sich zu entspannen. »In diesem Raum befinden sich einhundertdreiunddreißig Blondinen in kurzen Röcken. Und jede von ihnen hat schöne Augen.«

»Die am zweiten Tisch links. Nicht hinsehen.«

Obwohl er das gar nicht vorgehabt hatte, zuckte Noah mit den Schultern. »Okay. Ich fahre wieder für ein paar Tage nach San Francisco.«

»Warum?«

»Arbeit. Das Buch. Du erinnerst dich?«

»Oh, klar, natürlich. Ich sage dir, sie starrt mich tatsächlich an. Gerade hat sie ihr Haar zurückgeworfen. Damit läuft die zweite Phase an.«

»Dann sprich sie doch an.«

»Ich lasse mir Zeit, peile die Lage. Wie ist es denn in San Quentin?« Mike testete das Interesse der Blonden mit einem Zucken seiner Augenbrauen.

»Deprimierend. Du gehst durch eine Tür, sie fällt hinter dir ins Schloss. Wenn du das Geräusch hörst, stehen dir die Haare zu Berge.«

»Sieht er immer noch wie ein Filmstar aus? Du hast noch gar nichts darüber gesagt.«

»Nein, er sieht aus wie ein Mann, der seit zwanzig Jahren hinter Gittern sitzt. Hast du vor, das hier zu essen?«

»Erst wenn ich mit der Blonden gesprochen habe. Ich will nicht nach Nachos stinken. Okay, das waren jetzt volle fünf Sekunden Augenkontakt. Ich greife an.«

»Ich setze auf dich, Kumpel«, murmelte Noah, während Mike sich auf den Weg machte.

Amüsiert ließ er den Blick schweifen. Die Tanzfläche war überfüllt, im Schein der blitzenden bunten Lichter drängten sich die Körper aneinander, wanden und verrenkten sich zur Musik.

Die Situation erinnerte ihn an den Abend, als er mit Olivia tanzen war. Wie er auf einmal keine Musik mehr gehört hatte, nur noch den Schlag seines eigenen Pulses, als seine Lippen die ihren berührten.

»Vergiss es«, murmelte er und griff stirnrunzelnd nach seinem Bier. »Das hast du gründlich vermasselt.«

Er nippte an dem Glas und betrachtete das Schauspiel.

Gelangweilt schob er die Nachos zur Seite, und als er wieder hochblickte, entdeckte er Caryn, die quer durch den Raum auf seinen Tisch zusteuerte.

»Von allen Spelunken in der ganzen Stadt«, murmelte er und stärkte sich mit einem großen Schluck.

»Ich dachte, du wärst unter die Einsiedler gegangen.« Sie hatte sich in ein grellblaues Lederkleid gezwängt, das wie eine Tätowierung an ihrem Körper klebte und knapp unter dem Schritt endete. Ihr Haar ergoss sich in tausend wilden, verführerischen Locken, ihren Mund hatte sie mit einem heißen, feuchten Rot angepinselt.

Noah wurde bewusst, dass es genau dieser Look war, der seine Hormone bei ihrem ersten Treffen in Wallungen gebracht hatte. Er sagte nichts, nahm sein Glas und bemühte sich, sie nicht anzustarren.

»Du hast mir die Cops auf den Hals gehetzt.« Sie beugte sich vor, platzierte ihre Handflächen auf dem Tisch und ihre beeindruckenden Brüste direkt vor seinen Augen. »Wie kannst du dich erdreisten, deinen Vater dazu zu bringen, seine Freunde zu rufen, damit sie mir Ärger machen?«

Noah blickte zu ihr auf.

Ihre Lippen verzogen sich zu einem eiskalten, bösen Grinsen, und er erhob seine Stimme über die Musik. »Warum tust du uns nicht beiden einen Gefallen und verschwindest von hier?«

»Ich rede mit dir.« Caryn bohrte einen im gleichen Blau wie ihr Kleid lackierten Nagel in seine Brust. »Hör mir zu, wenn ich mit dir rede, du Arschloch.«

Er bemühte sich darum, die Kontrolle zu behalten. »Lass mich in Ruhe.«

Sie stach noch einmal zu, diesmal fest genug, um seine Haut einzuritzen. Dann quietschte sie erschrocken auf, weil er nach ihrem Handgelenk griff.

»Halte dich von mir fern. Du glaubst, dass du meine Möbel zerstören und meine Sachen zertrümmern kannst, und dass ich das kommentarlos hinnehme? Geh mir bloß aus dem Weg!«

»Und wenn nicht?« Sie warf den Kopf zurück. Angeekelt stellte er fest, dass in ihren Augen keine Angst, sondern Erregung und ein Hauch von Begierde zu sehen waren. »Rufst du dann wieder Daddy?« Sie erhob die Stimme. Trotz der lauten Musik drehten sich die ersten Köpfe nach ihnen um. »Ich habe deine wertvollen Sachen nicht angefasst. Ich würde mich nie so weit erniedrigen und dein Haus noch einmal betreten, nachdem du mich so mies behandelt hast, und du kannst mir nichts beweisen. Wenn ich es gewesen wäre, hätte ich das ganze Haus abgefackelt – mit dir drin.«

»Du bist krank.« Noah schob ihre Hand beiseite. »Und bedauernswert.« Er stieß seinen Stuhl zurück. Caryn schlug nach ihm. Ihr Ring erwischte ihn am Mundwinkel, und er schmeckte Blut. Seine Augen verdunkelten sich. »Immer wieder überschreitest du die Grenze, Caryn, und irgendwann wirst du überfahren.«

»Gibt es ein Problem?«

Ein Rausschmeißer war bei ihnen aufgetaucht. Seine Schultern waren so breit wie ein Cañon, und sein hartes Grinsen verriet nicht die Spur von Humor. Bevor er weitersprechen konnte, hatte Caryn sich an seine Brust geworfen und blickte mit feuchten Augen zu ihm auf.

»Er wollte mich nicht in Ruhe lassen, er hat mich festgehalten!«

»Verdammt!«

»Das ist eine Lüge!« Mike eilte Noah zur Hilfe. »Sie hat ihn provoziert. Sie ist verrückt, hat letzte Woche noch sein Mobiliar kurz und klein geschlagen.«

»Ich weiß nicht, wovon er spricht.« Tränen liefen dekorativ über ihre Wangen. »Er hat mir wehgetan.«

»Ich habe alles gesehen.« Eine Brünette mit amüsiertem Blick und einem leichten Südstaatenakzent schlenderte herbei. »Ich sitze dort drüben.« Sie zeigte nach hinten. »Dieser Mann saß an seinem Tisch und trank sein Bier, dachte an nichts Böses. Sie ging auf ihn zu, baute sich vor ihm auf und begann, ihn zu bedrängen und anzuschreien. Dann schlug sie ihn.«

Caryn kreischte empört auf, holte aus, verfehlte jedoch die Brünette, weil der Rausschmeißer sie um die Taille fasste und hochhob. Ihr wild trampelnder, kreischender Abgang sorgte für Aufsehen.

»Danke.« Noah hielt den Handrücken an seine Lippe gepresst.

Das Lächeln der Brünetten war gelassen und freundlich. »War doch selbstverständlich.«

»Ich besorge dir ein frisches Bier. Setz dich hin, entspanne dich.« Mike umsorgte ihn wie eine Mutter. »Mann, die Frau ist wirklich abgedreht. Ich hole Bier und Eis.«

»Dein Freund ist sehr nett.« Sie gab Noah die Hand. »Ich heiße Dory.«

»Noah.«

»Ja, das hat Mike mir schon erzählt. Er mag meine Freundin.« Sie wedelte mit der Hand in Richtung des Tisches, wo die Blonde ein wenig entsetzt dreinblickte. »Und sie mag ihn. Warum setzt du dich nicht zu uns?«

Dorys Stimme war sanft wie Sahne, genau wie ihre Haut, und in ihren Augen funkelte amüsiertes Interesse. Ihr Lächeln wirkte sympathisch. Aber Noah war viel zu müde, um sich auf das Spiel einzulassen. »Ich weiß das Angebot zu schätzen, aber ich gehe jetzt lieber nach Hause und kühle meinen Kopf. Vielleicht sollte ich Mönch werden.«

Sie lachte, und weil er so aussah, als ob er es vertragen könnte, gab sie ihm einen leichten Kuss auf die Wange. »Tu nichts Unüberlegtes. In zehn, zwanzig Jahren lachst du über diesen kleinen Zwischenfall.«

»Ja, da hast du wohl Recht. Noch einmal vielen Dank, und sag Mike, dass wir uns bald sehen.«

»Sicher.« Bedauernd sah sie ihm nach.

Er hatte sich im Wald verirrt, in den schönen, tiefen Wäldern mit dem dunklen, grünlich leuchtenden Licht. Es war still, so still, dass er die Luft hörte. Er konnte den Weg über den dichten Moosteppich, durch die Efeuranken, zwischen den großen Baumsäulen, die sich wie eine uralte Mauer erhoben, nicht mehr finden.

Er suchte etwas … jemanden. Er musste sich beeilen, aber welche Richtung er auch einschlug, er blieb in der satt grünen Dunkelheit gefangen. Er hörte das schwache Murmeln eines Flusses, das Seufzen eines Lufthauchs, und das Trommeln in seinem Kopf war das panische Pulsieren seines eigenen Blutes.

Dann nahm er ein Flüstern wahr. *Noah … Noah …*

»Noah!«

Er setzte sich senkrecht im Bett auf, die Augen schlaftrunken und noch vom Traum geblendet. Sein Herz hämmerte in seiner Brust.

»Dabei bist du früher immer mit einem Lächeln aufgewacht.«

»Was? Wie bitte?« Er zwinkerte, und die Konturen des Traumes verblassten langsam. »Warum schlägst du mir beim nächsten Mal nicht gleich mit einem Wagenheber über den Kopf?«

»Lass uns einfach sagen, dass ich um elf Uhr morgens nicht erwartet hatte, dich im Bett anzutreffen.« Celia setzte sich auf die Bettkante und rappelte mit dem Karton in ihrer Hand. »Ich war beim Bäcker.«

Sein Puls hatte sich fast beruhigt, also öffnete er misstrauisch ein Auge. »Hoffentlich nichts mit Karob?«

Sie seufzte schwer. »Meine ganze Mühe war umsonst, du hast immer noch den Magen deines Vaters. Ohne Karob. Ich habe meinem einzigen Sohn giftigen weißen Zucker und Fett mitgebracht.«

»Was muss ich dafür tun?«

Sie beugte sich zu ihm, küsste ihn auf den Kopf. »Aufstehen.«

»Das ist alles?«

»Steh auf«, wiederholte sie. »Ich koche Kaffee.«

Der Gedanke an Kaffee und Nahrung begeisterte ihn dermaßen, dass er aus dem Bett sprang und seine Jeans überstreifte, bevor ihm bewusst wurde, wie ungewöhnlich es war, dass seine Mutter an einem Sonntagmorgen mit Kuchen bei ihm vorbeischaute.

Er nahm sich ein T-Shirt aus dem Schrank. Sie würde ihn niemals ohne Hemd essen lassen. Und weil er schon einmal dabei war, putzte er sich die Zähne und spritzte sich Wasser ins Gesicht.

Als er aus dem Bad kam, lag Kaffeeduft in der Luft.

»Und was treibt Dad so?«

»Ein Basketballspiel, was sonst?« Sie goss Kaffee ein, arrangierte das Gebäck auf einem Teller. Als sie sich umdrehte und den Kühlschrank öffnete, hatte er schon ein Stück Torte in der Hand. »Dir ist hoffentlich bekannt, dass es viel gesünder ist, einen Entsafter zu benutzen, als diesen abgepackten Saft zu kaufen.«

Seine Antwort wurde durch die Sahne gedämpft und ließ

Celia nur den Kopf schütteln. Sie goss ihm Orangensaft in ein Glas, lehnte sich dann an die Theke und sah ihm beim Essen zu. Noahs Augen waren geschwollen, sein Haar zerzaust und sein T-Shirt an einer Schulter eingerissen. Ein wunderbar warmes, liebevolles Gefühl durchflutete sie.

Er grinste leicht, leckte Sahne und Schokolade von seinem Daumen. Sie ist so verdammt hübsch, dachte er. Ihr Haar leuchtete wie poliertes Kupfer, ihren blauen Augen entging nichts. »Was ist los?«, fragte er unwillkürlich.

»Ich habe nur darüber nachgedacht, wie gut du aussiehst.«

Sein Grinsen wurde breiter. Er nahm sich noch ein Stück. »Gerade habe ich das Gleiche über dich gedacht. Ich habe mein Aussehen von meiner Mutter geerbt. Sie ist eine Schönheit. Und im Augenblick hat sie etwas auf dem Herzen.«

»Ja, das hat sie.« Celia ließ sich Zeit, ging um die Theke herum, setzte sich auf einen Hocker. Sie legte die Füße auf den Stuhl zwischen ihnen, hob ihren Kaffee und nippte daran. »Du weißt, dass ich mir eigentlich vorgenommen habe, mich nicht in dein Leben einzumischen, Noah?«

Sein Grinsen verschwand. »Äh … ja. Das habe ich immer zu schätzen gewusst.«

»Gut. Deshalb erwarte ich von dir, dass du dir anhörst, was ich dir ausnahmsweise zu sagen habe.«

»Oho.«

Sie ging nicht darauf ein und warf das Haar zurück, das sie immer noch so lang trug, dass sie es zu einem dicken Zopf flechten konnte. »Mike hat mich heute Morgen angerufen. Er hat mir erzählt, was gestern Abend passiert ist.«

»Die größte Tratsche des Westens«, murmelte Noah.

»Er macht sich Sorgen um dich.«

»Es gibt nichts, worum man sich Sorgen machen müsste, und er hätte dich nicht damit belästigen dürfen.«

»So, wie er mich nicht hätte belästigen dürfen, als du zwölf warst, und dieses pickelige Großmaul beschlossen hatte, dich jeden Tag nach der Schule als Sandsack zu gebrauchen?« Sie zog eine Augenbraue in die Höhe. »Er war drei Jahre älter und doppelt so groß, aber du hast mir nicht erzählt, dass er es auf dich abgesehen hatte.«

Noah versuchte, in seinen Kaffee zu schmollen, aber seine Lippen zuckten. »Dick Merz. Du bist zu ihm nach Hause gefahren und hast dich mit diesem Neandertaler von Vater angelegt, hast ihm befohlen, seinen Sohn vor die Tür zu schicken, oder du würdest ein paar Runden mit ihm in den Ring gehen.«

»Es gibt Zeiten«, erklärte Celia geziert, »da ist es gar nicht so einfach, Pazifistin zu sein.«

»Das war ein stolzer Augenblick in meinem Leben«, erwiderte Noah, und fuhr dann nüchterner fort: »Aber ich bin keine zwölf mehr, Mom, inzwischen werde ich selbst mit den Rabauken fertig.«

»Diese Caryn ist kein verhaltensauffälliges Spielplatzkind, Noah. Sie hat bewiesen, dass sie gefährlich ist. Letzte Nacht hat sie dich bedroht. Um Gottes willen, sie hat davon gesprochen, dein Haus in Brand zu setzen!«

Mike, dieser Idiot! »Das sind doch nur leere Drohungen, Mom.«

»Bist du dir da so sicher?« Als er den Mund öffnete, starrte sie ihn so lange an, bis er ihn wieder schloss. »Ich möchte, dass du eine gerichtliche Verfügung erwirkst.«

»Mom …«

»Das ist im Grunde alles, was die Polizei in diesem Stadium tun kann, aber es könnte sie dazu bringen, aufzuhören, dich in Ruhe zu lassen.«

»Ich erwirke keine Verfügung.«

»Warum nicht?« Die Angst, die sie empfand, spiegelte sich in den einfachen Worten. »Weil es unmännlich wäre?«

Er senkte den Kopf. »Richtig.«

»Oh!« Frustriert stellte sie den Kaffee ab und stand auf. »Das ist unglaublich dumm und kurzsichtig. Ist dein Penis vielleicht dein Schutzschild?«

»Das wäre ungefähr so wirkungsvoll wie ein Stück Papier«, gab er zu, während Celia unruhig hin und her lief. »Sie verliert das Interesse aber schneller, wenn ich sie in Ruhe lasse. Dann wird sie sich bald ein anderes armes Schwein krallen. Tatsache ist, dass ich in den nächsten Monaten sehr viel unterwegs sein werde. Ich fahre schon bald für ein paar Tage nach San Francisco.«

»Hoffentlich kommst du nicht als Häufchen Asche zurück«, schnappte Celia, dann atmete sie tief durch. »Ich bin so wütend, ich weiß gar nicht wohin mit meiner Wut.«

Er lächelte, öffnete die Arme. »Hierhin, Kumpel.«

Sie seufzte, dann trat sie zu ihm und legte die Arme um ihn. »Ich will sie boxen, nur einmal. Nur einen guten Treffer landen.«

Er musste lachen und drückte sie fester. »Wenn du je Gelegenheit dazu bekommst, stelle ich deine Kaution. Und jetzt mach dir keine Sorgen mehr um mich.«

»Das ist meine Aufgabe. Und ich nehme meine Pflichten ernst.« Sie lehnte sich zurück, sah zu ihm auf. Trotz des männlichen Gesichts und der Bartstoppeln war er immer noch ihr kleiner Junge. »Jetzt gehen wir am besten zu Thema Nummer zwei über. Ich weiß, dass du und dein Vater umeinander herumschleicht wie Katzen um den heißen Brei.«

»Lass gut sein, Mom.«

»Das kann ich nicht, wenn es um die beiden wichtigsten Menschen in meinem Leben geht. Ihr beide habt euch an meinem Geburtstag wie höfliche Fremde verhalten.«

»Wäre es dir lieber gewesen, wir hätten uns gestritten?«

»Vielleicht. Anscheinend habe ich latente gewalttätige Tendenzen.« Sie lächelte kurz, fuhr mit der Hand durch sein Haar und wünschte sich, seine Sorgen ebenso leicht wegwischen zu können. »Ich hasse es, euch beide so unglücklich und distanziert zu sehen.«

»Es geht um meinen Job«, bemerkte er. »Und den nehme ich sehr ernst.«

»Das weiß ich.«

»Aber er weiß es nicht.«

»Das ist nicht wahr, Noah.« Sie kniff die Brauen zusammen, weil sie die Traurigkeit unter seiner Wut hörte. »Er versteht nur nicht genau, was du tust und warum du es tust. Und dieser besondere Fall war – ist – für ihn ein sehr persönlicher.«

»Für mich auch. Ich weiß nicht, warum«, fügte Noah hinzu, als sie ihn eingehend musterte. »Das ist nun einmal so, war schon immer so. Also muss ich das durchziehen.«

»Das weiß ich, und ich finde, du hast Recht.«

Spannung und Ablehnung lösten sich aus seinen Schultern. »Danke.«

»Ich möchte nur, dass du die Gefühle deines Vaters in dieser Hinsicht respektierst. Und im Grunde bin ich davon überzeugt, dass du das tun wirst, sobald du die beteiligten Menschen und die Vorfälle von damals besser verstehen lernst. Noah, das kleine Mädchen hat ihm so leidgetan! Es hat andere Fälle, andere Abscheulichkeiten gegeben, aber dieses Mädchen hat er nie vergessen können.«

Ich habe es auch nie vergessen können, dachte er. Aber er sprach es nicht aus. Er wollte nicht darüber nachdenken. »Ich werde nach Washington fahren und sehen, ob sie noch dort ist.«

Celia zögerte, sie litt unter dem Konflikt ihrer Loyalitäten. »Sie ist immer noch dort. Sie und dein Vater sind in Kontakt geblieben.«

»Tatsächlich? Nun, das sollte die Sache leichter machen.«

»Ich glaube nicht, dass es etwas gibt, das diese Sache leichter machen kann.«

Eine Stunde später, als er allein war und sich nach den vier Stücken Torte unwohl fühlte, beschloss Noah, dass der Tag sich so gut wie jeder andere zum Reisen eignete. Diesmal würde er mit dem Wagen nach San Francisco fahren. Er ging ins Schlafzimmer, um einige wenige Kleidungsstücke in eine Tasche zu werfen. Das würde ihm Zeit zum Nachdenken geben, und er konnte von unterwegs ein paar Nächte im Gästehaus von River's End buchen.

Außerdem hatte er so Zeit, sich auf ein Wiedersehen mit Olivia vorzubereiten.

Sechzehntes Kapitel

Sams Nerven zuckten wie nervöse Schlangen unter seiner Haut. Um sie zu beruhigen, rezitierte er Gedichte von Sandburg, Yeats und Frost. Diesen Trick hatte er in der Anfangszeit seiner Schauspielkarriere entdeckt, als er unter starkem Lampenfieber litt. Und im Gefängnis, wo der größte Teil des Lebens aus Warten, Nervosität und Verzweiflung bestand, hatte er ihn weiter perfektioniert.

Anfangs hatte er dort versucht, zur Ruhe zu kommen, indem er im Geiste Textzeilen aufsagte. Ausschnitte aus Filmen, in denen er eine Rolle gespielt hatte, ein anderer Mensch wurde. Aber diese Methode führte zu ernsten Depressionen, denn am Ende war er schließlich doch wieder Sam Tanner, saß immer noch in San Quentin ein, und es bestand keinerlei Hoffnung, dass sich daran in absehbarer Zeit etwas ändern würde.

Gedichte dagegen übten eine beruhigende Wirkung auf ihn aus, halfen dabei, den Teil von ihm zu besänftigen, der am liebsten laut losgebrüllt hätte.

Bei seiner ersten Anhörung vor dem Bewährungsausschuss hatte er tatsächlich geglaubt, dass man ihn freilassen würde. Sie, die anonyme Masse aus Gesichtern und Vertretern des Justizsystems, würde ihn ansehen und einen Mann erkennen, der seine Tat mit den besten Jahren seines Lebens gebüßt hatte.

Damals war er nervös und ängstlich gewesen, doch unter der Furcht hatte er eine naive, stille Hoffnung verspürt.

Dann hatte er Jamie und Frank Brady gesehen, und ihm war klargeworden, dass sie dafür sorgen würden, dass die Tür zur Freiheit für ihn verschlossen blieb.

Jamie hatte von Julie erzählt, von ihrer Schönheit und ihrem Talent, ihrer Liebe zu ihrer Familie. Davon, wie ein Mann das alles aus Eifersucht und Boshaftigkeit ausgelöscht hatte, wie er sein eigenes Kind in Gefahr gebracht und bedroht hatte.

Sie hatte geweint, als sie vor dem Ausschuss sprach, lautlos waren die Tränen ihre Wangen hinuntergelaufen.

Hinterher hatte er aufspringen und laut schreien wollen: »Klasse! Erstklassige Leistung!«

Stattdessen hatte er lautlos Gedichte rezitiert und war ruhig geblieben, sein Gesicht ausdruckslos, die Hände auf den Oberschenkeln.

Dann war Frank an der Reihe gewesen, der eifrige Cop, dem es um Gerechtigkeit ging. In erbarmungsloser Polizeiterminologie hatte er den Tatort und den Zustand der Toten beschrieben. Erst als er von Olivia sprach, davon, wie er sie gefunden hatte, hatten sich Emotionen in seine Stimme geschlichen.

Was um so wirkungsvoller gewesen war.

Olivia war damals neunzehn gewesen, dachte Sam jetzt. Er versuchte, sie sich als junge Frau vorzustellen – groß und schlank mit Julies Augen und ihrem scheuen Lächeln. Aber er sah nur ein kleines Mädchen mit hellem Haar, das vor dem Schlafengehen Geschichten hören wollte.

Als Frank ihn angesehen hatte, als ihre Blicke sich getroffen hatten, war ihm bewusst geworden, dass es für ihn keine Bewährung gab. Und dass sich dieselbe Szene Jahr für Jahr wiederholen würde.

Damals hätte er die Wut, die er empfand, am liebsten ausgespien. Dann war er in seiner Erinnerung auf Robert Frost gestoßen, hatte seine Zeilen im Geiste wie eine Waffe umklammert.

Doch meine Versprechen bleiben besteh'n, und bis ich schlafen kann, muss ich noch weit, weit geh'n.

In den letzten fünf Jahren hatte er seine Versprechen formuliert und sich genau ausgemalt, wie er sie erfüllen würde. Nun würde der Sohn des Mannes, der seine Hoffnungen zerstört hatte, ihm dabei helfen, sie zu verwirklichen.

Das war sein Verständnis von Gerechtigkeit.

Inzwischen war seit Noahs erstem Besuch über ein Monat vergangen, und Sam hatte schon befürchtet, dass er nicht mehr kommen würde, dass die Saat, die er so sorgfältig ausgestreut hatte, am Ende doch keine Wurzeln geschlagen hatte. Seine Pläne, seine Hoffnungen, die Versprechen, die ihn am Leben gehalten und seinen Verstand gerettet hatten, wären dann zerstört, würden nichts als den scharfen Nachgeschmack des Versagens zurücklassen.

Doch nun war er wiedergekommen, und Sam wurde in den schäbigen kleinen Raum geführt. Innenszene, Tag, dachte er, als sich die Tür öffnete. Action.

Noah ging zum Tisch, stellte seinen Aktenkoffer ab. Sam konnte riechen, dass er geduscht hatte. Er trug Jeans, ein weiches Baumwollhemd, schwarze Converse-Turnschuhe. In seinem Mundwinkel heilte ein kleiner Schnitt.

Sam fragte sich, ob ihm wohl bewusst war, wie beneidenswert jung, gesund und frei er war.

Noah nahm sein Aufnahmegerät, einen Block und einen Bleistift aus dem Aktenkoffer. Als die Tür hinter seinem Rücken ins Schloss fiel, warf er Sam eine Schachtel Marlboro und ein Streichholzbriefchen zu.

»Ich wusste nicht, welche Marke Sie rauchen.«

Sam tippte auf die Schachtel und lächelte ironisch. »Hier drinnen ist eine wie die andere. Am Ende bringen dich alle um, aber schließlich lebt niemand ewig.«

»Die meisten Menschen wissen nicht, wann oder wie es sie erwischt. Wie fühlt man sich, wenn man zu den Menschen gehört, die es wissen?«

Sam tippte weiter auf die Schachtel. »Ein Gefühl der Macht, jedenfalls wenn ich in Freiheit leben würde. Hier drinnen ist ein Tag wie der andere.«

»Bedauern?«

»Darüber, dass ich hier bin, oder dass ich sterben muss?«

»Beides.«

Mit einem kurzen Lachen öffnete Sam die Zigarettenschachtel. »Das wäre eine lange Erklärung, für die keiner von uns beiden Zeit hat, Brady.«

»Nennen Sie mir kurz die wichtigsten Punkte.«

»Ich bedauere, dass ich nicht die gleichen Entscheidungsmöglichkeiten habe wie Sie, wenn diese Stunde vorüber ist. Ich bedauere, dass ich nicht frei entscheiden kann, ob ich heute Abend Steak und ein Glas guten Wein bestelle und danach starken schwarzen Kaffee. Haben Sie den Gefängniskaffee schon mal probiert?«

»Ja.« Diesen Punkt konnte Noah nachempfinden. »Schlimmer als Polizeikaffee. Was bedauern Sie sonst noch?«

»Ich bedauere, dass mir nicht viel Zeit bleibt, um ein Steak zu genießen, wenn ich endlich dazu in der Lage sein werde, mir eins zu bestellen.«

»Das erscheint mir ziemlich simpel.«

»Nun, es gibt Menschen, die haben die Wahl, und andere, die haben sie nicht. Für den, der sie nicht hat, ist es nie simpel. Welche Entscheidung haben Sie getroffen?« Sam zog eine Zigarette aus der Schachtel und deutete damit auf das Aufnahmegerät. »Diesbezüglich? Wie weit werden Sie gehen?«

»Bis zum Ende.«

Sam betrachtete die Zigarette, so dass Noah seine Augen und die sich darin spiegelnden Emotionen nicht erkennen konnte. Er öffnete das Streichholzbriefchen, zog ein Streichholz heraus und zündete es an. Mit geschlossenen Augen sog er den ersten tiefen Zug Virginia-Tabak ein.

»Ich brauche Geld.« Als Noah eine Augenbraue hochzog, sog Sam erneut an der Zigarette. »Ich werde freigelassen, wenn meine zwanzig Jahre um sind, das hat mein Anwalt schon geregelt. Draußen bleiben mir dann noch etwa sechs Monate. Ich will anständig leben, in Würde, aber mein restliches Geld reicht noch nicht einmal für das Steak.«

Er machte noch einen Zug, während Noah abwartete. »Die Verteidigung hat mein ganzes Vermögen aufgefressen, und was man hier drinnen verdient, würde ich nicht unbedingt als volles Gehalt bezeichnen. Für das Buch werden Sie bezahlt. Sie bekommen einen Vorschuss, und da Sie bereits auf zwei Bestseller verweisen können, wird es kein Taschengeld sein.«

»Wie viel?«

Wieder zuckten die Schlangen unter seiner Haut. Ohne eine kräftige Finanzspritze konnte er seine Versprechen nicht einhalten. »Zwanzigtausend – einen Tausender für jedes Jahr hier drinnen. Davon kann ich mir ein ordentliches Zimmer, Kleidung und Essen leisten. Für das Beverly Hills Hilton reicht es wohl nicht, aber wenigstens brauche ich nicht auf der Straße zu leben.«

Tanners Anliegen war keineswegs ungewöhnlich, und der Betrag erschien Noah durchaus angemessen. »Ich lasse meinen Agenten einen Vertrag aufsetzen. Ist Ihnen das recht?«

Die Schlangen rollten sich zusammen und schliefen ein. »Ja, das ist mir recht.«

»Werden Sie nach Ihrer Entlassung in San Francisco bleiben?«

»Ich denke, in San Francisco war ich lange genug.« Sams Lippen verzogen sich wieder. »Ich sehne mich nach der Sonne. Ich gehe in den Süden.«

»L. A.?«

»Da wartet nichts auf mich. Ich glaube kaum, dass mich meine alten Freunde mit einer Willkommensparty begrüßen würden. Ich will in die Sonne«, wiederholte er. »Und ich brauche Anonymität. Entscheidungsfreiheit.«

»Ich habe mich mit Jamie Melbourne getroffen.«

Sams Hand auf dem Tisch zuckte. Er hob sie an und führte die Zigarette an die Lippen. »Und?«

»Ich werde noch öfter mit ihr sprechen«, sagte Noah. »Außerdem werde ich auch mit Julies übriger Familie Kontakt aufnehmen. C. B. Smith konnte ich noch nicht erreichen, aber das ist nur eine Frage der Zeit.«

»Ich bin eine seiner wenigen Niederlagen. Wir sind nicht gerade als Freunde auseinandergegangen, aber immerhin hat er dafür gesorgt, dass einer seiner Jünglinge meine baldige Freilassung durchgeboxt hat.«

»Zuneigung dürfen Sie von den Leuten, mit denen ich sprechen werde, wohl kaum erwarten.«

»Haben Sie mit Ihrem Vater geredet?«

»Im Augenblick sammle ich nur Hintergrundinformationen.« Noah senkte den Kopf. »Ich werde mir von Ihnen nicht vorschreiben lassen, wen ich interviewe und welche Details ich in dem Buch verwende. Bevor wir weitermachen, müssen

Sie unterschreiben, dass Sie auf diese Rechte verzichten, selbst wenn mein Herausgeber nicht darauf bestehen würde. Es ist zwar Ihre Geschichte, Sam, aber mein Buch.«

»Ohne mich gäbe es dieses Buch nicht.«

»Natürlich, es wäre nur ein anderes Buch.« Noah lehnte sich zurück, seine Haltung war entspannt, die Augen hart wie Eisen. »Sie wollen Entscheidungsfreiheit? Jetzt können Sie Ihre erste Entscheidung treffen. Sie unterschreiben die Papiere, nehmen die Zwanzigtausend, und ich schreibe das Buch auf meine Art. Sie unterschreiben sie nicht, bekommen kein Geld, und ich schreibe es auf meine Art.«

In ihm steckte mehr von seinem Vater, als Sam vermutet hatte. Eine Härte, die unter seinem Beach-Boy-Aussehen und dem lockeren Stil verborgen lag. Und das ist gut so, fand Sam. Letztendlich war es besser so.

»Ich werde sowieso nicht lange genug leben, um das Buch noch in der Hand zu halten. Ich unterschreibe, Brady.« Sams Augen wurden kalt, Augen, die einen Mord gesehen und gelernt hatten, damit zu leben. »Verarschen Sie mich nicht.«

Noah neigte den Kopf. »Gut. Aber vergessen Sie eins nicht: Sie sollten mich auch nicht verarschen.«

Er hatte ebenfalls den Mord gesehen. Schließlich hatte er sich sein Leben lang damit beschäftigt.

Noah bestellte sich ein blutiges Steak und eine Flasche Côte d'or. Beim Essen beobachtete er die Lichter, die in der dunklen Bucht glitzerten und funkelten, und hörte sich noch einmal die Bänder mit seinem letzten Sam-Tanner-Interview an.

Er versuchte, sich vorzustellen, wie es wäre, nach zwanzig Jahren zum ersten Mal wieder diese Mahlzeit, diesen Wein zu genießen.

Würde man sie überhaupt genießen können, fragte er sich, oder gar wie ein Wolf nach der Winterzeit darüber herfallen?

Sam, so vermutete er, würde sie genießen, Bissen für Bissen, Schluck für Schluck, den Geschmack, die Substanz, die tief rote Farbe des Weins in seinem Glas. Und wenn seine Sinne durch die plötzliche Flut von Eindrücken überfordert wären, würde er es eben langsamer genießen.

Inzwischen hatte er sich so weit unter Kontrolle.

Wie viel von dem rücksichtslosen, unersättlichen, unkontrollierten Mann, der er früher gewesen war, schlummerte wohl heute noch in ihm?

Ich erzähle Ihnen, wie es war, als Julie und ich miteinander ins Bett gingen.

Diese Geschichte hatte Noah nicht erwartet, zumindest nicht so bald. Aber seine Stimme verriet keine Überraschung, als er Sam aufforderte, weiterzusprechen.

Während er zuhörte, versetzte Noah sich in Sam, in jener warmen, südkalifornischen Nacht. In eine Vergangenheit, die nicht seine war. Die Worte auf dem Band wurden zu Bildern, die aus den Erinnerungen eines anderen bestanden.

Der Vollmond stand am Himmel und warf Lichtstrahlen wie Silberschwerter über den dunkel glitzernden Ozean, die Wellen schlugen regelmäßig gegen den Strand.

Sie waren an der Küste entlanggefahren, hatten in einem kleinen Diner gebratene Krabben in roten Plastikbehältern verzehrt und gehofft, dass sie dort niemand erkennen würde.

Julie trug ein langes, geblümtes Kleid und einen albernen Strohhut, unter dem sie ihr dichtes, blondes Haar versteckte. Sie war ungeschminkt, aber ihre Jugend, ihre Schönheit und ihre unglaubliche Frische fielen unweigerlich auf.

Sie hatte gelacht, Cocktailsauce von ihren Fingern geleckt. Und natürlich hatten sich Köpfe nach ihnen umgedreht.

Sie hatten ihre Beziehung, die bisher nur aus Ausflügen wie diesem, aus ein paar eleganteren Dinners, Unterhaltungen und ihrer Arbeit bestanden hatte, geheim halten wollen. Die Dreharbeiten hatten kurz zuvor begonnen, was ihre Freizeit sowieso stark einschränkte.

An jenem Abend hatten sie sich für ein paar Stunden davongestohlen, wateten nun mit ineinandergehakten Fingern durch die schäumenden Wellen.

»Das gefällt mir.« Ihre Stimme war sanft und tief, ein wenig rau. Sie sah naiv aus und klang zugleich verführerisch wie eine Sirene, das war ein Teil ihres Zaubers. »Einfach nur spazieren gehen, die Nacht riechen.«

»Mir auch.« Obwohl Sam dergleichen früher nie in den Sinn gekommen wäre. Vor Julie hatte er sich stets nach Lichtern, Lärm, Menschen und Aufmerksamkeit gesehnt. Nun machte das Zusammensein mit ihr all diese Bedürfnisse hinfällig. »Und das hier gefällt mir noch besser.«

Er drehte sie herum, und sie ließ sich in seine Arme sinken. Ihre Lippen bewegten sich, als sie seine berührten, öffneten sich einladend. Er schmeckte ihr überraschend süßes und zugleich scharfes Aroma, roch sowohl unschuldige wie wissende Düfte. Das leise Stöhnen, das ihr entfuhr, klang in seinem Blut nach wie das Brechen der Wogen.

»Das machst du aber wirklich gut«, murmelte sie, und anstatt sich zurückzuziehen, wie sie es sonst meistens tat, presste sie ihre Wange gegen seine, wiegte ihren Körper im Einklang mit der See. »Sam.« Sie seufzte seinen Namen. »Ich will vernünftig sein, auf die Leute hören, die mir raten, vernünftig zu sein.«

Er spürte die Sehnsucht nach ihr wie einen Schmerz in seinem Bauch, ein Brennen in seinem Blut. Er musste seine ganze Beherrschung aufwenden, um seine Hände ruhig zu halten. »Wer hat dir geraten, vernünftig zu sein?«

»Menschen, die mich lieben.« Sie lehnte sich zurück, blickte mit ihren tief bernsteinfarbenen Augen fest in seine. »Ich habe mir eingebildet, dass ich es könnte. Doch dann habe ich mir überlegt, dass ich immerhin Spaß haben werde, wenn ich unvernünftig bin. Ich bin kein Kind mehr, warum sollte ich also nicht eine von Sam Tanners Frauen werden, wenn mir der Sinn danach steht?«

»Julie …«

»Nein, warte.« Sie löste sich von ihm, hob eine Hand, um ihn zurückzuhalten.

»Ich bin kein Kind, Sam, und ich kann mit der Realität umgehen. Ich verlange nur, dass du ehrlich zu mir bist. Wird es so enden? Bin ich eine von Sam Tanners Frauen?«

Sie würde es akzeptieren, das las er in ihren Augen, hörte es in ihrer Stimme. Diese Erkenntnis machte ihn glücklich und flößte ihm gleichzeitig Angst ein. Er brauchte nur Ja zu sagen, ihre Hand zu nehmen, und sie würde ihm folgen.

Sie stand mit dem Rücken zur dunklen See und den weißen Schaumkronen. Die Strahlen des Mondlichts zeichneten ihre Schatten in den Sand. Und sie wartete.

Auf die Wahrheit, dachte er, und erkannte, dass er um ihretwillen die Wahrheit sagen wollte.

»Lydia und ich treffen uns nicht mehr. Schon seit Wochen nicht.«

»Ich weiß.« Julie lächelte sanft. »Ich lese die Klatschspalten wie jeder andere auch. Und ich wäre heute Abend nicht bei dir, wenn du eine Beziehung zu einer anderen Frau hättest.«

»Es ist aus zwischen uns«, fuhr er vorsichtig fort. »Seit der ersten Minute, als ich dich sah. Seit diesem Moment habe ich mich mit keiner anderen Frau mehr getroffen, wollte keine andere. Gleich als ich dich sah« – er trat näher, zog ihr den Strohhut vom Kopf, so dass ihr Haar über ihre Schultern fiel – »habe ich mich in dich verliebt. Ich liebe dich. Ich glaube nicht, dass ich je aufhören werde, dich zu lieben.«

Ihre Augen wurden feucht, die glänzenden Tränen wirkten wie goldgefasste Diamanten. »Wer will schon vernünftig sein, wenn er verliebt ist? Nimm mich heute Abend mit zu dir nach Hause.«

Er hielt sie wieder in seinen Armen, und diesmal schmeckte ihr Kuss dunkel und ungeduldig. Dann lachte sie hell auf, nahm den Hut und warf ihn ins Wasser.

Hand in Hand rannten sie zu seinem Wagen zurück, wie Kinder, die sich auf eine Belohnung freuen.

Mit einer anderen Frau hätte er sich ungeduldig und selbstvergessen dem Rhythmus der Vereinigung hingegeben, hätte sich hastig das genommen, wonach sein Körper sich sehnte, rücksichtslos Erlösung gesucht.

Oder er hätte die Rolle des Verführers übernommen, und ein Teil von ihm hätte die Szene beobachtet, wie ein Regisseur, der jeden Schritt überwacht.

Beide Methoden versprachen Macht und Befriedigung.

Aber bei Julie konnte er keine von beiden anwenden. Sie verfügte über ebenso viel Macht wie er. Die Nerven unter seiner Haut summten, während sie die Stufen zu seinem Haus hinaufstiegen.

Er zog die Tür des Schlafzimmers hinter ihnen ins Schloss. Er wusste, dass noch irgendetwas von Lydias Sachen da sein musste, obwohl sie bei der Entfernung ihrer Besitztümer – und ein paar seiner – sehr genau vorgegangen war. Aber eine Frau gab das Bett eines Mannes nie auf, ohne etwas zurückzulassen, das ihn an sie erinnerte.

Einen Moment lang wünschte er, dass er das Bett hinausgeworfen und ein neues gekauft hätte, doch dann lächelte Julie ihn an.

»Was gestern war ist unwichtig, Sam. Nur heute Nacht zählt.«

Sie legte ihre Hände auf seine Wangen. »Wir sind das Einzige, was zählt. Fass mich an.« Sie flüsterte es, während ihr Mund seinen erkundete. »Ich will nicht länger warten.«

Alles passte zusammen, und seine Nerven beruhigten sich. Als er sie hochhob, verstand er, dass es nicht nur um Sex oder das Bedürfnis nach Befriedigung ging. Was er erlebte, war pure Romantik.

Er legte Julie aufs Bett, bedeckte ihren Mund mit seinem und ließ dieses unbekannte Gefühl seinen Körper durchströmen. Liebe, endlich. Ihre weichen, sanften Arme legten sich um ihn, der Kuss wurde leidenschaftlicher. Einen Augenblick lang schien seine Welt in der Berührung ihrer Lippen zu liegen.

Er brauchte sich nicht vorzunehmen, sanft zu sein oder sich Zeit zu lassen. Er konnte sich nicht distanzieren und die Regie übernehmen. Er fühlte sich in der Szene gefangen, hatte sich in Julie verloren, im Duft ihres Haares, dem Geschmack ihrer Kehle, dem Geräusch ihres Atmens.

Er schob ihr die dünnen Träger ihres Kleides von den Schultern, zog es herunter, ihren Körper entlang, während er sich an ihrem Mund weidete. Sie zitterte, als er ihre Brust streichelte, stöhnte, als er mit Zunge und Zähnen an ihrer Brustwarze entlangglitt und seufzte auf, als er sie in seinen Mund nahm.

Sie lag unter ihm, schmiegte sich an ihn, passte sich seinem Rhythmus an. Sie wiederholte seinen Namen, immer wieder seinen Namen, und ließ sein Herz erbeben.

Er berührte sie, nahm, und gab mehr, als er je einer Frau gegeben hatte. Die Feuchtigkeit auf ihrer Haut war ein zusätzlicher Geschmack, das Beben ihrer Muskeln steigerte seine Erregung.

Er wollte sie ganz sehen, alles an ihr erkunden. Sie war groß und schlank und wunderschön.

Als sie sich ihm öffnete, ihm entgegenkam, drang er stöhnend in sie ein und sah zu, wie ihre Augen sich mit Tränen füllten.

Die langsamen, sanften Bewegungen ließen sie erschauern. Sie schrie leise auf, ihre Nägel gruben sich in seine Hüften, dann noch einmal wie ein Echo, als er sich in sie ergoss.

Noah blinzelte und nahm die Stille wahr. Das Band war zu Ende. Er starrte auf die Maschine, überrascht, dass er die Bilder so deutlich gesehen hatte. Und noch überraschter angesichts der Feststellung, dass er eindeutig erregt war.

Vor seinem inneren Auge sah er Olivias Gesicht.

»Um Gottes willen, Brady.« Mit unsicherer Hand griff er nach dem Weinglas und nahm einen tiefen Schluck.

Das passierte also, wenn man sich in Sam Tanner hineinversetzte, sich vorstellte, wie es war, eine Frau wie Julie MacBride zu lieben und von ihr geliebt zu werden. Wenn man sich daran erinnerte, wie es war, die Tochter zu lieben, die aus dieser Beziehung hervorgegangen war.

Vielleicht hat Tanner diese Erinnerungen idealisiert, dachte er, aber vielleicht gab es tatsächlich Zeiten, die die Gefühle, von denen Sam gesprochen hatte, zu wecken vermochten.

Noah hatte Sex immer als einen erfreulichen Bestandteil seines Lebens betrachtet, als eine Art Sport, für den man gewisse Grundkenntnisse benötigte, ein gewisses Maß an Schutz und einen gesunden Teamgeist.

Aber er war gern bereit zu glauben, dass für manche Menschen dabei durchaus überwältigende Gefühle im Spiel sein konnten. Er würde Sam diese Nacht mit ihrer geballten Romantik zugestehen.

Sie würde im Übrigen die ernüchternde Wirkung des Mordes nur steigern.

Er schaltete seinen Laptop ein, goss einigermaßen heißen Kaffee aus der Thermoskanne in seine Tasse. Als er aufstand, um den Fernseher einzuschalten, blieb er am Telefon stehen und runzelte die Stirn.

Was soll's, dachte er und suchte nach der Nummer des Gästehauses von River's End. Zehn Minuten später hatte er ein Zimmer für den Anfang der kommenden Woche reserviert.

Sam Tanner hatte seine Tochter immer noch nicht erwähnt. Noah wollte herausfinden, ob sie noch über ihn sprechen würde.

Bis zwei Uhr arbeitete er, dann stand er kurz auf, schaltete den Fernseher ein und starrte fassungslos auf den Bildschirm, auf dem gerade eine riesige Eidechse New York in Schutt und Asche legte.

Er sah zu, wie ein Cop mit mehr Mut als Verstand seine Waffe auf die Echse richtete und dann bei lebendigem Leib gefressen wurde.

Noah brauchte einen Augenblick, um zu begreifen, dass er einen alten Film und keine Nachrichtensendung sah, und beschloss dann, dass er für heute genug gearbeitet hatte.

Noch einen Punkt auf seiner Tagesordnung musste er dringend erledigen, und obwohl er wusste, dass es rücksichtslos war, so spät zu stören, wählte er Mikes Nummer in L. A.

Nach dem fünften Klingeln nahm Mike ab, und seine verschlafene Stimme erfüllte Noah mit tiefer Befriedigung.

»Hey, habe ich dich geweckt?«

»Was? Noah? Wo bist du?«

»In San Francisco. Schon vergessen?«

»Hm? Jesus, es ist zwei Uhr morgens!«

»Tatsächlich?« Noah runzelte die Stirn, als er noch eine andere Stimme hörte, etwas gedämpft zwar, aber eindeutig weiblich. »Hast du eine Frau bei dir, Mike?«

»Vielleicht. Warum?«

»Glückwunsch. Die Blonde aus dem Club?«

»Äh … *hmm.*«

»Okay, okay, wahrscheinlich ist das jetzt nicht der richtige Zeitpunkt, aber ich bleibe noch mindestens eine Woche weg. Ich wollte meine Eltern nicht mitten in der Nacht anrufen, und morgen früh habe ich eine Menge zu erledigen.«

»Und mich anzurufen findest du in Ordnung?«

»Klar – außerdem seid ihr jetzt wach und könnt weitermachen. Du darfst dich später bei mir bedanken.«

»Leck mich.«

»So viel zum Thema Dankbarkeit. Und weil du so gern mit meiner Mutter telefonierst, kannst du ihr morgen kurz Bescheid sagen, dass ich unterwegs bin.«

Er vernahm ein lautes Rascheln. Noah stellte sich vor, wie Mike sich nun endlich im Bett aufsetzte. »Hör zu, ich dachte, du bräuchtest ein bisschen …«

»… Einmischung in mein Leben, ich verstehe. Hör auf, an deiner Lippe zu zupfen, Mike«, sagte er milde, denn er kannte die nervösen Angewohnheiten seines Freundes nur zu gut. »Ich bin nicht besonders sauer, aber du schuldest mir was. Also ruf meine Mutter an und kümmere dich um meine Blumen, während ich weg bin.«

»Wird gemacht. Gib mir eine Nummer, wo ich – wow.«

Das kehlige Lachen der Frau ließ Noahs Augenbrauen in die Höhe gehen. »Später. Ich bin nicht sonderlich scharf auf Telefonsex mit dir und der Blonden. Wenn du meine Pflanzen verdursten lässt, trete ich dir in den Arsch.«

Die Antwort war ein scharfes Einatmen, gefolgt von Rascheln und Flüstern. Noah verdrehte die Augen und hängte lachend ein.

Toll, dachte er und rieb sein Gesicht. Jetzt spukten ihm schon zwei Bettgeschichten durch den Kopf. Er beschloss, kalt zu duschen und dann ins Bett zu gehen.

Der Wald

Kommt herein in den bezaubernden Wald,
Ihr, die ihr den Mut habt.

– GEORGE MEREDITH

Siebzehntes Kapitel

Es überraschte ihn, dass er sich so deutlich und in allen Einzelheiten an die Landschaft erinnerte.

Natürlich war er diese Strecke schon einmal gefahren, aber damals war er erst achtzehn gewesen. Er hatte nicht damit gerechnet, sich wie ein Heimkehrer nach einer langen Reise zu fühlen, so, als ob er gerade aus einem Traum erwacht sei.

Außerdem war Sommer gewesen, erinnerte er sich, und die Gipfel der Berge waren zwar schneebedeckt, ihre Hänge jedoch mit grünen Fichten und Kiefern bewachsen gewesen, die sich wie Riesen an den Berg klammerten. Jetzt regierten kalte, stille Könige über die Täler.

Er hatte recherchiert, sich Bilder, Broschüren und Reiseberichte angesehen, aber es wurde ihm klar, dass ihn nichts auf diese Weite, auf den Kontrast aus tiefen, stillen Wäldern und wilden, majestätischen Gipfeln vorbereiten konnte.

Die Straße wand sich weiter nach oben. Er war an der Abzweigung in Richtung River's End vorbeigefahren. Noah hatte Zeit, Stunden, wenn ihm der Sinn danach stand, bevor er den Weg ins Flachland, in den Regenwald, zu seiner Arbeit einschlagen musste.

An einem Aussichtspunkt verließ er den Wagen.

Obwohl hinter ihm ein Auto in einen niedrigen Gang schaltete und an ihm vorbeizog, fühlte er sich isoliert. Er war sich nicht sicher, ob er dieses Gefühl genoss oder ob es ihn beunruhigte, aber er blieb stehen, ließ den Wind an seiner Jacke zerren, bis er fror, und er betrachtete das endlose Blau des Himmels hinter den weißen Bergspitzen, die wie in Glas geschliffen wirkten.

Die Olympic Mountains. So groß und endlos sie auch von

diesem Punkt aus schienen, Noah wusste genau, dass sie in den Niederungen, in denen die riesigen Bäume regierten, nicht existierten. Man konnte ewig lange durch das Dämmerlicht wandern oder Felsen hochklettern, ohne sich der mächtigen Berge bewusst zu werden. Doch dann bog man um eine Kurve oder stand auf einer Klippe und sah sich plötzlich einem hohen Berg gegenüber, der den Himmel verdeckte und dem Betrachter den Atem raubte, so als ob *er* sich herangepirscht hätte und nicht umgekehrt.

Noah sah sich noch einmal um, stieg wieder in den Wagen und fuhr die Serpentine hinunter, die er gekommen war.

Der Umweg hatte ihn etwas mehr als eine Stunde gekostet, und er kam gegen drei beim Gästehaus an.

Gerade wollte er zu dem Schluss kommen, dass sich nichts verändert hatte, als er zwischen den Bäumen ein Gebäude entdeckte, das zwar aus den gleichen Materialien wie das Gästehaus gebaut, jedoch wesentlich kleiner und nicht annähernd so verwittert war.

Auf dem hölzernen Schild über der Doppeltür las er NATURKUNDEZENTRUM RIVER'S END. Vom Hauptweg aus führte ein Pfad zu dem Gebäude, ein weiterer kam vom Gästehaus. Wildblumen und Farne schienen unkontrolliert zu wachsen, aber sein erfahrenes Auge erkannte, dass eine menschliche Hand für Ausgewogenheit sorgte.

Olivias Hand, dachte er und spürte ein warmes, unerwartet stolzes Gefühl.

Noah parkte seinen Wagen und registrierte ringsum eine beachtliche Anzahl von Fahrzeugen.

Er nahm seinen Rucksack auf die Schultern, packte den Koffer und schloss gerade seinen Wagen ab, als ein Hund um die Ecke des Gästehauses gesprungen kam und ihn angrinste.

Kein anderer Ausdruck konnte es treffender beschreiben. Seine Zunge hing heraus, die Lefzen waren zu einem Grinsen nach oben gezogen, und die tiefbraunen Augen strahlten vor unverhohlener Begeisterung.

»Hallo, alter Junge.«

Der große gelbe Labrador betrachtete dies offensichtlich als Aufforderung, ließ sich zu Noahs Füßen nieder und hob eine Pfote.

»Bist du das Begrüßungskomitee?« Höflich schüttelte Noah dem Hund die Pranke und legte dann den Kopf zurück. »Oder sollte ich mein Mädchen sagen? Du heißt nicht zufällig Shirley?«

Der Hund brach in freudiges Kläffen aus und tänzelte dann zum Eingang, als wolle er Noah bitten, endlich die Leine zu holen.

Er war so beeindruckt, dass er fast Enttäuschung empfand, als der Labrador ihm nicht ins Gästehaus folgte.

In der Lobby bemerkte er keine wesentlichen Veränderungen. Ein Teil der Einrichtung war ausgetauscht worden, und die Wände leuchteten nun sanft gelb. Der große Raum strahlte eine freundliche, gemütliche Atmosphäre aus.

Die Anmeldung wurde schnell und freundlich erledigt, und nachdem er den Angestellten davon überzeugt hatte, dass er durchaus allein zurechtkommen würde, schleppte er sein Gepäck, eine Informationsbroschüre und den Schlüssel zwei Treppen hoch und dann den rechten Korridor entlang.

Aus alter Gewohnheit und weil er einen eigenen Bereich für seine Arbeit benötigte, hatte er eine Ferienwohnung gebucht. Zwar war diese deutlich kleiner als die Räume, die er seinerzeit mit seinen Eltern bewohnt hatte, aber keineswegs beengt.

Ein Sofa lud zum Ruhen ein, in der Ecke stand ein solider Schreibtisch, auf dem Tisch lagen Führer und Literatur über die Gegend ausgebreitet. Die Bilder an den Wänden – Drucke von der lokalen Flora – waren von überdurchschnittlicher Qualität, und an das Telefon ließ sich sein Modem anschließen.

Er sah aus dem Fenster und stellte erfreut fest, dass der Raum nach hinten lag, so dass der Ausblick nicht durch Autos gestört wurde. Er stellte den Koffer auf die Holztruhe am Fuß des hell lackierten Bettes, öffnete den Deckel, zog sein Rasierzeug heraus und deponierte es auf der schmalen Ablage über dem Waschbecken im Badezimmer nebenan.

Er zog sich aus, ließ seine Kleidungsstücke liegen, wo sie gerade landeten, und spielte dann mit der Mischbatterie an der Dusche herum, bis das Wasser heiß hervorschoss. Als er unter den Strahl trat, grunzte er vor Vergnügen.

Nach dem Duschen wollte er ein Bier genießen, sich dann umsehen und die Lage peilen. Er wollte ein Gespür für die Eigentümer entwickeln, in Gesprächen mit Personal und Gästen herausfinden, welcher MacBride sich am besten für sein Vorhaben eignete.

Außerdem wollte er zum Zentrum gehen und Olivia suchen. Sie einfach nur ansehen, am nächsten Morgen schon. Nachdem er sich eingelebt und eine Nacht geschlafen hatte.

Er trocknete sich ab, stieg in seine Jeans und erwog kurz, die Kleidungsstücke aus seiner Tasche in den Schrank zu räumen. Stattdessen zog er nur ein Hemd heraus. Da pochte es laut an der Tür.

Noah nahm das Hemd mit und öffnete.

Er erkannte sie sofort, obwohl Olivia sich eindeutig verändert hatte.

Ihr Gesicht war schmaler geworden, die Konturen schärfer. Ihr Mund war fester, immer noch voll und ungeschminkt wie seinerzeit, aber er wirkte nicht mehr unschuldig.

Ihr Haar war dunkler geworden, seine Farbe erinnerte ihn an die Karamellbonbons, die Mikes Mutter früher zu Halloween geschmolzen und über Äpfel gegossen hatte. Und sie hatte es abschneiden lassen, was ihr großartig stand.

Sie roch wie die Wälder und hielt eine Keramikschale mit frischem Obst in der Hand.

Er spürte, wie sich ein albernes Grinsen auf seinem Gesicht ausbreitete und brachte nur ein dümmliches »Hi« hervor.

»Mit den besten Empfehlungen des Gästehauses von River's End.« Sie stieß ihm die Schale so kraftvoll in den Magen, dass er laut aufstöhnte.

»Ah, danke.«

Mit einem langen Schritt trat sie in sein Zimmer und drängte ihn dabei zurück. Als sie die Tür hinter sich zuschlug, zog er seine Augenbrauen in die Höhe. »Bist du auch eine Empfehlung des Hauses, wie das Gratisobst? In Kalifornien bekommt man nur selten Gratisfrauen dazu.«

»Ganz schön dreist von dir, dich hier einfach so einzuschleichen.«

Okay, dachte er, das fröhliche Wiedersehen kann ich mir also abschminken. »Du hast absolut Recht. Ich habe keinen Schimmer, was in mich gefahren ist, einfach so ein Zimmer zu reservieren und mich an der Rezeption anzumelden.« Er stellte die Schüssel ab und rieb sich die Magengegend. »Hör mal, warum lassen wir uns nicht einen Augenblick Zeit, um zu …«

»Ich gebe dir eine Minute.« Sie bohrte einen Finger in seine Brust. »Ich gebe dir eine Minute, und dann kannst du deinen Hintern zurück nach Los Angeles bewegen. Du hast kein Recht dazu, einfach so hier aufzutauchen.«

»Natürlich habe ich ein Recht dazu! Immerhin befinden wir uns in einem Hotel.« Er hob eine Hand. »Und pik mich nicht noch einmal, in Ordnung?«

»Ich habe dir gesagt, du sollst dich von mir fernhalten.«

»Und das habe ich verdammt noch mal auch getan.« Das Blitzen ihrer Augen war eine deutliche Warnung, die ihn die Augen zusammenkneifen ließ. »Greif mich nicht noch einmal an, Liv, das meine ich ernst. Ich habe die Nase gestrichen voll von gewalttätigen Frauen. Können wir uns jetzt bitte hinsetzen und die Angelegenheit wie Erwachsene diskutieren?«

»Ich wüsste nicht, was es zu diskutieren gibt. Ich befehle dir, zu verschwinden und uns in Ruhe zu lassen.«

»Das werde ich nicht tun.« Er entschied sich für eine andere Strategie, ließ sich nieder, nahm einen Apfel, biss hinein und streckte die Beine aus. »Ich gehe nirgendwo hin, Olivia. Also kannst du ebenso gut mit mir reden.«

»Ich habe ein Recht auf meine Privatsphäre.«

»Natürlich hast du das. Du brauchst mir nichts zu erzählen, was du mir nicht erzählen willst.« Er biss abermals in den Apfel, fuchtelte dann damit herum. »Wir können mit etwas Einfachem anfangen, zum Beispiel damit, wie du die letzten Jahre verbracht hast.«

Eingebildeter Idiot, dachte sie, drehte sich um und lief unruhig auf und ab. Sie war wütend, weil er noch genauso gut aussah wie damals. Das sonnengebleichte, zerzauste Haar, der volle, feste Mund, die faszinierenden Flächen und Kanten seines Gesichts.

»Wenn du nur halb so ein Mann wie dein Vater wärst, hättest du Respekt vor dem Andenken meiner Mutter.«

Die scharfe Spitze traf ihn direkt ins Herz. Noah betrachtete seinen Apfel und drehte ihn in seiner Hand, bis er sicher sein konnte, dass seine Stimme ruhig klang. »Du hast mich schon einmal mit meinem Vater verglichen.« Er sah sie an, und sein Blick war hart wie Granit. »Tu das nie wieder.«

Olivia schob die Hände in ihre Taschen und warf einen wütenden Blick über die Schulter. »Dich interessierte doch gar nicht, was ich von dir halte.«

»Du hast keine Ahnung, was mich interessiert.«

»Geld. Für dieses Buch kassierst du eine Menge Geld, stimmt's? Dann kannst du in Talkshows damit hausieren gehen und dich über deine wertvollen Erkenntnisse auslassen, warum mein Vater meine Mutter abgeschlachtet hat.«

»Willst *du* den Grund denn nicht wissen?« Er sprach ruhig und registrierte, wie sich in ihren wundervollen Augen Wut, Trauer und dann wieder Wut spiegelten.

»Ich kenne den Grund, und das ändert gar nichts. Geh fort, Noah. Geh zurück und schreibe über die Tragödien anderer Menschen.«

»Liv«, rief er ihr nach, als sie auf die Tür zusteuerte. »Ich werde nicht weggehen. Diesmal nicht.«

Sie blieb nicht stehen, drehte sich nicht einmal um, sondern zog die Tür so heftig ins Schloss, dass sich die Bilder an den Wänden bewegten. Noah warf seinen Apfel in die Luft. »Nette Begrüßung«, murmelte er und kam zu dem Schluss, dass er sich sein Bier mehr als verdient hatte.

Olivia lief nach unten, mied die Lobby und die Gäste, die sich dort aufhielten. Sie marschierte durch die Küche und schüttelte nur den Kopf, als sie ihren Namen hörte. Sie musste hinaus an die Luft, bis sich der schreckliche Druck auf ihrer Brust gelöst hatte, das unerträgliche Rauschen in ihren Ohren verschwunden war.

Sie musste sich dazu zwingen, nicht loszurennen, musste versuchen, die Panik, die sich ihrer bemächtigen wollte, zu überwinden. Noch immer ging ihr Atem in Schüben, und beinahe hätten ihre Knie gezittert. Das würde sie nicht zulassen.

Als sie sich weit genug vom Haus entfernt hatte, und die Gefahr, dass jemand den Pfad entlangkommen könnte, nur noch sehr gering war, setzte sie sich auf den Waldboden und wiegte sich.

Es war albern. Sie hatte sich dämlich verhalten, gestand Olivia sich ein, während sie ihre Stirn gegen die Knie presste. Schließlich hatte sie gewusst, dass er kommen würde. Jamie hatte sie darauf vorbereitet, hatte ihr von seinem Plan erzählt und ihr erklärt, dass sie beschlossen hatte, mit ihm zusammenzuarbeiten.

Noah Brady und sein Buch hatten ihre Familie bereits gespalten.

Aber sie hatte sich dagegen gewappnet, ihm wieder gegenüberzutreten, sich mit ihm auseinanderzusetzen. Schließlich war sie nicht mehr das naive, leicht zu beeindruckende Mädchen, das sich Hals über Kopf in ihn verliebt hatte.

So hatte sie gedacht, bis er die Tür geöffnet und sie angelächelt hatte. Ähnlich wie vor sechs Jahren. Sie hatte nicht damit gerechnet, dass ihr Herz abermals brechen würde, nicht, nachdem sie so viel Zeit und Mühe auf seine Heilung verwandt hatte.

Wut war erträglicher als Schmerz.

Dennoch war sie die Situation falsch angegangen.

Sie hatte sich vorgenommen, direkt nach seiner Ankunft in sein Zimmer zu gehen, um vernünftig und unter vier Augen mit ihm zu sprechen. Dabei hatte sie ruhig bleiben, ihm jeden ihrer Einwände detailliert klarmachen wollen.

Denn er war Frank Bradys Sohn, und Frank gehörte zu den wenigen Menschen, denen sie bedingungslos vertraute.

Sie hatte sich genau zurechtgelegt, was sie sagen, und wie sie es sagen würde.

Willkommen in River's End, Noah. Schön, dich zu sehen. Darf ich einen Augenblick hereinkommen?

Vernünftig, ruhig, rational. Aber auf dem Weg zu seinem Zimmer hatte ihre Angst Oberhand gewonnen, und sie hatte ihre Wut wie eine Waffe benutzt, um dagegen anzukämpfen.

Dann hatte er die Tür geöffnet und sie angelächelt. Unverkennbar erfreut gelächelt, dachte sie nun, während sie ihre Wange auf ein angezogenes Knie legte. Als ob Verrat und Täuschung nie stattgefunden hätten.

Und er hatte so fröhlich und attraktiv ausgesehen – sein Haar dunkel und noch feucht von der Dusche, seine moosgrünen Augen so glücklich strahlend – dass ein Teil von ihr zurücklächeln wollte.

Stattdessen war sie zum Angriff übergegangen.

Sie wollte in Frieden gelassen werden. Sie wollte ihre Welt schützen und ihre Ruhe haben.

Warum hatte Sam Tanner Noah geschrieben? Wütend blinzelte sie. Sie wollte nicht daran denken, nicht an ihn denken. Sie wollte es gar nicht wissen. Das alles hatte sie längst hinter sich gelassen.

Dies zu erreichen, hatte Jahre gedauert. Jahre mit heimlichen Besuchen auf dem Dachboden, Alpträumen, Jahre der schmerzhaften, schuldbewussten Suche nach Informationen über ihre Eltern.

Und nachdem sie alles herausgefunden hatte, was es zu entdecken gab, hatte sie es beiseitegeschoben, sich auf Gegenwart und Zukunft konzentriert. Sie hatte Frieden gefunden, ihrem Leben eine Richtung gegeben, zog Befriedigung aus ihrer Arbeit.

Das alles war nun gefährdet, weil Sam Tanner aus dem Gefängnis entlassen werden würde und Noah Brady an einem Buch arbeitete. Diese Tatsachen konnte sie nicht ignorieren.

Als die Labradorhündin den Pfad entlangsprang, blickte Olivia auf.

»Auf dich kann ich mich immer verlassen, nicht wahr?« Sie schmiegte sich an Shirleys Hals, bevor sie aufstand. »Lass uns heimgehen, Mädchen. Lass uns nach Hause gehen und uns später Gedanken machen.«

Das Essen war erstklassig. Noah gab den MacBrides die Spitzennote für die Küche im Gästehaus. Der Service war so gut wie das Essen – warm und freundlich, ohne aufdringlich zu wirken.

Sein Bett war bequem, und wenn ihm danach gewesen wäre, hätte er aus einer beachtlichen Kollektion von Videofilmen wählen können.

Aber er hatte lieber gearbeitet und fand nun, dass er sich einen freien Vormittag redlich verdient hatte.

Das Problem ist nur, überlegte er, als er durch das Fenster in den gleichmäßig plätschernden Regen schaute, dass das Wetter leider nicht ganz so überzeugt wie die übrigen Einrichtungen.

Nicht etwa, dass die Broschüren ihn nicht vor regnerischen Frühlingstagen gewarnt hätten. Und niemand konnte behaupten, dass der Blick nach draußen nicht malerisch wirkte. Zwar verspürte er kein dringendes Verlangen, in seine Regenausrüstung zu steigen und eine Wanderung zu unternehmen, aber es war durchaus gemütlich, das Wetter von der behaglichen Wärme des Gästehauses aus zu beobachten.

Den Fitnessraum hatte er bereits inspiziert und festgestellt, dass er seit seinem letzten Besuch ausgebaut und modernisiert worden war. Ein überdachter Pool war dazugekommen. Angesichts des Wetters konnte er sich jedoch gut vorstellen, dass auch andere auf die Idee gekommen waren, schwimmen zu gehen, und der Gedanke an kreischende, plantschende Familien passte nicht in seine Pläne.

Er könnte sich massieren lassen, oder sich in die Bibliothek setzen, die er am Vorabend entdeckt, gut ausgestattet und gemütlich vorgefunden hatte.

Oder er konnte das tun, was er von Anfang an vorgehabt hatte und mit dem Herumschnüffeln beginnen.

Er könnte Olivia suchen und sich wieder mit ihr streiten.

Bellendes männliches Gelächter ließ ihn aufblicken. Dann zog er nachdenklich die Augen zusammen. Der Mann trug ein graues Flanellhemd und Arbeitshosen. Sein Haar war dicht, silbern wie das von Cary Grant und reflektierte die Deckenlichter. Er ging durch den Speisesaal und unterhielt sich mit den Gästen, die wie Noah noch bei ihrer letzten Tasse Kaffee saßen.

Der Mann war gertenschlank, wirkte unglaublich sportlich und hatte offensichtlich einen Großteil seines Lebens im Freien verbracht.

Rob MacBride, dachte Noah und kam zu dem Schluss, dass die vielversprechendste Art, den Morgen zu verbringen, darin bestand, seinen Kaffee zu genießen und in den Regen hinauszusehen.

Er lehnte sich zurück und wartete, bis er an der Reihe war.

Es dauerte nicht lange, bis Rob seine Runde beendet hatte und mit einem freundlichen Lächeln an Noahs Tisch stehen blieb. »Schöner Tag, nicht wahr?«

»Für Enten«, sagte Noah, weil das offenbar von ihm erwartet wurde. Er wurde mit tiefem, bellendem Gelächter belohnt.

»Der Regen macht uns zu dem, was wir sind. Ich hoffe, Sie genießen Ihren Aufenthalt.«

»Sehr. Eine tolle Anlage. Sie haben ein paar Veränderungen vorgenommen, seit ich zuletzt hier war, aber die Atmosphäre ist dieselbe geblieben.«

»Sie waren schon einmal bei uns?«

»Vor langer Zeit.« Noah streckte die Hand aus. »Ich bin Noah Brady, Mr. MacBride.«

»Herzlich willkommen.«

Er wartete, Rob schien sich jedoch nicht zu erinnern. »Danke. Ich war mit meinen Eltern hier, vor etwa zwölf Jahren. Frank und Celia Brady.«

»Wir freuen uns immer, die nächste Generation ...« Jetzt

erwachte die Erinnerung, und mit ihr der Kummer. »Frank Brady? Ihr Vater?«

»Ja.«

Rob starrte in den Regen. »Das ist ein Name, an den ich lange nicht gedacht habe. Sehr lange.«

»Wenn Sie sich einen Augenblick zu mir setzen, Mr. MacBride, erzähle ich Ihnen, warum ich hergekommen bin.«

Rob sah ihn wieder an, studierte Noahs Gesicht. »Das sollte ich wohl tun. Hailey?« rief er der Kellnerin zu, die gerade einen Tisch abräumte. »Würdest du uns bitte noch Kaffee bringen?«

Er setzte sich, legte seine langen, schlanken Hände auf den Tisch. Im Gegensatz zu seinem Gesicht verrieten sie sein Alter, stellte Noah fest.

»Ihrem Vater geht es gut?«

»Ja, es geht ihm gut. Vor einiger Zeit wurde er pensioniert, hat meine Mutter eine Zeit lang um den Verstand gebracht und dann eine Beschäftigung gefunden, die ihn unter Menschen bringt.«

Rob nickte, dankbar dafür, dass Noah zunächst zu Smalltalk übergegangen war. »Ein Mann braucht eine Beschäftigung, sonst wird er alt. Mich halten das Gästehaus, der Campingplatz und die Leute, die hier kommen und gehen, jung. Für die alltägliche Arbeit habe ich Manager eingestellt, aber ich mische trotzdem immer noch mit.«

»Auf River's End können Sie stolz sein. Vom ersten Moment an habe ich mich hier wie zu Hause gefühlt.« Bis auf den kleinen Zwischenfall mit Ihrer Enkelin, dachte Noah, beschloss jedoch, ihn der Höflichkeit halber nicht zu erwähnen.

»Hier kommt frischer Kaffee, Mr. Brady«, sagte Hailey und schenkte Rob ein.

»Sind Sie Polizist wie Ihr Vater?«, fragte er.

»Nein, ich bin Schriftsteller.«

»Tatsächlich.« Robs Gesicht hellte sich auf. »Es geht doch nichts über eine gute Geschichte. Was für Bücher schreiben Sie?«

»Ich schreibe über wahre Verbrechen.« Er wartete, bis er die Erkenntnis von Robs Gesicht ablesen konnte. »Ich schreibe gerade ein Buch über den Tod Ihrer Tochter.«

Rob hob seine Tasse und nippte daran. Als er sprach, klang aus seiner Stimme keine Wut, nur Müdigkeit. »Das ist mehr als zwanzig Jahre her. Ist nicht schon genug darüber gesagt worden?«

»Das sehe ich anders. Seit ich ein kleiner Junge war, habe ich mich für den Fall interessiert. Die Umstände, die Verbindung zu meinem Vater, wie ihn die Sache mitgenommen hat – all das hat mich sehr beeindruckt.«

Er hielt inne, wog seine Worte sorgfältig ab und beschloss dann, so ehrlich wie möglich zu sein. »Ich wusste lange Zeit nicht, wie ich es anfangen sollte, aber mir war klar, dass ich dieses Buch eines Tages schreiben würde. Der richtige Zeitpunkt kam vor ein paar Wochen, als Sam Tanner sich mit mir in Verbindung setzte.«

»Tanner? Wie kommt er dazu?«

»Er will seine Geschichte erzählen.«

»Und Sie glauben, dass er Ihnen die Wahrheit sagen wird?« Bitterkeit ließ seine Stimme brechen. »Sie glauben, dass der Mann, der meine Tochter ermordet hat, der sie förmlich in Stücke geschnitten hat, dazu fähig ist, die Wahrheit zu sagen?«

»Das weiß ich nicht, aber ich versichere Ihnen, dass ich Wahrheit und Lügen auseinanderhalten kann. Ich habe nicht vor, Tanners Buch zu schreiben. Ich habe nicht vor, seine Version ungeprüft zu Papier zu bringen. Ich werde mit allen sprechen, die betroffen oder in den Fall verwickelt waren. Damit habe ich bereits angefangen. Deshalb bin ich hier, Mr. MacBride, um Ihren Standpunkt zu verstehen und ihm gerecht zu werden.«

»Julie war das Licht meines Leben, und er hat es ausgelöscht. Welchen Standpunkt haben Sie von mir erwartet?«

»Sie kannten die beiden wie niemand sonst. Darauf kommt es an.«

Rob hob die Hände und rieb sein Gesicht. »Noah, haben Sie eine Vorstellung davon, wie oft wir während der ersten beiden Jahre nach Julies Tod darauf angesprochen wurden? Wir sollten Interviews geben, Bücher, Filme, Fernsehsendungen autorisieren.«

»Das kann ich mir vorstellen, und mir ist bekannt, dass sie alle Anfragen abgelehnt haben.«

»Alle«, bekräftigte Rob. »Man hat uns unglaubliche Summen angeboten, Versprechungen gemacht, uns gedroht. Unsere Antwort blieb Nein. Woher nehmen Sie die Hoffnung, dass ich jetzt, nach all den Jahren, Ja sagen werde?«

»Weil ich Ihnen kein Geld anbiete oder Sie bedrohe, sondern Ihnen nur ein Versprechen gebe: Ich werde die Wahrheit erzählen, und dadurch lasse ich Ihrer Tochter Gerechtigkeit widerfahren.«

»Vielleicht stimmt das«, sagte Rob nach einer Weile. »Ich glaube Ihnen sogar, dass Sie es versuchen werden. Aber Julie ist tot, Noah, und ich muss an meine Familie denken.«

»Ist es denn besser für Sie, wenn das Buch ohne Ihr Zutun entsteht?«

»Ich weiß nicht. Die Wunde ist zwar nicht mehr offen, aber von Zeit zu Zeit schmerzt sie immer noch. Es hat Augenblicke gegeben, in denen ich mich äußern wollte, aber sie sind vorübergegangen.« Er stieß einen langen Seufzer aus. »Ein Teil von mir, das muss ich zugeben, möchte nicht, dass Julie und das, was ihr passiert ist, in Vergessenheit gerät.«

»Ich habe es *nicht* vergessen.« Noah wartete, bis Robs Blick wieder auf seinem Gesicht ruhte. »Erzählen Sie mir die Dinge, von denen Sie wollen, dass man sich an sie erinnert.«

Achtzehntes Kapitel

Das Naturkundezentrum war von jeher Olivias Projekt gewesen – ihr Konzept, ihr Entwurf und in gewisser Weise ihr Heiliger Gral.

Sie hatte darauf bestanden, Geld aus dem Erbe ihrer Mutter dafür zu verwenden, und mit einundzwanzig Jahren und dem Collegeabschluss in der Tasche hatte sie den notwendigen Betrag von ihrem Treuhandfonds abgehoben und ihren Traum verwirklicht.

Sie hatte den Bau des Zentrums selbst überwacht, von der Grundsteinlegung bis zur Anordnung der Sitze in dem kleinen Auditorium, in dem kurze Dokumentationsfilme über die Flora und Fauna der Gegend gezeigt wurden. Sie hatte jedes Dia und jede Schautafel im Empfangsbereich persönlich ausgewählt, Gespräche mit Bewerbern geführt und Personal eingestellt, ein maßstabgetreues Modell vom Quinault-Tal und dem Regenwald in Auftrag gegeben. Und sie führte die vom Zentrum angebotenen Wanderungen häufig selbst.

Noch nie war ihr Leben so erfüllt gewesen wie in dem Jahr seit Eröffnung des Zentrums.

Sie würde nicht zulassen, dass Noah Brady ihren sorgfältig erkämpften Seelenfrieden störte.

Obwohl sie in Gedanken nur halb bei der Sache war, erzählte sie ihrer kleinen Besuchergruppe gerade von den Säugetieren der Gegend.

»Der Roosevelt- oder Olympic-Elch ist der größte unter den Wapitihirschen. Große Herden von Roosevelt-Elchen haben sich auf der Olympic-Halbinsel niedergelassen. Im Grunde verdanken wir diesen einheimischen Tieren den Erhalt des Gebiets, denn Präsident Theodore Roosevelt erklärte Mount Olympus während der letzten Tage seiner Amtszeit zum Nationaldenkmal, um ihre Brunft- und Weideplätze zu schützen.«

Die Tür öffnete sich, Olivia blickte auf und spürte, dass ihre Nerven zum Zerreißen gespannt waren.

Noah nickte ihr kurz zu, grinste leicht und begann dann, im Hauptbereich umherzuwandern und dabei nasse Fußspuren zu hinterlassen. Trotzig setzte Olivia ihren Vortrag fort, kam von den Elchen auf Schwarzschwanzrehe zu sprechen, von den Rehen auf Marder, aber als sie bei Castor canadensis, dem Biber, angelangt war und die Erinnerung an jenen Tag am Flussufer aufflackerte, bedeutete sie einem ihrer Angestellten zu übernehmen.

Am liebsten hätte sie sich umgedreht und sich in ihr Büro verkrochen. Überfällige Büroarbeit war immer eine gute Ausrede. Aber sie wusste, dass diese Flucht feige wirken würde. Schlimmer noch, Olivia würde sich feige fühlen. Also ging sie auf Noah zu und stellte sich neben ihn, während er scheinbar fasziniert eins der vergrößerten Dias betrachtete.

»Das ist also eine Spitzmaus.«

»Eine Wandermaus, sorex vagrans, weit verbreitet in dieser Region. Daneben gibt es noch die Trowbridge-, die Masken- und die dunkle Spitzmaus. Außerdem pazifische Wasserspitzmäuse, nordamerikanische Wasserspitzmäuse und Maulwurfspitzmäuse. Die Maskenspitzmaus kommt übrigens eher selten vor.«

»Ich glaube, ich kenne nur Stadtmäuse.«

»Das ist ein ziemlich lahmer Witz.«

»Zugegeben, aber irgendwie muss man ja anfangen. Du hast hier tolle Arbeit geleistet, Liv. Ich wusste, dass du es schaffen würdest.«

»Tatsächlich? Mir war gar nicht bewusst, dass du meinem Geplapper damals viel Bedeutung beigemessen hast.«

»Ich habe allem, was dich betraf, Bedeutung beigemessen. Allem, Olivia.«

Sie machte einen Schritt zurück, verschloss sich.

Noah ging weiter und sah sich eine für seinen Geschmack besonders hässliche Kreatur an, die sich Langohrfledermaus nannte. »Würdest du mir hier alles zeigen?«

»Du interessierst dich doch nicht im Entferntesten für die Natur, warum sollten wir also unsere Zeit damit vergeuden?«

»Entschuldige bitte, aber du sprichst mit einem Mann, der mit Walgesängen und dem Elend des Pelikans aufgewachsen ist. Ich bin Mitglied bei Greenpeace, den Naturschützern und der World Wildlife Federation und bekomme jedes Jahr einen Kalender.«

Beinahe hätte sie gelächelt, doch stattdessen seufzte sie. »Die Dokumentation wird einmal pro Stunde im Auditorium gezeigt. In zehn Minuten kannst du sie dir hinter der Tür dort links ansehen.«

»Gibt's hier irgendwo Popcorn?«

Weil sich ihre Lippen abermals fast zu einem Lächeln verzogen hätten, wendete sie sich ab. »Ich habe zu tun.«

»Hast du nicht.« Er nahm ihren Arm und hielt ihn, wie er hoffte, locker und unverbindlich fest. »Du kannst dich beschäftigen, aber du kannst genauso gut ein paar Minuten Pause machen.«

»Ich habe nicht vor, mit dir über meine Familie zu sprechen.«

»Dann lass uns über etwas anderes reden. Wie bist du auf die Idee gekommen? Ich meine dies alles hier.« Er gestikulierte mit seiner freien Hand. »Das Gebäude ist sehr gut durchdacht, eindeutig interessanter als die meisten Naturkundezentren, durch die mich meine Mutter geschleift hat, bevor ich mich dagegen wehren konnte.«

»Ich bin Naturkundlerin, und ich wohne hier.«

»Komm schon, Liv, das kann doch längst nicht der alleinige Grund sein. Hast du auch Architektur studiert?«

»Nein, ich habe nicht Architektur studiert, ich habe es mir einfach so vorgestellt.«

»Das Ergebnis ist jedenfalls toll. Freundliche Farben, helle Räume. Was ist dort hinten?«

Er ging an der Rezeption vorbei, wo Bücher und Postkarten zum Verkauf angeboten wurden, und trat durch eine breite Tür.

»Hey, das ist wirklich cool.« Mitten in dem Raum zwischen ausgestellten Pflanzen und Tieren befand sich das Modell des Tals. »Aus der Vogelperspektive«, sagte er und beugte sich hinunter. »Und da sind wir. Das Gästehaus, das Zentrum.« Er tippte mit dem Finger auf die Glaskuppel. »Dort ist der Pfad, auf dem wir damals am Fluss entlanggewandert sind, nicht wahr? Noch nicht einmal den Biberbau hast du vergessen. Haben deine Großeltern kein Haus? Ich kann es nirgendwo entdecken.«

»Weil es privat ist.«

Er richtete sich auf und blickte ihr direkt in die Augen. »Hältst du dich unter dieser Glaskuppel hier versteckt, Liv? Wo niemand an dich rankommen kann?«

»Ich bin genau da, wo ich sein will.«

»Mein Buch dürfte daran kaum etwas ändern, aber es wird all die Schatten, die immer noch über den Ereignissen jener Nacht liegen, lüften. Ich habe eine Chance, die Wahrheit herauszufinden, die ganze Wahrheit. Sam Tanner spricht zum ersten Mal seit seiner Verurteilung, und ein Sterbender hat oft das Bedürfnis, sein Gewissen zu erleichtern, bevor es zu spät ist.«

»Ein Sterbender?«

»Der Tumor …«, begann Noah, stellte jedoch erschrocken fest, dass sie kreidebleich geworden war. »Tut mir leid. Ich dachte, du wüsstest davon.«

In ihrer Kehle brannten Worte, die unbedingt hinauswollten. »Willst du damit sagen, dass er sterben muss?«

»Er hat einen Gehirntumor, ihm bleiben nur noch ein paar Monate. Komm her, du musst dich hinsetzen.«

Er nahm ihren Arm, aber sie schüttelte ihn ab. »Fass mich nicht an.« Sie drehte sich um und ging schnell durch die nächste Tür.

Leise fluchend folgte er ihr.

Als sie mit langen, eiligen Schritten in ein Büro neben dem Auditorium einbog, holte er sie endlich ein und wäre fast vor die Tür gelaufen, die Olivia energisch hinter sich ins Schloss ziehen wollte.

Es gelang ihm, sie abzubremsen. Behutsam machte er sie hinter sich zu.

»Dieser Bereich ist nur für Mitarbeiter.« Was eine dumme

Lüge ist, dachte sie. Aber etwas Besseres wollte ihr auf die Schnelle nicht einfallen. »Verschwinde.«

»Setz dich hin.« Er ergriff erneut ihren Arm, führte sie um den Schreibtisch herum zu ihrem Stuhl. Sie befanden sich in einem kleinen, funktionell eingerichteten Raum, und er hockte sich hin, konzentrierte sich ganz auf Olivia.

»Tut mir leid.« Er nahm ihre Hand, ohne dass die Geste einem von ihnen bewusst wurde. »Ich hätte dich damit nicht auf diese Weise konfrontieren dürfen, aber ich war davon ausgegangen, dass Jamie es dir erzählt hat.«

»Hat sie nicht. Und es ist auch egal.«

»Das ist es nicht. Möchtest du ein Glas Wasser oder etwas anderes?« Er sah sich um, in der Hoffnung, einen Kühlschrank zu entdecken, einen Becher, irgendetwas, um sich zu beschäftigen.

»Ich brauche nichts. Mir geht es blendend.« Sie entdeckte plötzlich, dass ihre Hand in seiner lag. Peinlich berührt schüttelte sie die Hand ab.

»Steh auf, um Gottes willen! Es fehlt gerade noch, dass jemand hereinkommt und dich zu meinen Füßen knien sieht.«

»Ich habe nicht gekniet.« Trotzdem richtete er sich auf und ließ sich auf der Schreibtischkante nieder.

An Olivia hatte sich mehr als nur ihr Haar verändert. Sie war um einiges härter, um einiges nervöser als die schüchterne Studentin, in die er sich verliebt hatte.

»Du hast doch mit Jamie darüber gesprochen, dass ich mit dir reden will?«

»Ja.«

»Warum hat sie dir dann nicht gesagt, dass Sam todkrank ist?«

»Wir haben uns gestritten.« Olivia lehnte sich auf ihrem Stuhl zurück. Inzwischen war ihr nicht mehr schwindlig, sie fühlte sich nur müde. »Wir streiten uns sonst nie, das ist also noch so eine Sache, die ich dir und deinem Buch verdanke. Wenn sie vorhatte, es mir zu erzählen, ist es wohl im Eifer des Gefechts untergegangen.«

»Er will seine Geschichte loswerden, bevor er stirbt. Ansonsten wäre sie für immer verloren. Würdest du das tatsächlich wollen?«

Die Gefühle, die Olivia so lange unterdrückt hatte, bahnten sich ihren Weg an die Oberfläche. »Dir ist doch egal, was ich will, du ziehst die Sache sowieso durch. Das hattest du schon immer vor.«

»Ja, das stimmt. Nur sage ich es dir diesmal von Anfang an. Wie ich es damals hätte tun sollen.«

Abermals wurde ihr Gesichtsausdruck verschlossen. »Du denkst nur an dich. Und er will sein Gewissen erleichtern, bevor es zu spät ist. Was verspricht er sich davon? Vergebung? Rettung?«

»Vielleicht Verständnis. Ich glaube, er will selbst verstehen, wie es dazu kommen konnte. Ich muss deine Version hören, Liv. Alle anderen, mit denen ich spreche, sind Teile des Ganzen, aber du bist der Schlüssel. Dein Großvater behauptet, du hättest ein fotografisches Gedächtnis. Stimmt das?«

»Ja«, sagte sie gedankenverloren. »Ich sehe Wörter. Es ist nur … mein Großvater?« Sie sprang auf die Füße. »Du hast mit meinem Großvater gesprochen?«

»Direkt nach dem Frühstück.«

»Lass ihn in Ruhe.«

»Er kam an meinen Tisch, ich hatte den Eindruck, dass er das bei allen Gästen macht. Ich habe ihm gesagt, wer ich bin und was ich vorhabe. Wenn es dir nicht passt, dass er dazu bereit ist, mit mir zu sprechen, musst du dich mit ihm auseinandersetzen.«

»Er ist über siebzig. Du hast kein Recht dazu, ihm das anzutun.«

»Ich kann nur hoffen, dass ich mit siebzig noch so gut in Form bin wie er. Übrigens habe ich ihn nicht auf die Folterbank geschnallt und seine Mitarbeit erpresst.« Verdammt, wie schaffte sie es nur immer wieder, Schuldgefühle in ihm auszulösen? »Wir haben uns bei einer Tasse Kaffee unterhalten. Dann erklärte er sich zu einem Tonbandinterview in meinem

Zimmer bereit. Als wir fertig waren, ist er keineswegs als gebrochener Mann hinausgeschlichen. Im Gegenteil, er wirkte erleichtert. Sam ist nicht der Einzige, der sein Gewissen erleichtern will, Liv.«

Sie fuhr mit der Hand durch ihr Haar. »Er hat sich dazu bereiterklärt? Er hat mit dir darüber gesprochen? Was hat er gesagt?«

»O nein!« Interessiert beobachtete Noah sie. »So einfach kommst du mir nicht davon. Das, was du mir erzählst, muss von dir kommen, ich will keine Reaktion darauf hören, was andere Leute denken und fühlen.«

»Sonst spricht er nie darüber.«

Was verbirgt sich unter ihrer Überraschung?, fragte sich Noah. Schmerz? »Er will mir vor meiner Abreise noch mindestens ein Interview zu geben.«

»Was geht hier vor? Ich verstehe es einfach nicht.«

»Vielleicht ist nur der richtige Zeitpunkt gekommen. Warum versuchen wir es nicht? Lass mich dir von meinem wilden, aufregenden Leben und meinen faszinierenden Ansichten über die Welt im Allgemeinen erzählen. Wenn du erst erkannt hast, wie charmant und genial ich bin, fällt es dir vielleicht leichter, mit mir zu sprechen.«

»Du bist längst nicht so charmant, wie du dir einbildest.«

»Aber ja! Lass uns zusammen essen.«

Das kam ihr bekannt vor. »Nein.«

»Okay, das war ein Reflex, mir kannst du nichts vormachen. Versuchen wir es noch einmal. Lass uns zusammen essen.«

Diesmal neigte sie den Kopf und ließ sich fünf Sekunden Zeit. »Nein.«

»In Ordnung, dann werde ich dich wohl bezahlen müssen.«

Ihre Augen verfärbten sich zu einem dunklen Gold, das ihn an die Werke alter Meister denken ließ. »Glaubst du, dass ich mich für dein Geld interessiere? Dass du mich bestechen kannst? Du schleimiger Huren…«

»Moment mal, so habe ich das nicht gemeint. Ich möchte dich engagieren – im Sinne von *Informationen über unsere Tages-*

touren erhalten Sie von unseren ausgebildeten Wanderführern. Dieser ausgebildete Führer bist du. Welchen Weg würdest du mir für eine nette, beschauliche Wanderung morgen empfehlen?«

»Vergiss es.«

»O nein, wer für etwas wirbt, muss seine Versprechungen einhalten. Ich bin ein zahlender Kunde. Wirst du mir also eine Strecke empfehlen, oder soll ich blind wählen?«

»Du willst wandern?« Oh, sie konnte ihm eine Strecke aussuchen, dachte Olivia, eine, die er nicht so schnell vergessen würde. »Das trifft sich gut, denn genau dazu bin ich da. Die Reservierung kannst du an der Rezeption vornehmen. Sag ihnen nur meinen Namen und buche für sieben Uhr.«

»Vermutlich morgens?«

»Hast du damit ein Problem, Cityboy?«

»Nein, ich wollte nur sichergehen.« Er stand auf und war ihr viel näher, als beiden angenehm war. Sie roch noch genauso wie früher. Mehrere schwindlige Sekunden lang war das alles, woran er denken konnte.

Sie roch immer noch so.

Er spürte deutliche, unmissverständliche Begierde in sich aufkeimen, und er senkte den Blick auf ihren Mund, gerade lange genug, um die Erinnerung aufleben zu lassen.

»Nun … Wir sehen uns dann morgen früh.«

»Nimm lieber eine unserer Broschüren mit, damit du weißt, was du anziehen musst.«

»Ich weiß, wie ich mich anzuziehen habe«, murmelte er leicht verwirrt und marschierte hinaus.

Eine Minute lang fühlte er sich schuldig, doch dann wurde er wütend. Auf gar keinen Fall wollte er sich wieder zu ihr hingezogen fühlen und die Situation damit weiter komplizieren.

An der Rezeption ließ er die Buchung eintragen. Die Angestellte tippte die Informationen in ihren Computer ein und lächelte ihn fröhlich an. »Ihr Name?«

»Nehmen Sie einfach meine Initialen«, hörte er sich sagen. »I.D.I.O.T.«

Er war sicher, dass Olivia die Botschaft verstehen würde.

Olivia bemerkte sofort, dass ihre Großmutter geweint hatte. Wie gewohnt kam sie zur Hintertür herein. Der nasse Hund sprang um ihre Füße. Ein Blick genügte, und ihr Herz zog sich zusammen.

Val bestand immer noch darauf, das Abendessen selbst zuzubereiten. Jeden Tag um sechs, man konnte die Uhr danach stellen, war sie in der Küche anzutreffen, rührte in Töpfen oder schnitt Gemüse, umgeben von appetitlichen Düften.

Es war eine beruhigende Routine, die nur selten durchbrochen wurde. Olivia pflegte irgendwann zu ihr zu stoßen, sich ein Glas Wein einzuschenken – früher war es Saft oder Limonade gewesen – und den Tisch zu decken, während die beiden sich unterhielten.

Heute Abend war sie bis auf die Knochen durchgefroren, und ihre Jacke war triefnass von dem ziellosen Spaziergang, den sie und Shirley sich genehmigt hatten. In den Töpfen köchelte es, Val rührte um, aber sie stand mit dem Rücken zur Tür und blickte nicht wie sonst lächelnd über ihre Schulter.

»Lass den nassen Hund im Vorraum, Livvy.«

An der heiseren, etwas rauen Stimme erkannte Olivia den Ernst der Lage. »Geh schon, Shirley, geh und leg dich hin.« Olivia führte den Hund zurück in den Vorraum, wo Shirley sich mit vorwurfsvollem Blick zusammenrollte.

Olivia goss zwei Gläser Wein ein und deckte nicht den Tisch, sondern ging zu ihrer Großmutter und setzte ein Glas auf der Arbeitsplatte neben dem Herd ab. »Ich weiß, dass du traurig bist. Es tut mir leid, das so etwas passieren musste.«

»Ich will nicht darüber reden. Heute essen wir Rindfleischeintopf mit Graupen. Die Klöße sind gleich so weit.«

Olivias erster Impuls bestand darin, zu nicken und die tiefen Teller aus dem Schrank zu holen, das Thema zu meiden. Aber sie fragte sich, ob Noah nicht zumindest in einem Punkt Recht hatte. Vielleicht war die Zeit wirklich gekommen.

»Großmama, gewisse Dinge geschehen, ob wir darüber reden oder nicht.«

»Es gibt keinen Grund, darüber zu sprechen.« Val griff

blindlings nach der Schüssel, in der sie den Kloßteig zubereitet hatte, und warf dabei das Glas um. Auf dem Boden funkelte eine Lache aus Glas und blutrotem Wein.

»Weißt du nicht, dass man Gläser nicht so nah an die Kante stellt? Sieh dir den Fußboden an!«

»Tut mir leid, ich wische es auf.« Olivia drehte sich schnell um, nahm den Besen aus dem Schrank und beruhigte den Hund, der aufgesprungen war, um die Frauen vor vermeintlichen Eindringlingen zu verteidigen. »Entspann dich, Shirley, das war ein Glas, kein Gewehrschuss.«

Als sie sich umdrehte, sah sie, dass die Schultern ihrer Großmutter zuckten und sie ihr Gesicht in einem Trockentuch vergraben hatte.

»Oh, es tut mir leid. Es tut mir so leid!« Olivia ließ den Besen fallen und nahm Val in den Arm.

»Ich werde das Thema nicht mehr anschneiden. Ich kann es nicht. Ich habe Rob gebeten, den jungen Mann fortzuschicken, aber er weigert sich. Er sagt, dass es nicht richtig ist, und dass wir dadurch nichts ändern.«

»Ich werde ihn fortschicken.« Olivia drückte ihre Lippen in Vals Haar. »Ich schicke ihn weg.«

»Nein, denn es ändert nichts, wir können ihn nicht aufhalten. Aber ich kann den Schmerz nicht noch einmal ertragen.«

Sie trat zurück und wischte sich das Gesicht ab. »Ich kann es nicht, und ich will es nicht. Du brauchst ihm also nur zu sagen, dass er nicht mit mir sprechen soll. Ich werde in diesem Haus nicht weiter darüber diskutieren.«

»Er wird nicht zu dir kommen, Großmama, dafür sorge ich.«

»Ich hätte dich wegen des Glases nicht so anfahren dürfen.« Val drückte ihre Finger an ihr linkes Auge, dann an die Stirn. »Ich habe Kopfschmerzen, das ist alles. Davon bekomme ich schlechte Laune. Kümmere du dich bitte um die Klöße, Livvy. Ich nehme ein Aspirin und lege mich ein paar Minuten hin.«

»In Ordnung. Großmama …«

Val brachte sie mit einem Blick zum Schweigen. »Setz einfach die Klöße auf, Livvy. Dein Großvater wird ärgerlich, wenn wir viel später als um halb sieben essen.«

Val verließ die Küche. Das Thema war abgeschlossen, ausgeklammert, stand nicht mehr zur Debatte. Noch eine Truhe auf dem Speicher, dachte Olivia und nahm den Besen.

Aber diesmal war das Schloss nicht stark genug.

Kurz nach neun, ungefähr zu der Zeit, als Noah vor der Wahl stand, ein paar Stunden zu arbeiten oder eine Fernsehpause zu machen, marschierte Mike vergnügt pfeifend zu Noahs Haus hinauf.

Eigentlich hatte er schon längst herkommen wollen, um Noahs Pflanzen vor Einbruch der Dunkelheit ausgiebig zu gießen, aber eins war zum anderen gekommen. Genauer gesagt hatte ihn einer seiner Kollegen zu einer Marathonschlacht *Mortal Kombat* herausgefordert, die in ein Computerduell von zwei Stunden und achtzehn Minuten ausgeartet war.

Natürlich hatte Mike gesiegt, und um sich die leidige Pflicht zu versüßen, hatte er die schöne Brünette angerufen und gebeten, sich mit ihm bei Noah zu einem Strandspaziergang, einem Bad im Whirlpool oder was ihnen sonst noch so einfiel zu treffen.

Er glaubte nicht, dass Noah etwas dagegen hätte. Außerdem würde er sich revanchieren, indem er früh aufstand und sich um seinen Garten kümmerte.

Mike schaltete das Verandalicht ein und schlenderte in die Küche, um herauszufinden, ob sich unter Noahs Vorräten der passende Wein für eine Verführung im Whirlpool befand.

Er studierte die Etiketten und wählte eine Flasche mit einem französisch klingenden Namen. Mike stellte sie auf der Theke ab, überlegte, ob dieser Wein nun atmen musste oder nicht und öffnete dann schulterzuckend den Kühlschrank, um zu sehen, was für kulinarische Köstlichkeiten im Angebot waren. Er pfiff immer noch vor sich hin und musterte gerade den Brie und den Teller mit dem traurig aussehenden Brathähnchen, als er aus dem Augenwinkel eine Bewegung wahrnahm.

Schnell richtete er sich auf. Kurz danach spürte er einen dumpfen Schmerz. Er taumelte zurück und griff sich an den Kopf, weil er glaubte, sich am Kühlschrank gestoßen zu haben.

Seine Hand war feucht. Fassungslos starrte er auf das Blut, das an seinen Fingerspitzen klebte. »Oh, Scheiße«, brachte er gerade noch hervor, dann folgte der zweite Schlag, seine Beine sackten weg und Dunkelheit umfing ihn.

Neunzehntes Kapitel

Als Noahs Wecker summte, regnete es immer noch. Er tastete nach dem Geräusch, öffnete in der Dunkelheit die Augen und zog in Erwägung, das zu tun, was jeder vernünftige Mensch an einem verregneten Morgen tun würde. Weiterschlafen.

Allerdings vermochten ein paar Stunden gemütlicher Weltvergessenheit das unweigerlich folgende süffisante Grinsen und die schnippischen Kommentare Olivias nicht aufzuwiegen. Er taumelte unter die Dusche, was seinen Bewusstseinsgrad um eine Stufe steigerte, taumelte wieder heraus und zog sich an.

Inzwischen war er zu dem Schluss gekommen, dass jeder, der vorhatte durch diesen Regen zu marschieren, nicht ganz bei Trost sein konnte. Noah ging fest davon aus, dass Olivia gewusst hatte, dass es regnen würde, den Regen wahrscheinlich eigens bestellt hatte, um es ihm heimzuzahlen. Darüber lamentierte er halblaut auf dem Weg in die Lobby, wo er auf kleine Gruppen von Menschen traf, die für den Tag gerüstet schienen und sich von dem Kaffee und den Doughnuts, die für die Wanderer bereitgestellt waren, bedienten.

Die meisten von ihnen, stellte Noah überrascht fest, schienen durchaus mit ihrem Schicksal zufrieden.

Gegen sieben hatten Koffein und Zucker ihre Wirkung getan, und Noah fühlte sich beinahe menschlich. Nachdem er sogar genügend Energie aufgebracht hatte, um mit der Rezeptionistin zu flirten, schnappte er sich einen letzten Doughnut und ging nach draußen.

Er entdeckte Olivia sofort. Sie stand in der Dunkelheit. Regen plätscherte auf ihren Buschhut, Nebelschwaden wanden sich um ihre Stiefel, während sie vier Gästen deren geplante Route erläuterte. Der Hund wanderte umher und erschlich sich von den der Frühaufstehern Streicheleinheiten und Pfotenschütteln.

Sie nahm Noah mit einem Nicken zur Kenntnis und beobachtete, wie die Gruppe davonwanderte.

»Fertig?«

Noah steckte den Rest von seinem Frühstücksdoughnut in den Mund. »Ja.«

»Lass mich mal sehen.« Ihr Blick wanderte an ihm auf und ab. »Wann hast du denn die Stiefel aus der Schachtel genommen, Sportsfreund?«

Vor weniger als einer Stunde, dachte Noah. Er hatte sie in San Francisco gekauft. »Ich bin eben seit ein paar Jahren nicht mehr gewandert. Wenn wir nicht gerade das Matterhorn besteigen wollen, bin ich bereit. Schließlich bin ich gut in Form.«

»In Fitnesscenter-Form.« Sie drückte einen Finger in seinen flachen Bauch. »Und obendrein ein edles Fitnesscenter. Die Berge hier sind aber keine Stepmaster. Wo ist deine Wasserflasche?«

Da sie ihm bereits auf die Nerven ging, streckte er einen Arm aus, machte die Hand hohl und sammelte den Regen in seiner Handfläche. Olivia schüttelte nur den Kopf. »Augenblick.« Sie machte auf dem Absatz kehrt und ging zurück ins Gästehaus.

»Liegt es an mir«, erkundigte Noah sich bei Shirley, »oder springt sie mit allen Gästen so um?« Doch der Hund schwieg. Schon kam Olivia mit einer Plastikflasche und einer Gürtellasche zurück. »Jeder nimmt sein eigenes Wasser mit«, erklärte sie und befestigte die Flasche zu Noahs Erstaunen geschickt an seinem Gürtel.

»Danke.«

»Das lasse ich auf deine Rechnung setzen.«

»Ich meine den persönlichen Einsatz, Mama.«

Beinahe wäre ihr ein Lächeln entschlüpft, doch dann zuckte sie mit den Schultern und schnippte mit den Fingern nach dem Hund, der sofort zu ihr lief. »Los geht's.«

Sie hatte vor, mit dem einfachen Naturlehrpfad von einer Meile zu beginnen, der unerfahrenen Wanderern und Eltern mit kleinen Kindern empfohlen wurde. Um ihn in Sicherheit zu wiegen, dachte sie innerlich grinsend.

Nebel bedeckte den Boden, streifte die Bäume, verfing sich in Farnwedeln. Regen tropfte in einem monotonen Trommeln vom Himmel. Die Dunkelheit verdichtete sich, als sie den Wald betraten, schien nach unten zu drücken und verwandelte den Nebel in einen Geisterfluss.

»Gott, was für eine Gegend.« Auf einmal fühlte Noah sich klein und erschreckend schutzlos. »Man kann sich direkt vorstellen, wie eine Hand aus dem Nebel kommt, nach deinem Fußgelenk greift und dich nach unten zieht. Dir bleibt gerade noch Zeit für einen kurzen Schrei, dann ist das einzige Geräusch … ein Schlürfen.«

»Oh, dann hast du also von unserem Waldungeheuer gehört?«

»*Wie bitte?*«

»Pro Jahr verschwinden etwa fünfzig Wanderer.« Nachlässig zog sie eine Schulter hoch. »Wir versuchen, es geheim zu halten, wollen die Touristen nicht verschrecken.«

»Das ist gut«, murmelte Noah, musterte den Nebel jedoch misstrauisch. »Das ist sehr gut.«

»Das ist schlau«, korrigierte sie. »Sehr schlau.« Sie nahm eine Taschenlampe heraus und leuchtete damit direkt nach oben. Der Strahl schnitt durch die Dunkelheit und tauchte die Umgebung in verschwommene Schatten.

»Die Baumschicht besteht hier aus Sitkafichten, Hemlock- und Douglastannen und roten Zedern. Man unterscheidet sie an der Länge ihrer Nadeln, der Form ihrer Zapfen und natürlich am Muster ihrer Rinde.«

»Natürlich.«

Sie ignorierte ihn. »Die Bäume und die zahlreichen Epiphyten halten das Sonnenlicht ab und verursachen dieses typisch grüne Dämmerlicht.«

»Was sind Epiphyten?«

»Parasiten. Farne, Moose, Flechten. In diesem Fall fügen sie ihren Wirten keinen wirklichen Schaden zu. Du kannst sehen, wie sie angeordnet sind, eine Art Dach in der Baumschicht bilden. Hier unten bedecken sie den Boden und die Stämme. Leben und Tod arbeiten hier unabhängig, auch ohne das Waldungeheuer.«

Olivia knipste die Lampe aus und verstaute sie wieder.

Unterwegs setzte sie ihren Vortrag fort. Mit halbem Ohr lauschte Noah ihrer Beschreibung der Bäume. Ihre Stimme klang angenehm, ein wenig kehlig. Er ging davon aus, dass ihre Abhandlung auf Laien zugeschnitten war, obwohl sie ihn ihren Wissensvorsprung nicht spüren ließ.

Eigentlich hatte er erwartet, sich zu langweilen, weil er diesen Umweg hatte wählen müssen, um ihr Vertrauen zu gewinnen. Stattdessen war er fasziniert.

Trotz Regen und Nebel leuchtete der Wald grün, ein Pulsschlag aus einer anderen Welt betonte die dichten Farnbüschel und knotigen, moosbewachsenen Hügel. Überall tropfte und schimmerte es.

Über sich hörte er plötzlich ein Knacken und sah gerade noch, wie ein dicker Ast herunterfiel und auf den Waldboden krachte. »Da möchte man nicht drunterstehen.«

»Ein Witwenmacher«, erklärte sie ironisch grinsend.

Noch einmal taxierte er den Ast, der ihn beinahe zu Boden gerissen hätte. »Gut, dass wir nicht verheiratet sind.«

»Gelegentlich sammeln Epiphyten so viel Feuchtigkeit, dass ein Ast zu schwer wird und abbricht. Hier unten wird er zum Teil des Kreislaufs und ernährt andere Pflanzen.« Abrupt blieb Olivia stehen und hielt eine Hand hoch.

»Leise«, flüsterte sie und dirigierte ihn hinter den dicken Stamm einer Fichte.

»Was?«

Sie schüttelte den Kopf, hielt zwei Finger an seine Lippen und ließ sie dort, während er sich fragte, wie sie reagieren würde, wenn er daran zu knabbern begänne. Dann hörte er, was sie gehört hatte, und spürte, dass der Hund zwischen ihnen erzitterte.

Ohne die geringste Ahnung, was ihn erwartete, legte er in einer schützenden Geste eine Hand auf ihre Schulter und nahm dann durch die Bäume und Ranken die Geräusche großer Tiere in Bewegung wahr.

Sie traten aus der Dämmerung, wateten knietief durch den Nebel. Zwölf, nein, fünfzehn riesige Elche mit Geweihen wie Kronen.

»Wo sind die Damen?«, murmelte er gegen Olivias Finger und erntete ein Stirnrunzeln.

Ein Elch stieß einen tiefen, röhrenden Ruf aus, der die Bäume erzittern ließ. Noah glaubte, die Tiere riechen zu können. Dann zogen sie weiter, verschwanden langsam im Dickicht.

»Die weiblichen Tiere leben zusammen mit den jüngeren männlichen in Herden«, erklärte Olivia. »Ältere Hirsche, wie wir sie gerade gesehen haben, leben in kleineren Herden, bis zum Spätsommer, wenn alle Regeln aufgehoben werden und sie miteinander kämpfen, um ihren Harem auszuwählen oder zu verteidigen.«

»Harem?« Er grinste. »Klingt gut. Waren das die Roosevelt-Elche?« erkundigte er sich dann. »Die Sorte, über die du gestern gesprochen hast?«

Falls sie überrascht war, dass er ihrem Vortrag tatsächlich zugehört hatte, ließ sie sich dies nicht anmerken. »Ja, um diese Jahreszeit werden sie oft auf unserem Pfad gesichtet.«

»Dann bin ich froh, dass wir diesen Weg genommen haben. Sie sind wirklich riesig, ganz anders als Bambi und Konsorten.«

»Bambi und Konsorten sehen wir vielleicht später. Während der Paarungszeit ist im Wald jede Menge los.«

»Kann ich mir denken. Warum hat sie nicht gebellt und ist

ihnen nachgerannt?«, fragte er und legte eine Hand auf Shirleys Kopf.

»Erziehung geht vor Instinkt. Du bist ein gutes Mädchen, nicht wahr?« Olivia hockte sich hin und streichelte Shirley. Dann wickelte sie die Leine vom Gürtel und befestigte sie am Halsband des Hundes.

»Warum tust du das?«

»Wir verlassen das MacBride-Gebiet. Auf dem Regierungsgelände müssen Hunde an der Leine geführt werden. Das gefällt dir überhaupt nicht, was?«, sagte sie zu Shirley. »Aber so lautet das Gesetz.« Sie richtete sich auf und sah Noah in die Augen. »Wir können natürlich auch umkehren, wenn du genug hast.«

»Ich dachte, jetzt geht es erst richtig los.«

»Deine Entscheidung.«

Sie wanderten weiter. Er sah den Kompass an ihrem Gürtel, aber sie benutzte ihn nicht. Olivia schien genau zu wissen, wo sie sich befanden. Sie ließ ihm außerdem genügend Zeit, um sich umzusehen und Fragen zu stellen.

Der Nebel schien sich zu lichten, wurde dünner, verwandelte sich in Strudel und löste sich schließlich auf.

Der Pfad, den sie ausgesucht hatte, führte stetig bergauf. Das Licht veränderte sich, bis das leuchtende Grün von schwachem Sonnenlicht durchsetzt war. Es fiel durch die kleinen Lücken zwischen den Blättern, und auf den Lichtungen entdeckte er bunte Wildblumen.

»Erinnert mich an Schnorcheln.«

»Was?«

»Ich war mal in Mexiko schnorcheln«, erzählte er. »Mit etwas Übung kann man ziemlich lange unten bleiben und viel sehen. Das Licht ist eigenartig, wenn auch nicht so grün wie hier, und die Sonne bricht sich an der Wasseroberfläche. Alles wirkt sanft, überall sieht man seltsame Formen. Dort kann man sich leicht verlieren. Bist du schon mal getaucht?«

»Nein.«

»Es würde dir gefallen.«

»Warum?«

»Nun, außer der minimalen Grundausrüstung nimmt man nichts mit und liefert sich einer fremden Welt aus. Nie weiß man, was hinter der nächsten Ecke wartet. Magst du Überraschungen?«

»Nicht sonderlich.«

»Lügnerin.« Er grinste sie an. »Jeder mag Überraschungen. Außerdem bist du Naturkundlerin. Die Unterwasserwelt ist vielleicht nicht dein Fachgebiet, aber sie würde dir gefallen. Mein Freund Mike und ich haben vor ein paar Jahren zwei unvergessliche Wochen in Cozumel verbracht.«

»Beim Tauchen?«

»Ganz genau. Und was machst du so in deiner Freizeit?«

»Ich führe nervige Großstadttypen durch den Wald.«

»Ich bin dir schon seit mindestens einer Stunde nicht mehr auf die Nerven gegangen. Ich habe auf die Uhr gesehen. Wow! Da ist es.«

»Was?« Verblüfft drehte sie sich um.

»Du hast gelächelt. Ausnahmsweise hast du mal nicht aufgepasst und mich tatsächlich angelächelt.« Er legte eine Hand auf sein Herz. »Jetzt hat es mich erwischt. Lass uns heiraten und viele kleine Labradors großziehen.«

Sie schnaubte. »Da, jetzt gehst du mir schon wieder auf die Nerven. Sieh auf die Uhr.«

»Von wegen.« Er passte sich ihrem Schritt an. »Du beginnst, mich zu mögen, Liv, du kannst einfach nicht dagegen an.«

»Vielleicht bewege ich mich in Richtung Toleranz, aber das ist meilenweit von Mögen entfernt. Also, hier auf dem Pfad erkennst du Sauerklee, Lebermoos …«

»Von Lebermoos kann ich nie genug kriegen. Bist du schon mal in L. A.?«

»Nein.« Sie warf ihm einen Blick zu, blickte ihm jedoch nicht direkt in die Augen. »Nie.«

»Ich dachte, du würdest vielleicht gelegentlich deine Tante besuchen.«

»Mindestens zweimal im Jahr kommen sie zu uns.«

»Ich muss zugeben, ich kann mir schwerlich vorstellen, wie Jamie durch den Wald stiefelt. Sie ist eine beeindruckende Frau. Aber schließlich ist sie hier aufgewachsen und daran gewöhnt. Was ist mit ihrem Mann?«

»Onkel David? Er liebt sie so sehr, dass er sie begleitet und sich von meiner Großmutter zum Angeln mitschleppen lässt. Das geht nun schon seit Jahren so. Jeder weiß, dass er Angeln verabscheut. Wenn er Pech hat, fängt er sogar ein paar Fische, dann muss er sie auch noch ausnehmen. Einmal haben wir ihn auch zum Campen überredet.«

»Nur einmal?«

»Ich glaube, danach bekam Tante Jamie ihr diamantenbesetztes Perlenhalsband. Das war wohl sein Bestechungsversuch, damit sie ihn nie wieder dazu zwingt, im Wald zu übernachten. Keine Handys, keine Laptops, kein Zimmerservice.« Sie warf Noah einen Blick von der Seite zu. »Ihr würdet euch vermutlich großartig verstehen.«

»Hey, ich kann mein Handy jederzeit abmelden. Ich bin nicht süchtig. Und ich habe schon oft draußen geschlafen.«

»In einem Zelt im Garten.«

»Und im Pfadfinderlager.«

Sie lachte, ohne sich dessen bewusst zu sein. »Du und Pfadfinder?«

»Allerdings. Sechseinhalb kurze, unvergessliche Monate lang. Die Uniformen haben mich abgeschreckt. Du musst zugeben, dass die Hüte ziemlich übel sind.«

Langsam geriet er ein wenig außer Atem, aber er wollte die Unterhaltung nicht unterbrechen, nun, da sie endlich in Gang gekommen war. »Warst du bei den Pfadfinderinnen?«

»Nein, für Gruppen hatte ich nie viel übrig.«

»Du wolltest nur nicht die blöde Kappe aufsetzen.«

»Das war einer der Gründe. Wie geht's mit deinen Stiefeln?«

»Prima. Bei L. L. Bean wird man immer gut beraten.«

»Du wirst langsamer, Sportsfreund. Möchtest du eine Pause einlegen?«

»Nicht ich werde langsamer, das ist Shirley.«

Olivia tippte mit einem Finger auf seine Wasserflasche. »Trink einen Schluck. Das ölt die Muskeln. Hier kannst du feststellen, dass der Weinahorn höher, baumähnlicher wächst als unten im Tal. Durch die Vegetation sieht man hier den Boden. Wir befinden uns über hundertfünfzig Meter weiter oben.«

Die Welt öffnete sich wieder, mit wolkenverhangenen Gipfeln, grünen Tälern und einem Himmel, der wie polierter Stahl wirkte. Der Regen hatte aufgehört, aber der Boden unter ihren Füßen war immer noch durchweicht, und die Luft schmeckte so feucht wie das Wasser, das er durch seine Kehle fließen ließ.

»Wie nennt sich dieser Fleck?«

»Wir sind hier auf dem Three-Trees-Pfad.«

In der Ferne entdeckte er den Fluss, der sich durch Bäume, Hügel und zackige Steininseln wand, die wie geballte Fäuste durch das graue Wasser drangen. Der Wind schlug ihm ins Gesicht, rauschte in den Baumkronen hinter ihm und wurde vom Wald verschluckt.

»Hier wirkt gar nichts sanft.«

»Nein, und das sollte man nie vergessen. Viele Sonntagsausflügler denken nicht daran und müssen dann später dafür bezahlen. Die Natur ist nicht freundlich. Sie ist erbarmungslos.«

»Komisch, ich hätte gedacht, dass du sie den Menschen vorziehst.«

»Das tue ich auch. Kannst du wieder atmen?«

»Das konnte ich die ganze Zeit.« Mehr oder weniger.

»Wenn wir über die Brücke dort gehen und dem Pfad noch dreieinhalb Meilen folgen, kommen wir zu den Seen. Oder wir kehren hier um.«

»Dreieinhalb Meilen schaffe ich locker.«

»Na gut.«

Auf der Big-Creek-Brücke hörte er unter sich das Wasser rauschen. Er fühlte, wie der Wind an ihm zerrte und lehnte sich dagegen. Olivia schlenderte vor ihm her, als ob sie über den Wilshire Boulevard flanieren würde.

Noah bemühte sich, sie dafür nicht zu hassen.

Nach weniger als einer Meile brachten seine Füße ihn um, und der Schmerz in seinen Wadenmuskeln wurde schier unerträglich. Sie hatte nicht erwähnt, dass der letzte Teil der Strecke steil nach oben führte. Noah biss die Zähne zusammen und hielt Schritt.

Er versuchte, nicht an seinen geschundenen Körper zu denken und konzentrierte sich stattdessen auf die Landschaft, träumte von der Massage, die er sich gönnen würde, sobald er wieder im Gästehaus war, und überlegte, was es wohl zu essen geben würde.

Aus dem Augenwinkel nahm er eine Bewegung wahr und blickte rechtzeitig auf, um etwas durch die langsam spärlicher werdenden Bäume schweben zu sehen. »Was war das?«

»Ein fliegendes Eichhörnchen. Tagsüber sieht man sie selten, sie sind nachtaktiv.«

»Tatsächlich? Wie Rocky? Rocky und Bullwinkle«, erklärte er, als Olivia verständnislos die Stirn runzelte. »Du weißt schon, der Cartoon.«

»Ich sehe selten fern.«

»Als Kind musst du doch Rocky und Bullwinkle gesehen haben!« Er verdrehte den Hals, versuchte, noch einen Blick auf das Tier zu erhaschen. »Das war mehr als ein Cartoon, geradezu eine Institution. Was gibt es hier noch außer Rocky?«

»Eine Liste der Tierwelt ist im Zentrum erhältlich.« Olivia zeigte auf einen Baum, dessen Rinde abgezogen und dessen Stamm von tiefen Rillen durchzogen war. »Bären. Das waren Bärenkrallen.«

»Echt?« Anstatt erschrocken zu reagieren, trat er näher heran und betrachtete die Spuren fasziniert. »Sind sie noch im Winterschlaf, oder könnten wir einem begegnen?«

»Oh, sie sind jetzt unterwegs. Und hungrig«, konnte sie sich nicht verkneifen, hinzuzufügen.

»Na ja.« Er fuhr mit dem Finger eine der tiefen Rillen entlang. »Solange er mich auf der Suche nach seinem Mittagessen nicht für einen Baum hält, dürfte das interessant werden.«

Während sie weiterkletterten, vergaß er beinahe seine schmerzenden Muskeln. Backenhörnchen tollten über den Boden und plapperten und schimpften in den Bäumen. Ein Habicht schwebte mit majestätischen Flügelschlägen über ihnen und stieß einen einzigen, wilden Schrei aus, dessen Echo ewig nachzuhallen schien. Sie sahen einen schwarz glänzenden Raben und die ersten Schneespuren.

»Hier können wir rasten.« Olivia nahm ihren Rucksack ab, warf Noah einen nachdenklichen Blick zu, hockte sich dann hin und packte aus. »Ich hätte nicht gedacht, dass du es schaffst, zumindest nicht ohne Gejammer.«

»Ein paarmal hätte ich fast gejammert, aber die Aussicht macht die Qualen wett.«

Er sah auf die drei Seen hinunter, die matt silbern wie alte Spiegel glänzten. Die wellige Oberfläche reflektierte die Berge wie Schatten. Die Luft roch scharf nach Kiefern, Kälte und dem feuchten Duft des regennassen Bodens.

»Als Belohnung dafür, dass du nicht gejammert hast, gibt es Großmamas berühmten Rindfleischeintopf mit Graupen.«

»Ich könnte einen ganzen Berg verdrücken.«

Olivia zog eine kleine Decke aus dem Rucksack. »Breite sie aus und setz dich hin. Einen Berg bekommst du zwar nicht, aber genug, um dir den Bauch aufzuwärmen und deine schmerzenden Füße zu vergessen.«

»Ich habe etwas von meinem Gratisobst mitgebracht.« Er grinste, während er die Decke auseinanderfaltete. »Falls du vorgehabt hättest, mich verhungern zu lassen.«

»Ich hatte daran gedacht, dich im Wald zurückzulassen und abzuwarten, ob du den Heimweg allein finden würdest. Aber ich mag deine Eltern, und sie wären untröstlich.«

Er zog die Beine unter sich und nahm den Kaffee, den sie aus einer Thermoskanne in eine Tasse gegossen hatte. Am liebsten hätte er ihr den Hut vom Kopf gezogen, um ihr Haar zu berühren. Er liebte seinen Anblick, die glatte Kappe mit dem kecken Pony. »Du könntest lernen, auch mich zu mögen.«

»Wohl kaum.«

Er streichelte Shirleys Kopf. »Dein Hund mag mich immerhin.«

»Sie gehört Großpapa. Und sie trinkt aus der Toilette. Ihrem Geschmack ist nicht zu trauen.«

»Du bist sehr hart, Liv. Aber du kochst tollen Kaffee. Wenn wir heiraten, kannst du mir jeden Morgen Kaffee kochen, und ich werde dich wie eine Königin behandeln.«

»Warum machst du nicht den Kaffee, und ich behandle dich wie einen Sklaven?«

»Heißt das, du würdest mich fesseln und zu perversen Sexpraktiken zwingen? Ich habe mich nämlich kürzlich dem Zölibat verschworen.«

Sie lachte und holte einen zweiten Thermosbehälter heraus. »Deine Ehre ist bei mir in guten Händen.«

»Da bin ich aber erleichtert. Hey, das riecht köstlich!«

»Großmutter ist eine gute Köchin.« Olivia goss den Eintopf in Suppenteller.

»Kann ich mal zum Essen vorbeikommen?«

Unvermittelt erstarrte sie. »Als ich gestern nach Hause kam, hat Großmutter geweint. Mein Großvater hatte ihr erzählt, dass du hier bist, was du vorhast, und dass er mit dir gesprochen hat. Ich weiß nicht, was sie zueinander gesagt haben, aber ich weiß, dass sie seither kaum noch miteinander reden. Und dass sie geweint hat.«

»Das tut mir leid.«

»Wirklich?« Sie blickte auf. Er hatte erwartet, dass ihre Augen feucht wären, aber sie waren trocken und heiß. »Es tut dir leid, dass du unerträglichen Kummer aufleben lässt, Spannungen zwischen zwei Menschen auslöst, die sich seit über fünfzig Jahren lieben, und mich irgendwie zwischen sämtliche Stühle manövriert hast?«

»Ja.« Seine Augen blieben ruhig auf ihre gerichtet. »Das tut es.«

»Trotzdem schreibst du das Buch?«

»Ja.« Er nahm seinen Teller. »Ich habe die Akte bereits geöffnet, bin schon zu weit gegangen, um umzukehren. Und das ist eine Tatsache, Livvy. Wenn ich diesmal wieder aufgebe, wird Tanner seine Geschichte trotzdem erzählen. Er wird sie ganz einfach jemand anderem erzählen. Dem es vielleicht nicht leidtut, nicht leid genug, um so behutsam wie möglich vorzugehen, zu prüfen, ob das, was er schreibt, auch der Wahrheit entspricht. Er hätte nicht diese Verbindung zu dir und deiner Familie, so schwach sie auch sein mag.«

»Siehst du dich jetzt als Kreuzritter?«

»Nein.« Er ließ ihre Bitterkeit mit Mühe von sich abprallen. »Ich bin nur ein Schriftsteller. Ein guter. Ich bilde mir nicht ein, dass das, was ich schreibe, etwas verändern wird, aber ich hoffe, dass ich damit ein paar Fragen beantworten kann.«

War er früher auch schon so selbstbewusst gewesen? Sie bezweifelte es. In den letzten sechs Jahren waren sie beide reifer geworden. »Für Antworten ist es zu spät.«

»Da gehen unsere Meinungen auseinander. Liv, hör mir zu.« Er nahm seine Kappe ab, raufte sich das Haar. »Es gibt ein paar Dinge, die ich dir noch nicht erklärt habe.«

»Ich habe gesagt …«

»Verdammt, lass mich aussprechen. Als deine Mutter umgebracht wurde, war ich zehn. Mein Vater war damals mein großer Held, irgendwie ist er es heute noch. Jedenfalls wusste ich einiges über seine Arbeit, das darüber hinausging, was ein normaler Zehnjähriger von den Guten und Bösen weiß. Was er tat, war wichtig für mich, hat mich beeindruckt. Und ich habe ihn beobachtet. Als er nach dem Mord an deiner Mutter nach Hause kam, zeichnete sich auf seinem Gesicht große Trauer ab. Das hatte ich noch nie erlebt, zumindest nicht im Zusammenhang mit seiner Arbeit. Manchmal war er wütend, und oft kam er müde und genervt heim, aber ich hatte ihn noch nie traurig gesehen. Und das habe ich seither nicht vergessen.«

Unruhig ergriff sie ihren Teller und rührte den Eintopf um. Aus seiner Stimme klang mehr als Frustration. Sie hörte Leidenschaft. Und Zielstrebigkeit.

»Und jetzt zerrst du diese Trauer wieder ans Tageslicht?«

»Du kannst nichts ans Tageslicht zerren, was immer da war. Für jeden von euch war die Trauer ständig präsent. Ich habe dich im Fernsehen gesehen«, fuhr er fort. »Du warst noch klein. Sie haben immer wieder die Szene gezeigt, als du weinend aus dem Haus gelaufen kamst, dir die Hände vor die Ohren gehalten und geschrien hast.«

Sie konnte sich genau an den Augenblick erinnern – und hatte ihn wider Willen schon oft genug erneut durchlebt.

»Ich weiß nicht, ob ich dir helfen will oder nicht«, sagte sie nach einer Weile. »Aber ich werde noch nicht einmal darüber *nachdenken*, wenn du mir nicht versprichst, meine Großmutter aus dem Spiel zu lassen. Sie steht das nicht durch. Und ich werde nicht zulassen, dass du sie belästigst.«

»In Ordnung.« Misstrauisch runzelte sie die Stirn.

»Aber erwarte nicht, dass ich dir vertraue.«

»Das hast du schon einmal getan. Und du wirst mir wieder vertrauen, noch bevor alles vorbei ist.«

»Da wäre ich mir nicht so sicher. Dort rechts auf dem See schwimmen ein paar Harlekinenten.«

Er sah hinüber. Ihm war bereits aufgefallen, dass sie sich stets auf ihre Rolle als Naturführerin besann, sobald sie das Thema wechseln wollte.

»Ich bleibe bis Ende der Woche«, sagte er. »Meine Nummer in L. A. habe ich an der Rezeption hinterlassen. Wenn du dich bis zu meiner Abreise noch nicht entschieden hast, kannst du mich jederzeit anrufen, dann komme ich zurück.«

»Ich werde darüber nachdenken.« Sie gab Shirley einen Keks. »Und jetzt sei still. Die Ruhe ist das Schönste hier.«

Zufrieden mit seinem Fortschritt genoss Noah den Eintopf. Er wollte gerade fragen, ob es wohl einen Nachschlag gab, als ein Schrei ihn den Teller in die Luft werfen und auf die Füße springen ließ.

»Bleib hier«, befahl er. »Beweg dich nicht vom Fleck.«

Olivia starrte ihn fünf Sekunden lang sprachlos an und stand auf, als er begann, dem Geräusch entgegenzulaufen. »Halt, warte!« Sie erwischte ihn am Ärmel, zog und taumelte fast gegen ihn, weil Shirley sich in der Hoffnung auf ein ausgelassenes Spiel gegen sie drängte.

»Da braucht jemand Hilfe.« Als der Schrei von neuem erklang, schob Noah Olivia beiseite. »Du sollst hierbleiben, bis ich …«

»Das ist ein Murmeltier!« Sie unterdrückte ein Lachen. »Vermutlich ein Olympic-Murmeltier.«

»Was zum Teufel ist das?«

Es gelang ihr, die Fassung zu bewahren. »Auch unter dem Namen Pfeifendes Schwein oder Pfeifer bekannt, obwohl sein Warnruf eigentlich kein Pfeifen ist, sondern mit den Stimmbändern erzeugt wird. Das ist keine Jungfrau in Nöten, sondern ein … da.«

Sie wies in eine bestimmte Richtung. Zwei Murmeltiere mit zotteligem, grau-braunem Fell bewegten sich auf eine Felsnase zu. Eins von ihnen erhob sich auf die Hinterbeine, schnupperte die Luft und betrachtete Hund und Menschen aus gelblichen Augen.

»Sie sind gerade aus dem Winterschlaf erwacht. Normalerweise schlafen sie im September ein und wachen vor Mai nicht wieder auf. Vermutlich ist ihre Höhle ganz in der Nähe. Ihr Ruf ist ein Frühwarnsystem, weil sie nicht so beweglich sind wie ihre Feinde.«

»Toll.« Noah wandte den Kopf, sah Olivia mit zusammengekniffenen Augen an.

»Du warst ganz schön mutig. Ich habe mich vor plündernden Murmeltieren richtig sicher gefühlt.«

»Klugscheißer.« Er legte einen Finger an ihr Kinn und ließ ihn dort. Ihre Augen funkelten tief golden und amüsiert, ihre Lippen lächelten weich.

Noah bemerkte die Veränderung, die aufkeimende Erkenntnis. Er hörte, wie sie scharf einatmete, als seine Hand ihr Kinn streifte.

Er hatte die Bewegung nicht geplant, hatte sie instinktiv ausgeführt. Erst in dem Augenblick, als sein Mund sich auf ihren legte, schaltete sich sein Gehirn ein und schrie: *Fehler!* Aber seine andere Hand glitt bereits durch ihr Haar, und seine

Zähne nagten an ihrer Unterlippe, um ihren Geschmack intensiver wahrzunehmen.

Olivia zuckte kurz zusammen, als ob die Berührung ihrer Münder sie erschreckt hätte, dann wurde sie ruhig. Unter der Ruhe spürte er einen sanften Schauer. Ihre Lippen erwärmten sich.

Er zog sie enger an sich, vertiefte seinen Kuss, obwohl ein Teil von ihm wusste, dass er diesen Weg nicht wieder hätte einschlagen dürfen.

Sie hatte ihn wegschieben, ihn aufhalten wollen, sobald sie das Aussetzen ihres Pulses bemerkt hatte.

Aber sie war wie gelähmt. Der Rausch der Gefühle, die in ihrem Körper aufwallten, verblüffte sie, ließ sie auf mehr hoffen, ließ ihre Hand nach seinem Ärmel greifen.

Genauso war es damals zwischen ihnen gewesen.

Der Wind fegte an ihnen vorbei, ächzte in den Bäumen, und sie konnte sich nicht bewegen, weder zu ihm hin noch von ihm weg.

Dieses erschöpfende Gefühl der Hilflosigkeit machte ihr Angst.

»Olivia.« Er berührte ihr Gesicht mit seinen Händen.

Sie hatten sich beide verändert, dennoch schmeckte sie genauso wie damals, war die Form ihres Gesichts dieselbe, war die Begierde, die zwischen ihnen aufkeimte, die Gleiche.

Als er sich von ihr löste, um sie anzusehen, murmelte er noch einmal: »Olivia.«

Endlich zog sie sich zurück, versteckte sich hinter ihrer Wut. »Das passiert mir nicht noch einmal.«

»Liv.« Seine Stimme blieb ruhig und ernst. »Es ist schon passiert.«

»Typisch. Das ist einfach typisch.« Sie drehte sich um und stapfte zur Decke zurück, wo sie alles wieder in ihrem Rucksack verstaute.

Er hatte zwar seine Gedanken noch nicht wieder unter Kontrolle, aber er schaffte es immerhin, zu ihr zu gehen und sie umzudrehen.

»Hör mal …«

»Hände weg.« Sie stieß ihn zur Seite. »Glaubst du, ich weiß nicht, was du vorhast? Weil du mich mit deiner sogenannten Logik und deinem Charme nicht überzeugen kannst, versuchst du es jetzt so. Genau wie damals.«

»So leicht kommst du mir nicht davon.« Kraftvoll hielt er sie fest, als sie ihn zur Seite schieben wollte. Seine Augen spiegelten seine Wut. »Du kannst die Tatsachen nicht verdrehen. Du weißt genau, dass ich nicht vier Stunden lang gewandert bin, nur damit ich dir an die Wäsche gehen kann. Wenn ich das vorgehabt hätte, hätte ich es in einem schönen, warmen Zimmer versucht, ohne dass meine Füße Blasen schlugen.«

»Du hast dich aber an mich herangemacht«, wies sie ihn kühl zurecht. Er bleckte die Zähne.

»Das war nicht geplant, es ist einfach passiert. Und du hast mich nicht zurückgewiesen. Wenn du sauer sein willst, bitte schön, aber dann solltest du mir wenigstens die wahren Gründe verraten.«

Sie starrten einander an. Shirley jaulte und drängte sich zwischen sie. »Okay.« Olivia beschloss, die Situation so würdevoll wie möglich zu meistern. »Ich bin sauer, weil du meine momentane Schwäche ausgenutzt hast.«

»In deinem Körper gibt es keinen Funken von Schwäche«, murmelte er und ließ sie gehen. »Wie lange willst du mich noch für einen Fehler bezahlen lassen, den ich vor sechs Jahren begangen habe? Auf wie viele Arten soll ich mich noch bei dir entschuldigen?«

»Ich will keine Entschuldigung. Ich will es vergessen.«

»Das kannst du nicht. Genauso wenig wie ich. Willst du wissen, wie oft ich in all den Jahren an dich gedacht habe?«

»Nein.« Sie stieß das Wort aus. »Nein, das will ich nicht. Wenn wir eine gemeinsame Ebene finden wollen, Noah, dann müssen wir uns darauf konzentrieren, wie wir heute sind, und die Vergangenheit vergessen.«

»Ist das die MacBride-Methode? Sobald eine Situation zu schwierig wird, wird sie ignoriert?« Noah bedauerte seine Bemerkung sofort, nicht nur, weil sie verletzend war, sondern weil in ihren Augen Panik und Trauer aufkeimten. »Liv, es tut mir leid!«

Er griff nach ihr und fluchte leise, als sie zurückschreckte. »Es tut mir leid«, wiederholte er sehr deutlich. »Das war nicht nett von mir. Aber du bist nicht die Einzige, die gelitten hat. Damals hast du mein Herz in Stücke gerissen. Vielleicht hast du Recht. Vielleicht ist es besser, wenn wir die Vergangenheit ruhen lassen.«

Schweigend packten sie ein, peinlich darauf bedacht, einander nicht zu berühren. Im Wald wurde Olivia wieder zur unbeteiligten Führerin, wies auf interessante Pflanzen und Tiere hin und erstickte jede persönliche Unterhaltung im Keim.

Noah kam es vor, als ob sie sich unter ihrer Glasglocke verkrochen hätte. Für ihn war sie unerreichbar.

Das würde die Sache nur rundum einfacher gestalten, sagte er sich. Er wollte sie nicht mehr berühren. In seinem eigenen Interesse konnte er es nicht riskieren.

Während der letzten zwei Stunden der Wanderung träumte er davon, seine Stiefel zu verbrennen und den Geschmack in seinem Mund mit einem guten, steifen Drink herunterzuwaschen.

Zwanzigstes Kapitel

Als das Gästehaus wieder in Sicht kam, hatte Noah einen einfachen Plan. Er würde sich direkt in die Bar begeben und sich eine oder doch lieber zwei Flaschen Bier kaufen. Diese würde er mit in sein Zimmer nehmen, wo er sie während seines einstündigen Duschbads auszutrinken gedachte.

Wenn ihn das nicht wieder zu einem menschlichen Wesen machte, nun, dann würde er eben rohes Fleisch bestellen und darauf herumkauen.

Der Himmel war perlgrau, durchsetzt von ein paar flammenden Farbspritzern im Westen, aber er fühlte sich nicht in der richtigen Stimmung, um das Abendrot zu genießen.

Gerade wollte er sich zu Olivia umdrehen und einen übertrieben höflichen Kommentar über ihre Fähigkeiten als Wanderführerin abgeben, als der Empfangschef eilig auf ihn zugesteuert kam.

»Mr. Brady, Ihre Mutter hat angerufen. Sie sagte, es sei dringend.«

Er erstarrte, dann wurde ihm übel. »Meine Mutter?«

»Ja, sie rief etwa eine Stunde nach Ihrem Aufbruch heute Morgen an, und dann noch einmal um drei. Sie bittet Sie, sich so bald wie möglich zu Hause zu melden.«

Im Geiste sah er die Cops vor der Haustür. Jede Polizistenfamilie wusste, was es bedeutete, wenn man die Haustür öffnete und Uniformierte mit einstudiert ausdruckslosen Gesichtern davorstanden.

Aber sein Vater war doch pensioniert. Es konnte nicht wahr sein, es war unmöglich.

»Ich …«

»Du kannst hier telefonieren.« Sanft nahm Olivia seinen Arm. Die nackte Angst auf seinem Gesicht löste Alarmsignale in ihr aus, aber ihre Hand blieb ruhig, als sie ihn am Empfangsbereich vorbei zu einem Büro führte.

»Du kannst direkt wählen. Ich gehe nur …« Sie trat zurück, wollte ihn allein lassen, aber seine Hand legte sich über ihre.

Er sagte nichts, hielt nur weiter ihre Hand, während er die Nummer wählte. Die Berührung gab ihm Halt, während tausend Ängste durch seinen Kopf spukten. Seine Finger wurden feucht. Am anderen Ende klingelte es einmal, zweimal. Die Stimme seiner Mutter, abgehetzt und atemlos, ließ seine Eingeweide gefrieren.

»Mom?«

»Oh, Noah, Gott sei Dank.«

»Dad?« Während des einen Herzschlags, den sie zum Antworten benötigte, durchlebte er Höllenqualen.

»Nein, nein, Liebling. Es geht nicht um Frank. Deinem Vater geht es gut.« Bevor seine Knie vor Erleichterung unter ihm nachgeben konnten, sprach sie hastig weiter. »Es geht um Mike, Noah.«

»Mike?« Seine Finger drückten Olivias fester. »Was ist los? Was ist passiert?«

»Noah, ich – Gott ... Er ist im Krankenhaus. Er liegt im Koma. Wir wissen nicht, wie es um ihn steht. Sie untersuchen ihn noch, sie tun alles, was ...«

Als sie zu weinen begann, spürte Noah, wie sich sein Magen verkrampfte. »Was ist passiert? Ein Autounfall?«

»Nein, jemand hat ihn überfallen. Jemand hat immer wieder auf ihn eingeschlagen. Von hinten. Er war gestern Abend in deinem Haus.«

»Im Strandhaus? Er war bei mir?« Furcht und Entsetzen lähmten ihn beinahe. »Es ist gestern Abend passiert?«

»Ja. Ich habe es erst heute Morgen erfahren, ganz früh. Dein Vater ist gerade im Krankenhaus. Ich fahre auch wieder hin. Sie lassen nur einen zu ihm, immer nur für ein paar Minuten. Er liegt auf der Intensivstation.«

»Ich komme, so schnell ich kann. Ich nehme den nächsten Flug.«

»Einer von uns wird im Krankenhaus sein. Maggie und Jim ...« Ihre Stimme brach, als sie Mikes Eltern erwähnte. »Sie sollen dort nicht allein sein.«

»Ich bin unterwegs. Ich fahre direkt zu ihm. Mom ...« Ihm fiel nichts mehr ein. »Ich bin unterwegs«, wiederholte er. Er hängte ein, dann starrte er auf den Hörer. »Mein Freund wurde überfallen. Er liegt im Koma. Ich muss nach Hause.«

Er hielt Olivias Hand immer noch, aber sein Griff hatte sich gelockert. Sie spürte, dass seine Finger zitterten. »Geh und pack ein, was du brauchst. Ich rufe beim Flughafen an und buche dir einen Flug.«

»Was?«

Als sie in sein blasses Gesicht und die erschrockenen Augen blickte, empfand sie nichts als Mitleid. »Das spart Zeit, Noah.

Geh in dein Zimmer und hol dir, was du brauchst. Ich fahre dich zum Flughafen.«

»Ja … Gott.« Seine Augen waren wieder klar, sein Gesicht wurde hart und fest. »Buch mir einen Platz nach L. A., wenn nötig Stand-by. Ich bin in fünf Minuten fertig.«

Er hielt Wort und stand wieder in der Bürotür, bevor sie mit dem Telefonat fertig war. Er hatte sich nicht umgezogen, stellte sie fest, und trug nur seinen Rucksack und den Laptop unter dem Arm.

»Alles klar.« Sie stand eilig auf. »Es ist ein privater Landeplatz, etwa vierzig Minuten von hier. Freunde meiner Großeltern. Sie fliegen ab, sobald wir dort sind.«

Auf dem Weg nach draußen nahm Olivia einen Schlüsselbund vom Brett. Auf dem Parkplatz lief sie zu einem Jeep und schloss ihn auf, während er seinen Rucksack auf die Ladefläche warf.

»Das rechne ich dir hoch an.«

»Geht schon in Ordnung. Mach dir keine Sorgen um deine übrigen Sachen und den Wagen. Wir kümmern uns darum.« Sie fuhr zügig, ihre Hand umfasste ruhig das Steuer, ihre Augen blickten nach vorn. »Das mit deinem Freund tut mir leid.«

Das Zittern war vorbei, und Noah lehnte seinen pochenden Kopf gegen den Sitz. »Ich kenne ihn schon ewig. Seit der zweiten Klasse. Er war neu in unsere Gegend gezogen. Pummeliger Junge, ein komplettes Weichei. Er lud geradezu dazu ein, ihn zu verprügeln. Ich brachte es aber nicht über mich. Er war sich seiner Schwäche so gar nicht bewusst. Daran hat sich nichts geändert. Er war in Marcia Brady verknallt.«

»Deine Kusine?«

»Was? Oh, Brady. Nein, Marcia Brady aus der Serie ›Drei Mädchen und drei Jungen‹«. Er öffnete die Augen lange genug, um Olivia verdutzt anzustarren, dann seufzte er. »Stimmt, kein Fernsehen. Egal. Er ist der netteste Mensch, den ich kenne. Bedingungslos loyal und völlig harmlos. Verdammt!« Er schlug mit der Faust auf das Armaturenbrett, dann presste er beide Hände vor sein Gesicht. »Verflucht. Er liegt im Koma, verdammt noch mal, im Koma. Meine Mutter hat geweint. Sie hält immer durch, reißt sich immer zusammen. Wenn sie weint, muss es schlimm sein. Wirklich schlimm.«

Olivia wollte anhalten, nur einen Augenblick lang, ihn in den Arm nehmen, ihn halten, bis er sich besser fühlte. Dieses Bedürfnis hatte sie außerhalb ihrer Familie bisher bei niemandem verspürt. Stattdessen umklammerte sie das Steuer fester und gab Gas.

»Ich bin schuld daran.« Noah legte die Hände in den Schoß und ließ sie dort bewegungslos liegen.

»Das ist lächerlich.« Ihre Stimme klang forsch und vernünftig. Mit Logik konnte sie ihm besser helfen als mit Streicheleinheiten. »Du warst noch nicht einmal dort.«

»Ich habe es nicht ernst genommen, habe *sie* nicht ernst genommen. Ich habe ihn selbst zum Haus geschickt, um die verdammten Blumen zu gießen. ›Gieß die Blumen, Mike‹. Dabei wusste ich, dass sie nicht zurechnungsfähig ist.«

»Wovon redest du eigentlich?«

»Eine Zeit lang war ich mit einer Frau zusammen. Von meiner Seite aus war es nichts Ernstes, aber ich hätte es ahnen müssen. Ich habe mich einfach mitreißen lassen – warum auch nicht? Als es kompliziert wurde, habe ich die Sache beendet. Das hat sie nicht gut aufgenommen. Es gab Auseinandersetzungen, und dann hat sie mein Mobiliar kurz und klein geschlagen, während ich weg war.«

»Dein Mobiliar kurz und klein geschlagen?«

»Allerdings. Was übrig war, konnte ich auf einer Schaufel zusammenkehren.«

»Das ist ja schrecklich. Warum hast du sie nicht verhaften lassen?«

»Keine Beweise. Jeder weiß, dass sie es war, es ist genau ihr Stil, aber wir konnten nichts unternehmen. Zuletzt hat sie wüste Drohungen ausgestoßen und mir noch eine Szene gemacht. Dann bin ich abgereist – und habe Mike beauftragt, die Blumen zu gießen.«

»Wenn diese sonderbare Frau deinen Freund überfallen hat, ist es ihre Schuld. Ihre Verantwortung.«

Noah schwieg. Olivia spürte, wie Wellen des Schmerzes von ihm ausgingen. Sie konnte es kaum ertragen. »Als … nach dem Tod meiner Mutter gab es eine Phase, in der ich mir die Schuld gab. Ich war weggelaufen und hatte mich im Schrank versteckt. Ich hatte nichts getan, um ihr zu helfen.«

»Jesus, Liv, damals warst du vier.«

»Das ist nicht wichtig, Noah. Wenn man jemanden liebt, und ihm etwas Schreckliches zustößt, ist es egal, wie alt man ist. Später kam das Stadium, in dem ich ihr selbst die Schuld gab«, fuhr sie fort. »Was hatte sie sich nur dabei gedacht? Sie hat ihn ins Haus gelassen. Sie ließ das Monster herein«, fügte sie murmelnd hinzu und erschauderte. »Sie ließ ihn ein, und er hat sie mir weggenommen. Sie hat mich verlassen. Dafür gab ich ihr die Schuld.«

Sie zuckte, als er mit einer Hand ihre Wange berührte. Dann stieß sie einen ruhigen Atemzug aus. »Vielleicht muss man diese Phasen durchlaufen, bevor man die Wahrheit erkennt. Sam Tanner trägt die Schuld. Er ist der Einzige, der dafür verantwortlich ist. Nicht ich, und nicht meine Mutter.«

»Du hast Recht. Danke, dass du mir die Augen geöffnet hast. Vermutlich trifft mich in Mikes Fall wirklich keine Schuld.«

Wieder legte er den Kopf zurück, schloss die Augen und schwieg während der restlichen Fahrt.

Als er vor der Intensivstation aus dem Aufzug trat, war Noah mit den Nerven am Ende. Während des Fluges hatte er Mike tot vor sich gesehen, dann wieder Bilder von seinem Freund, wie er sich im Bett aufsetzte und faule Witze riss. Als ihn das Taxi am Krankenhaus absetzte, war er fast so weit zu glauben, dass das Ganze ein schlechter Traum war.

Dann entdeckte er seine Mutter auf einer Bank im Korridor. Sie hatte ihren Arm um Maggie Elmo gelegt. Schuldgefühle und Angst schnürten ihm die Kehle zu.

»Oh, Noah.« Celia stand eilig auf und nahm ihn in die Arme.

Er spürte, dass sie zitterte. »Ich bin so froh, dass du da bist! Es gibt keine Veränderung«, fügte sie flüsternd hinzu.

»Ich muss ihn sehen. Kann ich …« Er schüttelte den Kopf und zwang sich, Maggie gegenüberzutreten. »Mrs. Elmo.«

»Noah.« Tränen rannen aus ihren geschwollenen Augen. Sie streckte die Hand nach ihm aus. Er ließ sich auf die Bank nieder und legte seine Arme um sie. »Mike wird dich sehen wollen, sobald er aufwacht. Vielleicht ist es jetzt so weit.«

Verzweifelt klammerte er sich an ihre Hoffnung. »Wir wechseln uns an seinem Bett ab.« Celia strich mit einer Hand über Noahs Rücken. »Frank und Jim sind jetzt bei ihm. Aber Maggie muss sich eine Weile hinlegen.«

»Nein, ich …«

»Du hast versprochen, dich hinzulegen, sobald Noah eintrifft.« Celia sang die Worte beinahe, während sie Maggie auf die Füße zog. »Es steht ein Bett für dich bereit, das weißt du doch? Du sollst dich nur ein paar Minuten hinlegen. Wir wollen Noah doch etwas Zeit mit Mike gönnen. Ich bleibe bei dir.« Sie warf Noah einen Blick zu, dann führte sie Maggie den Flur entlang und redete weiterhin leise auf sie ein.

Von Kummer überwältigt legte Noah den Kopf in seine Hände.

Als Frank durch die linke Doppeltür trat und ihn entdeckte, hatte er sich noch nicht bewegt. Frank sagte nichts, legte nur einen Arm um Noahs Schulter.

»Ich weiß nicht, was ich tun soll«, sagte Noah, als er wieder sprechen konnte.

»Du bist hier, das ist genug.«

»Ich will ihr wehtun. Ich werde einen Weg finden, damit sie dafür bezahlt.«

»Daran solltest du jetzt nicht denken.«

»Du weißt, dass sie dafür verantwortlich ist.« Noah richtete sich auf, starrte Frank mit brennenden Augen an. »Du weißt, dass sie es war.«

»Das ist sehr wahrscheinlich. Sie wird verhört, sobald man sie findet, Noah.«

Er fasste seinen Sohn an der Schulter. »Ohne Beweise kann man sie allerdings nicht anklagen.«

»Sie wird sich rausreden, Dad, du weißt genau, dass sie sich aus dieser Sache rauswinden wird. Aber ich werde dafür sorgen, dass sie damit nicht durchkommt.«

»Ich sage dir als dein Vater und als Cop, dass du dich von ihr fernhalten musst. Wenn du deinen Gefühlen jetzt nachgibst, machst du es nur noch schlimmer. Soll sie sich lieber selbst ein Bein stellen, damit wir sie einbuchten können.«

Wenn Mike stirbt, dachte Noah, wird man sie nicht lange genug einbuchten können.

Bis zum Morgengrauen blieb Noah im Krankenhaus, dann fuhr er zum Haus seiner Eltern und ließ sich mit dem Gesicht nach unten auf sein altes Bett fallen, wo er vier Stunden lang wie ein Bewusstloser schlief.

Nachdem er später unter der Dusche vierundzwanzig Stunden Schweiß und Müdigkeit abgewaschen hatte, ging er in die Küche.

Seine Mutter trug einen alten Frotteebademantel und schlug Eier in eine Schüssel. Noah wurde bewusst, wie sehr er seine Mutter liebte, und er ging zu ihr, nahm sie in die Arme und drückte sie an sich.

»Wer bist du, und was hast du mit meiner Mutter gemacht?«

Sie lachte leise, hob eine Hand und tätschelte sein Gesicht. »Heute Morgen habe ich sämtliche Regeln gebrochen. Echte Eier und echter Kaffee für alle. Wir haben wieder einen langen Tag vor uns.«

»Ja.« Über ihren Kopf hinweg sah Noah aus dem Küchenfenster in den Garten. »Weißt du noch, wie Mike und ich versucht haben, das Fort im Garten zu bauen? Wir haben Holzreste und rostige Nägel gesammelt. Natürlich ist er in einen reingetreten und musste eine Tetanusspritze bekommen.«

»Er schrie wie am Spieß, als er in den Nagel trat. Ich dachte, er hätte sich den Arm abgesägt.« Beinahe wäre ihr Gelächter in Tränen geendet. »Ich liebe den Jungen. Und zu meiner Schande muss ich gestehen, dass mein erster Gedanke, nachdem ich von dem Überfall erfuhr, lautete: Gott sei Dank, dass es nicht Noah war. Arme Maggie.«

Sie zog sich von ihm zurück und begann, die Eier zu schlagen. »Wir müssen positiv denken. Ihn in Gedanken in heilendem weißen Licht baden. Ich habe viel darüber gelesen.«

Noah konnte sich ein Grinsen nicht verkneifen. »Kann ich mir vorstellen.«

»Wir werden ihn zurückholen.« Sie nahm eine Bratpfanne und warf Noah einen ernsten Blick zu. »Wir müssen nur fest daran glauben.«

Er wollte es, aber jedes Mal, wenn er das winzige Krankenzimmer betrat und Mike still und bleich im Bett liegen sah, den Kopf in Bandagen gewickelt, die Augen blutunterlaufen, gerieten seine guten Vorsätze ins Wanken.

Nachmittags tigerte er im Korridor auf und ab, und seine Wut wurde immer größer. Caryn *durfte* damit nicht durchkommen. Er konnte im Moment jedoch nichts tun, als hoffen und beten, am Bett seines Freundes sitzen und Unsinn reden, um das monotone Piepen der Maschinen zu übertönen.

Doch als er auf den Aufzug zusteuerte, loderte in seinem Herzen blanker Hass auf Caryn.

»Noah?«

»Was?« Mit geballten Fäusten starrte er auf die brünette Frau, die ihn angesprochen hatte. Sie trug einen weißen Kittel über T-Shirt und Hose und ein Stethoskop in der Tasche. »Gehören Sie zu Mike Elmos Ärzten?«

»Nein. Ich …«

»Wir kennen uns«, unterbrach er sie.

»Richtig, wir haben uns im Club kennengelernt – du und Mike, meine Freundin und ich. Mein Name ist Dory.«

»Ich erinnere mich.« Er rieb seine müden Augen. Die hübsche Brünette mit dem Südstaatenakzent, die ihm gegen Caryn beigestanden hatte. »Du bist Ärztin?«

»Ja. Notaufnahme. Ich habe gerade Pause und wollte mich erkundigen, wie es Mike geht.«

»Keine Veränderung.«

»Du siehst aus, als ob du frische Luft gebrauchen könntest. Lass uns spazieren gehen.«

»Ich wollte gerade weg.«

»Lass uns ein Stück gehen«, wiederholte sie. Sie hatte schon einmal Mordgelüste in den Augen eines Mannes gesehen. Das war ein Anblick, den man nicht so schnell vergaß. »Als ich das letzte Mal nach ihm gesehen habe, waren Mikes Werte stabil. Seine Testergebnisse sind gut.« Sie drückte auf den Fahrstuhlknopf. »Er ist noch nicht über den Berg, aber er ist jung und gesund.«

»Er liegt bereits seit anderthalb Tagen im Koma.«

Sie zog Noah hinter sich in den Aufzug. »Manchmal bedeutet ein Koma nur, dass der Körper sich auf die Genesung konzentriert. Im Krankenwagen auf dem Weg hierher war er kurz bei Bewusstsein. Es war nur ein Moment, aber ich glaube, dass er mich erkannt hat, und das ist ein gutes Zeichen.«

»Du? Du warst bei ihm?«

Sie traten in die Eingangshalle. Dory nahm seinen Arm und führte ihn zur Tür.

»Wir waren verabredet und wollten uns bei dir treffen. Ich war spät dran. Im Krankenhaus waren gerade zwei Selbstmordversuche eingeliefert worden. Einen konnten wir retten, der andere hat es nicht mehr geschafft. Als ich bei deinem Haus eintraf, war es fast zehn.«

Draußen hielt sie ihr Gesicht in die Sonne und ließ die Schultern kreisen. »Gott, das tut gut … Jedenfalls war die Tür offen. Mike lag auf dem Küchenfußboden, mit dem Gesicht nach unten. Überall Glassplitter, eine Weinflasche. Damit wurde er vermutlich niedergeschlagen. Ich habe ihn sofort versorgt. Meine Tasche war im Wagen. Dann rief ich einen Krankenwagen. Innerhalb von dreißig Minuten hatten wir ihn in der Notaufnahme.«

»Muss er sterben?«

Dory antwortete nicht sofort, sondern setzte sich auf den Bordstein und wartete, bis Noah sich neben ihr niedergelassen hatte. »Ich weiß es nicht. Aus medizinischer Sicht stehen die Chancen fifty-fifty, vielleicht sogar besser. In seinem Hirn sind keine Knochensplitter, und das ist schon mal gut. Dennoch hat die Medizin ihre Grenzen, jetzt liegt es an ihm. Ich bin ziemlich verknallt in ihn.«

»Tatsächlich?«

»Ja. Ich weiß, dass er es an dem Abend auf Steph abgesehen hatte. Und ich auf dich.« Sie neigte den Kopf und lächelte. »Du warst allerdings ein wenig zu abgelenkt, um es zu bemerken, also ging ich zum Tisch zurück und schmollte.«

»Ach?«

Sie musste lächeln. »Nur einen Moment lang. Mike und Steph spielten ihr Spiel, dann ging ihnen die Luft aus, und Mike tat mir leid, weil er sich Sorgen um dich machte und keine Ahnung hatte, wie er dir helfen sollte. Wir unterhielten uns, da ist es auf einmal passiert. Anfangs gingen wir zusammen aus, später blieben wir zusammen zu Hause.«

»Dann warst du das neulich am Telefon?«

»Genau.«

»Mike Elmo und die sexy Ärztin.« Beeindruckt schüttelte Noah den Kopf. »Das ist toll.« Er nahm ihr Gesicht in beide Hände und küsste sie lautstark. »Das ist einfach toll.«

Sie lachte und klopfte ihm gutmütig aufs Knie. »Er glaubt, dass du übers Wasser laufen kannst. Das habe ich nicht gesagt, um dir ein schlechtes Gewissen einzureden«, fuhr sie eilig fort, als das Leuchten aus Noahs Augen wich. »Ich habe es gesagt, weil ich ihn für einen tollen Typen halte, und er hält dich für einen tollen Typen. Deshalb nehme ich an, dass er Recht hat. Und ich glaube, als wir uns vorhin oben trafen, hattest du gerade genug und wolltest diese verrückte Caryn finden und …«

»Sie wollte mir wehtun. Mike war ihr dabei ganz egal.«

»Noah, sie *hat* dir wehgetan. Sie hat dir dort wehgetan, wo es am meisten schmerzt. Lass uns wieder nach oben gehen. Ich habe nur noch ein paar Minuten, und ich will Mike sehen.«

Er nickte, stand auf und bot ihr seine Hand. »Ein Glück, dass wir uns getroffen haben.«

»Warum gibst du mir nach meiner Schicht nicht ein Bier aus?« Sie grinste, als sie wieder hineingingen. »Dann kannst du mir peinliche Geschichten über Mike erzählen.«

»Da wäre ich ja ein schlechter Freund.«

»Er hat mir erzählt, dass du dich in eurem letzten Jahr auf der Highschool hast volllaufen lassen und dass er dich dazu überreden konnte, mit nacktem Hintern durch die Gegend zu laufen. Die Videoaufnahmen davon hat er bei Eurer Abschlussfeier gezeigt. Er hat übrigens immer noch eine Kopie.« Ihr Lächeln hellte sich auf. »Mit neunzehn warst du gut in Form.«

»So, so. Aber das ist noch gar nichts. Ich habe viel bessere Geschichten über Mike auf Lager. Wann hast du Feierabend?«

»Um sieben, so Gott will.«

»Abgemacht.« Fast beschwingt trat er aus dem Lift. Als er jedoch sah, dass Maggie in den Armen seiner Mutter schluchzte, setzte sein Herz aus. »Nein!« Das Rauschen in seinem Kopf war so laut, dass es seine eigene Stimme übertönte, als er die Verneinung immer wieder wiederholte, Dorys Hand abschüttelte und den Flur entlangrannte.

»Noah, warte!« Celia stellte sich ihm in den Weg, bevor er die Tür der Intensivstation erreichte. »Warte. Maggie, sag es ihm. Erzähl es Noah.«

»Er hat die Augen geöffnet.« Sie wippte auf ihren Absätzen vor und zurück, dann streckte sie beide Hände nach Noah aus. »Er hat die Augen geöffnet. Er sagte ›Mom‹. Er hat mich angesehen und ›Mom‹ gesagt.«

»Bleib hier«, befahl Dory. »Bleib hier und lass mich nach ihm sehen.«

»Die Schwester kam herein, sie hat den Doktor gerufen.« Celia wischte sich die Tränen ab, während Noah Maggie in den Arm nahm. »Frank und Jim sind unten in der Cafeteria. Frank hat Jim dazu überredet, etwas zu essen, danach wollte ich Maggie überreden. Er ist aufgewacht, Noah!« Sie legte den Kopf an seine Schulter. »Er ist aufgewacht.«

Dory kam zurück. Noah warf einen Blick auf ihr strahlendes Lächeln und vergrub sein Gesicht in Maggies Haar.

Einundzwanzigstes Kapitel

Und wann wolltest du mir die Sache mit der schönen Frau Doktor beichten?«

Mike grinste, seine Augen funkelten fast schon wieder wie früher. »Ist sie nicht toll?«

»Toll, und obendrein schlau. Was will sie ausgerechnet von dir?«

»Sie mag mich. Was soll ich sagen?« Er ermüdete immer noch schnell, und die Kopfschmerzen traten mit nervtötender Regelmäßigkeit auf, aber seitdem sein Zustand sich normalisiert hatte, war er auf eine andere Station verlegt worden.

Sein Zimmer war mit Unmengen von Blumen, Karten und Ballons dekoriert. Er berichtete Noah begeistert, dass die Krankenschwestern den Raum Partyzentrale nannten.

Am Tag zuvor hatte Noah ihm einen brandneuen Laptop mitgebracht, auf den er so viele Computerspiele geladen hatte, wie der Speicher zu fassen vermochte.

»Ich glaube, es hat mich erwischt, weißt du. *Sie* hat mich erwischt«, verkündete Mike und starrte konzentriert auf seine Finger.

Noah staunte. »Vor zehn Tagen hast du einen enormen Schlag auf den Kopf bekommen. Dabei ist übrigens eine sehr gute Flasche Wein zu Bruch gegangen. Ich glaube, dein Hirn hat sich doch noch nicht wieder erholt.«

»Ich glaube, mein Hirn hat nichts damit zu tun.«

Fassungslos pfiff Noah durch die Zähne »Ihr habt euch nur kurz gekannt, bevor dein Schädel getroffen wurde. Seither liegst du im Krankenhaus.«

»Dieses Krankenhausbett gefällt mir richtig gut.« Liebevoll tätschelte Mike die weißen Laken. »Seit gestern Nacht.«

»Gestern Nacht? Hier? Du hast in diesem Bett mit ihr geschlafen?« Noah war fasziniert.

»Psst. Warum erzählst du es nicht gleich der Stationsschwester?« Mike grinste immer noch. »Sie hat nach ihrer Schicht noch einmal bei mir hereingeschaut, und so führte eins zum anderen. Das andere war übrigens wirklich unglaublich.«

»Warum habe ich eigentlich Mitleid mit dir?«, wunderte Noah sich. »Du lässt wirklich nichts anbrennen.«

Er nahm die Dose Cola, die er sich mitgebracht hatte, und trank einen großen Schluck.

»Ich habe sie gebeten, mich zu heiraten.«

Noah verschluckte sich. »Hm? Was? Jesus, Mike!«

»Sie hat Ja gesagt.« Mike lächelte wieder sein Welpengrinsen, und seine Augen wurden weich. »Kannst du das glauben?«

»Ich glaube, ich erleide gerade einen Herzinfarkt.« Noah drückte einen Finger an sein zuckendes Auge. »Ruf die Krankenschwester. Oder noch besser, eine Ärztin. Vielleicht kann ich auch ein bisschen Spaß haben.«

»Wir heiraten im nächsten Frühjahr, weil sie eine richtige Hochzeit will. Du weißt schon, Kirche, Blumen, weißes Kleid.«

»Wow!« Mehr brachte Noah nicht zustande. Er beschloss, sich vorsichtshalber hinzusetzen, und stellte dann fest, dass er längst saß. »Wow.«

»Morgen werde ich entlassen. Ich will ihr sofort einen Ring kaufen. Du musst mitkommen. Von Verlobungsringen habe ich keine Ahnung.«

»Denkst du, ich?« Noah fuhr mit der freien Hand durch sein Haar und musterte seinen Freund kritisch. Mikes Augen hinter den dicken Brillengläsern blickten klar, sein Lächeln spiegelte Zufriedenheit. »Es ist dir wirklich ernst?«

»Ich will mit ihr zusammen sein. Wenn sie bei mir ist, spüre ich, dass ich das Richtige tue. Es fühlt sich zumindest genau richtig an.« Etwas verlegen bewegte er die Schultern. »Ich weiß nicht, wie ich es erklären soll.«

»Ich glaube, du hast es schon erklärt. Nicht übel, Mike.«

»Du hilfst mir also bei der Ringauswahl?«

»Klar, wir besorgen ihr einen Klunker.« Noah lachte auf und sprang auf die Füße. »Ich fasse es nicht – heiraten! Und obendrein eine Ärztin. Ich bin beeindruckt. Sie kann dich wieder zusammenflicken, wenn du mal wieder über deine eigenen Füße stolperst. Weiß sie, dass du ein kompletter Tollpatsch bist?«

»Gerade das liebt sie an mir.«

»Unglaublich.« Um seinen Gefühlen Ausdruck zu verleihen, boxte er Mike in die Schulter. »Wahrscheinlich kommst du dann nicht mehr jeden zweiten Abend vorbei und plünderst meinen Kühlschrank …« Er verstummte, weil sich die Erinnerung meldete.

»Es war nicht dein Fehler. Wir kennen einander so gut, dass ich weiß, was in deinem Kopf vorgeht.« Mike griff nach seiner Hand. »Du konntest nicht ahnen, dass sie dermaßen durchdrehen würde.«

Durch das Fenster starrte er auf die Palmen. »Ich wünschte, ich könnte mich erinnern, aber ich habe ein totales Blackout. Ich kann mich nur noch erinnern, dass ich Pete Bester in *Mortal Kombat* besiegt habe. Dann wache ich auf und sehe Mom. Über die Zeit dazwischen weiß ich nur, was man mir erzählt hat. Vielleicht habe ich sie gesehen. Wenn ich das genau wüsste, könnte die Polizei sie einbuchten.«

»Erstmal müsste man sie finden. Caryn ist verschwunden«, fügte Noah hinzu, als Mike ihn erstaunt ansah. »Keine ihrer Freundinnen weiß, wo sie ist, oder sie halten dicht. Sie hat ihre Sachen gepackt, ihre Kreditkarten überzogen und hat sich aus dem Staub gemacht.«

»Wird sie nicht verfolgt, wie in ›Auf der Flucht‹?«

Selbst ein gezwungenes Lachen fühlte sich gut an. »Richard Kimble war unschuldig.«

»Zugegeben, aber immerhin.«

»Es wurde keine Anklage erhoben. Wenn wir Beweise hätten, würden sie sich vermutlich an ihre Fersen heften. Aber so …« Noah zuckte mit den Schultern. »Jedenfalls glaube ich nicht, dass sie uns so schnell wieder belästigt, zumindest nicht in absehbarer Zeit.«

»Wenigstens etwas. Und jetzt, wo du weißt, dass ich den Anschlag überleben werde und die Wahnsinnige von der Bildfläche verschwunden ist, kannst du wieder an deine Arbeit gehen.«

»Wer sagt dir, dass ich nicht gearbeitet habe?«

»Deine Mutter.«

»Was läuft da eigentlich zwischen dir und meiner Mutter?«

»Ich wollte sie immer heiraten, hatte aber Angst, dass dein Vater mich erschießen würde. Dory weiß, dass sie nur zweite Wahl ist, aber es ist ihr egal, weil sie so verschossen in mich ist. Aber ich schweife ab«, fügte er grinsend hinzu. »Sie hat mir erzählt, dass du dich zurzeit kaum um das Buch kümmerst, in der letzten Woche nur herumgetrödelt hast. Ich würde sagen, es ist höchste Zeit, dass du deinen faulen Arsch wieder in Bewegung setzt.«

»Ich werde schon noch weitermachen.« Stirnrunzelnd wanderte Noah zum Fenster.

»Um mich brauchst du dir keine Sorgen mehr zu machen. Mir geht es gut. Mit Ausnahme des kleinen Filmrisses bin ich wieder ganz normal.«

»Du warst noch nie normal. Ich habe darüber nachgedacht, noch einmal mit Jamie Melbourne zu sprechen, und auch ihren Mann dazu zu bringen, mit mir zu reden. Außerdem muss ich den Idioten in Smiths Büro anrufen.«

»Dann tu es.«

»Ich warte auf mein Auto«, versuchte er sich herauszureden. »Die Leute von River's End lassen den Wagen nach L.A. bringen, er müsste morgen oder übermorgen eintreffen.«

»Dann solltest du jetzt nach Hause gehen, deine Anrufe erledigen und die Interviews vereinbaren.«

Noah blickte über die Schulter. »Wirfst du mich raus?«

»Wofür hat man gute Freunde?«

Was tat sie da nur? Worauf hatte sie sich in Gottes Namen eingelassen?

Olivia saß im Auto, die Hände um das Lenkrad geklammert, und rang nach Luft. Wenn sie langsam und gleichmäßig durchatmete, würde das Herzklopfen aufhören. Sie hatte alles im Griff, konnte das laute Dröhnen ihres Pulses und die Angst überwinden.

Olivia wollte sich nicht unterkriegen lassen.

Aber ihre Hände am Steuer zitterten, Schweißperlen standen auf ihrer Stirn, heiße und kalte Wellen glitten abwechselnd über ihre Haut, durch ihren Bauch und ihren Hals entlang.

Sie biss die Zähne zusammen und unterdrückte einen plötzlichen Brechreiz, schluckte ihn hinunter, während eisige Schauer sie überwältigten. Sie wollte schreien, das Gefühl in ihrer Brust, das mit den scharfen Klauen eines Dämons an ihr zerrte, herauslassen. Aber ihr entfuhr nur ein Stöhnen, ein langes, verzweifeltes Geräusch, das ihren Kopf gegen den Sitz drückte, während sie sich am Lenkrad festklammerte.

Fünf Sekunden lang, dann zehn. Zwanzig. Bis sie dazu imstande war, sich zu befreien.

Ihr Atem beschleunigte sich, aber die größte Panik war überstanden. Sie befahl sich, langsam einen Muskel nach dem anderen zu entspannen, öffnete die Augen, starrte auf ihre Finger und bewegte sie vorsichtig.

Beherrschung. Sie hatte sich unter Kontrolle. Sie war kein Opfer, beschwor sie sich immer wieder, würde nie ein Opfer sein, weder der Umstände noch ihrer eigenen Ängste.

Mit einem letzten Schaudern lehnte sie sich zurück. Besser, dachte sie, so ist es schon viel besser. Es hatte sie einfach völlig überrascht. Immerhin waren über zwei Jahre vergangen, seit sie ihre letzte Panikattacke erlitten hatte.

Vor zwei Jahren, erinnerte sie sich, hatte sie vorgehabt, ihre Tante und ihren Onkel in Los Angeles zu besuchen. Doch schon am Flughafen hatte sie es gespürt: den kalten Schweiß, das Zittern, das überwältigende Bedürfnis, hinauszulaufen, fort von den vielen Menschen.

Sie hatte die Angst zunächst unterdrückt, das Flugzeug dann aber nicht betreten können, hatte den Gedanken, nach L.A. zu fliegen, nicht ertragen. Die Scham über ihre Niederlage hatte damals wochenlange Depressionen ausgelöst.

Diesmal bin ich angekommen, machte sie sich bewusst.

Zweimal hatte sie unterwegs gegen die Panik angekämpft und sie erfolgreich besiegt.

Und sie hatte gewonnen, korrigierte sie sich. Sie war in L.A., und es ging ihr gut. Sie hatte sich wieder im Griff.

Es war richtig gewesen, ihrem Impuls zu folgen und Noahs Wagen selbst zurückzubringen. Trotz der Einwände ihrer Großeltern hatte sie das Richtige getan. Sie hatte sich auf die Fahrt konzentriert und war am Ziel angelangt. An dem Ort, den sie vor zwanzig Jahren verlassen hatte.

Oder doch fast am Ziel, korrigierte sie sich, schob das feuchte Haar zurück und betrachtete Noahs Haus.

Es war ganz anders, als sie es sich vorgestellt hatte, hübsch, fast feminin mit den sanften Holztönen und den bunten Blumen. Sein Garten wirkte keineswegs wie der planlose Versuch eines Junggesellen, seinen Grundbesitz optisch aufzuwerten, sondern war überlegt und gekonnt von jemandem angelegt worden, der sich mit Blumen auskannte und sie liebte.

Sie stieg aus dem Wagen und war erleichtert, dass ihre Beine kaum zitterten. Olivia hatte vor, direkt auf die Tür zuzusteuern, anzuklopfen und Noah die Schlüssel mit einem höflichen Lächeln zu überreichen. Dann würde sie ihn bitten, ein Taxi zu rufen und so schnell wie möglich zu ihrer Tante fahren.

Aber sie konnte dem Anblick der Blumen nicht widerstehen, dem Charme der Verbenen, den frischen Farben der Gerbera, den bunten Trompeten der unerschütterlichen Petunien.

Die Anordnung war überlegt und kreativ, Pflanzen und Pflege hatten Noah offenbar eine Menge Zeit und Mühe gekostet. Mit dem Unkrautjäten nahm er es allerdings nicht so genau, und sie konnte es sich nicht verkneifen, sich hinzuhocken, um die unerwünschten Eindringlinge auszurupfen.

Minuten später ging sie summend in einer ihrer Lieblingsbeschäftigungen auf.

Noah war so froh, sein Auto am gewohnten Platz vorzufinden, dass er dem Fahrer viel zu viel Trinkgeld in die Hand drückte und aus dem Taxi sprang.

»Willkommen daheim, Baby«, murmelte er, streichelte sanft das hintere Schutzblech – und wäre beinahe in einen Freudentanz ausgebrochen, als er Olivia erspähte.

Zuerst verspürte er Überraschung, dann eine große Wärme. Sie sah so verdammt hübsch aus, wie sie mit einer ausgeblichenen grauen Kappe auf dem Kopf in seinem Blumenbeet kniete!

Noah ging auf sie zu und schob schnell die Daumen in seine Taschen, weil er sie am liebsten berührt hätte. »Wer hätte das gedacht«, sagte er und registrierte, wie ihr Kopf hochschnellte, ihr Körper sich versteifte. Wie ein Reh im Unterholz, dachte er. »Ich hatte nicht damit gerechnet, dich beim Unkrautzupfen anzutreffen.«

»Die Beete hatten es bitter nötig.« Ärgerlich und zugleich peinlich berührt stand sie auf und rieb die Erde von ihren Händen. »Wenn du schon Blumen pflanzt, solltest du dich auch um sie kümmern.«

»Ich bin in letzter Zeit nicht oft zu Hause gewesen. Was machst du hier, Liv?«

»Dein Auto abliefern. Ich hatte doch gesagt, dass wir es zurückbringen würden.«

»Nun, ich hatte einen kräftigen Mann namens Bob am Steuer erwartet. Nicht, dass ich mich beschwere. Komm doch rein.«

»Ich möchte, dass du mir ein Taxi rufst.«

»Komm rein«, wiederholte er und ging an ihr vorbei zur Tür. »Wenigstens werde ich dir für deine Bemühungen um meinen Garten etwas zu trinken anbieten.«

Er schloss die Haustür auf, drehte sich zu ihr um. »Stell dich nicht so an. Nun komm schon!«

Liv riss die Augen auf, doch schließlich siegte ihre Neugier, und sie folgte ihm.

Er tippte einen Code in eine Schalttafel auf der Innenseite der Tür ein. »Das habe ich gerade erst einbauen lassen, und ich vergesse es immer. Wenn der Alarm schon wieder losgeht, bringen meine Nachbarn mich um. So.« Noah atmete erleichtert auf, als das Signallämpchen grün leuchtete. »Ein weiterer Sieg des Menschen über die Maschine. Setz dich doch.«

»Ich habe keine Zeit.«

»Oho. Ich hole uns nur schnell ein Glas Wein, in der Zeit kannst du dir einen guten Grund ausdenken, warum du dich nicht fünfzehn Minuten lang hinsetzen willst, nachdem du den ganzen Weg die Küste entlanggefahren bist.«

»Meine Tante und mein Onkel erwarten mich.«

»In dieser Sekunde?«, fragte er aus der Küche.

»Nein, aber …«

»Na also. Möchtest du Chips dazu? Ich glaube, es sind noch welche da.«

»Nein. Ich möchte nichts.« Doch da sie nun schon einmal hier war, konnte es nichts schaden, aus Höflichkeit ein Glas Wein anzunehmen.

Sie fand sein Wohnzimmer spärlich eingerichtet, schnörkellos männlich, aber nicht ungemütlich. Dann fiel ihr ein, dass bei ihm eingebrochen worden war. Das erklärte vermutlich, warum die Möbel wie frisch aus dem Schaufenster wirkten.

»Es freut mich, dass es deinem Freund wieder bessergeht.«

»Ein paar Tage lang stand es auf der Kippe.« Der Gedanke zog ihm immer noch den Magen zusammen. »Aber jetzt ist er wohlauf. Es geht ihm sogar sehr gut. Innerhalb von zwei Wochen hat er sich den Schädel gebrochen und sich obendrein verliebt und verlobt, wenn auch nicht unbedingt in dieser Reihenfolge.«

»Gut für ihn, zumindest in zwei von drei Punkten.«

»Wir haben heute Morgen den Ring ausgesucht.«

»Wir?«

»Er brauchte Unterstützung. Lass uns auf Mike anstoßen.«

»Warum nicht?« Sie berührte den Rand seines Glases mit ihrem und nippte. Dann zog sie die Augenbrauen hoch. »Pouilly-Fuissé an einem Wochentag! Das hat Klasse.«

Noah grinste. »Du kennst dich mit Wein aus.«

»Muss wohl der italienische Einfluss meiner Großmutter sein.«

»Und die MacBride-Seite steht auf Guinness?«

»Vermutlich.« Es war ein Hauch zu behaglich, bei ihm zu sein, es roch verdächtig nach alten Verhaltensmustern. »Nun, wenn du das …«

»Lass uns auf die Terrasse gehen.« Noah nahm ihre Hand, zog sie zur Schiebetür. Er wollte sich nicht so einfach abschütteln lassen. »Zu früh für den Sonnenuntergang«, fuhr er fort und ließ sie kurz los, um die Tür zu öffnen. »Du musst noch einmal wiederkommen. Die Sonnenuntergänge hier sind ziemlich atemberaubend.«

»Sonnenuntergänge habe ich schon öfter gesehen.«

»Aber nicht von diesem Fleck aus.«

Eine Brise wehte vom Ozean herüber und strich warm über ihr Gesicht. Das klare, blaue Wasser schlug gegen das Ufer und zog sich dann zum nächsten Angriff zurück. In der Luft lag der Duft von Salz und Hitze und ein Hauch von Sonnencreme.

»Schöner Hinterhof.«

»Dasselbe habe ich gedacht, als ich euren Wald sah.« Er lehnte sich mit dem Rücken zum Meer gegen das Geländer und sah sie an.

»Du hast ein Händchen für Blumen.« Olivia strich mit einem Finger über Seifenkraut, wilde Stiefmütterchen und Edelraute, die sich in einem Steinbassin aneinanderschmiegten.

»Das spiegelt meine sensible Seite.«

»Es zeigt, dass du weißt, welche Blumen gut aussehen und wie man sich um sie kümmert.«

»Im Grunde habe ich aus Mitleid und Ärger angefangen, mich dafür zu interessieren. Meine Mutter hat immer irgendwelche Blumen eingepflanzt und sie dann elendig verdursten lassen. Sobald sie das Gartencenter betrat, schrien und zitterten sämtliche Pflanzen. Ich schwöre, dass ich einmal erlebt habe, wie ein Mädchenauge kreischte: Nein, nein, nicht mich! Nimm die Margeriten! Ich konnte es nicht ertragen«, fuhr er fort, als Olivia lachte. »Nachts träumte ich, dass all die Blumen, die sie getötet hatte, wieder zum Leben erwachten und sich braun, vertrocknet und abgestorben zu einer Armee formierten, die mit ihren Wurzeln eine Dreckspur hinter sich herzog.«

»Zombie-Zinnien.«

»Genau.« Er strahlte, entzückt von ihr, fasziniert von der Art, wie ihr Gesicht aufleuchtete, wenn sie sich amüsierte und entspannte. »Vampir-Veilchen, Terror-Tagetes und Geister-Gardenien. Ich kann dir sagen, das war ziemlich beängstigend. Wenn ich nur daran denke, muss ich wieder loskreischen.«

»Als Naturkundlerin kann ich dir garantieren, dass du nichts zu befürchten hast, solange du sie leben lässt.«

»Das beruhigt mich ungemein.« Beiläufig ließ er einen Finger an ihrem Arm vom Ellenbogen zum Handgelenk entlanggleiten. Sie trat einen Schritt zurück.

»Ich muss jetzt wirklich fahren. Ich habe Onkel David aus Santa Barbara angerufen, sie erwarten mich um diese Zeit.«

»Wie lange bleibst du?«

»Nur ein paar Tage.«

»Geh mit mir essen, bevor du zurückfährst.«

»Ich habe nicht viel Zeit.«

»Geh mit mir essen, bevor du zurückfährst.« Als er seine Worte wiederholte, berührte er sie wieder, fuhr mit den Fingerspitzen an ihrem Kiefer entlang. »Ich sehe dich gern. Du wolltest von vorn beginnen. Gib mir eine Chance, Olivia.«

Sie stellte sich vor, wie sie hier mit ihm stand, wie im Hintergrund die Sonne im Meer versank, ruhige Musik erklang. Und während der Himmel sich rot verfärbte und mit der See verschmolz, würde er sie so berühren wie gerade. Würde ihr Gesicht in die Hände nehmen. Würde sie küssen wie damals. Langsam, gekonnt und unwiderstehlich.

Und sie würde vergessen, warum er das tat. Es würde ihr gleichgültig sein.

»Du willst deine Geschichte schreiben.« Sie zog sich zurück.

»Ich habe mich noch nicht entschieden, ob ich dir dabei helfen werde.«

»Natürlich will ich schreiben.« Wut schimmerte in seinen Augen, aber seine Stimme blieb kühl. »Das ist die eine Ebene. Ich habe gesagt, dass ich mich freue, dich zu sehen, und das meine ich ernst. Das ist eine ganz andere Ebene. Ich habe viel an dich gedacht, Olivia.«

Er machte eine kleine Bewegung, verlagerte seinen Körper, so dass sie zwischen ihm und dem Geländer gefangen war. »Seit Jahren denke ich an dich. Allerdings hast du mir ziemlich deutlich zu verstehen gegeben, dass es dir lieber wäre, wenn ich nicht an dich denken würde.«

»Es ist nicht wichtig, was mir lieber wäre.« Er bedrängte sie, und unter ihrem Ärger spürte sie ihre Erregung.

»Da hast du allerdings Recht.« Er stellte sein Weinglas auf das Geländer. »Weißt du, was mir durch den Kopf ging, als ich dich vor dem Haus sah? Das. Nur das hier.«

Diesmal war sein Kuss nicht behutsam. Als sein Mund sich auf ihren presste, konnte sie seine Wut schmecken, spürte seine Frustration, als seine Hand sich in ihrem Hemd verhakte. Genau wie sie die heiße Begierde spürte, als sein Körper gegen ihren drängte.

Das Gefühl war so ursprünglich wie die Welt, in der sie lebte, so elementar wie die See, die hinter ihnen auf den Strand schlug. So unausweichlich wie das Paarungsritual. Verlangen. Hatte sie ihn schon immer gewollt? Und war ihr Verlangen schon immer so groß gewesen?

Sie musste nehmen, musste sich an ihm weiden.

Sie gab sich dem Verlangen des Kusses hin. Ihre Hände griffen in sein dichtes, sonnengebleichtes Haar, ihre Zunge berührte seine. Die wilde Hitze in ihrem Blut sagte ihr, dass sie lebendig war und sich nehmen konnte, was immer sie wollte und so lange sie es wollte.

Ein Gefühl der Macht durchfuhr ihn, ermuntert durch ihre Reaktion. Ihr Geschmack durchdrang seinen Körper, blendete alles andere aus. Er wollte sie in schnellen, gierigen Schlucken in sich aufnehmen, bis dieser verzweifelte Hunger gestillt war.

Und je mehr er nahm, desto mehr wollte er.

Er zog sich weit genug zurück, um sie anzusehen, die lebhafte Farbe in ihrem Gesicht, die Spannung in ihren Augen. »Wenn du mir jetzt erzählen willst, dass du sauer bist, solltest du dich lieber nicht so entgegenkommend verhalten.«

Sie wusste, dass Wut im Augenblick wahrscheinlich das einzige Gefühl war, das sie nicht empfand. »Abstand, Brady.«

»Hör zu …«

»Nur …« Sie atmete aus und legte eine Hand auf seine Brust. »Nur eine Minute.«

»Na gut.« Es überraschte ihn, wie schwer es ihm fiel, einen Schritt zurückzutreten, den Kontakt ihrer Körper zu unterbrechen. »Weit genug?«

»Ja, das reicht. Ich werde dir nicht vormachen, dass ich nicht damit gerechnet, es mir nicht auf einer der Ebenen, von denen du gerade gesprochen hast, gewünscht habe. Ich fühle mich zu dir hingezogen. Aber ich wollte dem Gefühl nicht nachgeben.«

»Warum?«

»Weil es nicht klug ist. Und doch … Wenn ich mich dazu entschließe, mich dumm zu verhalten, dann gehen wir auch zusammen ins Bett. Ich habe nichts gegen Sex, und ich vermute, dass du ziemlich gut bist.«

Er öffnete den Mund und klappte ihn wieder zu, räusperte sich. »Entschuldige mich kurz, während ich mein Herz neu starte. Darf ich rekapitulieren: Du denkst darüber nach, dich dumm zu verhalten und mit mir ins Bett zu gehen?«

»Genau.« Gut, befand sie und trank einen großen Schluck Wein. Verdammt gut. Endlich hatte sie ihn aus dem Takt gebracht. »War es nicht das, was dir vorschwebte?«

»Auf die mir eigene, ungeschickte Art vermutlich schon.«

»An deinem Kuss eben war gar nichts ungeschickt.«

Noah rieb sich mit der Hand über seinen Nacken. Hatte er wirklich geglaubt, dass er sie ein wenig kennen würde? »Warum werde ich das Gefühl nicht los, dass ich mich bei dir bedanken sollte?«

Olivia lachte und zuckte mit den Schultern. »Hör zu, Noah, warum sollten wir unsere gesunden Instinkte durch Emotionen und Erklärungen verkomplizieren? Ich gönne mir nicht oft Sex, weil ich nun mal sehr viel zu tun habe und wählerisch bin. Aber wenn ich es tue, ist es für mich ein natürlicher, recht unterhaltsamer Akt, der nicht mit Heucheleien belastet werden sollte. Mit anderen Worten, ich denke darüber wie ein Mann.«

»Ach so. Hmm.«

»Wenn du auf dieser Ebene nicht interessiert bist, nehme ich dir das nicht krumm.« Sie trank aus und stellte ihr Glas ab. »Außerdem hattest du mal ein Enthaltsamkeitsgelübde erwähnt, vielleicht ist dieses Gespräch also allein aus dem Grund überflüssig.«

»Ein Gelübde würde ich es nicht nennen. Mehr ein … Konzept.«

»Dann haben wir beide etwas, worüber wir nachdenken können. Jetzt muss ich mich wirklich sputen.«

»Ich fahre dich.«

»Bestell mir lieber ein Taxi.«

»Nein, ich bringe dich. Vielleicht bläst mir der Fahrtwind die Spinnweben aus dem Kopf. Du bist unglaublich faszinierend, Olivia. Kein Wunder, dass du seit Jahren durch mein Hirn spukst.« Wieder nahm er ihre Hand, eine Angewohnheit, die ihm langsam immer vertrauter wurde. »Deine Sachen sind noch im Auto, richtig?«

»Ja.«

»Dann lass uns fahren. Schlüssel?«

Sie suchte in ihrer Tasche und gab sie ihm, während sie durch das Haus gingen. »Willst du die Alarmanlage nicht einschalten?«

»Scheiße, stimmt.«

»Du weißt, dass mein Vater dich gern sehen würde, während du hier bist. Meine Mutter natürlich auch«, begann Noah erneut ein heikles Gespräch.

»Ich weiß nicht, was meine Tante geplant hat, ob mir genügend Zeit dafür bleibt.«

»Ich dachte, du hältst nichts von Heucheleien?«

Olivia nahm ihre Sonnenbrille vom Armaturenbrett und setzte sie auf. »In Ordnung. Ich weiß nicht, wie ich damit zurechtkäme, ihn hier wiederzusehen. Ich weiß noch nicht einmal, wie ich damit zurechtkommen werde, wieder in L. A. zu sein, wenn auch nur für ein paar Tage. Um das herauszufinden, bin ich hergekommen.«

Sie ballte die Fäuste in ihrem Schoß, entspannte sie wieder. »Ich erinnere mich nicht an die Stadt. Ich erinnere mich nur ... Weißt du, wo das Haus meiner Mutter steht?«

»Ja.« Noah verhandelte gerade mit den derzeitigen Besitzern über eine Besichtigung.

»Fahr mich hin, ich möchte es sehen.«

»Liv, du kannst nicht hineingehen!«

»Das brauche ich auch nicht. Ich will es nur sehen.«

Die Panik war wie ein Flüstern in ihrem Kopf, eine eisige Liebkosung auf ihrer Haut. Aber sie zwang sich, am Tor stehen zu bleiben. Die Mauern, die das Grundstück umgaben, waren hoch, solide und leuchtend weiß gestrichen. Bäume und die zurückgesetzte Lage schützten das Haus, aber sie konnte es in der Ferne erkennen, ebenfalls leuchtend weiß mit roten Schindeln auf dem Dach.

»Es gab Gärten, ich weiß nicht mehr, wie viele. Wunderbare Gärten. Einer lag unter großen, schattigen Bäumen, mit einem kleinen Teich, Goldfischen und Seerosen. Eine Brücke führte darüber. Meine Mutter sagte immer, sie sei für die Elfen.«

Olivia kreuzte die Arme vor der Brust, umfasste ihren Bizeps und krümmte den Rücken, als ob sie gegen eine plötzlich einbrechende Kälte ankämpfen wolle. »Außerdem hatten wir einen Rosengarten. Dutzende von Rosenbüschen. Bei meiner Geburt kaufte er einen weißen Rosenbusch und pflanzte ihn selbst ein. Das hat er mir erzählt. Er hat ihn selbst gepflanzt, weil der Busch etwas Besonderes war, und wenn er die Stadt verlassen musste oder zurückkam, legte er eine weiße Rose auf mein Kissen. Ich frage mich, ob die Gärten unverändert sind.«

Noah schwieg, streichelte nur ihren Rücken und hörte zu.

»Das Haus ist sehr groß. Mir kam es damals wie ein Palast vor. Hohe Decken und riesige Fenster. So viele Räume, und jeder auf seine Art etwas Besonderes. Ich hatte ein Himmelbett.« Sie erschauderte heftig. »Heute kann ich nicht schlafen, wenn etwas über meinem Kopf hängt. Mir war nie klar, warum. Jeden Abend hat mir jemand eine Geschichte erzählt. Meine Mutter, er – oder Rosa, wenn sie zusammen ausgingen. Aber Rosa kannte keine richtig guten Geschichten. Manchmal feierten sie eine Party, dann lag ich im Bett und hörte die Musik und das Lachen. Meine Mutter hatte gern Menschen um sich. Tante Jamie, Onkel David, ihr Agent Onkel Lou. Er hat mir immer Pfefferminzstangen mitgebracht, die dicken, altmodischen. Keine Ahnung, wo er die her hatte. Lucas Manning war auch oft da. Das muss zu der Zeit gewesen sein, als mein – als er fortging. Ich erinnere mich, dass Lucas da war, im Haus, oder am Pool. Er brachte meine Mutter zum Lachen. Zu mir war er auf eine beiläufige Art freundlich. Kinder merken sofort, wenn ihnen jemand etwas vormacht. Ich wollte ihn mögen, weil er Mama zum Lachen brachte, aber ich habe mir immer gewünscht, er würde aufhören, uns zu besuchen, denn wenn er nicht mehr kam, vielleicht würde dann mein … vielleicht würde er dann zurückkommen.«

Sie lehnte ihren Kopf gegen das Tor. »Und eines Abends kam er ja wirklich zurück. Er kam nach Hause und tötete sie. Und ich halte das nicht aus. Ich stehe es nicht durch. Ich kann nicht.«

»Ist schon gut.« Noah zog sie an sich, hielt sie fest, obwohl sie steif dastand und die Fäuste gegen seine Brust presste, um ihn zurückzudrängen. »Das brauchst du auch nicht. Du musst nicht hierbleiben, Olivia.«

Sie zwang sich dazu, die Augen wieder zu öffnen und starrte über seine Schulter auf die strahlend weißen Mauern. »Mein

Leben lang bin ich vor dem hier weggelaufen und habe mich gleichzeitig davon angezogen gefühlt. Es ist Zeit, sich für eine Richtung zu entscheiden und sich daran zu halten.«

»Wenn du wegläufst, verfolgt es dich trotzdem, Liv. Es holt dich immer wieder ein.«

Aus Angst, dass er Recht haben könnte, und aus dem Gefühl heraus, dass das Monster bereits an ihren Fersen hing, drehte Olivia sich um und ging zum Wagen.

Zweiundzwanzigstes Kapitel

Als Noah in die Auffahrt zum Anwesen der Melbournes einbog, war ihre Blässe verschwunden. Fast schien es ihm, als ob sie die frische Gesichtsfarbe durch Willenskraft erzwungen hätte, genau wie sie mit Macht den Kummer und den Verlust aus ihren Augen zurückgedrängt hatte.

»Wow.« Ihr Lächeln wirkte natürlich und unbeschwert, als das Haus ins Blickfeld kam. »Wir haben Bilder davon, sogar Videos, aber sie reichen an die Realität nicht heran.«

»Ein nettes kleines Erstheim für Jungvermählte.«

Olivia lachte und drehte sich in ihrem Sitz um, als die Hunde durch den Garten gerannt kamen.

»Da sind sie ja! Oh, ich wünschte, ich hätte Shirley mitbringen können.«

»Warum hast du es nicht getan?«

»Ich fürchtete, dass dich die Hundehaare in deinem schönen Auto stören würden. Außerdem wäre Großvater ohne sie verloren.« Sobald Noah anhielt, sprang sie aus dem Wagen und stürzte auf die Hunde zu.

Es war, als ob die verletzliche Frau mit den gehetzten Augen, die vor dem Tor ihres Heims aus Kindertagen gestanden hatte, nie existiert hätte. Zumindest präsentierte sie David Melbourne ein ganz anderes Gesicht, als er aus dem Haus trat.

Sie stieß einen Freudenschrei aus und lief auf ihn zu, fiel ihm um den Hals und drückte ihn glücklich an sich.

Melbourne sah gut aus, stellte Noah fest und verglich den Mann in Olivias Armen mit den Bildern aus der Zeit des Mordes. Er hatte seinen Körper nicht vernachlässigt und entweder den Jungbrunnen entdeckt oder einen erstklassigen plastischen Chirurgen.

Seine Falten ließen ihn verwegen und keineswegs alt wirken, genau wie die silbernen Strähnen in seinem Haar. Er trug legere hellbraune Hosen und ein kiwifarbenes Henley-Hemd.

»Willkommen, Reisende.« Er lachte, nahm ihr Gesicht in beide Hände. »Lass dich ansehen. Hübsch wie immer.«

»Ich habe dich vermisst.«

»Ich dich auch.« Er küsste sie, dann legte er schützend den Arm um sie und wandte sich an Noah. Seine Stimme und sein Blick kühlten sich kaum merklich ab. »Es war nett von Ihnen, mein Mädchen hier abzuliefern.«

»War mir ein Vergnügen.«

»Onkel David, das ist Noah Brady.«

»Ja, ich weiß.«

»Ich hole nur meine Sachen aus dem Wagen.«

»Lass mich nur machen.« Noah schloss den Kofferraum auf und ergriff den Koffer.

»Das ist alles?«, wollte David wissen.

»Ich bleibe doch nur ein paar Tage.«

»Vielleicht kannst du in der Zeit Jamie ein paar Tips in Sachen Kofferpacken geben.«

»Du packst immer genauso viel ein wie sie. Ihr habt beide einen Klamottenfimmel.«

David brummelte etwas und nahm Noah den Koffer ab. »Jamie wurde am Telefon aufgehalten. Sie muss gleich kommen. Warum gehst du nicht schon rein, Livvy? Rosa hat bereits einen Pfad in den Teppich getrampelt, so sehnsüchtig erwartet sie dich.«

»Kommst du nicht mit?«

»Gleich.«

»Okay. Danke fürs Bringen, Brady.«

»Gern geschehen, MacBride«, erwiderte er im gleichen Tonfall. »Ich melde mich.«

Sie antwortete nicht, sondern lief direkt ins Haus und verschwand.

»Ich hoffe, Sie verzeihen mir, dass ich Sie nicht hereinbitte«, begann David. »Dieses Wiedersehen ist eine Familienangelegenheit.«

»Das verstehe ich. Sie können mir gern hier draußen sagen, was Sie zu sagen haben.«

David neigte den Kopf. »Ihnen entgeht nichts, Noah. Deshalb sind Ihre Bücher wahrscheinlich auch so erfolgreich.« Er stellte Olivias Koffer ab, blickte zum Haus. »Offenbar haben Sie eine Art Beziehung zu Livvy aufgebaut.«

»Wir beginnen, einander zu verstehen.« Wieder, dachte Noah. Oder vielleicht auch endlich. »Haben Sie damit ein Problem?«

»Keine Ahnung.« In einer beschwichtigenden Geste breitete David die Hände aus. »Ich kenne Sie nicht.«

»Mr. Melbourne, ich hatte den Eindruck, dass Sie mich bei meinem Projekt unterstützen wollen.«

»Das hatte ich auch vor.« David atmete aus. »Ich nahm an, dass genügend Zeit verstrichen sei, um die Wunden heilen zu lassen. Und ich war der Überzeugung, dass ein Autor von Ihrem Kaliber der Geschichte gerecht werden kann.«

»Das weiß ich zu schätzen. Warum haben Sie Ihre Meinung geändert?«

»Mir war nicht klar, wie sehr Val darunter leiden würde.« Besorgnis umwölkte seine Augen, und er vergrub die Hände in seinen Hosentaschen. »Meine Schwiegermutter. Ich fühle mich verantwortlich, weil ich das Projekt ursprünglich unterstützt und Jamies Entscheidung, mit Ihnen zu sprechen, beeinflusst und damit auch Livvy dazu ermutigt habe. Ich habe meine eigene Mutter sehr früh verloren. Val ist einer der wichtigsten Menschen in meinem Leben, und ich möchte nicht, dass sie verletzt wird.«

In dieser Familie werden Schutz und Verteidigung großgeschrieben, dachte Noah. »Ich habe Liv bereits mein Wort gegeben, dass ich weder mit ihrer Großmutter in Kontakt treten noch sie um ein Gespräch bitten werde. Sie wird aus der Sache so weit wie möglich herausgehalten.«

»Das Buch an sich zieht sie schon hinein.« David hob die Hand, bevor Noah etwas erwidern konnte. »Ich kann natürlich nicht verlangen, dass Sie Ihr Projekt aufgeben, nur weil seine Auswirkungen die Menschen verletzen könnten, die ich liebe. Aber ich möchte Sie darauf hinweisen, dass ein Mörder kaum vor Lügen zurückschrecken wird. Sam Tanner ist nicht zu trauen, und ich bedauere, dass ihm die Gelegenheit gegeben wird, in Freiheit zu sterben und nicht hinter Gittern.«

»Wenn Sie befürchten, dass er mich anlügen könnte, wäre es klug von Ihnen, mich diese Befürchtungen zu Papier bringen zu lassen.«

David lachte und schüttelte den Kopf. »Noah, ich persönlich würde mich nur zu gern mit Ihnen zusammensetzen und Ihnen sagen, was ich empfinde, woran ich mich erinnere. Ich werde mein Bestes tun, um meine Schwiegermutter zu beruhigen. Wenn es mir möglich ist, werde ich danach mit Ihnen sprechen. Und jetzt entschuldigen Sie mich bitte.« Er nahm den Koffer. »Livvy besucht uns heute zum ersten Mal. Ich will keinen Augenblick mit ihr versäumen.«

Olivia war begeistert von dem Haus und dem, was ihre Tante und ihr Onkel daraus gemacht hatten. Sie liebte es, weil sie Jamie und David liebte – die Eleganz, die Pastellfarben und die hohen Decken passten genau zu ihnen. Sie selbst bevorzugte allerdings den gemütlichen Stil und die farbenfrohen Räume im Haus ihrer Großeltern.

Sie war froh, dass sie sich endlich zu diesem Besuch entschlossen hatte.

Als sie schließlich ins Bett kroch, war sie hundemüde von der Fahrt, den Emotionen, dem üppigen Essen und der angeregten Unterhaltung, während der sie einander die neuesten Neuigkeiten berichtet hatten.

Dennoch überraschte sie ihr letzter Gedanke vor dem Einschlafen. Noah kam ihr in den Sinn, wie er auf der Veranda hinter seinem hübschen Haus mit dem Rücken zum Ozean stand.

Olivia gelangte zu dem Schluss, dass Kalifornien in allen Details zu ihrer Tante Jamie passte, L. A. jedoch nicht die Stadt für Liv MacBride war. Die Erkenntnis überfiel sie während einer Einkaufsexpedition, auf der ihre Tante bestanden hatte. Schließlich saßen sie beim Lunch in einem Trendrestaurant, dessen Name ihr bereits wieder entfallen war.

Die Portionen waren knapp bemessen, die Kellner schienen sich für Filmstars zu halten, und die Preise waren dermaßen überteuert, dass es Olivia die Sprache verschlug.

»Mein Friseur hat heute Nachmittag einen Termin für uns frei«, begann Jamie und spielte mit ihrem Salat aus Feldgemüse und wildem Pfeffer herum. »Marco ist ein Genie. Wir könnten auch eine Maniküre einschieben, vielleicht eine Paraffinbehandlung.«

»Tante Jamie!« Olivia kostete gerade das, was als Nouveau-Club angepriesen wurde und sich als zwei in winzige Dreiecke geschnittene Stücke Brot mit mysteriösen Gemüsen entpuppte. Sie fragte sich, ob es in L. A. überhaupt Menschen gab, die herzhaftes Essen zu sich nahmen. »Du versuchst, eine richtige Lady aus mir zu machen.«

»Tue ich nicht.« Jamie schmollte. »Ich versuche nur, dir ein … nun, einen Tag unter uns Frauen zu gönnen. Du hättest mich dir das kleine Schwarze kaufen lassen sollen.«

»Das kleine Schwarze kostet viertausend Dollar und hätte keine noch so kurze Wanderung überstanden.«

»Jede Frau, die auf sich hält, braucht mindestens ein schwarzes Kleid. Ich würde sagen, wir gehen zurück und kaufen es doch noch. Dazu die Echsensandalen von Prada. Wenn du beides zusammen an deinem sensationellen Körper präsentierst, werden die Männer aus den Fenstern springen und sich dir zu Füßen werfen.«

Olivia schüttelte lachend den Kopf. »Dafür möchte ich nicht verantwortlich sein. Und ich brauche weder das Kleid noch die Schuhe oder das ganze andere Zeug, das du mir aufschwatzen wolltest.«

»Wie ist es nur möglich, dass wir verwandt sind?«

»Genetik ist eine komplizierte Sache.«

»Ich bin so froh, dass du hier bist. Und erleichtert, dass du mir nicht mehr böse bist.« Jamies Augen füllten sich mit Tränen, als sie Olivias Hand nahm.

»Ich war dir nicht böse. Nicht wirklich. Es tut mir leid, dass wir uns gestritten haben.« Olivia drehte ihre Hand um und hielt Jamies fest. »Ich war wütend auf Noah, was genauso dumm war. Vor vielen Jahren, als du uns besuchen kamst und wir abends zusammen in den Wald gingen … damals warst du ehrlich zu mir. Ich konnte ehrlich mit dir reden. Immer, wenn ich seither über Mama sprechen wollte, hast du mir zugehört. Wenn ich Fragen hatte, hast du sie beantwortet.«

»Bis du irgendwann nicht mehr gefragt hast«, murmelte Jamie.

»Ich dachte, ich müsste damit abschließen. Ich habe mir eingebildet, dass ich es könnte. Jemand, der klüger ist, als ich es von ihm angenommen hätte, hat mir neulich gesagt, dass einen das, wovor man wegläuft, immer wieder einholt. Deshalb bin ich jetzt bereit, eine andere Richtung einzuschlagen.«

»Das wird nicht einfach.«

»Gott, nein. Aber ich will – ehrlich gesagt – hören, was er über diese Nacht erzählt. Ich will Sam Tanners Geschichte hören.«

»Ich auch. Wir haben sie geliebt«, sagte Jamie und drückte Olivias Hand. »Wie könnten wir da seine Geschichte nicht hören wollen?«

»Großmama …«

»Sie ist immer auf ihre Art damit umgegangen. Das bedeutet nicht, dass deine Art oder deine Bedürfnisse falsch sind.«

»Nein, vermutlich nicht. Ich werde Noah anrufen, bevor ich zurückfahre.«

»Er ist nett.« Jamies Lächeln veränderte sich, wurde katzenhaft. »Und sehr attraktiv.«

»Ist mir auch schon aufgefallen. Ich habe so gut wie beschlossen, mit ihm zu schlafen.«

Der Laut, der Jamies Mund entfuhr, lag zwischen einem Grunzen und einem Quieken. »So, so. Äh … hör mal, lass uns von hier verschwinden. Wir holen uns eine Pizza, und du erläuterst mir diese interessante Entscheidung näher.«

»Super.« Erleichtert schob Olivia ihren Teller beiseite. »Ich bin halbverhungert.«

Frank saß in der Küche und ließ sich das alkoholarme Bier schmecken, das ihm seine Frau vor dem Essen gestattete. Auf einem Notizblock malte er Kreise, Wellenlinien und Kreuze und grübelte über einer neuen Strategie für die Basketballmannschaft, die er trainierte.

Zum Bier hätte er sich gern ein paar Kartoffelchips oder Fritos genehmigt, doch leider hatte Celia vor ein paar Tagen sein Geheimversteck entdeckt. Er hatte zwar immer noch keine Ahnung, was sie auf dem obersten Regal im Schrank seines Hobbyraums gesucht hatte, andererseits konnte er sie schlecht fragen, denn er hatte behauptet, nichts von den Chips zu wissen.

Stattdessen hatte er sich darauf versteift, dass Noah sie vermutlich dort vergessen hatte. Das war seine Geschichte, dachte Frank, während er sich eine Handvoll ungesalzener Brezeln genehmigte, und dabei würde er bleiben.

Als es an der Tür klingelte, sprang er sofort auf, denn er erwartete einen seiner Spieler.

Vor ihm stand eine junge Frau, hochgewachsen und schlank. Sie würde eine gute Feldspielerin abgeben. Allerdings schien sie ihm wenig zu alt für seine Mannschaft der Zwölf- bis Sechzehnjährigen. Doch dann überlagerten sich die Bilder in seinem Kopf, und er griff nach ihren Händen.

»Liv. Livvy! Mein Gott, bist du groß geworden.«

»Ich hatte nicht damit gerechnet, dass Sie mich erkennen würden.« Die Tatsache, dass er sie erkannt hatte, und seine offensichtliche Begeisterung über das Wiedersehen freute sie. »Ich hätte Sie auch überall wiedererkannt. Sie haben sich kaum verändert.«

»Lüge niemals einen Polizisten an, erst recht keinen im Ruhestand. Komm rein.« Er zog sie ins Haus. »Ich wünschte, Celia wäre hier. Sie hat aber am späten Nachmittag ein Meeting. Setz dich.« Aufgeregt lief er durch das Wohnzimmer, nahm die Zeitung hoch, räumte eine Zeitschrift vom Stuhl. »Kann ich dir etwas zu trinken anbieten?«

»Ich möchte nichts, danke.« Auf ihrer Brust lastete ein schweres, beklemmendes Gefühl. »Ich wollte eigentlich zuerst anrufen, doch dann bin ich einfach hergekommen.«

Er sah, dass sie um Fassung rang. »Ich bin froh, dass du gekommen bist. Natürlich ist mir klar, dass du inzwischen erwachsen bist, aber jedes Mal, wenn ich an dich gedacht habe, sogar wenn ich deine Briefe las, sah ich ein kleines Mädchen vor mir.«

»Und ich sehe in Ihnen immer einen Helden.« Sie ließ sich in den Arm nehmen und festhalten. Das Zucken in ihrem Magen beruhigte sich. »Ich wusste, dass alles gut wird, sobald ich Sie sehe.«

»Stimmt etwas nicht, Livvy?«

»Das kann man wohl sagen. Ich bekomme es langsam in den Griff, aber …«

»Geht es um Noahs Buch?«

»Zum Teil. Um das Buch, um ihn. Er ist Ihr Sohn.« Olivia seufzte und trat einen Schritt zurück. »Und so sehr ich mich dagegen gesträubt habe – ich vertraue ihm. Es wird schmerzhaft für mich, darüber zu sprechen, aber ich werde es schaffen.«

»Du kannst ihm vertrauen. Ich verstehe zwar seine Arbeit nicht, aber ich kenne Noah.«

Überrascht schüttelte sie den Kopf. »Sie verstehen seine Arbeit nicht? Wie das? Er ist brillant.«

Nun war Frank verwirrt. Er setzte sich auf die Sofalehne und starrte sie an. »Ich muss sagen, es überrascht mich, das aus deinem Mund zu hören. Wie kannst du als Tochter eines Mordopfers so empfinden?«

»Und als Tochter eines Mörders«, ergänzte sie. »Und genau das ist der Punkt. Ich habe sein erstes Buch gelesen. Wie hätte ich widerstehen können, wo doch sein Name auf dem Umschlag stand?« Schuldbewusst hatte sie es in ihrem Zimmer versteckt. »Ich kann nicht sagen, ob es mir gefallen hat, aber ich habe verstanden, was er damit erreichen wollte. Er nimmt sich die schrecklichsten Verbrechen vor, die teuflischsten, die unverzeihlichsten. Und genau so stellt er sie dar.«

Frustriert über ihre ungeschickten Erklärungsversuche wedelte Olivia mit einer Hand. »Wenn man in den Nachrichten von einem Mord hört oder in der Zeitung darüber liest, sagt man sich ›oh, wie schrecklich‹ und liest weiter. Noah lässt die Tat lebendig werden, macht sie real. Jeden, der darin verwickelt ist, legt er bis auf die verborgensten Emotionen bloß.«

Das, so erkannte sie, war es, was sie am meisten an Noah fürchtete. Dass er sie bis auf die Seele entblättern würde.

»Livvy.« Die Gefühle schnürten Frank die Kehle zu. »Du beschämst mich, weil ich noch nie genau genug hingeschaut habe.«

»Sie sehen nur Noah. Ich habe Angst davor, mit ihm zu sprechen.«

Sie drückte ihre Hand gegen ihren Magen. »Ich will nicht, dass er das weiß. Ich will versuchen, ihm auf gleicher Ebene zu begegnen. Nun, vielleicht nicht ganz«, korrigierte sie sich und lächelte wieder. »Ich fahre morgen nach Hause, also muss er sich mit mir auf meinem Terrain auseinandersetzen. Ich wollte Sie und Mrs. Brady fragen, ob Sie in diesem Sommer vielleicht Lust hätten, uns zu besuchen und ein paar Wochen im Gästehaus zu verbringen. Wir haben eine Reihe von Veränderungen vorgenommen, und ich möchte Ihnen mein Zentrum zeigen und … oh Gott. Es tut mir leid. Himmel!«

Sie presste beide Hände vor den Mund, erstaunt, dass diese Worte aus ihr herausgesprudelt waren und sich in ihrem Versuch, die Wahrheit zu verbergen, überstürzten. »Livvy …«

»Nein, es ist in Ordnung. Ich brauche nur eine Minute.« Sie trat ans Fenster und starrte durch die Gardinen. »Ich weiß, dass er in ein paar Wochen entlassen wird. Ich dachte – irgendwie dachte ich, wenn Sie da wären, nur in den ersten paar Tagen … dass alles gut werden würde. Ich habe bisher vermieden, darüber nachzudenken, aber die Zeit rückt immer näher. Nur ein paar Wochen noch.«

Sie drehte sich wieder um, begann zu sprechen, entschuldigte sich abermals. Doch etwas an seiner Miene ließ sie innehalten. »Was ist?«

»Es hat mit seiner Entlassung zu tun, Liv. Heute Morgen bekam ich einen Anruf. Ich habe immer noch Beziehungen, und sobald es etwas Neues über Tanner gibt, werde ich informiert. Angesichts seines Gesundheitszustands, der besonderen Umstände, der Überlastung im Strafvollzug, der bereits abgesessenen Strafe, seines Verhaltens im Gefängnis …« Frank hob eine Hand, ließ sie wieder sinken.

»Sie lassen ihn eher frei, nicht wahr? Wann?«

Ihre Augen wirkten riesig. Er dachte an das Kind, das ihn aus seinem Versteck angestarrt hatte. Diesmal konnte er nichts tun, um den Schlag zu dämpfen.

»Seit zwei Wochen ist er draußen«, erwiderte er.

Das Telefon ließ Noahs Konzentration in tausend kleine Scherben zerspringen. Mit einem wütenden Fluch ignorierte er jedoch das zweite Klingeln, starrte auf die letzte Zeile, die er geschrieben hatte, und versuchte, seine Gedanken wieder in Fluss zu bringen.

Beim dritten Klingeln griff er nach dem Hörer.

»Was zum Teufel ist los?«

»Ich wollte mich nur verabschieden. Tschüss.«

»Warte, Liv! Verdammt, leg nicht gleich wieder auf. Zwei Tage lang reagierst du nicht auf meine Anrufe, und dann erwischst du mich auf dem falschen Fuß.«

»Ich war beschäftigt, und du bist es jetzt offensichtlich auch. Also …«

»Okay, okay, tut mir leid. Ich war unhöflich. Ich bin ein Idiot. Ich habe die Sackkutte schon übergezogen. Hast du meine Nachrichten erhalten?« Alle zehntausend Stück, fügte er in Gedanken hinzu.

»Ja, ich hatte nur bisher noch keine Zeit zurückzurufen. Und jetzt habe ich nur noch eine Minute. Die Leute gehen schon an Bord.«

»An Bord? Was? Du bist am Flughafen? Du reist schon ab?«

»Ja, ich habe meine Pläne geändert.« Ihr Vater befand sich auf freiem Fuß. War er schon in L. A.? Würde er zuerst in diese Stadt kommen? Olivia rieb mit der Hand über ihren Mund und zwang sich, leichthin zu klingen. »Ich muss zurück, und ich dachte, es interessiert dich vielleicht. Wenn du immer noch wegen deines Buches mit mir sprechen willst, kannst du mich im Gästehaus erreichen, oder im Zentrum.«

»Bleib doch noch bis morgen früh, eine Nacht macht wirklich keinen Unterschied. Olivia, ich will dich sehen!«

»Du weißt, wo du mich findest. Wir arbeiten irgendwann einen Zeitplan für die Interviews aus.«

»Ich will …« Dich, erkannte er. Warum musste es nur schon wieder so kompliziert laufen?

»Es geht nicht nur um die verfluchten Interviews«, setzte er erneut an, aber sie hatte schon eingehängt.

Noah knallte den Hörer auf.

Diese Frau brachte ihn um den Verstand. Mal war sie leidenschaftlich, dann wieder kühl, hüpfte auf, nieder und zur Seite. Wie zum Teufel sollte er damit Schritt halten?

Jetzt war sie fort, außer Reichweite, ohne ihm die Gelegenheit zu geben, sie aufzuhalten. Sollte er ihr nachlaufen? War das ihr Spiel?

Wütend ließ er sich zurücksinken und starrte an die Decke. Nein, Olivia spielte nicht, sie kämpfte vielmehr. Das war ein großer Unterschied.

Es gab Details, um die er sich kümmern, Informationen, die er sichten musste. Und dann würde er es mit ihr aufnehmen.

Er war mehr als bereit, sich Olivia im Zweikampf zu stellen.

Olivia entspannte sich erst, als das Flugzeug abhob und sie sich in ihren Sitz zurücklehnen und die Augen schließen konnte. Los Angeles wurde unter ihr immer kleiner, geriet außer Reich- und bald auch außer Sichtweite. Dort gab es jetzt nichts mehr für sie zu tun, keinen Grund zur Rückkehr. Das Haus, das einst ihr Schloss gewesen war, stand hinter verschlossenen Eisentoren und gehörte Fremden.

Und die Spuren des Mordes, der dort einmal geschehen war, waren längst weggewischt.

Falls Noah sich bei ihr melden würde, musste sie sich mit seinem Ansinnen auseinandersetzen. Und mit ihm. Sie hatte sich bewiesen, dass sie sich ihren Erinnerungen stellen konnte. Die Erinnerungen waren nur in Worte zu kleiden, und Worte konnten ihr nichts anhaben.

Das Monster war frei.

Es war wie ein Flüstern in ihrem Ohr, eine Warnung, gefolgt von einer hämischen Schadenfreude.

Aber es machte ihr nichts aus. Sie würde es nicht an sich herankommen lassen. Ob sie seine Zelle nun aufgesperrt hatten oder nicht, ob sie ihm einen Anzug und Geld, das er sich während der Jahre im Käfig verdient hatte, gegeben hatten – für sie war er schon seit langer, langer Zeit tot.

Sie konnte nur hoffen, dass sie für ihn ebenfalls tot war. Dass er nicht mehr an sie dachte.

Und falls er es tat, so hoffte sie, dass ihm jeder Gedanke an sie Schmerzen bereitete.

Olivia wandte den Kopf vom Fenster ab und zwang sich, endlich einzuschlafen.

Andere fanden nur schwer in den Schlaf, und als er kam, war er voller Furcht und blutiger Bilder.

Das Monster war frei. Es tobte durch Träume, bahnte sich ungeschickt einen Weg ins Herz und vergoss bittere Tränen.

Das Monster war frei, und es wusste, dass es noch längst nicht zu Ende war, dass es noch mehr Tote geben würde.

Livvy. Der Name war ein leises Dröhnen, das Beben eines verzweifelten Geistes. Die Liebe zu ihr war so wirklich wie in dem Augenblick ihrer Geburt. Und die Angst vor ihr war so wirklich wie in der Nacht, als das Blut geflossen war.

Sie würde nur geopfert werden, wenn es keinen anderen Weg gab.

Und der Verlust würde auf ewig wie eine offene Wunde im Herzen schmerzen.

Dreiundzwanzigstes Kapitel

Draußen? Was meinst du damit, er ist draußen?«

»Er wurde vor zwei Wochen entlassen. Sein Anwalt hat einen Härteantrag gestellt, und seine Entlassung wurde vorverlegt.«

Frank ließ sich in einem Liegestuhl nieder, da sein Sohn den bedeckten Himmel und den menschenleeren Strand dazu genutzt hatte, im Freien zu arbeiten.

»Verdammt!« Noah stand auf und marschierte von einem Ende der Veranda zum anderen. »Verdammt. Er muss es gewusst haben, als ich ihn das letzte Mal besuchte. Aber er hat mir nichts gesagt. Heute Nachmittag ist es mir endlich gelungen, eine Konferenzschaltung mit Smith zu organisieren, und sein Assistent hat es auch nicht erwähnt. Wo zum Teufel ist er?«

»Das ist mir nicht bekannt. Ich hatte gehofft, dass du es vielleicht wüsstest. Ich würde Tanner gern im Auge behalten.« Frank dachte an den Schock und die Furcht in Olivias Augen. »Um der alten Zeiten willen.«

»Er hat sich nicht die Mühe gemacht, mir seine Nachsendeadresse zu geben. Ohne ihn ist das Buch gestorben.« Noah starrte auf die Papierstapel, die mit Flaschen und einer großen Muschel beschwert waren. »Ohne ihn und Liv ist die Sache gelaufen. Die Fäden laufen bei ihnen zusammen. Vorzeitige Entlassung?« Er sah Frank wieder an. »Nicht etwa Bewährung, also muss er sich nicht melden.«

»Er hat seine Zeit abgesessen. Der Staat Kalifornien betrachtet ihn als rehabilitiert.«

»Und du?«

»Welcher Teil von dir stellt mir diese Frage? Mein Sohn oder der Autor?«

Noahs Gesicht wurde ausdruckslos und verschlossen. »Egal.«

»Ich wollte damit nicht sagen, dass ich nicht antworten will, Noah, ich bin nur neugierig.«

»*Du* bist derjenige, der das, was ich bin und was ich tue voneinander trennt. Für mich gehört beides in dieselbe Schublade.«

»Du hast Recht. Darüber habe ich in letzter Zeit viel nachgedacht.« Frank seufzte, legte seine Hände auf die Knie. »Ich hatte gehofft, du würdest ein Cop. Ich vermute, der Gedanke ging mir schon lange im Kopf herum. Ich habe mir immer vorgestellt, dass du bei der Polizei anfangen würdest, solange ich noch dabei bin.«

»Ich weiß, dass ich dich enttäuscht habe. Aber ich bin nun einmal nicht dafür geschaffen.«

Frank wollte schon widersprechen, doch dann beschloss er, seinem Sohn stattdessen die Wahrheit zu sagen. »Ich hatte kein Recht dazu, enttäuscht zu sein. Und ich weiß, dass du nicht dafür geschaffen bist, Noah, aber manche Dinge brauchen ihre Zeit. Als Kind hast du dich immer für meine Arbeit interessiert. Du hast sogar Berichte geschrieben.« Er lachte. »Du hast mich über meine Fälle ausgefragt und alles aufgeschrieben. Das habe ich nicht richtig eingeschätzt. Als du Journalist wurdest, dachte ich, dass du aus dieser Phase herauswachsen würdest. Doch das geschah nicht, und ich war enttäuscht. Das ist *mein* Versagen, nicht deins.«

»Ich wollte nie Verbrechen aufklären, Dad. Ich wollte sie studieren.«

»Das habe ich ignoriert. Stolz hat immer zwei Seiten, Noah. Als du anfingst, Bücher zu schreiben, in Fällen herumzuwühlen, die vergessen und vorbei waren, habe ich das als Kritik an meinem Job aufgefasst. Als ob es nicht genug wäre, Beweise zu sammeln, den Täter zu verhaften, ihn vor Gericht zu stellen.«

»Das war nie der Grund.«

»Nein, aber ich habe uns meinen Stolz in die Quere kommen lassen, habe nicht gesehen, was du tatest, warum du es tatest und was es dir bedeutet. Ich möchte, dass du weißt, wie leid mir das tut. Es tut mir leid, dass ich dir nie den Respekt entgegengebracht habe, den du dafür verdienst, dass du die Arbeit machst, zu der du bestimmt bist, und dass du sie so gut machst.«

»Wow.« Emotionen überkamen Noah, lösten die Spannung in seinen Schultern, derer er sich gar nicht bewusst gewesen war. »Der Tag ist voller Überraschungen.«

»Ich bin immer stolz auf dich gewesen, Noah, du hast mir immer Freude bereitet, als Sohn und als Mensch.« Frank konnte kaum weitersprechen.

»Ohne dich wäre ich nie dazu fähig gewesen.«

»Noah …« Liebe schnürte Frank die Kehle zu. »Ich hoffe, dass eines Tages dein erwachsener Sohn dasselbe zu dir sagt. Sonst wirst du nie erfahren, wie viel mir dieser Satz bedeutet.« Er musste sich räuspern, damit er sie nicht beide in Verlegenheit brachte. »Ich werde deine Arbeit von nun an mehr zu schätzen wissen. Einverstanden?«

»Ja, damit bin ich einverstanden.«

»Als Anfang erkläre ich mich zu diesen Interviews bereit, wenn du Zeit dazu hast.«

»Ich habe jetzt Zeit. Wie ist es mit dir?«

»Jetzt? Nun, ich …« Darauf war er nicht vorbereitet und suchte nach einer Ausrede.

»Ich hole nur ein neues Band.«

Noah wusste, dass er den Fisch an der Leine hatte und schnell handeln musste. Er kam mit einem Band und zwei Dosen Cola zurück. »Es ist einfacher, als du glaubst«, sagte er, beschriftete das Band und schob es in sein Aufnahmegerät. »Du redest mit mir, erzählst mir von dem Fall. Genau wie früher. Einiges hast du mir schon gesagt. Bereits damals habe ich mir Notizen gemacht. Tanner hat selbst die Polizei gerufen. Darüber habe ich Aufzeichnungen.«

Noah suchte nach dem richtigen Ordner. »Er rief um zwölf vor eins an. ›*Sie ist tot. Mein Gott, Julie! Sie ist tot! Überall ist Blut. Ich kann das Blut nicht aufhalten. Helft mir.*‹« Noah legte das Blatt zur Seite. »Da steht noch mehr, aber das ist das Wichtigste. Der Beamte am Telefon stellte Fragen und bekam immer dieselben Antworten, bis es ihm schließlich gelang, Tanner die Adresse zu entlocken.«

»Zunächst fuhren die Uniformierten hin«, sagte Frank. »Ganz die übliche Vorgehensweise. Bei einem Notruf werden sie als Erstes rausgeschickt. Das Tor war offen, genau wie die Haustür. Sie betraten das Anwesen und fanden Tanner mit der Leiche im vorderen Salon. Sie sicherten den Tatort, meldeten einen Mord und forderten die Detectives an. Tracy Harmon und ich nahmen den Anruf entgegen.«

Vierundzwanzigstes Kapitel

Noah kam es so vor, als ob er seinen Vater an jenem Abend in das Haus begleitet hätte. Er spürte die warme Luft, die durch die Palmenwedel rauschte, durch die vom Mondlicht versilberten Gärten. Das Haus mit den golden erleuchteten Fenstern zeichnete sich weiß vor der Dunkelheit ab.

Einsatzfahrzeuge bewachten die Vorderseite, die roten und

blauen Signalleuchten warfen unruhige Farbmuster auf die Marmorstufen, die Gesichter der Cops und den Kleinbus der Spurensicherung.

Aus der geöffneten Haustür drang helles Licht.

Ein junger Polizist in nagelneuer Uniform, der gerade frisch von der Akademie gekommen war, übergab sich in die Oleanderbüsche.

Innen strahlte der große Kronleuchter auf die weißen Böden und die dunklen Blutspuren, die sich überall abzeichneten, im Foyer, den Flur entlang und auf der glänzend polierten Eichentreppe, die sich majestätisch zur Linken erhob.

Der Geruch des Blutes lag schwer in der Luft, und es glänzte noch feucht.

Auf den ersten Blick sah alles nach einem erbitterten Kampf aus: das zerbrochene Glas, die umgestürzten Möbel, die allgegenwärtigen Blutspuren.

Aber Julies Nägel waren unversehrt und sauber, die Wunden an ihren Händen und Armen oberflächlich.

Er hatte sie von hinten angegriffen. Später würde der Leichenbeschauer Franks Theorie bestätigen, doch als er sich neben die Tote hockte, spielte sich die Szene bereits in seinem Kopf ab.

Der erste Stich war direkt unter den Schulterblättern tief in ihren Rücken eingedrungen. Wahrscheinlich hatte sie geschrien, war gestolpert, wollte sich umdrehen. Außer dem Schmerz musste sie schreckliche Angst empfunden haben. Hatte sie sein Gesicht und das, was sich darin spiegelte, gesehen?

Dann hatte er noch einmal ausgeholt. Hatte sie einen Arm gehoben, um den Angriff abzuwehren? *Bitte nicht! Gott, bitte nicht!*

Sie hatte versucht zu entkommen, dabei eine Lampe umgestoßen, Glas war zerbrochen, und die Scherben hatten ihre nackten Füße verletzt. Er hatte weiter auf sie eingestochen. Sie war gefallen, hatte versucht wegzukriechen, hatte geweint. Wieder und wieder hatte er die Klingen in sie hineingetrieben, hatte sie immer wieder in ihren Körper gerammt, selbst als sie sich nicht mehr bewegte. Selbst als sie schon tot war.

Zwei Uniformierte bewachten Sam im Raum nebenan. Wie sein erster Blick auf Julie sollte sich auch dieses Bild in Franks Erinnerung eingraben. Er war blass und attraktiv, rauchte in schnellen Zügen. Sein Arm bewegte sich hastig auf und ab, auf und ab, während er die Zigarette an die Lippen führte, den Rauch inhalierte, ausblies und wieder inhalierte.

Seine Augen blickten abwesend – glasig und unstet. Der Schock und die Drogen.

An ihm klebte das Blut seiner Frau.

»Jemand hat sie getötet. Jemand hat Julie getötet.« Er sagte es wieder und wieder.

»Erzählen Sie mir, was passiert ist, Mr. Tanner.«

»Sie ist tot. Julie ist tot. Ich konnte nichts dagegen tun.«

»Gegen was?«

»Das Blut.« Sam starrte auf seine Hände und begann zu weinen.

Irgendwann während dieses ersten, konfusen Verhörs erinnerte Frank sich daran, dass die beiden ein Kind hatten. Er machte sich auf die Suche.

In seinem Arbeitszimmer tippte Noah die Notizen vom Interview mit seinem Vater ab. Es half ihm, die Worte schwarz auf weiß zu sehen.

Als sein Telefon klingelte, fuhr er erschrocken zusammen und stellte fest, dass er sich stundenlang in seiner Arbeit verloren hatte. Die Vorboten des Sonnenuntergangs verfärbten bereits den Himmel vor seinem Fenster.

Noah drückte die Finger gegen seine schmerzenden Augen und nahm ab.

»Hier spricht Sam Tanner.«

Instinktiv griff Noah nach einem Bleistift. »Wo sind Sie?«

»Ich beobachte den Sonnenuntergang. Ich stehe draußen und betrachte den Sonnenuntergang über dem Wasser.«

»Sie haben mir nicht gesagt, dass man Sie vorzeitig entlassen würde, Sam.«

»Nein.«

»Sind Sie in San Francisco?«

»Ich war lange genug in San Francisco. Dort ist es mir zu kalt und feucht. Ich wollte nach Hause.«

Noahs Puls beschleunigte sich. »Sie sind in L. A.?«

»Ich habe ein Zimmer am Sunset Strip gemietet. Hat sich alles ganz schön verändert.«

»Geben Sie mir Ihre Adresse.«

»Im Augenblick bin ich nicht dort. Ich bin ganz in Ihrer Nähe und sehe mir den Sonnenuntergang an«, wiederholte er fast verträumt. »Vor einem Lokal, wo man Tacos, Bier und eine Salsa bekommt, die einem die Tränen in die Augen treibt.«

»Sagen Sie mir, wo Sie sind. Ich komme zu Ihnen.«

Sam trug Khakihosen und ein kurzärmeliges Hemd, beides noch so neu, dass sich die Falten noch nicht ausgehangen hatten. Er hatte sich an einem der kleinen schmiedeeisernen Tische des mexikanischen Restaurants niedergelassen und starrte auf das Wasser hinaus. An den anderen Tischen saßen vereinzelt Gäste, junge Leute mit frischen Gesichtern, die Nachos verzehrten und gerade alt genug waren, um das Bier zu bestellen, das sie tranken.

Im Gegensatz zu ihnen wirkte Sam alt, blass und überraschend naiv.

Noah bestellte für jeden Tacos und Bier.

»Wie fühlen Sie sich?«

Mit einem Ausdruck des Erstaunens beobachtete Sam einen jungen Mann auf Rollerblades. »Ich bin noch ein paar Tage in San Francisco geblieben, dann nahm ich einen Bus hierher. Innerlich rechnete ich ständig damit, dass man mich aufhalten und zurückbringen würde, weil alles ein Irrtum war. Gleichzeitig wollte ich, dass mich jemand erkennt und ruft: Seht, dort ist Sam Tanner! Dass man mich um ein Autogramm bittet.

Zwei Leben habe ich gelebt, und in meinem Kopf pendle ich zwischen den beiden hin und her.«

»Wollen Sie erkannt werden?«

»Ich war ein Star, ein bekannter Schauspieler. Ich brauchte die Aufmerksamkeit. Nicht nur, um mein Ego zu befriedigen, sondern auch als Streicheleinheiten für das Kind in mir. Wer kein Kind ist, kann auch kein guter Schauspieler sein. Plötzlich musste ich damit abschließen. Dann wurde ich entlassen, und es ging wieder los. Doch so sehr ich mir auch wünschte, dass mich jemand ansehen und sich erinnern würde, hatte ich gleichzeitig eine Heidenangst davor. Lampenfieber.« Sam bedachte Noah mit einem kurzen, entnervten Lächeln. »Das habe ich schon lange nicht mehr empfunden.«

Noah schwieg, während die Kellnerin Essen und Getränke servierte. Als sie wieder fort war, beugte er sich vor. »Nach L. A. zu kommen war ein Risiko, früher oder später werden Sie hier erkannt.«

»Wohin sollte ich sonst gehen? Es hat sich alles sehr verändert. Ich habe mich schon zweimal verlaufen. Überall neue Gesichter, auf der Straße, auf den Plakaten. Die Leute fahren in großen, klobigen Jeeps herum, und nirgendwo darf man rauchen.«

Noah amüsierte sich über die Verwunderung in Sams letzter Bemerkung. »Ich könnte mir vorstellen, dass das Essen aber besser schmeckt als in San Quentin.«

»Ich hatte ganz vergessen, dass es Lokale wie dieses gibt.« Sam betrachtete sein Taco. »Das hatte ich allerdings schon vergessen, bevor ich in den Knast ging. Wenn es kein Luxusartikel war, war ich nicht interessiert. Wenn ich nicht gesehen, bewundert, beneidet wurde, worin lag dann der Sinn, essen zu gehen?«

Er biss in den Taco und ignorierte, dass Tomatenstückchen, Salat und Sauce auf seinen Teller platschten. Einen Augenblick lang aß er in konzentriertem Schweigen, mit einer grimmigen Entschlossenheit, die er sich vermutlich beim Essen im Gefängnis angewöhnt hatte.

»Ich war ein Arschloch.«

Noah zog eine Augenbraue hoch. »Darf ich das zitieren?«

»Darum geht es doch, oder nicht? Ich hatte alles – Erfolg, Bewunderung, Macht, Reichtum. Die schönsten Frauen der Welt waren in mich verliebt. Ich war davon überzeugt, dass ich all das verdiente, deshalb wusste ich es nicht zu schätzen. Ich habe alles als selbstverständlich betrachtet. Deshalb habe ich schließlich auch alles verloren.«

Noah hielt die Augen auf Sams Gesicht gerichtet und nippte an seinem Bier. »Haben Sie Ihre Frau getötet?«

Zunächst antwortete Sam nicht, sah nur zu, wie die Sonne im Meer versank. »Ja.« Seine Augen bewegten sich. »Haben Sie erwartet, dass ich es leugne? Warum sollte ich? Ich habe zwanzig Jahre lang für das, was ich getan habe, bezahlt. Manche würden sagen, dass es noch nicht genug ist. Vielleicht haben sie Recht.«

»Warum haben Sie sie getötet?«

»Weil ich nicht das sein konnte, was sie von mir erwartete. Jetzt fragen Sie mich, ob ich in jener Nacht die Schere genommen und damit auf sie eingestochen habe.«

»Na gut. Haben Sie?«

»Ich weiß es nicht.« Sams Blick wanderte wieder zum Wasser, er betrachtete es träumerisch. »Ich weiß es einfach nicht. In meinem Gedächtnis existieren zwei Versionen, beide erscheinen mir völlig real. Doch irgendwann kam ich zu dem Schluss, dass es unwichtig ist. Dann habe ich erfahren, dass ich sterben muss. Seitdem muss ich wissen, welche der Versionen wahr ist, und Sie werden es für mich herausfinden.«

»Welche werden Sie mir erzählen?«

»Zunächst einmal keine von beiden. Ich brauche Geld. Bei dieser Bank hier habe ich ein Konto eröffnet.« Er zog ein Stück Papier heraus. »Das ist meine Kontonummer. Sie können eine Überweisung veranlassen. Das ist wohl der einfachste Weg.«

»In Ordnung.« Noah steckte den Zettel ein. »Morgen ist das Geld da.«

»Dann reden wir morgen weiter.«

Am nächsten Morgen rief Noah Olivia an, erwischte sie am Empfangspult im Zentrum. Er war noch nass vom Duschen nach dem Strandlauf und brachte sein Hirn gerade mit Kaffee auf Touren. Der Klang ihrer Stimme, forsch, effizient, ein wenig kehlig, ließ ihn lächeln.

»Hallo, Miss MacBride. Hast du mich vermisst?«

»Nicht besonders.«

»Das nehme ich dir nicht ab. Dazu hast du meine Stimme viel zu schnell erkannt.« Sie stöhnte.

»Wie könnte ich nicht? Immerhin redest du für drei.«

»Und du redest nicht genug, aber ich habe deine Stimme in meinem Kopf gespeichert. Ich habe letzte Nacht von dir geträumt, in sanften Pastellfarben und in Zeitlupe. Wir haben uns am Ufer eines Flusses geliebt, das Gras war kühl und feucht und voller Wildblumen. Als ich aufwachte, konnte ich dich noch schmecken.«

Einen Augenblick blieb sie still und holte dann Luft. »Das ist interessant.«

»Bist du nicht allein?«

»Im Moment nicht. Danke, Curtis, ich kümmere mich darum.« Wieder schwieg sie. »Das Flussufer ist öffentliches Eigentum.«

Noah lachte auf. »Langsam bin ich richtiggehend verrückt nach dir, Liv. Gefallen dir die Blumen?«

»Sie sind sehr schön und völlig überflüssig.«

»Natürlich. Aber sie haben dafür gesorgt, dass du an mich denkst. Ich möchte, dass du immer an mich denkst, Liv, damit wir dort weitermachen können, wo wir aufgehört haben.«

»Wann kommst du her?«

»In ein oder zwei Wochen – vielleicht eher, wenn ich es schaffe.«

»Um diese Jahreszeit ist das Gästehaus immer ziemlich ausgebucht.«

»Dann lasse ich mir eben etwas einfallen. Liv, ich muss dir sagen, dass ich Tanner gesehen und mit ihm gesprochen habe. Er ist hier in Los Angeles.«

»Ich verstehe.«

»Ich dachte, es ist dir lieber, dass du weißt, wo er ist.«

»Ja, vermutlich. Ich muss jetzt …«

»Liv, du kannst mir ruhig sagen, was du empfindest. Vergiss das Buch, betrachte mich einfach als jemanden, der dich mag. Du kannst mit mir reden.«

»Ich weiß nicht, was ich empfinde. Ich weiß nur, dass ich mein Leben nicht davon beeinflussen lassen kann, wo er ist oder was er ist. Das werde ich nicht zulassen.«

»Vielleicht würdest du feststellen, dass Veränderungen nicht immer negativ sind. Ich lasse dich wissen, wann ich komme. Vergiss mich nicht, Olivia.«

Sie legte auf, atmete tief durch. »Träum weiter«, murmelte sie und streifte die Blumen mit einem Finger.

Sie hatte es sich nicht verkneifen können, sie auf ihren Schreibtisch zu stellen, wo sie sie jederzeit ansehen konnte, wenn sie im Büro arbeitete.

Es waren die gleichen Blumen, die er in seinem eigenen Garten angepflanzt hatte. Dem Garten, dem sie nicht hatte widerstehen können. Er wusste, dass sie bei ihrem Anblick an ihn denken würde.

Dabei hätte sie ohnehin an ihn gedacht.

Und die Behauptung, dass sie ihn nicht vermisse, war eine glatte Lüge gewesen. Es überraschte sie, wie sehr er ihr fehlte, und es beunruhigte sie, dass sie sich wünschte, sie beide seien andere Menschen in einer anderen Situation. Dann könnten sie ein Verhältnis miteinander beginnen, vielleicht sogar Freunde werden, ohne dass Schatten am Rand ihrer Beziehung lauerten.

Im Grunde hatte sie noch nie einen richtigen Geliebten gehabt, denn dieser Begriff beinhaltete für sie neben Sex noch eine andere Dimension und viel Intimität.

Aber sie war sich sicher, dass Noah auf beidem bestehen würde. Wenn sie ihn wollte, würde sie ihm mehr geben müssen, als sie bisher bei anderen Menschen zu geben bereit oder fähig gewesen war.

Noch ein Punkt, über den sie dringend nachdenken musste,

fiel ihr auf, während sie einen Moment lang ihren verspannten Rücken massierte. Dann wandte sie sich wieder ihrem Computer zu und tippte ihre Ideen für das Herbstprogramm ein, wobei sie ein besonderes Augenmerk auf die Ausflüge für Grundschulkassen legte, die sie einzuführen plante.

Sie beantwortete das Klopfen an der Tür mit einem Grunzen.

»Heißt das ›komm rein‹ oder ›fahr zur Hölle‹?« erkundigte Rob sich. Er trug ein Paket in seiner Hand.

»Für dich ›komm rein‹, für alle anderen ›fahr zur Hölle‹. Ich arbeite gerade das Herbstprogramm aus.« Olivia neigte den Kopf. »Was ist da drin?«

»Keine Ahnung. Kam beim Gästehaus an, sieht aus wie eine Expressendung für dich, aus Los Angeles.«

»Für mich?«

»Vermutlich von dem jungen Mann, der dir die Blumen geschickt hat.« Er setzte das Paket auf dem Schreibtisch ab. »Und ich würde sagen, er hat einen guten Geschmack in Bezug auf Frauen.«

»Was du natürlich ganz objektiv beurteilen kannst.«

»Natürlich.« Rob setzte sich auf die Schreibtischkante und nahm ihre Hände. »Wie geht es meinem Mädchen?«

»Gut.« Beruhigend erwiderte sie seinen Händedruck. »Mach dir um mich keine Sorgen, Großpapa.«

»Ich darf mir Sorgen machen, das gehört zu meinem Job.« Bei ihrer Rückkehr aus Kalifornien war sie so blass und angespannt gewesen. »Es ist nicht schlimm, dass er draußen ist, Livvy, ich habe mich damit abgefunden. Ich hoffe, du kannst es auch.«

»Ich arbeite daran.« Sie stand auf und ordnete Akten, die nicht geordnet werden mussten. »Noah hat gerade angerufen. Er wollte mir sagen, dass er sich mit ihm getroffen und mit ihm gesprochen hat.«

»Es ist gut, dass du das weißt.«

»Du hast Recht. Ich weiß es zu schätzen, dass er das versteht und respektiert. Dass er mich nicht so behandelt, als ob ich leicht zerbrechlich wäre, beschützt werden müsste …« Sie wandte sich ab, spürte eine Hitzewelle auf ihrem Gesicht. »Damit wollte ich nicht sagen …«

»Ist schon gut. Ich weißt nicht, ob wir das Richtige getan haben, Livvy, als wir dich hierhergebracht und dich von allem abgeschottet haben. Aber wir haben es gut gemeint.«

»Mich hierherzubringen, war genau das Richtige.« Sie legte die Akten ab und nahm ihn in den Arm. »Niemand hätte mir mehr Liebe oder ein besseres Zuhause geben können als Großmama und du. Wir lassen nicht zu, dass Gedanken an ihn unser Leben in Frage stellen.« Ihre Augen flossen über vor Emotionen.

»Ich will immer noch das Beste für dich. Ich bin mir nur nicht mehr so sicher, was das Beste ist. Dieser junge Mann …« er nickte zu den Blumen, »er konfrontiert dich mit einer ganzen Menge. Aber er hat aufrichtige Augen, und ich vertraue ihm.«

»Großpapa.« Olivia küsste ihn auf die Wange. »Ich bin alt und klug genug, um das allein zu entscheiden.«

»Du bist immer noch mein Baby. Willst du das Paket nicht öffnen?«

»Nein, damit ermutige ich ihn nur.« Sie grinste. »Er versucht, mich zu umgarnen.«

»Gelingt es ihm?«

»Vielleicht ein bisschen. Er will bald wieder herkommen. Wenn ich ihn wiedersehe, werde ich entscheiden, wie sehr er mich umgarnt hat. Jetzt geh zurück an deine Arbeit, ich habe schließlich noch genug zu tun.«

»Wenn er wieder hier ist, behalte ich ihn im Auge.« Rob zwinkerte, stand auf und ging zur Tür. Dann blieb er noch einmal stehen, legte eine Hand auf die Klinke und sah sich um. »Haben wir dich zu eng an uns gebunden, Livvy? Dich zu fest gehalten?« Er schüttelte den Kopf, bevor sie antworten konnte. »Ob ja oder nein, du bist eine wunderbare Frau geworden. Deine Mutter wäre stolz auf dich.«

Als die Tür hinter ihm ins Schloss fiel, setzte Olivia sich

wieder hin und kämpfte gegen Tränen der Freude und Trauer an. Sie hoffte, dass er Recht hatte, dass ihre Mutter stolz wäre und ihre Tochter nicht als eine Frau sehen würde, die zu distanziert, zu hart, zu ängstlich war, um sich jemandem außerhalb der Familie zu öffnen.

Würde die schöne, kluge Julie ihre Tochter fragen, wo ihre Freunde waren? Die Jungen, nach denen sie sich gesehnt, die Männer, die sie geliebt hatte? Wo sind die Menschen, die du berührt hast und die ein Teil deines Lebens geworden sind?

Es gab niemanden. Niemanden.

Das machte sie plötzlich so unerträglich traurig, dass die Tränen schon wieder fließen wollten. Doch sie drängte sie zurück, starrte auf das Paket auf ihrem Schreibtisch.

Noah, dachte sie. Er versuchte, zu ihr durchzudringen. War es nicht höchste Zeit, dass sie es zuließ?

Sie nahm das Leatherman-Messer aus der Tasche und zerschnitt mit der scharfen Klinge das Klebeband. Dann hielt sie inne und genoss die Erwartung und die Vorfreude.

Kurz darauf grub sie sich durch die schützenden Styroporflocken, suchte nach dem Inhalt. Glas oder Porzellan, dachte sie, eine Figurine. Sie fragte sich, ob er am Ende gar ein Murmeltier aus Porzellan gefunden hatte und lachte bei dem Gedanken daran.

Doch das Lachen erstarb in ihrer Kehle, vermischte sich mit eiskalter Panik, die ihr die Brust zuschnürte. Ihr Mund formte einen Schrei. Olivia ließ die Figur fallen, als ob sie eine lebende Schlange wäre.

Und starrte zitternd auf das freundliche, wunderschöne Gesicht der Blauen Fee auf der Spieluhr.

Fünfundzwanzigstes Kapitel

Ich konnte nie allein sein.« Sam hielt die Kaffeetasse, die Noah ihm eingeschenkt hatte, in der Hand und blinzelte in die Sonne. »Allein zu sein war eine Strafe für mich. Julie dagegen kam gut damit zurecht, oft zog sie das Alleinsein sogar jeglicher Gesellschaft vor. Sie brauchte das Scheinwerferlicht nicht so sehr wie ich.«

»Brauchten Sie es, oder brauchen Sie es noch?«, fragte Noah und sah, dass Sam lächelte.

»Ich habe die Vorteile der Einsamkeit schätzen gelernt. Doch als wir getrennt lebten, als ich das Haus in Malibu kaufte, war die Aussicht darauf, dort zu wohnen, für mich fast ebenso erschreckend wie die Aussicht auf ein Leben ohne sie. An das Haus in Malibu habe ich kaum Erinnerungen. Ich glaube, es ähnelt diesem hier.«

Er betrachtete Noahs Haus, das cremefarbene Holz, die großen Fenster, die Blumen in den Steinkübeln. Dann sah er auf den Ozean hinaus. »Der Blick muss ähnlich gewesen sein. Gefällt es Ihnen hier, so ganz allein?«

»Für meine Arbeit brauche ich viel Ruhe.«

Sam nickte nur und schwieg.

Noah hatte lange darüber nachgedacht, ob er Sam in sein Haus einladen sollte. Schließlich war es ihm als die einfachste Lösung erschienen. Dort waren sie ungestört, und auf der Terrasse konnte Sam sich wie gewünscht im Freien aufhalten. Da Tanner seine Adresse sowieso bereits kannte, war ihm kein Gegenargument eingefallen.

Er wartete, bis Sam sich noch eine Zigarette angezündet hatte. »Erzählen Sie mir vom Abend des 28. August.«

»Ich wollte nicht allein sein«, wiederholte Tanner. »Ich arbeitete nicht und hatte gerade meinen Agenten gefeuert. Außerdem war ich sauer auf Julie. Was bildete sie sich eigentlich ein, mich aus meinem Haus zu werfen, wo sie es doch war, die mich betrog? Deshalb rief ich Lydia an. Ich wollte Gesellschaft, ich wollte Mitleid. Sie hasste Julie, also konnte ich davon ausgehen, dass sie mir genau das sagen würde, was ich hören wollte. Ich stellte mir vor, dass wir zusammen koksen und dann ins Bett gehen würden – wie früher. Das würde Julie eine Lehre sein.«

Seine Hand verkrampfte sich zur Faust, mit der er rhythmisch auf sein Bein klopfte. »Sie war nicht da. Ihr Hausmädchen sagte, sie würde erst spät zurückkommen. Das machte mich noch wütender. Auf niemanden war Verlass, niemand war da, wenn man ihn brauchte. Ich steigerte mich in mein Selbstmitleid hinein. Natürlich hätte ich andere Bekannte anrufen können, aber ich dachte: Leckt mich doch alle am Arsch. Stattdessen genehmigte ich mir eine Prise Kokain, stieg ins Auto und fuhr in die Stadt.«

Er schwieg, rieb sich leicht über die Schläfe, als ob er Kopfschmerzen hätte, dann klopfte er wieder mit der Faust auf sein Bein. »Ich weiß nicht, in wie vielen Clubs ich war. Vor Gericht kam heraus, dass mich verschiedene Leute in jener Nacht in diversen Lokalen gesehen hatten. Offenbar verhielt ich mich aggressiv und suchte Streit. Wie konnten sie wissen, was ich suchte, wenn nicht einmal ich selbst es wusste?«

»Zeugen haben ausgesagt, dass Sie Lucas Manning suchten, sich lautstark mit dem Rausschmeißer in einem der Clubs stritten, in einem anderen ein Tablett mit Getränken umstießen.«

»Mag sein.« Sam zuckte mit den Schultern, aber seine Hand klopfte beharrlich weiter. »In meiner Erinnerung ist alles verschwommen. Grelle Lichter, bunte Farben, Gesichter, Körper. Im Auto schnupfte ich wieder Koks, und dann wahrscheinlich noch einmal, bevor ich zum Haus fuhr. Außerdem hatte ich getrunken. In mir stauten sich Energie und Wut, und ich konnte nur noch an Julie denken. Ein für alle Mal würden wir die Angelegenheit regeln.«

Er lehnte sich zurück, schloss die Augen. Seine Hand wurde ruhig, dann umklammerte sie sein Knie. »Ich weiß noch, wie die Bäume sich gegen den Himmel abzeichneten, wie im Film. Und die Scheinwerfer der anderen Autos waren wie Sonnen, brannten grell in meinen Augen. Mein Herzschlag pochte in meinem Kopf. Von dem, was danach geschah, gibt es zwei Versionen.«

Er öffnete seine leuchtend blauen Augen und starrte Noah an. »Das Tor ist verschlossen. Ich weiß, dass er mit ihr da drinnen ist. Der Hurensohn. Als sie an die Gegensprechanlage kommt, sage ich ihr, dass sie das Tor öffnen soll, dass ich mit ihr sprechen will. Ich bin vorsichtig, sehr vorsichtig, versuche, ruhig zu sprechen. Ich weiß, dass sie mich nicht hereinlassen wird, wenn sie merkt, dass ich Drogen genommen habe. Sie erklärt mir, dass es schon spät sei, aber ich lasse mich nicht abwimmeln, überzeuge sie. Sie gibt nach. Öffnet das Tor. Ich fahre zum Haus. Das Mondlicht ist so hell, dass es mir in den Augen schmerzt. Und sie steht in der Tür, hinter ihr ist Licht. Sie trägt das weiße Nachthemd, das ich ihr zum letzten Hochzeitstag gekauft habe. Das Haar fällt offen auf ihre Schultern, sie ist barfuß. Und wunderschön. Kühl, ihr Gesicht wirkt kühl, wie in Marmor gemeißelt. Sie sagt, dass ich mich kurz fassen soll, weil sie müde ist, und geht in den Salon.

Auf dem Tisch sehe ich ein Glas Wein und die Zeitschriften. Die Schere. Sie ist silbern, mit langen Klingen. Julie nimmt das Glas. Jetzt ist ihr klar, dass ich gekokst habe, und sie ist wütend. ›Warum tust du dir das an?‹, fragt sie mich. ›Warum tust du mir das an, und Livvy?‹«

Sam hob eine Hand an die Lippen, rieb sie hin und her, immer wieder hin und her. »Ich sage, dass es ihre Schuld ist, weil sie sich mit Manning eingelassen hat, weil sie ihre Karriere über unsere Ehe gestellt hat. Das ist ein alter Streitpunkt, ein leidiges Thema, aber diesmal nimmt das Gespräch eine neue Richtung. Sie erwidert, dass sie mit mir fertig ist, dass es keine Chance für uns gibt, und dass ich aus ihrem Leben verschwinden soll. Ich mache sie krank, sie findet mich abstoßend.«

Tanner spricht immer noch wie ein Schauspieler, stößt die Worte aus, nutzt Pausen, legt Leidenschaft in seine Rede. »Sie erhebt ihre Stimme nicht, aber ich kann sehen, wie die Worte aus ihrem Mund kommen. Sie sind wie dunkelroter Rauch, der mich erstickt. Sie sagt, dass sie noch nie so glücklich war wie seit unserer Trennung, und dass sie nicht vorhat, sich mit einem erfolglosen, drogensüchtigen Schauspieler zu belasten. Manning sei nicht nur ein besserer Schauspieler, er sei auch ein besserer Liebhaber. Und ich hätte schon immer Recht gehabt, sie will es nicht länger leugnen. Er gibt ihr alles, was ich ihr nicht geben kann.«

Mit zusammengekniffenen Augen beobachtete Noah, wie Tanners Blick glasig wurde.

»Sie wendet sich von mir ab, als ob ich ein Nichts wäre«, murmelte Sam, dann erhob er die Stimme zu einem gedämpften Schrei. »Als ob alles, was wir zusammen hatten, bedeutungslos geworden wäre! Der rote Rauch ihrer Worte klebt an meinem Gesicht, brennt mir in der Kehle. Plötzlich ist die Schere mit den langen Silberklingen in meiner Hand. Ich will sie in sie hineinbohren, auf sie einstechen. Sie schreit, das Glas fällt ihr aus der Hand und zerbricht. Blut rinnt über ihren Rücken. Als ob ich einen Korken aus einer Flasche Rotwein gezogen hätte. Sie stolpert, und es kracht. Durch den Rauch kann ich nichts sehen, steche nur immer wieder mit der Schere zu. An meinen Händen, auf meinem Gesicht spüre ich warmes Blut. Als wir auf dem Boden liegen, versucht sie, wegzukriechen, aber die Schere ist wie ein Teil meiner Hand. Ich kann nicht aufhören, kann mich nicht bremsen.«

Seine Lider schlossen sich, und die Fäuste auf seinen Knien waren weiß vor Anspannung. »Ich sehe Livvy in der Tür, sie starrt mich mit den Augen ihrer Mutter an.«

Als Sam nach seiner Kaffeetasse griff, zitterte seine Hand. Er trank schnell und gierig wie ein Mann, der gerade eine Wüste durchwandert hat. »Das ist die eine Version meiner Erinnerungen. Könnte ich jetzt etwas Kaltes zu trinken bekommen? Wasser?«

»Natürlich.« Noah schaltete das Aufnahmegerät ab, stand auf und ging in die Küche. Dort legte er seine Handflächen auf die Arbeitsplatte. Eisige Schweißperlen überzogen seine Haut. Er hatte die Abschriften der Protokolle über den Mord gelesen, die Berichte studiert. Er hatte gewusst, was ihn erwarten würde. Aber es war Sams eindringliche Schilderung, die ihm den Magen zusammenzog. Das – und der Gedanke an Olivia, die aus ihrem Kinderbett aufstand und geradewegs in einen Alptraum hineinlief.

Er goss Mineralwasser in zwei Gläser mit Eiswürfeln und trat wieder auf die Veranda.

»Sie fragen sich, ob Sie objektiv bleiben können«, begann Sam erneut. »Sie fragen sich, wie Sie es ertragen können, hier mit mir zu sitzen und dieselbe Luft zu atmen.«

»Nein.« Noah gab ihm sein Wasser und setzte sich. »Das gehört zu meinem Job. Ich frage mich, wie *Sie* damit leben können. Was Sie sehen, wenn Sie morgens in den Spiegel blicken.«

»Zwei Jahre lang haben sie mich als selbstmordgefährdet unter Beobachtung gehalten. Damit hatten sie Recht. Aber nach einer Weile lernt man, von einem Tag auf den nächsten zu leben. Ich habe Julie geliebt, und diese Liebe war das Beste in meinem Leben. Leider reichte sie nicht aus, um einen Mann aus mir zu machen.«

»Und das haben die zwanzig Jahre hinter Gittern erreicht?«

»Die zwanzig Jahre hinter Gittern haben mich bereuen lassen, dass ich alles zerstört habe, was ich besaß. Der Krebs hat mich dazu gebracht, das zu nutzen, was mir noch bleibt.«

»Was bleibt Ihnen, Sam?«

»Die Wahrheit, und die Auseinandersetzung mit ihr.« Er trank noch einen Schluck Wasser. »Ich habe nämlich auch ganz andere Erinnerungen an jene Nacht. Diesmal steht das Tor offen, als ich ankomme. Mann, das macht mich richtig wütend. Was zum Teufel denkt sie sich dabei? Darüber werden wir uns noch unterhalten. Wenn Manning bei ihr ist … Ich weiß verdammt genau, dass er da ist, kann geradezu sehen, wie er sich mit meiner Frau vergnügt. Ich ziehe in Erwägung, ihn mit meinen bloßen Händen zu erwürgen, während sie dabei zusieht. Die Tür zum Haus steht weit offen. Das Licht dringt nach draußen. Das gibt mir den Rest. Ich gehe hinein, suche die Auseinandersetzung. Ich will nach oben, bin mir sicher, dass ich sie zusammen im Bett erwische, da höre ich Musik aus dem Salon. Wahrscheinlich treiben sie es dort, mit Musik im Hintergrund, bei offener Tür, und meine Tochter ist oben. Dann …«

Er hielt inne, nahm noch einen Schluck, setzte das Glas ab. »Überall ist Blut. Zunächst ist mir gar nicht bewusst, was das ist. Es ist viel zu viel, um echt zu wirken. Dann das zerbrochene Glas. Die Lampe, die wir auf unserer Hochzeitsreise gekauft haben, in tausend Scherben. Mein Kopf schwirrt vom Koks und dem Wodka, aber ich denke, Jesus, Jesus, jemand hat eingebrochen! Und dann sehe ich sie. O Gott, sie liegt auf dem Boden.«

Sams Stimme brach, zitterte und erbebte, schilderte die Ereignisse genauso überzeugend wie den Strom der Gewalt in der ersten Version. »Ich gehe neben ihr auf die Knie, rufe ihren Namen, versuche, sie hochzuheben. Blut, überall ist Blut. Ich weiß, dass sie tot ist, aber ich bitte sie, aufzuwachen, sie muss wieder aufwachen! Ich ziehe die Schere aus ihrem Rücken. Wenn ich sie herausziehe, kann sie ihr nicht mehr wehtun. Und dann starrt Livvy mich an.«

Er nahm eine Zigarette aus der Packung auf dem Tisch, und als er sie mit einem Streichholz anzündete, zitterte die Flamme wie im Wind. »Das hat mir die Polizei nicht abgenommen.« Er blies den Rauch in die Luft. »Genauso wenig wie die Jury. Nach einer Weile habe ich es mir selbst nicht mehr abgenommen.«

»Ich sitze nicht hier, um Ihnen etwas abzunehmen, Sam.«

»Nein.« Er nickte, aber sein Blick wirkte berechnend. Das Lächeln eines Verbrechers. »Aber Sie werden sich Ihre Gedanken machen, nicht wahr?«

»Laut Manning hatten er und Julie kein Verhältnis. Nicht etwa, weil er es nicht wollte, das hat er offen zugegeben.« Noah stand mit seinem Vater vor dem Jugendzentrum, während eine Gruppe Jungen auf dem frisch asphaltierten Basketballfeld trainierte. »Er war in sie verliebt – geradezu von ihr besessen, verbrachte viel Zeit mit ihr, aber für sie war er nur ein Freund.«

»Das hat er während der Ermittlungen ebenfalls behauptet.«

»Hast du ihm geglaubt?«

Frank seufzte und schüttelte den Kopf, weil einer seiner Jungs einen Pass vermasselte. »Er wirkte überzeugend, und die Haushälterin unterstützte seine Aussage. Sie schwor, dass kein Mann außer dem Ehemann der Ermordeten je eine Nacht im Haus verbracht hatte. Allerdings war sie Julie treu ergeben und hätte sie decken können. Aber wir konnten das Gegenteil nie beweisen. Immerhin glaubte Tanner an diese Affäre, für ihn war sie also real und ein Teil seines Motivs.«

»Findest du es nicht sonderbar, dass Manning und Lydia Loring später eine Affäre hatten, wenn auch nur ein paar Monate lang?«

»Typisch Hollywood, würde ich sagen.«

»Nur mal hypothetisch: Wenn ihr Tanner nicht am Tatort erwischt hättet, in welche Richtung hättet ihr dann ermittelt?«

»Wir *haben* ihn am Tatort erwischt, und trotzdem haben wir weitergeforscht. Wir haben Manning verhört, Lydia, die Haushälterin, den Agenten, die Familie. Besonders die Melbournes, weil sie beide für Julie arbeiteten. Mit Jamie Melbourne haben wir uns sogar sehr ausgiebig befasst, immerhin erbte sie durch den Tod ihrer Schwester eine beachtliche Summe. Wir sichteten Julies Fanpost, sortierten die Verrückten aus und nahmen sie unter die Lupe, für den Fall, dass es einem wahnsinnigen Fan gelungen war, an sie heranzukommen. An der Tatsache, dass Tanner dort war, gab es nichts zu rütteln. Seine Fingerabdrücke waren auf der Mordwaffe. Er hatte ein Motiv, die Gelegenheit und die Mittel. Und seine eigene Tochter hat ihn dort gesehen.«

Frank verlagerte sein Gewicht. »Während der ersten Tage hatte ich meine Probleme mit dem Fall. Er war nicht so wasserdicht, wie ich es mir gewünscht hätte.«

»Was willst du damit sagen, er war nicht wasserdicht?«

»Die Art, wie Tanner sich verhielt, wie er zwei unterschiedliche Zusammentreffen mit Julie durcheinanderwarf oder es zumindest vorgab … zunächst ergab das für mich keinen Sinn. Dann verlangte er einen Anwalt und hüllte sich in Schweigen. Da erkannte ich, dass er mit mir gespielt hatte. Pass auf, dass er mit dir nicht das Gleiche macht, Noah.«

»Keine Sorge.« Noah schob die Hände in die Taschen, ging ein wenig auf und ab. »Hör zu. Vor ein paar Tagen hat er mir zwei Versionen jener Nacht geschildert. Die erste deckt sich fast perfekt mit den Ergebnissen deiner Ermittlungen. Wenn er sie schildert, geht er ganz in seiner Rolle auf, als ob er eine Mordszene in einem brutalen Film nachspielt. Dann aber erzählte er mir auch die andere Version, in der er sie tot vorfindet. Seine Hände zittern, und er wird blass. Seine Stimme schwankt.«

»Welche Version nimmst du ihm ab?«

»Beide wirken glaubwürdig.«

Frank nickte. »Und die, aus der er unschuldig hervorgeht, hat er dir zuletzt erzählt, damit sich der Eindruck nachhaltig einprägt.«

Noah pfiff durch die Zähne. »Ja, daran hatte ich auch schon gedacht.«

»Vielleicht wünscht er sich immer noch, dass die zweite stimmt. Eins habe ich ihm geglaubt, Noah, und das ist die Tatsache, dass er sich hinterher gewünscht hat, jene Nacht nie erlebt zu haben. Und einen Punkt darfst du nie außer Acht lassen«, fügte Frank hinzu. »Er ist Schauspieler und weiß genau, wie man sich verkauft.«

»Das vergesse ich nicht«, murmelte Noah. Aber er machte sich seine Gedanken.

Noah beschloss, bei seiner Mutter vorbeizuschauen. Am nächsten Tag wollte er nach Washington abreisen. Dieses Mal würde er fliegen und dort einen Wagen mieten. Er wollte keine Zeit mit der langen Fahrt vergeuden. Celia saß auf der kleinen Seitenveranda, sah ihre Post durch und trank aus einem großen Glas Kräutertee. Sie hielt Noah ihre Wange zum Kuss hin, dann wedelte sie mit einem Brief. »Hast du das gesehen? Sie wollen die Finanzierung für das Reservat der Elefantenseehunde kürzen.«

»Das muss mir entgangen sein.«

»Es ist eine Schande! Der Kongress genehmigt sich selbst eine Erhöhung der Bezüge, gibt Millionen von Steuergeldern für Studien über Studien aus, und dann lehnen die Herren sich zurück und lassen eine weitere Spezies auf unserem Planeten aussterben.«

»Gib's ihnen, Mom.«

Sie schnaufte, legte das Schreiben beiseite und öffnete den nächsten Umschlag. »Dein Vater ist im Jugendzentrum.«

»Ich weiß, da komme ich gerade her. Ich wollte dich noch besuchen, bevor ich morgen nach Washington fliege.«

»Das freut mich. Warum bleibst du nicht zum Essen? Ich habe ein neues Rezept für Artischockenböden, das ich unbedingt ausprobieren will.«

»Hey, das klingt … verlockend, nur leider muss ich noch packen.«

»Lügner«, sagte sie lachend. »Wie lange bleibst du fort?«

»Kommt darauf an.«

»Gibt es Schwierigkeiten mit dem Buch?«

»Ein paar, nichts Dramatisches.«

»Was ist es dann?«

»Ich habe mich da in etwas verrannt.« Er probierte ihren Tee und jaulte auf. Sie weigerte sich, auch nur einen Krümel Zucker zu verwenden. »In Bezug auf Olivia MacBride.«

»Tatsächlich?« Celia zog das Wort in die Länge und grinste zufrieden. »Ist das nicht nett?«

»Ich wüsste nicht, was daran nett sein soll, oder warum es dich so freut. Du hast sie nicht mehr gesehen, seit sie ein Kind war.«

»Ich habe ihre Briefe an deinen Vater gelesen. Sie scheint mir eine kluge, vernünftige junge Frau zu sein, weit entfernt von deinem üblichen Umgang, besonders verglichen mit dieser Caryn. Sie ist übrigens immer noch nicht wieder aufgetaucht.«

»Gut. Soll sie doch in der Hölle schmoren.«

»Da muss ich dir wohl zustimmen. Um noch einmal zum Thema zurückzukommen, es freut mich, dass du dich für jemanden interessierst.«

»Für Liv interessiere ich mich schon seit Jahren.«

»Wirklich? Wie ist das möglich? Sie war doch erst zwölf, als du sie zuletzt gesehen hast.«

»Neunzehn. Ich habe sie vor sechs Jahren auf dem College besucht.«

Überrascht legte Celia die Post beiseite. »Du hast sie besucht? Das hast du nie erwähnt.«

»Wohl hauptsächlich deshalb, weil ich mit dem Ausgang des Wiedersehens nicht zufrieden war.« Er atmete tief aus. »Na gut, in Kurzfassung. Ich wollte schon damals das Buch schreiben und sie zur Zusammenarbeit überreden. Dann sah ich sie und … Mann, sie hat mich umgehauen. Ich konnte keinen klaren Gedanken mehr fassen, so vieles ging mir durch den Kopf, wenn ich sie nur ansah.«

»Noah!« Celia legte ihre Hand auf seine. »Mir war nicht bewusst, dass du jemals so für eine Frau empfunden hast.«

»Für Olivia habe ich so empfunden, und ich habe es vermasselt. Als sie herausfand, warum ich dort war, war sie enttäuscht. Von meinen Entschuldigungen und Erklärungen wollte sie nichts wissen. Sie hat mir sozusagen die Tür vor der Nase zugeschlagen.«

»Hat sie sie inzwischen wieder geöffnet?«

»Ich glaube, sie hat ein paar Schlösser aufgesperrt.«

»Du warst damals nicht ehrlich zu ihr, und deshalb ist es schiefgegangen. Daraus solltest du lernen.«

»Habe ich. Aber erstmal muss ich noch an ihr arbeiten.« Weil Noah sich nach seinem Geständnis besser fühlte, lächelte er. »Sie ist inzwischen viel härter als mit neunzehn.«

»Je mehr du dich um sie bemühen musst, desto mehr wirst du sie schätzen.« Celia tätschelte seine Hand und wandte sich wieder ihrer Post zu. »Ich kenne dich, Noah. Wenn du etwas willst, holst du es dir. Vielleicht nicht gleich alles auf einmal, aber du gibst dir so lange Mühe, bis du es hast.«

»Es kommt mir so vor, als ob ich den Großteil meines bisherigen Lebens damit zugebracht hätte, hinter Olivia MacBride herzulaufen. Inzwischen … Mom? Was ist?« Sie war so bleich, dass er aufsprang, weil er einen Herzinfarkt befürchtete.

»Noah! O Gott.« Sie griff nach seiner Hand, die er an ihre Wange hielt. »Sieh nur, sieh!«

Er nahm ihr das Stück Papier aus der Hand und versuchte, die Nerven zu bewahren. »Bleib ruhig. Bleib sitzen und atme tief durch. Ich rufe den Doktor.«

»Nein, um Gottes willen, lies doch!« Sie griff nach seinem Handgelenk, zog an dem Blatt, das er mit der Schrift nach unten hielt.

Da sah er es. Die Fotokopie war verschwommen, eine schlechte Wiedergabe, aber er erkannte die Arbeit des Polizeifotografen, der den Körper von Julie MacBride am Tatort fotografiert hatte.

Er hatte einen Abzug davon bei seinen eigenen Unterlagen, und obwohl er das Bild schon so oft betrachtet hatte, wirkte die krasse Schwarz-Weiß-Aufnahme seltsam erschreckend.

Dann erkannte er, dass es keine Fotokopie war. Ein Computerausdruck, und auch die Großbuchstaben unter dem Bild stammten von einem Computer.

ES KANN WIEDER PASSIEREN
ES KANN IHNEN PASSIEREN

Kalte, kontrollierte Wut überkam ihn, als er in die erschrockenen Augen seiner Mutter blickte. »Diesmal ist er zu weit gegangen«, murmelte Noah.

Er wartete noch, bis sein Vater eilig zu Hause eintraf, aber kein Argument konnte ihn dazu bringen, auf die Polizei zu warten.

Der Hurensohn hatte mit ihm gespielt, hätte ihn fast eingewickelt. Und jetzt hatte er seine Familie bedroht. Aus Rache, vermutete Noah, als er aus dem Auto sprang und zielstrebig den Sunset Strip entlanglief. Rache an dem Cop, der dazu beigetragen hatte, dass er hinter Gitter kam. Nun bedrohte er seine Familie. Mach dich an den Sohn heran, verdreh die Geschichte, nimm das Geld, und jag der Frau einen ordentlichen Schrecken ein.

Noah trat durch den vorderen Eingang des Apartmentgebäudes, warf einen Blick auf den Lift und entschied sich für die Treppe. Die Farbe blätterte von den Wänden, die Stufen waren abgetreten, der süßliche Geruch von Pot hing in der Luft.

Der Hurensohn bevorzugte Frauen als Opfer. Noah hämmerte mit der Faust an die Tür des Apartments im zweiten Stock. Frauen und kleine Mädchen. Mal sehen, wie er damit zurechtkam, wenn er sich mit einem Mann auseinandersetzen musste.

Er hämmerte weiter und dachte ernsthaft daran, sie einzutreten. Seine eiskalte Wut hatte sich in Feuer verwandelt.

»Wenn Sie den alten Mann suchen, der ist weg.«

Noah drehte sich um, und sah die Frau an, offenbar eine Prostituierte.

»Wohin?«

»Hey, ich kümmere mich nicht um die Nachbarn, Schatz. Bist du ein Cop?«

»Nein, wir machen nur zusammen Geschäfte, mehr nicht.«

»Du siehst aus wie ein Cop«, stellte sie nach einer sachkundigen Inspektion fest. »Bewährungshelfer?«

»Warum glauben Sie, dass er einen braucht?«

»Scheiße, meinst du, ich kann keinen Knacki erkennen? Er muss lange in der Kiste gewesen sein. Was hat er angestellt, jemanden umgebracht?«

»Ich will nur mit ihm reden.«

»Nun, hier ist er jedenfalls nicht.« Sie ging weiter und hinterließ eine unangenehme Wolke von billigem Parfum und schalem Sex. »Hat gestern sein Köfferchen gepackt und ist ausgezogen.«

Lange nachdem das Zentrum geschlossen hatte, arbeitete Olivia noch in ihrem Büro. Im Frühling und Sommer sammelte sich der Papierkram immer an. Lieber hätte sie eine Gruppenführung auf dem Lehrpfad übernommen, einen Vortrag gehalten oder ein paar Tage lang eine Wanderung durch das Hinterland begleitet.

Sie ertappte sich dabei, dass sie wieder auf das Telefon starrte, und fluchte leise. Es war erniedrigend, geradezu unerträglich, festzustellen, dass einer der Gründe für ihre Überstunden die Hoffnung war, dass Noah anrufen würde.

Was er seit zwei Tagen nicht getan hatte. Nicht, dass er dazu verpflichtet war, sich bei ihr zu melden. Außerdem hätte sie ihn jederzeit erreichen können, falls ihr der Sinn danach stand. Was sie natürlich nicht tun würde.

Sie benahm sich wie eine verliebte Schülerin. Zumindest vermutete sie, dass es so war, denn als Schülerin war sie nie verliebt gewesen. Offenbar hatte sie mit sechzehn mehr Verstand gehabt als jetzt.

Warum um alles in der Welt analysierte sie eigentlich andauernd ihre Gefühle, wenn es doch anderes zu tun gab? Auch ohne Noah Brady hatte sie genug Sorgen.

Sie warf einen Blick auf ihren kleinen Büroschrank, in dem sie die Spieluhr versteckt hatte. Warum hatte er das Paket geschickt? War es ein Friedensangebot oder eine Drohung? An Ersterem war sie nicht interessiert, von der zweiten ließ sie sich nicht einschüchtern.

Aber sie hatte die Uhr nicht wegwerfen können.

Als das Telefon klingelte, schreckte sie auf. Es muss Noah sein, dachte sie. Wer sonst würde so spät noch anrufen? Sie hielt sich zurück, bevor sie zu eilig nach dem Hörer griff, und ließ es absichtlich dreimal klingeln, während sie tief durchatmete.

Als sie schließlich abnahm, klang ihre Stimme kühl und distanziert. »MacBride, Naturkundezentrum.«

Sie hörte die leise Musik im Hintergrund und stellte sich vor, dass Noah einen verführerischen Anruf geplant hatte. Sie wollte lachen, öffnete schon den Mund, um einen beißenden Kommentar abzugeben – und musste feststellen, dass sie kein Wort über die Lippen brachte, denn sie hatte die Melodie erkannt: Tschaikowskis *Dornröschen*.

Die erhabenen, fließenden, herzzerreißenden Töne, die sie in eine Sommernacht zurückversetzten und an den metallischen Geruch von Blut erinnerten.

Ihre Hand umklammerte den Hörer, während ihr lauter Pulsschlag ihren Kopf erfüllte. »Was willst du?« Sie rieb mit einer Hand zwischen ihren Brüsten auf und ab, um den aufsteigenden Druck zurückzudrängen. »Ich weiß, wer du bist. Ich weiß, *was* du bist.«

Das Monster war frei.

»Ich habe keine Angst vor dir.«

Das war eine glatte Lüge. Angst trieb in heißen, klebrigen Wellen durch ihren Magen, kroch über ihre Haut. Am liebsten hätte sie sich unter ihrem Schreibtisch versteckt und zu einem Ball zusammengerollt.

»Lass mich in Ruhe.« Furcht klang aus ihrer Stimme. »Bleib weg.«

Olivia knallte den Hörer auf. Panik schnürte ihr die Kehle zu, und sie rannte los.

Als ihr der Türgriff aus der Hand glitt, wimmerte sie frustriert auf. Endlich gelang es ihr, fest genug zuzufassen. Der Flur lag dunkel und ruhig vor ihr. Fast wäre sie verängstigt in ihr Büro zurückgekehrt, aber das Telefon klingelte dort schon wieder. Ihre eigenen Schreie erschreckten sie, ihr Atem zerrte an ihrer Lunge, schluchzte durch die Stille. Sie musste hinaus. Weglaufen. Sich in Sicherheit bringen.

Als sie erneut nach der Klinke griff, spürte sie eine Bewegung. Die Tür ging auf, der Schatten eines Mannes erschien.

Vor Olivias Augen verschwamm alles um sie herum zu einem grauen Nebel. Undeutlich wurde ihr bewusst, dass jemand ihren Namen rief. Hände legten sich auf ihre Arme. Sie spürte, wie sie schwankte und die Dunkelheit sie aufnahm.

»Hey, hey, hey! Komm schon, komm zurück.«

Sie spürte sanfte Schläge auf ihrem Gesicht, fremde Lippen an ihren. Nach einer Weile stellte sie fest, dass sie auf dem Boden lag und Noah sie auf seinem Schoß hin und her wiegte.

»Hör auf, mich zu schlagen, du Idiot.« Olivia blieb still liegen, geschwächt vor Scham und dem letzten Aufkeimen ihrer Panik.

»O ja, das ist schon viel besser.« Noah bedeckte ihren Mund wieder mit seinem, legte seine ganze Erleichterung in den Kuss. »Zum ersten Mal ist eine Frau vor mir in Ohnmacht gefallen. Allerdings kann ich nicht behaupten, dass es mir gefällt.«

»Ich bin nicht in Ohnmacht gefallen.«

»Dann bist du eine gute Schauspielerin.« Sie war nur ein paar Sekunden lang bewusstlos gewesen, obwohl es ihm wie ein Leben lang vorkam, bis sie sich endlich in seinen Armen regte. »Tut mir leid, dass ich dich mit meinem Überfall so erschreckt habe. In deinem Büro brannte noch Licht.«

»Lass mich aufstehen.«

»Bleiben wir lieber noch eine Minute sitzen. Ich glaube nicht, dass meine Beine mich schon wieder tragen.« Er legte seine Wange an ihre. »Und wie ist es dir sonst so ergangen?«

Sie wollte lachen und gleichzeitig weinen. »Danke, bestens. Und dir?«

Er drehte sie zu sich um und lächelte sie an. Ihr Anblick, die klaren, bernsteinfarbenen Augen, die blasse Haut, bewegte etwas in ihm. »Ich habe dich vermisst.« Seine Hand glitt durch ihr Haar, streichelte es. »Es ist seltsam. Weißt du, wie viel Zeit wir bisher zusammen verbracht haben?«

»Nein.«

»Nicht genug«, murmelte er und küsste sie wieder. Diesmal waren ihre Lippen weich und öffneten sich. Sie hob die Arme, legte sie um ihn. Er ließ sich fallen, öffnete sich dem Wunder, das so natürlich schien wie sein Atmen.

»Liv.« Er küsste sie entlang ihres Kiefers und auf die Stirn. »Lass mich die Tür schließen.«

»Hmm?«

Ihre schläfrige Antwort trieb Hitzefunken durch seinen Körper. »Die Tür ...«

Seine Hand streifte ihre Brust, und seine Finger spannten

sich unwillkürlich, als sie sich ihm entgegenbog. »Ich will dich doch nicht zwischen Tür und Angel lieben.«

Wieder gab sie einen kehligen Laut von sich und nagte mit ihren Zähnen an seiner Unterlippe, während sie nach der Tür tastete, um sie selbst zu schließen.

Doch dann klingelte das Telefon. Hastig versuchte sie, sich zu befreien.

»Das ist er! Lass mich los! Er ist es.«

Noah fragte nicht nach, wen sie meinte. Diesen Ton schlug sie nur an, wenn sie von ihrem Vater sprach. »Woher weißt du das?«

Ihre Augen leuchteten weiß. »Er hat vorhin schon einmal angerufen – bevor du kamst.«

»Was hat er gesagt?«

»Nichts.« Verängstigt rollte sie sich zusammen und legte sich die Hände über die Ohren. »Nichts. Kein Wort.«

»Ist schon gut, bleib, wo du bist.« Er schob sie zur Seite und lief entschlossen ins Büro. Gerade als er nach dem Hörer griff, hörte das Läuten auf.

»Er war es.« Olivia war aufgestanden und an die Tür zum Büro getreten, zitterte jedoch immer noch. »Er hat kein Wort gesagt, nur Musik gespielt. Das Stück, das auf dem Plattenspieler meiner Mutter lief, als er sie umbrachte. Er will mir sagen, dass er es nicht vergessen hat.«

Sechsundzwanzigstes Kapitel

Es war ihm zwar gelungen, für eine Nacht ein Zimmer zu bekommen, doch danach war das Gästehaus bis Ende des Monats ausgebucht. Ein paar Zeltplätze waren noch frei, aber in dieser Hinsicht fiel es Noah schwer, die nötige Begeisterung aufzubringen.

Vermutlich würde er dennoch in den sauren Apfel beißen und sich eine Campingausrüstung kaufen müssen, wenn er bleiben wollte.

Denn bleiben wollte er.

Ursprünglich hatte er vorgehabt, eine Luxussuite in einem Hotel in der Nähe zu mieten, wo er bequem arbeiten und Olivia nach allen Regeln der Kunst verführen konnte. Nun aber, angesichts der Ereignisse der letzten Nacht, war er nicht mehr dazu bereit, sich allzu weit von ihr zu entfernen.

Er wollte sie im Auge behalten. Das konnte er nur erreichen, indem er in River's End blieb und sich noch störrischer anstellte als sie.

Bereits in der vergangenen Nacht hatten sie ihre Kräfte gemessen. Olivia hatte ihm von dem Anruf und der Spieluhr erzählt, und dabei hatte ihre Furcht lebendig im Raum gestanden. Als sie fertig war, hatte sie sich jedoch sofort wieder verschlossen und von ihm zurückgezogen.

Er war davon überzeugt, dass sie sich zum einen wegen ihrer Schwäche schämte. Zum anderen hatte sie seit Jahren die Angewohnheit, Mängel in ihrer persönlichen Verteidigungsstrategie zu ignorieren und sich zu weigern, darüber zu sprechen.

Sie hatte sich dagegen gewehrt, dass er sie nach Hause begleitete. Schließlich kannte sie den Weg, er hingegen würde sich auf dem Rückweg nur verirren, außerdem brauchte sie keinen Leibwächter.

Noah stand auf seiner kleinen Veranda im ersten Stock und betrachtete das dunkle Grün des Sommerwaldes.

Noch nie zuvor hatte er eine Frau in sein Auto zerren müssen, noch nie hatte er mit einer Frau gerungen, wenn nicht für beide Beteiligten am Ende dieses Kräftemessens Sex im Vordergrund gestanden hatte. Und noch nie war er so nahe daran gewesen, gegen eine Frau zu verlieren.

Nachdenklich massierte er seine lädierten Rippen.

Er fragte sich, ob er sich dafür schämen sollte, dass er die Rangelei genossen hatte, entschied sich jedoch dagegen. Am

Ende hatte er sie sicher nach Hause gebracht, und es war ihm gelungen, ihren letzten Schlag lange genug abzuwehren, um seinen Sieg mit einem befriedigenden Kuss zu besiegeln.

Bis sie ihn gebissen hatte.

Gott, er war verrückt nach ihr.

Und besorgt genug, um es mit Sam Tanner aufzunehmen, damit Olivia endlich in Sicherheit und Frieden leben konnte.

Er ging ins Zimmer zurück und rief seinen Vater an. »Wie geht's Mom?«

»Gut. Ich habe sie zur Arbeit gebracht und ihr das Versprechen abgenommen, dass sie nicht allein aus dem Haus geht. Ich fahre sie hin und hole sie wieder ab bis … nun ja.«

»Nichts Neues von Tanner?«

»Nein. Er hat zweitausend in bar von seinem Konto abgehoben. Die Miete für sein Zimmer hatte er wöchentlich bezahlt. Wir – die Polizei würde ihn gern wegen des Bildes befragen, aber im Augenblick können sie nichts unternehmen. Ich habe ein paar Fäden gezogen, und ein paar meiner alten Kumpels haben Flughäfen und Bahnhöfe nach Reservierungen auf seinen Namen überprüft – ohne Erfolg.«

»Wir müssen ihn finden! Engagiere einen Detektiv, den besten, den du kennst. Ich kann es mir leisten.«

»Noah …«

»Das ist meine Party, ich bezahle. Ich werde dafür sorgen, dass du mir hier im Gästehaus Nachrichten hinterlassen kannst, weil ich wohl für eine Weile in ein Zelt übersiedeln muss und telefonisch nicht zu erreichen bin. Ich komme aber her, so oft ich kann.«

»Noah, wenn er Rache will, bist du ein mögliches Ziel! Tanner stirbt, er hat nichts zu verlieren.«

»Ich bin mit einem Cop aufgewachsen, ich weiß, was ich zu tun habe. Kümmere du dich um Mom.«

Nach einer Pause sagte Frank: »Ich weiß, wie ich die schützen muss, die mir nahestehen. Gib auf dich acht, Noah.«

»Dasselbe gilt für dich.« Er hängte auf. Dann lief er in dem kleinen Raum auf und ab und heckte einen Plan aus, der so einfach, und gleichzeitig so perfekt war, dass er grinsen musste. »Ich weiß auch, wie ich die schützen muss, die mir nahestehen«, murmelte er. In der Hoffnung, dass sie sich inzwischen wieder beruhigt hatte, machte er sich auf die Suche nach Olivia.

Sie hatte sich keineswegs beruhigt. Sie hegte ihren Zorn so hingebungsvoll wie eine Mutter ihr unruhiges Baby. Und ärgerte sich über die Panik, die jedes Mal aufkam, wenn ihr Telefon klingelte.

Als Noah ihr Büro betrat, stand sie langsam auf. Ihre Augen blickten kühl und ruhig. Wie ein Pistolenheld feuerte sie schnell aus der Hüfte.

»Beweg deinen jämmerlichen Arsch aus meinem Büro und von unserem Gelände. Wenn du nicht innerhalb der nächsten zehn Minuten verschwunden bist, rufe ich die Cops und erstatte Anzeige wegen tätlichen Angriffs.«

»Damit kommst du nicht durch«, erklärte er fröhlich, um sie noch weiter zu provozieren. »Schließlich bin ich es, der die blauen Flecken davongetragen hat. Bitte nicht fluchen«, fügte er schnell hinzu und schloss die Tür. »Draußen sind kleine Kinder. Ich möchte dir einen Handel vorschlagen.«

»Einen Handel?« Olivia bleckte die Zähne und zuckte zusammen, als das Telefon klingelte.

Bevor sie die Hand ausstrecken konnte, nahm Noah ab. »Naturkundezentrum River's End, Miss MacBrides Büro. Hier spricht ihr Assistent Raoul. Miss MacBride ist gerade in einer Besprechung, möchten Sie …«

»Idiot«, zischte sie und nahm ihm den Hörer aus der Hand. »Olivia MacBride am Apparat.«

Noah zuckte mit den Schultern und wanderte durch den Raum, während sie sich um eine geschäftliche Angelegenheit kümmerte. Nachdem sie ihr Gespräch beendet hatte, schwieg sie, und er untersuchte die Erde eines prächtig blühenden Usambara-Veilchens. »Ich habe beschlossen, ein paar Tage lang dem Fluch der Zivilisation zu entfliehen«, verkündete er schließlich. »Um mich auf die Probe zu stellen. Der Mensch gegen die Natur, du weißt schon.« Er sah sich um.

Sie stand ruhig da und hatte die Hände gefaltet. Das Feuer war aus ihren Augen gewichen.

»Wenn du keine Angst hättest, würde ich weniger von dir halten, denn dann wärst du dumm.«

Er hatte ruhig gesprochen, mit einem leicht entnervten Unterton. Wieso durchschaut er mich immer, fragte sie sich, wo er doch den Eindruck macht, als ob er gar nicht genau hinschauen würde.

»Ich bin keine in Not geratene Jungfer. Ich kann auf mich selbst aufpassen.«

»Umso besser, denn ich hoffe, dass du in den nächsten Tagen auf mich aufpassen wirst. Ich möchte im Hinterland wandern und zelten.«

Ihr Lachen kam prompt und war keineswegs schmeichelhaft. »Von wegen.«

»Drei Tage. Nur du und ich.« Er hob eine Hand hoch, bevor sie wieder lachen konnte. »Wir wären eine Weile von allem fort, und du könntest das tun, worauf du dich am besten verstehst. Genau wie ich. Du hast dich zu den Interviews bereiterklärt, also werden wir reden. Du liebst diese Gegend, und ich möchte, dass du sie mir zeigst. Ich will das sehen, was du siehst, wenn du dich umschaust.«

»Für dein Buch.«

»Nein, für mich. Um dir wieder näherzukommen. Ich will mit dir allein sein.«

Sie spürte, wie ihre Entschlossenheit und ihre Wut dahinschmolzen. »Ich habe die Situation überdacht, und ich bin nicht interessiert.«

»Bist du doch.« Er war keineswegs beleidigt, nahm ihre Hand und rieb mit dem Daumen über ihre Fingerknöchel. »Du bist nur sauer, weil ich gestern stärker war als du. Eigentlich war ich es nicht …« Er betrachtete ihre Hand und entdeckte eine Reihe schwacher blauer Flecken über dem Gelenk. »Ich bin wohl nicht der Einzige, der Blessuren davongetragen hat.« Er hob ihr Handgelenk an den Mund und küsste es. »Tut mir leid.«

»Hör schon auf.« Olivia schlug nach seiner Hand. »In Ordnung, ich bin sauer, weil du mich in einem schwachen Moment erwischt hast und ich es zugelassen habe. Ich bin sauer, weil du mir keine Ruhe lässt, und ich bin sauer, weil ich gern mit dir zusammen bin, selbst wenn du mir auf die Nerven gehst.«

»Dann kannst du dich darauf einstellen, noch für eine Weile sauer zu bleiben. Ich weiche nicht vom Fleck, bis alles wieder in Ordnung ist. Lass uns in den Wald gehen, Livvy.«

»Ich muss arbeiten.«

»Ich bin ein zahlender Kunde. Als Teil unserer Abmachung kannst du mir eine Liste mit der Ausrüstung geben, die ich benötige, und ich kaufe so viel wie möglich davon im Gästehaus. An der Führung und der Ausrüstung verdienst du locker ein paar Tausend. Delegiere deine Arbeit an andere, Liv. Du weißt, dass du es kannst.«

»Für das Hinterland benötigt man Genehmigungen.«

»Was werden Sie sich nur als Nächstes einfallen lassen?«

»Binnen vierundzwanzig Stunden jammerst du nach deinem Laptop.«

»Willst du wetten?«

»Hundert Dollar.«

»Die Wette gilt.« Er schüttelte ihre Hand.

Er hatte nicht damit gerechnet, dass auf ihrer Liste detailliert aufgeführt sein würde, wie viel Paar Socken und Unterhosen er einpacken sollte. Noah kam sich vor wie ein Zwölfjähriger, der von seiner Mutter eine Aufstellung seiner Pflichten vorgelegt bekommt.

Er kaufte wie befohlen ein, einschließlich eines neuen Rucksacks, weil sie darauf hingewiesen hatte, dass seiner zu klein sei und eine Anzahl von Löchern aufwies. Obwohl sie eine zusätzliche Belastung darstellten, verstaute er zwei Flaschen Wein in seinen Reservesocken.

Zelten war eine Sache, primitiv leben eine andere.

Als er endlich fertig war, stellte er fest, dass er etwa fünfunddreißig Pfund auf dem Rücken schleppen musste, die sich nach etwa fünf Meilen vermutlich wie einhundert anfühlen würden.

Mit Bedauern schloss er das Handy und den Laptop im Kofferraum seines Mietwagens ein. »Ich komme wieder, Jungs«, murmelte er.

»Sieht ganz danach aus, als ob ich die hundert Dollar gewinne, bevor wir aufgebrochen sind.«

»Ich habe doch gar nicht gejammert, das war nur ein zärtlicher Abschied.«

Er drehte sich um und betrachtete Olivia. Sie hatte weite, ausgeblichene Jeans an, ein River's End-T-Shirt, trug eine leichte Jacke um die Hüften geschlungen und feste Stiefel mit einer Reihe beeindruckender Kratzer und Narben im Leder. Ihren Rucksack trug sie, als ob er federleicht wäre.

Das Grinsen stand ihr gut. »Bist du dir sicher, dass du es schaffst?«

»Ich kann's kaum erwarten.«

Sie rückte die Kappe zurecht, die ihre Augen beschattete, und hob den Daumen. »Lass uns aufbrechen.«

Ohne den Regen, durch den sie bei der letzten Wanderung marschiert waren, kam Noah der Wald nicht mehr so ehrfurchtgebietend vor. Sonnenlicht schien durch die Lücken im Oberholz, schimmerte unerwartet auf den dunkelgrünen Blättern des Efeus und den zerbrechlichen Farnwedeln.

Die Luft kühlte sich ab und roch intensiv.

Bald fand er sich wieder zurecht, erkannte einige der Pflanzen, die unterschiedlichen Muster der Rinden an den riesigen Stämmen, die Formen der Blätter in der Strauchschicht, die ausgedehnten, klumpigen Moosteppiche und die Muster der Flechten.

Noah schwieg, während sich seine Muskeln an das Tempo gewöhnten, und stimmte seine Ohren auf die Geräusche ein, die gemeinsam die Musik des Waldes ausmachten.

Olivia hatte erwartet, dass er reden, Fragen stellen oder in einen seiner Monologe, auf die er sich so gut verstand, verfallen würde. Aber er schwieg, und die vage Anspannung, die sie zusammen mit ihrem Rucksack auf ihren Schultern gespürt hatte, glitt von ihr ab.

Sie überquerten einen schmalen Fluss, der ruhig vor sich hin plätscherte, kamen an einem Meer aus Farnen vorbei und erklommen schließlich den langen, kurvenreichen Pfad, der ins Hinterland führte.

Efeu wucherte am Weg. Olivia mied sein Gewirr so gut wie möglich, bahnte sich einen Weg durch seine Ausläufer, wenn es sich nicht vermeiden ließ. Einmal griff sie schnell zu, bevor Noah eine Ranke ins Gesicht schlagen konnte.

»Danke.«

»Ich dachte schon, du hättest deine Zunge verschluckt.«

»Du wolltest doch Ruhe.« Er rieb ihren Nacken mit dem Handrücken. »Hast du schon genug?«

»Ich schalte einfach ab, wenn du zu viel redest.«

Noah lachte und ging weiter.

»Ich bin wirklich gern mit dir zusammen, Liv.« Er nahm ihre Hand. »Das war schon immer so.«

»Wenn du so weitermachst, kommst du aus dem Rhythmus.«

»Wozu die Hetze?« Mit einer nachlässigen Geste führte er ihre Hand an seine Lippen. »Ich hatte gehofft, du würdest Shirley mitnehmen.«

»Meistens bleibt sie bei Großpapa, außerdem sind im Hinterland keine Hunde erlaubt. Schau her.« Sie blieb abrupt stehen, hockte sich hin und zeigte auf schwache Abdrücke neben dem Pfad.

»Sind das …«

»Bärenspuren«, sagte sie. »Und zwar ziemlich frische.«

»Wie machst du das nur? So reden die Cowboys im Film. Die Spur ist noch frisch«, sagte er mit tiefer Stimme. »Vor weniger als einer Stunde ist er hier vorbeigekommen. Er trägt einen schwarzen Hut, hat eine Banane gegessen und ›Sweet Rosie from Pike‹ gesungen.«

Olivia musste lachen. »Alle Bären, die ich kenne, pfeifen Revueschlager.«

»Du hast tatsächlich mal einen Witz gerissen, Liv!« Noah beugte den Kopf und gab ihr einen schmatzenden Kuss. »Glückwunsch.«

Sie runzelte die Stirn und richtete sich auf. »Auf dem Pfad ist Küssen verboten.«

»Davon stand in meiner Campinganleitung aber nichts.« Er rappelte sich ebenfalls wieder auf und folgte ihr. »Was ist mit Essen? Darf man auf dem Pfad essen?«

Seinen Hunger hatte sie einkalkuliert und zog einen Beutel Studentenfutter aus der Tasche.

»Hm, lecker. Rinde und Zweige, mein Lieblingsgericht.« Aber er öffnete die Tüte und bot ihr daraus an.

Er hätte wieder ihre Hand genommen, doch der Pfad wurde schmaler, so dass sie vor ihm gehen musste. Dennoch, dachte er, hat sie in den letzten zehn Minuten mehr gelächelt als sonst an einem ganzen Tag. Der gemeinsame Aufenthalt in der Welt, die sie am meisten liebte, tat langsam ihre Wirkung.

»Du hast einen tollen Hintern, Liv.«

Diesmal machte sie sich nicht die Mühe, das Efeu festzuhalten, und grinste wieder, als sie hinter sich das Klatschen und einen unterdrückten Fluch hörte. Olivia nahm einen Schluck aus ihrer Wasserflasche. Ihre Muskeln hatten sich entspannt, sie konnte wieder klar denken. Und, das musste sie zugeben, sie genoss seine Gesellschaft.

Sie hatte diesen Weg durch den Cañon gewählt, weil andere Wanderer ihn mieden. Lange Strecken über Berg und Tal, die schließlich in noch steilere Gefilde führten, entmutigten die meisten, aber für Olivia gehörte der Pfad zu den schönsten der Gegend.

Sie wanderten durch einen dichten, grünen Wald, der sich an den Bergen hochzog, und gingen dann einen Felsvorsprung entlang, von dem aus sie den silbernen Fluss sehen konnten. Hier, wo die majestätischen Elche vorbeizogen und Biber zum Waschen herkamen, gab es noch viele andere Wildtiere.

»Davon träume ich oft.« Noah sprach mehr zu sich selbst, blieb stehen und sah sich um.

»Vom Wandern?«

»Nein, davon, hier zu sein.« Er versuchte, sich die flüchtigen Fragmente seines Unterbewusstseins in Erinnerung zu rufen. »Der Wald ist grün und dicht, in der Nähe plätschert Wasser. Und … ich suche dich.« Seine Augen hefteten sich an ihre, hielten ihren Blick mit einer plötzlichen Intensität, die sie verwirrte. »Olivia, ich suche schon seit langer Zeit nach dir.«

Als er auf sie zutrat, spürte sie, wie ihr Herz flatterte. »Wir haben noch einen lange Weg vor uns.«

»Das glaube ich nicht.« Sanft legte er ihr seine Hände auf die Schultern und ließ sie zu ihren Handgelenken gleiten. »Bleib eine Minute bei mir.«

»Ich will nicht …«

»… auf dem Pfad küssen«, schloss er. »Pech gehabt.« Er senkte den Kopf und streifte ihre Lippen einmal und dann noch ein zweites Mal. »Du zitterst.«

»Tu ich nicht.« Ihre Knie waren viel zu weich, um zu zittern.

»Vielleicht liegt es an mir. Jedenfalls sieht es ganz danach aus, als ob ich dich endlich gefunden hätte.«

Sie befürchtete, dass er Recht hatte.

Aber sie zog sich zurück und ging weiter, weil sie nicht wusste, was sie antworten sollte.

Der erste Fluss, den sie erreichten, floss klar und schnell an ihnen vorbei. Eine Holzbrücke überspannte ihn, und an den Ufern wuchsen wilder Fingerhut mit tiefrosafarbenen Glocken und die zweifarbigen Trompeten der Akelei.

Die alten Bäume wuchsen so gerade wie Soldaten, so hoch wie Riesen, und ihre Spitzen flüsterten im Wind, der den Waldboden nie erreichte.

Durch die Zweige entdeckte Noah die dunklen Flügel eines Adlers vor dem klaren blauen Sommerhimmel.

Hier, zwischen den Farnen und Moosen, fanden sich weiße Farbtupfer, die gerüschten Spitzen der Waldmabel, die blutroten Venen des Waldsauerklees mit seinen schneeweißen Blütenblättern und die winzigen Kelche der Schaumblüte.

Feenblumen, dachte Noah, sie verstecken sich im Schatten oder tanzen an einem unruhigen Fluss.

Schweigend setzte er seinen Rucksack ab.

»Ich nehme an, das bedeutet, du willst eine Pause einlegen.«

»Nur eine Weile hier sitzen. Das ist ein wunderschönes Fleckchen.«

»Dann willst du wohl kein Sandwich.«

Seine Brauen gingen in die Höhe. »Wer hat das behauptet?«

Als sie nach hinten griff, um den Rucksack abzunehmen, war er bereits da und hob ihn an.

Mit dem Fleckchen hatte er Recht. Hier konnte man wunderbar sitzen und sich entspannen, den Körper ausruhen und seine Batterien aufladen. Das Wasser glitzerte in den spärlichen Sonnenstrahlen, die durch das Laubdach drangen. Ein scharfer Fichtenduft lag in der Luft, Farn wuchs dunkelgrün am Ufer. Zwei Walddrosseln flogen lautlos vorbei, und tief aus dem Wald erklang der laute Ruf eines Raben.

»Wie oft kommst du hierher?«, fragte Noah, als von seinem Sandwich nur noch Krümel übrig waren.

»Vier oder fünf Mal pro Jahr führe ich Gruppen her.«

»Deine Arbeit habe ich nicht gemeint. Wie oft kommst du her, um hier zu sitzen und eine Weile lang gar nichts zu tun?«

»Schon lange nicht mehr.« Olivia atmete tief durch, lehnte sich auf ihre Ellenbogen zurück und schloss die Augen. »Schon sehr lange nicht mehr.«

Sie wirkt entspannt, stellte Noah fest. Als ob ihre Gedanken endlich zur Ruhe gekommen seien. Er brauchte nur sein Gewicht zu verlagern, um seine Hand auf ihre legen, ihre Lippen berühren zu können.

Sie seufzte sanft und öffnete die Augen, um ihn anzusehen. »Langsam mache ich mir Sorgen, Noah. Sag mir, was du von mir willst.«

»Ich finde, dass ich ziemlich offen zu dir war. Und ich frage mich, warum es uns beide überrascht, dass ich während der ganzen Zeit, vielleicht sogar von Anfang an, etwas für dich empfunden habe. Ich brauche Zeit, um herauszufinden, was diese Gefühle bedeuten. Aber in diesem Augenblick, Liv, will ich nur dich.«

»Hast du dich je gefragt, ob es in Ordnung ist, dass diese Verbindung, die deiner Meinung nach zwischen uns besteht, aus einem Mord entstanden ist?«

»Nein. Aber du anscheinend.«

»Vor sechs Jahren habe ich nicht darüber nachgedacht. Aber jetzt tue ich es. Es ist ein Teil meines Lebens, ein Teil von dem, was ich bin. Ein wichtiger Teil. Monster und Opfer, beide sind in mir.« Sie zog die Knie an, legte ihre Arme um sie. Verwirrt erkannte sie, dass sie so noch nie mit einem anderen Menschen gesprochen hatte. »Du solltest darüber nachdenken, bevor das hier … weitergeht.«

»Liv.« Noah wartete, bis sie sich ihm zugewandt hatte, dann nahm er ihr Gesicht fest in die Hand und sein Mund drückte sich hart, heiß und berauschend auf ihre Lippen. »*Darüber* solltest du nachdenken«, sagte er ihr. »Denn es geht schon weiter, und zumindest für mich geht es verdammt schnell.«

Verwirrter, als sie es sich anmerken lassen wollte, stand sie auf. »Sex ist eine einfache Sache, nur eine menschliche Funktion.«

Er hielt die Augen auf sie gerichtet. »Es wird mir großes Vergnügen bereiten, dir zu beweisen, wie sehr du dich irrst.«

Sie beschloss, dass es vermutlich klüger war, diesen Punkt nicht weiter zu diskutieren. Er konnte sie nicht verstehen, die Grenzen, die sie ihren Gefühlen auferlegt hatte, um sich zu schützen, nicht nachvollziehen. Und Noah, so gestand sie sich ein, als sie wieder auf dem Pfad standen, war der erste Mann, bei dem sie diese Notwendigkeit bedauerte.

Sie war gern mit ihm zusammen. Dieser Gedanke allein war beunruhigend. Er ließ sie vergessen, dass er ihr schon einmal das Herz gebrochen hatte, ließ sie vergessen, dass sie dieses Risiko nicht noch einmal eingehen konnte. Andere Männer hatten sie nach ein paar Wochen gelangweilt oder waren ihr auf die Nerven gegangen. Olivia hatte das nie als Problem betrachtet, eher als Vorteil. Wenn sie nicht verliebt war, bestand auch keine Gefahr, von ihrem Weg abzuweichen, ihren Kopf oder ihr Herz zu verlieren.

Und zum Opfer zu werden.

Das Sonnenlicht wurde stärker und seine Strahlen wärmer, je höher sie kamen.

Da waren schon die dunkelroten Glocken des wilden Schildblatt, das klare Gelb der Goldnessel. Ein neues Panorama breitete sich vor ihnen aus, als sie den Bergkamm erreichten. Sie blickten in die langen, ausgedehnten Täler unter ihnen, auf die steilen, bewaldeten Berge ringsum.

An der nächsten Kreuzung stürzte der Fluss in einem Wasserfall über eine Klippe.

»Dort. Dort drüben!« Olivia gab die Richtung mit dem Finger an, dann suchte sie nach ihrem Fernglas. »Er fischt.«

»Wer?« Noah kniff die Augen zusammen und folgte ihrer Hand. Er erkannte in dem tosenden Fluss eine dunkle Gestalt auf einer Felseninsel. »Ist das – Jesus! Da sitzt ein Bär.« Er riss Olivia das Fernglas aus der Hand und fixierte die Stelle.

Als er den Bären entdeckt hatte, schreckte er beinahe zurück. Noah beugte sich über die malerische Brücke und beobachtete, wie der Bär ins Wasser starrte. Mit einer blitzschnellen Bewegung tauchte eine riesige schwarze Pranke ins Wasser und ließ Tropfen aufspritzen, um dann einen zappelnden Fisch, der silbern in der Sonne glänzte, an die Oberfläche zu ziehen.

»Er hat ihn! Mann, hast du das gesehen? Hat ihn beim ersten Versuch aus dem Wasser geholt.«

Sie hatte es nicht gesehen. Olivia hatte Noah beobachtet – die Überraschung und die Spannung auf seinem Gesicht, die Faszination.

Noah schüttelte den Kopf, während der Bär seinen Imbiss verzehrte. »Erstklassiger Fischer, entsetzliche Tischmanieren.«

Er senkte das Fernglas, gab es Olivia zurück und erwischte sie dabei, wie sie ihn anstarrte.

»Stimmt etwas nicht?«

»Nein.« Vielleicht stimmt alles, dachte sie – oder gar nichts. »Ist schon in Ordnung. Wir sollten weitergehen, wenn wir vor Einbruch der Dunkelheit unser Lager aufschlagen wollen.«

»Hattest du an eine bestimmte Stelle gedacht?«

»Ja. Dort wird es dir gefallen. Wir folgen jetzt noch eine Stunde lang dem Fluss.«

»Noch eine Stunde.« Noah verlagerte das Gewicht seines Rucksacks. »Wandern wir nach Kanada?«

»Du wolltest ins Hinterland«, erinnerte sie ihn. »Also gehen wir auch ins Hinterland.«

Olivia hatte Recht, stellte Noah fest, als sie an ihrem Lagerplatz ankamen. Hier gefiel es ihm. Sie ließen sich unter den riesigen Bäumen nieder. Ganz in der Nähe sprudelte der Fluss über zerklüftete Felsen. Das Licht wirkte golden, der Wind war sanft und roch nach Fichtennadeln und frischem Wasser.

»Ich gehe jetzt ein Stück flussaufwärts, um unser Abendbrot zu fangen.« Olivia holte eine ausziehbare Angelrute aus ihrem Rucksack.

»Ziemlich cool.«

»Wenn ich Glück habe, essen wir heute so fürstlich wie die Bären. Ansonsten habe ich für den Notfall Trockenmahlzeiten eingepackt.«

»Hoffentlich hast du Glück, Liv.«

»Kannst du inzwischen das Zelt aufbauen?«

»Sicher. Du gehst jagen, ich bereite unser Nest. Mit diesem Rollentausch habe ich absolut keine Probleme.«

»Haha. Wenn du dich ein bisschen umsehen willst, bleib in der Nähe des Flusses und sieh auf deinen Kompass. Wenn du dich verirrst ...«

»Das passiert nicht. Schließlich bin ich kein Trottel.«

»Wenn du dich verirrst«, wiederholte sie, »setz dich hin und warte, bis ich dich gefunden habe.« Er sah so beleidigt drein, dass sie seine Wange tätschelte. »Bisher hast du dich tapfer geschlagen, Cityboy.«

Er sah zu, wie sie hinter einer Biegung verschwand, und nahm sich vor, dass er sich noch viel tapferer schlagen würde.

Siebenundzwanzigstes Kapitel

Zum Zelt gab es keine Anleitung, was Noah als Fehler im System betrachtete. Er schätzte, dass er etwa dreimal so viel Zeit und Energie wie Olivia in den Aufbau des Lagers investieren musste, beschloss jedoch, diese Information für sich zu behalten.

Als er schließlich davon ausgehen konnte, dass das Zelt einigermaßen aufrecht stehen bleiben würde, war sie schon seit über einer Stunde fort. Da er fürchtete, dass sie beim Fischen ein weniger glückliches Händchen als der Bär beweisen würde, inspizierte er vorsichtshalber die Alternativen. Getrocknete Früchte, Trockensuppen und pulverisierte Eier – zwar würden sie nicht wie die Könige schlemmen, aber verhungern mussten sie nicht.

Weil es nichts mehr zu tun gab und er nach der langen Wanderung keine Lust verspürte, die Gegend zu erkunden, ließ er sich nieder, um sich handschriftliche Notizen zu machen.

Er konzentrierte sich auf Olivia, auf ihr Leben und ihre Ziele, darauf, was sie bisher erreicht hatte und die Grenzen, die sie sich seiner Meinung nach selbst auferlegte. Die Erlebnisse ihrer Kindheit hatten dazu beigetragen, dass sie sich in eine bestimmte Richtung entwickelte, während sie in anderer Hinsicht eine Einschränkung bedeuteten.

Wäre sie heute offener, weniger menschenscheu, wenn ihre Mutter nicht gestorben wäre? Würde sie weniger entschlossen auf ihrer Unabhängigkeit bestehen, wenn sie als verwöhntes, umhegtes Kind eines Hollywoodstars aufgewachsen wäre?

Wie viel Männer hätten in ihrem Leben eine Rolle gespielt? Hatte sie sich diese Frage je gestellt? Hätte sie ihre ganze Energie und Intelligenz in der Unterhaltungsbranche eingesetzt, oder hätte sie sich trotzdem für die Wurzeln ihrer Mutter und die Einsamkeit entschieden, an dem Ort, wo ihre Mutter aufgewachsen war?

Er dachte über diese Frage nach, dachte über Olivia nach, und ließ dann sein Notizheft sinken. Der Fluss rauschte vorbei. Die Bäume streckten sich in den Himmel, ihre höchsten Zweige schienen die Wolken zu berühren. Die Ruhe wurde nur von der Musik des Wassers und dem Ruf der Vögel, die im Wald nisteten und Futter suchten, durchbrochen. Ein einzelner Elch mit einem beeindruckenden Geweih schlüpfte aus dem Unterholz und trank weiter unten am Fluss.

Noah wünschte sich, die Szene auf einem Zeichenblock einfangen zu können, gab sich aber stattdessen damit zufrieden, sich das Bild ins Gedächtnis einzuprägen. Der Elch verschwand gemächlich in den tiefen Schatten der großen Tannen.

Olivia wäre hierher zurückgekehrt, überlegte Noah. Vielleicht wäre River's End nicht zum Mittelpunkt ihres Lebens geworden, aber dieser Ort hätte sie immer wieder angezogen. Genau wie ihre Mutter.

Der Ruf eines Adlers ließ ihn wieder zum Himmel blicken. Er beobachtete seinen Flug. Hier im Wald breitete auch Olivia ihre Flügel aus. Ob ihr wohl bewusst war, dass sie nach jedem Höhenflug sofort wieder zum Schrank lief und in der Dunkelheit Zuflucht suchte?

Noah schrieb seine Eindrücke auf und lauschte den Geräuschen das Waldes. Als seine Gedanken abschweiften, streckte er sich am Ufer aus und schlief ein.

Olivia hatte drei prächtige Forellen gefangen. Die ersten beiden hatte sie innerhalb einer Stunde am Haken gehabt, weil sie jedoch Noahs Appetit kannte, hatte sie sich Zeit gelassen und gewartet, bis eine dritte anbiss. Außerdem hatte sie in ihrem Hut Heidelbeeren gesammelt, deren süßer Geschmack nun auf ihrer Zunge lag, als sie zum Lager zurückschlenderte.

Das Alleinsein hatte ihre Gedanken zur Ruhe gebracht und die Nervosität besänftigt. Das war ihr Problem, machte sie sich bewusst: Sie war eben nicht daran gewöhnt, mit einem Mann auf der Ebene zu kommunizieren, die Noah Brady gewählt hatte. Dazu war sie heute genauso wenig bereit wie mit neunzehn.

Auf sexueller Basis hätte alles so einfach sein können. Aber er verstand es, Vertrautheit und Freundschaft so beiläufig ins Spiel zu bringen, dass sie darauf reagierte, bevor sie auch nur Gelegenheit dazu hatte, darüber nachzudenken.

Und Nachdenken war wichtig.

Sie mochte ihn gern. Er war ein netter Mann. So nett, dass sie immer wieder vergaß, wie nahe er ihr kommen konnte, wie viel er sah – bis seine Augen sie dunkel und ruhig fixierten, sie bis auf ihre innersten Geheimnisse entblätterten.

Sie wollte keinen Mann, der so tief in sie hineinsehen konnte. Olivia bevorzugte Männer, die an der Oberfläche kratzten, sich damit zufriedengaben und weiterzogen.

Es war besser, allein zu bleiben als sich vernichten zu lassen.

Eigentlich war sie davon ausgegangen, dass sie inzwischen beide gelernt hatten, auf einigermaßen erträgliche Weise miteinander umzugehen. Immerhin befanden sie sich hier auf ihrem Terrain, und Olivia hatte den Heimvorteil. Sie hatte sich dazu entschlossen, mit ihm über ihre Kindheit, ihre Erinnerungen und Erfahrungen zu sprechen, was ihr nicht leichtfallen würde. Aber ihre Entscheidung stand fest.

Nach all den Jahren war sie dazu bereit. Dies war ihre Chance, und sie war dankbar dafür, dass sie mit jemandem sprechen konnte, der sie respektierte.

Jemandem, erkannte sie, der sie gut genug verstand, um dem Schrecklichen eine Bedeutung zu geben.

Sie sah Noah am Fluss schlafen und musste lächeln. Immerhin hatte sie ihm einiges abverlangt, und er hatte durchgehalten. Ein Blick auf das Lager zeigte ihr, dass er sich auch in dieser Hinsicht bewährt hatte. Sie sicherte ihre Angelschnur, legte die Fische in den Fluss, um sie frisch zu halten. Dann ließ sie sich neben ihm nieder und beobachtete das Wasser.

Noah spürte ihre Anwesenheit, und sie wurde ein Teil seines Traums, in dem er im sanften grünen Licht durch den Wald wanderte. Er bewegte sich im Schlaf auf sie zu und streckte die Hand nach ihr aus, um sie zu berühren.

In instinktiver Abwehr zog sie sich zurück, aber der Protest erstarb ihr auf der Zunge, als er seine grünen Augen öffnete und sie ansah. Ihr Atem stockte, als ihr bewusst wurde, was sie in diesen Augen entdeckte. Er setzte sich auf, nahm ihr Gesicht in beide Hände und hielt es fest, als ob er das Recht dazu hätte. Als ob er schon immer das Recht dazu gehabt hätte.

»Hör zu, ich will nicht …«

Noah schüttelte nur den Kopf, seine Augen tauchten in ihre ein, er zog sie enger an sich, und sein Mund traf ihre Lippen, die sich ihm voll, heiß und willig öffneten.

Olivia zitterte, zum Teil aus Protest, zum Teil aus Furcht. Beides wollte er nicht akzeptieren. Diesmal musste sie annehmen, was er ihr zu geben hatte, was er, wie ihm gerade erst bewusst geworden war, schon seit Jahren nur für sie bereithielt.

Seine Hände strichen durch ihr Haar, über ihre Schultern, und während sein Kuss leidenschaftlicher wurde, drückte er sie auf den Boden legte sich auf sie.

Panik keimte in ihr auf und kämpfte gegen die Begierde, die schnell und ungezügelt von ihr Besitz ergriff. Sie stemmte sich noch gegen seine Schultern, als ob sie ihn zurückdrängen wollte, selbst als sie sich ihm gleichzeitig schon entgegenbäumte, um ihr Verlangen an ihm zu reiben.

»Ich kann dir nicht geben, was du brauchst. Ich bin dazu nicht fähig.«

Wie konnte sie nicht sehen, was er sah? Nicht das fühlen,

was er fühlte? Er ließ seinen Mund über ihr Gesicht gleiten, während sie unter ihm erbebte. »Dann nimm dir, was du willst.« Seine Lippen streiften ihren Mund herausfordernd. »Ich will dich berühren.«

Er streichelte an ihren Rippen entlang, spürte ihre Reaktion, als seine Finger sich leicht über ihrer Brust schlossen. »Ich will dich, hier im Sonnenlicht.«

Er erstickte ihre Worte mit seinem Mund, dann strich er über ihre Wange und hörte sie stöhnen. Ihr Geschmack an der weichen, empfindlichen Stelle, wo ihr Puls laut und heftig pochte, durchströmte ihn.

Er flüsterte ihren Namen, nur ihren Namen, und sie war verloren.

Ihre Finger gruben sich in seine Schulter, glitten durch sein Haar und zogen sein Gesicht wieder an sich, zogen ihn zu sich herunter.

Sie spürte den wilden Rausch des Glücks, die ungestillte Begierde, als sein Mund mit ihrem kämpfte, erkannte die rücksichtslose Gier, als er ihr Hemd nach oben schob, es schließlich aufriss und seine Hände über ihren Körper fahren ließ.

Stark und besitzergreifend drängte sich Fleisch gegen Fleisch, zum heftigen Rhythmus des Blutes in ihren Venen. Zum ersten Mal in ihrem Leben gab sie sich selbst ganz hin, und ihre Gedanken waren vollständig von ihm erfüllt.

Er spürte die Veränderung, nicht nur in den Bewegungen ihres Körpers und der Beschleunigung ihres Atems. Ihre Kapitulation war süß und unerwartet.

Sie war immer noch die Frau, in die er sich Hals über Kopf verliebt hatte.

Noahs Hände wurden langsamer, sanfter, beruhigten ihren zitternden Körper und erregten sie von neuem. Sie bog sich ihm entgegen. Mit einem zustimmenden Murmeln zog sie ihm das Hemd über den Kopf und genoss das sanfte Gefühl von Haut auf nackter Haut, die ausgeprägten Muskeln unter ihren Händen, den beruhigenden Schlag seines Herzens gegen ihre Brust.

»Mehr.« In ihrem verträumten, weltentrückten Zustand hörte sie ihre eigene, atemlose Stimme, lehnte sich zurück, bot sich ihm an. »Nimm mehr.«

Sie war gertenschlank und ihre Haut so samten wie Wasser. Die wunderschöne Linie ihrer Kehle zog seine Lippen magisch an. Die Rundung ihrer Brüste faszinierte ihn. Ihr Atem setzte aus und ging dann wieder stoßweise, als er seinen Mund über ihren legte.

Verlangen durchströmte seinen Körper.

Es gab noch so viel mehr, mehr zu schmecken, mehr zu erkunden. Jede Forderung wurde mit einem Stöhnen, einer Bewegung, einem Murmeln beantwortet.

Er öffnete ihre Jeans, und als er seine Zunge unter den Stoff gleiten ließ, ließ ihre erschrockene Reaktion dunkle und gefährliche Bilder durch seinen Kopf flimmern. Er zog die Hose über ihre Hüften, sie bäumte sich auf, und Noah nahm sich, wonach er sich sehnte.

Heiße, erstickende Gefühle überwältigten sie, die Luft schien zu zäh zum Atmen, Blut rauschte wie ein Schrei in ihren Ohren. Mit Mund, Zähnen und Zunge trieb er sie auf einen Höhepunkt zu, zu dem sie noch nicht bereit war. Sie stieß seinen Namen hervor, wehrte sich gegen eine Erregung, die sie ganz zu verschlingen drohte.

Dann griff er nach ihren Händen, hielt sie fest. Hitze pumpte durch ihren Körper, trieb Schweißperlen auf ihre Haut, drohte, sie zu verbrennen, bis Schmerz und Vergnügen sich zu einer erbarmungslosen Anspannung ballten.

Dann brach alles in ihr auseinander, zerbarst in tausend kleine Stücke. Ihre Schreie lösten Schauer in ihm aus. Endlich lag ihr Körper erschöpft und wehrlos in seinen Armen.

Ihre Hände entspannten sich. Alles, was Noah wollte, konzentrierte sich auf sie, auf diesen Ort, diesen Augenblick. Er beobachtete ihr Gesicht, während er sie erneut zum Höhepunkt brachte. Noch einmal.

Ihre Augen öffneten sich überrascht, waren blind vor Glück. Ihre Lippen zitterten, sie atmete schwer. Das Sonnenlicht floss über ihre Haut, und sie lieferte sich seiner Hand aus.

Ihr Blut raste, ihre Muskeln bebten. Noah legte sich über sie. »Olivia.« Er sagte ihren Namen rau und voller Verlangen. »Sieh mich an, wenn ich dich nehme.« Seine Augen waren so grün und tief wie die Schatten des Waldes. »Sieh mich an, wenn wir einander nehmen. Denn es hat Bedeutung.«

Und dann drang er in sie ein. Selbst als seine Augen sich schließlich verdunkelten, klammerte er sich noch fest – an die Frau in seinen Armen, den Augenblick, das intensive Erlebnis. Dann legte er seine Stirn an ihre. »Du bist es«, brachte er hervor. »Du warst es schon immer.«

Olivia konnte sich nicht bewegen. Nicht nur, weil Noah sie mit dem Gewicht eines befriedigten Mannes auf dem Boden hielt, sondern auch weil ihr eigener Körper schwach war, und ihre Sinne sich immer noch nicht von den widersprüchlichen Empfindungen erholt hatten.

Und weil ihr Verstand, so sehr sie auch dagegen ankämpfte, immer noch stark umnebelt und benommen war.

Sie redete sich ein, dass es nur um Sex gegangen war. Es war ihr wichtig, daran zu glauben. Dennoch waren ihre Empfindungen über alles hinausgegangen, was sie je erlebt hatte, und unter ihrer Zufriedenheit spürte sie ein wachsendes Unbehagen.

Sie hatte Sex immer als ein durchaus sinnvolles Ventil angesehen, um Spannungen abzubauen – eine notwendige menschliche Funktion, die sie zumeist als angenehm empfand. Orgasmen konnten sich in Explosionen oder einem leichten Wohlgefühl äußern, und bisher war sie immer davon ausgegangen, dass sie die alleinige Verantwortung dafür trug.

Noah hatte ihr jedoch überhaupt keine Chance gelassen, sich verantwortlich zu fühlen. Er hatte sie einfach mitgerissen. Sie hatte die Kontrolle verloren, nicht nur über ihren Körper, sondern auch über ihren Willen. Und sie hatte ihm einen Teil von sich gegeben, von dem sie gar nicht gewusst hatte, dass er existierte. Einen Teil, von dem sie nicht *wollte*, dass er existierte.

Als sie sich unter ihm bewegte, um ihn zur Seite zu schieben, umfing er sie einfach mit seinen Armen, drehte sich um und hielt sie auf sich fest.

Am liebsten hätte sie ihren Kopf an sein Herz gelegt, ihre Augen geschlossen und wäre für immer so liegen geblieben.

Dieses Bedürfnis jagte ihr panische Angst ein.

»Es wird bald dunkel. Ich muss die Kochstelle aufbauen, ein Feuer anzünden.«

Er strich über ihr Haar. »Wir haben Zeit.«

Sie stieß ihn von sich, er zog sie wieder näher. Es machte sie wütend, dass sie ständig seine Stärke unterschätzte – und seine Starrköpfigkeit. »Hör zu, Kumpel, wenn du nicht hungern und frieren willst, brauchen wir Holz.«

»In einer Minute hole ich welches.« Um ganz sicher zu sein, dass sie bei ihm blieb, veränderte er seine Position noch einmal, betrachtete ihr Gesicht.

»Du willst dich wieder zurückziehen, Liv. Das kann ich nicht zulassen. Diesmal nicht.« Er versuchte zu verbergen, dass er verletzt war. »Du willst so tun, als ob dies nur eine nette kleine Nummer im Wald war, die nichts damit zu tun hat, was vor Jahren schon zwischen uns passiert ist.« Mit einer ihrer Haarsträhnen ballte er eine Hand zur Faust. »Aber das kannst du nicht. Habe ich Recht?«

»Lass mich aufstehen, Noah.«

»Und du redest dir ein, dass es nie wieder auf diese Art passieren wird«, fuhr Noah wütend fort. »Dass du nie wieder fühlen wirst, was du gerade empfunden hat. Aber da irrst du dich.«

»Sag mir nicht, was ich fühle und was ich empfinde.«

»Ich sage dir, was ich sehe. Es steht in deinen Augen geschrieben, und die können sich nicht verstellen. Sieh mich an.« Er hob ihre Hüften und drang unvermittelt erneut in sie ein. »Sieh mich an und sage mir, was du gerade empfindest. Was du fühlst.«

»Ich weiß …« Er stieß hart und tief zu, trieb den nächsten Orgasmus durch ihren Körper. »O Gott.« Sie schluchzte es heraus, schlang ihre Arme und Beine um ihn.

Von Triumph und Frustration getrieben, nahm er sie mit wilder Heftigkeit, bis er sich in sie ergoss.

Während sie noch zitternd auf dem Boden lag, rollte er zur Seite und stand dann schweigend auf, um Feuerholz zu sammeln.

Sie fragte sich, wie sie sich je hatte einbilden können, dass sie ihn, oder auch nur sich selbst in seiner Nähe, in den Griff bekommen würde. Niemals war es bisher jemandem gelungen, sie so oft und so nachhaltig zu verwirren.

Wenn alles nach ihren Plänen gelaufen wäre, hätte es ein Abendessen, eine gepflegte Unterhaltung und danach vielleicht zivilisierten, unkomplizierten Sex in der dunklen Abgeschiedenheit ihres Zeltes gegeben.

Danach wäre sie wieder zur Tagesordnung übergegangen.

Stattdessen war alles nur noch komplizierter geworden. Er war wütend auf sie wegen etwas, das sie nicht ändern konnte oder wollte. Sie fühlte sich unsicher, unzulänglich und unbehaglich.

Deshalb ignorierte sie ihn und machte sich daran, die Kochstelle in sicherem Abstand vom Zelt aufzubauen. Sie verstaute die Lebensmittel hoch oben in einen Baum und machte sich dann daran, den Fisch auszunehmen.

Er ist genau wie alle Männer, sagte sie sich. Beleidigt, weil eine Frau nicht vor Entzücken über seine Manneskraft in Jubelschreie ausbricht. Sauer, weil sie sich nicht wieder Hals über Kopf in ihn verknallt hatte, was er ausnutzen würde, um sie dann beiseitezuschieben, sobald es ihm in den Kram passte.

Da war es doch wesentlich klüger, selbst wie ein Mann zu denken, beschloss sie, und diesen Gefahren von vornherein aus dem Weg zu gehen.

Als sie ihn näherkommen hörte, schnaufte sie abfällig.

»Was willst du?«

Noah beschloss weise, ihr nicht zu sagen, wie einfach es für ihn war, ihre Gedanken zu lesen. Also hielt er ihr nur das Glas hin, in das er den Wein eingeschenkt hatte. »Ich habe ihn im Fluss gekühlt. Ich dachte mir, dass dir jetzt vielleicht danach wäre.«

»Ich muss diesen Fisch zubereiten.« Sie ignorierte den Wein und ging zum Feuer zurück.

»Ich mache dir einen Vorschlag.« Noah folgte ihr. »Da du ihn schon gefangen und ausgenommen hast – worin ich keinerlei Erfahrung habe –, werde ich ihn zubereiten.«

»Wir sind hier nicht in deiner hübschen Küche. Ich will nicht, dass du meinen Fang ruinierst.«

»Aha, eine direkte Herausforderung.« Er reichte ihr das Glas abermals und nahm die Pfanne. »Setz dich hin, trink deinen Wein und sieh dem Meister zu.«

Sie zuckte mit den Schultern und aß eine Beere aus ihrem Hut. »Wenn du sie vermasselst, fange ich keine neuen.«

»Vertrau mir.« Seine Augen fixierten ihre. »Ich werde dich nicht enttäuschen, Liv.«

»Wenn man sich selbst um alles kümmert, geht man gar nicht erst das Risiko einer Enttäuschung ein.«

»Mag sein, aber man verpasst ein paar interessante Abenteuer. Ich musste kochen lernen«, schlug er einen leichteren Ton an, während er Öl in die Pfanne träufelte. »Zum Selbstschutz. Meine Mutter ist nämlich der Meinung, dass Tofu alle vier wichtigen Nahrungsgruppen abdeckt. Du hast keine Ahnung, wie es für einen heranwachsenden Jungen ist, wenn ihn nach einem harten Tag in der Schule zu Hause eine Tofu-Überraschung erwartet.«

Damit hatte er gegen ihren Willen ihr Interesse geweckt. Er packte den Beutel mit dem Kräutermehl aus und wälzte den Fisch geschickt in der Mischung.

Olivia konnte einen Seufzer kaum unterdrücken. »Ich verstehe dich nicht.«

»Gut, das ist immerhin ein Fortschritt. Du warst nämlich während der meisten Zeit unseres derzeitigen Beisammenseins felsenfest davon überzeugt, dass du mich genau verstehst, und hast prompt alles in den falschen Hals bekommen.« Zufrieden ließ er die Fische in das heiße Öl gleiten.

»Vor kurzem warst du noch sauer auf mich.«

»Das hast du richtig erkannt.«

»Und jetzt bietest du mir Wein an, brätst Fisch und sitzt hier, als ob nichts passiert wäre.«

»Nicht, als ob nichts passiert wäre.« Für ihn war alles passiert. Er musste nur warten, bis sie ihn eingeholt hatte. »Aber ich fand, wenn du sauer genug für uns beide bist, hat es wenig Zweck, meine Energie auch noch zu vergeuden.«

»Ich lasse mich nicht gern bevormunden.«

Er funkelte sie an. »Ich auch nicht.«

»Wir wissen beide, dass wir hergekommen sind, damit ich ohne Ablenkungen und Unterbrechungen mit dir über dein Buch sprechen kann. Aber du hast es bisher noch nicht einmal erwähnt.«

»Ich wollte dir, uns beiden, einen Tag Ruhe gönnen. Ich wollte dich.« Mit einem Finger streifte er ihren Arm. »Ich will dich immer noch. Aber ich würde es vorziehen, wenn dir bei dem Gedanken daran wohler wäre.«

»Und ich ziehe es vor, wenn Situationen unkompliziert bleiben.«

»Nun …« Er stach in den Fisch. »Sieht ganz so aus, als ob einer von uns beiden das, was er oder sie vorzieht, nicht bekommen wird. Hol die Teller raus, Partner, diese Jungs sind so gut wie gar.«

»Noah.«

»Hmm?« Er sah Olivia zärtlich an, und ihr Herz wollte schmelzen. Energisch schüttelte sie den Kopf. »Nichts«, erwiderte sie und nahm die Teller.

Später, nachdem sie gegessen hatten und der Wald dunkel und voller Geräusche war, war sie es, die zu ihm kam, die seine Arme brauchte, um die Träume, die sie verfolgten, und die Furcht, die sie mit sich brachten, zu vertreiben.

Und er war da, hielt sie fest, bewegte sich mit ihr in einem süßen, leichten Rhythmus.

Im Schlaf schmiegte sie sich an ihn, ihre Hand über seinem

Herzen zur Faust geballt, ihr Kopf an seiner Schulter. Noah lag wach, sah dem Spiel des Mondlichts über dem Zelt zu und lauschte dem Ruf eines Kojoten, dem Heulen einer Eule und dem kurzen Aufschrei ihrer Beute.

Er fragte sich, wie es möglich war, dass er nie aufgehört hatte, sie zu lieben.

Das Monster

In das tiefe Dunkel starrend,
stand ich lange, in Fragen ängstlich verharrend,
zweifelnd, Träume träumend, die kein Sterblicher
jemals zuvor zu träumen wagte.

– EDGAR ALLAN POE

Achtundzwanzigstes Kapitel

Völlig gerädert und mit schmerzenden Knochen wurde Noah vom Gesang der Vögel geweckt. Zögernd richtete er sich auf, stieg in seine Jeans und dachte sehnsüchtig an ein Frühstück. Als er über dem scharfen Geruch von Fichte und Erde das wunderbar zivilisierte Aroma von Kaffee wahrnahm, hätte ihm die Dankbarkeit für Olivias Kompetenz in allen Lebenslagen beinahe Tränen in die Augen getrieben.

Auf dem morgendlichen Lagerfeuer brodelte es bereits verlockend in der Kaffeekanne. Beim ersten Anlauf verbrannte Noah sich die Finger am Griff und stieß einen leisen Fluch aus. Dann benutzte er ein zusammengefaltetes Stück Stoff, das Olivia in der Nähe liegen gelassen hatte, als Topflappen.

Nach einem kräftigen Schluck klärte sich sein Blick, und sein Körper erwachte langsam wieder zum Leben. Gott segne diese Frau, die starken schwarzen Kaffee zu schätzen weiß, dachte er und ging dann zum Fluss, um sie zu suchen.

Nebel stieg vom Wasser auf und vermischte sich mit den Sonnenstrahlen zu silbernen und goldenen Bändern. Eine Gruppe Rehe war zur Tränke an die Stelle gekommen, wo das Wasser sich wie ein gebogener Finger um einen Felsen wand, und verschwand nun zwischen den Bäumen.

Dann entdeckte er Olivia. Sie schwamm mit feucht glänzendem Haar durch den goldenen Nebel gegen die Strömung und sah ihn mit ihren goldbraunen Katzenaugen unsicher an.

Es schien, als ob sie genau dort hingehörte, in die Wildnis, in das überirdisch schimmernde Licht. Die Nebel schienen sich für sie zu öffnen, und schlossen sich wieder hinter ihr.

»So früh hatte ich nicht mit dir gerechnet.« Ihre Stimme klang ruhig.

»Ich bin Frühaufsteher. Wie ist das Wasser?«

»Nass.«

Und eiskalt, vermutete er. Trotzdem kippte er den letzten Schluck Kaffee hinunter und stellte die Tasse beiseite, um seine Jeans wieder auszuziehen. Er sah, wie ihre Augen flackerten und schnell wieder ruhig wurden. Wovor hast du Angst, Olivia?, fragte er stumm. Davor, dass es zwischen uns nicht mehr so ist wie gestern Abend? Oder davor, dass es genauso sein könnte?

Das Wasser prickelte kalt auf seiner nackten Haut, und Olivias Lippen zuckten, als ihm ein Laut entfuhr. Vermutlich würde sein Körper vom Hals abwärts blau anlaufen.

»Du hast Recht«, sagte er, als er sich einigermaßen sicher sein konnte, dass seine Zähne nicht mehr klapperten. »Es ist ziemlich nass.«

Sie war überrascht, dass er sich zwei Armeslängen von ihr entfernt hielt. Sie hatte damit gerechnet, dass er auf sie zu schwimmen, sie berühren würde. Nie tat er das, was sie von ihm erwartete. Und genau davor hatte sie am meisten Angst.

Obendrein entwickelten sich ihre Gefühle für ihn ganz anders als geplant.

Als er schließlich doch näher kam, war sie fast beruhigt. Das war zumindest logisch. Sex am Morgen, ein bekanntes menschliches Bedürfnis. Danach konnten sie den Rest des Tages als Gleichberechtigte angehen.

Aber er nahm nur ihre Hände und betrachtete ihr Gesicht. »Du kochst wunderbaren Kaffee, Liv.«

»Wenn der Löffel nicht darin stehen bleibt, ist es kein Kaffee.«

»Wohin geht es heute?«

Sie runzelte die Stirn. »Ich dachte, du würdest heute mit den Interviews beginnen.«

»Alles zu seiner Zeit. Welcher Pfad gefällt dir von hier aus am besten?«

Der Kunde ist König, machte sie sich bewusst und zuckte mit den Schultern. »Von hier aus gibt es eine schöne Route in die Berge. Wunderbare Aussicht, ein paar interessante Bergwiesen.«

»Klingt vielversprechend. Möchtest du, dass ich dich berühre?«

Sie starrte ihn an. »Was?«

»Möchtest du, dass ich dich berühre, oder lieber nicht?«

»Wir haben schon zusammen geschlafen«, sagte sie vorsichtig. »Es war nicht übel.«

Er lachte kurz auf. »Gib dir nur keine Mühe, mein Selbstvertrauen zu stärken«, grummelte er dann und strich eine feuchte Strähne von ihrer Wange. »Außerdem habe ich danach nicht gefragt. Meine Frage lautete, ob du möchtest, dass ich dich jetzt berühre.« Er sah ihr direkt in die Augen, ließ seinen Finger ihre Kehle entlang und über ihre Schulter gleiten. »Dass ich *jetzt* mit dir schlafe.«

»Du berührst mich ja bereits.«

Ihre Haut erschauerte, als er mit seinem Finger über ihren Körper nach unten strich und ihn in sie hineingleiten ließ. »Ja oder nein«, murmelte er. Ihr Atem stockte.

Die nervöse Spannung in ihrer Magengegend kam endlich zur Ruhe. Olivia bewegte ihre Hüften, bestimmte den Rhythmus ihrer eigenen Lust. Hitze durchfuhr ihren Körper wie ein langer, bebender Wirbel. Sie ließ sich von diesem Gefühl, von ihm mitreißen, griff in sein Haar, zog ihn an sich heran. »Ja«, sagte sie dicht an seinem Mund.

Sie öffnete sich ihm, schlang ihre Beine um seine Hüften, bereit für die kurze, heftige Strecke bis zum Höhepunkt, nach dem sie sich plötzlich sehnte. Aber er liebkoste sie mit seinen Händen, trieb sie weiter und immer weiter, bis sie seinen Namen stöhnte.

Er wunderte sich, dass das Wasser sich nicht rot verfärbte und in Flammen aufging, so sehr begehrte er sie. Und er fragte sich, wie er bisher hatte leben können, ohne sie so nah bei sich zu haben. Lange, schlanke und starke Glieder, sanfte, nasse Haut, die in der Sonne glänzte. Noah bog ihren Kopf zurück, so dass er mit seinem Kuss tief und noch tiefer eindringen konnte, während die Sonne durch den Nebel brach und das Wasser um sie herum in einen klaren, beweglichen Spiegel verwandelte.

Er fand Halt auf dem Flussbett, sammelte sich und glitt mit einem langen, langsamen Stoß in sie hinein. »Halte dich an mir fest, Liv.« Sein Atem beschleunigte sich, er vergrub sein Gesicht in der Rundung ihres Halses und hörte sie stöhnen. »Halt mich fest«, murmelte er und fühlte, wie ihre Muskeln sich um ihn spannten, während der Orgasmus ihren Körper durchflutete.

Sie hörte ihn murmeln, war jedoch längst nicht mehr dazu in der Lage, Versprechen von Forderung zu unterscheiden. Seine Stimme klang wie Samt in ihren Ohren, eine weitere Quelle der Erregung. Als sie spürte, wie sein Körper sich verkrampfte, drängte sie sich gegen ihn, hielt ihn so fest, dass sie die letzte Klippe gemeinsam nahmen.

Dann wartete sie darauf, dass er sie freigab, sich zurückzog, ihr ein triumphierendes Grinsen zuwarf und aus dem Wasser stieg, um sich eine zweite Tasse Kaffee zu genehmigen. Doch er ließ sie nicht gehen.

Er hielt sie weiterhin fest, drückte sie an sich, seine Lippen rieben mit einer beruhigenden Bewegung, die sie weit mehr verwirrte als ihre eigene Begierde, leicht von ihrer Schläfe zum Kiefer.

Sie musste von ihm weg, bevor die Gefahr der Vertrautheit zu groß wurde. »Das Wasser ist kalt.«

»Kalt? Du machst Witze, es ist unterhalb des Gefrierpunkts.« Noah nagte an ihrem Ohr, genoss es, dass ihr Herz unruhig gegen seine Brust hämmerte. »Sobald du wieder klar denken kannst, verspannt sich dein Körper. Woran liegt das?«

»Ich habe keine Ahnung, wovon du redest. Wir müssen aus dem Wasser. Wir sollten aufbrechen, wenn wir …«

Er drehte den Kopf und küsste sie. »Wir sind schon aufgebrochen, Liv. Wir sind schon vor langer Zeit aufgebrochen.« Er nahm ihr Kinn noch einmal kurz in die Hand, dann gab er sie frei, damit sie zum Ufer schwimmen konnte. »Wir sollten uns lieber überlegen, wo wir ankommen wollen.«

Olivia bereitete die pulverisierten Eier zu, dann teilten sie sich den restlichen Kaffee. Noah war mit ihrem Vorschlag einverstanden, von diesem Lager aus einen Tagesmarsch von fünf Stunden in Angriff zu nehmen.

Sie nahmen leichte Rucksäcke mit und kletterten einen steinigen Pfad hinauf, der zu den äußeren Hügelketten führte. Rechts neben ihnen fiel das Tal steil ab, zur Linken dehnte sich der Wald zum Himmel. Unter ihnen wand sich der Fluss. Dann wurde die Luft kühl und klar, Adler schwebten in der Höhe, und weit und breit gab es keinerlei Anzeichen für andere Menschen.

Immer wenn Noah anhielt, um Fotos zu machen, wartete Olivia geduldig. Und er hielt häufig an. Sie beantwortete seine Fragen – und er fragte mehr, als sie erwartet hatte.

Einmal blieb er stehen und sagte: »Wenn man an dieser Stelle ein Haus errichten würde, käme man zu gar nichts mehr. Wie könnte man die Augen je von dieser Aussicht abwenden?«

Warum konnte er nicht so oberflächlich und einfach sein, wie sie es gern hätte? »Wir stehen hier auf öffentlichem Eigentum.«

Noah schüttelte den Kopf und hakte seine Finger in ihre. »Stell es dir doch nur mal eine Minute lang vor. Wir sind die einzigen Menschen auf der Welt, und wir sind hier gelandet. Wir würden unser ganzes Leben hier oben in einem Zustand atemlosen Staunens verbringen.«

Blau, weiß, grün und silber – die Welt bestand aus diesen vier kräftigen Farben und gelegentlichen, verschwommenen Tupfen anderer Töne. Gipfel und Täler, das Rauschen des Wassers, die Wärme seiner Hand in ihrer. Genau so sollte es sein.

Sonst existierte nichts und niemand auf der ganzen Welt. Keine Angst, kein Schmerz, keine Erinnerungen, kein Morgen.

Weil Olivia erkannte, wie sehr sie sich danach sehnte, zog sie sich wieder vor ihm zurück. »Mitten im tiefsten Winter, wenn du dir den Hintern abfrierst und keine Pizza bestellen kannst, wärst du vermutlich weniger begeistert.«

Er begegnete ihrem Blick so ruhig und geduldig, dass sie

sich schämte. »Was würde dir am meisten fehlen, wenn du für immer hierbleiben müsstest?«

»Meine Familie.«

»Ich meine keine Menschen. Was würdest du am meisten vermissen?«

»Das Grün«, erwiderte sie prompt, ohne nachzudenken. »Das grüne Licht und den grünen Duft des Waldes. Hier oben ist es anders«, fuhr sie fort, als sie weitergingen. »Offen, kühl, weit oberhalb der Baumgrenze.«

»Hier kann man sich nicht so gut verstecken.«

»Ich verstecke mich nicht. Das hier ist Islandmoos«, lenkte sie ab und wies auf einen gekräuselten, gelb-grünen Klumpen. »Diese Flechte ist zum menschlichen Verzehr geeignet. In Schweden wird sie als Kräutermedizin verabreicht.« Sie bemerkte seinen Blick und zog die Augenbrauen hoch. »Was ist?«

»Mir gefällt dein schnippischer Ton, wenn du dich ärgerst und nahtlos zu einer Naturkundestunde übergehst.«

»Wenn du dich nicht dafür interessierst, was du siehst, soll mir das auch recht sein.«

»Im Gegenteil, ich bin höchst interessiert. Wenn du über Flechten und Pilze sprichst, überkommt mich immer diese wilde, animalische Lust auf deinen Körper.«

»Dann werde ich wohl auf Wildblumen umsteigen müssen.«

»Das hilft nichts, ich bin trotzdem scharf auf dich.« Noah entdeckte rosafarbene Blüten. »Hey, sind das Tränende Herzen? Mitten in der Wildnis?«

»Scharf erkannt.« Ihr schlechte Laune hatte keine Chance gegen seine ehrliche Begeisterung, mit der er über die Steine stolperte, um seine Entdeckung genauer zu untersuchen. »Ziemlich genau wie im heimischen Garten. Nicht anfassen«, warnte sie. »Hier oben versuchen wir, so wenig wie möglich in die Natur einzugreifen.«

»Ich habe bei mir zu Hause weder den nötigen Schatten noch Boden für diese Pflanzen. Ich habe es mal bei Mom versucht, aber das kam einem Mord gleich. Dabei fand ich Tränende Herzen schon immer wunderschön.«

»Bei meinen Großeltern im Garten stehen auch ein paar hübsche Exemplare. Lass uns diesen Weg einschlagen.« Olivia kletterte über einen Felsen und ging in eine andere Richtung. »Ich kenne da eine Stelle, die dir gefallen dürfte.«

Der Pfad führte in den Wald hinein, auf der einen Seite gesäumt von zerklüfteten Felsen, in deren Spalten sich Blumen an einer dünnen Erdschicht festklammerten.

Noah hörte plötzlich ein lautes Trommeln und grinste wie ein Junge, als sie an eine Klippe gelangten, über die sich ein tosender Wasserfall ergoss.

Inzwischen brannten seine Muskeln, und seine Füße sehnten sich nach einer Ruhepause. Gerade wollte er diesem Bedürfnis nachgeben, als Olivia über einen Felsen stieg und ihm eine Hand reichte, um ihm hinaufzuhelfen.

»Die fünf Stunden bezogen sich doch auf einen Rundweg, stimmt's, Buana?« Er atmete schwer, griff nach ihrer Hand und zog sich hoch. »Denn sonst muss ich einfach – oh, Jesus.«

Noah vergaß Schmerzen und Müdigkeit und genoss den überwältigenden Blick.

Vor ihnen lag ein Ozean aus Blumen – bunte Farben, die das Grün durchbrachen und sich zu einem bewaldeten Gipfel erstreckten, der sich wie ein Festungsturm in den blauen Himmel reckte. An seinem höchsten Punkt leuchteten weiße Schneefelder, die die Blumen unten noch unwirklicher erscheinen ließen.

Weiße, gelbe und blaue Schmetterlinge tanzten umher, flatterten um die Blüten und ließen sich graziös mit lautlosem Flügelschlag nieder.

»Erstaunlich. Unglaublich. Hier bauen wir unser Haus.«

Diesmal musste sie lachen.

»Was sind das, Lupinen?«

»Du hast ein gutes Auge. Vielblättrige Lupinen – der gemeine westamerikanische Blaufalter bevorzugt sie. Dazwischen wachsen Berggänseblümchen. Das dort drüben mit der gelben Mitte sind Schneelilien.«

»Und Schafgarbe.« Noah betrachtete die farnähnlichen Blätter mit den flachen weißen Blüten.

»Mit Blumen kennst du dich aus, hier oben brauchst du mich gar nicht.«

»Doch.« Wieder nahm er ihre Hand. »Ich brauche dich.«

»Dieser Anblick ist jeden Schritt wert.« Er drehte sich um und drückte ihr überraschend einen sanften Kuss auf. »Danke.«

»In River's End bekommst du halt etwas geboten für dein Geld.« Olivia wollte sich abwenden, aber er hielt sie weiter in seinen Armen und drehte sie zu sich um. »Nicht.« Sie schloss die Augen, bevor sein Mund wieder ihre Lippen berührte.

»Warum?«

»Ich …« Sie öffnete die Augen und kam nicht gegen die Gefühle an, die sich in ihnen spiegelten. »Bitte nicht.«

»In Ordnung.« Noah zog ihre Hand an seinen Mund, presste ihn fest auf jeden einzelnen Fingerknöchel und beobachtete, wie Verwirrung ihren Blick umwölkte.

»Was suchst du, Noah?«

Er hielt die Augen auf sie gerichtet, öffnete ihre geballte Faust und drückte seine Lippen gegen ihre Handfläche. »Ich habe es längst gefunden. Jetzt musst du mich nur noch einholen.«

Da er befürchtete, dass es für sie nur einen Weg gab, um das zu erreichen, schlug er vor: »Setzen wir uns hin, Liv. Das hier ist ein guter Ort. Und eine gute Zeit, um zu reden.« Er nahm seinen Rucksack ab, ließ sich auf einem Felsen nieder und packte sein Aufnahmegerät aus.

Sie sah es an und fühlte, wie ihr der Atem zäh und heiß in der Lunge stockte. »Ich weiß nicht, was ich machen muss.«

»Ich schon. Bevor wir beginnen, möchte ich dir etwas sagen.« Noah holte auch noch seinen Notizblock heraus. »Ich habe darüber nachgedacht, dieses Buch nicht zu schreiben. Das Projekt wieder abzublasen, so wie damals, als ich dich so sehr verletzt habe.« Er klappte den Block auf, sah sie an. »Doch diesmal hätte es nichts genutzt. Die Gedanken hätten mich trotzdem verfolgt, genau wie dich auch. Ich kann dir nicht sagen, Liv, ob das nun zwischen uns steht oder ob es der Grund ist, warum wir zusammen hergekommen sind. Warum wir miteinander geschlafen haben. Aber ich weiß, wenn wir es jetzt nicht zu Ende führen, werden wir immer auf der Stelle treten. Wir müssen nach vorn sehen.«

»Ich habe gesagt, dass ich es mache, und ich halte mein Wort.«

»Um mich dafür zu hassen? Mir die Schuld dafür zu geben, dass die Erinnerungen ans Tageslicht gezerrt werden? Wie du mich an jenem Tag im Hotel gehasst hast?«

»Du hattest mich angelogen.«

»Das weiß ich. Und ich habe in meinem ganzen Leben noch nie etwas so sehr bereut.«

Sie hatte damit gerechnet, dass er es leugnen würde, Ausflüchte benutzen, argumentieren würde. Und hätte es wieder einmal besser wissen müssen, denn er hatte Ehrgefühl. Das ist der Grund, warum das, was er tut, Bedeutung hat, dachte sie nun. Warum er für mich Bedeutung hatte.

»Ich hasse dich nicht, Noah. Und ich werde dich auch nicht dafür hassen, dass du tust, was du glaubst, tun zu müssen. Aber meine Gefühle sind meine Sache.«

»Nicht mehr nur deine.« Das sagte er leichthin, aber sie hörte Entschlossenheit in seinem Ton. »Aber wir können auch darüber reden. Über uns. Später.«

»Es gibt kein uns.«

»Darüber solltest du besser noch einmal nachdenken.« Diesmal erkannte sie die Entschlossenheit in seinen Augen. »Und jetzt setz dich lieber hin.«

»Ich will nicht sitzen.« Aber sie nahm den Rucksack ab und öffnete ihre Wasserflasche.

»Von mir aus … Erzähl mir von deiner Mutter.«

»Ich war vier als sie starb. Aus anderen Quellen kannst du vermutlich mehr über sie erfahren.«

»Wenn du an sie denkst, was siehst du als Erstes?«

»Ihr Parfum. Das Parfum in einem der Flakons auf ihrem Frisiertisch. Ich hielt sie damals für Zauberfläschchen. Eins war kobaltblau mit einem Silberstreifen. Dieser Duft war ihr ganz eigener, warm, etwas süßlich, mit einem Hauch von Jasmin. Ihre Haut duftete immer danach, und wenn sie mich in den Arm nahm oder an sich zog, war es am stärksten ...« Olivia berührte ihre Kehle direkt unter dem Kinn. »An der Stelle habe ich immer an ihr geschnuppert, und das hat sie zum Lachen gebracht. Sie war so schön.« Ihre Stimme klang rau, und sie drehte sich um und starrte auf das Blumenmeer. »Inzwischen habe ich ihre Filme gesehen, unzählige Male, aber in Wahrheit war sie noch viel schöner. Sie bewegte sich wie eine Tänzerin. Ich weiß, dass sie eine großartige Schauspielerin war. Und sie war eine wunderbare Mutter. Geduldig und lustig und ... sehr bemüht. Sie bemühte sich immer, für mich da zu sein, mir Aufmerksamkeit zu schenken, mich wissen zu lassen, dass ich der Mittelpunkt ihrer Welt war, was immer auch passierte. Kannst du das verstehen?«

»Ja. Ich habe in dieser Hinsicht selbst großes Glück gehabt.«

Olivia gab nach und setzte sich neben ihn. »Ich vermute, dass ich verwöhnt wurde. Sie schenkte mir Zeit, Aufmerksamkeit und ein Haus voller Spielzeug und Luxus.«

»Für mich sind Kinder verwöhnt, die diese Dinge nicht zu schätzen oder zu respektieren wissen. Ich würde sagen, du wurdest geliebt.«

»Sie hat mich sehr geliebt und gab mir nie Grund, daran zu zweifeln, selbst wenn sie mit mir schimpfte. Und ich habe sie angebetet. Ich wollte wie sie sein. Ich habe oft in den Spiegel gesehen und mir vorgestellt, dass ich später genau wie Mama werden würde.«

»Du siehst ihr sehr ähnlich.«

»Das stimmt nicht.« Unwirsch stand Olivia wieder auf. »Ich bin nicht schön und will es auch nicht sein. Und ich werde nie nach meinem Aussehen beurteilt werden, so wie sie es viel zu häufig erlebt hat. Das ist es, was sie umgebracht hat. In diesem Märchen hat das Biest die Schöne getötet.«

»Weil sie schön war?«

»Ja. Weil sie begehrenswert war. Weil Männer sie begehrten, und er es nicht ertragen konnte. Er konnte genau das nicht mehr ertragen, was ihn anfangs zu ihr hingezogen hatte. Ihr Gesicht, ihr Körper, ihre ganze Art. Wenn sie ihm gefiel, musste sie auch anderen Männern gefallen, und es sollte keine anderen Männer für sie geben. Um sie für sich ganz allein behalten zu können, musste er sie zerstören. Wie sehr sie ihn auch liebte, für ihn war es nie genug.«

»Hat sie ihn geliebt?«

»Sie hat um ihn geweint. Sie glaubte, dass ich es nicht mitbekommen würde, aber ich habe sie gehört. In jenem Sommer, als es lange hell blieb. Sie waren in Mamas Zimmer, und ich konnte von meinem Beobachtungsposten neben der Tür aus im Spiegel sehen, dass sie auf dem Bett saßen. Meine Mutter weinte, und Tante Jamie hielt sie in ihren Armen.«

Plötzlich sah sie die Szene wieder genau vor sich.

»Was soll ich tun? Jamie, was soll ich ohne ihn tun?«

»Du wirst es schaffen, Julie. Du wirst es durchstehen.«

»Es tut so weh.« Julie legte ihr Gesicht an Jamies Schulter, spürte die Kraft ihrer Schwester. »Ich will ihn nicht verlieren, nicht alles das verlieren, was wir zusammen hatten. Aber ich weiß nicht, wie ich es festhalten soll.«

»Dir ist doch klar, dass du nicht so weiterleben kannst wie in den letzten Monaten, Julie.« Jamie lehnte sich zurück und strich das goldene Haar aus dem Gesicht ihrer Schwester. »Er hat dir wehgetan, nicht nur deinem Herzen, sondern auch körperlich. Ich kann nicht danebensitzen und zusehen, was er dir antut.«

»Es war keine Absicht.« Julie rieb mit den Händen über ihr Gesicht, trocknete ihre Tränen und stand auf. »Es sind die Drogen, sie verändern ihn. Ich verstehe nicht, warum er wieder damit angefangen hat. Ich weiß nicht, was sie ihm geben, das ich ihm nicht geben kann.«

»Hör dich nur an!« Wütend stand Jamie auf. »Gibst du dir die Schuld für seine Sucht? Weil er seinen Nervenkitzel und seine Bestätigung bei Kokain, Pillen und Alkohol sucht?«

»Nein, aber wenn ich verstehen könnte, was ihm fehlt, was er braucht … o Gott.« Julie kniff die Augen zusammen und strich ihr Haar zurück. »Wir waren so glücklich. Jamie, du weißt, wie glücklich wir waren. Wir haben einander alles bedeutet, und als Livvy

kam, war es so, als ob sich ... ein Kreis schließt. Warum habe ich es nicht bemerkt, als dieser Kreis auseinanderbrach? Wie groß war die Lücke, bevor ich überhaupt etwas bemerkte? Ich möchte die Zeit zurückdrehen. Ich will meinen Mann zurück, Jamie.« Sie drehte sich um, presste eine Hand auf ihren Bauch. »Ich will noch ein Kind.«

»Um Gottes willen, Julie!« Mit zwei Schritten durchquerte Jamie das Zimmer, legte die Arme um ihre Schwester. »Erkennst du nicht, dass das ein großer Fehler wäre? Zu diesem Zeitpunkt?«

»Vielleicht ist es ein Fehler, aber vielleicht ist es auch die Lösung. Ich habe es ihm heute Abend gesagt. Ich habe Rosa gebeten, uns ein wunderbares Essen zu kochen. Kerzen, Musik und Champagner. Und ich sagte ihm, dass ich mir noch ein Kind von ihm wünsche. Zuerst war er so glücklich, so sehr er selbst! Wir lachten und hielten einander in den Armen und haben uns sogar schon Namen überlegt, genau wie bei Livvy. Dann wurde er plötzlich launisch und distanziert und sagte ...« Wieder flossen die Tränen. »Er fragte mich, wie er denn sicher sein könnte, dass es sein Kind wäre. Wie könnte er wissen, ob ich nicht schon längst mit Lucas Mannings Wechselbalg schwanger wäre?«

»Das Schwein! Wie kann er es wagen, so etwas zu dir zu sagen?«

»Da habe ich ihn geschlagen. Ich habe nicht einen Moment nachgedacht, habe blindlings zugelangt und ihn angeschrien, er solle verschwinden. Und das tat er auch. Er hat durch mich hindurchgesehen und ist gegangen. Ich weiß nicht, was ich tun soll.«

Sie saß wieder auf dem Bett, bedeckte ihr Gesicht mit den Händen und weinte. »Ich habe keine Ahnung, was ich tun soll.«

Noah blieb still, als Olivia innehielt, eine Hand immer noch auf ihrem Bauch, wie damals ihre Mutter. Sie hatte ihn zurückgeführt, ihn in die Vertraulichkeit jenes Schlafzimmers mitgenommen, ihn Zeuge des Kummers und der Verzweiflung werden lassen. Die Worte, die Stimmen, die Bewegungen waren aus ihr herausgeflossen.

Nun senkte sie ihre Hand, ohne ihn anzusehen. »Ich ging in mein Zimmer zurück und redete mir ein, dass Mama nur eine

Szene geprobt hatte. Dass Mama – wie so häufig – eine Rolle spielte, dass sie gar nicht über meinen Vater sprach. Ich schlief ein. Als ich später in der Nacht aufwachte, stand er in meinem Zimmer. Er hatte meine Spieluhr aufgezogen, und ich war so glücklich. Ich bat ihn, mir eine Geschichte zu erzählen.«

Olivias Augen wurden wieder klar, als sie Noah ansah. »Er war high. Damals wusste ich das nicht. Dass er wütend war, bemerkte ich erst, als er losschrie und meine Spieluhr zerbrach. Als meine Mutter hereinkam und er ihr wehtat, merkte ich nur, dass er nicht mehr wie mein Daddy war. Ich versteckte mich im Schrank. Ich versteckte mich, als sie weinte, mit ihm kämpfte und ihn schließlich aus dem Zimmer sperrte. Dann kam sie zu mir und sagte, dass alles wieder gut würde. Von meinem kleinen Telefon aus rief sie die Polizei an, später reichte sie die Scheidung ein. Weniger als vier Monate danach kam er zurück und tötete sie.«

Noah schaltete das Gerät aus, stand auf und ging auf Olivia zu.

Automatisch wich sie einen Schritt zurück. »Nein. Ich will nicht in den Arm genommen werden. Ich will nicht getröstet werden.«

»Ach, komm schon.« Er legte seine Arme um sie und hielt sie fest, obwohl sie sich wehrte. »Lehn dich an mich«, murmelte er. »Es ist ganz einfach.«

»Ich brauche dich nicht«, erwiderte sie heftig.

»Lehn dich trotzdem an.«

Einen Augenblick lang widersetzte sie sich noch, dann gab sie nach. Ihr Kopf lag an seiner Schulter, und ihre Arme umfassten locker seine Taille.

Sie lehnte sich leicht gegen ihn, behielt die Augen jedoch offen. Und sie weinte nicht.

Neunundzwanzigstes Kapitel

Auf dem Rückweg ins Lager stellte Noah ihr Dutzende von Fragen, erwähnte jedoch ihre Eltern mit keinem Wort mehr. Er erkundigte sich nach ihrer Arbeit, ihren Gewohnheiten, dem Zentrum und dem Gästehaus. Ihr war bewusst, was er damit erreichen wollte, und sie konnte sich nicht entscheiden, ob sie sich über seinen Versuch, ihr seelisches Gleichgewicht wieder ins Lot zu bringen, freuen oder ärgern sollte.

Außerdem verstand sie nicht, warum seine Strategie so gut funktionierte.

Jedes Mal, wenn sie eine Barriere errichtete, umging er sie geschickt, bis sie sich wieder behaglicher fühlte. Das war eine Fähigkeit, die sie nur bewundern konnte. Als sie wieder einmal anhielten, um die Landschaft zu genießen, stellte sie fest, dass sie Schulter an Schulter nebeneinander saßen, so als ob sie sich schon ihr Leben lang gekannt hätten.

»Okay, also bauen wir unser Haus genau an dieser Stelle.« Er zeigte auf einen felsigen Abhang hinter sich.

»Ich habe dir bereits erklärt, dass dieses Land öffentliches Eigentum ist.«

»Spiel doch einfach mal mit, Liv. Wir bauen es dort oben, mit großen Fenstern in diese Richtung, damit wir jeden Abend den Sonnenuntergang sehen können.«

»Das wird schwierig, dort ist nämlich Süden.«

»Oh. Bist du sicher?«

Olivia blickte ihn ausdruckslos an, aber um ihre Mundwinkel spielte ein Lächeln. »Westen«, verkündete sie und zeigte in die entsprechende Richtung.

»Schön. Also liegt unser Wohnzimmer dort. Wir brauchen einen großen, gemauerten Kamin. Alles offen, hohe Decken mit einer Art Galerie. Keine abgeschlossenen Räume. Vier Schlafzimmer.«

»Vier?«

»Klar. Du willst doch, dass jedes Kind ein eigenes Zimmer

bekommt, oder? Fünf Schlafzimmer«, korrigierte er sich und beobachtete amüsiert, wie sie die Augen aufriss. »Ein Gästezimmer. Dann brauche ich ein Büro in angemessener Größe, mit vielen Regalen und Fenstern nach Osten. Wo möchtest du dein Büro haben?«

»Ich habe schon ein Büro.«

»Zu Hause brauchst du noch eins. Immerhin bist du eine berufstätige Frau. Ich finde, es sollte neben meinem liegen, aber wir stellen Regeln auf, damit jeder den Bereich des anderen respektiert. Wir richten die Büros im zweiten Stock ein.« Seine Finger schlossen sich um ihre Hand. »Das wird unser Revier. Das Spielzimmer für die Kinder sollte im Hauptbereich liegen, mit Fenstern, die sich zum Wald öffnen, damit sie sich nicht eingeschlossen fühlen. Was hältst du von einem überdachten Swimmingpool?«

»Kein Heim ohne Pool.«

Er grinste, weil er sie in einem unbedachten Augenblick ertappt hatte, lehnte sich zu ihr hinüber und küsste sie lange und entschlossen. »Gut. Das Haus sollte aus Stein und Holz gebaut werden, findest du nicht?«

Seine Hand lag auf ihrem Haar, spielte mit den Strähnen. »Das hier ist kaum die geeignete Umgebung für Kunststoffverkleidungen.«

»Den Garten planen wir gemeinsam.« Seine Zähne nagten leicht an ihrer Unterlippe. »Küss mich, Olivia. Lass dich gehen, nur dieses eine Mal.«

Sie konnte sich gar nicht dagegen wehren. Das Bild, das er entworfen hatte, war so verlockend, dass sie sich von ihm hatte mitreißen lassen.

Wie war es nur möglich, dass er alles wieder ins Gleichgewicht brachte, die Einzelteile zusammenfügte? Die verschwommenen Wünsche aus ihrer Kindheit, die Fantasien des jungen Mädchens, die Bedürfnisse der Frau fanden endlich zusammen und bildeten ein Frage.

Auf die Noah die Antwort war.

Erschrocken über die Verwirrung in ihrem Herzen rutschte

sie zurück. Sie konnte es nicht zulassen, nicht mit ihm. »Wir müssen weiter.«

Ihre Augen verrieten Furcht. Er fühlte sich unbehaglich, weil er der Grund für diese Furcht war. »Warum bist du so fest davon überzeugt, dass ich dir wieder wehtun werde?«

»Bei dir bin ich mir über gar nichts sicher, und eben das gefällt mir nicht. Wir müssen weiter. Wir haben noch über eine Stunde Marsch vor uns, bevor wir das Lager erreichen.«

»Wir haben doch Zeit. Warum ...« Noah brach ab, weil er hinter ihr eine Bewegung registrierte. Er drehte den Kopf und fühlte, wie das Blut aus seinem Gesicht wich. »Jesus Christus. Nicht bewegen.«

Jetzt nahm sie den wilden, gefährlichen Geruch wahr. Ihr Herz hämmerte gegen ihre Rippen, und bevor sie aufstehen konnte, war Noah schon zwischen sie und den Puma gesprungen.

Es war ein ausgewachsenes männliches Tier, das hinter ihnen auf den Felsen stand. Seine Augen funkelten im Sonnenlicht. Jetzt bewegte er sich, stieß ein tiefes, kehliges Knurren aus und ließ die Zähne aufblitzen.

»Sieh ihm in die Augen«, wies Olivia Noah an, während sie aufstand. »Nicht rennen.«

Noah hatte bereits die Hand an seinem Messer. Er hatte keineswegs vor zu rennen.

»Genau so ist es richtig.« Olivia sprach ruhig. »Keine plötzlichen, hastigen Bewegungen. Wir gehen rückwärts den Pfad hinunter, geben ihm Spielraum. Er ist im Vorteil, weil er sich weiter oben befindet. Und sein Verhalten ist eindeutig aggressiv. Sieh ihm direkt in die Augen und wende ihm vor allem nicht den Rücken zu.«

»Geh schon mal los!« Noah musste seine ganze Willenskraft aufwenden, um sich nicht umzudrehen und Olivia auf den Pfad zu schieben. Schweiß lief ihm in einem dünnen Rinnsal den Rücken hinunter.

»Er muss hier irgendwo seine Beute versteckt haben, die er verteidigen will.« Sie bückte sich, hielt ihre Augen auf die der

Katze gerichtet und hob zwei Steine auf. »Zurück, wir gehen langsam zurück.«

Die Katze fauchte wieder und legte die Ohren an. »Und jetzt laut brüllen!«, befahl Olivia und ging weiter rückwärts, während sie den ersten Stein schleuderte und dabei laut losschrie. Er traf den Puma direkt in die Flanke.

Sie schrie weiter und schleuderte den zweiten Stein. Der Puma fauchte wütend, schlug mit der Pranke in die Luft. Als Noah das Messer aus dem Gürtel zog, wandte er sich ab und trabte davon.

Noah atmete tief durch, ging langsam vor Olivia her und suchte mit den Augen Felsen und Gebüsch ab. »Alles in Ordnung?«

»Dummheit! Sträflicher Leichtsinn!« Sie riss sich die Kappe vom Kopf und trat nach einem Stein. »Da sitzen wir und knutschen wie auf dem Rücksitz eines Buick! Ich habe nicht aufgepasst. Was ist nur in mich gefahren?«

Wütend auf sich selbst setzte sie die Kappe wieder auf und rieb sich die schweißfeuchten Hände an ihren Hosenbeinen. »Ich sollte es wirklich besser wissen. Pumas trifft man hier selten, aber gelegentlich kommt es vor. Genau wie Verletzungen, besonders wenn man sich so dämlich verhält.« Sie rieb ihre Augen. »Ich habe nicht auf warnende Anzeichen geachtet, ich habe auf gar nichts geachtet. Einfach so in der Landschaft herumzusitzen ohne aufzupassen! Für derart sorgloses Verhalten würde ich jeden meiner Führer sofort feuern.«

»Na gut, du bist gefeuert.« Noah hielt das Messer immer noch in der Hand und blieb wachsam. »Lass uns einfach weitergehen.«

»Jetzt interessiert er sich nicht mehr für uns.« Sie atmete aus. »Er hat seine Beute verteidigt, genau wie er es tun muss. *Wir* sind hier die Eindringlinge.«

»Na gut, dann bauen wir unser Haus vielleicht doch woanders.«

Olivia öffnete den Mund, klappte ihn wieder zu und überraschte sich selbst, indem sie laut losprustete. »Du bist ein Idiot,

Noah. Ich wäre fast für deinen Tod verantwortlich gewesen, auf jeden Fall hättest du schwer verletzt werden können. Was zum Teufel hattest du *damit* vor, Cityboy?« Sie legte eine Hand über ihren Mund und versuchte, ein Kichern zu unterdrücken, während sie sein Messer beäugte.

»Weibsleute schützen.«

Sie schnaufte noch einmal, schüttelte den Kopf. »Tut mir leid. Tut mir wirklich leid. Es ist nicht komisch. Das muss die Reaktion auf meinen sträflichen Leichtsinn sein. Ich habe schon ein paarmal einen Puma gesehen, aber noch nie so nah, und ich selbst stand immer höher.«

Sie atmete noch einmal tief durch, erleichtert, dass ihr Magen sich endlich beruhigt hatte. Dann fiel ihr auf, dass seine Hände völlig ruhig waren.

»Du bist gut mit der Situation fertiggeworden.«

»Danke, Trainer.« Er steckte das Messer ein.

Sie legte eine Hand auf seinen Arm. »Du hast dich wirklich besonnen verhalten, das hätte ich nicht erwartet. Ich unterschätze dich immer wieder, Noah. Ständig will ich dich in eine Schublade stecken, und nie passt du hinein.«

»Vielleicht hast du einfach noch nicht die richtige Schublade gefunden.«

»Mag sein, aber ich habe den Verdacht, dass du in gar keine passt, es sei denn, du willst hineinpassen.«

»Und was ist mit dir? Wo willst du hineinpassen, Liv?«

»Ich bin genau da, wo ich sein will.«

»Ich meine keinen bestimmten Ort, Liv. Es geht hier nicht um Wald oder Ozean.«

»Ich bin dort, wo ich sein will«, wiederholte sie. Oder zumindest dort, wo sie bisher geglaubt hatte, sein zu wollen, gestand sie sich nun ein.

»Ich habe eine Arbeit, die wichtig ist, und ein Leben, das mir gefällt.«

»Und wie viel Platz ist in deiner Schublade?«

Sie sah Noah nur kurz an. »Ich weiß nicht. Das habe ich noch nie ausprobiert.«

»Dann stell dich besser auf eine Probe ein«, war sein einziger Kommentar.

Keiner von beiden wusste, ob das ein Befehl oder ein Vorschlag war.

Noah bot ihr an, sich beim Angeln zu versuchen, aber sie wies darauf hin, dass er keinen Angelschein besaß, und lehnte dankend ab. Daraufhin bestand er darauf, die Suppe zuzubereiten und unterhielt sie mit Geschichten über seine Jugendstreiche mit Mike.

»Irgendwann fand er, dass Rollerblades der beste Weg sind, um Mädchen aufzureißen.«

Noah kostete die Suppe und stellte fest, dass er schon Schlimmeres gegessen hatte. »Mike war noch nie besonders sportlich, aber mit sechzehn ist das Gehirn eines Jungen nur eine große, pulsierende Drüse, folglich gibt er fast sein gesamtes Erspartes für ein Paar Rollerblades aus. Ich fragte mich, ob er vielleicht Recht haben könnte, und kaufte mir ebenfalls ein Paar. Und dann auf nach Venice, um seine Theorie zu erproben.«

Noah legte eine Pause ein, goss beiden Wein nach. Das Licht war immer noch hell, und die Luft wunderbar kühl. »Dort gibt es jede Menge Mädchen. Große, kleine, alle in winzigen Shorts. Erst sehen wir uns um, peilen die Lage. Ich entscheide mich für eine kleine Blonde in einem der Mädchenrudel.«

Olivia kicherte. »Mädchenrudel?«

»Komm schon, deine Geschlechtsgenossinnen bewegen sich grundsätzlich in Rudeln. Das ist ein ungeschriebenes Gesetz. Während wir unsere Blades anziehen, überlege ich noch, wie ich sie aus ihrer Herde herauslocken kann. Dann steht Mike auf und hält sich etwa drei Sekunden auf den Füßen, bevor sie unter ihm wegrollen. Er wedelt mit den Armen, schlägt einem vorbeifahrenden Skater ins Gesicht, und beide gehen unsanft zu Boden. Mike landet mit dem Kopf auf der Bank und ist bewusstlos. Als er wieder zu sich kommt, habe ich die Blonde aus den Augen verloren und muss mit Mike in die Notaufnahme, wo er sowieso Stammgast ist.«

»Ein wenig unfallträchtig?«

»Er hat es sogar schon geschafft, sich im Schlaf zu verletzen.«

»Du magst ihn sehr.«

»Anscheinend ja.« Und weil etwas Wehmütiges in ihrer Feststellung gelegen hatte, studierte er ihr Gesicht. »Mit wem warst du als Kind befreundet?«

»Mit niemandem. Ich hatte ein paar Freunde, als – bevor ich hierherkam, aber danach ... Manchmal habe ich mit Kindern aus dem Gästehaus oder vom Campingplatz gespielt, aber sie kamen und gingen. Ich habe keine bleibenden Freundschaften geschlossen wie du und dein Mike. Geht es ihm eigentlich wieder besser?«

»Ja. Er ist das blühende Leben.«

»Ist die Frau, die in dein Haus eingebrochen ist und ihn verletzt hat, schon gefasst worden?«

»Nein. Vielleicht ist es besser so. Ich habe keine Ahnung, was ich tun würde, wenn ich sie in die Finger bekäme. Sie hätte ihn umbringen können.«

In seinen Augen spiegelte sich seine dunkle Seite, jene latente Bereitschaft zur Gewalt, die sie bereits ein- oder zweimal hatte aufblitzen sehen. Seltsamerweise verursachte ihr dies kein Unbehagen, wie sie es sonst bei dem kleinsten Anzeichen von Brutalität empfand. Stattdessen fühlte sie sich ... sicher. Und sie fragte sich, warum.

»Was immer du tun würdest, es kann nichts daran ändern, was bereits passiert ist.«

»Nein.« Er entspannte sich wieder. »Trotzdem wüsste ich gern, warum sie es getan hat. Es ist mir wichtig, die Gründe zu erfahren. Findest du das so seltsam, Olivia?«

Sie nahm seinen leeren Teller, dann ihren, und stand auf. »Ich spüle jetzt das Geschirr.« Sie wollte schon zum Fluss gehen, dann zögerte sie. »Nein. Ich muss herausfinden, warum er es getan hat.«

Während sie die Teller wusch, nahm Noah sein Aufnahmegerät und legte eine frische Kassette ein. Als sie zurückkam, hielt er Notizblock und Bleistift bereit.

Er erkannte ihre Anspannung daran, dass ihre frische Gesichtsfarbe einem zarten Elfenbein wich. »Setz dich her zu mir«, sagte er, »und erzähl mir von deinem Vater.«

»Ich erinnere mich kaum noch an ihn, schließlich habe ich ihn seit zwanzig Jahren nicht gesehen.«

Noah hätte sie darauf hinweisen können, dass sie sich an ihre Mutter sehr deutlich erinnerte, doch er sagte nichts.

»Er sah sehr gut aus«, begann Olivia schließlich. »Sie waren ein wunderschönes Paar. Ich weiß noch, dass ich damals dachte, alle Kinder hätten schöne Eltern mit schönen Kleidern, die auf Partys gehen und deren Bilder in Zeitschriften oder im Fernsehen zu sehen sind. Es erschien mir ganz normal. Sie wirkten so natürlich zusammen. Sie liebten einander, das weiß ich.« Jetzt sprach sie langsam, und zwischen ihren dunklen Brauen bildete sich eine Denkfalte. »Und sie liebten mich. In ihrem gemeinsamen Film ließen ihre Gefühle füreinander die Leinwand aufleuchten. Sie strahlten förmlich vor Liebe. Ich kann mich noch daran erinnern, dass es genauso war, sobald sie sich im selben Raum befanden. Bis alles anders wurde.«

»Inwiefern wurde es anders?«

»Wut, Misstrauen, Eifersucht. Damals hätte ich es nicht in Worte fassen können, aber ihr Glanz verblasste irgendwie. Sie stritten sich. Zuerst nur spät nachts. Ich konnte ihre Worte nicht verstehen, aber der Ton war eindeutig. Mir wurde übel davon.«

Sie hob ihr Glas, sammelte sich. »Manchmal konnte ich hören, wie er im Flur auf und ab lief, Textzeilen oder Gedichte aufsagte. Später las ich in einem Artikel über ihn, dass er oft Gedichte rezitierte, um vor einer wichtigen Szene seine Nerven zu beruhigen. Er litt unter starkem Lampenfieber. Seltsam, dabei wirkte er immer so selbstsicher. Ich glaube, er hat dieselbe Methode angewandt, wenn sie Streit hatten. Er tigerte im Flur auf und ab und sagte Gedichte auf. Ich weiß nicht, was ich noch sagen soll. Er hat mich immer auf den Arm genommen.«

Ihre Stimme brach, aber sie versuchte, sich zusammenzunehmen. »Er hob mich ganz schnell hoch, so dass mein Magen einen Augenblick lang direkt über meinen Füßen zu schweben schien. Das ist ein tolles Gefühl für ein Kind. ›Livvy, meine Liebe‹, nannte er mich immer und tanzte mit mir durch das Wohnzimmer. Durch den Raum, in dem er sie getötet hat. Wenn er das zu mir sagte, fühlte ich mich unglaublich sicher. Wenn er hereinkam, um mir eine Geschichte zu erzählen – er erzählte wunderbare Geschichten –, war ich so glücklich! Er nannte mich seine Prinzessin. Und wenn er beruflich verreisen musste, habe ich ihn so sehr vermisst, dass mein Herz wehtat.«

Olivia presste eine Hand vor ihren Mund, als ob sie die Worte und den Schmerz zurückhalten wollte. Dann zwang sie sich dazu, die Hand in ihren Schoß zurückzulegen. »In jener Nacht, als er in mein Zimmer kam und meine Spieluhr zerbrach, war das für mich so, als ob mir jemand meinen Vater weggenommen hätte. Nach dieser Nacht war alles anders. Den ganzen Sommer lang wartete ich darauf, dass er zurückkam, damit es wieder so wie früher sein konnte. Aber er kam nicht. Stattdessen kam das Monster.«

Sie atmete zweimal tief durch. Ihre Hand zitterte so heftig, dass sie den Wein verschüttete. Noah nahm ihr das Glas ab und stellte es fort, bevor es ihr aus den Fingern gleiten konnte. Sie presste beide Hände an ihr pochendes Herz.

»Ich kann nicht.« Es gelang ihr nur mit Mühe, die Worte auszusprechen. Ihre Augen wirkten riesig vor Schmerz und Panik und starrten ihn blind an. »Ich kann nicht.«

»Es ist schon gut.« Er legte seinen Block fort und schlang die Arme um sie. Er konnte ihr Herz rasen hören, und er spürte die Schauer, die ihren Körper schüttelten. »Tu dir das nicht an. Tu es nicht. Lass dich endlich gehen. Wenn du dich nicht gehen lässt, zerbrichst du daran.«

»Ich kann es immer noch sehen, habe die Szene immer noch vor Augen. Wie er neben ihr kniet, meinen Namen ruft. Ich hatte sie schreien gehört. Ihren Schrei, das Klirren von Glas. Das war es, was mich aufgeweckt hatte. Ich spielte in ihrem Zimmer, als er sie umbrachte. Dann rannte ich weg und sah sie nie wieder. Ich durfte sie nie mehr ansehen!«

Es gab nichts, was er hätte sagen können. Deshalb hielt er sie nur fest, strich über ihr Haar, während die Sonne langsam hinter den Bäumen versank und die Dämmerung hereinbrach.

»Ich habe keinen von beiden je wiedergesehen. Zu Hause haben wir nie von ihnen gesprochen. Meine Großmutter hat sie in einer Truhe auf dem Dachboden verschlossen. Später habe ich heimlich mit Tante Jamie darüber geredet und fühlte mich wie eine Diebin, weil ich im Verborgenen die Erinnerungen an meine Mutter sammelte, die Jamie mir geben konnte. Ich habe ihn dafür gehasst, dass ich meine Mutter in heimlichen Gesprächen suchen musste. Ich wollte, dass er allein und verlassen im Gefängnis stirbt. Aber er lebt noch, und die Gedanken sind immer noch da.«

Noah presste seine Lippen auf ihr Haar und wiegte sie. Olivia begann zu weinen. Die heißen Tränen auf seinem Hemd erleichterten ihn. Wie viel es sie auch kosten würde, diese Tränen zu vergießen – danach würde sie sich besser fühlen. Er zog sie auf seinen Schoß, schaukelte sie sacht hin und her, bis sie entspannt und ruhig in seinen Armen lag.

Ihr Kopf schmerzte wie eine offene Wunde, und ihre Augen brannten. Ihre Müdigkeit war plötzlich so überwältigend, dass sie sich zusammennehmen musste, um nicht einzuschlafen. Wenigstens hatten sich die Strudel in ihrem Magen beruhigt, und der unerträgliche Druck auf ihrer Brust war endlich fort.

Müde und etwas verlegen zog sie sich von ihm zurück. »Ich brauche Wasser.«

»Kein Problem.« Noah schob sie zur Seite und stand auf, um eine Flasche zu holen. Als er zurückkam, hockte er sich vor sie hin und strich mit seinem Daumen eine Träne von ihrer Wange. »Du siehst erschöpft aus.«

»Ich weine sonst nie. Das bringt einen nicht weiter.« Sie schraubte die Flasche auf und nahm einen tiefen Schluck. »Das letzte Mal habe ich wegen dir geweint.«

»Das tut mir leid.«

»Ich war so verletzt und wütend, als ich herausfand, warum du wirklich gekommen warst! Nachdem ich dich zur Abreise gezwungen hatte, weinte ich zum ersten Mal, seit ich ein kleines Mädchen gewesen war. Du hast keine Ahnung, was ich in jenen zwei Tagen für dich empfunden habe.«

»Habe ich doch«, murmelte er. »Und es hat mir Angst gemacht, fast so viel Angst wie das, was ich für dich empfunden habe.«

Als sie aufstehen wollte, legte er seine Hände auf ihre Oberschenkel und sah ihr in die Augen. »Was ist los? Willst du nichts darüber hören?«

»Das ist schon so lange her.«

»Vielleicht gerade lange genug. Es war gut, dass du mich weggeschickt hast, Liv. Wir waren beide zu jung für das, was ich damals von dir wollte. Für das eine wie für das andere.«

»Jetzt schreibst du ja dein Buch«, erwiderte sie ruhig. »Und wir reagieren auf die Gefühle. Vermutlich sind wir beide endlich erwachsen geworden.«

Er bewegte sich schnell, zog sie auf die Füße, hob sie fast in die Luft. Seine Augen blickten sie scharf an. »Du glaubst, ich will von dir nur das Buch und Sex? Verdammt, denkst du das wirklich, oder willst du es dir nur einreden? Weil du auf diese Art nicht zu viel zurückzugeben oder gar ein wirkliches Risiko einzugehen brauchst?«

»Du findest, es ist kein Risiko, dir meine Erinnerungen an meine Eltern zu erzählen?« Sie stieß ihn unsanft zurück. »Du glaubst, die Tatsache, dass bald jeder, der Lust dazu hat, meine Erinnerungen kaufen kann, sei kein Risiko?«

»Warum tust du es dann?«

»Weil es an der Zeit ist.« Sie schob eine Strähne von ihrer feuchten Wange zurück. »In diesem einen Punkt hattest du Recht. Bist du nun zufrieden? Du hattest Recht. Ich musste es erzählen, es herauslassen, und vielleicht hilft mir dein verdammtes Buch zu verstehen, warum es passieren musste. Dann kann ich mich endlich von beiden verabschieden.«

»In Ordnung.« Er nickte. »Damit wäre dieser Punkt geklärt. Was ist mit dem Rest? Was ist mit dir und mir?«

»Was soll sein?«, konterte sie. »Zwischen uns sind vor ein

paar Jahren ein paar Funken übergesprungen, und jetzt haben wir beschlossen, sie zu entflammen.«

»Das ist alles? Ein paar Funken?«

Er machte einen Schritt auf sie zu, doch sie wich zurück.

»Das ist dein Problem, Liv: Du lässt niemanden nahe genug an dich ran. Ich will deinen Körper, und den bekomme ich auch, wenn du gerade in der richtigen Stimmung bist, aber alles andere ist verboten. Bei mir funktioniert das so aber nicht. Nicht mit dir.«

»Das ist dein Problem.«

»Verdammt richtig.« Er ergriff ihren Arm, obwohl sie sich abwandte. »Und deins. Schließlich habe ich Gefühle für dich.«

Plötzlich gab er sie frei, ging ein paar Schritte und stellte sich vor Frustration bebend ans Flussufer. Inzwischen war es dunkel. Das heruntergebrannte Feuer flackerte golden, und der erste Schimmer des aufgehenden Mondes schob sich durch die Bäume.

»Glaubst du, für mich ist das ein Kinderspiel?« Seine Stimme klang müde.

Er drehte sich um. Sie stand immer noch an ihrem alten Platz, hatte jedoch die Arme gehoben und schützend vor der Brust gekreuzt. Die sanften, blass silbernen Mondstrahlen umspielten sie.

»Olivia, als ich dich zum ersten Mal sah, warst du noch ein kleines Mädchen. Etwas an dir berührte mich schon damals, mehr noch als das traurige Bild auf dem Fernsehschirm. Es zog mich in seinen Bann und hat mich nie mehr losgelassen. Erst als du zwölf warst, habe ich dich wiedergesehen, hochgewachsen, mutig und mit verletzlichem Blick. Die Verbindung bestand bereits. Sex hatte damit nichts zu tun.«

Er trat wieder auf sie zu, sah, wie sie ihr Gewicht verlagerte. »Ich habe dich nie vergessen. Dann warst du neunzehn, hast die Tür zu deinem Apartment geöffnet und standest groß, schlank und wunderschön vor mir. Ein wenig abgelenkt, ein wenig ungeduldig. Dann leuchteten deine Augen auf. Du hast mich angelächelt und mich glatt umgehauen. Danach war ich ein anderer Mensch.« Er blieb eine Fußeslänge von ihr entfernt stehen und bemerkte, dass sie zitterte. »Ich war *nie* mehr derselbe.«

Ihre Haut vibrierte, ihr Herz schlug zu schnell. »Du fantasierst, Noah. Du lässt deine Fantasie mit dir durchgehen.«

»Ich habe viel über dich fantasiert.« Jetzt war er ruhig, fühlte sich sicherer, weil er ihre Nervosität sah. »Aber die Fantasie reichte nicht an die Wirklichkeit heran. Ich habe andere Frauen kennengelernt, aber keine hat mich so gefesselt wie du. Ich weiß, dass ich dich verletzt habe. Damals habe ich weder dich noch mich selbst hinreichend verstanden. Ich bin nie über dich hinweggekommen.«

Panik wollte in ihr aufkeimen, sie wollte fortlaufen, aber ihr Stolz zwang sie stehen zu bleiben.

Er hob eine Hand, berührte ihr Gesicht, dann umfasste er es mit beiden Händen. »Sieh mich an, Liv. Sieh her. Es gibt nur eine Sache, über die ich mir absolut sicher bin. Ich bin total in dich verliebt.«

Eine undefinierbare Mischung aus Freude und Angst schnürte ihr die Kehle zu. »Das will ich aber nicht.«

»Ich weiß.« Er küsste sie sanft auf den Mund. »Es macht dir Angst.«

»Ich will es nicht.« Sie hielt seine Handgelenke fest. »Ich werde dir das, was du suchst, nicht geben.«

»Ich suche dich, und ich habe dich gefunden. Der nächste Schritt besteht darin, dass du herausfindest, was du willst und was du suchst.«

»Ich habe dir bereits gesagt, dass ich in meinem Leben alles habe, was ich mir wünsche.«

»Wenn das wahr wäre, hättest du keine Angst vor mir. Ich werde mein Leben mit dir zusammen aufbauen, Olivia. Darauf habe ich schon immer gewartet, ohne mir dessen bewusst zu sein. Da ist es nur fair, dass ich dir Zeit gebe, mich einzuholen.«

»An einer Heirat bin ich nicht interessiert.«

»Ich habe dich auch noch gar nicht gefragt«, bemerkte er und küsste sie. »Aber das hole ich irgendwann nach. Inzwischen musst du mir eine andere Frage beantworten.« Er dehnte den Kuss aus, bis sie sich beide in ihm verloren. »Empfindest du für mich wirklich nur ein paar Funken Lust?«

Sie spürte seine Wärme und ein Verlangen, tief und schmerzhaft. »Ich weiß nicht, was ich empfinde.«

»Gute Antwort. Lass mich dich lieben.« Noah führte sie zum Zelt zurück und brachte unterwegs ihren Verstand mit seinen Händen und seinen Lippen völlig durcheinander. »Wir werden sehen, ob sich diese Antwort im Laufe der Zeit ändert.«

Er war geduldig und zeigte ihr, was es bedeutete, von dem Mann, der sie liebte, berührt zu werden. Jedes Mal, wenn sie versuchte, ihn zurückzuhalten, suchte er sich einfach einen neuen Weg, um ihre Abwehr zu durchbrechen, um ein Herz zu berühren, das sich gegen diese Berührung wehrte. Um ein Herz zu stehlen, das sich nicht nehmen lassen wollte.

Erst als er sich langsam, sanft und tief in ihr bewegte, las er die Antwort, die er hören wollte, in ihren Augen. »Ich liebe dich, Olivia.«

Er legte seine Lippen auf ihre, sog ihre stockenden Atemzüge ein und fragte sich, wie lange er noch warten musste, bis er dasselbe von ihr hörte.

Dreißigstes Kapitel

Dieser Mann ist so unbeschwert und fröhlich, dachte Olivia, dass es beinahe unmöglich ist, seine gute Laune nicht zu teilen. Es machte ihm überhaupt nichts aus, dass der Morgen sie mit feinem Nieselregen begrüßte, der sie auf dem Rückweg zweifellos innerhalb einer Stunde bis auf die Knochen durchnässt haben würde.

Noah lauschte dem Trommeln auf der Plane und erklärte, dass dies ein Fingerzeig war, im Zelt zu bleiben und einander hemmungslos zu lieben.

Da er sich bereits auf sie gerollt und einen spielerischen Ringkampf begonnen hatte, vermochte sie kein logisches Argument gegen diesen Plan anzuführen. Und zum ersten Mal in ihrem Leben lachte sie, während sie mit einem Mann schlief.

Als Olivia sich gerade einredete, dass guter Sex keinesfalls als Barometer ihrer Emotionen gewertet werden durfte, blies er ihr in den Nacken, wies sie an, sich nicht von der Stelle zu bewegen, und begann, Kaffee zu kochen.

Sie kuschelte sich in den warmen Kokon ihres Schlafsacks und genoss ihr Wohlbehagen. Seit ihrer Kindheit hatte sie sich nicht mehr so verwöhnen lassen. Sie hatte sich stets eingeredet, dass sie auf sich selbst achtgeben, sich um jedes Detail persönlich kümmern und sich konstant in eine Richtung bewegen musste, um anderen Menschen keine Kontrolle über ihr Leben einzuräumen.

Ganz anders als ihre Mutter, und vielleicht sogar anders als ihr Vater. Liebe war eine Schwäche, eine Waffe, und Olivia hatte sich eingeredet, dass sie sich nie gestatten durfte, dieses Gefühl für einen Menschen außerhalb ihrer Familie zu empfinden.

Noah bahnte sich mit zwei dampfenden Tassen den Weg zurück ins Zelt. Sein sonnengebleichtes Haar war feucht vom Regen, und die Jeans, die er übergestreift hatte, stand offen. Sie spürte, wie eine Welle von Liebe sie überrollte, über ihrem Herzen und ihrem Kopf zusammenschlug.

»Ich glaube, ich habe eine Spitzmaus gesehen.« Er reichte ihr den Kaffee und machte es sich bequem. »Keine Ahnung, ob es eine von der wandernden oder von der dunklen Sorte war, jedenfalls bin ich mir ziemlich sicher, dass es eine Spitzmaus war.«

»Die Wanderspitzmaus trifft man meistens im Flachland an«, hörte Olivia sich antworten. »In dieser Höhe war es vermutlich eine dunkle.«

»Was auch immer, in erster Linie sah sie wie eine Maus aus und schnüffelte herum, auf der Suche nach ihrem Frühstück vermutlich.«

»Sie fressen ständig, bleiben selten länger als drei Stunden ohne Nahrung. Wie gewisse Cityboys, die ich kenne.«

»Dabei habe ich unser Frühstück noch mit keinem Wort erwähnt.« Er genoss den Kaffee. »Das Wetter bessert sich übrigens.« Sie zog eine Augenbraue hoch und musterte das Zeltdach. »In spätestens einer Stunde klart der Himmel auf«, verkündete er. »Wenn ich Recht habe, bereitest du das Frühstück bei Sonnenschein zu. Wenn ich mich irre, bin ich dafür zuständig.«

»Abgemacht.«

»Wie wäre es mit einem Date, wenn wir wieder in River's End sind?«

»Wie bitte?«

»Ein Date, du weißt schon. Essen, Kino, Sex in meinem Mietwagen.«

»Ich nahm an, dass du bald nach L. A. zurückfährst!«

»Arbeiten kann ich überall, und du bist schließlich hier.«

Für ihn ist alles so einfach, stellte sie wieder einmal fest. »Ich versuche ständig, einen Schritt Abstand von dir zu gewinnen, und du kommst mir immer näher.«

Noah glättete ihr Haar mit seinen Fingern. »Hast du damit ein Problem?«

»Ja, aber ein geringeres, als ich befürchtet hatte.« Sie atmete ein, sammelte sich. »Ich empfinde etwas für dich. Das ist nicht einfach für mich, denn ich bin nicht sehr gut in diesen Dingen.«

Er beugte sich vor, drückte seine Lippen auf ihre Stirn und erklärte: »Übung macht den Meister.«

Während Noah und Olivia mitten im regennassen Wald in ihrem Zelt hockten, betrachtete Sam Tanner durch das Fenster seiner gemieteten Holzhütte die Schatten der Bäume.

Er hatte nie verstanden, warum Julie sich zu diesem verregneten, kalten Ort hingezogen fühlte, dem dichten Wald und der Einsamkeit. Sie war dafür geschaffen, im Licht zu stehen, dachte er. Unter Scheinwerfern, dem eleganten Glanz von

Kronleuchtern oder heißen, grellen Sonnenstrahlen an einem exotischen Strand.

Dennoch war sie immer wieder wie von einer unsichtbaren Kraft hierher zurückgezogen worden. Er erkannte jetzt, dass er versucht hatte, diese Verbindung zu durchbrechen. Er hatte Ausreden erfunden, um sie nicht begleiten zu müssen, hatte sogar ihre Verpflichtungen so geplant, dass sie nicht fahren konnte. Nach Olivias Geburt waren sie nur zweimal hergekommen.

Er hatte Julies Sehnsucht nach ihrem Zuhause ignoriert, weil er nicht wollte, dass ein anderer Mensch oder ein Ort wichtiger für sie war als er.

Bevor er den Gedanken wieder vergessen konnte, griff er zu dem kleinen Diktiergerät, das er gekauft hatte, und sprach auf das Band. Er wollte wieder mit Noah reden, war sich aber nicht sicher, wie viel Zeit ihm noch blieb. Die Schmerzen fuhren inzwischen unerträglich heftig durch seinen Kopf.

Er hegte den Verdacht, dass die Ärzte sich bezüglich seiner Lebenserwartung verschätzt hatten, und die Bänder waren für ihn eine Art Sicherungskopie.

Was auch immer passierte, und gleichgültig, wann es passierte, er wollte sicher sein, dass dieses Buch geschrieben wurde.

Er hatte alles, was er brauchte. In der Küche verwahrte er Lebensmittel aus dem Geschäft im Ort, denn es gab Tage, an denen er nicht mehr genügend Energie aufbrachte, um im Speisesaal zu essen. Er hatte ausreichend Bänder und Batterien, um seine Geschichte zu erzählen, bis er Noah wieder erreichen konnte.

Wo zum Teufel treibt er sich nur herum?, fragte sich Sam wütend. Die Kopfschmerzen brauten sich wieder einmal im Zentrum seines Schädels zusammen. Er schluckte Pillen aus verschiedenen Fläschchen – manche stammten aus der Apotheke, andere hatte er auf der Straße gekauft. Er musste unbedingt den Schmerz besiegen. Er konnte nicht denken, konnte nicht funktionieren, wenn er den Schmerz Oberhand gewinnen ließ.

Dabei gab es noch so viel zu erledigen, so viel zu tun.

Olivia, dachte er grimmig. Es gab noch eine Schuld zu begleichen.

Er stellte die Flaschen auf den Tisch zurück, neben das lange, glänzende Messer und die 38er Smith & Wesson.

Obwohl Noah sich eine gewisse Selbstgefälligkeit hinsichtlich seiner gelungenen Wetterprognose nicht verkneifen konnte, war er doch froh, als sie den Wald im Tiefland erreichten. Endlich konnte er von einer heißen Dusche träumen, von einem ruhigen Zimmer und ein paar Stunden allein vor seinem Computer. Und von einem Telefon.

»Jetzt hast du schon zwei Wetten verloren«, erinnerte er sie. »Es hat aufgehört zu regnen, und ich habe nicht einmal nach meinem Laptop gejammert.«

»Hast du wohl, wenn auch nur in Gedanken.«

»Das zählt nicht. Du solltest endlich deine Wettschulden begleichen. Nein, vergiss, was ich gerade gesagt habe. Ich schlage dir einen Handel vor: Wir sind quitt, wenn du mir einen Raum besorgst, in dem ich ein paar Stunden ungestört arbeiten kann.«

»Das dürfte sich einrichten lassen.«

»Wo ich auch duschen und mich umziehen kann.« Er lächelte, als sie ihm einen schrägen Blick zuwarf. »Ich stehe auf der Warteliste für ein Zimmer im Gästehaus, falls jemand absagt, aber bis dahin bin ich auf den Campingplatz verbannt und muss mit den öffentlichen Duschen vorliebnehmen. Leider bin ich etwas verklemmt.«

Als sie kicherte, nahm er ihre Hand. »Außer bei dir. Du darfst mit mir duschen.«

Der Form halber runzelte sie die Stirn. »Wir könnten zu uns ins Haus gehen«, sagte sie mit einem Blick auf ihre Uhr. »Meine Großmutter dürfte noch eine Zeit lang mit einer Kindergruppe unterwegs sein, danach geht sie meistens einkaufen. Du hast eine Stunde Zeit, Brady, um dich zu waschen und dich aus dem Staub zu machen. Ich will nicht, dass sie sich aufregt.«

»Kein Problem. Aber irgendwann muss sie mich kennenlernen, Liv. Spätestens bei unserer Hochzeit.«

»Haha.« Sie entzog ihm ihre Hand.

»Wir können noch eine Wette abschließen. Ich sage dir, dass ich sie innerhalb einer Stunde von meinem Charme überzeugt habe.«

»Keine Chance.«

»Du hast nur Angst, weil du weißt, dass sie mich toll finden und mir sagen würde, was für eine Närrin du bist, weil du dich mir nicht zu Füßen wirfst.«

»Du solltest dich wirklich besser in den Griff bekommen.«

Durch die Bäume und das grüne Licht entdeckte er plötzlich das Haus – rote, blaue und gelbe Tupfer und Sprenkel, dann das Funkeln von Sonnenlicht auf Glas.

Er betrat die Lichtung, blieb stehen und zog Olivia neben sich.

Als er sie nach Hause gefahren hatte, war es stockfinster gewesen, und er hatte nur einen Schatten vor dem Nachthimmel ausmachen können, das Flackern einer Lampe im Fenster.

Jetzt, fand Noah, wirkte das Haus wie aus dem Märchen – mit den unterschiedlich hohen Dachfirsten, dem alten Holz und Gestein, den Blumen, die sich in verschiedenen Farben und Formen in den Garten ergossen.

Auf der Veranda standen zwei Schaukelstühle und Töpfe mit bunten Blumen. Großzügig bemessene Fenster öffneten sich in alle Richtungen zum Wald.

»Es ist wunderschön.«

Olivia beobachtete sein Gesicht und war überrascht von seiner Ernsthaftigkeit und der Freude, die seine Reaktion in ihr auslöste.

»Die MacBrides leben schon seit Generationen hier«, informierte sie ihn.

»Kein Wunder.«

»Was ist kein Wunder?«

»Kein Wunder, dass du hier lebst. Es passt genau zu dir. Das hier, nicht das Haus in Beverly Hills. Dort hättest du dich nicht wohlgefühlt.«

»Das werde ich nun nie erfahren.«

Er wandte sich vom Haus ab, um ihr in die Augen zu sehen. »Doch, du weißt es.«

Bei jedem anderen hätte sie sich gewehrt, hätte wahrscheinlich gar nicht erst davon gesprochen. »Du hast Recht. Aber woher weißt *du* das?«

»Weil du schon seit zwanzig Jahren in mir bist.«

»Das ergibt keinen Sinn.«

»Braucht es auch nicht. Ich weiß nur, dass du genauso noch da bist, wenn ich zwanzig Jahre weiterdenke.«

Im Zeitlupentempo machte ihr Herz einen hohen Sprung. Olivia musste die Augen abwenden, um sich wieder zu beruhigen. »Gott, du gibst wirklich nicht auf.« Als er seine Hände auf ihre Schultern legte und sie zu sich umdrehte, schüttelte sie den Kopf. »Nein, jetzt nicht.«

»Immer«, sagte er ruhig und presste seine Lippen sanft und verträumt auf ihren Mund.

Ohne ein Geräusch, ohne Widerstand, hob sie die Arme und legte sie um seinen Körper, lehnte sich an ihn. Diesmal lag in der Geste keine Kapitulation, sondern Akzeptanz.

Schnelle, heiße Gefühle durchströmten ihn, sein Mund bewegte sich rau auf ihrem. »Sag es mir«, verlangte er. Er wollte die Worte hören, wollte von ihren Lippen hören, was er auf ihnen schmeckte.

Und sie wollte ihm antworten, wollte sich über die Klippe stürzen und darauf vertrauen, dass er sich mit ihr fallen ließ. Furcht und Freude sammelten sich in ihrem Herzen. Da hörte sie das Geräusch eines Motors vom Weg her.

»Es kommt jemand!«

Noah ließ seine Hände auf ihren Schultern liegen und sah ihr weiter in die Augen. »Du bist in mich verliebt. Sag es einfach.«

»Ich – das ist der Jeep. Meine Großmutter!« Olivia presste eine Hand vor ihren Mund. »Gott, was habe ich nur getan?«

Der Jeep bog bereits um die Ecke. Es war zu spät, um Noah wegzuschicken, obwohl das Glitzern in seinen Augen ihr verriet, dass er sowieso nicht widerstandslos zwischen den Bäumen verschwunden wäre.

Sie wandte sich ab, rang um Fassung, während der Wagen anhielt. »Das übernehme ich.«

»Nein.« Noah ergriff fest ihre Hand. »Das übernehmen wir gemeinsam.«

Val blieb im Auto sitzen. Noah und Olivia traten näher. Vals Finger umklammerten das Steuer. Das Gesicht ihrer Enkelin spiegelte Qual und die Bitte um Entschuldigung. Val wandte sich ab.

»Großmutter!« Olivia blieb auf der Fahrerseite stehen und legte ihre freie Hand in das offene Fenster.

»Du bist also zurück.«

»Ja, gerade angekommen. Ich dachte, du wärst mit den Kindern unterwegs.«

»Janine hat die Gruppe übernommen.« Wut staute sich in Vals Kehle, presste die Worte hinaus, bevor sie sich zurückhalten konnte. »Wolltest du dich hinein- und wieder herausschleichen, bevor ich zurückkomme?«

Erstaunt blinzelte Olivia und stand stumm da, bis Noah sich vor sie drängte, ähnlich, wie er sie vor dem Puma hatte schützen wollen. »Ich habe Olivia gefragt, ob ich hier duschen und mich umziehen darf, weil das Gästehaus ausgebucht ist. Ich bin Noah Brady, Mrs. MacBride.«

»Ich weiß, wer Sie sind. Das hier ist Livvys Heim«, erklärte Val knapp. »Wenn sie Ihnen gesagt hat, dass Sie sich hier frischmachen können, dann ist das ihr gutes Recht. Aber ich habe Ihnen nichts zu sagen. Gehen Sie aus dem Weg«, befahl sie. »Ich muss meine Einkäufe ins Haus bringen.«

Sie fuhr zum Hintereingang, ohne einen von beiden eines weiteren Blickes zu würdigen.

»Ich habe mein Wort gebrochen«, murmelte Olivia.

»Nein, hast du nicht.«

Als Noah dem Jeep folgte, atmete sie erschrocken durch. »Was hast du vor? Wohin gehst du?«

»Ich helfe deiner Großmutter mit ihren Einkäufen.«

»Um Gottes willen.« Olivia holte ihn ein und zog ihn am Arm. »Verschwinde lieber. Siehst du nicht, wie sehr du sie verletzt hast?«

»Das ist mir aufgefallen. Außerdem ist mir aufgefallen, wie sehr sie dich verletzt hat.« Seine Stimme klang wieder entschlossen. Er nahm ihr Handgelenk und schob sie beiseite. »Ich gehe nicht. Damit werdet ihr euch beide abfinden müssen.«

Noah steuerte auf die Rückseite des Hauses zu, und bevor Val protestieren konnte, nahm er ihr eine Tüte aus der Hand. Dann griff er hinter die Ladeklappe und hob eine zweite hoch. »Das übernehme ich.«

Er trug die Tüten über die hintere Veranda und durch die Küchentür ins Haus.

»Tut mir leid.« Olivia lief zu Val. »Großmama, es tut mir so leid. Ich hätte nicht – ich schicke ihn weg.«

»Du hast deine Wahl bereits getroffen.« Mit erhobenem Kopf nahm Val auch eine Tüte.

»Ich habe nicht nachgedacht. Es tut mir leid.« Olivia spürte, wie sich Hysterie in ihr aufbaute. »Es tut mir so leid. Ich schicke ihn fort.«

»Nein, das tust du nicht.« Noah hatte Mühe, sich zu beherrschen. Er ging zum Jeep zurück und nahm die letzten beiden Tüten. »Genauso wenig wie ich dich irgendwo hinschicken werde. Wenn Sie Ihre Wut an jemandem auslassen wollen, Mrs. MacBride, dann an mir.«

»Noah, kannst du nicht einfach verschwinden?«

»Und dich mit deinen Schuldgefühlen zurücklassen?« Er warf ihr einen langen, ruhigen Blick zu, bei dem Val die Augen zusammenkniff. »Das solltest du eigentlich besser wissen. Es tut mir leid, dass unsere Meinungen über das Buch auseinandergehen«, wandte er sich wieder an Val. »Und es tut mir leid, dass Sie sich aufregen, weil ich hier bin. Aber es ist nun einmal so, dass ich dieses Buch schreiben werde, und dass ich vorhabe, ein Teil von Olivias Leben zu werden. Ich hoffe, dass wir uns über beide Punkte einigen können, denn Olivia liebt Sie. Sie liebt Sie so sehr, und sie ist dankbar für alles, was Sie für sie getan haben und für sie gewesen sind. Und wenn sie zwischen Ihrem Seelenfrieden und ihrem eigenen Glück wählen müsste, würde sie sich für Sie entscheiden.«

»Das ist nicht fair«, begann Olivia, aber Val unterbrach sie mit einer Handbewegung.

Die Wunde in ihr mochte wieder aufgebrochen sein, aber ihre Augen waren noch klar, und sie konnte gut sehen. Sie hatte dieses Männergesicht nicht mögen, hatte es kalt und hart und rücksichtslos finden wollen.

Stattdessen sah sie das wütende Funkeln, das sich nicht beruhigt hatte, seitdem sie Olivia so unwirsch angefahren hatte. Und sie sah die Stärke, die sie aus dem Gesicht seines Vaters kannte.

»Über das Buch wird in diesem Haus nicht gesprochen.«

Noah nickte. »Geht in Ordnung.«

»In den Tüten sind verderbliche Lebensmittel«, bemerkte Val und drehte sich um. »Ich muss sie verstauen.«

»Das übernehme ich«, setzte Olivia an und zischte frustriert, als Noah einfach an ihr vorbeiging und hinter ihrer Großmutter das Haus betrat.

Da ihr keine andere Wahl blieb, nahm Olivia ihren Rucksack ab, stellte ihn auf die Veranda und lief hinter den beiden her.

Val packte bereits ihre Tüten aus, warf Olivia einen Blick zu und schämte sich, weil sie die Nervosität ihrer Enkelin verursacht hatte.

»Setzen Sie den Rucksack ruhig ab«, sagte sie zu Noah. »Ich kann mir vorstellen, dass Sie sich lange genug damit abgeschleppt haben.«

»Wenn ich das zugebe, macht Liv sich über mich lustig. Sie möchte gern glauben, dass ich nur ein oberflächlicher Großstädter bin, der Osten nicht von Westen unterscheiden kann.«

»Kannst du ja auch nicht«, murmelte Olivia.

»Ich habe dich nur auf die Probe gestellt.«

»Und sind Sie das?«, fragte Val. »Ein oberflächlicher Großstädter?«

»Nein, Mam, bin ich nicht. Ich habe mich verliebt, nicht nur in Liv – obwohl uns das beide sehr erschreckt hat –, sondern auch in Washington. Zumindest in den Teil, in dem Sie leben.

Ich habe mir bereits ein paar Stellen ausgeguckt, wo ich unser Haus bauen würde, aber Liv hat mich darauf hingewiesen, dass wir Schwierigkeiten bekommen, weil es ein Nationalpark ist.«

»Er faselt nur so vor sich hin«, brachte Olivia heraus, sobald sie ihre Zunge wieder unter Kontrolle hatte. »Es gibt …«

»Ein paar Tage im Gästehaus oder im Zelt sind mit dem ständigen Leben hier nicht vergleichbar«, unterbrach Val sie.

»Das kann ich mir vorstellen.« Noah lehnte sich behaglich gegen die Arbeitsplatte. »Aber in den meisten Dingen bin ich ziemlich flexibel. Und hier ist nun einmal ihr Zuhause. Als ich diese Lichtung sah, fragte ich mich gleich, ob sie vielleicht hier im Garten heiraten möchte, zwischen den Blumen und dem Wald. Das würde zu ihr passen, finden Sie nicht?«

»Jetzt hör endlich auf!«, brach es aus Olivia hervor. »Es gibt keine …«

»Mit dir habe ich gar nicht gesprochen«, bemerkte Noah milde und strahlte Val an. »Sie ist verrückt nach mir, aber, wissen Sie, es fällt ihr nicht leicht, sich damit abzufinden.«

Fast hätte Val gelächelt. Sie war gerührt, als sie das amüsierte Staunen auf dem Gesicht ihres kleinen Mädchens sah. »Sie sind ein cleverer junger Mann.«

»Das hoffe ich.«

Val seufzte leicht und faltete die letzte braune Tüte sorgfältig zusammen. »Von mir aus können Sie Ihre restlichen Sachen auch holen. Sie können im Gästezimmer schlafen.«

»Danke. Ich lasse meinen Rucksack gleich hier.« Er drehte sich um, erwischte Olivia, die immer noch versuchte, die jüngsten Entwicklungen zu verarbeiten, am Kinn und küsste sie warm und fest. »Bin gleich wieder da.«

»Ich …« Die Tür fiel hinter ihm zu, und Olivia warf die Hände in die Luft. »Das war wirklich nicht nötig. Er kann genauso gut auf dem Campingplatz schlafen. Wenn er hierbleibt, fühlst du dich nicht wohl.«

Val verstaute die Tüten im Besenschrank. »Hast du dich in ihn verliebt?«

»Ich – es ist nur …« Hilflos sah sie Val an.

»Bist du in ihn verliebt, Livvy?«

Sie konnte nur nicken, während sich ihre Augen mit Tränen füllten.

»Und wenn ich dir sage, dass ich ihn hier nicht sehen und nichts mit ihm zu tun haben will? Dass du meinen Gefühlen Respekt schuldest?«

»Aber …«

»Ich würde niemals Frieden finden, wenn du diesen Mann in dein Leben aufnimmst.«

Olivia wurde blass und erstarrte vor Schmerz. Vor ihr stand die Frau, die ihr alles gegeben hatte, die ihr ihre Arme, ihr Herz, ihr Heim geöffnet hatte. Schwer lehnte sie sich an die Arbeitsplatte. »Ich suche ihn … Ich werde ihm sagen, dass er gehen muss.«

»Oh, Livvy.« Val ließ sich auf einen Stuhl sinken, legte ihr Gesicht in die Hände und brach in Tränen aus.

»Nicht! Nicht weinen. Ich schicke ihn fort. Er wird nicht wiederkommen.« Olivia kniete schon neben ihr und legte ihre Arme um Vals Taille. »Ich werde ihn nie wiedersehen.«

»Er hatte Recht.« Mit leeren Augen musterte Val Olivias blasses Gesicht. »Ich wollte ihm das Gegenteil beweisen, aber er hatte Recht. Du würdest dich von ihm abwenden, von deinen eigenen Gefühlen, wenn du davon überzeugt wärst, dass ich darunter leide. Ich hatte mir gewünscht, dass er ein Egoist wäre, dabei bin ich es, die sich egoistisch verhalten hat.«

»Nein. Niemals.«

»Ich habe dich von allem ferngehalten, Livvy.« Mit unsicherer Hand strich Val über Olivias Haar. »Anfangs genauso in deinem Interesse wie in meinem, aber … im Laufe der Zeit ging es dabei nur noch um mich. Ich hatte Julie verloren und mir geschworen, dass dir niemals etwas zustoßen durfte.«

»Du hast auf mich aufgepasst.«

»Ja, ich habe auf dich aufgepasst.« Die Tränen flossen immer noch, aber nun drückte Val einen Kuss auf Olivias Stirn. »Ich habe dich geliebt, und ich habe dich gebraucht. Ich brauchte dich so sehr, dass ich dich nie wirklich gehen lassen konnte.«

»Hör auf zu weinen, Großmama.« Vals Tränen zerrissen Olivia das Herz.

»Ich muss mich damit abfinden. Jedes Mal, wenn dein Großvater versucht hat, mit mir darüber zu sprechen, es mir bewusstzumachen, habe ich mich gegen seine Worte verschlossen. Noch vor ein paar Tagen habe ich mich wieder einmal geweigert, ihm zuzuhören. Mir war klar, dass er Recht hatte, aber ich wollte es nicht hören. Nun kommt ein Wildfremder daher und öffnet mir die Augen.«

»Ich schulde dir alles, was ich habe und bin.«

»Mit Schuld hat das nichts zu tun.« Die Wut auf ihre eigenen Fehler ließ Vals Stimme scharf werden. »Ich schäme mich, weil ich dich in dem Glauben gelassen habe, dass es so ist oder so sein sollte. Ich schäme mich, weil ich mich von dir zurückgezogen habe, als du dich dazu entschieden hast, ihm bei seinem Buch zu helfen. Ich habe einen Keil zwischen uns getrieben, und ich war zu stolz und zu ängstlich, um ihn wieder herauszuziehen.«

»Ich muss wissen, warum es passiert ist.«

»Und dieses Wissen habe ich dir nie zugestanden.« Val zog Olivia enger an sich, legte ihre Wange an ihr Haar. »Ich weiß immer noch nicht, ob ich mich dem stellen kann, aber ich will, dass du glücklich bist. Nicht nur in Sicherheit. Sicherheit allein reicht nicht aus zum Leben.«

Gefasst lehnte Val sich zurück und trocknete ihre Tränen. »Es ist besser, wenn dein junger Mann hierbleibt.«

»Ich will nicht, dass er dich aufregt.«

Val brachte ein Lächeln zustande. »Mir ist es lieber, er bleibt hier, wo ich ihn im Auge behalten kann, um festzustellen, ob er gut genug für dich ist. Und wenn ich zu dem Schluss komme, dass er es nicht ist, werde ich dafür sorgen, dass dein Großvater ihn zurechtstaucht.«

Olivia legte ihre Wange in Vals Hand. »Er hat behauptet, dass er dich in weniger als einer Stunde rumkriegt.«

»Das wird sich zeigen.« Val stand auf, nahm ein Papiertaschentuch und putzte sich die Nase. »Er braucht mehr als ein nettes Gesicht, um mich zu überzeugen. Ich werde meine Entscheidung zu gegebener Zeit treffen.« Nach dem emotionalen Auf und Ab fühlte sie sich nun richtig leer.

»Vermutlich sollte ich jetzt nach oben gehen und mich um das Gästezimmer kümmern.«

»Das übernehme ich. Ich bringe nur schnell meine Sachen in mein Zimmer.« Olivia nahm den Rucksack auf. »Ich werde kurz im Zentrum nach dem Rechten sehen. Bin gleich wieder da.«

»Lass dir Zeit. Das gibt mir Gelegenheit, deinen jungen Mann auszufragen. Bisher hast du noch nie jemanden mit nach Hause gebracht, den ich in Verlegenheit bringen konnte.«

»Dieser hier ist ziemlich gewieft.«

»Ich bin auch nicht auf den Kopf gefallen.«

»Großmama, ich liebe dich so sehr!«

»Das weiß ich doch. Und jetzt geh. Ich muss mich noch zurechtmachen. Wir reden später weiter, Livvy«, murmelte sie, während Olivia schon die Treppe hinauflief. »Wir hätten schon längst reden sollen.«

Mit leichtem Schritt ging sie durch den oberen Korridor in ihr Zimmer. Sie war verliebt, und es tat überhaupt nicht weh. Der Abgrund, der sich in der letzten Zeit zwischen ihrer Großmutter und ihr aufgetan hatte, hatte sich wieder geschlossen.

Die Zukunft lag voller wunderbarer Möglichkeiten. Olivia wollte sich beeilen und riss die Tür zu ihrem Zimmer auf. Und die Freude, die sie gerade noch beflügelt hatte, fiel plötzlich von ihr ab.

Dort, auf dem Kissen am Kopfende ihres Bettes, lag eine einzelne weiße Rose im Sonnenlicht.

Einunddreißigstes Kapitel

Sie konnte nicht mehr atmen. In ihrem Kopf dröhnten panische Glocken, die ihren Schädel vibrieren ließen, an ihrer Wirbelsäule hinunter pulsierten, in ihren tauben Beinen nachklangen, bis Olivia einfach auf ihre Hände und Knie fiel und wie eine Ertrinkende nach Luft schnappte.

Sie verspürte ein überwältigendes Bedürfnis, sich zu verkriechen.

In den Wandschrank, in die Dunkelheit.

Sie kämpfte jedoch gegen dieses Gefühl und die eisigen Panikanfälle an, presste ihre Hand auf ihr Hemd und starrte dann darauf, überrascht, dass sie nicht blutverschmiert war.

Das Monster war zurück.

Im Haus. Es war im Haus gewesen. In Gedanken hörte sie sein höhnisches Lachen, sprang gehetzt auf die Füße, stolperte über ihren Rucksack und landete auf dem Bett, ihre Finger nur Zentimeter von der vollkommenen weißen Rose entfernt.

Sie riss die Hand zurück, als ob die Blume eine giftige Schlange wäre.

Dann fuhr sie noch einmal zusammen, ihre Augen weiteten sich, und ein Schrei wollte sich aus ihrer Kehle befreien.

Im Haus, dachte sie wieder. Er war ins Haus gekommen. Und ihre Großmutter war ganz allein dort unten in der Küche. Obwohl ihre Hand zitterte, griff sie nach dem Messer an ihrem Gürtel und zog es so schnell heraus, dass die Klinge an dem Leder zischte. Leise schlich sie zur Tür.

Diesmal war sie kein hilfloses Kind mehr, und sie würde die Menschen, die sie liebte, beschützen.

Wahrscheinlich war er längst nicht mehr hier. Olivia versuchte, vernünftig zu bleiben, logisch zu denken, spürte aber immer noch den Geschmack der Angst auf ihrer Zunge.

Sie schlüpfte in den Korridor und hielt sich mit dem Rücken zur Wand, lauschte auf jedes Geräusch. Der Griff des Messers lag heiß in ihrer Hand.

Sie bewegte sich leise von Raum zu Raum und suchte nach Hinweisen, einem Geruch, einer Veränderung in der Luft. Ihre Knie zitterten, als sie sich der Tür zum Dachboden näherte.

Ob er sich dort versteckte, wo die Erinnerungen aufbewahrt wurden? Konnte er irgendwie spüren, dass die Andenken an ihre Mutter am Ende dieser schmalen Treppe sorgsam verstaut waren?

Olivia stellte sich vor, dass sie hinaufgehen würde. Das leise Knarren ihres Gewichts auf dem alten Holz. Dann sehen würde, wie er vor der geöffneten Truhe stand, während der Duft ihrer Mutter die abgestandene Luft durchdrang.

Mit der blutigen Schere in seiner Hand und den verrückten Augen des Monsters, die sie aus dem Gesicht ihres Vaters anstarrten.

Als sie den Türknauf drehte, wünschte sie sich fast, dass es so sein würde. Sie würde das Messer hochreißen und es in ihn hineinstoßen, wie er einst die Klingen in ihre Mutter gebohrt hatte. So würde sie es endlich beenden.

Als sie jedoch das Geräusch eines Autos in der Auffahrt hörte, ließ sie den Knauf wieder los, schob noch einen zusätzlichen Riegel vor und ging auf unsicheren Beinen zu einem Fenster.

Die Angst flackerte erneut auf, weil sie das Auto zunächst nicht erkannte, um sich schnell in Erleichterung zu verwandeln, als sie Noah hinter dem Steuer sah. Ihre Hände verkrampften sich auf der Fensterbank, und sie suchte die Bäume und die länger werdenden Schatten mit unruhigem Blick ab.

War er dort draußen? Beobachtete er sie in diesem Moment?

Hastig drehte sie sich um, wollte so schnell wie möglich nach unten laufen, ihre Angst auf jemanden abladen, der dafür stark genug war.

Bis ihr ihre Großmutter einfiel.

Nein, Olivia durfte sie nicht erschrecken. Sie musste sich zusammenreißen. Vorsichtig steckte sie das Messer wieder in die Scheide, ließ jedoch die Sicherung offen.

Noch einmal lehnte sie sich an die Wand und atmete langsam und gleichmäßig durch. Als sie Noahs Schritte auf der Treppe hörte, ging sie ihm entgegen.

»Sie ist schon zutraulicher geworden. Hat mich gefragt, ob ich gegrillte Schweinekoteletts mag.«

»Ich helfe dir.« Wie ruhig meine Stimme klingt, dachte sie, wie entspannt. Sie streckte die Hand aus, nahm seinen Laptop und überließ ihm die Tasche und sein restliches Gepäck. »Das Gästezimmer ist dort drüben. Du hast ein eigenes Bad.«

»Danke.« Er folgte ihr in den Raum, sah sich um und ließ seine Taschen auf das Bett fallen. »Das gefällt mir schon wesentlich besser als eine Zeltplane auf dem Campingplatz. Und rate mal, wer hier ist.«

»*Wie bitte?*«

Mit zusammengekniffenen Augen sah er sie an. »Was ist los, Liv?«

Sie schüttelte den Kopf und ließ sich auf die Bettkante sinken. Sie musste sich zusammenreißen. »Wer ist hier?«

»Meine Eltern.« Jetzt musterte Noah sie genauer, setzte sich neben sie auf das Bett und nahm ihre Hand. Ihre Finger fühlten sich feucht und kalt an.

»Frank? Frank ist hier?« Ihre Hand legte sich auf seine und umklammerte sie wie ein Schraubstock.

»Im Gästehaus«, sagte Noah langsam. »Sie haben schon vor einiger Zeit gebucht. Ich möchte, dass du mir erzählst, was los ist.«

»Gleich. Frank ist hier.« Erleichtert ließ sie den Kopf an Noahs Schulter sinken. »Ich hatte ihn gebeten, doch noch mal herzukommen. Als ich in L. A. war, habe ich ihn besucht und gefragt, ob er Lust hätte.«

»Du bedeutest ihm viel. Das war schon immer so.«

»Ich weiß. Es ist wie ein Kreislauf, der niemals endet. Wir alle drehen uns ständig im Kreis und müssen uns immer weiter drehen, bis alles vorbei ist. Er war im Haus, Noah.«

»Wer?«

Olivia richtete sich auf, und obwohl ihre Wangen immer noch blass waren, blickten ihre Augen jetzt ruhig. »Mein Vater. Er ist im Haus gewesen.«

»Woher weißt du das?«

»Auf meinem Bett liegt eine Rose. Eine weiße Rose. Er will mir sagen, dass er wieder da ist.«

Die einzige Veränderung an ihm war die plötzliche Härte in seinen Augen. »Bleib hier.«

»Ich habe schon überall nachgesehen.« Sie hielt seine Hand fester. »Ich habe das Haus bereits durchsucht. Bis auf den Dachboden. Auf den Dachboden konnte ich nicht gehen, weil …«

»Das wäre ja auch noch schöner gewesen.« Beim bloßen Gedanken daran drehte sich ihm der Magen um. »Du bleibst hier, oder besser noch, geh nach unten zu deiner Großmutter.«

»Nein, du verstehst mich nicht! Ich konnte nicht hinauf, weil ich mir so sehr wünschte, dass er dort wäre! Weil ich nach oben gehen und ihn töten wollte. Meinen eigenen Vater töten. Gott steh mir bei, ich konnte mir genau vorstellen, wie ich das Messer in sein Herz rammen würde. Wie sein Blut durch meine Finger rinnt. Ich habe es mir gewünscht! Wozu hätte mich das bloß gemacht?«

»Zu einem ganz normalen Menschen.« Er spie die Worte aus, sie wirkten wie ein Schlag ins Gesicht. Olivia schreckte zurück und schauderte noch einmal.

»Nein. Es hätte mich zu dem gemacht, was er ist.«

»Bist du hinaufgegangen, Olivia?«

»Nein. Ich habe die Tür von außen verriegelt.«

»Verschließ auch die Tür von diesem Zimmer und warte hier auf mich.«

»Geh lieber nicht.«

»Er ist nicht mehr hier.« Er stand auf. »Aber du fühlst dich besser, wenn du dir ganz sicher sein kannst. Schließ die Tür«, befahl er ihr, »und warte.«

Obwohl sie sich dafür hasste, folgte sie seinen Anweisungen. Versteckte sich, genau wie sie sich schon einmal versteckt hatte. Als er zurückkam und klopfte, öffnete sie die Tür und sah ihn mit leeren Augen an.

»Niemand da. Ich habe auch keine Anzeichen dafür entdeckt, dass er dort war. Wir müssen es deinen Großeltern sagen.«

»Meine Großmutter wird sich fürchten.«

»Sie muss es wissen. Versuch du, deinen Großvater zu finden. Frag im Gästehaus nach. Ich rufe meine Eltern an.« Er rieb mit seinen Fingerknöcheln über ihre Wange. »Du wirst dich gleich sicherer fühlen, wenn du deinen Cop wiedersiehst.«

»Ja. Noah!« Sie legte eine Hand auf seinen Arm. »Als ich dich vorhin aus dem Auto steigen sah, wusste ich, dass ich mich auf dich verlassen kann. Das habe ich mir so sehr gewünscht.«

»Wenn ich dir aber vorhin gesagt hätte, dass ich auf dich aufpassen werde, hätte ich dich nur verärgert, stimmt's?«

Sie lachte unsicher und ließ sich wieder auf dem Bett nieder. »Na ja, im Augenblick vielleicht nicht, weil ich so erschrocken bin, aber später schon.«

»Wenn du gerade erschrocken bist, kann ich es ja riskieren. Ich werde auf dich aufpassen.« Er nahm ihr Gesicht in beide Hände und küsste sie. »Glaub mir. Und jetzt kannst du deinen Großvater suchen.«

Er war ein großes Risiko eingegangen. Ein sehr dummes und gleichzeitig befriedigendes Risiko. Wie leicht hätte er erwischt werden können!

Und was dann?

Damit mochte er sich jetzt noch nicht auseinandersetzen. Noch nicht. Als er wieder in seinem Zimmer saß, hob er das Glas Bourbon mit seiner immer noch leicht zitternden Hand an die Lippen.

Aber er zitterte nicht vor Angst, sondern vor Aufregung, vor Lebendigkeit.

Zwanzig Jahre lang hatte er keine andere Wahl gehabt, als die Regeln zu befolgen. Das zu tun, was von ihm erwartet wurde. Das Spiel mitzuspielen. Während der Zeit hatte er nicht geahnt, hätte gar nicht ahnen *können*, wie es war, wieder davon befreit zu sein.

Es war beängstigend. Und zugleich berauschend.

Sie würde wissen, was die Rose bedeutete. Dieses Symbol hatte sie bestimmt nicht vergessen.

Daddy ist wieder da.

Er trank noch einen Schluck, spürte nach den vielen Jahren der Machtlosigkeit endlich wieder ein Gefühl der Macht.

Fast wäre er erwischt worden. Was für ein unglaubliches Timing! Kaum hatte er das Haus durch die Hintertür verlassen – war es nicht wunderbar, dass diese Leute auf das Schicksal vertrauten und ihre Türen offen ließen? –, als er sie auch schon aus dem Wald treten sah.

Livvy, die kleine Livvy, und der Sohn des Bullen. Darin lag genügend Ironie für ein ganzes Drehbuch. Der Zyklus, der Kreislauf, eine Laune des Schicksals: Die Tochter der Frau, die er geliebt hatte, zusammen mit dem Sohn des Cops, der sein Verbrechen untersucht hatte.

Julie, seine wunderschöne Julie.

Er hätte gedacht, dass es genügen würde, Livvy zu erschrecken, sie an jene blutige Nacht vor vielen Jahren zu erinnern, an das, was sie gesehen und wovor sie davongelaufen war.

Wie hätte er ahnen können, dass er nach all den Jahren zusehen musste, wie sie sich einem Mann zuwandte, und dabei nur an Julie denken konnte? Julie, die ihren hochgewachsenen, schlanken Körper an einen anderen schmiegte?

Wie hätte er wissen können, dass er sich wie in einem wahnsinnigen Alptraum daran erinnern würde, wie es war, das, was man liebte, zu zerstören? Und das verzweifelte Bedürfnis verspüren würde, alles zu wiederholen?

Und wenn es vorbei war – er nahm das Messer und drehte es im Licht der Lampe –, würde es endgültig aus sein. Der Kreis würde sich endlich schließen.

Dann war nichts mehr übrig von der Frau, die ihn einst abgewiesen hatte.

»Sie müssen gewisse grundsätzliche Vorsichtsmaßnahmen ergreifen.« Frank saß im Wohnzimmer der MacBrides, sein Puls pochte laut. Wieder bei der Arbeit, dachte er. Endlich den Fall abschließen, den er nie aufgegeben hatte.

»Wie lange?«, fragte Olivia. Sie machte sich die größten Sorgen um ihre Großmutter, aber die Krise schien Val gefestigt zu haben. Sie saß mit geraden Schultern, wachsamen Augen und zusammengepressten Lippen auf ihrem Stuhl.

»So lange, wie es dauert. Niemand darf das Haus allein verlassen, jeder von Ihnen sollte sich möglichst immer in größeren Gruppen aufhalten. Und die Türen abschließen.«

Inzwischen hatte Olivia Zeit gehabt, um sich zu sammeln und nachzudenken. Also nickte sie. »Im Grunde können wir nicht viel tun.«

Frank dachte an das kleine Mädchen im Wandschrank, daran, wie es die Arme nach ihm ausgestreckt hatte. Jetzt war Olivia eine Frau, und diesmal konnte er sie nicht einfach auf den Arm nehmen und in Sicherheit bringen. »Ich will so ehrlich wie möglich sein, Livvy. Bisher hat er noch nichts getan, wofür wir ihn verhaften lassen können.«

»Belästigung«, schlug Noah vor. »Unerlaubtes Betreten fremden Grundbesitzes. Einbruch.«

»Das müssen wir ihm erst beweisen.« Frank hob eine Hand. »Wenn uns das gelingt, kann die Polizei ihm zwar Schwierigkeiten machen, mehr aber auch nicht. Ein Anruf ohne ausdrückliche Drohung, ein Geschenk und eine Blume in einem Haus, das nicht abgeschlossen war. Er könnte sich damit herausreden, dass er Kontakt zu seiner Tochter aufnehmen wollte, die er seit zwanzig Jahren nicht gesehen hat. Dagegen gibt es kein Gesetz.«

»Er ist ein Mörder.« Rob unterbrach sein ruheloses Auf- und Ablaufen und legte eine Hand auf Olivias Schulter.

»… der seine Zeit abgesessen hat. Und nichts spricht dagegen« – Frank betrachtete die Gesichter der anderen –, »dass er vielleicht wirklich nur Kontakt sucht.«

»Warum hat er dann am Telefon nicht mit mir gesprochen?«

Frank sah Olivia an. Sie war blass, hielt sich aber tapfer. Vermutlich liefen ihre Nerven hinter ihrer gelassenen Fassade Amok. »Ich verstehe ihn nicht. Das ist mir noch nie geglückt. Vielleicht konnte ich deshalb nie mit diesem Fall abschließen.«

Du bist das, was von Julie übrig ist, fügte Frank in Gedanken hinzu. Alles, was er noch von ihr hat. Und du warst es, die dabei geholfen hat, ihn hinter Gitter zu bringen. Das ist dir bewusst. Er sah, wie dieses Wissen in ihren Augen brannte.

»Wir können die örtliche Polizei bitten, sich umzusehen«, fuhr er fort. »Alle Hebel in Bewegung zu setzen, um herauszufinden, ob Tanner noch in der Gegend ist.«

Olivia nickte wieder und hielt ihre Hand ruhig im Schoß. »Und wenn er hier ist?«

»Werden sie mit ihm reden.« Genau wie ich, dachte Frank. »Wenn er mit dir in Kontakt tritt, musst du mich sofort informieren. Wenn er sich noch mehr erlaubt, kriegen wir ihn vielleicht wegen Belästigung.« Er zögerte, dann stand er auf. »Vergiss eins nicht, Livvy. Er bewegt sich auf deinem Terrain. Er ist außerhalb seines Elements. Und er ist allein. Das bist du nicht.«

Seine Worte ließen sie Mut schöpfen, genau wie er gehofft hatte. Sie stand ebenfalls auf. »Ich bin froh, dass Sie hier sind.« Sie lächelte Celia an. »Sie beide.«

»Wir sind alle froh darüber.« Val trat vor. »Ich hoffe, Sie bleiben zum Essen.«

»Sie haben schon genug Sorgen …«, begann Celia.

»Wir würden uns freuen, wenn Sie uns Gesellschaft leisten.« Val legte eine Hand auf Celias Arm, und in ihren Augen lag eine dringliche Bitte.

»Dann helfe ich Ihnen. Ich bin noch gar nicht dazu gekommen, Ihnen zu sagen, wie sehr mir Ihr Haus gefällt.« Während sie den Raum verließen, legte Celia einen Arm um Vals Schulter.

»Ich habe Ihnen noch gar nichts zu trinken angeboten.« Rob bemühte sich, wieder in die Rolle des Gastgebers zu schlüpfen. »Was möchten Sie?«

Kaffee, wollte Frank gerade sagen. Bei der Arbeit trank er immer Kaffee. Aber Olivia stellte sich zu Rob, hakte ihn unter. »Wir haben einen wunderbaren Fumé Blanc. Noah mag guten Wein. Warum macht ihr es euch nicht gemütlich, während wir die Flasche öffnen?«

»Das wäre schön. Aber ich würde mir gern kurz die Beine vertreten. Noah, was hältst du von einem kleinen Spaziergang?«

Er wollte protestieren, um Olivia im Auge zu behalten. Aber die Frage seines Vaters war eher ein Befehl als eine Bitte gewesen, und er wusste, dass es dafür einen Grund gab. »Sicher. Komm, wir sehen uns Mr. MacBrides Garten an, damit du dich für dein eigenes Versagen schämen kannst.« Weil ihm danach war, weil er endgültig alle Unklarheiten beseitigen wollte, wandte er sich Olivia zu und küsste sie auf den Mund. »Bis gleich.«

Frank wartete, bis sie draußen waren. Als sie die Veranda verließen, sah er sich aufmerksam um. Dann sagte er: »Ich nehme an, zwischen dir und Livvy spielt sich mehr ab als nur die Arbeit an dem Buch.«

»Ich liebe sie, und ich werde sie heiraten.«

Frank blieb stehen und atmete tief durch. »Beim nächsten Mal, Sohn, denk bitte an mein Alter und weise mich vorher darauf hin, dass ich mich lieber setzen sollte.«

Noah war auf einen Streit gefasst, sehnte sich sogar nach einer Konfrontation. »Hast du damit ein Problem?«

»Nein, ganz im Gegenteil.« Ruhig studierte Frank das Gesicht seines Sohnes. »Aber du anscheinend.«

»Ich habe sie in diese Situation gebracht.«

»Nein. Nein, das hast du nicht.« Mit schnellen Schritten bewegte er sich vom Haus weg, um zu vermeiden, dass ihre Stimmen durch die offenen Fenster drangen. »Wenn Tanner zu ihr wollte, hätte er immer einen Weg gefunden. Du hast ihn nicht hierhergeführt, Noah.«

»Das verdammte Buch …«

»Vielleicht ist es für ihn ein Werkzeug, vielleicht will er wirklich nur noch einmal im Rampenlicht stehen.« Frank schüttelte den Kopf. »Vielleicht wollte er dir anfangs tatsächlich nur seine Geschichte erzählen, genau wie er es ja auch getan hat. Ich habe ihn nie verstanden. Und ich sage dir, wenn du keinen klaren Kopf bewahrst, wirst du ihn auch nie verstehen. Und damit hilfst du Olivia nicht.«

»Mein Kopf ist klar.« Und seine Wut war eiskalt. »Klar genug, um zu wissen, dass ich mehr als nur mit ihm reden werde, wenn ich ihn vor den Cops erwische. Er terrorisiert sie, und er hat Mom in die Sache hineingezogen. Er hat mich für seine Pläne benutzt.«

Noah steuerte auf eine Ecke des Gartens zu, wo das letzte goldene Licht wie Seide auf den Blumen lag. »Verdammt noch mal, ich habe neben ihm gesessen! Ich habe ihm in die Augen gesehen! Ich habe ihm zugehört. Ich habe mir immer eingebildet, zu verstehen, was in den Köpfen meiner Interviewpartner vorgeht, wann sie mir Lügen auftischen. Und ich hätte ihm um Haaresbreite geglaubt, dass er unschuldig ist.«

»Genau wie ich damals. Warum hast du ihm geglaubt?«

Noah steckte die Hände die Taschen und starrte auf die Bäume. »Er hat sie geliebt. Egal, wie verwirrt er war, er liebte sie. Er liebt sie heute noch. Das spürt man, sobald er von ihr spricht. Sie hat ihm alles bedeutet. Ich weiß jetzt, was das für ein Gefühl ist. Wenn man so empfindet, kann man einfach nicht töten.«

Er schüttelte den Kopf, bevor Frank sprechen konnte. »Aber so zu denken ist dumm, denn es passiert immer wieder. Drogen, Alkohol, Besessenheit, Eifersucht. Doch ein Teil von mir hat ihm geglaubt, wollte ihm glauben.«

»Du liebst Olivia. Und er ist ihr Vater. Das ist ein Unterschied, Noah. Sie haben Caryn gefunden.«

»Was?« Eine Minute lang hatte der Name keine Bedeutung für ihn. »Das ist jetzt auch egal.«

»Vielleicht nicht. Sie ist in New York aufgetaucht. Hat sich mit einem Fotografen zusammengetan, den sie auf einer Party kennengelernt hat. Einem reichen Fotografen.«

»Gut für sie. Ich hoffe, sie bleibt dort. Ein ganzer Kontinent Abstand zwischen uns sollte ausreichen.« Dann fiel ihm Mike ein. »Haben sie sie verhaftet?«

»Sie wurde verhört. Hat alles geleugnet. Offenbar wurde sie beim Leugnen ziemlich aggressiv.«

»Typisch.«

»Außerdem hat sie ein Alibi für die Nacht, in der Mike überfallen wurde. Eine Party. Ein paar Dutzend Leute haben sie auf einer Fete in den Hügeln gesehen.«

»Dann ist sie eben zwischendurch kurz verschwunden.«

»Sieht nicht danach aus. Ihr Alibi ist wasserdicht. Die Polizei konnte die Zeit des Angriffs auf dreißig Minuten zwischen dem Augenblick, als Mike am Haus ankam, und Dorys Eintreffen festlegen. Während dieser halben Stunde hing Caryn vor zwanzig Zeugen wie eine Klette an ihrem Fotografen.«

»Das heißt doch nicht …« Noah schweifte ab, spürte, wie sich sein Magen zusammenzog. »Tanner? O Gott.« Er zog die Hände aus den Taschen und presste seine Finger an die Augen. »Er weiß, wo ich wohne. Damals war er schon draußen, und er wusste, wo er mich finden konnte. Das Schwein, was wollte er damit bezwecken?«

»Hast du ihm deine Notizen gezeigt?«

»Nein, natürlich nicht.«

»Die Sache könnte ganz einfach sein. Er wollte sehen, welche Richtung du mit deinem Buch einschlagen würdest. Für ihn war es immer wichtig, dass sein Name in dicken Lettern ganz oben steht, wahrscheinlich braucht er das heute noch. Und du hast Namen und Adressen in deinen Akten. Notizen, Bänder.«

»Rache? Geht es ihm darum? Sich an den Leuten zu rächen, die gegen ihn ausgesagt haben?«

»Ich weiß es nicht. Aber er wird sterben, Noah. Was hat er da noch zu verlieren?«

Er hatte nichts zu verlieren. Also blieb er sitzen, nippte an seinem Drink und sah zu, wie die Dunkelheit hereinbrach. Die Schmerzen hatte er unter den Medikamenten begraben, und die Medikamente reagierten auf den Alkohol.

Genau wie früher.

Am liebsten hätte er gleichzeitig gelacht und geweint.

Seine Zeit lief aus. War es nicht komisch, war es nicht umwerfend komisch, wie sie sich zwanzig Jahre lang im Schneckentempo fortbewegt hatte, nur um wie ein Läufer auf der Zielgeraden loszusprinten, seitdem er in Freiheit war?

Und wozu war diese Freiheit gut? Um an Krebs zu sterben.

Sam betrachtete seine Pistole, hob sie auf, streichelte sie. Nein, er glaubte nicht, dass er dem Krebs Gelegenheit geben würde, ihn zu töten. Er musste nur genügend Mut aufbringen.

Probeweise drehte er die Pistole, betrachtete interessiert den Lauf, ließ ihn wie einen Kuss seine Lippen berühren.

Ein schneller Tod. Sein Finger spielten mit dem Abzug.

Er könnte es tun. Für ihn war es nur eine andere Form des Überlebens. Und das Überleben hatte er im Gefängnis gelernt.

Aber es war noch zu früh. Zunächst musste er sich um Livvy kümmern.

Vor allem anderen kam Livvy.

Während des Essens sprach niemand davon. Die Unterhaltung plätscherte dahin, überspielte unterschwellige Spannungen. Nach den ersten zehn Minuten sah Noah seine Mutter bewundernd an. Sie hatte Olivia zum Reden gebracht, plauderte mit ihr über das Zentrum, befragte sie zu Themen wie dem Schicksal der nordamerikanischen Taschenratte – woher wusste sie diese Sachen nur? – bis zu den Paarungsgewohnheiten des Fischadlers.

Er kam zu dem Schluss, dass Olivia entweder eine mindestens ebenso begabte Schauspielerin war wie ihre Mutter oder dass sie sich wirklich gut unterhielt.

Val hob eine Schüssel mit Kräuterkartoffeln an und reichte sie Frank. »Bedienen Sie sich.«

»Morgen werde ich mich wohl ernsthaft in Ihrem Fitnesscenter abstrampeln müssen.« Aber er nahm die Schüssel und füllte seinen Teller noch einmal. »Das ist ein tolles Essen, Val.«

»Frank toleriert meine eigenen Kochkünste lediglich«, warf Celia ein.

»Kochkünste?« Frank zwinkerte Noah zu und gab die Schüssel weiter. »Seit wann kochst du denn kunstvoll?«

»Hört euch das an«, sagte sie und gab ihm einen spielerischen Knuff. »Nach all den Jahren, die ich mich für meine Männer an einem heißen Ofen abgeschuftet habe!«

»Und den vielen Tofus, die ihr Leben lassen mussten«, murmelte Noah und kassierte ebenfalls einen Knuff. »Aber dafür bist du wirklich hübsch, Mom. Ist sie nicht hübsch?« Er nahm ihre Hand und küsste sie.

»Glaubst du, damit kannst du alles wiedergutmachen?«

Er nahm sich Kartoffeln. »Ja.«

Und schon hatte er Vals Herz erobert. Wie konnte sie einen Jungen nicht mögen, der seine Mutter so offensichtlich liebte? Sie nahm ein Körbchen und bot ihm daraus an. »Nehmen Sie sich noch Brot, Noah.«

»Danke.« Als er sie diesmal anstrahlte, lächelte sie zurück.

Sie ließen sich Zeit mit dem Kaffee. Unter anderen Umständen, ohne Komplikationen und böse Schatten, dachte Noah bedauernd, hätten die MacBrides und die Bradys sich sofort angefreundet.

Aber nun machten sich die Schatten wieder bemerkbar. Er erkannte es an der Art, wie Olivia aus dem Fenster sah, schnelle Blicke in die Dunkelheit warf. Wie sein Vater sich mit dem Haus vertraut machte, ein Cop, der die Sicherheitsvorkehrungen kontrolliert.

Und er sah die Anspannung auf Val MacBrides Gesicht, als seine Eltern sich verabschiedeten.

»Ich komme morgen zu deinem Vortrag im Zentrum.« Celia zog eine leichte Jacke über. »Und ich hoffe, dass du bei deiner Führung noch einen Platz für mich frei hast.«

»Das dürfte kein Problem werden.«

Celia übersah Olivias ausgestreckte Hand und drückte die junge Frau fest an sich. »Wir sehen uns morgen früh. Val, Rob, vielen Dank für das wunderbare Essen.« Und als sie Val umarmte, murmelte sie in ihr Ohr. »Bleiben Sie stark. Wir sind bei Ihnen.«

Sie klopfte Val ermunternd auf den Rücken, dann nahm sie Noahs Arm. »Bring deine Mutter zum Auto.« Beide wussten, dass Frank die Gelegenheit nutzen würde, um die MacBrides noch einmal zu beruhigen.

Celia atmete die Nachtluft ein und fragte sich, was Frank

wohl davon hielt, ein Ferienhaus in der Gegend zu kaufen. Immerhin waren sie daran gewöhnt, ihren Sohn in der Nähe zu wissen.

Es ist ein guter Ort, um Wurzeln zu schlagen, dachte sie, und roch den Duft wachsender Pflanzen. Ein guter Ort für ihren Sohn.

Sie wandte sich ihm zu, nahm sein Gesicht in beide Hände. »Du bist schlau, und du bist clever, und du hast mir immer Freude gemacht. Wenn du dir dieses Mädchen durch die Lappen gehen lässt, trete ich dir in den Hintern.«

Er zog eine Augenbraue in die Höhe. »Wieso weißt du immer alles?«

»Hast du sie schon gebeten, dich zu heiraten?«

»So gut wie. Aber ich muss noch daran arbeiten. Genau wie du vorausgesagt hast«, fügte er hinzu, als Celia die Augen verdrehte. »Aber ich lasse sie mir bestimmt nicht durch die Lappen gehen. Und ich werde nicht zulassen, dass ihr etwas zustößt.«

»Ich habe mich schon immer gefragt, wen du eines Tages heiraten und in unser Leben bringen würdest. Und ich habe mir geschworen, dass egal wie wenig ich sie mag, ich eine unaufdringliche Schwiegermutter sein werde, die sich nicht einmischt. Und das freche Grinsen kannst du dir gleich wieder vom Gesicht wischen, junger Mann.«

»Tut mir leid. Ich dachte, du hättest etwas von unaufdringlich gesagt.«

»Kein Kommentar. Stattdessen sage ich dir lieber, wie sehr es mich freut, dass du dir eine Frau ausgesucht hat, die ich bewundern, respektieren und lieben kann.«

»Ich habe sie mir nicht ausgesucht. Ich glaube, seit ich sie zum ersten Mal sah, blieb mir gar keine andere Wahl.«

»Oh.« Celia trat zurück und putzte sich die Nase. »Jetzt muss ich gleich weinen. Ich will übrigens Enkelkinder, Noah.«

»War das die unaufdringliche Schwiegermutter, die sich nie einmischt?«

»Halt den Mund.« Dann zog sie ihn an sich, hielt ihn fest. »Sei vorsichtig. Sei bitte sehr vorsichtig.«

»Das bin ich. Bei ihr. Bei allem.« Über die Schulter seiner Mutter starrte er in die Schatten. »Er wird uns nichts tun.«

Zweiunddreißigstes Kapitel

Noah wartete ab, bis es im Haus still geworden war, bevor er zu ihr ging. Er klopfte leise, ließ ihr jedoch keine Zeit zu antworten. In dem Augenblick, als sie sich vom Fenster umwandte, wurde ihm bewusst, dass sie ihn nicht erwartet hatte.

»Hast du wirklich geglaubt, dass ich dich heute Nacht allein lasse?«

»Ich finde es nicht richtig, dass wir im Haus meiner Großeltern zusammen schlafen.«

Er musste sich beherrschen. »Sagst du das, um mich zu ärgern, oder glaubst du tatsächlich, dass ich nur in dein Zimmer gekommen bin, um mit dir zu schlafen?«

Sie zuckte mit den Schultern, dann wandte sie sich wieder ab. Der Wind war stärker geworden und sang in den Baumwipfeln. Zusammen mit dem Gesang der Nachtvögel verschmolz er zu einer Musik, die sie immer beruhigte.

Nur an diesem Abend nicht.

Sie hatte es mit einem heißen Bad versucht, und mit dem Kräutertee, den ihre Großmutter immer vor dem Schlafengehen trank. Zwar war ihr Körper tatsächlich müde geworden, aber ihr Geist fand keine Ruhe.

»Ich habe nichts gegen Sex«, erwiderte sie kühl und hoffte inständig, dass er gehen würde, bevor er sich noch tiefer in ihre Probleme verstrickte. »Aber ich bin müde, und meine Großeltern schlafen am anderen Ende des Korridors.«

»Gut, dann leg dich schlafen.« Noah trat an ihre Regale, studierte die Buchtitel und zog wahllos einen Band heraus. »Ich werde noch eine Weile hier sitzen bleiben und lesen.«

Sie schloss die Augen, versuchte, ihren Gesichtsausdruck unter Kontrolle zu bringen, und sah ihn dann an. »Vielleicht sollten wir ein paar Punkte klären, bevor die Sache noch weiter aus dem Ruder läuft. Die zwei Tage im Hinterland haben Spaß gemacht. Mehr Spaß, als ich erwartet hatte. Ich mag dich, ebenfalls mehr, als ich erwartet hatte. Und weil das so ist, möchte ich dir nicht wehtun.«

»Doch, das willst du.« Er legte das Buch beiseite und setzte sich. »Die Frage ist nur, warum.«

»Ich will dir nicht wehtun, Noah.« Etwas von den Gefühlen, die in ihr kämpften, spiegelte sich in ihrer Stimme. »Wir haben zusammen eine schöne Zeit verbracht, wir hatten tollen Sex. Aber jetzt habe ich andere Sorgen. Und es ist nun mal eine Tatsache, dass ich nicht das will, was du dir anscheinend für uns beide wünschst. Dafür bin ich nicht der Typ.«

»Du bist in mich verliebt, Olivia.«

»Da machst du dir etwas vor.« Sie öffnete die Verandatür und trat auf die kleine Terrasse.

»Von wegen.«

Schon stand er neben ihr, drehte sie herum, und seine Augen funkelten wütend. »Muss ich dich erst dazu zwingen, es zuzugeben?« Er zog sie an sich. »Ist das wirklich der einzige Weg? Kannst du es mir noch nicht einmal ehrlich sagen?«

»Und wenn ich in dich verliebt bin, was bedeutet das schon?« Olivia kämpfte sich frei, trat zurück, spürte, wie der Wind an ihrem dünnen Morgenmantel zerrte. »Es würde nicht gutgehen. Ich würde es nicht zulassen können.« Ihre Stimme wurde lauter. Mit Mühe unterdrückte sie den Impuls, ihn laut anzuschreien. »Wenn du mir egal wärst, würde ich es vielleicht zulassen.«

»Das erklärt natürlich alles. Wenn du mich nicht lieben würdest, könnten wir zusammen sein.«

»Weil es dann egal wäre. Ich habe Angst, und du würdest dafür sorgen, dass ich nicht allein wäre. Ich würde dich auf mich aufpassen lassen, zumindest, bis das hier vorbei ist.«

Ein wenig ruhiger streckte er die Hand aus und berührte ihre Haarspitzen. »Ich wusste, dass es ein Fehler war, das zu sagen. Auf dich aufzupassen bedeutet aber doch nicht, dich zu beherrschen.«

»Du leidest an einem ausgeprägten Helfersyndrom, und du kannst dich offenbar nicht dagegen wehren.«

Dieser Gedanke verblüffte ihn dermaßen, dass er sie nur anstarren konnte. »Tue ich nicht.«

»Oh, um Gottes willen!« Sie stürmte an ihm vorbei zurück ins Zimmer. »Du willst auf jeden aufpassen, der dir etwas bedeutet. Du solltest nur mal hören, wie du manchmal über Mike redest. Ständig eilst du ihm zur Hilfe, dabei ist es dir noch nicht einmal bewusst. Es liegt in deiner Natur. Bei deinen Eltern machst du es genauso.«

»Ich helfe meinen Eltern nicht.«

»Du kümmerst dich um sie, Noah. Das ist nett von dir, wirklich nett. Heute Abend hat deine Mutter erzählt, dass du ständig versuchst, ihre Blumen zu retten. Oder dass du deinen Vater im Jugendzentrum besuchst und ihm Pizza mitbringst.«

»Weil er sonst verhungern würde. Das hat doch nichts mit Helfersyndrom zu tun.« Der Begriff allein ließ ihn schon schaudern. »Wir sind nun mal eine Familie.«

»Nein, es liegt an dir.« Und allein deshalb hätte sie in Wahrheit vor Liebe zu ihm zerfließen mögen.

»Du konzentrierst dich auf die Dinge«, fuhr sie fort. »Du hörst zu. All die Versuche mir einzureden, du seist oberflächlich oder gedankenlos, sollten mich nur vor meinen Gefühlen schützen. Weil ich selbst nicht dazu in der Lage war.«

»Weil du es nicht wolltest«, korrigierte er sie. »Alles in allem bin ich doch wohl ein ziemlich guter Fang.« Er ging auf sie zu. »Warum bist du also so versessen darauf, mich wieder loszuwerden?«

»Ich komme aus anderen Verhältnissen. Meine Mutter war ein Mordopfer, mein Vater ist ein Mörder. Das trage ich in mir.«

»Dann ist also niemand aus einer schwierigen oder gewalttätigen Familie fähig zu lieben?«

»Das hier ist keine Diskussionsrunde. Ich sage dir, wie es ist. Ich sage dir, dass ich mich nicht mit dir einlassen will.«

»Und was gedenkst du dagegen zu unternehmen?«

»Ich habe es bereits unternommen.« Olivias Stimme wurde kühl, und sie wandte sich zur Tür. »Es ist vorbei. Was dein Buch angeht, so habe ich dir alles gesagt, was mir dazu einfällt. Du kannst also morgen früh abreisen.«

Er ging zur Tür, die sie offen hielt. Ihr Herz blutete, als sie zur Seite trat.

Doch Noah nahm ihre Hand und zog sie vom Türknauf, schloss die Tür, drehte den Schlüssel um. »Wenn wir das Spiel auf deine Art spielen, und ich dir glaube, dass du deine Gefühle so leicht abschalten kannst, wie ich diesen Schlüssel umgedreht habe, dann hat uns wirklich nur das Geschäftliche verbunden, womit wir ja bekanntlich abgeschlossen haben, und Sex. Würdest du dieser Definition zustimmen?«

Er hatte sie gegen die Tür gedrängt, sie steckte in der Falle. Als der erste Schock vorbei war, erkannte sie, dass er ihr Angst einflößte. Und unter der Furcht spürte sie ihre Erregung. »So ziemlich. Auf diese Art ist es einfacher für uns beide.«

»Klar, machen wir es uns so einfach wie möglich. Und wenn es nur um Sex geht …« Er riss den Gürtel ihres Morgenmantels auf, »dann genießen wir es eben.«

Sie reckte ihr Kinn hoch, zwang sich, ihm in die Augen zu sehen. »Von mir aus.«

Und dann lag sein Mund längst auf ihrem und schmeckte nach Wut und Gewalt. Seine Finger tauchten in sie ein, trieben sie zu einem brutalen Höhepunkt, bevor ihr Verstand mit ihrem Körper Schritt halten konnte. Sie schrie auf vor Schreck, Abwehr und Erregung, doch der Laut wurde von seinem rücksichtslosen Mund erstickt.

Er riss ihren Mantel herunter, trieb sie tiefer und schneller in die pulsierende Hitze.

»Es bedeutet nichts. Es ist nur Sex.« Schmerz und Wut brachen aus ihm heraus, und er ergab sich seiner Begierde.

Seine Hände waren rau, als er sie auf ihr Bett zerrte, und er warf sich unnachgiebig und verlangend auf sie. Er ließ ihr keine Zeit, sie hatte keine Wahl. Trotzdem genoss sie seine Berührungen.

Ihre Nägel gruben sich in seine Schultern. Unter ihm bebte und wand sich ihr Körper, die Laute, die aus ihrer Kehle drangen, erinnerten an Tiere bei der Paarung.

Das war nicht der spielerische Ringkampf, den er ihr beigebracht hatte, oder die sanfte, ausgiebige Kunst der Verführung. Sie spürte Hitze anstelle von Wärme. Gier, kein sanftes Geben und Nehmen.

Sie riss an seiner Kleidung und fuhr mit ihren Nägeln über seinen schweißnassen Rücken. Er hob ihre Hüften hoch und drang in sie ein. Olivia war heiß und feucht und klammerte sich an ihm fest.

Ihre Haut glänzte feucht im Licht der Lampe, ihre Augen starrten ihn leer und erschrocken an. Sie ertrug es nicht. Dieser eine Gedanke ging ihr immer wieder durch den Kopf. Niemand konnte diese erbarmungslose Hitze überleben.

Sie rang nach Luft und rief seinen Namen.

Der Orgasmus durchfuhr sie, eine Mischung aus Lust und Schmerz, der sie sich hingab, bis sie wehrlos und erschöpft liegen blieb.

Er hielt sich an ihr fest, wie ein Mann, der sich mit den Fingerspitzen an einen Sims klammert, während das Blut in seinem Kopf, seinem Herzen, seinen Lenden pulsierte. »Sag es!« Er stieß die Worte aus, umfasste ihre Hüften, so dass ihr nichts anderes übrigblieb, als noch mehr von ihm in sich aufzunehmen. »Sag es mir, verdammt, Liv, sag es mir endlich.«

Olivia sah nur sein Gesicht. Außer ihm gab es nichts mehr. »Ich liebe dich. O Gott.« Ihre Hand glitt von ihm fort und blieb schlaff auf dem Bett liegen. »Noah!«

Er ließ den Sims los, und nachdem er dem Druck mit einem letzten verzweifelten Stoß nachgegeben hatte, ließ er sich auf sie sinken.

Er spürte, dass sie zitterte und fühlte das Pochen ihres Herzens. Wer hat diesen Zweikampf gewonnen?, fragte er sich und drehte sich um. Nach einer Weile, die endlos schien, begann er erneut:

»Ich versuche, Schuldgefühle zu entwickeln, weil ich dich so behandelt habe. Aber ich empfinde keine.«

»Das hätte auch wenig Sinn.« Ihr wurde kalt, weil er sich von ihr entfernte.

»Ich werde morgen früh nicht abreisen. Ich bleibe hier, bis die Sache ausgestanden ist. Damit wirst du dich wohl abfinden müssen.«

»Noah.« Olivia setzte sich auf, dann begann sie zu zittern. »Es liegt an mir, nicht an dir.«

»Dann ist ja alles in Ordnung.« Er rollte vom Bett und stieg in seine Jeans. »Ich habe meiner Mutter gesagt, dass du ein harter Brocken bist. Das war nur die halbe Wahrheit. In Wirklichkeit bist du ein Minenfeld, Liv. Du bist ein verdammtes Kriegsgebiet. Bei dir bin ich mir nie sicher, ob du die weiße Flagge hissen willst, angreifst oder dich einfach umdrehst und fliehst. Und vielleicht hast du Recht.« Er zog seine Hose hoch. »Vielleicht bist du den Ärger wirklich nicht wert.«

Das war das erste Mal seit sechs Jahren, dass er ihr wehgetan, wirklich wehgetan hatte. Sprachlos vor Schreck starrte sie ihn an. Die Worte an sich waren schon schmerzhaft genug, aber er hatte sie mit einer derart eisigen Gleichgültigkeit ausgesprochen, dass sie ihre Arme um sich zog, um die Kälte abzuwehren.

»Du frierst.« Er nahm ihren Morgenmantel und warf ihn auf die zerwühlten Laken. »Geh zu Bett.«

»Du glaubst, dass du so mit mir reden und dann einfach weggehen kannst?«

»Ja, das glaube ich.« Er fand die Überreste seines Hemdes und stopfte sie in seine Tasche.

»Du Arschloch.« Er zog nur eine Augenbraue hoch. Olivia stand vom Bett auf und schob ihre Arme durch die Ärmel des Mantels. »Ich bin ein Kriegsgebiet? Wer hat dich denn gebeten, dich in diesen Krieg einzumischen?«

»Man könnte wohl sagen, dass ich eingezogen wurde.

Schließ die Tür nach draußen ab«, wies er sie an und drehte sich um.

»Wag es nur nicht, jetzt einfach zu gehen. Du hast angefangen. Du kannst das nicht verstehen. Du hast keine Ahnung, wie es für mich ist. Du tauchst in meinem Leben auf, wenn es dir gerade passt, und ich soll einfach mitspielen?«

»Und du wirfst mich aus deinem Leben, sobald es dir in den Kram passt«, gab er zurück. »Und da soll *ich* einfach mitspielen.«

»Du willst von Liebe und Heirat und Häusern und Kindern reden, dabei weiß ich noch nicht einmal, was morgen passiert!«

»Ist das alles? Dann lass mich doch kurz in meine Kristallkugel schauen.«

Normalerweise hätte ihn der mörderische Blick, den sie ihm zuwarf, amüsiert. Jetzt sah er nur mit mildem Interesse zu, wie sie fluchte, sich umdrehte, auf und ab zu laufen begann. »Immer eine lockere Antwort parat, immer einen Scherz auf den Lippen. Ich würde dich am liebsten schlagen.«

»Nur zu. Ich verprügle keine Mädchen.«

Er wusste, dass ihr diese Bemerkung den Rest geben würde. Olivia hielt abrupt inne und drehte sich mit geballten Fäusten, bebenden Muskeln und feurigen Augen um. Sie atmete schwer, um Beherrschung ringend, und ihre Wangen glühten wütend.

Unter der Wut, die sich in ihm aufgestaut hatte, lag reine Bewunderung für ihre Willenskraft. Mit Vergnügen hätte sie auf ihn eingedroschen, gönnte ihm jedoch nicht die Befriedigung. Gott, was für eine Frau.

»Ich möchte mich doch lieber zivilisiert verhalten«, erklärte sie.

»Möchtest du nicht. Aber du bist vermutlich schlau genug, um zu wissen, dass wir nur wieder im Bett landen, wenn du mich schlägst. Du verlierst nämlich die Kontrolle, sobald ich dich berühre. Dann vergisst du den ganzen emotionalen Ballast, den du schon dein Leben lang mit dir rumschleppst. Dann geht es nur noch um dich und mich.«

»Vielleicht hast du Recht. Vielleicht hast du wirklich Recht. Aber ich kann mein Leben nicht mit dir im Bett verbringen, und der Ballast wartet auf mich, sobald ich wieder aufstehe.«

»Wirf etwas davon ab, Liv, reise mit leichterem Gepäck.«

»Du bist so schlau!« Der bittere Beigeschmack ihrer Worte gefiel ihr nicht. »Mit deiner netten, gemütlichen Vorstadtkindheit. Mom und Dad werkeln am Wochenende im Haus herum, und du radelst mit deinen Kumpels nach der Schule in den Park.«

Immerhin ein Fortschritt, dachte Noah bei sich. Endlich durchbricht sie ihren Schutzschild. »Vielleicht war es nicht ganz wie bei den Bradys im Fernsehen, aber davon hast du sowieso keine Ahnung, da du ja nie vor der Flimmerkiste gehockt hast.«

»Stimmt genau, habe ich nicht. Weil meine Großmutter Angst hatte, dass eine Sendung über meine Mutter laufen könnte oder dass ich einschalten und auf einen ihrer Filme stoßen würde. Ich ging nicht in die Schule, weil mich dort jemand hätte erkennen und es Gerede hätte geben können. Oder einen Unfall. Oder Gott weiß was. Ich hatte keine Eltern, die Sonntag nachmittags mit mir faulenzten, denn meine Mutter war tot und mein Vater im Knast.«

»Und deshalb glaubst du, dass du kein normales Leben führen kannst? Das ist doch nur eine Entschuldigung dafür, dass du deinen eigenen Gefühlen nicht traust.«

»Und wenn schon.« Scham machte sich unter ihrer Wut bemerkbar, aber Olivia hielt sie zurück. »Wer gibt dir das Recht, über mich zu urteilen? Du hast gar keine Vorstellung davon, wie es ist, einen der wichtigsten Menschen in deinem Leben durch ein Gewaltverbrechen zu verlieren. Dabei zuzusehen. Ein Teil davon zu sein.«

»In Gottes Namen, mein Vater war ein Cop! Jedes Mal, wenn er sich seine Pistole umschnallte und das Haus verließ, wusste ich, dass er vielleicht nie mehr zurückkommt. Manchmal, wenn er später kam, saß ich im Dunkeln am Fenster und wartete auf sein Auto.« Das hatte er noch keinem Menschen anvertraut, noch nicht einmal seiner Mutter. »In Gedanken habe ich ihn tausend Mal auf tausend verschiedene Arten verloren. Sag mir nicht, dass ich dich nicht verstehe. Ich habe Mitgefühl mit dir, es tut mir leid, dass du das durchmachen musstest, aber verdammt, erzähl mir nicht, dass ich es nicht verstehe.«

Abermals steuerte er auf die Tür zu. »Zur Hölle damit.«

»Warte.« Sie wollte ihm folgen, um ihn aufzuhalten, aber ihre Knie zitterten. »Bitte. Ich habe daran nicht gedacht.« Aus erschöpften, feuchten Augen blickte sie ihn an. »Es tut mir leid. Geh nicht. Bitte geh nicht. Ich brauche Luft.«

Sie schaffte es bis zur Verandatür, griff nach dem Geländer und klammerte sich daran fest. Als sie hörte, dass er hinter ihr heraustrat, schloss sie ihre Augen. Erleichterung, Scham und Liebe strömten durch ihren Körper.

»Ich bin völlig verkorkst, Noah. Ich habe mir immer meine Ziele gesetzt und bin direkt darauf zugesteuert. Das war für mich die einzige Möglichkeit, mit allem fertigzuwerden. Ich konnte das, was passiert war, immer wieder für lange Zeiträume verdrängen, indem ich mich nur auf das konzentrierte, was ich erreichen wollte. Ich habe keine Freundschaften geschlossen, weil ich mir gar nicht erst die Mühe gemacht habe. Menschen hätten mich nur abgelenkt. Nein, nicht.« Sie trat einen Schritt zur Seite, als er mit einer Hand über ihr Haar strich. »Ich glaube nicht, dass ich weitersprechen kann, wenn du mich berührst.«

»Du zitterst. Komm mit rein, dann reden wir weiter.«

»Hier draußen fühle ich mich wohler. Draußen geht es mir immer besser.« Sie atmete tief ein. »Meinen ersten Geliebten hatte ich zwei Wochen, nachdem du mich im College besuchen kamst. Ich liebte dich. Ich habe mich schon in dich verliebt, als du dich damals am Flussufer neben mich gesetzt hast, an dem Biberbau, und mir zuhörtest.«

Dann brachte sie den Mut auf, sich zu ihm umzudrehen, ihn anzusehen. »Ich war erst zwölf, aber ich habe mich in dich verliebt. Als ich dich wiedersah, war es so, als ob alles in mir nur auf dich gewartet hätte. Nachdem du wieder fort warst, habe ich alles wieder weggeschlossen. Du hattest Recht mit dem, was du über das Ein- und Ausschalten meiner Gefühle gesagt hast. Genau das konnte ich, und ich habe es getan. Ich ging mit einem anderen Mann ins Bett, nur um zu beweisen, dass ich dazu fähig war. Das war eine kalte, kalkulierte Handlung.«

»Ich hatte dich verletzt.«

»Ja. Und ich habe mich absichtlich immer wieder daran erinnert. Ich wollte sicher sein, dass ich jederzeit auf diese Erinnerung zurückgreifen konnte, damit man mir das Gleiche nicht noch einmal antun konnte. Selbst nach der langen Zeit wollte ich nicht glauben, dass du meine Gefühle verstehst, meine Einstellung zu dem, was meiner Mutter passiert ist, mir, meiner Familie. Aber ich glaube, ein Teil von mir wusste schon immer, dass du der Einzige bist, der das wirklich begreifen kann. Du schreibst dieses Buch nicht nur für dich.«

»Nein, da hast du Recht.«

»Ich weiß nicht, ob – ich bin mir nicht sicher …« Sie brach ab und schüttelte frustriert den Kopf. »Ich wollte dich wegschicken. Ich wollte dich wütend machen, weil mir niemand so viel bedeutet wie du. Das macht mir Angst.«

»Ich werde dir nicht noch einmal wehtun, Liv.«

»Noah, darum geht es nicht.« Ihre Augen glänzten in der Dunkelheit. »Diesmal ist es anders herum. Was in mir ist, was in meiner Seele verborgen ist und jederzeit durchbrechen könnte …«

»Hör auf.« Der Befehl traf sie wie ein Schlag. »Du bist genauso wenig dein Vater, wie ich meiner bin.«

»Aber du kennst deinen Vater wenigstens, Noah.« Dennoch streckte sie zum ersten Mal die Hand aus, um ihn zu berühren, legte sie an seine Wange. »Alles, was ich für dich empfinde … es füllt mich innerlich aus. All jene Bereiche in mir, von denen ich noch nicht einmal wusste, dass sie existieren, sind nun mit dir gefüllt.«

»Jesus, Liv.« Seine Stimme klang rau. »Hast du denn nicht gemerkt, dass ich genauso empfinde?«

»Doch, das habe ich. Mit dir zusammen war ich glücklicher, als ich es je für möglich gehalten hätte. Trotzdem fürchte ich mich vor den Dingen, die du dir wünschst. Den Dingen, die du zu Recht von mir erwartest. Ich weiß nicht, ob ich sie dir geben kann, oder wie lange ich dazu brauchen werde. Aber ich weiß, dass ich dich liebe.«

Sie erinnerte sich an seine Worte und wiederholte sie. »Ich bin total in dich verliebt. Reicht dir das für den Augenblick?«

Er nahm ihre Hand, die immer noch an seiner Wange lag, und drückte seine Lippen wie ein Versprechen in ihre Handfläche. »Genau das reicht mir für den Augenblick.«

Später träumte er, dass er durch den Wald lief, spürte die Kühle, die den Angstschweiß auf seiner Haut durchdrang, hörte, wie sein Herz laut in seiner Brust pochte. Denn er konnte sie nicht finden, und ihr Schrei traf ihn wie ein Schwert.

Er schreckte auf, sah das blasse Silber der ersten Dämmerung und hörte den letzten Ruf einer Eule, der in der Luft verklang. Olivia schmiegte sich warm an ihn.

Der Regen hatte noch nicht eingesetzt. Aber vor Einbruch der Dunkelheit würden die ersten Tropfen fallen. Olivia konnte es riechen, als sie ihre Gruppe durch den Wald führte. Sie hatte fünfzehn Köpfe gezählt und war unendlich erleichtert gewesen, als sie Celia unter den anderen entdeckt hatte.

Dank der Tatsache, dass sie dabei war, hatte Olivia Noah sogar dazu überreden können, ein wenig in der Ruhe seines Zimmers zu arbeiten.

Sie erklärte den Kreislauf von Überleben, Nachfolge und Nebeneinander im Regenwald. Das Geben und Nehmen, das Entstehen neuen Lebens durch den Tod.

Die erhabenen, riesigen Bäume zogen die Aufmerksamkeit immer zuerst an. Wie immer ließ Olivia ihren Gästen Zeit, sich die Hälse zu verrenken, leise erstaunte Kommentare auszutauschen, Fotos zu machen, während sie Bedeutung und Zweck der Baumschicht schilderte.

Ihre Vorträge waren nie gleich. Olivia verstand sich darauf, eine Gruppe einzuschätzen und entsprechend zu reagieren. Sie ging weiter und wies auf die tiefen Kerben in der Rinde der

Douglastanne hin, den sanften lilafarbenen Hauch auf den Hemlockzapfen.

Es amüsierte sie immer wieder, dass ihre Schützlinge leiser sprachen, sobald sie tiefer in den Wald kamen, wo das Licht dunkler wurde und grün schimmerte. Als ob sie eine Kirche betraten.

Während sie weitersprach, folgte sie einer vertrauten Angewohnheit und musterte die Gesichter, um festzustellen, wer ihr wirklich zuhörte, oder wer einfach nur mitgekommen war, weil Eltern oder Ehepartner darauf bestanden hatten. Zu diesen Besuchern sprach sie besonders gern, hoffte, etwas zu finden, das sie faszinierte, damit sie, wenn sie später wieder ins Licht traten, etwas von ihrer Welt mitnehmen konnten.

Ein Mann fiel ihr auf. Er war groß, hatte breite Schultern und einen frischen Sonnenbrand im Gesicht. Er trug einen Hut, ein Hemd mit langen Ärmeln und Jeans, die so neu waren, dass sie fast von allein standen. Trotz des dämmerigen Lichts hatte er die Sonnenbrille aufbehalten. Durch die dunklen Gläser konnte sie seine Augen nicht sehen, aber sie spürte, dass er sie ansah. Und dass er ihr zuhörte.

Sie lächelte ihm zu, eine automatische Reaktion auf sein Interesse. Ihr Blick war bereits weitergewandert, als er zusammenzuckte.

In der Gruppe befand sich ein begeisterter Amateurfotograf, der vor einem Stück Totholz hockte, die Linse dicht an einem Pilz. Sie nutzte sein Interesse als Aufhänger, identifizierte den Pilz als Austernpilz und sprach einige Sätze darüber.

Dann ging sie weiter, zeigte auf einen weiteren Pilz, einen Ring aus wunderschönen weißen Hauben. »Die hier nennt man Zerstörerische Engel. Sie sind selten, aber extrem giftig.«

»Obwohl sie so schön aussehen?«

»Schönheit ist oft tödlich.«

Unvermittelt musterte Olivia den Mann mit der Sonnenbrille genauer. Er war nähergekommen, und während die meisten Besucher sich nach anderen Pilzgruppen umsahen und plauderten, stand er still und schweigsam da, als ob er auf etwas wartete.

»Wer ohne Führer wandern oder in der Gegend zelten will, sollte besonders vorsichtig sein. Auch wenn die Natur noch so schön ist, sie hat ihre eigenen Verteidigungssysteme. Glauben Sie nicht, dass ein Pilz oder eine Beere essbar ist, nur weil ein Tier daran geknabbert hat. Es ist klüger, sie einfach nur anzusehen.«

Plötzlich schnürte ihr Herz sich zu, so dass sie mit ihrem Handballen zwischen ihren Brüsten auf und ab reiben wollte, um die Spannung zu lockern. Sie kannte dieses Gefühl – die ersten Anzeichen für einen Panikanfall.

Dumm, sagte sie sich und atmete ein paarmal tief durch, während sie die Gruppe auf einem gewundenen Pfad um Totholz und Farne herumführte. Sie war völlig sicher. Hier gab es nichts außer dem Wald, mit dem sie bestens vertraut war, und einer Handvoll Touristen.

Der Mann hatte sich noch näher an sie herangeschoben, so nah, dass sie den Schweiß auf seinem Gesicht glänzen sah. Inzwischen war ihr kalt und irgendwie übel.

»Die kühle Feuchtigkeit …« Warum schwitzte er eigentlich, fragte sie sich. »Die kühle Feuchtigkeit im Olympic-Regenwald bietet den perfekten Lebensraum für die reichhaltige Flora, die Sie hier überall sehen. Hier findet sich das weltweit größte Vorkommen lebendiger Materie pro Hektar. All die Farne, Moose und Flechten leben hier als Epiphythen. Das bedeutet, dass sie ihr Dasein auf einer anderen Pflanze fristen, sei es im Oberholz des Waldes, an den Stämmen lebender Bäume oder auf den Überresten eines toten.«

Das Bild ihrer Mutter blitzte vor ihren Augen auf. »Während viele dieser Pflanzen auch in anderen Gegenden vorkommen, reifen einige Spezies nur in diesem Gebiet zu ihrer vollen Pracht heran. Hier an der Westseite der Olympic Mountains, in den Ho-, Quinault- und Queets-Tälern, finden sie die optimale Mischung aus Nahrung, milden Temperaturen und idealen topographischen Gegebenheiten, die dieser temperierte Regenwald benötigt.«

Die Routine ihres Vortrags beruhigte sie, die Kommentare und Fragen lenkten sie ab.

Der Ruf eines Adlers ließ alle nach oben blicken. Obwohl das dichte Oberholz den Himmel verdeckte, nutzte Olivia den Augenblick, um auf ein paar der Vogel- und Säugetierarten im Wald hinzuweisen.

Da stolperte der Mann mit der Sonnenbrille gegen sie, hielt sich an ihrem Arm fest. Sie schreckte zusammen und hätte ihn fast zurückgedrängt, als sie feststellte, dass seine Füße sich im Efeu verfangen hatten.

»Tut mir leid.« Seine Stimme war kaum lauter als ein Flüstern, aber seine Hand blieb auf ihrem Arm liegen. »Ich wollte Ihnen nicht wehtun.«

»Dieses Efeu wird Wanderern seit Jahrhunderten zum Verhängnis. Ist alles in Ordnung? Sie sehen ein wenig wackelig aus.«

»Ich bin … Sie sind so …« Seine Finger zitterten auf ihrem Arm. »Sie machen Ihre Sache sehr gut. Ich bin froh, dass ich mitgekommen bin.«

»Danke. Wir freuen uns, wenn es Ihnen gefällt. Kennen wir uns?«

»Nein.« Seine Hand glitt ihren Arm hinunter und strich leicht über ihren Handrücken. »Nein, Sie kennen mich nicht.«

»Miss! Oh, Miss MacBride, können Sie uns sagen, was das hier ist?«

»Ja, natürlich. Bitte entschuldigen Sie mich einen Augenblick.« Sie ging zu den drei Frauen, die sich um eine Gruppe dunkelroter Flechten versammelt hatte. »Diese Flechten werden allgemein als Hundsflechte bezeichnet. Wenn Sie Ihre Fantasie spielen lassen, können Sie die Form der Hundezähne entdecken.«

Der Druck kehrte zurück und legte sich wie ein Korsett um ihre Rippen. Sie erwischte sich dabei, dass sie ihre Hand an der Stelle rieb, an der die Finger des Mannes sie berührt hatten.

Ich kenne ihn, sagte sie sich. Da war etwas … Sie drehte sich nach ihm um, konnte ihn aber nicht mehr entdecken.

Mit klopfendem Herzen zählte sie die Köpfe. Fünfzehn.

Fünfzehn hatten sich eingetragen, und fünfzehn waren hier. Aber er war bei ihnen gewesen!

Sie ging zu Celia. »Du bist wunderbar«, lobte Noahs Mutter und schenkte Olivia ein strahlendes Lächeln. »Ich möchte ganz genau an dieser Stelle leben, zwischen Hundsflechten und Lakritzfarn. Ich kann nicht glauben, was du alles weißt.«

»Manchmal vergesse ich, dass ich die Gäste sowohl unterhalten als auch ihnen etwas beibringen soll, und verfalle in Fachjargon.«

Celia betrachtete die Gruppe. »Sieht ganz danach aus, als ob sich alle gut unterhalten.«

»Das hoffe ich. Ist Ihnen zufällig ein großer Mann mit kurzem, grauem Haar und Sonnenbrille aufgefallen? Sonnenbrand, gute Figur. Mitte sechzig, würde ich sagen.«

»Ich habe kaum auf die Leute geachtet, ich war so fasziniert. Haben wir jemanden verloren?«

»Nein, ich … nein«, sagte Olivia fest. »Er muss allein unterwegs gewesen sein und hat uns nur ein Stück begleitet. Es ist nichts.« Aber sie rieb wieder ihren Handrücken. »Nichts.«

Als sie zum Zentrum zurückkamen, stellte Olivia erfreut fest, dass mehrere Mitglieder der Gruppe offenbar begeistert genug waren, um zum Bücherstand zu gehen. Eine gute Führung konnte die Buchverkäufe deutlich ankurbeln.

»Darf ich dich zum Mittagessen einladen?«, fragte Celia.

»Danke, aber ich muss noch arbeiten.« Olivia registrierte Celias beunruhigten Blick und seufzte leicht. »Sie brauchen sich keine Sorgen zu machen. Ich werde für eine Weile an meinem Schreibtisch sitzen. Dann muss ich einen Vortrag im Zentrum halten, danach noch eine Führung und noch einen Vortrag. Der einzige Ort, an dem ich bis sechs Uhr heute Abend allein sein werde, ist mein Büro.«

»Wann findet der erste Vortrag statt?«

»Um drei.«

»Ich bin dabei.«

»Wenn Sie so weitermachen, muss ich Ihnen noch einen Job anbieten.«

Celia lachte und drückte Olivias Schulter. »Es geht einem auf die Nerven, wenn man ständig Menschen um sich hat.«

»Stimmt.« In dem Augenblick, als Olivia das sagte, stöhnte sie innerlich auf. »Tut mir leid. Das war unhöflich. Ich wollte nicht …«

»Mir würde es auch auf die Nerven gehen«, unterbrach Celia sie und überraschte sie mit einem Kuss auf die Wange. »Wir werden uns gut verstehen, Liv. Das verspreche ich dir. Wir sehen uns um drei.«

Olivia ging durch das Zentrum zum Erfrischungsraum und nahm sich eine Cola und eine Schachtel Rosinen, um sich für die Arbeit am Schreibtisch zu stärken.

Sie machte auf dem Weg in ihr Büro einen Umweg und ging durch alle Abteilungen. Als ihr bewusst wurde, dass sie nach dem Mann mit dem Sonnenbrand suchte, befahl sie sich, sich nicht wie eine Närrin aufzuführen.

Sie setzte ihre Kappe ab, steckte sie in die Hosentasche. Als sie ihr Büro betrat, sah sie auf die Uhr, um festzustellen, wie viel Zeit ihr blieb.

Zwei Schritte vor ihrem Schreibtisch blieb Olivia wie angewurzelt stehen und starrte auf die einzelne weiße Rose auf dem Löschblatt. Die Coladose glitt ihr aus der Hand und landete mit einem dumpfen Aufprall zu ihren Füßen.

Sein Gesicht hatte sich verändert. Zwanzig Jahre – zwanzig Jahre im Gefängnis hatten es verändert. Irgendwie hatte sie es geahnt, trotzdem war sie jetzt nicht darauf gefasst. Sie atmete flach und rieb die Hand, die er berührt hatte.

»Daddy. O Gott.«

Er war so nahe gewesen. Er hatte sie berührt. Er hatte seine Hand auf ihre gelegt, und sie hatte nicht gewusst, wer er war. Sie hatte ihm ins Gesicht gesehen und hatte ihn nicht erkannt.

Seine Tochter, und sie hatte ihn unverbindlich angelächelt wie einen Fremden.

Er saß im tiefen Schatten auf einer Bank, spülte die Tabletten mit einer Flasche Wasser hinunter und rieb sich den Schweiß mit einem Taschentuch vom Gesicht.

Sie *wird* sich an mich erinnern, gelobte er sich. Bevor ein weiterer Tag zu Ende ging, würde sie ihn ansehen und ihn erkennen. Dann wäre es beendet.

Dreiunddreißigstes Kapitel

Noah war irritiert, weil Lucas Manning nicht zu erreichen war. Nicht zu sprechen. Nicht in der Stadt. Incommunicado. Er wollte ein zweites Interview, und zwar so bald wie möglich.

Und dann war da Tanner selbst.

Oh, wir werden uns noch unterhalten, dachte Noah, als er sich von seinem Laptop erhob und zum Fenster ging. Er hatte Sam Tanner einiges zu sagen. Mochte sich der Hurensohn ruhig einbilden, dass er das Buch als Werkzeug benutzen konnte, vielleicht sogar als Waffe. Aber da hatte er nicht mit Noah gerechnet.

Sein Buch würde von der Wahrheit handeln. Und wenn er auch nur über einen Funken Talent verfügte, würde es Olivia dabei helfen, mit diesem Kapitel ihres Lebens abzuschließen.

Endlich würde sie diese furchtbare Zeit hinter sich lassen können, um ein gemeinsames Leben mit Noah zu beginnen.

Eigentlich müsste sie inzwischen mit ihrer Führung fertig sein, überlegte er, und er selbst hatte sich eine Pause redlich verdient. Was hielt ihn also davon ab, zum Zentrum hinüberzugehen? Vermutlich würde sie ein wenig ärgerlich reagieren, behaupten, dass er ihr nachspionierte.

Nun, daran musste sie sich wohl gewöhnen. Er hatte nämlich vor, sich mindestens die nächsten sechzig Jahre lang darum zu kümmern, dass Olivia sich sicher und glücklich fühlte.

Noah klappte seinen Laptop zusammen und ging durch das leere Haus nach unten. Die MacBrides waren im Gästehaus, und er vermutete, dass seine Mutter sie zu einem gemeinsamen Mittagessen überredet hatte. Die gute Seele.

Bevor er das Haus verließ, prüfte er, ob auch wirklich alle Türen abgeschlossen waren. Als Sohn eines Polizisten konnte er über die Schlösser nur den Kopf schütteln. Allerdings hatte er vor nicht allzu langer Zeit am eigenen Leib erfahren, dass jemand, der unbedingt in ein Haus eindringen wollte, auch hineinkommen würde.

Er machte einen Umweg durch den Garten und pflückte mit einem schuldbewussten Blick über die Schulter eine Handvoll Blumen für Olivia.

Die zauberten hoffentlich ein Lächeln auf ihre Lippen – obwohl sie natürlich behaupten würde, dass er sie ihrem Großvater gestohlen hätte.

Als er ein Auto näherkommen hörte, fiel ihm siedend heiß ein, dass er ganz vergessen hatte, sein Messer am Gürtel zu befestigen. Die Sonne spiegelte sich auf Chrom und Glas, und dann erkannte er Jamie Melbourne am Steuer.

Als Noah beim Wagen ankam, hatte sie bereits die Tür geöffnet und war herausgesprungen. »Geht es euch gut? Sind alle wohlauf?«

»Sie halten sich tapfer.«

»O Gott.« Jamie lehnte sich erschöpft an die Stoßstange und fuhr mit einer Hand durch ihr Haar. Noah fiel sofort auf, dass sie weniger elegant wirkte als sonst. Ihr Make-up war flüchtig aufgetragen, unter ihren Augen lagen dunkle Schatten, ihre schlichte Hose und Bluse waren von der Reise zerknittert.

»Ich – den ganzen Weg hierher habe ich mir alles Mögliche ausgemalt.« Sie ließ ihre Hand sinken und schloss einen Moment lang die Augen. »Meine Mutter rief gestern Abend an, sie hat mir alles erzählt. Sie sagte, dass er hier war. Im Haus.«

»Sieht ganz danach aus. Setzen Sie sich doch einen Augenblick.«

»Nein, ich habe lange genug gesessen. Im Flugzeug, im

Auto. Ich konnte nicht früher hier sein. Mutter war dagegen, dass ich mich überhaupt auf den Weg mache, aber ich musste einfach herkommen. Ich muss jetzt bei ihnen sein.«

»Meines Wissens ist er noch nicht gesehen worden. Liv ist im Zentrum, und Ihre Eltern sind zusammen mit meinen im Gästehaus.«

»Gut. Okay.« Sie stieß einen langen Atemzug aus. »Eigentlich neige ich nicht zur Hysterie. Ich dachte immer, wenn man einmal das Schlimmste gesehen und es überlebt hat, kann man mit allem fertigwerden. Aber gestern Abend hätte ich fast die Nerven verloren. David war in Chicago, und ich konnte ihn nicht erreichen. Es kam mir wie eine Ewigkeit vor. Wahrscheinlich hat es in Wirklichkeit gerade mal zwanzig Minuten gedauert, bis ich auf die Idee kam, ihn auf seinem Handy anzurufen.«

Noah lächelte sie beruhigend an. »Technologie ist eine feine Sache.«

»Finde ich auch. Ich war noch nie so erleichtert wie in dem Augenblick, als ich seine Stimme hörte. Er ist unterwegs. Hat seine weiteren Termine abgesagt. Wir müssen alle zusammenbleiben, bis …« Ihre Augen verdunkelten sich. »Bis was, Noah?«

»Bis es vorbei ist«, erwiderte er nur.

»Ich bringe jetzt mal meine Tasche besser ins Haus – und genehmige mir einen Drink.«

»Ich kümmere mich darum.«

»Nicht nötig, ich habe nur Handgepäck dabei. Keine Ahnung, was ich heute Morgen in die Tasche geworfen habe, wahrscheinlich ein Cocktailkleid und ein paar Wanderstiefel. Ehrlich gesagt könnte ich ein paar Minuten Ruhe gebrauchen, um mich wieder zu sammeln.«

»Ich habe das Haus gerade abgeschlossen.« Er zog den Schlüssel aus der Tasche, den Rob ihm gegeben hatte.

»Das ist seltsam, sie schließen sonst so gut wie nie ab.« Nachdenklich betrachtete Jamie ihn. »Wie hält sich meine Mutter?«

»Sie ist härter, als Sie denken. Vielleicht sogar härter, als sie es selbst für möglich gehalten hätte.«

»Ich kann nur hoffen, dass Sie Recht haben«, murmelte Jamie, öffnete den Kofferraum und zog eine Schultertasche hervor. »So, jetzt muss ich ungefähr sechstausend Anrufe erledigen, um meine Termine zu verschieben.« Sie warf den Riemen über ihre Schulter und blickte auf die Blumen in Noahs Hand. »Unterwegs zu Liv?«

»Genau.«

»Ihr Plan gefällt mir. Ich glaube, dass Sie ihr guttun.« Jamie musterte sein Gesicht. »Im tiefsten Herzen sind Sie sehr zuverlässig, nicht wahr, Noah Brady?«

»Solange ich da bin, braucht sie sich keine Gedanken zu machen. Sie muss nie daran zweifeln, ob ich sie liebe.«

»Das ist schön.« Die Müdigkeit verschwand aus Jamies Augen. »Ich weiß, wie wichtig das ist. Seltsam, Julie hat sich so nach diesem Gefühl gesehnt, und ich habe es gefunden. Ich bin froh, dass ihre Tochter das gleiche Glück hat.«

Noah wartete, bis Jamie im Haus verschwunden war und die Tür hinter sich abgeschlossen hatte. Wachsam folgte er dann dem Pfad zum Zentrum.

Er saß im Schutz der Schatten auf seinem Beobachtungsposten, spielte mit der Waffe in seiner Hand. Und weinte.

Olivia war wieder ganz ruhig. Zuerst hatte sie zehn Minuten lang auf dem Fußboden gehockt und gezittert. Aber sie war nicht weggelaufen. Sie hatte gegen die Panik angekämpft und sich gezwungen, wieder aufzustehen. Sich befohlen, ruhig zu bleiben und zu handeln. So unauffällig wie möglich hatte sie alle Mitarbeiter gefragt, ob sie jemanden in ihr Büro hatten gehen sehen. Die Antwort hatte eindeutig »Nein« gelautet.

Jetzt verließ sie das Gebäude und steuerte auf das Gästehaus zu.

»Hey!«

Beinahe wäre sie zusammengezuckt, aber sie zwang sich

zur Ruhe. Dann sah sie erleichtert, dass Noah über den Parkplatz auf sie zukam.

Sie nahm sich vor, sich ganz normal zu verhalten.

»Mein Großvater skalpiert dich, wenn er dich dabei erwischt, wie du seine geliebten Lilien stiehlst.«

»Das tut er nicht, denn er weiß, dass ich nicht anders konnte.«

»Du bist ein Idiot. Danke.«

Sie lächelte ihn an, aber um ihre Mundwinkel spiegelte sich die Anspannung. »Du brauchst eine Pause. Warum bittest du nicht jemanden, den Rest des Tages für dich einzuspringen?«

»Ich muss meinen Job machen, das ist mir sehr wichtig. Gerade wollte ich zum Gästehaus, um Frank zu suchen.« Sie sah sich um. Ringsum waren Besucher unterwegs, gingen in den Gebäuden ein und aus. »Setzen wir uns für einen Augenblick hin.«

Sie führte ihn zu der Bank im Schatten an der Seite des Gebäudes, wo ihr Vater noch vor kurzer Zeit gesessen hatte.

»Ich habe noch eine weiße Rose bekommen. Sie lag auf meinem Schreibtisch.«

»Geh ins Gästehaus.« Noah blieb gelassen. »Ich sehe mich um.«

»Nein, warte. Ich habe meine Mitarbeiter befragt. Niemand hat einen Mann in mein Büro gehen sehen. Aber einigen ist heute Morgen, als ich mit der Gruppe aufbrach, jemand aufgefallen. Ein großer Mann, kurzes, graues Haar, Sonnenbrand. Er trug eine dunkle Brille und eine Baseballkappe, gestärkte neue Jeans und ein blaues Hemd mit langen Ärmeln.« Sie presste die Lippen zusammen. »Mir ist er während der Wanderung auch aufgefallen. Er hat sich unter die Gruppe gemischt. Mich überkam immer wieder ein unheimliches Gefühl, aber ich konnte es nicht zuordnen. Er hat mich angesprochen, meine Hand berührt. Ich habe ihn nicht erkannt. Er hat sich verändert, er sieht alt aus – Jahre älter, als ich erwartet hätte, und … hart. Aber jetzt weiß ich es. Als ich die Rose sah, hatte ich sein Gesicht sofort wieder vor Augen. Mein Vater.«

»Was hat er zu dir gesagt, Liv?«

»Nichts Besonderes, nur, dass ich meine Arbeit gut mache,

dass er froh sei, mitgekommen zu sein. Seltsam, wir sehen uns nach zwanzig Jahren wieder, und er macht mir ein Kompliment über meine Arbeit. Es geht mir gut«, sagte sie, als Noah einen Arm um sie legte. »Es war nicht so, wie ich befürchtet hatte. Noah, er sah nicht wie ein Monster aus. Er ist krank und müde. Wie kann er hier diese beunruhigenden Dinge tun, wie kann er uns immer noch weiter quälen, und einfach nur müde aussehen?«

»Vermutlich kennt er selbst keine Antwort auf diese Frage. Vielleicht kann er Gegenwart und Vergangenheit nicht voneinander trennen, weiß nicht, wie er aufhören soll.«

Plötzlich sah Noah eine Bewegung, einen Schimmer von Farbe, und blickte sich gerade noch rechtzeitig um, um zu sehen, wie Sam Tanner aus dem Wald trat. Noah stand auf, griff nach Olivias Arm und zog sie hoch.

»Geh zum Gästehaus, such meinen Vater. Und dann bleib dort.«

Olivia sah ihn ebenfalls, genau in dem Augenblick, als er sie entdeckte, als er auf der anderen Seite des Parkplatzes stehen blieb. Sie starrten einander schweigend an.

Dann drehte Sam sich um und verschwand eilig zwischen den Bäumen.

»Hol meinen Vater«, wiederholte Noah und griff mit einer schnellen Bewegung nach ihrem Messer. »Sag ihm, was passiert ist. Und rühr dich nicht vom Fleck.« Er drehte sich um, packte Olivia hart an den Schultern. »Hörst du mich, Liv? Bleib im Gebäude, bei meiner Mutter. Ruf deine Tante in eurem Haus an. Sag ihr, dass sie dort bleiben soll, hinter verschlossenen Türen.«

»Was? Tante Jamie?«

»Sie kam an, als ich gerade gehen wollte. Wir dürfen keine Zeit verlieren.«

Sie schüttelte sich, um sich von ihrer Benommenheit zu befreien, dann sah sie wie betäubt zu, als Noah das Messer an seinem eigenen Gürtel befestigte. »Nein, du darfst ihm nicht folgen.«

Er warf ihr nur einen festen Blick zu, dann drehte er sie in Richtung des Gästehauses. »Geh jetzt ins Haus.«

»Du wirst ihn nicht finden«, schrie sie, griff nach Noahs Arm, als er sich abwandte. »Du hast keine Ahnung, was er tun wird, wenn du ihn findest.«

»Und er weiß nicht, wozu ich fähig bin. Verdammt.« Er wirbelte zu ihr herum, die Wut hatte seine Gesichtszüge verhärtet. »Liebe ist nicht genug, du musst mir jetzt vertrauen. Geh und hole deinen Cop, damit wir die Sache ein für alle Male beenden können.«

Hilflos beobachtete Olivia, wie er sich auf die Bäume zubewegte.

Noah musste sich auf seinen Instinkt verlassen, auf sein Gehör, um unter den Geräuschen des Waldes ein Rascheln auszumachen. Sollte er nach links oder rechts laufen? Er entschied sich für geradeaus. Je tiefer er in den Wald vordrang, desto stärker fiel das grüne Dämmerlicht ein, so dass er sich konzentrieren musste, um einzelne Bewegungen zu erkennen, das sanfte Schwingen eines niedrigen Astes, die Vibration dicht ineinander verschlungener Efeuranken.

Er war jünger und schneller, aber der Wald bot sowohl Jäger wie Gejagtem Deckung.

Er ging immer weiter in den Wald hinein, atmete langsam und gleichmäßig, um sich von dem sanften Geräusch nicht ablenken zu lassen. Als er leise auf weiches Moos auftrat, hörte er aus der Ferne tiefes Donnergrollen.

Ein Sturm braute sich zusammen.

»Es hat keinen Sinn, davonzulaufen, Tanner.« Seine Hand legte sich über den Griff von Olivias Messer, als er die Worte rief. Er war bisher noch gar nicht auf die Idee gekommen, darüber nachzudenken, ob er es benutzen würde. »Es ist aus. Sie werden sie nie erwischen. Sie werden sie nie bekommen.«

Seine eigene Stimme hallte kalt und ruhig zurück, gefolgt von dem lauten Ruf eines Vogels und dem Rauschen des Windes in den hohen Ästen.

Instinktiv bewegte er sich auf das Haus zu, tiefer in die dichte Schönheit des Sommerwaldes, an einer glänzend weißen Gruppe tödlicher Pilze vorbei, um einen filigranen See aus Farnbüscheln herum.

Inzwischen tropfte der Regen durch das Blätterdach und versickerte in dünnen Rinnsalen im grünen Boden.

»Sie ist Ihre Tochter. Was haben Sie davon? Welchen Grund hätten Sie, ihr noch mehr wehzutun?«

»Keinen.« Sam trat hinter einer Tanne hervor. Die Pistole in seiner zitternden Hand glänzte matt silbern. »Es hat nie einen Grund gegeben. Ich dachte, das wüssten Sie.«

Olivia stürzte in die Lobby des Gästehauses. Panisch sah sie sich nach rechts und links um. Gäste schlenderten umher oder hatten sich auf Sofas und Sesseln niedergelassen. Das Stimmengewirr summte in ihren Ohren.

Sie wusste nicht, wo sie Frank zuerst suchen sollte. Im Speisesaal, in der Bibliothek, seinem Zimmer, auf einer der Terrassen?

Noah war bereits im Wald, ihr blieb also nur wenig Zeit.

Sie machte auf dem Absatz kehrt und rannte zur Rezeption. »Mark!«

Olivia zog den jungen Angestellten durch die Tür in einen der hinteren Räume. »Hast du meine Großeltern gesehen?«

»Vor einer Stunde etwa. Sie kamen mit anderen Leuten herein. Was ist los?«

»Hör mir genau zu.« Die Panik versuchte, ihre sorgfältig aufgebaute Selbstbeherrschung zu durchbrechen. »Hör mir ganz genau zu, es ist sehr wichtig. Ich muss Frank Brady finden. Er ist Gast hier im Hause. Du musst ihn so schnell wie möglich auftreiben. Sag ihm … hörst du mir überhaupt zu?«

»Ja.« Marks Adamsapfel hüpfte auf und ab. »Sicher. Frank Brady.«

»Du musst ihn finden, und zwar schnell. Sag ihm, dass Sam Tanner in den Wald gelaufen ist. Nach Osten, Richtung Lowland-Pfad. Hast du das verstanden?«

»Nach Osten. Lowland-Pfad.«

»Sag ihm, dass Noah ihn verfolgt. Bitte jemanden vom Personal, bei uns zu Hause anzurufen. Meine Tante ist dort, sie darf das Haus nicht verlassen! Es ist lebenswichtig, dass sie drinnen bleibt, bis sie wieder von mir hört. Niemand darf den Wald betreten! Lass es durchsagen. Niemand darf in den Wald, bis ich es ausdrücklich wieder genehmige. Tu, was du kannst, damit sich die Gäste im Gästehaus aufhalten.«

»Drinnen? Aber warum …«

»Tu einfach, was ich dir sage«, fuhr sie ihn an. »Und zwar sofort.« Dann schob sie ihn zur Seite und rannte in das hintere Büro.

Sie suchte etwas, egal, was. Irgendeine Waffe, mit der sie sich verteidigen konnte. Hektisch tastete sie den Schreibtisch ab, riss die Schubladen auf, dann sah sie die Schere mit den langen silbernen Klingen und griff danach. Versteht man das etwa unter ausgleichender Gerechtigkeit?, fragte sie sich, als die spitzen Klingen in ihrer Hand zitterten. Oder war es Schicksal?

Sie steckte die Schere in ihren Gürtel, sicherte den Griff und lief los.

Als sie von der Lichtung zwischen die dichten Bäume trat, fielen die ersten Tropfen.

Noahs Hirn arbeitete messerscharf. Die reale Gefahr, die von der Waffe ausging, war ihm gar nicht bewusst, er konzentrierte sich nur auf den Mann. Ein Teil von ihm wusste, dass er hier in der grünen Dämmerung sterben konnte, aber er drängte den Gedanken schnell beiseite und stellte sich dem, was das Schicksal ihm vor zwanzig Jahren zugedacht hatte.

»Keinen Grund, Sam? Die vielen Jahre im Gefängnis sollen letztendlich auf nichts weiter hinauslaufen als auf Sie und mich hier im Regen?«

»Sie sind für mich ein Bonus. Ich hatte gar nicht damit gerechnet, noch einmal mit Ihnen sprechen zu können. Deshalb habe ich ein paar Bänder für Sie aufgenommen, für Ihr Buch.«

»Sie wollen immer noch ein Star sein? Dabei werde ich Ihnen aber nicht helfen. Glauben Sie vielleicht, dass ich Sie gehen lasse, damit Sie ihr wieder wehtun können? Sie werden sie nicht anfassen.«

»Das habe ich schon getan.« Sam hob seine freie Hand, rieb Daumen und Fingerspitzen zusammen. »Ich stand ganz dicht neben ihr. Ich konnte sie riechen. Nur Seife. Sie ist so hübsch geworden! Sie hat ausgeprägtere Gesichtszüge als Julie, vielleicht nicht so schöne, aber stärkere. Sie sah mich an. Sie sah mich direkt an und erkannte mich nicht. Wie sollte sie auch?«, fügte er murmelnd hinzu. »Warum sollte sie mich erkennen? Seit zwanzig Jahren bin ich für sie so tot wie ihre Mutter.«

»Haben Sie deshalb all das hier eingefädelt? Um für Olivia wieder lebendig zu werden? Wollten Sie mich für Ihre Geschichte interessieren, damit ich alte Erinnerungen ausgrabe, sie in Olivias Kopf wieder aufleben lasse, damit Sie auf sie losgehen konnten, sobald Sie freigelassen wurden?«

»Ich wollte, dass sie sich an mich erinnert. Verdammt, schließlich bin ich ihr Vater!« Wieder hob er seine Hand, bohrte seine Fingerspitzen in die Schläfe, wo der Schmerz jetzt deutlich pochte. »Ich habe ein Recht dazu. Wenigstens dazu habe ich das Recht.«

»Sie haben jedes Recht auf sie verloren.« Noah kam näher. »Sie sind nicht mehr Teil von ihrem Leben.«

»Vielleicht nicht, aber sie ist ein Teil von mir. Ich habe fast ein Drittel meines Lebens darauf gewartet, ihr das endlich sagen zu können.«

»Und ihr Angst einzujagen, weil sie weiß, was Sie sind. Sie hat alles gesehen. Sie war ein kleines, unschuldiges Kind. Ist es nicht genug, dass Sie ihr diese Unschuld genommen haben? Sie haben ihr die Spieluhr geschickt, um sie an Ihre Tat zu erinnern. Und die Anrufe, die weißen Rosen …«

»Rosen.« Ein verträumtes Lächeln breitete sich auf Sams Gesicht aus. »Früher habe ich weiße Rosen auf ihr Kopfkissen gelegt. Meine kleine Prinzessin.« Er presste seine Hand an die Schläfe und stieß dabei seine Kappe hinunter. »Schmerztabletten sind auch nicht mehr das, was sie mal waren. Ich erinnere mich an Mittel, nach denen man keinen Schmerz mehr fühlte.«

Er zwinkerte, kniff die Augen zusammen. »Eine Spieluhr?« Er schwenkte die Pistole in einer geistesabwesenden Geste, die Noah blass werden ließ. »Was für eine Spieluhr?«

»Die Blaue Fee. Die Sie in der Nacht zerbrachen, als Sie Ihre Frau in Olivias Zimmer geschlagen haben.«

»Daran erinnere ich mich nicht. Ich war zugekokst bis zu den Augäpfeln.« Plötzlich wurden seine Augen wieder klar. »Die Blaue Fee. Ich habe sie von ihrer Kommode gestoßen. Jetzt fällt es mir wieder ein. Sie weinte, und ich habe ihr gesagt, dass ich ihr eine neue kaufen würde. Dazu ist es nie gekommen.«

»Sie haben sie ihr vor ein paar Tagen geschickt.«

»Nein. Den Zwischenfall hatte ich völlig vergessen. Ich hätte es wiedergutmachen müssen, ich hätte sie damals nicht zum Weinen bringen dürfen. Sie war so ein gutes kleines Mädchen. Sie liebte mich.«

Trotz seiner Wut verspürte Noah Mitleid. »Sie sind krank und müde. Geben Sie mir die Waffe, damit ich Sie zurückbringen kann.«

»Wozu? Noch mehr Ärzte, noch mehr Medikamente? Ich bin so gut wie tot, Brady. Ich bin schon seit Jahren tot. Ich wollte sie nur noch einmal sehen. Und ich wollte, dass sie mich sieht. Sie ist alles, was ich noch habe.«

»Geben Sie mir die Waffe.«

Verwirrt betrachtete Sam die Pistole in seiner Hand. Dann lachte er auf. »Haben Sie geglaubt, die sei für Sie? Sie ist für mich bestimmt. Ich habe nur nicht den Mut, sie zu benutzen. Mein Leben lang war ich ein Feigling. Und wissen Sie, was mir bewusst wurde, Brady, als ich den Lauf in meinem Mund spürte? Als ich den Finger am Abzug hatte und nicht dazu fähig war, abzudrücken?«

Seine Stimme klang nun selbstbewusst und klar. »Ich habe Julie nicht getötet. Mir hätte der Mut gefehlt.«

»Lassen Sie uns darüber reden.« Während Noah einen Schritt

nach vorn machte und mit einer Hand nach der Waffe griff, hörte er ein Krachen im Gebüsch, nahm verschwommen eine Bewegung wahr.

Dann spürte er einen plötzlichen Schmerz in seiner Schulter. Ein Schrei erklang. Noah sah, wie sich David Melbourne mit verzerrtem Gesicht auf Sam warf und beide Männer zu Boden stürzten.

Auch Noah wurde von dem Angriff mitgerissen; während er seitlich abrollte, spürte er ein teuflisches Stechen in der Schulter. Er riss sich wieder hoch und packte Davids Hand, die das tödliche Messer führte, am Gelenk, aber seine blutigen Hände rutschten ab.

Die Klinge landete im regennassen Moos, kaum eine Handbreit von seinem Gesicht entfernt. Noah rappelte sich wieder hoch, stieß Melbourne zur Seite und warf sich auf die Pistole, die im Handgemenge auf den Boden gefallen war.

Als er sie in der Hand hielt, verschwand David gerade im Gebüsch.

»An ihn hätte ich niemals gedacht.« Sams Gesicht war zerkratzt und blutete, und die Schmerzen in seinem Kopf ließen seine Augen glasig wirken. »Ich hätte es wissen müssen, ich habe nie an ihn gedacht. Ein Dutzend anderer Männer kamen für mich in Betracht, dabei hätte sie die keines Blickes gewürdigt. Die Affären existieren nur in meiner Fantasie. Trotzdem hatte ich *sie* in Verdacht, aber niemals ihn.«

Während er sprach, wickelte er sein Taschentuch um die Wunde an Noahs Schulter. »Konnte er nicht einfach meinen Tod abwarten, anstatt mich auch noch umzubringen?«

Noah heulte vor Schmerzen auf und klammerte sich an Sams Hemd. »Es geht nicht um Sie. Wir müssen ihn finden, ihn aufhalten!«

Es blieb keine Zeit für lange Diskussionen. »Er läuft tiefer in den Wald hinein, aber vielleicht schlägt er nur einen Bogen und will zurück zum Haus.« Noah zögerte nur einen Moment. »Nehmen Sie das.« Er gab Sam Olivias Messer. »Sie werden gesucht. Wenn mein Vater Sie mit einer Pistole erwischt …«

»Frank ist hier?«

»Genau. Melbourne wird nicht weit kommen. Gehen Sie zum Haus. Ich versuche, seine Spur zu verfolgen.«

»Er darf Livvy nichts antun.«

Noah überprüfte die Abzugssicherung der Waffe und rannte tiefer in das Grün hinein.

Olivia wäre am liebsten Hals über Kopf in das Dickicht gelaufen, blindlings durch die Schatten, nach Noah rufend. Sie musste ihre ganze Selbstbeherrschung aufwenden, um sich bedächtig voranzubewegen und sich immer wieder nach Spuren umzusehen.

Am Waldrand waren Dutzende von Menschen hin- und hergelaufen und hatten unzählige Fußabdrücke hinterlassen. Inzwischen sickerte jedoch der Regen in den Boden, und wenn sie nicht bald eine Entscheidung traf, wären sogar diese Spuren nicht mehr zu erkennen. Er ist gerannt, erinnerte sie sich, und maß den Abstand zwischen den einzelnen Abdrücken.

Noah hatte lange Beine.

Genau wie ihr Vater.

Sie wandte sich Richtung Süden, wagte sich tiefer in die Dämmerung hinein.

Der Regen schien lebendig, murmelte auf dem Weg durch die Pflanzen und das Gewirr des Efeus. Die Luft war zäh, überall hing der durchdringende Geruch von Verwesung. Kleine Tiere huschten ihr aus dem Weg, raschelten leise in den nassen Büschen. Da der Wind die Baumwipfel abgekühlt hatte, überzog ein dünner Nebel den Boden und umspielte ihre Stiefel.

Inzwischen bewegte Olivia sich schneller, versuchte, ihrer Furcht zu entkommen. Jeder Schatten konnte eine Gefahr bergen, jede Kontur eine Bedrohung.

Sie verlor die Spur und hätte vor Enttäuschung fast geweint, weil sie ihre eigenen Schritte zurückverfolgen musste. Olivia spürte Panikwellen in ihrer Brust, konzentrierte sich jedoch auf den Waldboden und atmete erleichtert, fast triumphierend auf, als sie die Abdrücke wieder entdeckte. Dicht unter der Haut zitterten und vibrierten ihre Nerven, aber sie folgte weiter der Spur des Mannes, den sie liebte. Und der des Mannes, der ihr Leben zerstört hatte.

Als sie den Schrei hörte, bohrte sich die Angst wie eine eisige Klinge in ihr Herz.

Sie vergaß die Gebote der Logik, ließ sämtliche Vorsichtsmaßnahmen außer Acht und rannte los.

Ihre Füße glitten auf dem moderigen Boden aus. Umgestürzte Stämme versperrten ihr den Weg, sie musste hinüberspringen, um nicht zu stolpern. Von der Feuchtigkeit klebrige Pilze zerplatzten unter ihren Stiefeln. Plötzlich stürzte sie, stützte sich mit den Handballen im Moos ab und spürte einen stechenden Schmerz in ihren Knien.

Atemlos kam Olivia wieder auf die Füße, lehnte sich kurz an die grobe Rinde einer Hemlocktanne und lief dann wie blind durch das Efeu, das nach ihren Armen und Beinen zu greifen schien. Doch sie schlug nach den Ranken, riss daran, kämpfte sich den Weg frei.

Regen rann durch ihr Haar, tropfte über ihr Gesicht. Sie kniff die Augen zusammen – und entdeckte plötzlich das Blut.

Es versickerte im Boden, verblasste langsam im Regen. Zitternd fiel sie auf die Knie, berührte die feuchten, roten Spuren mit ihren Fingerspitzen.

»Nicht noch einmal, bitte nicht noch einmal.« Verzweifelt wiegte sie sich im plätschernden Regen, rollte sich zu einer Kugel zusammen. Furcht hämmerte auf sie ein, fuhr wie ein eisiger Sturm durch ihren Körper.

»Noah!« Sie lauschte dem klagenden Echo. Dann rappelte sie sich hoch, fuhr mit blutbeschmierten Fingern über ihr Gesicht und schrie noch einmal seinen Namen.

Als sie wieder loslief, galt ihr einziger Gedanke ihm.

Noah hatte sich verlaufen, war jedoch davon überzeugt, Melbournes Spur nicht verloren zu haben. Inzwischen fühlte sich die Pistole fast vertraut an, als ob er sie schon immer in der

Hand gehalten hätte. Und er zweifelte keine Sekunde mehr daran, dass er sie benutzen konnte.

Zwanzig Jahre lang war es diesem Mann gelungen zu verbergen, wer er wirklich war, was er getan hatte. Er hatte einen anderen im Gefängnis alt werden lassen, hatte den ergebenen Ehemann der Schwester seines Opfers gespielt, den großzügigen Onkel seiner Tochter.

Melbourne war reich geworden, hatte seine Rolle weitergespielt und dabei die ganze Zeit über die Erinnerung an einen grausamen Mord in sich getragen. Und sobald sich die Tür zu Sam Tanners Zellentür zu öffnen begann, war er zu einem weiteren Mord bereit gewesen.

Die Einbrüche und der Angriff auf Mike gingen auch auf Melbournes Konto. Dadurch wollte er versuchen, die Fertigstellung des Buches zu verhindern, dachte Noah, während er sich mit bedächtigen Schritten durch den nassen Wald bewegte. Wie oft hatte er in den zwanzig langen Jahren befürchten müssen, doch noch entlarvt zu werden?

Also hatte er es noch einmal so eingerichtet, dass alle Hinweise auf Sam deuteten, wollte seine Taten erneut einem Unschuldigen unterschieben.

Und diesmal hatte er es auf Olivia abgesehen. Aus Angst, dass sie ihn in jener Nacht gesehen haben könnte, sich an ein noch so kleines Detail erinnern würde, das sich all die Jahre in ihrer Erinnerung verborgen hatte. Ein Bruchstück, das zu der Geschichte passte, die Sam erzählen wollte.

Und gemäß den kaltblütigen Gedankengängen eines Mannes, der die Schwester seiner Frau töten und dann eine Generation lang einträchtig mit ihrer Familie leben konnte, steckte tatsächlich eine grausame Logik dahinter.

Bis er, Noah ins Spiel gekommen war, und mit ihm die Aussicht auf das Buch, eine erneute, gründliche Untersuchung des Falles, die Interviews mit Olivia, in denen sie sich auf die Erinnerungen an die Nacht konzentrieren musste, die ihre Familie bisher glücklicherweise zusammen mit Julie begraben hatte.

Solange sie Angst hatte, konnte sie nicht sprechen, nicht nachdenken, sich nicht erinnern.

Oder wenn sie tot war, konnte sie auch nicht mehr sprechen.

Dann hörte Noah, wie sie seinen Namen rief.

Vierunddreißigstes Kapitel

Das Monster war zurückgekehrt. Der Geruch von Blut klebte an ihm. Seine Schritte lösten Panik in ihr aus.

Sie musste rennen, doch dieses Mal lief sie ihm entgegen.

Der dichte, dunkle Wald, der ihr früher als Zufluchtsort gedient hatte, der ihr immer noch ein Gefühl der Geborgenheit vermittelt hatte, umgab sie wie in einem Alptraum. Die hohen, majestätischen Bäume erschienen ihr plötzlich nicht mehr wie ein Beweis für die Allmacht der Natur, sie wurden zu einem lebendigen Käfig, der für sie zur Falle werden konnte und dem Monster als Versteck diente. Der leuchtend grüne Moosteppich saugte sich als brodelnder Morast an ihren Stiefeln fest. Sie hastete durch Farnkraut, zerriss die grünen Fächer zu glitschigen Fetzen, glitt auf einem verrotteten Baumstamm aus, zerstörte die unzähligen Mikrokosmen, die er beherbergte.

Vor ihr, neben ihr, hinter ihr tauchten grüne Schatten auf, schienen ihren Namen zu flüstern.

Livvy, mein Liebling. Ich will dir eine Geschichte erzählen.

Ihr Atem ging stoßweise, sie spürte Trauer, Furcht und Verlust in sich aufkeimen. Das Blut an ihren Fingerspitzen war inzwischen eiskalt.

Der Regen trommelte unablässig auf die windgepeitschten Baumkronen und lief in Rinnsalen über die flechtenbedeckte Baumrinde bis auf den Boden, der ihn durstig aufsaugte. Die ganze Welt schien feucht und unersättlich.

Sie wusste nicht mehr, ob sie Jägerin oder Gejagte war, aber ein tiefer, ursprünglicher Instinkt sagte ihr, dass sie in Bewegung bleiben musste, wenn sie überleben wollte.

Sie würde ihn finden, oder er würde sie finden. Und dann wäre es vorbei. Sie wollte nicht als Feigling sterben.

Und wenn es auf dieser Welt einen Schimmer von Hoffnung gab, würde sie den Mann finden, den sie liebte. Lebendig.

Sie spürte sein Blut auf ihrer Handfläche, strich zuversichtlich darüber.

Nebel wehte um ihre Stiefel, brach sich an ihren langen, entschlossenen Schritten. Ihr Herz pochte in einem wilden, pulsierenden Rhythmus gegen ihre Rippen, ihre Schläfen, ihre Fingerspitzen.

Über sich hörte sie ein Donnern, ein gewaltiges Krachen, und sprang gerade noch rechtzeitig zur Seite, ehe ein morscher alter Ast auf dem Waldboden zerbarst.

Ein kleiner Tod, der neues Leben brachte.

Sie schloss ihre Hand fester um ihre einzige Waffe und wusste, dass sie töten würde, um zu überleben.

Und in dem dunkelgrünen Licht, hinter tiefen Schatten versteckt, sah sie das Monster, das sie aus ihren Alpträumen kannte.

Blutbeschmiert stand es da und sah sie an.

Bittere Wut beherrschte ihr Denken. »Wo ist Noah? Was hast du ihm angetan?«

Er lag auf den Knien, eine Hand an die Seite gepresst, aus der das Blut heraussickerte. Der Schmerz war so beißend scharf, dass er bis in seine Knochen und in seine Eingeweide drang.

»Livvy.« Er flüsterte ihren Namen, Gebet und Bitte zugleich. »Lauf.«

»Ich bin mein Leben lang vor dir weggelaufen.« Sie trat näher an ihn heran, getrieben von einem Bedürfnis, das seit ihrer Kindheit in ihr schlummerte. »Wo ist Noah?«, wiederholte sie. »Ich schwöre dir, dass ich dich umbringe, wenn du noch jemanden getötet hast, den ich liebe.«

»Ich war es nicht. Weder damals noch heute.« Sein Blick verschwamm. Groß und schlank stand sie vor ihm und sah ihn mit den Augen ihrer Mutter an. Dann schien sie zu schwanken. »Er ist noch in der Nähe. Um Gottes willen, lauf weg!«

Sie hörten das Krachen im Gebüsch gleichzeitig. Olivia drehte sich um, ihr Herz machte einen hoffnungsvollen Sprung. Doch Sam rutschte erschrocken zur Seite.

»Halte dich von ihr fern!« Sam musste seine ganze Kraft aufwenden, um wieder auf die Füße zu kommen. Er versuchte, Olivia hinter sich zu drängen, taumelte jedoch nur gegen sie.

»Du hättest im Gefängnis verrecken sollen.« Der Regen lief über Davids blutbeschmiertes Gesicht, das Messer in seiner Hand tropfte. »Nichts von alledem wäre passiert, wenn du einfach krepiert wärst.«

»Onkel David!« Der Schock, ihn so zu sehen, mit gehetztem Blick und blutiger Kleidung, ließ Olivia nach vorn treten. Verzweifelt zog Sam sie zurück und klammerte sich an sie.

»Er hat sie getötet! Hör mir zu. Er hat sie getötet. Er liebte sie und konnte sie nicht haben. Geh nicht zu ihm.«

»Bleib von ihm weg, Livvy, komm her zu mir!«

»Ich will, dass du wegläufst«, bedrängte Sam sie. »Lauf weg wie in jener Nacht und versteck dich. Du musst Noah finden!«

»Hör nicht auf ihn.« Davids Lächeln ließ ihr Blut gefrieren. »Du hast gesehen, was er ihr in jener Nacht angetan hat. Er war nie gut genug für sie. Nie der Richtige. Ich war immer für dich da, Livvy.«

»Sie wollte dich nicht.« Sams Stimme klang schwach und angestrengt, er kämpfte mittlerweile gegen die Bewusstlosigkeit an. »Sie hat nur mich geliebt.«

»Halt's Maul!« Davids Parodie eines Lächelns verzerrte sich zu einem Knurren. Seine Gesichtszüge verdunkelten sich bedrohlich. »Sie wäre zu mir gekommen, wenn du nicht im Weg gestanden hättest.«

»O Gott! O mein Gott!« Olivia starrte David an und verlagerte ihr Gewicht, um ihren Vater zu stützen. »Du! Du warst es!«

»Sie hätte auf mich hören sollen. Ich *liebte* sie! Ich habe sie immer geliebt. Sie war so schön, so vollkommen. Ich hätte sie wie einen Engel behandelt. Was hat er schon für sie getan? Er zog sie mit sich in den Abgrund, machte sie unglücklich, dachte nur an sich selbst.«

»Du hast Recht. Ich habe sie schlecht behandelt.« Sam ließ sich gegen Olivia fallen und murmelte: »Lauf.« Aber sie schüttelte nur den Kopf und hielt ihn fest. »Ich hatte sie nicht verdient.«

»Ich hätte ihr alles gegeben.« Tränen rannen aus Davids Augen, und die Hand mit dem Messer sank an seine Seite. »Mit mir wäre sie nie unglücklich gewesen. Ich musste mich mit der zweiten Wahl begnügen und habe dann Jamie all das gegeben, was ich eigentlich Julie schenken wollte.«

»Du warst in jener Nacht im Haus.« Sam spürte seine Wunde nicht mehr. Er richtete sich auf, schnappte nach Luft und betete um die Kraft, sich von seiner Tochter wegzubewegen.

»Weißt du, wie viel Mut es mich gekostet hat, zu ihr zu gehen, ihr all das zu sagen, was ich auf dem Herzen hatte? Julie ließ mich ein, strahlte mich an. Sie war mit ihren Zeitungsausschnitten beschäftigt und trank ein Glas Wein. Die Musik lief, ihr Lieblingsstück von Tschaikowski. Sie sagte, dass sie sich freue, Gesellschaft zu haben.«

»Sie hat dir vertraut.«

»Ich habe ihr mein Herz ausgeschüttet, sagte ihr, dass ich sie liebte, sie schon immer geliebt hatte. Dass ich Jamie verlassen würde, damit wir zusammen sein konnten. Sie sah mich an, als ob ich wahnsinnig wäre, stieß mich zurück, als ich sie umarmen wollte. Sie befahl mir, das Haus zu verlassen, zu vergessen, was ich gesagt hatte. Vergessen!« Er spie das Wort aus.

»Sie liebte meinen Vater«, murmelte Olivia.

»Sie irrte sich! Ich wollte sie nur davon überzeugen, dass sie sich irrte. Hätte sie sich nur nicht gewehrt, dann hätte ich ihr Nachthemd nicht zerrissen. Daraufhin wurde sie wütend, schrie mich an, dass ich endlich ihr Haus verlassen sollte. Sie sagte, dass sie Jamie alles erzählen würde, dass ich Abschaum wäre. Abschaum! Dass sie mich nie wiedersehen, nie mehr mit mir sprechen wollte. Ich – ich konnte gar nicht verstehen, was sie sagte, es war so scheußlich. Sie drehte sich um, wandte sich von mir ab, als ob ich nichts wäre. Und ich hielt die Schere in der Hand. Dann stieß ich zu. Ich glaube, sie hat geschrien«, sagte er leise. »Ich bin mir nicht sicher. Ich weiß es nicht mehr. Ich erinnere mich nur noch an das Blut.«

Seine Augen wurden wieder klar, fixierten Olivia. »Es war ein Unfall. Ein einziger Augenblick, ein schrecklicher Irrtum. Aber ich konnte die Worte nicht zurücknehmen. Ich konnte es nicht ungeschehen machen.«

Ich muss ruhig bleiben, befahl Olivia sich. Ihr Vater blutete stark. Ihr war klar, dass sie ihrem Onkel davonlaufen und ihn im Wald abschütteln konnte. Aber wie konnte sie ihren Vater zurücklassen? Wie konnte sie weglaufen und sich wieder verstecken?

Diesmal würde sie bei ihm bleiben und ihn beschützen. Und darum beten, dass endlich Hilfe kam. »Du hast mich in deinen Armen gehalten, als ich um sie weinte.«

»Ich habe auch geweint!« David war wütend, dass sie ihn nicht verstand. Genau wie ihre Mutter. Genau wie Julie ihn nicht verstanden hatte. »Wenn sie mir nur zugehört hätte, wäre es nie passiert. Warum sollte ich dafür bezahlen? Er hatte ihr wehgetan, er war es, der bezahlen sollte. Ich musste mich und mein Leben schützen. Ich musste weg. Auf dem Boden war so viel Blut, dass mir fast schlecht wurde.«

»Wie ist es dir gelungen, dich aus dem Haus zu stehlen und dich wieder neben Tante Jamie ins Bett zu legen?«, fragte Olivia, um ihn abzulenken, und lauschte verzweifelt nach einem Geräusch, hörte jedoch nur das Plätschern des Regens.

»Ich zog mich aus, schnürte meine Kleidung zu einem Bündel. Dann ging ich nach draußen zum Pool und wusch das Blut ab. Im Umkleidehaus lag immer Reservekleidung, niemand würde sie vermissen. Später wollte ich meine eigenen Sachen in einer Mülltonne irgendwo in der Stadt loswerden. Ich ging zurück zum Haus, weil ich hoffte, dass alles vielleicht nur ein böser Traum gewesen war. Aber es war kein

Traum. Ich glaubte, dich oben gehört zu haben, war mir aber nicht sicher.«

»Du weißt, dass ich aufwachte. Ich hatte Mamas Schrei gehört.«

»Ja, das habe ich später erfahren. Ich musste nach Hause, falls Jamie aufwachte und bemerkte, dass ich nicht da war. Erst als sie dich zu uns brachten, fragte ich mich, ob du mich vielleicht gesehen oder etwas gehört hattest. Zwanzig Jahre lang habe ich mich das gefragt.«

»Nein, ich habe dich nicht gesehen. Ich hatte keine Ahnung.«

»So hätte es bleiben können. Alle hatten es verdrängt, die Tür verschlossen, bis Brady mit seinem Buch auftauchte. Wie konnte ich sicher sein, dass du dich nicht doch an meine Stimme oder mein Auto erinnern würdest, wenn du dich endlich in jene Nacht zurückversetzen musstest? Begreifst du nicht, dass mein ganzes Leben auf dem Spiel stand? Ich hatte alles getan, um diese eine Nacht wiedergutzumachen.«

»Du hast meinen Vater ins Gefängnis gehen lassen.«

»Ich lebte selbst in einem Gefängnis.« Jetzt liefen Tränen über seine Wangen. »Ich habe auch bezahlt. Mir war klar, dass du genau bist wie sie. Ich wusste, wenn es zur Konfrontation kommt, würdest du ihn wählen. Ich habe dich immer geliebt, Livvy. Du hättest unsere Tochter sein sollen. Meine und Julies. Aber das ist nun vorbei. Ich muss mich schützen. Ich muss es zu Ende bringen.«

Und er stürzte auf Olivia zu, das Messer hoch erhoben in seiner Hand.

Es war genau wie in seinem Traum – die Dunkelheit, die Bäume, das Murmeln des Regens, der Wind. Er lief, bis das Herz in seiner Brust zu zerspringen drohte, und konnte sie doch nicht finden. Jedes Geräusch ließ ihn eine neue Richtung einschlagen, jeden Ruf eines Nachtvogels hielt er für den Klang ihrer Stimme.

Die betäubende Angst, dass er zu spät kommen könnte,

dass er niemals aus diesem Alptraum erwachen und sie an sich geschmiegt neben sich im Bett finden würde, trieb ihn an.

Olivia war irgendwo in dem weiten, undurchdringlichen Labyrinth des Waldes, irgendwo außer Reichweite.

Er blieb stehen und lehnte sich gegen eine Hemlocktanne, um das Durcheinander in seinem Kopf zu ordnen. Die Luft war so zäh, dass er mit jedem seiner Atemzüge Wasser aufzunehmen glaubte. Seine Schulter brannte wie Feuer, das weiße Taschentuch, das über die Wunde gelegt war, hatte sich längst rot verfärbt.

Einen Augenblick lang blieb er still stehen und lauschte. Hörte er das Murmeln von Stimmen, oder nur Regentropfen? Geräusche schienen aus einem Dutzend unterschiedlicher Richtungen auf ihn einzuströmen, dann versickerten sie im Wald. Jetzt konnte er sich nur noch auf seinen Instinkt verlassen. Im Vertrauen darauf wandte er sich nach Westen.

Als sie diesmal aufschrie, befand er sich ganz in ihrer Nähe.

Sam schob Olivia zur Seite und rammte mit letzter Kraft seinen Körper gegen David. Als ihn das Messer noch einmal traf, spürte er nur noch Verzweiflung. Er stolperte, taumelte, und Olivia sprang auf die Füße, um ihn aufzufangen.

Dann ging auf einmal alles sehr schnell. Ihr Vater stürzte, sie hörte Schritte auf dem feuchten Boden und fühlte das Messer an ihrer Kehle.

»Lass sie los.« Noah stand breitbeinig im Moos und hielt die Pistole wie ein Polizist. Die Furcht pochte heiß in seinem Blut.

»Ich werde sie umbringen. Du weißt, dass ich dazu fähig bin. Lass die Waffe fallen, oder ich schlitze ihr die Kehle auf, dann ist alles vorbei.«

»Das glaube ich kaum, denn dann haben Sie keinen Schutzschild mehr.« O Gott, Liv, o Gott, beweg dich nicht. Er warf einen schnellen Blick auf sie, sah die nackte Angst in ihren Augen, das Blut, das in einem dünnen Rinnsal an ihrer Kehle herunterlief. »Gehen Sie von ihr weg! Lassen Sie sie gehen!«

»Waffe runter!« Er riss Olivias Kopf mit der flachen Seite

des Messers hoch. »Sie ist tot, hörst du mich? Sie ist tot, wenn du nicht sofort die Waffe wegwirfst.«

»Er tötet mich sowieso.«

»Halt die Klappe! Halt verdammt noch mal die Klappe!« Wieder ritzte David ihre Haut ein, und Olivia sah, dass Noahs Hand zuckte und sich senkte.

»Tun Sie es nicht. Tun Sie ihr nicht weh.«

»Lass sie fallen!«

Olivia sah die Entschlossenheit in Noahs Augen. »Er wird mich umbringen, egal, was du tust. Und dann tötet er dich. Lass ihn nicht noch einen Menschen umbringen, den ich liebe. Er darf nicht gewinnen.«

Ihre Hand schloss sich um das kalte Metall der Schere, sie zog sie in einer schnellen Bewegung heraus und bohrte sie in seinen Schenkel. David schrie laut auf, krümmte sich vor Schmerz und ließ die Hand mit der Klinge sinken.

Einen Herzschlag später hörte sie das kurze Pfeifen der Kugel, als sie sich umdrehte, sah sie, wie sich das Blut auf Davids Hemd ausbreitete, sah den erstaunten Ausdruck auf seinem Gesicht, mit dem er gegen sie taumelte.

Sie trat nicht zurück. Und sie fragte sich später nie, ob sie Zeit dazu gehabt hätte. Die Spitze der Schere glitt ein zweites Mal geräuschlos in seinen Körper.

Sein Gewicht drückte sie zu Boden. Bevor sie seitlich wegrollen konnte, zog Noah sie auf die Füße und hielt sie fest. Seine Arme, die bisher so ruhig geblieben waren, begannen zu zittern.

»Es geht dir gut. Dir ist nichts passiert.« Er sagte es wieder und wieder, und seine Hände streichelten sie zitternd. »Er hat dich verletzt.« Seine Finger strichen zärtlich über ihren Hals. »O Gott, Liv.«

Sie schmiegte sich an ihn. Ihr Kopf wurde leicht, schien irgendwo über ihren Schultern zu schweben. »Ich dachte, er hätte dich getötet! Ich sah das Blut und dachte … Nein!« Sie zuckte plötzlich zurück, legte ihre Hände an Noahs Gesicht. »Daddy!«

Sie riss sich von Noah los und sank neben ihrem Vater auf den Boden. »O nein, nein, nein! Nicht. Bitte. Es tut mir leid. Es tut mir so leid, Daddy.« Sie konnte nur ihre Hand gegen seine Wunde pressen, um die Blutung zu stoppen.

»Nicht weinen, Livvy.« Er berührte ihr Gesicht. »So ist es am besten für mich. Meine Zeit wäre sowieso bald abgelaufen. Ich musste dich nur noch einmal sehen. Es war das Einzige, was ich noch wollte. Du hast die Augen deiner Mutter.« Er lächelte leicht. »Ich habe sie in vieler Hinsicht enttäuscht.«

»Nicht, bitte nicht.« Sie drückte ihr Gesicht an seinen Hals. »Noah, bitte hilf mir!«

»Wenn ich ein normaler Mensch gewesen wäre, wie sie es von mir glaubte, würde sie noch leben.«

»Du darfst nicht sprechen. Wir müssen die Blutung aufhalten! Jeden Moment muss Hilfe kommen.« Sie presste die Stofffetzen, die Noah ihr gab, auf die Wunde. »Sie suchen schon nach uns, und dann bringen wir dich ins Krankenhaus.«

»Du bist ein kluges Mädchen, du solltest es besser wissen.« Seine Augen verdunkelten sich, dann sah er Noah an. »Sie ist clever, nicht wahr, Brady?«

»Da haben Sie Recht.« Er drückte noch einen Fetzen seines Hemdes auf die Wunde in Sams Seite. »Deshalb sollten Sie auf sie hören.«

»Ich würde lieber als Held sterben.« Sein kurzes Lachen endete in einem gequälten Husten. »Ich habe immer noch genug von einem Schauspieler in mir, um das zu genießen. Ist das Schwein tot?«

»So tot wie Moses«, erwiderte Noah.

»Gott sei Dank.« Der Schmerz wurde schwächer. »Livvy!« Er griff nach ihrer Hand. »Als ich dich in jener Nacht suchte, nachdem du mich gesehen hattest, wollte ich dir nichts tun.«

»Das weiß ich jetzt. Ich weiß. Bitte verlass mich noch nicht, ich habe dich doch gerade erst gefunden.«

»Es tut mir leid, Livvy. Ich wollte, dass du mich einmal ansiehst, nur einmal, dass du weißt, wer ich bin. Und zuletzt konnte ich dir doch noch helfen. Eine kleine Wiedergutmachung für die vielen Jahre, in denen ich nicht dazu in der Lage war.« Seine Blick verschwamm und wurde noch dunkler. »Schreiben Sie das Buch, Brady. Schreiben Sie die Wahrheit.«

»Darauf können Sie sich verlassen.«

»Passen Sie auf mein kleines Mädchen auf. Küss mich noch einmal, Livvy, mein Liebling.«

Tränen schnürten ihr die Kehle zu, als sie ihre Lippen auf seine Wange drückte und spürte, wie seine Hand in ihrer schlaff wurde. In ihrem Kummer stieß sie ein langes, kehliges Stöhnen aus.

Noah saß bei ihr, als sie den Körper ihres Vaters wiegte und im Regen bittere Tränen vergoss.

Sie schlief lange, weil Noah ihr ein Beruhigungsmittel eingeflößt hatte. Als sie benommen von Medikamenten, Kummer und Schock erwachte, war es schon Mittag.

Sie hörte die Vögel singen, spürte die Sonnenstrahlen auf ihrem Gesicht. Und als sie die Augen öffnete, saß Noah an ihrem Bett.

»Hast du nicht geschlafen?«

Er hielt bereits ihre Hand, schien sie nicht mehr loslassen zu wollen. »Doch, ein bisschen.«

»Alles, was passiert ist, dreht sich in meinem Kopf, aber es kommt mir so vor, als ob meine Gedanken in Watte verpackt wären.«

»Im Augenblick ist es vielleicht besser so.«

»Du hast mir das Leben gerettet.«

»Ehrensache.« Er beugte sich zu ihr hinüber, um sie zu küssen. »Zwing mich nicht noch einmal dazu.«

»Einverstanden. Wie geht es deiner Schulter?«

»Ich könnte behaupten, dass es eine Lappalie ist, aber warum sollte ich lügen? Sie schmerzt höllisch.«

Olivia setzte sich auf, zog den Ärmel seines T-Shirts hoch und drückte ihre Lippen an den Verband.

»Danke. Warum versuchst du nicht, noch etwas zu schlafen?«

»Nein, ich muss jetzt wirklich aufstehen.« Sie sah ihm in die Augen. »Ich möchte einen Spaziergang machen. Geh mit mir im Wald spazieren, Noah.«

Als sie sich angezogen hatte, streckte sie eine Hand nach ihm aus. »Wo ist meine Familie?«

»Sie schlafen noch. Deine Großeltern waren fast bis Sonnenaufgang bei Jamie.«

Sie nickte. »Und deine Eltern?«

»Im Gästezimmer.«

»Sie werden uns brauchen. Aber jetzt brauche ich erst einmal diesen Spaziergang.«

Sie gingen die Hintertreppe hinunter und verließen das Haus durch die Küchentür.

»Dein Vater …«, begann Olivia, »als sie uns fanden, wusste er wohl nicht, ob er stolz auf dich sein sollte oder entsetzt.« Sie atmete tief aus und wieder ein. »Ich glaube, er war beides.«

»Er hat mir selbst beigebracht, wie man mit einer Waffe umgeht, dass man Respekt vor ihr haben muss. Ich weiß aber, dass er dabei hoffte, dass ich nie eine benutzen muss.«

»Ich weiß nicht, was ich denken soll, Noah. All die Jahre habe ich geglaubt, dass mein Vater ein Mörder ist. Ich hatte ihn verloren, als ich vier war, und jetzt habe ich ihn zurück. Ich habe ihn auf eine Art zurückbekommen, die mein ganzes bisheriges Leben in einem anderen Licht erscheinen lässt, und ich kann es ihm nicht mehr sagen.«

»Er wusste es.«

»Es hilft mir, dass ich mich an diese Vorstellung klammern kann.« Sie hielt seine Hand fester. Mittlerweile schlenderten sie zwischen den Bäumen hindurch. »Ich bin nicht weggelaufen. Ich habe ihn nicht im Stich gelassen. Diesmal bin ich nicht weggelaufen und habe mich versteckt. Mit allem anderen kann ich leben, weil ich nicht weggelaufen bin.«

»Liv, du hast ihm am Ende seines Lebens genau das gegeben, was er sich gewünscht hatte. Du hast ihn angesehen, und du hast ihn erkannt. Er hat deutlich gesagt, dass das sein letzter Wunsch war.«

Sie nickte und dachte über Noahs Worte nach. »Mein Leben lang habe ich meinen Onkel geliebt. Er war eine Vaterfigur für mich, ich habe ihn bewundert, ihm vertraut. Dabei war er gar nicht das, wofür ich ihn hielt. O Gott, Noah, wie wird Tante Jamie damit zurechtkommen? Wie kann sie damit leben?«

»Sie hat dich und die anderen Familienmitglieder. Sie wird es überstehen.«

»Ich hoffe, sie bleibt hier, zumindest für eine Weile, bis sie sich erholt hat.«

»Ich glaube, dass sie jetzt genau das von dir hören sollte.«

Olivia nickte wieder und lehnte sich an ihn. »Du weißt immer, was die Leute hören wollen.« Sie stieß einen Seufzer aus. »Ich hatte Angst, dass ich mich nie wieder im Wald wohlfühlen könnte. Aber zum Glück kann ich es doch. Es ist so schön hier, so lebendig. Hier gibt es keine Monster.«

»Nein, nie mehr.«

»Ich liebe diesen Ort.« Er hatte sie stets beschützt, ihr das Leben gerettet. Jetzt hatte sie die Wahl: Entweder sie lebte so weiter wie bisher, oder sie wagte einen neuen Anfang.

Olivia ließ Noahs Hand los und drehte sich im Kreis. »Aber da gibt es noch einen anderen Ort, an der Küste. Dichte Vegetation, ein wunderbarer alter Wald mit Blick auf den Pazifik, der sich an den Klippen bricht.« Sie blieb stehen, sah ihn ernst an. »Dort sollten wir unser Haus bauen.«

Noah starrte sie an, während ganz unterschiedliche Gefühle auf ihn einstürmten und sich schließlich eine ruhige Freude in ihm ausbreitete. »Wie viele Schlafzimmer?«

»Fünf, wie bereits besprochen.«

»In Ordnung. Stein oder Holz?«

»Beides.« Ihre Lippen zuckten, und ihre Augen funkelten, weil er nickte und näherkam.

»Wann?«

»Sobald du mich bittest, deine Frau zu werden, was du bisher versäumt hast.«

»Ich wusste doch, dass ich etwas vergessen hatte.« Olivia lachte, und Noah nahm sie in seine Arme. »Ich habe lange auf dich gewartet.« Seine Lippen streiften ihren Mund, hielten inne und küssten sie dann ausgiebig. »Lass mich nicht noch länger warten. Heirate mich.«

»Ja.« Sie nahm sein Gesicht in beide Hände. »Zwischen den Bäumen und den Blumen. Und zwar bald.« Sie lächelte und zog ihn an sich, bis ihre Lippen seine Wangen berührten. »Ich liebe dich, Noah. Ich möchte mein Leben mit dir verbringen. Von jetzt an. Wir haben beide lange genug gewartet.«

Werkverzeichnis der im Heyne und Diana Verlag erschienenen Titel von Nora Roberts

› Zusatzmaterial

HEYNE ‹

Die Autorin

Nora Roberts wurde 1950 in Silver Spring, Maryland, als einzige Tochter und jüngstes von fünf Kindern geboren. Ihre Ausbildung endete mit der Highschool in Silver Spring. Bis zur Geburt ihrer beiden Söhne Jason und Dan arbeitete sie als Sekretärin, anschließend war sie Hausfrau und Mutter. Anfang der Siebzigerjahre zog sie mit ihrem Mann und den beiden Kindern nach Maryland aufs Land. Sie begann mit dem Schreiben, als sie im Winter 1979 während eines Blizzards tagelang eingeschneit war. Nachdem Nora Roberts jedes im Haus vorhandene Buch gelesen hatte, schrieb sie selbst eins. 1981 wurde ihr erster Roman *Rote Rosen für Delia* (Originaltitel: *Irish Thoroughbred*) veröffentlicht, der sich rasch zu einem Bestseller entwickelte. Seitdem hat sie über 200 Romane geschrieben, von denen weltweit über 500 Millionen Exemplare verkauft wurden; ihre Bücher wurden in mehr als 30 Sprachen übersetzt. Sowohl die Romance Writers of America als auch die Romantic Times haben sie mit Preisen überschüttet; sie erhielt unter anderem den Rita Award, den Maggie Award und das Golden Leaf. Ihr Werk umfasst mehr als 195 New-York-Times-Bestseller, und 1986 wurde sie in die Romance Writers Hall of Fame aufgenommen.

Heute lebt die Bestsellerautorin mit ihrem Ehemann in Maryland.

E-Books

Alle Romane in diesem Werkverzeichnis sind auch als E-Book erhältlich.

Besuchen Sie Nora Roberts auf ihrer Website
www.noraroberts.com

1. *Einzelbände*

Licht in tiefer Nacht *(Come Sundown)*

So lange Bodine denken kann, liegt ein Schatten über dem Familienanwesen. Ihre Tante Alice lief mit achtzehn fort und wurde nie wieder gesehen. Was niemand ahnt: Alice lebt. Nicht weit entfernt, ist sie Teil einer Familie, die sie nicht selbst gewählt hat …

Dunkle Herzen *(Divine Evil)*

Eine New Yorker Bildhauerin erlebt in ihren Albträumen eine »Schwarze Messe«, welche in ihrem Heimatort in Maryland stattfindet. Sie erinnert sich an den grauenvollen Tod ihres Vaters und entschließt sich zur Heimkehr in ihr Elternhaus. Dunkle Mächte werden daraufhin wiedererweckt.

Erinnerung des Herzens *(Genuine Lies)*

Eine alleinerziehende Mutter und erfolgreiche Autorin soll für eine Filmdiva die Memoiren verfassen. Sie erhält deshalb immer häufiger Drohbriefe, je mehr sich die Diva in ihren brisanten Informationen öffnet.

Gefährliche Verstrickung *(Sweet Revenge)*

Die schöne Adrianne führt ein Doppelleben: bei Tag elegante Society-Lady, bei Nacht gefürchtete Juwelendiebin. Doch all ihre Einbrüche sind bloß Fingerübungen für ihren größten Coup: Sie will jenen Mann bestehlen, der einst ihrer Mutter das Leben zur Hölle machte. Nur einer könnte ihre Pläne zunichtemachen: Philip Chamberlain, Ex-Juwelendieb und Interpol-Agent …

Das Haus der Donna *(Homeport)*
Eine amerikanische Kunstexpertin wird zu einer wichtigen Expertise über eine Bronzefigur aus der Zeit der Medici nach Florenz eingeladen, doch vorher wird sie überfallen und mit einem Messer bedroht. Die Echtheit der Figur und der Überfall stehen in einem gefährlichen Zusammenhang.

Im Sturm des Lebens *(The Villa)*
Teresa Giambelli legt die Führung ihrer Weinfirma in die Hände ihrer Enkelin Sophia und in die von Tyker, dem Enkelsohn ihres zweiten Mannes, beide charakterlich sehr unterschiedlich. Als vergiftete Weine der Firma auftauchen, erkennen beide, dass sie gemeinsam für ihre Familie und das Weingut kämpfen müssen.

Insel der Sehnsucht *(Sanctuary)*
Anonyme Fotos beunruhigen die Fotografin Jo Hathaway, und deshalb kommt sie nach Jahren zurück in ihr Elternhaus auf der Insel Desire. Dort findet sie ihren Vater und die Geschwister vor. Jo versucht herauszufinden, weshalb ihre Mutter vor langer Zeit verschwand.

Lilien im Sommerwind *(Carolina Moon)*
South Carolina. Tory Bodeen findet keine Ruhe, seit vor achtzehn Jahren ihre beste Schulfreundin Hope ermordet wurde. Heimlich stellt sie Nachforschungen an, unterstützt von Hopes Bruder. Sie stellen fest, dass Hope das erste Opfer einer Mordserie ist.

Nächtliches Schweigen *(Public Secrets)*
Der Sohn eines umjubelten Bandleaders wird entführt und dabei versehentlich getötet. Die Tochter Emma beobachtet die Untat, stürzt dabei und verliert jede Erinnerung an die Täter. Sie quält sich mit Vorwürfen und versucht mithilfe eines Poli-

zeibeamten, ihr Gedächtnis wiederzuerlangen. Dadurch gerät sie in große Gefahr.

Rückkehr nach River's End *(River's End)*

Auf mörderische Weise verliert die kleine Livvy ihre Eltern, ein Hollywood-Traumpaar. Die Großeltern bieten ihr im friedlichen River's End eine neue Heimat. Jahre später kommen die Erinnerungen und damit die Gefahr, dass bedrohlicher Besuch eintreffen könnte.

Der Ruf der Wellen *(The Reef)*

Auf der Suche nach einem geheimnisumwitterten Amulett vor der Küste Australiens wird James Lassiter bei einem Tauchgang ermordet. Dessen Sohn Matthew und sein Onkel sind weiter auf der Suche, zusammen mit Ray Beaumont und dessen Tochter Tate, und entdecken ein spanisches Wrack.

Schatten über den Weiden *(True Betrayals)*

Nach der Trennung von ihrem Mann erhält Kelsey einen Brief von ihrer totgesagten Mutter. Diese widmet sich seit ihrer Entlassung aus dem Gefängnis der Pferdezucht in Virginia. Kelsey entdeckt dort ihre Wurzeln, verliebt sich, beginnt aber auch in der Vergangenheit ihrer Mutter zu forschen: Weshalb wurde ihr ein mysteriöser Mord zur Last gelegt?

Sehnsucht der Unschuldigen *(Carnal Innocence)*

Innocence am Mississippi ist für die Musikerin Caroline Waverly der richtige Ort der Erholung nach einer monatelangen Tournee mit Beziehungskonflikten. Tucker Longstreet, Erbe der größten Farm in Innocence, verliebt sich in Caroline. Drei Frauen werden innerhalb einiger Wochen ermordet, eine von ihnen war die ehemalige Geliebte von Tucker.

Die Tochter des Magiers *(Honest Illusions)*
Roxanne teilt das geerbte Talent für Magie mit Luke, einem früheren Straßenjungen, den ihr Vater, ein Zauberkünstler, einst aufnahm. Allerdings erleichtern sie Reiche auch um deren Juwelen. Sie werden Partner in der Zauberkunst und in der Liebe. Ein dunkler Punkt in Lukes Vergangenheit lässt ihn verschwinden – Jahre später taucht er wieder auf ...

Tödliche Liebe *(Private Scandals)*
Die erfolgreiche Fernsehmoderatorin Deanna Reynolds hat Glück im Beruf – und in der Liebe mit dem Reporter Finn Riley. Doch eine eifersüchtige Kollegin und anonyme Fanpost machen ihr das Leben schwer.

Träume wie Gold *(Hidden Riches)*
Philadelphia. Die Antiquitätenbesitzerin Dora Conroy kauft eine Reihe von Objekten und gerät damit ins Blickfeld von internationalen Schmugglern. Sie und der ehemalige Polizist Jed Skimmerhorn beginnen, Diebstähle und Todesfälle im Umkreis der geheimnisvollen Lieferung zu untersuchen.

Verborgene Gefühle *(Hot Ice)*
Manhattan. Auf der Flucht vor Gangstern landet der charmante Meisterdieb Douglas Lord im Luxusauto von Whitney. Dabei erfährt sie von Douglas' Plan, im Dschungel von Madagaskar einen sagenhaften Schatz zu suchen.

Verlorene Liebe *(Brazen Virtue)*
Zwei Schwestern. Während Grace unbekümmert alleine als Krimiautorin lebt, arbeitet Kathleen als Lehrerin an einer Klosterschule und verdient sich nebenbei Geld mit Telefonsex für den Scheidungsanwalt. Ein lebensgefährlicher

Job, denn Grace findet Kathleen mit einem Telefonkabel erdrosselt.

Verlorene Seelen *(Sacred Sins)*
Washington. Blondinen sind die Opfer eines Frauenmörders, die Tatwaffe immer eine weiße Priesterstola. Mithilfe der Psychiaterin Tess Court versucht Police Sergeant Ben Paris, die Mordserie aufzuklären. Doch nicht nur er hat ein Auge auf Tess geworfen.

Der weite Himmel *(Montana Sky)*
Montana. Der steinreiche Farmer Jack Mercy verfügte in seinem Testament, dass seine drei Töchter aus drei Ehen erst dann ihren Erbteil erhalten, wenn sie ein Jahr lang friedlich zusammen auf der Farm verbringen. Sie versuchen es, doch in dieser Zeit geschehen auf der Farm mysteriöse Dinge.

Tödliche Flammen *(Blue Smoke)*
Reena Hale ist Brandermittlerin und kennt durch ein schlimmes Kindheitserlebnis die Macht des Feuers. Neben Bo Goodnight interessiert sich noch jemand sehr für sie – allerdings verfolgt dieser Unbekannte ihre Spur, um die Macht des Feuers für seinen Racheplan zu benützen.

Verschlungene Wege *(Angels Fall)*
Reece Gilmore ist auf der Flucht: vor der Erinnerung und vor sich selbst. Als sie sich endlich in einem Dorf in Wyoming dem einfühlsamen Schriftsteller Brody anvertraut, glaubt sie, zur Ruhe zu kommen. Doch die Vergangenheit holt sie bald ein.

Im Licht des Vergessens *(High Noon)*
Phoebe MacNamara kennt die Gefahr. Geiselnehmer, Amokläufer – kein Problem für die beim FBI ausgebildete Expertin für Ausnahmezustände. Aber erst die Liebe zu Duncan hat sie unverwundbar gemacht. Glaubt sie. Bis sie von einem Unbekannten brutal überfallen wird. Fortan muss sie um ihr Leben fürchten.

Lockruf der Gefahr *(Black Hills)*
Tierärztin Lilian führt auf ihrer Wildtierfarm in South Dakota ein erfülltes, aber auch abgeschiedenes Leben. Fast zu spät erkennt sie die Gefahr, der sie ausgesetzt ist, als ein Mann sie und ihre Familie bedroht. In letzter Minute nimmt sie die Hilfe ihrer Jugendliebe Cooper an. Kann er sie retten?

Die falsche Tochter *(Birthright)*
Als die Archäologin Callie Dunbrook an den Fundort eines fünftausend Jahre alten menschlichen Schädels gerufen wird, ahnt sie nicht, dass dieses Projekt auch ihre eigene Vergangenheit heraufbeschwören wird.

Sommerflammen *(Chasing Fire)*
Die Feuerspringerin Rowan kämpft jeden Sommer erfolgreich gegen die Brände in den Wäldern Montanas. Doch seit ihr Kollege dabei ums Leben kam, plagen sie Schuldgefühle. Hätte sie Jim retten können?

Gestohlene Träume *(Three Fates)*
Tia Marshs Leben gehört der Wissenschaft. Dass das Interesse für griechische Mythologie ihr einmal zum Verhängnis wird, ahnt sie nicht – bis sie Malachi Sullivan begegnet. Der attraktive Ire ist dem Geheimnis dreier Götterfiguren auf der Spur, und nicht nur er will die wertvollen Statuen um jeden Preis besitzen …

Das Geheimnis der Wellen *(Whiskey Beach)*
Eli Landon wird unschuldig des Mordes an seiner Frau verdächtigt. Im Anwesen seiner Familie an der rauen Küste Neuenglands sucht er Zuflucht. Auch seine hübsche Nachbarin, Abra Walsh, will dort ihre schmerzhaften Erinnerungen vergessen. Doch während sich die beiden näherkommen, holt sie die Vergangenheit ein.

Ein Leuchten im Sturm *(The Liar)*
Nach dem Unfall ihres Mannes erfährt Shelby, dass Richard ein Betrüger war. Der Mann, den sie geliebt hat, ist nicht nur tot – er hat niemals existiert. Shelby flüchtet mit ihrer Tochter zu ihrer Familie nach Tennessee, wo sie Griffin kennenlernt. Doch Richards Lügen folgen ihr und werden zur tödlichen Bedrohung.

2. *Zusammenhängende Titel*

a) Quinn-Familiensaga

– Tief im Herzen *(Sea Swept)*
Maryland. Der Rennfahrer Cameron Quinn kehrt zurück in die Kleinstadtidylle an das Sterbebett seines Adoptivvaters. Dieser bittet ihn, sich mit den beiden Adoptivbrüdern um den zehnjährigen Seth zu kümmern. Er ist ein ebenso schwieriger Junge, wie es Cameron einst war. Hinzu kommt, dass sich die Sozialarbeiterin Anna Spinelli einmischt, um zu prüfen, ob in dem Männerhaushalt die Voraussetzungen für eine Adoption gegeben sind.

– **Gezeiten der Liebe** *(Rising Tides)*
Ethan Quinn übernimmt während der Abwesenheit seiner Brüder die Rolle des Familienoberhaupts. Seine Arbeit als Fischer und die Verantwortung für den zehnjährigen Seth binden ihn an die kleine Stadt. Außerdem liebt er Grace Monroe, eine alleinerziehende Mutter, welche den Haushalt der Quinns führt.

– **Hafen der Träume** *(Inner Harbour)*
Gemeinsam kämpfen die drei Quinn-Brüder um das Sorgerecht für Seth, denn sie wissen, dass Seths Mutter eher am Geld als an dem Jungen gelegen ist. Da kommt die Bestsellerautorin Sybill in die Stadt und will unbedingt verhindern, dass Seth von Philipp und seinen Brüdern adoptiert wird.

– **Ufer der Hoffnung** *(Chesapeake Blue)*
Seth Quinn hat sich durch die Fürsorge seiner älteren Brüder zu einem erfolgreichen Maler entwickelt. Als er aus Europa nach Maryland zurückkehrt, wird er von seiner leiblichen Mutter mit der Publikation seiner Kindheitsgeschichte erpresst. Seth lernt Drusilla kennen, welche sich auch nicht mehr mit ihrer leiblichen Familie identifizieren kann.

b) Garten-Eden-Trilogie

– **Blüte der Tage** *(Blue Dahlia)*
Tennessee. Die Witwe Stella Rothchild kehrt mit ihren kleinen Söhnen in ihre Heimat zurück. Die Gartenarchitektin beginnt, sich ein neues Leben in der Gärtnerei Harper aufzubauen, unterstützt von der Hausherrin Rosalind. Alles ist gut, bis Stella dem Landschaftsgärtner Logan Kitridge begegnet. Doch jemand will diese Verbindung verhindern.

– **Dunkle Rosen** *(Black Rose)*
Rosalind Harper hat sich in die Arbeit gestürzt, um den Tod ihres Mannes zu überwinden. Besonders der Gartenkunst widmet sie sich. Doch in dem harperschen Anwesen geht ein Geist um. Rosalind engagiert den Ahnenforscher Mitchell Carnegie, um zu erfahren, um welche übernatürlichen Kräfte es sich dabei handelt.

– **Rote Lilien** *(Red Lily)*
Hayley Phillips kommt mit ihrer neugeborenen Tochter Lily zu ihrer Cousine Rosalind Harper und findet dort ein neues Heim. Für Rosalinds Sohn Harper empfindet sie tiefe Gefühle, doch dann ergreift eine dunkle Macht von Hayley Besitz.

c) Der Jahreszeiten-Zyklus

– **Frühlingsträume** *(Vision in White)*
Gemeinsam mit ihren Freundinnen Parker, Laurel und Emma betreibt Mac eine erfolgreiche Hochzeitsagentur. Sie lebt und arbeitet mit den drei wichtigsten Menschen in ihrem Leben – wozu braucht sie da noch einen Mann? Doch als Mac Carter trifft, gerät ihr so gut ausbalanciertes Leben ins Wanken.

– **Sommersehnsucht** *(Bed of Roses)*
Freundschaft und Liebe – das geht nicht zusammen. Zu dumm nur, dass sich Emmas langjähriger Freund Jack völlig überraschend als ihre große Liebe erweist. Nun steckt Emma in der Klemme, zumal sie weiß, wie sehr Jack an seiner Freiheit hängt.

– **Herbstmagie** *(Savor the Moment)*
Laurel verliebt sich in den smarten Staranwalt Del, den Bruder ihrer Freundin Parker. Er ist für sie die Liebe ihres Lebens, aber sieht der heiß begehrte Junggeselle das ebenso?

– **Winterwunder** *(Happy Ever After)*
Parker ist anscheinend mit ihrem Beruf verheiratet – bis Malcolm in ihr Leben tritt. Aber wie soll sie mit ihm eine Beziehung führen, wenn er sich weigert, über seine Vergangenheit zu sprechen?

d) Die O'Dwyer-Trilogie

– **Spuren der Hoffnung** *(Dark Witch)*
Iona verlässt Baltimore, um sich im sagenumwobenen County Mayo auf die Suche nach ihren Vorfahren zu machen. Als sie den attraktiven Boyle trifft, bietet er ihr an, auf seinem Gestüt zu arbeiten. Schnell spüren beide, dass sie mehr verbindet als die gemeinsame Leidenschaft für Pferde. Doch dann droht ein dunkles Familiengeheimnis das Glück der beiden zu zerstören.

– **Pfade der Sehnsucht** *(Shadow Spell)*
Ionas Cousin Connor O'Dwyer hat die Frau fürs Leben noch nicht gefunden, doch auf wundersame Weise fühlt er sich immer mehr zur leidenschaftlichen Meara hingezogen. Das Glück wird getrübt, als Cabhan, der alte Feind der Familie, Meara benutzt, um sie alle zu vernichten. Hält der Kreis der Freunde dieser Herausforderung stand?

– **Wege der Liebe** *(Blood Magick)*
Branna und Fin waren schon mit siebzehn ein Paar, doch dann ist ihre Liebe zerbrochen. Branna liebt Fin zwar noch immer, sie fühlt sich aber von ihm verraten und misstraut ihm seither. Doch sie gehören beide zum magischen Kreis der Freunde und kämpfen gemeinsam gegen Cabhan, den unversöhnlichen Feind des O'Dwyer-Clans. Aber welche Rolle spielt Fin eigentlich in

diesem Kampf? Ist er in die Machtspiele seines Vorfahren verwickelt, oder steht er aufseiten von Iona, Connor und Branna?

e) Die Schatten-Trilogie

– Schattenmond *(Year One)*

Lana und Max verbindet eine große und außergewöhnliche Liebe. Als eine weltweite Seuche ausbricht und New York innerhalb kürzester Zeit ins Chaos stürzt, fliehen sie aus der Stadt und gründen mit Gleichgesinnten die Gemeinschaft New Hope. Doch auch hier rückt die Gefahr dem Paar bedrohlich nahe. Lana setzt alles daran, dem Inferno zu entkommen, denn sie trägt inzwischen ein Kind unter dem Herzen, die »Auserwählte«, ihre zukünftige Tochter, die als Einzige in der Lage sein wird, dem Leid der Menschheit ein Ende zu setzen.

– Schattendämmerung *(Of Blood and Bone)*

Fallon trägt eine schwere Verantwortung: Sie wurde mit den Kräften geboren, die notwendig sind, um die postapokalyptische Welt vom Bösen zu befreien. Doch dafür muss sie ihrer geliebten Familie den Rücken kehren und von der kleinen Farmerstochter zur mutigen Kriegerin werden. Gleichzeitig tritt immer wieder Duncan in ihr Leben, mit dem sie etwas Tieferes verbindet, als sie sich eingestehen will. Um den dunklen Mächten und dem Mörder ihres leiblichen Vaters Einhalt zu gebieten, muss das junge Mädchen magische und nichtmagische Wesen zusammenbringen und Hinterhalt und Intrigen enttarnen, die die Gesellschaft noch vor der ersten Schlacht zu unterwandern drohen.

– **Schattenhimmel** *(The Rise of Magicks)*
Lieferbar ab September 2020
Die erste Schlacht ist bereits geschlagen, doch der große Kampf um Gut und Böse steht noch bevor: Die junge Fallon führt ihre Armee nach Washington D.C., um die schwarze Magie aus der Welt zu verbannen. Sie ist die Auserwählte, die nach der Apokalypse die Welt wiederaufbauen und ihre Bewohner vereinen soll. Auf der jungen Frau liegt eine große Last, denn die Familie des Mörders ihres Vaters sinnt auf Rache an ihr und ihren Liebsten. Doch ihre große Mission fällt Fallon mittlerweile leichter als die Deutung ihrer Gefühle für Duncan, dessen Schicksal unlösbar mit ihrem verwoben ist.

3. Sammelbände

a) Die Unendlichkeit der Liebe

(Drei Romane in einem Band)

Auch als Einzeltitel erschienen:

– **Heute und für immer** *(Tonight and Always)*
Kasey gewinnt das Herz von Jordan und seiner Nichte Alison, aber jetzt fürchtet Großmutter Beatrice, dass sie die Macht über ihre Familie verliert.

– **Eine Frage der Liebe** *(A Matter of Choice)*
Ein Antiquitätenladen im Herzen Neuenglands. Ohne Jessicas Wissen dient er einer internationalen Schmugglerbande als Umschlagplatz für Diamanten. Zu ihrem Schutz reist der New Yorker Cop James Sladerman nach Connecticut, wo ihm Jessica die Ermittlungen aus der Hand nimmt.

– **Der Anfang aller Dinge** *(Endings and Beginnings)*
Die beiden erfolgreichen Fernsehjournalisten Olivia Carmichael und T.C. Thorpe sind erbitterte Konkurrenten im Kampf um die neuesten Meldungen. Sie kommen sich näher, doch da gibt es einen dunklen Punkt in Olivias Vergangenheit.

b) Königin des Lichts
(A Little Fate)

(Drei Fantasy-Kurzromane in einem Band)

– **Zauberin des Lichts** *(The Witching Hour)*
Aurora muss den Königsthron zurückerobern, nachdem Lorcan ihre Eltern getötet und ihre Heimatstadt zerstört hat. Verkleidet gelangt sie an den Hof des Tyrannen. Dort trifft sie auf dessen Stiefsohn Thane und verliebt sich.

– **Das Schloss der Rosen** *(Winter Rose)*
Der schwer verletzte Prinz Kylar wird von Deidre, Königin der Rosenburg, auf welcher ewiger Winter herrscht, gerettet und gepflegt. Dafür will Kylar die Rosenburg von ihrem Fluch befreien.

– **Die Dämonenjägerin** *(World Apart)*
Kadra ist auf der Jagd nach den Bok-Dämonen. Dabei erfährt sie, dass sich der Dämonenkönig Sorak des Tors zu einer anderen Welt bemächtigt hat. Um beide Welten vor dem Untergang zu bewahren, folgt sie Sorak dorthin. Sie landet mitten in New York, in der Wohnung von Harper Doyle. Sie braucht seine Hilfe.

c) Im Licht der Träume
(A Little Magic)

(Drei Romane in einem Band)

– Verzaubert *(Spellbound)*

Der amerikanische Fotograf Calin Farrell begegnet im Schlaf der Hexe Bryna, welche ihn um Hilfe bittet, und wird dazu bewogen, nach Irland zu reisen, ins Land seiner Vorfahren. Dort kommt er dem Rätsel auf die Spur: Die Vorfahren von Calin und Bryna waren vor tausend Jahren ein Paar. Doch der Magier Alasdir hatte ihr Leben zerstört – und er versucht es aufs Neue.

– Für alle Ewigkeit *(Ever After)*

Allena aus Boston soll eigentlich ihrer Schwester in Irland helfen. Durch Zufall verbringt sie stattdessen einige Tage im Haus von Conal O'Neil. Die offenbar zufällige Begegnung scheint vom Schicksal vorbestimmt zu sein, denn die beiden fühlen sich stark zueinander hingezogen.

– Im Traum *(In Dreams)*

Die Amerikanerin Kayleen landet durch einen Sturm im Haus des Magiers Draidor. Kayleen verliebt sich sofort in Draidor, und er bereitet ihr einen im wahrsten Sinne des Wortes zauberhaften Aufenthalt.